Villa Magdalena

Santa Montefiore bij Boekerij:

Onder de ombu-boom
Het vlinderkistje
De Vergeet mij niet-sonate
De zwaluw en de kolibrie
Valentina's laatste reis
De zigeunermadonna
Het geheim van Montague
De Franse tuinman
In de schaduw van het palazzo
De affaire
Villa Magdalena
Fairfield Park
De vuurtoren van Connemara
Het gouden licht
De dochter van de imker
De witte duif
De vrouwen van kasteel Deverill
Als de rododendron bloeit
De laatste roos van de zomer
Onder de Italiaanse zon
De vergeten Deverill

www.boekerij.nl
www.santamontefiore.co.uk

SANTA MONTEFIORE

Villa Magdalena

BOEKERIJ

Eerste druk 2011
Achttiende druk 2019

ISBN 978-90-225-8791-1
ISBN 978-94-609-2484-2 (e-book)
NUR 302

Oorspronkelijke titel: *The House by the Sea*
Oorspronkelijke uitgever: Simon & Schuster UK
Vertaling: TOTA/Erica van Rijsewijk en Mireille Vroege
Vertaling dichtregels John Edgerton pagina 367: Erik Bindervoet
Omslagontwerp: Johannes Wiebel | punchdesign, München
Omslagbeeld: © shutterstock.com
Zetwerk: Mat-Zet bv, Soest

De citaten op pagina 31 en 32 zijn afkomstig uit T.S. Eliot, *Old Possum's Book of Practical Cats/Kobus Kruls Parmantige Kattenboek*, vertaald door Gerrit Komrij (Prometheus, Amsterdam, 2006).

Voor mijn dierbare Sebag, met veel liefs

Proloog

Toscane, 1966

Het kleine meisje stond voor de imposante zwarte hekken van Villa Magdalena en tuurde de oprijlaan af. De lange laan met cipressen sneed dwars door het terrein en bood aan het eind bij wijze van hoogtepunt een verlokkende glimp van een sleutelbloemgeel *palazzo*. Het stond erbij met de waardigheid en fiere houding van een grootvorstin. Haar hoge, van luiken voorziene ramen waren van een elegant licht eendengroen, haar kroon bestond uit een decoratieve balustrade langs de bovenrand van de gevel en haar muren glansden als zijde; ze behoorde tot een wereld die even betoverend en ontoegankelijk was als die in sprookjes.

De heldere Toscaanse zon wierp inktachtige schaduwen over de oprijlaan, en het meisje kon de zoete geuren ruiken die in de middaghitte opstegen uit de tuin en de lucht verzadigden. Ze stond op haar sandalen en in haar groezelige zomerjurk te kijken, met haar lange bruine haar, dof van het stof en het zeewater, op haar rug en voor haar ogen, die donker en gepijnigd stonden, en vol hunkering. Om haar hals droeg ze een hangertje van de Maagd Maria dat haar moeder haar had gegeven voordat ze ervandoor was gegaan met een man die ze had ontmoet bij het tomatenstalletje op de Piazza Laconda, en haar jongere broertje met zich mee had genomen.

Ze ging vaak naar La Magdalena. Ze klom graag op de muur op de plek waar die voor een deel was ingestort, zodat hij nu laag genoeg voor haar was om erop te stappen. Dan ging ze erbovenop zitten uitkijken over de prachtige tuinen met stenen fonteinen, sierlijke parasoldennen en marmeren beelden van elegante dames en halfnaakte mannen die met gedraaide lijven theatrale poses vol liefde en verlangen hadden aangenomen. Ze mocht zich graag voorstellen dat zíj daar woonde, omringd door al die hemelse pracht: een jongedame die dure jurken en schitterende schoenen droeg, aanbeden door haar moeder die linten in haar haar bond, en door een vader die haar verwende met cadeautjes en haar in de lucht gooide en vervolgens met zijn sterke, beschermende armen weer opving; ze kwam naar La Magdalena om haar eigen dronken vader te vergeten, en het woninkje aan de Via Roma dat ze met zo veel moeite schoonhield.

Haar kleine handen grepen de spijlen vast en ze drukte haar gezicht ertegenaan om de jongen beter te kunnen zien die nu met een bastaardhond achter zich aan naar haar toe gelopen kwam. Ze wist dat hij tegen haar zou gaan zeggen dat ze weg moest gaan, maar ze wilde eerst nog eens goed kijken, voordat ze het pad weer af zou rennen dat slingerend naar het strand liep.

De jongen was knap en een stuk ouder dan zij. Zijn blonde haar was uit zijn gezicht geborsteld en hij keek vriendelijk. Hij nam haar op met lichte, glimlachende ogen, en toen ze nog eens goed keek, zag ze dat die groen waren. Ze verroerde zich niet en waagde het erop om tot het laatste moment te blijven staan. Haar vingers kromden zich om de spijlen en ze klemde vastberaden haar kaken op elkaar, maar zijn grijns ontwapende haar; die leek helemaal niet op de gezichtsuitdrukking van iemand die haar weg wilde jagen. Hij stak zijn handen in zijn zakken en nam haar door het hek heen op. 'Hallo daar.' Ze reageerde niet. Haar verstand zei haar dat ze moest vluchten, maar haar benen wilden niet gehoorzamen. Ze bleef naar hem staan staren zonder dat ze haar blik kon losscheuren. 'Wil je binnenkomen?' Op zo'n uitnodiging had ze niet gerekend en ze rechtte argwanend haar rug. 'Want je bent duidelijk nieuwsgierig.'

'Ik kwam gewoon langs,' antwoordde ze.

'Dus je kunt tóch praten?'

'Natuurlijk kan ik praten.'

'Daar was ik nog niet zo zeker van. Je zag er nogal verschrikt uit.'

'Ik schrik niet van jou, als je dat soms bedoelt.'

'Mooi zo.'

'Ik was alleen onderweg ergens naartoe.'

'Grappig, want het is hier anders behoorlijk afgelegen.'

'Dat weet ik. Ik was op het strand.' Dat was tenminste niet gelogen.

'Dus kwam je hier boven even een kijkje nemen?'

'Het ziet er zo mooi uit. Het viel me op.' Haar gezicht klaarde op toen de villa ter sprake kwam en haar blik dwaalde verlangend naar de oprijlaan.

'Kom dan maar binnen, dan geef ik je een rondleiding door de tuinen. Mijn ouders zijn er toch niet, dus ik ben helemaal alleen. Het is fijn om met iemand te kunnen praten.'

'Ik weet niet...' Haar blik betrok weer, maar hij maakte het hek open.

'Je hoeft niet bang te zijn. Ik doe je geen kwaad.'

'Ik ben helemaal niet bang,' bitste ze terug. 'Ik kan heus wel voor mezelf zorgen, hoor.'

'Dat zal best.'

Ze stapte naar binnen en hij deed het hek achter haar dicht. Ze zag dat hij het op slot deed en heel even sloeg de angst haar om het hart, maar vervolgens werd haar blik weer getrokken door de villa en vergat ze haar angst. 'Woon jij daar?'

'Niet de hele tijd. Het grootste deel van het jaar woon ik in Milaan, maar we komen hier altijd in de zomer.'

'Dan moet ik jullie hebben gezien.'

'O ja?'

De opwinding dat ze nu op het terrein van de villa stond gaf haar moed. 'Ja. Ik hou vanaf de muur de boel in de gaten.'

'Kleine dondersteen.'

'Ik vind het leuk om naar tuinen te kijken. Mensen interesseren me niet zo.'

'Dan laat ik je nu beter kijken, zodat je niet meer hoeft te spioneren.'

Ze liep naast hem voort en haar hart zwol van vreugde. 'Is dit echt allemaal van jou?'

'Nou ja, van mijn vader dan.'

'Als dit jullie zomerhuis is, dan moet jullie huis in Milaan wel lijken op het paleis van een koning.'

Hij lachte en wierp zijn hoofd in zijn nek. 'Het is wel groot, maar voor een koning niet groot genoeg. Dit is groter. Op het platteland is meer ruimte.'

'Het is oud, hè?'

'Uit de vijftiende eeuw. Het is gebouwd voor de Medici-familie en is in 1452 door Leon Battista ontworpen. Weet je wie dat was?'

'Tuurlijk.'

'Hoe oud ben je?'

'Tien en tien maanden. In augustus ben ik jarig. Ik denk dat ik dan een groot feest geef.'

'Dat zou me niks verbazen.'

Ze keek omlaag naar haar voeten. Ze had nog nooit een feestje gehad. Nu haar moeder weg was, zou niemand zich haar verjaardag zelfs nog maar herinneren. 'Hoe heet je hond?'

'Truste.'

'Wat een rare naam.'

'Hij was een zwerfhond en ik vond hem midden in de nacht op de weg. We konden het meteen goed met elkaar vinden, dus noemde ik hem Truste, omdat het een fijne nacht was toen ik hem vond.'

Ze bukte zich om de hond te aaien. 'Wat is het voor hond?'

'Ik weet het niet. Een mengeling van een heleboel verschillende rassen.'

'Hij is lief.' Ze giechelde toen de hond haar gezicht likte. 'Hé, kalm aan, hondje!'

'Hij vindt je leuk.'

'Weet ik. Zwerfdieren vinden mij altijd leuk.' *Omdat je er zelf als een zwervertje uitziet*, ging het door hem heen toen hij toekeek hoe ze haar armen om Trustes nek sloeg en haar hoofd tegen zijn vacht vlijde.

'Nu heb ik een vriendje,' zei ze met een triomfantelijke glimlach.

Hij lachte om haar enthousiasme. 'Nee, je hebt twéé vrienden. Kom maar mee.'

Ze liepen de hele oprijlaan af, zij aan zij, en haar zelfvertrouwen groeide met elke stap. Hij gaf uitleg over de architectuur en etaleerde zijn kennis, en zij luisterde toe, geboeid door alle details; ze deed haar best ze in haar geheugen te prenten om ze later te kunnen doorvertellen aan haar vriendinnetje Costanza. De villa was nog groter dan ze had gedacht. Ze had alleen nog maar het middengedeelte tussen de bomen door gezien, aan het eind van de laan. Het bouwwerk, klassiek geproportioneerd en zonder overbodige franje, was van een ingetogen grandeur, en de gele verf gaf het een opgewekte, tevreden uitstraling, alsof het wist dat het zijn best niet hoefde te doen om mooi te zijn. Ze wilde graag naar binnen om door de kamers te lopen en de schilderijen aan de muren te bekijken. Ze wist zeker dat het vanbinnen nog mooier moest zijn dan vanbuiten. Maar hij nam haar mee naar de achterkant, waar een gebogen stenen trap vanaf de villa omlaagliep naar een stijltuin met beelden, terracotta potten met in vorm gesnoeide struiken, en torenhoge pijnbomen. Het was alsof ze was doodgegaan en nu door het paradijs liep, want alleen de hemel kon toch maar zo mooi zijn als dit?

Hij leidde haar door een klein hek in de muur naar een fraaie siertuin die was aangelegd binnen een rond lopende stenen zuilengalerij. Het middelpunt werd gevormd door een prachtige fontein met zeemeerminnen die water in de lucht spoten. Rondom de fontein liep een pad waarlangs hier en daar tijm was geplant, en aan alle vier de kanten waren mooie ijzeren banken neergezet tegen de lage heggetjes die vier keurig onderhouden grasperken en bloembedden omgaven. Ze nam, zoals ze daar stond op haar sandalen, even de tijd om alles in zich op te nemen, en greep naar haar hart omdat ze nog nooit eerder zoiets prachtigs had gezien.

'Dit is de tuin van mijn moeder,' zei hij tegen haar. 'Ze wilde graag een plekje hebben waar ze rustig kon lezen zonder dat iemand haar kon bespioneren.' Hij knipoogde naar haar en lachte weer. 'Je moet wel een heel goede spion zijn om tot hier te kunnen doordringen.'

'Je moeder is vast mooi,' zei ze, terwijl ze aan haar eigen moeder moest denken en zich probeerde te herinneren hoe zij eruit had gezien.

'Dat denk ik wel, ja. Maar op die manier kijk je meestal niet tegen je eigen moeder aan.'

'Waar leest ze dan?'

'Ik geloof dat ze op een van die banken zit, bij de fontein. Ik zou het niet weten. Ik heb er nooit op gelet.' Hij kwam naar haar toe gelopen, opeens aangestoken door het ontzag van het meisje. 'Het is echt mooi, hè?'

'Stel je voor dat je hier in de zon zit te luisteren naar het klaterende water en naar de vogels kijkt die zich erin baden.'

'Het is heel vredig.'

'Ik hou erg van vogels. Jullie zullen er hier wel veel hebben. Andere soorten, waarschijnlijk, dan wij hebben in het dorp.'

Hij lachte ongelovig. 'Volgens mij vind je hier dezelfde vogels als in Herba.'

'Niet waar, jullie hebben hier vast speciale.' Ze leek het zo zeker te weten dat hij om zich heen keek, half en half verwachtend dat hij parkieten in de pijnbomen zou zien. 'Zit jij hier wel eens?'

'Nee.'

'Waarom niet?'

Hij haalde zijn schouders op. 'Wat zou ik dan moeten doen?'

'O, er is een heleboel om naar te kijken. Ik zou hier urenlang kunnen zitten – dagenlang zelfs. Ik zou hier voor altijd kunnen blijven, zonder ooit weg te willen.' Ze liet zich behoedzaam op de bank zakken, alsof het een heilig voorwerp was dat ze bang was te zullen breken. Toen ze eenmaal zat keek ze naar het water en stelde zich voor dat ze een tuin van zichzelf zou hebben waar ze van 's ochtends vroeg tot 's avonds laat zou kunnen genieten van het veranderende licht. 'God is hier,' zei ze zachtjes, en ze voelde een merkwaardige sensatie van ontzag over haar huid kruipen, als de warme adem van een engel.

Hij kwam naast haar zitten; hij strekte zijn benen en vouwde zijn handen achter zijn hoofd.

'Zou je denken?'

'O, ik weet het wel zeker. Ik kan Hem voelen.'

Ze bleven zo een hele poos zitten luisteren naar het geruis in de cipressen en de duiven die op het dak van de villa tevreden koerden. Truste snuffelde aan de borders en tilde zijn poot op tegen een heg. 'Dit is de mooiste dag van mijn leven,' zei ze na een poosje. 'Ik geloof niet dat ik ooit zo gelukkig ben geweest.'

Opmerkzaam keek hij haar aan, met een tedere glimlach om zijn lippen. 'Hoe heet je, *piccolina*?'

Met ogen vol dankbaarheid en vertrouwen keek ze naar hem terug. 'Floriana,' antwoordde ze. 'En jij?'

Op de een of andere manier wisten ze allebei dat het *iets* betekende dat ze elkaar hun naam vertelden. Hij aarzelde en staarde naar haar ogen, waarin nu een open blik lag, niet langer bang. Hij stak haar zijn hand toe. Aarzelend pakte ze die aan. Haar eigen hand zag er klein en donker uit in zijn grote lichte.

'Dante Alberto Massimo,' zei hij zachtjes. 'Maar je mag wel Dante zeggen.'

1

Devon, 2009

KUNSTENAAR GEZOCHT

Om in zomer schilderles te geven aan hotelgasten

Hotel Polzanze, Devon
Gratis kost en inwoning
Telefoon 07972 859 301

De Morris Minor hotste over de smalle weg naar het dorp Shelton. De hagen waren hoog en weelderig, doorschoten met fraai wit fluitenkruid en vergeet-mij-nietjes. Een vlucht mussen steeg op naar de lucht, waar veervormige wolken op een zilte wind het land in dreven. De auto reed behoedzaam voort en stuurde een inhammetje in om opzij te gaan voor een tegemoetkomende vrachtwagen, waarna hij verder reed door het schilderachtige dorpje van witgeverfde cottages, waarvan de grijze leien daken als goud oplichtten in de enthousiaste gloed van de vroege ochtend.

In het centrum van Shelton stond een grijze stenen kerk verscholen tussen een groepje reusachtige platanen, en daaronder trippelde een slanke zwarte kat op lichte pootjes over de muur, op de terugtocht naar huis na een nacht succesvol jagen. Aan het eind van het dorp, waar de weg scherp naar links boog voordat hij afdaalde naar zee, gaf een indrukwekkend ijzeren hek toegang tot een smalle oprijlaan die in een sierlijke bocht tussen reeds in bloei staande rododendronstruiken door liep. De auto sloeg het pad in en tufte langs volle roze bloemen naar het grijsstenen landhuis aan het eind, dat in fraaie afzondering uitkeek over de zee.

Het Polzanze was een harmonisch geproportioneerd landhuis dat in 1814 was gebouwd door de hertog van Somerland voor zijn grillige vrouw Alice, wier astma baat had bij de zeelucht. Hij liet het oude gebouw dat er eerst had gestaan afbreken, een lelijke stapel bakstenen die dateerde uit de zestiende eeuw, en ontwierp het huidige pand, bijgestaan door zijn getalenteerde echtgenote, die duidelijke ideeën had over wat haar voor ogen stond. Het resultaat was een landhuis dat vanbinnen aanvoelde als een grote cottage, met gelambriseerde muren, bloemetjesbehang, open haarden en grote glas-in-loodramen die uitkeken op het grasveld en de zee daarachter.

De hertogin was verzot op haar tuin en hield zich elke zomer bezig met rozen kweken, exotische bomen planten, en de aanleg van een ingewikkelde doolhof van wandelpaden over het weelderige bosrijke terrein. Ze liet vlak bij haar werkkamer een kleine tuin voor haar kinderen aanleggen waar ze groenten en bloemen konden kweken, en bracht daar als extra attractie een miniatuuraquaduct in aan, zodat ze terwijl zij haar brieven zat te schrijven hun bootjes in het water konden laten drijven. Omdat ze helemaal in de ban was van Italië, tooide ze haar terras met zware terracotta potten vol rozemarijn en lavendel, en plantte ze druiven in de kas, die ze tegen klimrekken liet groeien, zodat de druiven in bestofte trossen afhingen van het plafond.

Door haar nazaten was er maar weinig veranderd en veel van het oude benadrukt; ze maakten het huis en de tuin met hun eigen flair en extravagantie nog mooier, totdat er zware tijden aanbraken en ze zich in de vroege jaren 1990 gedwongen zagen het pand te verkopen. Het Polzanze was omgebouwd tot een hotel, en als Alice dat nog had meegemaakt zou haar hart zijn gebroken. Maar haar erfgoed bleef in stand, evenals een groot deel van het handbeschilderde behang met een dessin van vogels en vlinders. De ceder die aan de oostkant voor beschutting zorgde heette ruim vijfhonderd jaar oud te zijn, en het terrein kon bogen op een oude ommuurde moestuin, die al ver voordat de hertogin er rabarber en frambozen begon te kweken was aangelegd, evenals op een oude tuinman die er al sinds mensenheugenis werkte.

Marina hoorde dat er buiten over het grind een auto kwam aanrijden en haastte zich naar het raam op de eerste verdieping. Ze tuurde door de ruit en zag een vieze oude Morris Minor, volgestouwd met schildersdoeken en met verf besmeurde afdeklakens, die als een uitgeputte ezel voor het hotel tot stilstand kwam. Haar hart begon sneller te kloppen van verwachting en haastig controleerde ze in de spiegel op de overloop hoe ze eruitzag. Nu ze iets over de vijftig was, was ze op het hoogtepunt van haar schoonheid, alsof de tijd lichtjes over haar gezicht had gedanst en amper een spoor had achtergelaten. Haar weelderige honingbruine haar viel in golven over haar schouders en de blik in haar ogen, die diep in hun kassen lagen en de kleur hadden van rookkwarts, was innemend. Hoewel ze klein gebouwd was, met fijne botten en een smalle taille, bezat ze niettemin met haar brede heupen en ampele boezem de benodigde rondingen. Ze streek haar jurk glad en duwde haar haar wat op, en hoopte maar dat ze een goede indruk zou maken.

'Marina, schat, het ziet ernaar uit dat je eerste kandidaat is gearriveerd,' riep haar man, Grey Turner, uit terwijl hij door de ruit tuurde en grinnikte op het moment dat er een oudere man het grind op stapte, gekleed in een lange jas van brokaat met een zwarte kniebroek eronder, op afgetrapte schoenen versierd met grote koperkleurige gespen die flauwtjes glansden in de lentezon.

'Goeie hemel, het lijkt Kapitein Haak wel!' merkte Clementine op, Greys dochter van drieëntwintig, die bij hem aan het raam kwam staan. Vol verachting trok ze haar neus op. 'Het gaat mijn verstand te boven waarom de Duikboot elke zomer een schilder wil uitnodigen om ons mee lastig te vallen. Wat een pretentie om een inwonend kunstenaar te willen hebben!'

Grey negeerde de weinig respectvolle bijnaam die zijn kinderen voor hun stiefmoeder hadden bedacht. 'Marina heeft een goede neus voor zaken,' zei hij op milde toon. 'Paul Lockwood was vorig jaar een groot succes. Het spreekt voor zich dat ze dat wil herhalen.'

'Misschien verandert ze wel van gedachten als ze deze ouwe zeebonk ziet!'

'Denk je dat hij daar ergens in al die bagage een papegaai verstopt heeft?' vervolgde Grey, terwijl hij de oudere man gadesloeg die stijfjes omliep naar de kofferbak en daar een groezelige map uit haalde.

'Dat weet ik wel bijna zeker, pap. En hij heeft natuurlijk ook een schip aan de kade liggen. Maar hij heeft gelukkig geen haak in plaats van een hand.'

'Marina vindt hem vast heel geweldig. Ze is dol op excentriekelingen.'

'Denk je dat ze daarom met jóú is getrouwd?'

Grey rechtte zijn rug en stak zijn handen in zijn zakken. Hij was heel lang, met krullend grijs haar en een langgerekt, gevoelig gezicht. Hij keek omlaag naar zijn dochter en schudde zijn hoofd. 'Vergeet niet dat jij mijn genen hebt, Clemmie. Als ik excentriek ben, is er dikke kans dat jij diezelfde onvolkomenheid hebt geërfd.'

'Ik zou het geen onvolkomenheid willen noemen, pap. Niets is zo vervelend als doorsneemensen. Maar,' voegde ze eraan toe terwijl de kunstenaar de kofferbak afsloot, 'je kunt ook overdrijven.'

'Is hij er? Spannend!' Marina kwam bij haar man en stiefdochter aan het raam staan. Clementine zag haar vreugde inzakken toen ze haar eerste kandidaat in het oog kreeg, die met zijn kunstwerken onder zijn mottige mouw naar de ingang wankelde, en voelde een klein golfje plezier. 'Mijn god!' riep Marina uit, en ze wierp haar handen in de lucht. 'Wat moet ik doen?'

'Nu is het te laat, schat. Je kunt hem maar beter binnenlaten, anders trekt hij zo meteen misschien zijn zwaard nog.'

Marina keek haar man met een wanhopige blik smekend aan, maar hij schudde zijn hoofd en lachte haar vol genegenheid toe, terwijl hij zijn handen dieper in de zakken van zijn ribfluwelen broek stak. 'Dit is jouw project. Ik weet hoe vreselijk je het vindt als ik me ermee bemoei.'

'Heb je geen zin om samen met mij het sollicitatiegesprek met hem te voeren?' Met een grijns probeerde ze hem over te halen.

'O nee, schat, hij is helemaal voor jou.'

'Je bent een heel, heel slechte man, Grey Turner,' antwoordde ze, maar haar mondhoeken krulden toen ze midden in de hal bij de ronde tafel en het uitbundige bloemstuk haar plaats innam, terwijl Shane Black, de bediende, de oude man met zijn portfolio naar binnen hielp.

Zonder zich iets aan te trekken van de geamuseerde gezichten die zich bij het raam verzamelden – inmiddels hadden Jennifer, een van de receptionistes, en Heather, een serveerster, een excuus bedacht om de hal in te komen –, schonk Marina haar eerste kandidaat een hartelijke glimlach en stak haar hand naar hem uit. De zijne was ruw en eeltig, en zijn vingernagels zaten onder de oude ingesleten verf. Hij nam haar gretig in zich op, met het welbehagen van een man die maanden op zee heeft gezeten, en hij leek om woorden verlegen. 'Wat fijn dat u gekomen bent, meneer Bascobalena. Laten we naar mijn kantoor gaan; dan kunnen we een kop koffie drinken en even babbelen. Of hebt u liever thee?'

'Of een vat rum,' fluisterde Clementine haar vader toe.

Meneer Bascobalena schraapte zijn keel en slikte. 'Zwarte koffie, zonder suiker – en zeg alsjeblieft Balthazar.' Marina schrok van zijn diepe bariton en ze deinsde achteruit en trok haar hand terug. Vanuit haar ooghoek zag ze haar stiefdochter gniffelen en uitdagend stak ze haar kin naar voren.

'Shane, laat Heather meteen een pot zwarte koffie voor meneer Bascobalena brengen, en voor mij graag een cappuccino.'

'Komt in orde, mevrouw Turner,' zei Shane, zijn geamuseerdheid onderdrukkend.

Shane pakte de portfolio op en liep achter hen aan de gang in, door de salon, waar een paar groepjes gasten de krant zaten te lezen, en de fraaie groene zitkamer in waarachter Marina's kantoor uitzicht bood over de Kindertuin, het onnutte aquaduct en de zee. Ze gebaarde dat hij de portfolio op de salontafel moest leggen en keek hem na toen hij de kamer uit ging en de deur achter zich dichtdeed.

Marina verzocht Balthazar om op de bank te gaan zitten en huiverde even toen zijn vieze kleren de lichtgroene chenille raakten. Ze nam zelf plaats in de fauteuil en keerde haar gezicht naar het open raam, waardoorheen het zeebriesje de geur van pasgemaaid gras en ozon met zich meevoerde. In de verte kon ze het gebulder van de zee horen en de klaaglijke kreten van meeuwen die rondcirkelden op de wind, en ze voelde een steek van verlangen door zich heen gaan om beneden op het strand te zijn, met haar voeten in het water en haar haar om haar hoofd wapperend in de wind. Met tegenzin zette ze die gedachten van zich af. Ze wist nu al dat Balthazar Bascobalena niet de zomer in het Polzanze zou doorbrengen, maar ze was het hem uit beleefdheid verplicht de hele procedure af te werken.

'Wat een prachtige naam – Bascobalena. Die klinkt Spaans.' Ze was zich ervan bewust dat hij haar aanstaarde, met zijn mond een stukje open, alsof hij nog nooit eerder een vrouw had gezien. Ook al stond het raam open, toch begon de geur van zijn ongewassen lichaam de kamer te vullen. Ze wilde dat Heather eens opschoot met die koffie, maar vermoedde dat Shane op de gang rondhing om met de rest van haar personeel over hun bezoeker te kletsen. Ze hoopte van harte dat niemand van haar gasten hem had zien binnenkomen.

'Misschien komt er ergens in mijn familiegeschiedenis wel een Spanjaard voor. Maar we stammen helemaal van Devonse bodem, en daar zijn we trots op ook.'

Twijfelend trok Marina haar wenkbrauwen op. Hij had de donkere huid en ogen van een Spanjaard. Toen hij zijn tanden ontblootte, zag ze dat die bruin en aangetast waren als die van een zeeman met scheurbuik. 'En Balthazar... Je hebt de naam van een held uit een boek.'

'Mijn moeder had een grote fantasie.'

'Was zij ook kunstenares?'

'Nee, maar ze was wel een dromer – God hebbe haar ziel.'

'En, vertel me eens, Balthazar: wat schilder je zoal?'

'Boten,' antwoordde hij, en hij boog naar voren om zijn portfolio open te slaan.

'Boten,' herhaalde Marina, die iets van enthousiasme in haar stem probeerde te leggen. 'Wat interessant. Maar het verbaast me niks,' voegde ze er bij wijze van grap aan toe.

Haar toespeling op zijn piratenkledij ging langs meneer Bascobalena heen. 'O, ik ben al door boten gefascineerd sinds ik nog maar een kleine koter was.'

'Ben je op zee opgegroeid?'

'Jazeker. Net als mijn vader, en voor hem mijn grootvader.' Hij werd afgeleid door een paar schilderijen aan de muur. 'Dat zijn mooie landschappen. Bent u een verzamelaar, mevrouw Turner?'

'Helaas niet. En ik schilder zelf ook niet. Ik heb alleen maar bewondering voor mensen die dat wel doen, zoals jij. Laten we eens wat werk van je bekijken.'

Hij haalde een schets tevoorschijn van een vissersboot op een ruige zee. Heel even vergat Marina de geur die hij uitwasemde en zijn bizarre outfit, en staarde ongelovig naar de tekening die voor haar lag.

'Wat prachtig,' bracht ze uit, naar het puntje van haar stoel schuivend. 'Je hebt talent.'

'Dan moet u deze eens zien.' Hij pakte een andere schets en raakte steeds enthousiaster. Marina was diep onder de indruk van de weemoedige charme van zijn werk. Hij had allerlei soorten boten geschetst: van vloten van elizabethaanse schepen tot moderne jachten en sloepen. Sommige waren afgebeeld op kalm water bij dageraad, andere op woeste zeeën bij maanlicht, maar allemaal hadden ze iets aangrijpend melancholieks. 'Ik werk ook met olieverf, maar die doeken zijn te groot om mee te nemen. U kunt ze misschien een keer komen bekijken als u wilt? Ik woon bij Salcombe.'

'Bedankt voor de uitnodiging. Ik weet zeker dat die net zo mooi zijn als je schetsen.' Met oprechte blik keek ze hem aan. 'Je hebt echt een bijzonder talent.'

'Als ik mensen zou schilderen, zou ik u schilderen.' Marina negeerde de wellust in zijn ogen.

'Schilder je dan geen mensen?' Ze deed het voorkomen alsof ze teleurgesteld was.

'Geen kans op.' Hij streek met een hand door zijn dunner wordende grijze haar, dat tot aan de goudkleurige epauletten op zijn schouders reikte. 'Nooit gedaan ook. Ik krijg ze niet goed. Wat ik ook doe, ze lijken altijd op apen.'

'Wat jammer nou. Zie je, Balthazar, ik wil graag dat de kunstenaar die hier intrekt mijn gasten álles leert schilderen. Niet alleen maar boten en apen. Het spijt me.'

Op het moment dat Balthazar uit het veld geslagen zijn schouders liet zakken kwam Heather binnen met een dienblad met daarop een zilveren koffiepot en een cappuccino. Marina schonk haar een woedende blik omdat ze er zo lang over had gedaan, en Heather kleurde even toen ze het dienblad op het bureau zette. Marina hoopte dat Balthazar nu meteen zou opstappen, maar zijn gretige ogen bleven strak op de gemberkoekjes rusten en zijn stemming klaarde op. Met tegenzin schonk ze een kop koffie voor hem in, reikte hem de koekjes aan en keek toe hoe hij zich achterover op haar bank liet zakken.

Clementine stapte in haar rode Mini Cooper en reed over de smalle kronkelweggetjes naar het stadje Dawcomb Devlish. Wollige akkers golfden als een lappendeken van verschillende tinten groen onder een wolkeloze hemelsblauwe lucht. Zwaluwen doken omlaag en meeuwen cirkelden rond, en af en toe ving ze een glimp op van de sprankelende blauwe zee die zacht rimpelend overging in de nevelen aan de horizon. En toch, ondanks al die schoonheid, was Clementines hart een en al wrok.

Mismoedig staarde ze naar het grijze asfalt en dacht na over haar lot. Reisde ze maar weer rond door India, genietend van de vrijheid die haar na drie jaar en een respectabele graad aan de universiteit toekwam, in plaats van dat ze elke ochtend naar Dawcomb Devlish tufte om de dag door te zien komen als secretaresse van de oersaaie meneer Atwood en zijn slaperige makelaarskantoor aan de hoofdstraat. Het was een soort schok voor haar geweest toen haar vader had meegedeeld dat hij niet langer het geld had om haar maar te laten doen waar ze zin in had. Ze had gehoopt dat ze het minstens nog een jaar had kunnen uitstellen om aan het werk te gaan. Hij had haar een baan aangeboden in het hotel, net als Jake, die zich had opgewerkt tot manager, maar ze ging nog liever dood dan dat ze haar stiefmoeder boven zich zou krijgen. Dus had hij voor zes maanden een baantje voor haar geregeld, zolang Polly, meneer Atwoods secretaresse, met zwangerschapsverlof was. Het mocht al een wonder heten als ze het zes wéken uithield, want ze kon niet alleen amper typen, maar was ook nog eens ontzettend ongeorganiseerd en vertrouwde er maar op dat Sylvia, de secretaresse van meneer Atwoods partner, het meeste werk wel voor haar zou doen. Ze was zich ervan bewust dat het geduld van meneer Atwood sterk op de proef werd gesteld, maar omdat hij haar vader nog iets verschuldigd was omdat hij geregeld cliënten naar hem toe stuurde, kon hij er niets van zeggen.

Devon was sowieso niks gedaan. Als haar moeder niet haar huis in Londen had moeten verkopen en naar Schotland was verhuisd, zou ze een veel flitsendere baan in Chelsea hebben gevonden en zou ze elke avond met haar vrienden in Boujis hebben gezeten. Maar nu zat ze in Devon, waar ze een hekel aan had vanwege de vele zomervakanties dat ze was meegesleept naar kille stranden en op de rotsen had staan bibberen, terwijl haar broer en haar vader naar krab gingen vissen. Marina maakte altijd uitgebreide picknicks klaar en liep met haar langs het strand om schelpen te zoeken, maar Clementine wilde nooit haar hand vasthouden. Het was maar een kleine daad van verzet, maar ze had altijd het gevoel gehad dat ze tekortschoot naast dit prachtige wezen dat haar vaders hart had gestolen. Ze was zich scherp bewust van de lichtjes in zijn ogen als hij naar haar keek, alsof hij een engel tegenover zich had, en van hoe die lichtjes doofden wanneer hij zijn blik op háár richtte, alsof zij alleen maar stoorde. Ze twijfelde niet aan zijn liefde, maar hij hield gewoon meer van Marina.

Terwijl Clementine de stad naderde, zag ze een zwart voorwerp midden op de weg liggen. Eerst dacht ze dat het een oude laars was, en ze minderde vaart. Maar bij nader inzien bleek het een egel te zijn, die op zijn gemak over het asfalt kuierde. Ze wierp een blik in haar achteruitkijkspiegel en zag dat er een paar auto's achter haar reden; als ze niet zou stoppen, zou de egel zeker worden overreden. Het risico dat het diertje liep rukte haar uit haar overpeinzingen en ze trapte plotseling op de rem, gooide het portier open en schoot de egel te hulp. De bestuurder van de auto achter haar begon nijdig te toeteren. Clementine negeerde hem en bukte zich om de egel vooruit te helpen. Het probleem was dat hij heel stekelig was en onder de vlooien zat. Ze dacht snel na toen ze een paar auto's haar kant op zag komen en trok haar schoenen uit. Voorzichtig tilde ze de egel daarmee van de grond en zette hem in de met gras begroeide berm weer neer. Het deed haar plezier toen ze hem zag wegschuifelen in de bosjes. Toen ze weer in de auto stapte, stond er inmiddels een kleine file. Ze zwaaide in het voorbijgaan om de automobilisten te bedanken en wierp degenen die haar nijdig aankeken een stralende glimlach toe.

Toen ze even later, verontschuldigingen mompelend, het kantoor binnenstormde, was het al over tienen. Sylvia Helvin, een uitbundige roodharige gescheiden vrouw met een ampele boezem die door haar strakke groene v-halstrui en zijden sjaal maar ternauwernood werd beteugeld, legde haar hand over de hoorn van de telefoon en grijnsde breed. 'Geen paniek, schat, ze zijn allebei vanochtend de deur uit voor een vergadering. We hebben het kantoor aan onszelf. Wees eens lief en ga een latte voor me halen.' Ze stak haar felrood gelakte nagels omhoog en lachte gorgelend in de telefoon. 'O Freddie, wat ben je toch een stoute, stoute jongen! Gedraag je een beetje, of ik moet je weer klappen geven!'

Clementine ging de deur uit en liep naar de Black Bean Coffee Shop. Toen ze terugkwam, zat Sylvia, met de hoorn tussen haar kin en schouder geklemd, nog steeds te kletsen, ondertussen verwoed haar nagels vijlend. Clementine zette het kartonnen bekertje met koffie onzacht voor haar neer en gooide haar tas op de grond.

'Met het verkeerde been uit bed gestapt?' vroeg Sylvia nadat ze had opgehangen.

'De Duikboot is bezig met sollicitatiegesprekken met kunstenaars.'

'Ah, de inwonende kunstenaar. Chic, hoor.'

'Dat is het 'm nou net: het is helemaal niet chic. Het is snobistisch gedoe.'

'Maakt het iets uit of hij knap is?'

'Knap? Weinig kans. Je had die piraat eens moeten zien die vanochtend in alle vroegte op de stoep stond. Die was oud, hij stonk een uur in de wind en hij was overduidelijk niet helemaal goed bij zijn hoofd. Het enige wat er nog aan ontbrak was dat hij per schip kwam.'

Sylvia nipte voorzichtig van haar latte om haar lippenstift niet te ruïneren. 'Weet je, ze is ofwel dapper, ofwel niet goed wijs om een volslagen vreemde in huis te halen.'

'Het is geen huis, maar een hotel. En in een hotel doe je dat nu eenmaal: de hele dag volslagen vreemden in en uit laten lopen. Walgelijk!'

'Nee, ik bedoel met al die berovingen. Ze noemen hem tegenwoordig Baffles,* de elegante dief. Hij richt zich op hotels als dat van je vader, en ook op grote huizen. Heb je de krant vanochtend niet gelezen?'

'Ik lees de *Dawcomb Devlish Gazette* niet.'

'Dan mis je een hoop. Het is echt een goudmijn van informatie over wat er hier allemaal gebeurt. Het begint een bizarre toestand te worden. Hij heeft ingebroken bij een groot huis vlak buiten Thurlestone, is naar binnen geslopen terwijl iedereen op één oor lag, en met een heleboel contanten en een waardevol kunstwerk weer vertrokken. Het gekke is dat hij leek te weten waar alles lag – alsof hij er eerder was geweest om eerst een kijkje te nemen.'

'Hoe weten ze dat het een man is?'

Sylvia haalde haar schouders op. 'Nou, hij ondertekent zijn briefjes met Raffles, naar het boekpersonage, en dát was een man. Daarom hebben ze hem ook de bijnaam Baffles gegeven.' Ze liet een nasaal lachje horen. 'Echt voer voor journalisten, die smullen daarvan! Maar let wel, hij heeft geen enkele aanwijzing achtergelaten, behalve een briefje met de tekst "hartelijk bedankt" erop, in keurig handschrift.'

'Dat meen je niet!'

'Zou ik over zo'n serieuze zaak grappen maken?' Ze zoog haar wangen naar binnen. 'Ik plaag je niet, lieve Clemmie. Die dief heeft goede manieren. En dan te bedenken dat hij het nog maar een week geleden op het Palace Hotel in Thurlestone had voorzien. Ik hoop maar dat hij niet deze kant op komt.'

Clementine lachte en liet zich op haar stoel zakken. 'Nou, mij kan het niet schelen of hij inbreekt in het Polzanze en alle kostbare schilderijen van de Duikboot meejat. Hij zou me een grote dienst bewijzen als hij háár ook meteen mee zou nemen.'

'Dat vind ik niet aardig van je. Ik mag haar graag. Ze heeft glamour.'

'Goedkope glamour.'

'Doe toch niet zo snobistisch.'

'Ik ben geen snob. Mij maakt het niet uit wat mensen voor achtergrond hebben, als ze maar aardig zijn.'

* Onvertaalbare woordspeling. *Raffles, een elegante dief* is een boek van E.W. Hornung (1909), zwager van Arthur Conan Doyle, de schepper van Sherlock Holmes. *To baffle* = verbijsteren. [vert.]

'Ze komt net als ik uit deze streek.'

'Dat zou je anders niet zeggen. Ze doet zo haar best om chic te klinken dat je haar plattelandsaccent bijna niet meer kunt horen.' Clementine grinnikte. 'Het probleem is dat ze nu zo'n raar accent heeft gekregen dat het hom noch kuit is – soms klinkt ze zelfs als een buitenlandse!'

'Je valt haar wel erg hard aan, Clemmie. Oké, ze mag dan een paar rare trekjes hebben, maar je zou vergevensgezinder moeten zijn.'

'Ze is pretentieus. Ik hou niet van mensen die doen alsof ze iets zijn wat ze niet zijn. Ze zou er eens mee moeten ophouden om zich voor te doen als een vrouw van de wereld.'

Sylvia diende haar streng van repliek: 'Jij zegt dan wel dat je geen snob bent, Clemmie, maar zo klink je anders wel. Wat heeft die chique opvoeding van je voor je gedaan? Een hete aardappel in je keel en het gevoel dat je boven iedereen verheven bent. Je werkt bij hetzelfde kantoor als ik en verdient een stuk minder. Je vader had zijn geld beter op een spaarrekening kunnen zetten.'

'Ik wilde je niet beledigen, Sylvia. Ze is mijn stiefmoeder. Ik geloof gewoon niet dat ze goed is voor mijn vader, dat is alles. Hij had wel iets beters kunnen krijgen. Je weet dat hij in Londen een heel succesvolle advocaat was. Wat heeft hem in vredesnaam bezield om hierheen te komen en een hotel te gaan runnen?'

'Dat doet zijn vrouw.'

'Precies! Als hij in Londen was gebleven, was hij nu rechter.'

'Misschien wilde hij dat wel helemaal niet. Misschien is hij wel tevreden met de keus die hij heeft gemaakt. Trouwens, je hoeft helemaal niet van je stiefmoeder te houden. Als ze de dochter van een koning was geweest, zou je haar nog steeds niet goed genoeg hebben gevonden.'

'Volgens mij wilde ze het huis hebben omdat het vroeger van de hertog van Somerland is geweest. In haar werkkamer, die vroeger de kamer van de hertogin was, zit ze zich maar lekker belangrijk te voelen. Pap stond in de voedselketen zo'n eind boven haar dat het me verbaast dat ze hem in haar netten heeft weten te strikken.'

'Ik vind haar prachtig. Haar ogen hebben iets dieps en droevigs.'

'Geloof mij maar, ze heeft niets om droevig over te zijn. Ze heeft door pure manipulatie alles gekregen wat haar hartje begeert.'

'Dan zou je een voorbeeld aan haar moeten nemen en slim gebruik moeten maken van je eigen schoonheid.'

'Ik ben niet mooi.'

Sylvia schudde haar hoofd en grijnsde haar vriendelijk toe. 'Als je lacht wel.'

Opgelucht zag Marina Balthazars auto uiteindelijk sputterend de oprit af rijden. Ze trof Grey aan op een ladder in de bibliotheek naast haar kamer; hij zocht een boek om uit te lenen aan de Brigadier, die sinds zijn vrouw vijf jaar geleden was gestorven elke ochtend in het Polzanze kwam ontbijten met eieren en geroosterd brood. 'O hemel,' zei hij. 'Dus dat ging niet best.'

Ze hief haar handen ten hemel en zoog theatraal haar adem naar binnen. 'Ik kwam maar niet van hem af. Nu ruikt mijn kantoor naar een daklozenopvang, en zo meteen moet ik een nieuwe kandidaat ontvangen.'

'Waarom ga je niet buiten zitten? Het is een prachtige dag.'

'Als Elizabeth Pembridge-Hughes een beetje presentabel is, ga ik dat ook doen. Maar als ze knettergek is, moet ik haar uit het zicht houden, want anders worden onze gasten bang. Ik heb een geurkaars aangestoken, maar ik vrees dat dat niet genoeg is.'

'Ik had gedacht dat hij je wel zou bevallen. Je bent toch zo dol op excentriekelingen?'

Ze glimlachte korzelig. 'Niet op excentriekelingen met zwarte tanden en een slechte adem, lang grijs haar en belachelijke kleren!'

'Daar kijk ik van op.' Hij kwam de ladder af.

'Ik hou van *presentabele* excentriekelingen. Die naar limoen ruiken, een schoon hemd dragen en hun tanden poetsen.'

'Aha.' Grey trok een wenkbrauw op.

Hij kuste haar voorhoofd. 'Dit moet wel leuk worden, Marina. Het is tenslotte jouw idee. Geniet ervan.'

'Maar als ik nou geen geschikt iemand vind?'

'Je hóéft niet per se een inwonend kunstenaar te hebben.'

'Ja, dat moet wél. We moeten iets doen om ons te onderscheiden, om mensen te trekken. Ik hoef je er toch niet aan te herinneren hoe we ervoor staan? We moeten nieuwe manieren zien te bedenken om draaiende te blijven, of we worden het zoveelste slachtoffer van de kredietcrisis. Er komt geen geld binnen, Grey. Om eerlijk te zijn leggen we erop toe. Ga maar na: de helft van de gasten die hier in de zomer komen, komt om te schilderen. Mijn Londense dames hebben hun weekje in juni alleen maar geboekt omdat ze het vorig jaar zo leuk hebben gehad. Ik probeer een reputatie op te bouwen waardoor mensen elk jaar terugkomen.'

'Dan gaan we, als de juiste persoon niet opduikt, wel naar hem op jacht.'

Ze verstrengelde haar vingers. 'Clementine vindt het van slechte smaak getuigen.'

'Die is nog jong.'

'Ze is bot.'

'Let maar niet op haar. Ze wil je alleen maar op de kast krijgen.'

'Maar daar trap ik niet in. Ze zou me eens wat respect moeten betonen; ik ben haar stiefmoeder.' Met een ruk draaide ze zich om, met het woord 'moeder' nog als een krenking op haar lippen.

'Wil je dat ik eens met haar praat?'

'Nee. Laat haar maar. Misschien ben ik er gewoon niet zo goed in.'

'Je hebt je best gedaan, schat. Ik weet hoe je je best hebt gedaan, en daar ben ik je ontzettend dankbaar voor. Het is een onmogelijke situatie.' De lucht was plotseling zwaar van woorden die te pijnlijk waren om uit te spreken.

Toen Marina weer iets zei, klonk haar stem kalm. 'Laten we het er maar niet meer over hebben, Grey. Elizabeth hoe-heet-ze-ook-alweer kan hier elk moment zijn en ik wil er niet gestrest uitzien.'

'Je ziet er prachtig uit.'

'Alleen in jouw ogen.'

'Wiens ogen doen er verder nog toe?'

Haar gezichtsuitdrukking verzachtte. 'Jij bent mijn held, Grey.'

'Altijd, lieverd.'

Shane bleef onhandig dralen bij de deur en deed of hij niets hoorde. Met de rug van zijn hand veegde hij zijn grote neus af, maar toen hoorde hij dat er buiten over het grind een auto aan kwam rijden en spitste hij zijn oren. Jennifer liet Rose achter bij de receptie en drukte haar neus tegen het raam om te zien wat déze kandidaat voor iemand was.

2

Elizabeth Pembridge-Hughes was uitermate presentabel. Ze was lang en slank, met fijne, aristocratische trekken, een huid als van porselein en gevoelige blauwe ogen – precies zoals iemand die grootse kunstwerken vervaardigt eruit zou moeten zien. Marina schudde haar de hand en merkte meteen op hoe koud die was.

Ze ging haar voor door het hotel naar het terras, waarbij ze onderweg halt hield in de serre om de citroenboompjes in potten te bewonderen, en de druiven die op het latwerk groeiden en hun ranken als fraaie inktvistentakels over het glazen dak uitspreidden. Elizabeth was uitermate complimenteus en sloeg niets over, en Marina's hart zwol van opluchting dat ze dan toch eindelijk haar inwonend kunstenaar had gevonden.

Ze gingen buiten aan een van de kleine ronde tafels zitten, omgeven door terracotta potten met rozemarijn en lavendel die nog in bloei moesten komen. Elizabeth sloeg haar benen over elkaar en wikkelde haar bleke lila pashmina om haar schouders, want de wind had een kille ondertoon. Haar van nature blonde haar was doorschoten met grijs en de wind kreeg vat op de lokken die aan haar paardenstaart waren ontsnapt en blies ze speels om haar gezicht. Ze was niet gezegend met veel schoonheid, maar haar gezicht had iets hooghartigs wat de aandacht trok.

'Heb je er bezwaar tegen als ik rook?'

Marina had een hekel aan sigaretten en was teleurgesteld. Maar Elizabeth had het beleefd gevraagd, en de woorden daarbij zo keurig welopgevoed gearticuleerd dat Marina besloot het haar te vergeven. Niemand was volmaakt.

Elizabeth zocht in haar tas naar haar sigaretten en aansteker. Dat duurde even, en ondertussen bestelde Marina kruidenthee voor haar gast en een vruchtensap voor zichzelf. Uiteindelijk haalden Elizabeths lange vingers een pakje Marlboro Light tevoorschijn, en ze stak er een tussen haar smalle lippen en gaf zichzelf met haar rug naar de wind gedraaid een vuurtje. 'Wat zit je hier mooi, Marina,' zei ze, rook uitblazend vanuit haar mondhoek. 'Het is ontzettend inspirerend om de zee te zien.'

'Ik moet dicht bij de zee zijn,' antwoordde Marina, die haar zware blik op het glinsterende water liet rusten. 'Die is altijd de rode draad in mijn leven geweest.'

'Dat ben ik met je eens. De zee is goed voor de ziel. Ik heb ooit rondgereisd met een bekende acteur – het zou niet netjes zijn om zijn naam te noemen – die aan zee mediteerde. Ik was geloof ik zijn kunstenares-voor-onderweg. Voor mij was hij een inspiratiebron. Ik heb geprobeerd zelf ook te mediteren, maar in mijn hoofd is het te druk. Ik kan mijn gedachten niet afsluiten.'

'Moet je veel reizen voor je werk?'

'Voortdurend. Ik heb koningen, koninginnen en prinsen over de hele wereld vergezeld. Daar heb ik wel mazzel mee gehad.'

Marina voelde zich ongemakkelijk. Zelfs zij was realistisch genoeg om in te zien dat de positie van inwonend kunstenaar in het Polzanze niet erg begerenswaardig was. Als Elizabeth Pembridge-Hughes gewend was voor koningen te schilderen, zou ze er niet over peinzen om de zomer door te brengen in Dawcomb Devlish om haar kost en inwoning te verdienen met schilderles geven aan oude dames. 'Wat boeiend, Elizabeth. Vertel me eens: welke koningen, koninginnen en prinsen zoal? Ik wil dolgraag je verhalen horen.'

Elizabeth kneep haar lippen samen. 'Nou, dat is nou net het probleem. Zie je, als je zo bevoorrecht bent dat je wordt uitgenodigd op hun buitenlandse reizen, moet je daar je mond over houden. Dat snap je zeker wel?' Ze liet een gnuivend, rokerig en nasaal lachje horen. 'Misschien dat ik een paar pareltjes met je deel als we elkaar wat beter kennen.'

'Natuurlijk.' Maar Marina betwijfelde of ze wel parels te delen hád.

Net toen Marina ernstige twijfels begon te krijgen, kwam Grey het terras op gelopen. 'Ah, mijn man,' zei ze, hem dankbaar toe glimlachend.

Elizabeth nam zijn postuur in zich op – zijn brede schouders, zijn dikke, krullende grijze haar en zijn vriendelijke gezicht – en vond hem uitermate aantrekkelijk. Duidelijk een intellectueel, en een nobel mens

– dat zag je meteen. 'Aangenaam kennis te maken,' bracht ze uit terwijl ze hem de hand reikte.

'Ik dacht zo dat ik maar eens bij jullie moest komen zitten,' antwoordde Grey terwijl hij haar de hand schudde. Hij merkte op dat haar greep zwak was en dat haar vingers dun en koud aanvoelden. 'Hebben jullie het hier wel warm genoeg?'

'Jawel hoor,' antwoordde ze. Hij trok een stoel bij en ging zitten. Een ober haastte zich naar de keuken om koffie voor hem te halen. 'We zeiden net tegen elkaar hoe fijn het is om de zee te kunnen zien.'

'Ja, het uitzicht is inderdaad spectaculair.'

'Ik zou het graag schilderen.'

'Nou, misschien gaat dat ook gebeuren,' zei hij. Toen ving hij de blik van zijn vrouw, en uit haar gezichtsuitdrukking maakte hij op dat Elizabeth Pembridge-Hughes helemaal niet terug zou komen om wat dan ook te schilderen.

'Wat houdt die baan van inwonend kunstenaar eigenlijk in?'

Marina voelde het bekende rukje in haar maag: een innerlijk waarschuwingssysteem dat nooit faalde. Ze wilde Elizabeth Pembridge-Hughes niet in haar hotel hebben, waar ze de hele zomer met grote namen zou lopen te strooien. Maar om niet onbeleefd te zijn moest ze ook ditmaal de hele procedure netjes afwerken. 'Vorig jaar hadden we een charmante man die drie maanden bij ons heeft gelogeerd en de hotelgasten schilderles heeft gegeven. Het is weer eens iets anders, dat ik onze gasten graag zou willen aanbieden.'

'Wat een briljant idee – en zo'n verrukkelijke omgeving om te schilderen.'

'Dat dacht ik ook. Vorige zomer heeft Paul ons allemaal schilderen geleerd.'

'Jou ook?' Ze richtte haar vraag tot Grey.

'Mij niet, nee. Ik ben geen kunstenaar. Marina heeft wel een poging gewaagd – toch, schat?'

'Ja. Hoewel ik er ook niet goed in ben. Het was leuk om te experimenteren en Paul was erg aardig. Het was een genoegen om hem de hele zomer als gast te hebben, en toen hij weg was misten we hem erg. Hij was helemaal bij de familie gaan horen.'

'Dat gaat met mij ook gebeuren. Niets is zo fijn als je mouwen opstropen en ertegenaan gaan. Alle hens aan dek!'

'Zeker weten,' zei Grey, die haar geestdrift amusant vond. De ober zette zijn koffie op tafel, samen met de kruidenthee en een glas grapefruitsap.

Elizabeth legde haar sigaret op de rand van de asbak. 'Ik zal jullie eens laten zien wat ik zoal maak.' Ze rommelde in haar tas en haalde er een zwart fotoalbum uit. 'Ik vrees dat mijn kunst te groot is om mee te nemen. Sommige van mijn schilderijen hangen in koninklijke huishoudens, dus je kunt je wel voorstellen dat je dan voor je fatsoen niet kunt vragen of je ze even mag lenen. Maar dit geeft jullie een goede indruk.' Ze overhandigde Grey het boek. Marina trok haar stoel dichter naar haar man en stootte hem met haar elleboog aan. 'Ik kan ontzettend goed met mensen omgaan,' vervolgde Elizabeth. 'Zie je, het is één ding om te weten hoe je moet schilderen, maar iets heel anders om te weten hoe je les moet geven. Gelukkig ben ik in allebei die dingen goed.' Grey stootte op zijn beurt zijn vrouw aan.

Ze bladerden door foto's van houtskoolschetsen van paarden tot stillevens in olieverf. Het stond buiten kijf dat Elizabeth talent had, maar haar werk had niets van de bezieling van Balthazar Bascobalena's melancholieke boten, en ook niets van zijn flair. Ze was bijzonder goed, maar het was zielloos. 'Je bent heel getalenteerd, Elizabeth,' zei Marina in een poging enthousiast te klinken.

'Dank je. Ik hou van wat ik doe, en volgens mij is dat te zien, niet?'

'O, zeker,' zei Grey, maar Marina zag in haar werk helemaal niets wat op plezier wees. Elizabeth rookte haar sigaret op en stak een nieuwe aan. Terwijl ze van haar thee nipte, zag Marina haar gezicht zich ontspannen. Ze zag er opeens oud en verdrietig uit, als een actrice die genoeg heeft van haar rol. Marina voelde even iets van medeleven, maar ze kon niet wachten om van haar af te komen.

'Ze was vreselijk,' riep ze uit tegen haar man toen Elizabeths auto eenmaal over de oprijlaan was weggereden.

'Je moet heel wat kikkers kussen voordat je je prins vindt. Misschien gaat dat ook wel op voor kunstenaars.'

'Toe nou, Grey. Jij vindt dit zeker allemaal ontzettend grappig?'

'Wel vermakelijk, ja.'

Hij sloeg zijn arm om haar heen en drukte haar even warm tegen zich aan. 'Lieve schat, je mag je gevoel voor humor niet verliezen. Het wemelt op de wereld van de geweldige mensen, zowel heel vreselijke als heel aardige. Elizabeth Pembridge-Hughes was in elk geval onderhoudend.'

'Als ik niet mijn hart vasthield, zou ik net zo geamuseerd zijn als jij.'

'Je hoeft nergens je hart voor vast te houden. Uiteindelijk komt het allemaal goed. Zie het maar als een onderzoek naar de menselijke natuur.'

Grijnzend keek ze naar hem op. 'Daar moet ik dan zeker uit opmaken dat ook God gevoel voor humor heeft.'

'Ja, maar volgens mij was Hij heel serieus toen Hij jou schiep.' Hij lachte, en Marina kon er niets aan doen dat ze met hem mee moest lachen.

Rond twaalven die middag kwam Harvey Dovecote de hal in benen. Harvey, een overtuigd vrijgezel, had van het begin af aan voor Grey en Marina gewerkt en was voor de laatste en minst fortuinlijke hertog en hertogin van Rutshire de beheerder van hun landgoed geweest. Nu, op zijn vijfenzeventigste, deed hij – altijd met zijn tweedpet op zijn hoofd en in een blauwe overall gekleed – alleen nog wat losse klusjes voor Marina. De vaste gasten genoten van zijn vertrouwde aanwezigheid als hij met zijn onweerstaanbare optimisme en charme aan het werk was. Hij was een geliefd figuur, die evenzeer deel uitmaakte van het hotel als de stenen en het cement, en Marina was volkomen afhankelijk geworden van zijn nuchtere gezonde verstand. Hij veegde bladeren bij elkaar, zorgde dat de manden met haardhout gevuld bleven, repareerde gesprongen leidingen en kapotte lichtknopjes. Hij legde de dakpannen goed, repareerde lekkende plafonds, en stuukte en schilderde wanneer het interieur aan een opknapbeurt toe was. Er was niets wat hij niet kon, en hij had de energie van iemand die twintig jaar jonger was.

Hij zag er fit en energiek uit met zijn dunnende grijze haar en zijn lange, vriendelijke gezicht, dat altijd glimlachte. Zijn huid was overdekt met diepe lachrimpels, maar in zijn ogen sprankelde de weerspiegeling van een wendbare geest waaraan niets ontging en die overal de humor van inzag. Hij kwam aanlopen net op het moment dat Elizabeth Pembridge-Hughes er in haar Range Rover vandoor spurtte.

'Alweer een kandidaat gesneuveld!'

'O, Harvey, wat fijn dat je terug bent!' riep Marina uit, en haar twijfels werden weggespoeld door een aangename kalmte. 'Je gelooft gewoon niet met wat voor mensen ik vandaag sollicitatiegesprekken heb moeten voeren. Een piraat en iemand die rondstrooide met beroemde namen. Als het derde sollicitatiegesprek geen succes wordt, weet ik niet wat ik moet doen.'

'Dan wacht je gewoon tot de juiste persoon zich aandient.'

'Denk je dat dat gebeurt?'

'O, natuurlijk.' Harveys zekerheid was vertroostend.

'Hoe gaat het met je moeder? Het spijt me, maar ik ben zo druk bezig met mijn project dat ik vergat ernaar te vragen.' Ze legde haar hand op zijn arm, want met de gezondheid van zijn moeder ging het de laatste tijd niet zo best en ze was in een verzorgingshuis opgenomen. Ze was achtennegentig, en Harvey was haar zeer toegewijd en ging soms wel drie keer per week bij haar op bezoek.

'Ze redt zich aardig. In het Sun Valley is het maar een saaie boel, maar mijn neef Steve en ik doen ons uiterste best om haar aangenaam bezig te houden. Ze is heel opgetogen omdat Steve een tweedehands Jaguar heeft gekocht. Prachtige auto. Snort als een grote poes. Hij kwam ermee naar het verzorgingshuis en ze hebben haar naar buiten gereden, zodat ze hem eens goed kon bekijken.'

'Je hebt me nog nooit eerder over Steve verteld. Ik wist niet eens dat je een neef had. Het klinkt alsof hij een heel geslaagd man is.'

'Dat is hij ook. Hij woont in een groot huis net buiten Salisbury, dat vol staat met prachtige spullen. Hij is verzamelaar, moet je weten. Je zou nog staan te kijken van wat hij allemaal heeft. Mijn broer Tony heeft nooit veel voor elkaar gekregen, maar zijn zoon Steve is een heel andere kant op gegaan. Als ik het zou vragen, zou hij me die Jaguar meteen uitlenen; zo gul is hij wel. Misschien moest ik hem maar eens mee hiernaartoe nemen om hem te laten zien.'

Marina lachte. 'Jij achter het stuur van een sportwagen? Dát zou ik wel eens willen zien.'

'En ik zou jou wel eens willen zien kijken als ik je meenam voor een ritje!' Zijn brede mond ging open en hij lachte hartelijk.

'O, dat zou ik enig vinden, Harvey. Het is jaren geleden dat ik in een mooie sportwagen heb gezeten.'

Plotseling werd ze ernstig. 'Heb je het nieuws vanmorgen gehoord?'

'Jazeker. Hij is net Van Zonderen de Wonderkat.'

'Echt, Harvey...'

'"Van Zonderen is een Wonderkat; hij zondigt ondergronds / Een meesterbrein is hij, jawel, de Wet geeft hij de bons."'

'Het is niet om te lachen, Harvey.'

'Ik zie niet graag dat je je zorgen maakt.'

'Maar het is wél een zorg, Harvey. We moeten waakzaam zijn en maar hopen dat hij het niet op ons voorzien heeft. Wij zijn maar klein vergeleken bij de huizen waar hij tot nu toe heeft ingebroken, dus ik hoop van harte dat hij ons over het hoofd ziet.'

'Dat doet hij vast. Hier valt niet veel te halen.'

'Nee, geen echt waardevolle dingen.'

'Dus zet het maar van je af.'

'De politie heeft hem maar één keer betrapt.'

'"De sterke arm negeert hij straal, de dienders hebben pech / Want waar iets aan de knikker is – Van Zonderen is weg!"'

'Jij lijkt je er helemaal niet druk om te maken.'

'Daarmee weerhoud je hem er toch niet van om naar het Polzanze te komen.'

'Maar waarmee dan wel?'

'Ik ga wel buiten staan met een geweer.'

'Ik geloof niet dat ik me veiliger zou voelen als jij met een geweer rondloopt, Harvey. We moeten een andere oplossing bedenken.'

Harvey krabde aan zijn kin. 'Een hond?'

'Je weet dat ik geen honden op het terrein wil hebben.'

'Je zou je met een hond een stuk veiliger voelen. Katten zoals Van Zonderen gaan niet graag uit stelen op plekken waar honden zijn.'

Ze draaide zich van hem af en sloeg haar armen over elkaar. 'Ik moet er niet aan denken om hier een hond te hebben. Ik kan gewoon niet...'

'Honden zijn vriendelijke dieren.'

'Dat weet ik... maar ik zou echt niet...'

'Dan bedenken we iets anders,' zei hij sussend.

Ze glimlachte opgelucht. 'Ja, graag. Alles behalve een hond.'

Marina's derde en laatste kandidaat was aan de late kant. Hij was een stuntelige student in een spijkerbroek en een ribfluwelen jasje, met fatterig lang blond haar en een babyface, waardoor hij eruitzag als iemand die amper oud genoeg was om al van school te zijn. Ze dronken thee in de serre, want de wind was aangewakkerd, en terwijl zij probeerde zich te concentreren en belangstellend te kijken, vertelde hij haar over zichzelf. Toen Harvey het terras op liep om een wiebelende tafel te repareren, ving hij haar blik en hij trok een gezicht. Ze zat niet op zijn bevestiging te wachten, maar het was prettig om te weten dat hij het ermee eens was: ook George Quigley zou niet de hele zomer bij hen blijven.

Het viel nog niet mee om hem weer de deur uit te krijgen. Hij dronk eindeloze koppen thee en at vier plakjes cake en een heleboel kleine sandwiches met ei. Marina luisterde geduldig toe terwijl hij doorratelde over de universiteit van Exeter, zijn vriendin en zijn ietwat optimistische plannen voor zijn toekomst: tentoonstellingen houden over de hele wereld. Zijn werk was abstract, zoals ze al had verwacht. Ze lachte haar teleurstelling weg en stelde zich voor wat haar oude dames hiervan zouden vinden.

Marina legde uit dat zijn werk domweg te modern voor haar gasten was en kapte hem zonder pardon af toen hij haar probeerde wijs te maken dat hij alles kon schilderen wat ze maar wilde. Maar al had hij kunnen schilderen als David Hockney, ze mocht hem gewoon niet. Net toen hij op het punt stond om te vertrekken, kwam Clementine de hal binnen. Ze wierp één blik op hem, en op haar gezicht verscheen een glimlach van oor tot oor. Ze keken elkaar even aan en hij beantwoordde haar glimlach, terwijl hij haar goedkeurend van top tot teen opnam. Clementine keek hem na toen hij de deur uit ging, waarna ze zich opgewonden naar haar stiefmoeder omdraaide. 'Komt híj de hele zomer hier?'

'Ik ben bang van niet. Hij is volkomen ongeschikt.'

Clementines gezicht betrok. 'Wat is er dan zo ongeschikt aan hem? Als je het mij vraagt, is hij precies de man die je moet hebben.'

'Daarom vraag ik het jou ook niet.'

'Jij bent ook niet snel tevreden! Trouwens, die duffe oude dames van je zouden maar wat blij zijn met zo'n knappe jongeman.'

'Zijn schilderijen zijn veel te modern.'

'Als hij talent heeft, kan hij vast wel de saaie landschappen schilderen waar jij zo dol op bent.'

'Ik zag hem niet zitten.'

'Ik wel.'

'Ga dan naar buiten om een praatje met hem te maken. Kijk, hij staat nog te dralen bij zijn auto. Kennelijk zag hij wel iets in je.'

'Nee,' antwoordde ze scherp.

'Geen interesse?'

Clementine klakte nijdig met haar tong en beende weg. 'Jij snapt er toch niets van.'

Marina slaakte een zucht. 'Ik ga de deur uit,' zei ze tegen Jennifer. 'Ik moet even een frisse neus halen. Het is een vermoeiende dag geweest. Heb je Jake ergens gezien?'

'Die is nog niet terug.'

'Hoe lang duurt het nou helemaal om naar de tandarts te gaan? Nou ja, ik ga. Grey is in de buurt, mocht je hem nodig hebben.'

Doelgericht liep Marina over het klif, haar armen om haar lichaam geslagen, haar schouders opgetrokken tegen de harde wind. Ze kon nooit naar de zee kijken zonder een steek van verlangen in haar hart te voelen, zeker niet op zo'n heldere dag als deze, wanneer de ondergaande zon aan haar ziel trok tot het pijn deed.

Ze haastte zich over het uitgesleten pad naar het strand, waar de laatste zonnestralen geleidelijk aan werden verzwolgen door schaduwen, en trapte haar schoenen uit om blootsvoets over het zand te lopen. De frisse lucht vulde haar longen en haar borst zwol vanwege de schoonheid van de stervende dag. Ze had zich nu zo lang goed gehouden en haar verdriet diep in haar binnenste begraven, op een plekje waar ze het niet makkelijk meer dacht terug te vinden. Maar nu, nu ze halverwege de vijftig was, had het haar teruggevonden en borrelde het weer op door de barsten in haar ouder wordende lichaam, en kon ze het niet langer negeren.

De teleurstelling van de dag en haar zorgen over hun bron van inkomsten werden haar te veel, en ze begon te snikken. Waarom was niet één van die kunstenaars geschikt geweest? Waarom waren ze allemaal zo totaal niet wat ze voor ogen had gehad? Waarom had ze het gevoel dat haar leven opeens geen doel of richting meer had? Waarom brak nu, na bijna veertig jaar, haar verleden opeens achter haar door als een dam en raakte ze overspoeld door pijnlijke herinneringen? Overweldigd liet ze zich op haar knieën zakken. Met haar armen om haar middel geslagen wiegde ze heen en weer in een poging de pijn vanbinnen te verlichten.

Daar vond Grey haar. Hij rende naar beneden het strand op en nam haar in zijn armen. Ze gaf zich zonder verzet over en begroef haar gezicht tegen zijn borst, zodat ze de zee niet meer zag. Geen van beiden zeiden ze iets. Wat viel er te zeggen? Geen enkel zorgvuldig gekozen woord kon de pijn van kinderloosheid stillen.

Ze klampten zich aan elkaar vast. Zwijgend gaf Marina uiting aan haar verdriet, en ze hield op met huilen. Ze sloot haar ogen, getroost door Greys hand die zachtjes over haar haar streek, en door zijn lippen die teder haar slaap kusten, en ademde diep in totdat ze een kalmte over zich neer voelde dalen, als warme honing die op de wonden in haar hart werd gegoten. Het verdriet maakte geleidelijk aan plaats voor dankbaarheid dat ze in Grey een man had gevonden die onvoorwaardelijk van haar hield, ondanks al haar tekortkomingen.

'Ik ben naar je toe gekomen om je te zeggen dat er nog een kandidaat is voor de functie van inwonend kunstenaar. Er heeft net ene Rafael Santoro gebeld, en hij vroeg of de vacature nog open was. Hij klonk heel blij toen ik zei dat dat het geval was.'

'Ik geloof niet dat ik de fut heb om nog iemand te ontvangen,' snifte ze.

'Morgen wel. Op dit moment ben je uitgeput, dus vergeet het nu maar even.'

'Waar komt hij vandaan – uit Italië?'

'Argentinië.'

'Klonk hij... een beetje normaal?'

Grey lachte met zijn mond tegen haar haargrens. 'Wat heet normaal?'

'Is hij geen dolle tangodanser, of een extravagante polospeler?' Ze hief haar hoofd op en veegde met een aarzelende glimlach over haar ogen.

'Geen idee. Maar ik vond hem in elk geval heel normaal klinken.'

'Hoe laat komt hij?'

'Om tien uur.'

Ze slaakte een diepe zucht, en haar krachten keerden terug. 'Oké. Alles is dus nog niet verloren.'

'Er is pas iets verloren als jij het zegt, schat.'

'Kwam Paul maar terug.'

'We vinden wel weer een andere Paul. Die Rafa, zoals hij graag genoemd wil worden, is misschien nog wel beter.'

'Jij bent al net zo optimistisch als Harvey.' Ze lachte, en haar ogen sprankelden weer. 'Mij klinkt "Rafa Santoro" als een merk hondenkoekjes in de oren.'

Clementine trof Sylvia, haar minnaar Freddie, en Freddies vriend Joe in de Dizzy Mariner-pub in Shelton, te midden van modelbootjes en voorwerpen die eruitzagen als roestige restanten van de Mary Rose.

'Shelton is vast het sufste dorp van heel Devon,' zei Clementine, om zich heen kijkend naar de lege tafels. In de hoek zat een ouder echtpaar zonder een woord tegen elkaar te zeggen *steak-and-kidney pie* te eten. Een man op leeftijd in een aftands tweedpak en met een pet op zat op een kruk met de barjuffrouw te praten, die, dankbaar voor het gezelschap, over de toog heen leunde.

'De meeste mensen gaan naar de Wayfarer in Dawcomb, maar mij bevalt het hier wel. Het is knus en het is niet zo'n herrie,' zei Sylvia.

'Ik hou wel van een beetje rust,' zei Freddie, die zijn arm om Sylvia's middel sloeg. 'Dan hoef ik je tenminste niet met anderen te delen.'

'Of het risico te lopen dat je je vrouw tegenkomt,' voegde Sylvia eraan toe, terwijl ze een geëpileerde wenkbrauw optrok.

'Ik wil wedden dat het een hele cultuurschok is om vanuit Londen hier te komen,' zei Joe met een bewonderende blik op Clementine.

'Dat is het zeker. Ik wilde hier ook helemaal niet heen. Ik kan niet goed overweg met de vrouw van mijn vader.'

'Waarom ben je dan gegaan?'

'Omdat ik geld moet verdienen.'

'Ik dacht dat types als jij wel een trustfonds of zoiets zouden hebben.'

Clementine lachte bitter. 'Er was een tijd dat mijn vader bakken geld aan ons spendeerde. Je weet wel, typisch zo'n vader die met allerlei traktaties de genegenheid van zijn kinderen probeert te winnen om de scheiding te compenseren. Maar zo rijk is hij niet meer. De Duikboot – dat is zijn vrouw – is nogal kostbaar in het onderhoud, en ik heb buiten hun medeweten opgevangen dat ze veel last hebben van de financiële crisis. En dan heb je mijn moeder nog, die is hertrouwd met Michael, maar zij is hopeloos met geld. Ze hebben hun huis in Londen moeten verkopen en zijn naar Edinburgh verhuisd, zodat hij in het familiebedrijf kon gaan werken. Hij heeft ontzettend veel geld verloren in de kredietcrisis. Ik geloof dat ik liever arm in Londen zou wonen dan dat ik naar Edinburgh zou moeten.'

'In Edinburgh valt meer te beleven dan in heel Dawcomb en Shelton bij elkaar!' zei Sylvia.

'Misschien wel, maar het is er zo koud. Hier schijnt tenminste de zon.'

'Soms wel, als je geluk hebt.' Sylvia schikte haar jurk en trok de halsopening omlaag om haar decolleté voordeliger te laten uitkomen. Freddie was er even door afgeleid. 'Ik zou voor geen goud in een stad willen wonen. Veel te veel herrie, en de mensen... O, ik moet er niet aan denken om op de stoep om een plekje te moeten vechten. Het is in Dawcomb 's zomers al erg genoeg als al die toeristen de hele boel hier komen overnemen. Zoals het nu is, lekker rustig, bevalt het mij prima. Alleen wij, de dorpelingen, lege stranden, een lege zee, en lange, lege dagen.' Ze giechelde toen Freddie zijn hand hoger op haar dij legde. 'En jij, lieve Freddie, met je lege hoofd!'

'Dat is niet leeg. Het is vol van jou, Sylvia.'

Ze kronkelde van plezier. 'Zin om buiten even een sigaretje te gaan roken?'

Sylvia stapte langzaam de pub door, haar zandloperfiguur strak omhuld door haar blauwe jurk, zodat de man in het tweed met zijn bier morste toen hij zich omdraaide om haar met wellustige blik na te kijken. 'Mond dicht, schat, jij bent veel te oud,' zei de barjuffrouw met een kakelende lach, en ze pakte de vaatdoek om de bar af te vegen.

'Wat een vrouw,' zei Joe hoofdschuddend. 'Een echte feeks.'

'Hoe lang zijn ze al samen?'

'"Samen" zou ik het niet willen noemen. Ze zijn minnaars, zo simpel is het. Hij is getrouwd en heeft kinderen. Zij is gescheiden. Dat kan niet goed gaan. Over een half jaartje krijg je antwoord op je vraag. Gestolen momenten, en ik dien als dekmantel.'

'Daar schijn je anders niet erg onder te lijden.'

'Hij is mijn vriend. Voor Freddie doe ik alles. Het probleem is: hij is verliefd. Een man gebruikt zijn verstand niet als hij verliefd is.'

'Ik was nog klein toen mijn ouders gingen scheiden, maar het heeft me wel beschadigd. Ik bedoel, hoe kan het ook anders? Iedereen die denkt dat kinderen er zonder kleerscheuren af komen wanneer hun ouders uit elkaar gaan houdt zichzelf voor de gek. Mijn hele jeugd lang heb ik ervan gedroomd dat ze weer bij elkaar zouden komen. Zelfs toen mijn vader met de Duikboot was getrouwd en hiernaartoe verhuisde wilde ik dat nog.' Ze boog zich over de tafel en liet haar stem dalen. 'Kreeg de Duikboot maar een ongeluk.'

'Wat stout van je.'

'Heel stout, ja.'

'Zo te horen is ze nog springlevend.'

'Helaas wel. Maar ze heeft in elk geval geen kinderen met mijn vader gekregen. Er bestaat dus toch nog zoiets als gerechtigheid.' Ze sloeg haar wodka-tonic achterover. 'Ik ben nog steeds mijn vaders enige dochter. Dat is een hele troost.'

Joe lachte. 'Je hebt wel humor.'

'Galgenhumor, ja.'

'Kan ik iets te drinken voor je halen?'

'Ja hoor, Joe. Graag.'

Hij liep naar de bar. Clementine leunde achterover op de bank en sloeg hem slaperig gade. Hij was leuk om te zien. Een beetje onbehouwen misschien, maar ze hield wel van de manier waarop hij om haar grapjes lachte en haar zo waarderend bezag. Toen hij terugkwam met haar wodka, grijnsde hij.

'Waarom loop je zo te glimlachen?'

'Om ons.'

'Hoe bedoel je?'

'Nou, Sylvia en Freddie willen ons koppelen.'

'Echt waar?'

'Natuurlijk.'

'Ik dacht dat ze alleen maar buiten een sigaretje gingen roken.'

'Nee. Ze zijn een nummertje maken. Maar ze hebben ons met opzet samen achtergelaten.'

'Dat zou Sylvia nooit doen zonder me te waarschuwen.'

'Natuurlijk wel. Zo is Sylvia. Ze heeft een groot hart. Ze wil graag dat iedereen net zo gelukkig is als zij.'

'Nou, Joe, als jij mijn date bent, kunnen we net zo goed iets te eten bestellen. Ik rammel.'

Gretig staarde hij haar aan en zijn ene mondhoek vertrok vol verwachting. 'Er staan minder sterren aan de hemel vanavond.'

'O ja?'

'Ja, omdat de ster die het felst straalt hier bij mij aan tafel zit.'

Misschien was het de alcohol, of haar eenzame hart dat er klaar voor was om zich open te stellen voor de eerste de beste man die een sleutel had, maar ze moest hartelijk lachen om zijn flauwe versiertruc en nam nog een slok wodka.

Toen Sylvia en Freddie terugkwamen – Sylvia streek haar jurk glad en fatsoeneerde haar opgestoken haar –, zaten Clementine en Joe te genieten van een *cottage pie* en lachten onnozel om alles wat ze zeiden. 'Nou, zo te zien hebben jullie het wel naar je zin,' zei Sylvia, die op de bank schoof en een overweldigende geur van tuberozen met zich meebracht.

'Waar zaten jullie?' wilde Clementine weten.

'Even paffen, schat.'

'Dat was dan een lange sigaret.'

'Ja, we hebben er alles uit gehaald wat erin zat.' Ze lachte hees.

'Laten we bestellen,' opperde Freddie. 'Het ruikt goed.'

'Het ís ook goed,' zei Joe enthousiast met volle mond.

'Sylvia, wilde jij ons koppelen?'

'Zoiets zou ik nooit doen zonder je van tevoren te waarschuwen, Clemmie,' antwoordde ze ontzet.

'Nou, Joe zei anders...'

'Naar Joe moet je niet luisteren. Dat is een ouwe schurk. Hoezo dan, bloeit er iets moois tussen jullie op?' Ze wachtte niet op een antwoord. 'Want in dat geval schrijf ik dat graag op mijn conto.'

'Een betere man dan Joe vind je niet.'

'Freddie heeft gelijk. Tweeëndertig, ongetrouwd, geen kinderen, goede baan – en dat zegt tegenwoordig wel iets.'

'Wat doe je dan, Joe?' vroeg Clememtine.

'Wat jij maar wilt.' Hij lachte om zijn eigen grapje.

'Nee, serieus.'

'Ja, serieus. Ik ben klusser.'

'Net als Harvey,' mompelde ze, giechelend bij de gedachte aan Joe in een blauwe overall en met een pet op.

'Ik kan alles.' Hij trok zijn wenkbrauwen op en grijnsde. 'Echt alles.'

3

De volgende ochtend zat Marina aan de ontbijttafel met Grey in het woonhuis waartoe ze de oude stallen tegenover het hotel hadden verbouwd. 'Ik ben blij dat Jake vanochtend terug is,' zei ze strak. 'Lange afspraak bij de tandarts. Wat heeft die man wel niet allemaal gedaan? Zeker al zijn tanden uit zijn mond getrokken en ze er weer in gezet?'

'Hij is naar Thurlestone geweest.'

'Hoezo? Hij is híér de manager, niet in Thurlestone.'

'Hij is geïnteresseerd in die inbreker.'

'Dus hij heeft een beetje de detective lopen uithangen?'

'Precies.'

'Mooi zo. Nu kunnen we allemaal 's nachts rustiger slapen.' Ze nipte van haar koffie.

'Ik geloof niet dat Jakes aanwezigheid daar erg helpt om de inbreker te vinden.'

'Kennelijk denkt hij dat hij een steentje kan bijdragen.'

'Amateurdetective.'

'Hij zou zijn energie aan zijn werk hier moeten besteden, anders neem ik een andere kracht aan.'

Grey wierp een blik op de klok aan de wand. 'Ik denk dat je Clementine moet gaan wakker maken; straks moet zij ook nog een andere baan gaan zoeken.'

'Die meid zou eens moeten leren zich wat verantwoordelijker te gedragen.'

'Nood doet wonderen.'

'Het is een beetje laat om haar te leren op eigen benen te staan. Ze weet dat jij haar toch altijd wel weer uit de nesten haalt.'

'Als ze terug wil naar India, zal ze zelf het geld moeten verdienen.'

'Grey, lieve schat, ze zou helemaal niet terug moeten willen naar India. Ze zou een fatsoenlijke baan moeten zoeken. India is alleen maar een vlucht voor de rest van haar leven.'

'Ze is dol op reizen.'

'Toen ik zo oud was als zij, moest ik helemaal voor mezelf zorgen. Ík had geen rijke ouders die me steunden.'

'Is het dan niet fijn dat Clementine die wel heeft?'

'Hád, zul je bedoelen. We hebben geen geld meer uit te delen.'

'Ik zie er niets verkeerds in dat ze zolang ze nog vrij en ongebonden is wat rondreist en iets van de wereld ziet.'

'Natuurlijk, daar is niets mis mee. Maar ze doet het om de verkeerde redenen. Als ze geen verantwoordelijkheid voor haar eigen leven neemt, wordt ze nooit volwassen. Je bent te soft. Dat ben je altijd al geweest.'

'Ik ben een schuldbewuste vader.'

'Je hebt geen enkele reden om je schuldig te voelen. Je hebt die kinderen alles gegeven wat hun hartje begeerde. Jake woont en werkt hier, Clementine heeft in haar vakanties de hele wereld rondgereisd. Ze hoefde niet eens te werken om haar collegegeld te betalen. Ze hebben het allebei goed gehad, en het gevolg is dat ze tot op het bot verwend zijn. Maar het zijn niet mijn kinderen, dus...' Ze haalde haar schouders op. 'Het is niet aan mij om kritiek te geven.'

'Maar die geef je wel.' Hij keek haar toegeeflijk aan.

'Omdat het me aan het hart gaat.'

Hij glimlachte. 'Dat weet ik.'

'Maar zíj niet. Zij denken dat ik de vijand ben.'

'Dat is niet waar. Diep in hun hart mogen ze je graag.'

'Dat laten ze anders niet erg blijken.'

'Jij ook niet.'

Ze slaakte een zucht. 'Schaakmat.'

'Neem een croissantje.'

'Je verandert van onderwerp.'

Hij grijnsde. 'Ja, dat doe ik zeker.'

'Heel goed, dan neem ik een croissantje. Zo meteen wordt het tijd om het Hondenkoekje te ontvangen.'

'En om mijn dochter wakker te maken.'

'Ik offer me wel weer op.'

'Maar het is wel een mooi offer.'

Marina dronk haar koffiekopje leeg. 'Jij gaat vanochtend zeker vissen?'

'Het is er prima weer voor.'

'Prachtig, ja. Soms zou ik willen dat ik met je mee kon.'

'Ja, kon dat maar. Het zou je goeddoen om er even tussenuit te zijn en aan iets anders te denken.'

'Ik zou niet weten waar ik over zou moeten nadenken. Het hotel neemt me helemaal in beslag.'

'Dat bedoel ik nou.' Hij stond op. 'Tussen de middag ben ik terug. Veel succes met de Hondenkoek.'

Marina zette een zorgelijk gezicht en slaakte een hulpeloze zucht. Toen Grey langs haar stoel liep, bukte hij zich om haar een kus op haar hoofd te geven. Hij bleef even dralen, voelde de spanning van haar af stralen en zou dolgraag haar last voor haar willen dragen. Hij sloot zijn ogen en ademde haar warme vanillegeur in. 'Wat er ook gebeurt, schat, we zijn samen.' Hij gaf een kneepje in haar schouder en ze legde een hand op de zijne. Zijn aanraking ging vergezeld van zo veel onuitgesproken woorden dat ze de moed niet had om antwoord te geven, dus gaf ze hem maar een kneepje terug. Ze bleven even zo staan en lieten zich waar woorden niets konden uitrichten troosten door hun liefde. Toen gaf hij haar nogmaals een kus en ging de kamer uit.

Clementine werd wakker met een hoofd vol neushoorns die met elkaar in gevecht waren. Ze bracht haar hand naar haar voorhoofd en wreef erover zonder dat dat iets hielp. Terwijl ze langzaam bij zinnen kwam, doken er een voor een flarden van de vorige avond op, totdat zich voor haar geestesoog een onverkwikkelijk beeld aftekende. Ze kreunde om haar eigen dwaasheid. Ze had zich niet alleen door Joe laten kussen, wat op dat moment best fijn was geweest, maar ze had het ook goedgevonden dat hij allerlei andere dingen deed, waaraan ze nog maar vage, verwarde herinneringen had, die gepaard gingen met een gevoel van schaamte. Ze rolde zich om en trok een kussen over haar hoofd. Was het tot de daad gekomen? Tot haar ontzetting ontdekte ze dat ze zich er niets van herinnerde.

De deur ging open en Marina kwam zachtjes binnen. 'Clementine, je moet opstaan. Het is kwart over acht.'

Clementine bleef roerloos liggen en deed of ze het niet hoorde. Marina liep naar het raam en schoof de gordijnen open. Het zonlicht tuimelde naar binnen. 'Het is weer een prachtige dag. Geen wolkje aan de lucht.' Ze kwam naar het bed en tilde het kussen op. 'Ik weet dat je wakker bent. Zware nacht gehad?'

'Te veel wodka in de Dizzy Mariner,' mompelde Clementine.

'Ik zal sterke koffie voor je zetten. Neem een douche, daar knap je van op.'

'Ik wil slapen.'

'Ik ga niet opbellen om te zeggen dat je zogenaamd ziek bent.'

'Alsjeblieft...'

'Nee, dat gaat me echt te ver. Schiet op nou, anders kom je nog te laat.'

Clementine sleepte zichzelf de badkamer in en tuurde in de spiegel boven de wastafel. Haar gezicht zag grauw, de kringen onder haar ogen waren zo donker als paarse stormwolken, en ze had een ontsierend puistje op haar kin. Haar schouderlange haar zat in knopen en klitten, alsof er 's nachts een vogel in gevangen had gezeten die een uitweg had gezocht. Haar lippen waren gezwollen van al het zoenen. Geen enkele hoeveelheid oogdruppels zou haar bloeddoorlopen ogen kunnen verhelpen, en wat haar zelfrespect betrof – ze zocht naarstig naar de paracetamol –, dat was al helemáál hopeloos verloren.

Uiteindelijk kwam ze beneden in de keuken. Bij de geur van verse koffie en warme croissants leefde ze enigszins op. Marina zat aan tafel de *Vogue* te lezen. Ze zag er elegant en verzorgd uit in een beige broek met een kleurige bloemetjesblouse, haar kleine voeten in schoenen met hoge sleehakken gestoken. Ze sloeg haar ogen op van het tijdschrift en glimlachte vriendelijk. 'Dat is beter.' Maar niet meer dan een klein beetje. Clementine had geprobeerd een en ander te camoufleren met te veel foundation en oogpotlood.

'Ik had nooit zo veel moeten drinken.'

'We doen allemaal wel eens domme dingen.'

'Ach, ik weet niet, Marina. Jij ziet er niet uit alsof je ooit ook maar één dom ding in je leven hebt gedaan.'

'Daar zou je nog raar van opkijken.'

'Ja, dat zou ik zeker.' Clementine kon zich niet voorstellen dat haar stiefmoeder ooit dronken was geweest en een ruige man die links en rechts wat kluste zijn euvele zin met haar had laten doen. Ze schonk een kop koffie voor zichzelf in en knabbelde met tegenzin aan een puntje van een croissant. Al kauwend sloeg haar de schrik om het hart: wat nou als hij geen condoom had omgedaan? Stel nou dat ze zwanger was? Of een ziekte had opgelopen? Moest ze naar de dokter? Ze voelde het bloed tot in haar tenen omlaagzakken.

Marine wierp haar een blik toe en merkte wel dat ze zich ellendig voelde. 'Alles goed? Je ziet er beroerd uit.'

'Het gaat wel. Ik heb alleen een kater.'

Marina was niet overtuigd. 'Als je je echt niet goed voelt, zou je niet moeten gaan werken, en zeker niet in de auto moeten stappen. Ik bel meneer Atwood wel om het te zeggen.'

'Maak nou geen drukte. Ik zei toch dat het wel gaat?' Het was niet Clementines bedoeling om haar stem zo scherp te laten klinken, maar ze voelde zich te zwak om zich te verontschuldigen. Ze keek op haar horloge. 'Ik moest maar eens gaan.'

'Je hebt amper gegeten.'

'Ik heb geen trek.' Ze stond op.

'Neem die croissant dan mee om hem in de auto op te eten.'

'Ik haal in de stad wel iets.'

Omdat ze geen toestanden wilde maken, drong Marina niet aan. Ze keek naar de croissant die op tafel was blijven liggen en waarvan nauwelijks was gegeten, en voelde een golf van moederlijke bezorgdheid. Het was niet gezond om de dag op een lege maag te beginnen. 'Tot later dan maar. Een fijne dag.' Clementine reageerde niet. Ze ging de keuken uit en nam de donkere wolk die om haar heen hing met zich mee. Even later sloeg de voordeur met een klap dicht. Een windvlaag kwam de keuken in, maar toen keerde de rust weer en voelde het vertrek opnieuw licht aan.

Marina's gedachten dwaalden naar Rafa Santoro. Ze keek er niet naar uit om hem te ontmoeten. Ze zag ertegen op en voorvoelde een teleurstelling. Als Paul Lockwood nou maar eens terugkwam, zou alles in orde komen. Ze dronk haar koffiekopje leeg en ruimde de tafel af. Terwijl ze de borden opstapelde hoorde ze de deur weer opengaan en klonk de luide zucht waarmee Bertha's komst altijd gepaard ging. 'Môge,' bromde Bertha. 'Weer een heerlijke dag in het Polzanze.' Ze kwam de keuken binnendenderen en zeulde haar zware lichaam het vertrek door. Bertha, een vrouw die veel weghad van een varken, met een vlekkerige roze huid en bleekblond haar in een paardenstaart, werkte in het hotel en kwam elke ochtend een paar uur naar het stallencomplex om Marina daar te helpen.

'Goedemorgen, Bertha. Hoe is het vandaag met je?'

'Nou, met mijn verkoudheid gaat het stukken beter, maar mijn rug... Nou...' Ze overhandigde Marina een ansichtkaart, liet zich op een stoel zakken en bediende zich van Clementines aangeknaagde croissant die nog steeds op tafel lag. 'Helemaal uit Canada. Mooi handschrift.'

‘Katherine Bridges,’ zei Marina met een glimlach. ‘Mijn lerares van vroeger.’

‘Grappig om nog steeds contact te hebben met je lerares.’

‘Ze was meer dan dat. Een bijzonder mens.’

Bertha trok een gezicht. ‘De dokter zei dat ik het eens met dat naaldengedoe moest proberen. Hoe heet dat ook alweer?’

‘Acupunctuur,’ antwoordde Marina afwezig, terwijl ze haar ogen over de ansichtkaart liet gaan.

‘Dat klinkt pijnlijk, met al die naaldjes. Ik geloof niet dat ik daartegen kan. Ik heb nogal een lage pijngrens. Toen ik lag te bevallen blééf ik er bijna in. Als ik niet bij al mijn kinderen een ruggenprik had gekregen, had ik vast het loodje gelegd.’

Marina verstrakte. ‘Ik kan nu beter naar de overkant gaan. Wil je Clementines kamer vanochtend een flinke beurt geven?’

‘Ik zag haar net nog de oprijlaan af rijden. Ze ziet er vanmorgen niet best uit. Er kon geen glimlachje af.’

‘Voor mij ook niet, Bertha.’

‘Zo veel kost een glimlach je niet.’

‘Wel als je zo’n enorme kater hebt, zoals zij. Vergeet haar kamer niet, wil je?’

‘Ik zal mijn best doen.’ Langzaam, met één hand tegen haar onderrug, kwam ze overeind, waarna ze naar de vaatwasser sjokte, waar ze halfhartig de borden in begon te zetten.

Marina stak de ansicht in haar zak en liep over het grind naar het hotel. Bertha controleerde of ze echt weg was, waarna ze de waterkoker aanzette, weer ging zitten, de *Daily Mail* uit haar handtas haalde en een boeiend artikel begon te lezen over een klein katje dat door de wc was gespoeld en dat had overleefd.

Jennifer en Rose stonden toen Marina binnenkwam bij de receptie te praten. In tegenstelling tot zijn zus was Jake een opgewekt persoon, een jongeman die veelvuldig glimlachte en een innemende manier van doen had. Hij was net als zijn vader lang en was met zijn heldere blauwe ogen en lange, rechte neus op een klassieke manier knap. Maar wat afdeed aan zijn charme was dat er geen karakter uit zijn gezicht sprak. Er was maar weinig dat hem onderscheidde van andere knap te noemen Engelsen die in hun leven alleen maar hadden lopen flierefluiten.

Hij begroette zijn stiefmoeder joviaal, en zij glimlachte terug, of ze nu wilde of niet. 'Ik zou kwaad op je moeten zijn.'

'Ik weet het. Het spijt me. Ik had tegen je moeten zeggen dat ik een omweg zou maken naar Thurlestone. Maar ik had nooit verwacht dat ik zo lang weg zou blijven.'

'En, wat ben je over de inbreker te weten gekomen?'

'Behalve dat hij bedankbriefjes achterlaat?'

'Dat is toch vaste prik bij hem?'

'Volgens mij vindt hij het heel leuk dat hij Baffles de elegante dief wordt genoemd. Hij moet wel helemaal op Raffles, die oude filmheld, gefixeerd zijn. Je weet wel, die film waar David Niven in speelde.'

'Oorspronkelijk was het een roman van E.W. Hornung, de zwager van Arthur Conan Doyle, de schepper van Sherlock Holmes. Grey heeft het me verteld; hij weet veel van literatuur. Nou, Baffles kan maar beter oppassen. Straks wordt het nog zijn ondergang. Dieven raken altijd veel te erg met zichzelf ingenomen.'

'Misschien heb je gelijk. Maar op dit moment staat iedereen wel degelijk voor een raadsel. Hij kent de hotels en voorname huizen kennelijk goed, maar niemand komt erachter hoe dat kan.'

'Ik ben geen detective, maar zelfs ik snap dat hij zich dan moet uitgeven voor een gast.'

'Wie weet. Maar gasten hebben toch geen toegang tot alle andere kamers van een hotel?'

'Hij klimt uit het raam en springt als een kat van vensterbank naar vensterbank.' Ze glimlachte terwijl ze terugdacht aan Harvey die het gedicht over 'Van Zonderen' geciteerd had.

'Of hij is iemand die zijn diensten aanbiedt aan hotels – als meteropnemer of reiniger van tapijten.'

'Vroeg of laat krijgen ze hem wel te pakken,' voegde ze er hoopvol aan toe. 'Zulke figuren komen daar nooit mee weg.'

'Hij zou ermee moeten stoppen nu hij nog niet gepakt is.'

'Als hij briefjes achterlaat, doet hij dat omdat hij ervan geniet. Hij is lekker op dreef.'

Jake schudde zijn hoofd. 'Hij gaat nog wel een keer op zijn gezicht, let op mijn woorden. Als hij te zelfingenomen wordt, gaat hij domme dingen doen.'

'Laten we het maar hopen – liever vroeg dan laat.'

Jake liep met haar mee de gang in. 'Ik hoorde dat je sollicitatiegesprekken gisteren niet zo goed gingen?'

'Ik zie het niet meer zitten.' Marina liet haar schouders hangen en glimlachte meewarig.

'Papa zei dat er vanochtend een Argentijn komt.'

'Rafa Santoro. Dat klinkt als een of ander bijzonder merk hondenkoekjes.'

'Van een niet ál te bijzonder merk, mogen we hopen!'

'Ik zou het liefst zien dat hij een heel gewone schilder is. Ik ben niet uit op een apart figuur. Ik hoef hier geen excentriekeling te hebben; daarvan hebben we er al genoeg!'

'Nu we het daar toch over hebben: meneer Potter wil je spreken. Iets over lathyrus.'

'Straks.' Marina keek op haar horloge. 'Ik ga nu even een praatje maken met de oude Brigadier voordat de Hondenkoek hier komt. Als hij vroeg is, ben ik in de eetzaal. Laat hem maar in mijn werkkamer, en als het een rare kwast is, wil ik het niet weten. Vanochtend ben ik niet in de stemming voor rare kwasten.'

De Brigadier zat aan zijn vaste tafeltje aan de overkant van de eetzaal, naast het raam. Hij was gekleed in een driedelig tweedpak en een lichtgele das, en zat thee te drinken en de *Times* te lezen, hardop grinnikend om de dwaasheid van de wereld. De zaal was gezegend met een hoog plafond en enorme ramen die uitzicht boden op de prachtige ceder, zodat de ochtendzon stralend de zaal binnenviel en zijn hoofd deed oplichten als een aureool. Toen hij Marina in het oog kreeg, kwam hij wankelend overeind, al zei ze hem nog zo vaak dat dat niet hoefde, en begroette hij haar vrolijk met zijn stentorstem. 'Wat een verrukkelijke aanblik zo vroeg op de morgen.' Zijn gezicht was een vlezige massa rosse huid en gesprongen adertjes, keurig getrimde bakkebaarden en een snor, en daarboven een volle bos dik wit haar. Zijn ogen mochten dan zo klein zijn als rozijnen, hij zag er prima mee en hij liet zijn blik over haar heen gaan alsof hij een mooie merrie keurde. 'Je bent een toonbeeld van lieftalligheid, Marina.'

'Dank u,' zei ze terwijl ze ging zitten.

'Grey heeft me gisteren een heel interessant boek geleend. Ik ben 's avonds begonnen te lezen en ik kon het niet meer neerleggen.'

'Welk boek is het?'

'*Wereld in vlammen*, van Andrew Roberts. Fantastische lectuur. Prachtig geschreven. Puur genieten. Soms zou ik willen dat ik de klok terug kon draaien. De beste tijd van mijn leven.'

'Ik ben heel blij dat we dat niet kunnen.'

'Je mag me een oude dwaas vinden, maar in die tijd had ik een doel in mijn leven. Ik had een zaak om voor te strijden, en nadien is niets in mijn leven meer zo goed geweest. Ik ben net een oude trein op de schroothoop die zich verliest in herinneringen aan gelukkiger tijden.'

'U hebt wel degelijk iets om voor te leven, Brigadier. U hebt kinderen, kleinkinderen en uw achterkleinkind Albert. U bent bepaald niet op de schroothoop beland.'

Hij grinnikte. 'Ah, ja. Kinderen zijn een zegen. Wanneer je geen nageslacht hebt voortgebracht, heb je niet echt het gevoel dat je de wereld iets hebt nagelaten. Als ik doodga, weet ik tenminste dat mijn bloedlijn wordt voortgezet. We hebben niet voor niets gevochten, ook al waarderen de meeste jonge mensen niet wat we voor hen hebben gedaan. Als wij er niet waren geweest, zouden ze nu Duits spreken en door het stof kruipen voor al die Hunnen! Wat God verhoede!' Hij stikte bijna in zijn lach en schraapte luidruchtig zijn keel om het slijm weg te slikken. 'Over kinderen gesproken: hoe is het met die van jou? Die Jake wordt elke keer dat ik hem zie alleen maar langer.' Marina had het hart niet om hem eraan te herinneren dat Jake en Clementine niet háár kinderen waren.

Het praatje met de Brigadier had haar afgeleid van de ophanden zijnde komst van haar afspraak van tien uur. Toen Jake de zaal door kwam benen, was ze die bijna helemaal vergeten. 'Ah, als je het over de duvel hebt...' zei de Brigadier. Het viel Marina op dat Jake vreemd keek: met een mengeling van geamuseerdheid en vreugde.

'Môge, Brigadier. Marina, de Hondenkoek is er,' zei hij.

'Wat kijk je nou?' vroeg ze, terwijl haar maag verkrampte van beklemming.

'Hoe kijk ik dan? Hij zit in je werkkamer.'

'En, is hij een beetje... normaal?'

'Ik vind hem persoonlijk helemaal niet normaal.'

'Je plaagt me, zeker?'

'Ga nou maar naar hem toe.'

'Wat is dat allemaal over koekjes?' kwam de Brigadier tussenbeide. 'Het klinkt mij goed in de oren, zeker als er melkchocola op zit.'

Toen Marina de hal in kwam, zag ze Shane, Jennifer, Rose, Heather en Bertha op een kluitje bij elkaar staan giechelen als een groep dwaze schoolkinderen. Zodra ze Marina zagen, schoten ze schuldbewust uit elkaar. Er hing opwinding in de lucht, alsof de Kerstman zeven maanden te vroeg was gekomen en nu in haar werkkamer zat te wachten. 'Wil je dat ik koffie kom brengen?' vroeg Heather met hoogrode wangen.

Marina kneep haar ogen tot spleetjes. 'Nou, eerst maar eens kijken wat hij wil.'

'Hij lijkt mij een koffiedrinker,' zei Bertha.

'En wat brengt jóú naar het hotel, Bertha?' vroeg Marina.

'De Cif is op,' antwoordde ze gniffelend. 'Dat had niet op een beter moment kunnen gebeuren.'

'Waarom haal je dan niet een fles uit de kast? Heather, kom jij met mij mee. Dan kunnen jullie verder allemaal aan het werk gaan.'

Enigszins optimistisch gestemd stapte Marina haar werkkamer in. Te oordelen naar de blos op de gezichten van haar personeel moest het een aantrekkelijke man zijn. Dat verraste haar niet, want van Argentijnen was bekend dat ze vaak aantrekkelijk waren. Ze was echter niet voorbereid op de stille aantrekkingskracht van Rafa Santoro.

Hij stond bij het raam uit te kijken over zee, met zijn handen in zijn zakken en verzonken in gepeins. Hij droeg een lichtgekleurd suède jasje, een blauw shirt en een verwassen spijkerbroek, en hij was van gemiddelde lengte, breedgeschouderd en sportief. Ze schatte dat hij dertig was, want zijn gezicht was verweerd, zijn kin stoppelig, en zijn lichtbruine haar viel een stukje over zijn voorhoofd, dat breed was en getekend door fronsrimpels. Toen hij haar hoorde binnenkomen, leek hij even te aarzelen voordat hij zich omdraaide, alsof hij zichzelf bij elkaar moest rapen. Ze nam zijn aristocratische neus en krachtige kaaklijn in zich op, en voelde een groeiende bewondering. Hij was zonder meer knap te noemen. Hij draaide zich om en keek haar aan, en ze was onmiddellijk onder de indruk van zijn ogen. Die waren bruin als karamel en lagen diep in hun kassen, maar het was de uitdrukking die erin lag die haar de adem benam. Die kwam haar bijna vertrouwd voor, en hakkelend begon ze te spreken.

'Aan... Aangenaam kennis te maken.'

'Insgelijks,' zei hij, en hij stak zijn hand uit. Zijn accent was zacht en warm als karamel. Ze pakte zijn hand aan en voelde de warmte van zijn huid door haar arm heen helemaal omhoogtrekken.

'Volgens mij ben jij de eerste Argentijn die een voet in het Polzanze zet,' zei ze omdat ze niets beters wist te bedenken.

'Verbazingwekkend. Zuid-Amerikanen houden anders erg van reizen.'

'Nou, hartelijk welkom in elk geval,' zei ze, en ze wendde haar ogen even af, want zijn blik werd haar te veel. 'Leuk om voor de verandering eens een buitenlands accent te horen.'

'Ik zou anders denken dat zo'n mooie plek als deze mensen van over de hele wereld aantrekt.'

'Je vleit me.'

'Dat is ook de bedoeling.' Hij zei het zo losjes dat ze er niets flirterigs in zag.

Beleefd glimlachte ze. 'Dank je.' Ze mocht hem nu al. Hij bezat niet Jakes oppervlakkige knappe trekken, maar had de rimpels en onvolmaaktheden van een man die het leven in al zijn facetten had doorleefd.

'Ik hoop dat u niet hoopte op een *Engelse* kunstenaar.'

'Helemaal niet. Ik heb geen voorkeur, zolang het maar de juiste man voor deze functie is.' Ze zag dat er een zilveren gesp aan zijn riem zat, waarin zijn initialen stonden gegraveerd: R.D.S.

Hij grijnsde, en zijn huid plooide zich in diepe lachrimpeltjes rond zijn mondhoeken en ogen. 'Een cadeautje van mijn vader.'

'Mooi, hoor. Laten we gaan zitten.'

Hij nam plaats op de bank en Marina liet zich dromerig in de fauteuil neerzakken. Heather, die met een diepe blos stokstijf bij de deuropening bleef staan, was ze helemaal vergeten. 'Wil je thee of koffie?' vroeg ze, toen haar gastvrouwelijke plichten haar weer te binnen schoten.

'Een vruchtensapje lijkt me erg lekker.'

'Dan neem ik er ook een. Sinaasappelsap, vers geperst,' zei Marina.

Verrast keek Heather op. 'Zal ik ook wat lekkere koekjes brengen?'

'Goed idee, Heather.'

'Wilt u ijs in uw sap?'

'Nee, dank je,' antwoordde hij.

Haar blos werd nog dieper. 'Verder nog iets?' Ze maakte geen aanstalten om weg te lopen.

'Alleen de deur, Heather,' zei Marina welbewust. 'Doe die maar achter je dicht. En,' vervolgde ze tegen Rafa, 'hoe raakt een Argentijn in Devon verzeild?'

'Dat is een goede vraag. Ik ben ver van huis.'

'Heel ver, ja.'

'Ik werk voor een reclamebureau in Buenos Aires, op het creatieve vlak. Ik doe al het artwork. Mijn vader is overleden, dus toen heb ik besloten een jaar vrijaf te nemen.'

'Wat erg voor je.'

'Hij was heel oud. Ik ben het jongste kind van vijf, twintig jaar jonger dan degene boven me.'

'Dat is niet niks.'

'Nee, zeker niet. In elk geval, ik besloot te gaan reizen. Dus heb ik de afgelopen maanden door Europa rondgetrokken.'

'Om te schilderen?'

'Ja. Het is een goede manier om de tijd te nemen alles goed te bekijken.'

'Dan zul je inmiddels wel een mooie verzameling hebben.'

'Inderdaad. Maar ik ben bang dat ik niet alles wil bewaren. Ik kan niet rondreizen met koffers vol schilderijen.'

'Dat spreekt voor zich. Wat ga je er dan mee doen? Je gaat me toch niet vertellen dat je ze weggooit?'

'Nee. Dat zou te pijnlijk zijn. In zekere zin ben ik aan elk schilderij gehecht. Dus laat ik ze achter in hotels, restaurants... of ik geef ze weg.'

'Wat gul van je.'

'Het is niet moeilijk om gul te zijn. Ze kosten me niets.' Hij haalde zijn schouders op. 'En trouwens, zo veel zijn ze niet waard. Ik ben niet beroemd. Ik ben niet eens bekend.'

'Als je dat wel was, zou je hier niet zijn.'

'Misschien niet, nee. Ik ben door toeval in Devon terechtgekomen, en ik vond het er zo mooi dat ik besloot te blijven. Terwijl ik liep te piekeren hoe ik dat zou moeten aanpakken, zag ik uw advertentie in de plaatselijke krant. Ik zou graag de zomer hier doorbrengen.'

'En daarna terug naar Argentinië?'

'Ja. Terug naar Buenos Aires.'

'Ik ben nog nooit in Argentinië geweest.'

'Het is daar ook mooi. Naar uw goede smaak hier in het hotel te oordelen, denk ik dat het u wel zou bevallen.'

'Ze zeggen dat het er wemelt van de Italianen die Spaans spreken en dolgraag Engels willen zijn.' Ze lachte en ontspande zich in haar stoel. Hij had zo'n prettig gezicht dat ze zou willen dat er geen einde aan het sollicitatiegesprek kwam. Ze wist nu al dat Rafa Santoro de zomer in het Polzanze zou doorbrengen, of hij nu kon schilderen of niet.

'Dat klopt denk ik wel – wat mij betreft in elk geval. Hoewel ik niet geloof dat ik Engels zou willen zijn. Ik ben tevreden met wie ik ben.'

Op dat moment ging de deur open en kwam Heather binnen met een dienblad met sap en koekjes, gevolgd door Harvey, die graag wilde zien om wie alle drukte te doen was. Hij had het viertal in de hal weer aan het werk gezet, in de wetenschap dat Marina het niks vond als ze maar wat rondhingen zonder dat er iets uit hun handen kwam, zeker als het om Bertha ging, die zo lui was als een varken in de zon. 'Dit is Harvey,' zei Marina, en haar ogen lichtten op toen ze hem zag. Hij schudde Rafa de hand en keek grijnzend naar hem omlaag. Marina had onmiddellijk in de gaten dat hij hem goedkeurde en haar stemming klaarde daar helemaal van op. 'Harvey is al bij ons sinds we dit pand achttien jaar geleden gekocht hebben. Hij is mijn Vrijdag. Zonder hem had ik van het hotel geen succes kunnen maken.'

'Luister maar niet naar haar,' protesteerde Harvey met een twinkeling in zijn ogen. 'Er is hier op het terrein gewoon niemand anders die zo goed gloeilampen kan vervangen als ik. Zelfs op mijn vijfenzeventigste nog!'

'Je ziet er niet uit als vijfenzeventig, Harvey.'

Hij gaf Rafa een knipoog. 'Dankzij dat soort vleierij klim ik nou telkens weer de ladder op en maak ik keer op keer de dakgoten schoon.'

'Heb je wat werk meegebracht om ons te laten zien?' vroeg Marina.

'Natuurlijk.' Rafa trok een bruinleren tas op zijn knie en ritste die open. Hij haalde er een schetsboek uit en legde het op de salontafel.

Gretig boog Marina zich naar voren. 'Mag ik?'

'Natuurlijk.'

Ze sloeg het eerste blad op. 'Prachtig,' bracht ze ademloos uit bij een met veel flair en warmte geschilderde aquarel van een rivier. Een vlucht vogels steeg op in de lucht, sommige nog in het water, andere al hemelwaarts stijgend, en ze voelde de waterspatten bijna terwijl ze met hun poten het oppervlak in beroering brachten. De volgende tekening was een schets van oude vrouwtjes die op een markt zaten te roddelen, met gezichten die een scala aan emoties uitdrukten, van verbittering tot trots. 'Je bent een veelzijdig kunstenaar.'

'Dat moet wel, in mijn werk. De ene dag moet ik een colafles tekenen, de volgende dag een landschap, en de dag daarna een karikatuur. Het is nooit hetzelfde.'

'Waar heb je leren tekenen?'

'Niet speciaal ergens.'

'Dus je bent met tekentalent geboren?'

'Het zou kunnen.'

'Wat ben je dan een geluksvogel.'

Rafa grijnsde naar Harvey. 'Maar dakgoten leegscheppen kan ik niet goed.'

Marina bladerde het hele schetsboek door en bij elke nieuwe tekening groeide haar bewondering. 'We zouden het heel fijn vinden als je de zomer bij ons wilt doorbrengen,' zei ze terwijl ze achteroverleunde in haar stoel.

Rafa keek blij. 'Graag.'

Ze keek enigszins opgelaten. 'We kunnen je alleen niet betalen, ben ik bang. Maar je krijgt wel gratis kost en inwoning. Het enige wat we van je vragen is dat je beschikbaar bent om de gasten schilderles te geven. Uiteraard zorgen wij voor alle materialen.'

'Wanneer wilt u dat ik begin?'

Opgetogen klapte Marina in haar handen. 'Volgende maand. Zullen we zeggen 1 juni?'

'Dan wordt het 1 juni.'

'Kom dan een dag eerder, zodat je tijd hebt om je te installeren.'

'Ik kijk ernaar uit.'

'Ik ook,' antwoordde ze, blij dat hij tevreden leek met wat ze hadden afgesproken. 'Je hebt geen idee hoe moeilijk het is geweest om je te vinden.' Vervolgens gingen haar gedachten naar Clementine. Nu zou die tenminste iets krijgen om haar dankbaar voor te zijn.

4

Gekleed in een skinny jeans en een dikke grijze truin bijna tot aan haar knieën wankelde Clementine op hoge hakken naar haar werk. Het was lente, maar ze voelde zich verkild tot op het bot. Ze wist niet wat meer pijn deed: haar moreel of haar hoofd. Sylvia zat in een strakke jurk en met stiletto's aan haar voeten aan haar bureau haar nagels te lakken. Meneer Fisher, de partner van meneer Atwood, zat al in zijn kantoor aan de telefoon. Ze was opgelucht dat ze eerder was dan haar baas, al kon ze zich niet voorstellen dat er veel uit haar handen zou komen. 'Lieve help,' zei Sylvia hoofdschuddend, 'je ziet er niet best uit.'

'Ik voel me verschrikkelijk.'

'Ga dan even koffie halen.'

'Ik heb thuis al koffiegedronken.'

'Haal er dan nog maar een. Zo meteen komt meneer Atwood en die wil vast een magere latte en een bosbessenmuffin. Als je die alvast klaarzet op zijn bureau, vergeeft hij het je dat je er zo afgetrokken uitziet.'

'Is het zo erg dan?'

'Ja, schat, heel erg. Je zou op jouw leeftijd geen foundation moeten gebruiken. Pas als je tegen de dertig loopt, zoals ik, mag je jezelf helemaal dichtplamuren.'

Clementine liet zich op haar stoel zakken en zette haar computer aan. 'Ik kan me van gisteravond maar weinig herinneren.'

'Wat herinner je je wél?'

'Joe.' Ze sloot haar ogen, in de hoop dat zijn beeld zou verdwijnen.

'Wat een lekker ding, hè? En zo knap! Jullie konden het kennelijk prima met elkaar vinden, en dat doet me deugd, want ík was degene die jullie aan elkaar heeft voorgesteld. Volgens mij is hij tot over zijn oren verliefd. Ik heb hem nog nooit zo zien doen.'

'Hoe zien doen?'
'Hij kon niet van je afblijven.'
'O nee?'
'Nee!' Ze grijnsde. 'Meestal is het andersom en moet hij zich de vrouwen van het lijf slaan.'
'Dat klinkt bemoedigend.'
'Je klinkt niet erg blij. Hij is een goede partij, hoor.'
'Dat zal best. Een grote vis in een kleine vijver.'
'Er is niets mis met een kleine vijver. Beter dan een kleine vis in een grote vijver.'
'Ik weet het niet, hoor. Hoe groot die vijver ook is, over de vis ben ik niet zeker.'
Sylvia fronste haar wenkbrauwen. 'Nu volg ik je even niet.'
'Ik weet nog dat we naar zijn huis zijn gegaan. Ik weet nog dat Freddie en jij hebben gedanst.'
'Freddie is dol op dansen.'
'Vervolgens herinner ik me zijn bank.'
Sylvia liet een hese lach horen. 'Dat geloof ik graag. Die bank heeft in zijn leven al heel wat meegemaakt.'
'Ja, daar zat ik net op te wachten. Bedankt.'
'Je weet best wat ik bedoel. Hij is geen monnik.' Ze hield haar nagels op en wapperde ze droog. 'En jij bent geen engel.'
'Ik wil er niet over nadenken.'
'Je hebt er toch geen spijt van? Het geheim van het leven is dat je nergens spijt van moet hebben. Zonde van de tijd. Je hebt het toch leuk gehad?'
'Ik kan het me niet herinneren.'
'Toen we weggingen zag je eruit alsof je je amuseerde.'
Clementine voelde haar stemming kelderen. 'Ik was bang dat jullie weg waren gegaan.'
'Ik ben geen voyeur, Clemmie. Trouwens, Freddie en ik hadden zelf het een en ander te doen. Mmm, dat is nog eens een man die weet hoe hij het een vrouw naar de zin moet maken zonder dat hij daar satellietnavigatie bij nodig heeft.'
De deur zwaaide open en meneer Atwood kwam binnen. 'Goedemorgen, dames,' zei hij opgewekt. Vervolgens zag hij Clementine op haar stoel in elkaar gezakt zitten, met haar tas op haar knie. 'Ga je ons alweer verlaten, Clementine?'

'Ik wilde net een latte en een muffin voor u gaan halen,' antwoordde ze terwijl ze opstond.

'Mooi zo. Wil je dan ook een *Gazette* en een *Telegraph* voor me meenemen? O, en als je toch de deur uit gaat: mijn vrouw is morgen jarig; kijk maar of je een passend cadeautje kunt vinden.'

'Passend?'

'Een geurkaars of zoiets. Jij bent een vrouw, jij weet waar vrouwen van houden. Ik heb zelf geen idee en zit er altijd naast.'

'Ik weet niet waar uw vrouw van houdt.'

'Ik wel,' zei Sylvia, die het dopje op het flesje nagellak schroefde. 'Je moet naar Kitchen Delights gaan en daar iets voor haar uitzoeken. Dat is haar favoriete winkel.'

'Maar als ze dat nou al heeft?'

'Het gaat om het idee,' zei meneer Atwood. 'Het idee alleen is al genoeg om het vrouwtje gelukkig te maken.'

'Ik zal mijn best doen.' Clementine vond het wel fijn om even van kantoor weg te kunnen.

'Wees eens lief en neem een chocoladebrownie en een beker thee met melk en zonder suiker voor me mee,' voegde Sylvia eraan toe. 'En een zwarte koffie voor meneer Fisher.' De telefoon ging. Ze pakte hem op, oplettend om haar nagels niet te bederven, en antwoordde met zangerige stem: 'Atwood & Fisher, met Sylvia. Wat kan ik voor u doen?' Meneer Atwood beende naar zijn kantoor en legde onderweg daarnaartoe de tijdschriften op de salontafel bij de receptie recht, waarna hij de deur achter zich dichttrok.

Clementine stapte de straat op en kneep haar ogen tot spleetjes in de zon. Ze wilde doorlopen tot ze zichzelf vergeten was.

Eerst ging ze naar Kitchen Delights, waar ze welbewust zo veel mogelijk tijd doorbracht met rondneuzen om een geschikt cadeautje te vinden. Ze zag die arme mevrouw Atwood al voor zich met een schort voor, zwoegend bij de oven voor een man die niet eens de moeite wilde nemen om zelf iets voor haar uit te zoeken. Wat voor soort echtgenoot was dat? Ze kon zich niet voorstellen dat het mens blij zou zijn met een paar pannen. Wat was er mis met een mooie ketting of een handtas? Meneer Atwood had er helemaal geen verstand van, en Sylvia in feite ook niet. Wat een provincialen, snoof ze vol verachting bij zichzelf, terwijl ze een set puddingvormpjes oppakte. Na een kwartiertje besloot ze een glimmende roze mixer aan te schaffen. Ontzettend leuk, dacht ze, tevreden over haar keus. Ze keek op het prijskaartje en kromp in elkaar. Duur, maar wie lui is moet nu eenmaal dokken.

Ze slenterde met haar aankoop naar de Black Bean Coffee Shop en kocht onderweg de kranten, een verjaardagskaart en cadeaupapier; bij de kaarten was ze een minuut of tien bezig en zocht om zichzelf op te vrolijken de meest *on*geschikte kaart uit.

Tegen de tijd dat ze bij de koffieshop aankwam, voelde ze zich een heel stuk beter. Ze zeeg neer op een van de velours banken met een latte en een broodje, en las in de *Gazette* over de laatste inbraken. Zo gingen er nog eens twintig minuten op uiterst bevredigende wijze verloren. Vergenoegd haalde ze diep adem en sloeg de andere klanten gade: een paar moeders met kleine kinderen, een drietal zakenmannen die een bespreking voerden, een schoolmeisje dat spijbelde. Maar ze kon hier niet de hele ochtend blijven zitten. Met tegenzin dronk ze haar kopje leeg en sloot aan in de rij om de lange lijst verzoeknummers te bestellen die ze mee terug moest nemen naar kantoor. Ze dacht aan Joe, en haar angsten keerden terug en bezorgden haar maagzuur.

De deur zwaaide open en er kwam een man in een suède jasje en een spijkerbroek binnen. Ze keek even naar hem. Maar in plaats van zich weer om te draaien bleef ze als aan de grond genageld staan, niet in staat haar blik af te wenden. Hij keek de koffieshop rond en ging toen achter haar in de rij staan.

Clementine rukte haar ogen met enige moeite van hem los, maar niet dan nadat ze hem een glimlach had ontlokt. Ze voelde een blos vanuit haar hals omhoogkruipen en haar wangen kleuren, en ze vergat Joe en het gevoel dat ze tekort was geschoten geheel en al. Ze kon het sandelhout in zijn aftershave ruiken. Ze ademde de geur in, genietend van het aroma van exotische oorden. Hij was duidelijk geen Engelsman. Engelsen wisten niet met zo veel flair een spijkerbroek te dragen en ze bekommerden zich niet om riemen met zulke rijk versierde gespen. Ze keek omlaag naar zijn voeten: bruine suède loafers. Dat soort schoenen had ze al niet meer gezien sinds ze uit Londen was vertrokken. De klanten voor haar waren snel geholpen en algauw kon ze bij de balie haar bestelling opgeven. Daarna stapte ze opzij om ruimte te maken voor de vreemdeling, terwijl de serveerster de muffin en brownie in een tastje deed en wegliep om haar thee en koffie klaar te maken.

'Is al dat gebak voor jou?' vroeg hij.

Clementine schrok. Ze had er geen moment rekening mee gehouden dat hij haar zou aanspreken. Ze probeerde haar hoofd koel te houden, maar haar hart danste lawaaiig in haar borstkas. 'Wou je soms zeggen dat dat onverstandig is?'

'Natuurlijk niet. Het is belangrijk dat vrouwen goed eten.' Nu grijnsde hij haar toe.

'Neem jij ook iets verbodens?'

'Als je het zo stelt, lijkt me dat geen verkeerd plan.'

'Het zou onbeleefd zijn om het niet te doen. Waar kom je vandaan?'

'Uit Argentinië.'

'Argentinië? Het land van het polo.'

'Je bent goed op de hoogte.'

Ze lachte en voelde zich dwaas. 'Ik weet er helemaal niets van. Ik ben naar de Cartier Polo Match geweest en heb de Argentijnen de Britten zien inmaken, en ik heb *Evita* in het theater gezien. Dat is zo'n beetje alles wat ik ervan weet.'

'Het is een goed begin.'

'Maar dan ben je wel ver van huis.'

'Dat valt wel mee, hoor. De wereld wordt steeds kleiner.'

Het meisje achter de balie stond afwachtend bij de kassa. 'Kan ik u helpen?' Het viel Clementine op dat zij ook opklaarde zodra ze hem zag.

'Een chocoladebrownie en een espresso.' Hij draaide zich om naar Clementine. 'Zoals je al zei: het zou onbeleefd zijn om het niet te doen.'

Ze lachte. 'Reken maar. Maar als je uit Argentinië komt, moet je eigenlijk naar Devil's gaan en onze scones met room en jam eens proberen. Die zijn goddelijk.'

'De volgende keer dat we elkaar tegenkomen moet je me daar maar eens mee naartoe nemen.'

'Afgesproken.' Ze hoopte oprecht dat er een volgende keer zou komen.

Ze rekende af. Hij nodigde haar niet uit bij hem te komen zitten. Misschien was hij ook niet van plan te blijven. 'Nou, dagdag dan maar, vreemdeling.'

'Dag. Geniet van je verboden muffin.'

'Die is niet voor mij, om eerlijk te zijn. Hij is voor mijn baas.'

'De mazzelaar.'

'Hij is inderdaad een mazzelaar. Hij verdient het bepaald niet.' Ze kon nu niet anders dan weggaan. De rij achter hen keek ongeduldig toe. Ze schonk hem een terloopse glimlach, zo terloops als ze kon opbrengen, terwijl haar mond haar hele gezicht wel wilde opslokken van geluk, en liep de zaak uit.

Opgewonden haastte Clementine zich terug naar kantoor. Met tassen en al wierp ze zich tegen de deur en tuimelde naar binnen. 'O mijn god!' riep ze uit tegen Sylvia, die net olie in haar nagelriemen zat te masseren.

'Je ziet er een stuk beter uit. Wat heb je gedaan? Heb je het cadeau?'

'Een roze mixer.'

'Geweldig!'

'Dat vond ik ook. Ik heb ook cadeaupapier en een kaart.'

'Laat eens kijken.' Clementine zette de tas op Sylvia's bureau. 'Jij moet het eruit halen, schat. Mijn nagels zijn nog niet droog.'

'Ik heb net de allerlekkerste man ontmoet die ik ooit heb gezien!'

'Nog lekkerder dan Joe?' Sylvia keek teleurgesteld.

'Hou maar op over Joe, Sylvia. Die komt niet in aanmerking.'

'Jammer, want hij heeft je net een bos rozen gestuurd.' Ze knikte naar Clementines bureau.

Toen Clementine de tien forse rozen zag, verpakt in cellofaan met een strik eromheen, zonk de moed haar in de schoenen. 'O god!'

'Die kan je niet helpen.'

'Je weet het nooit.'

'Vertel verder. Amuseer me eens.'

'Er kwam net een verrukkelijke buitenlander, een Argentijn, de Black Bean Coffee Shop binnenparaderen en hij knoopte een praatje met me aan.'

'Meen je dat serieus? Met al die aangekoekte lagen make-up op je gezicht?'

'Ja.'

'Een buitenlander. En?'

'Nou, dat is het.'

'Heb je hem je nummer gegeven?'

'Natuurlijk niet.'

'Heeft hij jou het zijne gegeven?'

'Nee.'

'Weet hij waar je werkt?'

'Sylvia, hij weet niets van me. We hebben een babbeltje gemaakt, meer niet.'

'Ik ben niet eens een klein béétje geamuseerd. Dus Joe ligt eruit vanwege een man met wie je vijf minuten hebt gepraat en die je nooit meer terugziet?'

'Ik ben in de zevende hemel.'

Sylvia keek verbijsterd. 'Je bent een heel rare meid, Clemmie. Wat is je sterrenbeeld?'

'Ram.'

'Daar moet een Waterman tegenover staan.'

'Wat jij wilt. Maar mijn kater is over.' Ze glimlachte breed.

'Nou, godzijdank heb ik dit.' Ze overhandigde Sylvia de kaart. Sylvia keek naar de zwart-witfoto uit de jaren vijftig van een vrouw met een schort voor die met een serene glimlach op haar gezicht met een houten lepel stond te zwaaien. De bijbehorende tekst luidde: *Je raadt vast niet waar ik deze in wil steken.*

'Vind je dit gepast?'

'Hij heeft toch geen idee voordat ze hem openvouwt. Ik vind het wel geestig.'

'Maar híj vast niet.'

'Maar zijn vrouw wel.'

Sylvia lachte en gaf de kaart terug. 'Dat denk ik ook. Geef me nou het cadeau en het papier maar; dan pak ik het als mijn nagels droog zijn voor je in. Want als jij cadeaus net zo inpakt als je jezelf aankleedt, krijg je commentaar van meneer Atwood.'

Clementine was het grootste deel van de ochtend bezig papieren op te bergen in de eerste de beste mappen, zonder ook maar enigszins rekening te houden met degene die ze later zou moeten kunnen terugvinden. Ze mijmerde over de knappe Argentijn. Ze vroeg zich af wat hij hier in Dawcomb te zoeken had, of hij hier zou blijven, of dat hij de trein naar Londen zou nemen en voorgoed zou verdwijnen. Ze verwachtte niet dat ze hem nog terug zou zien, maar ze kon het niet nalaten erover te fantaseren dat ze hem mee zou nemen naar Devil's voor scones met room. Misschien, als ze genoeg geld had verdiend, zou ze naar Argentinië gaan in plaats van naar India. Belde hij maar op om voor de zomer woonruimte te huren; ze had spijt als de haren op haar hoofd dat ze niet naar een manier gezocht had om Atwood & Fisher ter sprake te brengen. Ze had die naam met gemak ergens in het gesprek kunnen laten vallen en bovendien zat ze vlak om de hoek. Hij had langs kunnen komen na zijn koffie en haar mee uit lunchen kunnen vragen.

Helaas was het niet de Argentijn die om half een het kantoor binnenkwam, maar Joe, die voorstelde even snel een hapje te gaan eten bij de

Brasserie aan zee. Clementine deed alsof ze het leuk vond en legde een hand tegen haar buik om de krampen van spijt te laten stoppen, en ze bedankte hem voor de bloemen. Ze durfde hem amper in de ogen te kijken, voor het geval die nog meer herinneringen opriepen aan de vorige avond. Ze besloot dat ze er maar beter niets van kon weten, want op die manier bleef de mogelijkheid dat ze het níét had gedaan nog steeds bestaan.

Joe was ontzettend onbehouwen vergeleken met de buitenlandse man, met zijn grove en regelmatige trekken waar geen enkel karakter uit sprak. In zijn spijkerbroek zonder enig model en met zijn v-halstrui haalde hij het in de verste verte niet bij de man die ze nooit meer terug zou zien. Ze kon nog steeds het sandelhout op zijn huid ruiken en zag zijn schalkse grijns en diep in hun kassen liggende ogen nog zó voor zich. Aan Joe was niets dieps – alleen het gat waar ze zich nu zonder dat het haar bedoeling was dieper in groef door erin toe te stemmen met hem te gaan lunchen.

Meneer Atwood gaf haar een uur, zolang Sylvia het kantoor maar zou bemannen. Hij was ingenomen met het cadeau voor zijn vrouw, dat keurig was ingepakt met een strik eromheen. Het leek nu alsof hij veel moeite had gedaan om het ideale cadeau te vinden. Ze zou dolblij zijn met de mixer; roze was haar lievelingskleur. Hij ondertekende de kaart zonder die te bekijken en stopte hem in de tas bij het geschenk, waarna hij de telefoon pakte om zijn maîtresse te bellen.

In het hotel was de eetzaal bijna leeg, op een paar hotelgasten na die bij het raam in stilte zaten te eten en een ouder echtpaar dat uit de stad was gekomen om met een dure lunch hun gouden bruiloft te vieren. Heather bediende slaperig de tafels, terwijl Arnaud, de sommelier, zijn enorme lichaam gewichtig tussen de gasten door loodste, zwaaiend met de zilveren *tasse de dégustation* die aan een rijk bewerkte ketting om zijn hals bungelde.

Marina was te blij om het jammer te vinden dat de tafels leeg bleven. Ze had haar kunstenaar voor de zomer gevonden. Hij was charmant, getalenteerd en hartelijk. Bovendien mocht Harvey hem, en Harvey had een goede neus wat mensen betrof. Ze ging aan haar bureau zitten en begon een lange lijst op te stellen van spullen die ondanks het weinige geld dat ze beschikbaar had aangeschaft moesten worden. Ze was er zeker van dat Rafa mensen naar het hotel zou trekken zodra ze zijn komst op hun website had aangekondigd. Shelton stond bekend om zijn natuurschoon en vogels. Als ze op de een of andere manier overal ter wereld mensen die wilden schilderen zou weten te bereiken, wist ze zeker dat ze het hotel van een faillissement zou kunnen redden.

Het geluid van de zee en de krijsende meeuwen dreef door het open raam naar binnen en voerde haar gedachten naar het water waar haar geheime pijn verspreid lag over de golven en in de wind. Heel even werd ze overspoeld door een overweldigende sensatie van verlies. Ze hield haar pen een moment stil boven het papier en gaf er bijna aan toe. Maar toen herinnerde ze zich weer haar geliefde Polzanze. Het pand waar ze een schitterend hotel van had gemaakt, met alle vastberadenheid en doelgerichtheid van een vrouw die vastbesloten is om, als haar lichaam het niet kon, dan toch zeker iets met haar handen te scheppen. Het Polzanze had haar op de been gehouden wanneer haar verdriet had gedreigd haar te breken. Ze had al haar liefde in de conceptie en de geboorte van het hotel gestoken. Zonder dat zou ze verloren zijn. Ze begon te schrijven tot het gebrul van de oceaan en het gekrijs van de meeuwen vervaagden tot een doffe jammerklacht.

Ze werd gestoord door een zachte tik op het raam. Ze keek op. Daar, met zijn wollig behaarde gezicht tegen het glas gedrukt, stond meneer Potter, de tuinman. Toen hij zag dat ze hem had opgemerkt, zette hij zijn pet af, liet een tandeloze glimlach zien en wenkte dat ze naar buiten moest komen om met hem te praten. Met een zucht stond ze op en deed het raam open. 'Het spijt me, ik was het helemaal vergeten,' zei ze, zich naar buiten buigend. 'De lathyrus.'

'Inderdaad, mevrouw Turner.'

'Ik moet even mijn laarzen aantrekken en dan kom ik naar buiten.'

'Neem me niet kwalijk dat ik u stoor. Het zag eruit of u druk aan het werk was.'

'Het geeft niet. De tuinen zijn net zo belangrijk als het huis.'

Zijn grijze ogen twinkelden onder witte suikerspinwenkbrauwen. 'Dat zijn ze zeker.'

'Ik zie u bij de kas.' Ze liep weg van het raam en keek met een golf van genegenheid toe hoe de oude man zijn pet weer opzette en ervandoor stiefelde, waarbij hij door zijn stijve heup een beetje hinkte.

Net toen ze naar buiten wilde gaan herinnerde ze zich de ansichtkaart van Katherine Bridges, en ze haalde hem uit haar zak. Ze las de tekst nogmaals en glimlachte liefdevol bij zichzelf toen ze terugdacht aan haar oude vriendin, die nu achter in de zestig was en aan de oever van Lake Windermere in British Columbia woonde. De liefde had haar naar de andere kant van de wereld gevoerd en dat kon ze haar niet kwalijk nemen, maar ze miste de enige vrouw in wie ze ooit echt vertrouwen had gesteld. Ze pakte een gebloemde opbergdoos van de plank en maakte hem open. Ze stopte de kaart erin en zette de doos terug. Vervolgens stapte ze de tuin in om meneer Potter te zoeken.

'Nou, ze heeft haar kunstenaar gevonden,' zei Bertha, die met Heather aan de keukentafel zat. De lunch was voorbij, de paar gasten waren vertrokken, en de drie koks hadden hun schort afgedaan en zich teruggetrokken voor de middag.

'Wat een heerlijke man,' verzuchtte Heather, en haar onmiskenbare Devonse accent wolkte rond de woorden als de damp die opsteeg van haar warme chocolademelk.

'Denk je dat het waar is wat ze over buitenlanders zeggen?'

'Wat zeggen ze dan?'

'Dat het zulke goede minnaars zijn.'

Heather giechelde. 'Ik zou het niet weten.'

'Waarom zouden zij beter zijn? Wat doen ze dan dat Engelsen niet doen?'

'Misschien houden ze het langer vol?'

Bertha bromde: 'Daar is niets goeds aan.'

Heather nam haar warme kop in haar handen. 'Zou ze nou wat kalmer worden nu ze haar kunstenaar heeft gevonden?'

'Ik mag het hopen. Ze is behoorlijk gespannen. Volgens mij zit ze in een midlifecrisis.'

'Echt?'

'O, zeker weten. Ze is over de vijftig en ze heeft geen kinderen. Ik wil wedden dat ze daar verdriet van heeft.'

'Het arme mens. Iedere vrouw verdient het om kinderen te krijgen.'

'Je kunt er gek van worden, weet je, als je geen kinderen krijgt. Dat heeft er iets mee te maken dat je baarmoeder verdroogt.'

'Echt?'

'O, zeker weten. Die verdroogt, en dat schijnt iets met je hersenen te doen.'

'Wat kunnen we dan verwachten?'

'Geen idee.' Bertha schudde onheilspellend haar hoofd. 'Misschien dat die kunstenaar haar opvrolijkt.' Haar boezem schudde van het lachen. 'Ík word er in elk geval vrolijker van!'

Clementine drong erop aan de helft van de rekening voor hun lunch te betalen. Veel was het niet, en Joe wilde haar met alle geweld trakteren, maar ze legde twaalf pond op het schaaltje en weigerde die terug te pakken. 'Je hebt me al een bos rozen gegeven. Ik wil niet dat je ook nog eens voor de lunch betaalt.'

'Ik ben blij dat je ze mooi vond.'

'Prachtig. Het hele kantoor fleurt ervan op.'

'Jij hebt mijn dag opgefleurd.'

'Mooi zo.' Ze voelde iets knijperigs in haar stem en glimlachte stijfjes.

'Afgelopen nacht was fantastisch.'

'Ja. Mooi zo.' Ze speurde verwoed naar de ober.

'Je klinkt niet erg overtuigd. Vond jij het dan niet fijn?'

Ze richtte haar blik op de vissersbootjes die op zee dobberden en wilde dat ze met een daarvan weg kon varen. 'Ik kan me er niet veel van herinneren,' mompelde ze. 'Ik had te veel wodka gedronken. Vanochtend voelde ik me verschrikkelijk. Dus nee, ik vond het niet zo fijn.'

Teleurgesteld kromp Joe in elkaar. 'Wat jammer.'

'Dat vind ik ook.'

'Ik had je niet zo veel moeten laten drinken.'

'Ik ben er niet aan gewend,' loog ze.

'Maar je was wel grappig.'

'Dat zal best.' Dreigend keek ze hem aan. 'Het is niet mijn gewoonte om bij een eerste afspraakje meteen met iemand het bed in te duiken.'

Joe keek verbaasd. 'Denk je dan dat je met mij het bed in bent gedoken?'

'Niet dan?' Nu was het haar beurt om in elkaar te krimpen.

'Voor wat voor soort man zie je me aan? Denk je soms dat ik je vol zou gieten met drank en je dan zou misbruiken?'

'Heb je dat niet gedaan dan?'

'Natuurlijk niet!'

'Dus we hebben alleen maar wat gerommeld?'

'Zo zou ik het niet willen noemen. Op het moment zelf had je er helemaal geen bezwaar tegen. Je kon er zelfs geen genoeg van krijgen.'

'Niet te veel details graag.'

Hij grijnsde. 'Voel je je nu beter?'
'Ja, een stuk beter. Toen ik vanochtend wakker werd, schaamde ik me kapot. Zo'n soort meisje ben ik helemaal niet.'
'Dat weet ik. Daarom vind ik je ook zo leuk.'
Het zou niet zo makkelijk worden om zich hieruit te redden nu ze zich zo dankbaar voelde. 'Dank je wel.'
'Je bent een eigenzinnig type. Dat mag ik wel.'
'Ben ik dat?'
'En die overbeet vind ik erg leuk. Sexy.'
'Mijn overbeet?'
'Ja, zoals je boventanden...'
'Zoals jij het zegt ben ik een soort Goofy.'
'Wanneer zie ik je weer? Vanavond?'
'Vanavond niet, Joe.'
'Morgen dan?'
'Misschien.'
Hij schonk haar een grijns. 'Ik hou wel van vrouwen die zich niet zomaar gewonnen geven.'

Clementine keerde mismoedig terug naar kantoor, ondanks de ontdekking dat ze uiteindelijk toch geen dingen had gedaan die niet hoorden. Ze had gehoopt er een eind aan te maken met Joe, maar het leek nu juist geheel op eigen kracht pas goed te beginnen, zonder dat er ook maar enige rekening met haar werd gehouden.

5

Grey ging met zijn vissersboot voor anker in Captain's Cove en wierp zijn hengel uit. De zee deinde zachtjes onder hem en de meeuwen streken vanuit de lucht neer om om zijn boot heen te zwemmen, tuk op het brood dat hij naar ze toe gooide. Met de zon op zijn rug en het briesje in zijn gezicht genoot hij van de vredige stilte. Groenfluwelen weilanden daalden scherp af naar steile kliffen waar vogels nestelden op de rotsen, en er stond maar een enkel wit huis dat de winden trotseerde die over het water kwamen aanwaaien. In de baai had zich onopvallend een geel strandje genesteld. Hij had er nog nooit iemand zien lopen, ondanks het smalle pad dat over de rotsen omlaagliep. Het zag er aanlokkelijk uit en hij stelde zich voor dat hij daar het picknickkleed zou uitspreiden en er met Marina ongestoord van alle rust zou genieten.

Zijn gedachten dwaalden naar zijn vrouw, zoals voortdurend, want ze werd steeds ongeduriger. Hij begreep haar zorgen wel. Niemand hield zo veel van het Polzanze als zij. Toen ze elkaar net kenden, was het haar droom geweest om een mooi buiten te bezitten. Als hij het geld had gehad zou hij er zonder aarzelen een voor haar hebben gekocht, maar met zijn advocatensalaris kon hij niet eens een vleugel van zo'n pand betalen. Dus had hij in plaats daarvan een vervallen landhuis voor haar gekocht en met veel plezier toegekeken hoe ze door gestaag hard werken haar droompaleis had geschapen. Aanvankelijk had hij het aan haar overgelaten en kwam hij alleen in het weekend met de trein vanuit Londen om te kijken wat zij in die week had gedaan. Ze had Harvey om haar te helpen, en samen hadden ze geverfd en ingericht, terwijl meneer Potter met zijn zonen Ted en Daniel in de tuinen zwoegde. Ze hadden het allemaal uit liefde gedaan: Marina met haar visioen en Harvey en meneer Potter met hun herinnering aan de glorietijden van weleer, toen het buiten een groots familiehuis was geweest.

Grey was met de opening van het Polzanze meteen uit Londen vertrokken. Hoteleigenaar zijn was een fulltimebaan, en Marina wilde er graag een familiesfeer scheppen, alsof ze haar eigen huis openstelde voor betalende gasten en iedereen als een gastvrouw bij de deur verwelkomde. Het had niet lang geduurd of in toonaangevende tijdschriften werd er over hen geschreven, en de mensen stroomden toe om haar flamboyante inrichting en schitterende tuinen te komen bewonderen. Er was genoeg te doen. Op prettige afstand van het hotel was een golfbaan en er was een tennisclub met zes banen waar elke zomer het Shelton-toernooi werd gehouden. Grey organiseerde vistochtjes, voorzag het hotel van verse mosselen, kreeft en krab, plus verschillende soorten vis. Een smal pad voerde de gasten over de kliftoppen naar Dawcomb Devlish, waar ze zich aangenaam konden verpozen in stijlvolle boetiekjes en restaurants. Kinderen stonden onder de platanen op het plein in de rij om hun haar te laten vlechten en 'tatoeages' te laten aanbrengen met spuitbussen, terwijl hun moeders shopten en hun vaders rondraasden in speedboten en dagtochtjes maakten naar Salcombe.

Marina had al meteen toen ze trouwde kinderen gewild. Met haar drieëntwintig jaren was ze een stuk jonger dan Grey, die tweeënveertig was, een mislukt huwelijk achter de rug had en twee kleine kinderen had, van drie en van vijf, die af en toe een weekendje kwamen logeren en de vakanties bij hen doorbrachten. Hoeveel ze ook van Clementine en Jake hield, ze verlangde naar een kind van haarzelf. Grey was haar graag ter wille, al stond hij zelf niet te popelen om nog meer nageslacht, maar hij wilde haar graag gelukkig zien. Hij was zich sterk bewust van hun leeftijdsverschil en gaf ter compensatie toe aan al haar grillen, zoals een vader zijn geliefde dochter kan verwennen. Ze begon er een gewoonte van te maken naar de kerk te gaan, tot God te bidden of Hij haar wilde zegenen met een kind, maar dat wilde maar niet komen. Ofwel Hij hoorde haar niet, ofwel Hij vond niet dat ze een kind verdiende. Marina piekerde zich suf welk van de twee het kon zijn.

Nu ging Marina niet meer naar de kerk. Ze bad niet langer, en als het onderwerp kinderen ook maar even ter sprake kwam, sprongen de tranen haar in de ogen. God had haar verlaten en ze ervoer de kilte van Zijn afwijzing met een overweldigend gevoel van schaamte. Het Polzanze had haar al die jaren gaande gehouden, maar nu dreigde het doek te vallen voor haar dromen van moederschap. Ze zat tegenwoordig steeds vaker op het strand voor zich uit te kijken over zee, alsof ze verwachtte dat er over het water een kind naar haar toe zou komen. Grey wist dat ze haar toekomst voor zich zag als een naargeestige, holle leegte, terwijl die gevuld zou moeten zijn met het gelach van kinderen, en uiteindelijk kleinkinderen.

Ze zaten diep in de financiële problemen, omdat ze veel hadden geleend om hun zaak te kunnen opbouwen. Ze wist dat ze op het punt stond het Polzanze kwijt te raken, hoewel ze het niet kon verdragen dat hardop te zeggen. Grey wist dat ze zich in die uren van bezinning op het strand wel moest afvragen wat ze behalve hem en haar dierbare hotel eigenlijk had, en hij wist dat haar antwoord luidde: niets.

Hij voelde een rukje aan de lijn en onderbrak zijn mijmeringen om terug te keren in het hier en nu. Langzaam, met veel geduld en vaardigheid, haalde hij de lijn in. Hij voelde dat het een vette vis was. Jammer dat de eetzaal niet vol zat om ervan te genieten. Hij was er trots op dat hij de keuken elke dag voorzag van verse vangst. Soms trok hij eropuit met Dan Boyle en Bill Hedley, twee plaatselijke vissers die al ruim vijftig jaar deze wateren bevisten. Die keren bracht hij genoeg zeevruchten mee voor een hele week.

Uiteindelijk haalde hij de vis boven water. Het was een grote, glibberige zeebaars, die kronkelde om zichzelf te bevrijden. Grey vergat Marina en haar verdriet om het kind dat ze nooit zouden krijgen, en haalde de vis de boot in. Hij opende de tere bek en maakte het haakje los. Hij bekeek het beest bewonderend en er spoelde een golf van opwinding door hem heen; hij moest wel minstens twee kilo wegen.

Hij voorzag het haakje weer van aas en wierp opnieuw zijn hengel uit. Hij kon hier de hele ochtend doorbrengen, ver van de wereld en al zijn zorgen. Zolang hij op zijn boot was, leek het Polzanze heel ver weg. Hij waagde zich maar niet aan speculaties over hoe het Marina zou zijn vergaan met Rafa Santoro; als hij geloof had gehecht aan de kracht van het gebed, zou hij voor haar hebben gebeden. Hij wist hoe belangrijk dit voor haar was – en als zij het belangrijk vond, vond hij het nóg belangrijker.

Rafa Santoro keerde terug naar zijn hotel en zocht op het terras een tafeltje uit naast de muur. De zon was warm en zo zat hij uit de wind. Een stoutmoedige meeuw streek neer op zijn tafel, maar hij had niets om aan hem te geven, dus stak de vogel zijn snavel omhoog en vloog weer weg om bij iemand anders wat lekkers te schooien. Hij zag dat er aan een ander tafeltje een paar meisjes zaten te giebelen boven hun lunch en wendde zijn blik af. Hij wilde hen niet aanmoedigen. De ober nam zijn bestelling op – een cola, steak en patat – en hij verdiepte zich in de *Gazette*: dé manier om zich op de hoogte te stellen van wat er hier zoal speelde.

Ziezo, hij was dus aangekomen. Hij wist niet goed hoe hij geacht werd zich te voelen. Deels was hij blij, maar deels ook verdrietig – verdrietig misschien omdat het meest cruciale deel van hem helemaal niets voelde. Hij probeerde er niet over na te denken. De ober kwam zijn eten brengen en hij nam een slokje cola, terwijl hij de blik van de meisjes met het drukkende gewicht van bewondering op zich voelde rusten. Als het een andere dag was geweest, zou hij hun gevraagd hebben bij hem te komen zitten. Hij zou hen dan zelfs mee hebben kunnen nemen naar zijn hotelkamer om de liefde met hen te bedrijven. Als het een andere dag was geweest, zou zijn stemming alleen al door die gedachte zijn opgeklaard en zijn tred de rest van de middag veerkrachtig hebben gemaakt. Maar vandaag niet. Hij verdiepte zich in de *Gazette* en at in zijn eentje af.

De meisjes vertrokken, maar niet dan nadat ze opzettelijk langs zijn tafeltje waren gelopen en hem hun meest lieftallige glimlach hadden geschonken. Hij knikte beleefd, maar liet hen gaan zonder verder nog op te kijken. De meeuw streek neer op hun verlaten tafeltje en pikte een halfopgegeten broodje mee. Hij keek op zijn horloge. In Argentinië zou het nu vroeg in de ochtend zijn, maar hij moest met iemand praten. Hij haalde zijn BlackBerry tevoorschijn en drukte op de snelkiestoets. Lang hoefde hij niet te wachten.

'Rafa?'

'*Hola, mamá.*'

'Godzijdank. Je hebt een hele week niet gebeld. Ik was vreselijk bezorgd. Is alles goed met je?'

'Ik ben aangekomen.'

'Aha.' Haar stem klonk gespannen. Hij voelde dat ze ging zitten. Ze slaakte een diepe zucht, op het ergste voorbereid. 'En?'

'Het is een prachtig landhuis met uitzicht op zee. Ik ga daar de zomer doorbrengen, hotelgasten schilderles geven.' Hij lachte schamper. 'Ik weet niet precies wat ik had verwacht.'

'Je zou daar helemaal niet moeten zijn.'

'Kalm aan, mamá.'

'Wat zou je vader wel niet denken? *Dios mío*, wat zou hij zeggen?'

'Hij zou het wel begrijpen.'

'Dat denk ik niet.'

'Nou, hij komt het nooit te weten.'

'Denk maar niet dat hij je niet van bovenaf in de gaten houdt. Hij heeft het tenslotte voor jou gedaan, Rafa. Je zou je moeten schamen.'

'Maak het nou niet nog erger voor me. Ik worstel ook met mijn geweten. Jij zei dat je het begreep. Je zei dat je me zou helpen.'

'Omdat ik van je hou, zoon.'

Hij voelde een plotselinge golf van emotie opkomen in zijn borst en nam zijn hoofd in zijn hand. 'Ik hou ook van jou, mamá.'

Er viel een lange stilte. Hij kon haar aan de andere kant van de lijn horen ademhalen – het welbekende geluid van zijn jeugd dat hem ooit in een warme deken van veiligheid en onvoorwaardelijke liefde had gewikkeld, maar nu moeizaam en oud klonk, en vol angst. Uiteindelijk zei ze weer iets, en haar stem was onvast: 'Kom naar huis, *hijo*. Vergeet dat dwaze plan.'

'Dat kan ik niet.'

'Vergeet mij dan niet.'

'Ik bel je over een paar dagen weer, dat beloof ik.'

'Heb je alles wat je nodig hebt?'

'Alles.'

'Doe voorzichtig.'

'Dat doe ik.'

'Denk aan hén.'

'Maar natuurlijk, mamá. Ik zal niemand kwaad doen.'

Maar je doet mij wel kwaad, dacht ze toen ze de hoorn neerlegde en haar ogen afveegde met een schone witte *pañuelo*. Maria Carmela Santoro werkte zich overeind uit de fauteuil en liep de betegelde gang door die naar Rafa's slaapkamer voerde. Het was nu stil in huis. Haar man was bij Jezus en haar vier oudere kinderen waren al lang geleden uitgevlogen. Rafa was haar jongste, een godsgeschenk, toen ze eigenlijk al te oud was om nog meer kinderen te krijgen. De anderen hadden een donkere huid en donker haar, net als hun vader, maar Rafa was een heel blond kind geweest. Met zijn lichte haar en natuurlijke charme was hij heel speciaal.

In de deuropening bleef ze staan en ze keek de kamer door die zo veel herinneringen bevatte, verwarmd door haar niet-aflatende tedere zorg. Toen haar andere kinderen klein waren hadden ze met z'n tweeën een kamer moeten delen, want de boerenwoning midden op de pampa was maar klein. Maar Rafa had, omdat hij de laatste was, een eigen kamer gehad.

Nu woonde hij natuurlijk in Buenos Aires in een elegant appartement vlak bij de Avenida del Libertador. Maar hij kwam vaak naar huis, vaker dan de anderen. Hij was een prima zoon. Nu zijn vader niet langer leefde om voor haar te zorgen, wist ze zich veilig onder zijn hoede. Hij had haar gevraagd of ze bij hem in wilde trekken, maar ze had een hekel aan al het lawaai en het vuil van de stad. Ze had haar hele leven op de boerderij gewoond, had ruim vijftig jaar lang hard gewerkt als meid voor *señora* Luisa, en nadat die was overleden voor haar schoondochter Marcela, en ze had haar wortels diep begraven in de vruchtbare aarde, waar nu de stoffelijke resten van haar overleden echtgenoot in rustten, gemarkeerd door een simpele steen en de bloemen die ze hem wekelijks kwam brengen.

Ze liep naar het raam en duwde de groene luiken open. De geur van de herfst kwam naar binnen, die ze met welbehagen opsnoof. De zon was al warm en er lagen een paar blaadjes op het gras, gekruld, verdroogd en bruin, als melancholieke brieven die werden rondgeblazen door de wind. Platanen rezen hoog en majestueus op langs de lange oprijlaan die de *estancia* doorsneed en naar het hoofdgebouw voerde, waar haar werknemers hun weekends en vrije dagen doorbrachten met heerlijk nietsdoen. Vlekkerig licht viel op het stoffige wegdek en een hond blafte luid, waarna hij bestraffend werd toegesproken door Angelina, de kokkin, in een stortvloed van woedend Spaans.

Maria Carmela herinnerde zich nog dat de kleine Rafa van zijn vader had leren paardrijden. Ze glimlachte vol genegenheid bij het beeld dat ze daarbij voor zich zag. De lange, zwartharige Lorenzo met zijn baret en rode sjaal losjes om zijn hals geknoopt. De glinsterende riem van muntstukken en de ruim vallende *bombachas* die in afgedragen leren laarzen waren gestoken. Het blonde jongetje op witte espadrilles, zijn bruine enkels bloot onder olijfgroene bombachas en een geborduurde rode sjerp, met zelf ook een baret op, tegen het lichaam van zijn vader aan gevlijd, terwijl ze samen lachend over de vlakte heen en weer galoppeerden. Wat een contrast: de oude, verweerde huid van haar man tegen de gladde, jonge huid van hun zoon. Wat een vreugde had hij iedereen toch gebracht.

Het was die engelachtige charme geweest die de aandacht had getrokken van señora Luisa. Toen hij nog maar zes was, had zijn vader een keer op een ochtend hem haar pony laten brengen. Trots op deze gewichtige taak liep hij met het dier naar de voorkant van het huis en bleef in de schaduw van de eucalyptusboom staan wachten, met rechte rug en zijn kin fier geheven. Toen ze hem had aangesproken, had hij haar met vaste blik aangekeken en breed geglimlacht, en ze had moeten lachen om zijn stoutmoedigheid; hij had veel lef voor zo'n kleine jongen. Ze had een lang gesprek met hem gevoerd, geïntrigeerd door de wijze uitdrukking op zo'n jong gezicht, en hij had haar aan het lachen gemaakt en had ernstig geantwoord. Het was wel duidelijk dat hij heel wat intelligenter was dan zijn ouders.

Van toen af aan had ze hem persoonlijk onder haar hoede genomen en belangstelling getoond voor zijn schoolwerk en zijn hobby's. Toen ze had gehoord van zijn liefde voor kunst, had ze ervoor gezorgd dat hij alle materialen kreeg die hij nodig had en had ze hem zelfs zelf geholpen, met het beetje dat ze ervan wist, tot dat niet meer voldeed en ze een jonge man uit Buenos Aires had aangenomen om hem in de zomer les te geven. Lorenzo en Maria Carmela waren allebei trots en dankbaar, maar Maria Carmela was doodsbang dat de jonge man hem van haar weg zou halen, dat op de een of andere manier het geschenk van dit kind haar niet altijd zou blijven toebehoren.

Ze ging naar buiten om de papegaai, Panchito, eten te geven. Hij zat op zijn stok in de zon zijn groene veren op te poetsen voor de dag die komen zou. Ze hield een handjevol noten voor hem op, die hij een voor een aanpakte met behulp van zijn snavel en poot; hij hield er niet van om zich met zijn ontbijt te haasten. Señora Luisa had het mogelijk gemaakt dat Rafa uitsteeg boven de geringe verwachtingen die vanwege zijn afkomst over hem werden gekoesterd. Hij kreeg een goede baan, verdiende behoorlijk, en had een fijn leven... Waarom stond hij dan nu op het punt om dat allemaal weg te gooien?

Clementine ging vroeg van kantoor weg. Sylvia had meneer Atwood ervan weten te overtuigen dat hij zijn vrouw mee uit eten moest nemen, en Clementine had gereserveerd in het beroemde restaurant Incoming Tide en was er even tussenuit geknepen om een bos rozen voor hem te kopen die hij haar kon geven samen met het cadeau dat ze voor hem had gekocht. Ze had hem wel haar eigen boeket willen geven als ze zeker zou weten dat niemand het zou merken, maar Sylvia had de bloemen al in een vaas gezet en op haar bureau geplaatst.

Dus vertrok Clementine om vijf uur met de rozen onder haar arm, terwijl het water langs haar jas omlaagsijpelde. Ze verheugde zich op de lange avond die voor haar lag; ze zou wat tv gaan kijken en Joe en het vooruitzicht dat ze hem de avond daarop weer zou zien van zich af zetten. Ze was tenminste niet zwanger. Daar was ze ontzettend dankbaar voor. Hij mocht dan een tikje onbehouwen zijn, hij had geen misbruik van haar gemaakt, terwijl hij dat net zo makkelijk wel had kunnen doen. Misschien was hij wel een ruwe diamant, een heer onder zijn werkmansoverall. Ze glimlachte toen ze aan haar moeder dacht en aan wat zij van hem zou vinden. Haar moeder was een ontzettende snob, die iedereen indeelde in een van vier categorieën: oké, gaat wel, gewoontjes en vreemd, waarbij 'oké' de enige acceptabele categorie was.

Ze trof haar vader en Marina in de keuken aan de thee. Haar vader had een kleur op zijn wangen omdat hij bijna de hele dag uit vissen was geweest, en Marina straalde van geluk. 'Clementine,' zei ze, terwijl ze met een glimlach opkeek van de tafel, 'kom er gezellig bij zitten.'

'Hoe was je dag?' vroeg haar vader.

'Saai.' Clementine haalde een mok van een haakje en pakte een theezakje.

'Je verdient er geld mee en doet ervaring op, en dat is heel belangrijk.'

'Geweldig, pap. Bedankt.'

'We hebben onze kunstenaar gevonden,' kondigde Marina aan.

'Hoera!'

Marina negeerde de spot van haar stiefdochter. 'Ik denk dat hij je wel zal bevallen. Hij is superknap.'

'Ik heb geen interesse. Hoor eens, hij is jóúw project. Ik heb niks met die vent te maken. Ik kan tenslotte niet schilderen en kunst interesseert me niet.' Ze schonk water in haar mok en goot er een scheutje melk bij.

'Wil je samen met ons eten?'

'Ik eet wel voor de tv.'

'We eten zeebaars. Die heeft je vader vanochtend gevangen.'

'Nou, als er genoeg is wil ik wel wat.'

'Natuurlijk is er genoeg,' zei Grey trots. 'Dat beest weegt minstens twee kilo.'

'Wauw, goed gedaan, pap.'

'Heb je zin om dit weekend met me mee te gaan?'

Clementine trok een gezicht. 'Hoezo?'

'Ik dacht gewoon dat je misschien wel zin had in een boottochtje. Hoe staat het met die zeebenen van je?'

'Ik heb nooit zeebenen gehad, pap. Ik haat boten en van de zee word ik misselijk, voor het geval je dat was vergeten.'

'Dat was jaren geleden.'

'Volgens mij veranderen die dingen niet zomaar in de loop der jaren.'

'Maar in de loop der jaren heb je wel een steeds grotere mond gekregen,' kwam Marina koeltjes tussenbeide. 'Waarom ga je niet eens iets leuks met je vader doen?'

'Oké, dus ik krijg weer een preek over me heen? Is dat het: dat ik midden op zee niet kan wegrennen?'

'Nee, geen preek. Ik heb je gewoon de laatste tijd niet veel gezien.'

'Dat komt doordat ik moet werken, pap. Welkom in de grotemensenwereld.'

Marina's goede humeur verdween als sneeuw voor de zon toen Clementine alle lucht uit de kamer zoog en die verving door de donkere wolk die altijd om haar heen hing. Ze wierp haar man een blik toe en voelde alleen maar verachting voor haar stiefdochter, die hem keer op keer van zich af stootte.

'Een andere keer dan maar,' zei Grey, die zijn best deed niet teleurgesteld te kijken.

6

De volgende morgen kwam meneer Atwood het kantoor binnenbenen, zijn van nature goede humeur overschaduwd door een gezicht dat op zeven dagen onweer stond. Clementine, die zich een stuk beter voelde na een goede nachtrust, zat al aan haar bureau en bekeek foto's van Buenos Aires op internet. Sylvia was te laat.

'Als mijn vrouw niet zo blij was geweest met haar roze mixer, zou ik je ontslaan vanwege de kaart die je hebt uitgekozen.'

Haastig klikte Clementine de foto's weg en zette haar meest onschuldige gezicht op. 'Ik weet niet wat u bedoelt, meneer Atwood.'

'Doe maar niet of je neus bloedt. Je weet precies wat ik bedoel. Die kaart was ongepast, om niet te zeggen beledigend.'

'Maar niet voor uw vrouw.'

'Natuurlijk niet, dwaas kind.'

'Ik vond hem wel grappig.'

'Zij ook – maar ten koste van mij.'

'Nou, ze heeft tenminste kunnen lachen op haar verjaardag.'

Hij kneep zijn ogen tot spleetjes. 'Je bent vanochtend niet op je mondje gevallen.'

'Ik heb pap gegeten bij het ontbijt. Daar word ik altijd een beetje opstandig van.'

'Nou, neem dan morgen maar een ei. Ik zit niet op een grote mond van mijn secretaresse te wachten.'

'U had de kaart ook kunnen lezen toen u hem ondertekende.'

'Daar betaal ik jou voor.'

Ze haalde haar schouders op. 'Hebben jullie lekker gegeten?'

'Ja.'

'Mooi zo.'

Hij snoof geërgerd en beende via het receptiegedeelte naar zijn kantoor, waarbij hij onderweg de tijdschriften rechtlegde. Clementine vroeg zich af of hij zo'n man was die voor het vrijen eerst zijn kleren opvouwde. Ze vermoedde van wel.

Sylvia kwam binnen en zag er verwilderd uit, wat niets voor haar was. 'Het lijkt wel of je achterstevoren je bed uit bent gerold,' merkte Clementine op.

'Dat is ook zo,' antwoordde Sylvia met een schalkse grijns. 'Freddie kwam langs voor het ontbijt; daarom ben ik zo laat.'

'Dat is de beste smoes die ik ooit heb gehoord.' Ze klikte Buenos Aires weer aan. 'Ik geloof dat ik maar naar Zuid-Amerika ga in plaats van naar India.'

'Je denkt toch niet nog steeds aan die Argentijn, is het wel?'

'Dromen kost niets.'

'Je krijgt waar je voor betaalt.' Ze schoot de wc in om zichzelf te fatsoeneren. Toen ze weer naar buiten kwam, was haar haar keurig in haar gebruikelijke opgestoken kapsel geborsteld, was haar make-up feilloos aangebracht en zat er in haar gebloemde jurk geen enkele kreukel meer. Clementine vroeg zich af hoe je dat allemaal op de wc voor elkaar kon krijgen.

'Ik heb vanavond afgesproken met een paar vrienden. Zin om mee te gaan?'

'Ja hoor.'

'Waarom neem je Joe niet mee?'

Clementine liet haar schouders zakken. 'Nou, ik heb hem min of meer het idee gegeven dat ik hem vanavond zou zien, dus misschien moest ik dat dan ook maar doen.'

'Geef hem een kans. Ik weet niet wat je wilt; hartkloppingen en buikpijn, waarschijnlijk – maar zo zit het leven niet in elkaar. Het gaat erom of hij je aan het lachen kan maken en een goede minnaar is. De rest is allemaal mooi meegenomen, of het hoort thuis in romannetjes. Als je op zo'n soort held zit te wachten, ben je op je oude dag nog steeds alleen.'

'Wat een fijne monoloog zo op de vroege ochtend.'

'Sorry, schat, maar ik wil je alleen maar een dosis realisme toedienen.'

'Ik heb de laatste tijd al veel te veel realisme gehad. Ik ga naar Buenos Aires en dromend mijn dagen doorbrengen.'

'Over Argentijnen zeggen ze anders dat dat de ergsten zijn.'

'Hoe weet jij dat nou?'

'Dat weet iedereen. Ze staan erom bekend dat ze onweerstaanbaar charmant en dwangmatig ontrouw zijn.'

'Je denkt aan polospelers, maar als je dat cliché wilt geloven moet je het zelf maar weten.'

'Het zijn goede minnaars, maar slechte echtgenoten.'

'Ik ben niet van plan met een Argentijn te trouwen. Ik ben helemaal niet van plan om met wie dan ook te trouwen.'

Sylvia keek verbijsterd. 'Hoezo niet?'

'Ik kom uit een gebroken gezin. Ik zou zoiets een kind nooit willen aandoen.'

'Wat een onzin. Je kunt de cirkel ook doorbreken.'

'Geen zin in.'

'Ik ben gescheiden, maar toch probeer ik het opnieuw. Ik zou zó met Freddie trouwen als hij ooit bij zijn vrouw zou weggaan. Maar dat doen ze maar zelden.'

'Mijn vader heeft mijn moeder in de steek gelaten,' zei Clementine bitter. 'Ik zou nooit de wig willen zijn die een gezin uit elkaar drijft, zoals de Duikboot.'

Sylvia haalde haar schouders op. 'Misschien was hun liefde heel sterk...'

'Zei je net niet dat dat soort liefde alleen in romannetjes voorkomt?'

'En aan een paar gelukkigen.'

'Ah, dus je gelooft wél in de liefde?'

'Best wel. Maar ik geloof niet dat die voor iedereen is weggelegd. Dat is alles. Als je Joe een kans zou geven, zou je van hem kunnen gaan houden.'

'Hou jij van Freddie?'

'Ik hou van hoe hij me aanraakt, van hoe hij me zoent, van hoe hij me aan het lachen maakt. Ik hou van wie ik ben als ik met hem samen ben. Maar of ik van hém hou? In de zin van dat ik dood zou gaan als hij er niet was? Ik zou natuurlijk verdrietig zijn, maar er geen gebroken hart aan overhouden.'

'Wil je niet iets meer?'

'Natuurlijk wel. Elk klein meisje wil haar prins vinden. Maar het heeft geen zin om te hunkeren naar iets wat je toch niet kunt krijgen. Ik ben realistisch genoeg om te weten dat ik níét een van die gelukkigen ben.' Ze pakte haar tas. 'Ik ga maar even een sigaretje roken. Blijf jij bij de telefoon?'

Clementine keek haar na toen ze wegliep. Ze dacht ook niet dat zíj een van de gelukkigen was, maar diep vanbinnen hoopte ze dat er meer viel lief te hebben dan Joe.

'Ik had zo gedacht dat we Rafa maar in de suite boven moesten installeren,' zei Marina, terwijl ze aan haar bureau peinzend van haar espresso nipte. 'In geen maanden heeft iemand die ruimte geboekt en het is zonde om zulke mooie kamers ongebruikt te laten.'

Harvey stond in zijn blauwe overall en met zijn pet op op een ladder, een schroevendraaier in de hand om de gordijnroe die aan één kant was losgeschoten uit de muur vast te zetten. 'Dat zijn de mooiste kamers van het hele hotel,' zei hij, omhoogklimmend. 'Toen William nog klein was, was dat zijn domein.'

Harvey herinnerde zich vol genegenheid de kinderen van de hertog van Somerland: drie onstuimige jongens met grote blauwe ogen en een glimlach die de belofte inhield van een heleboel kattenkwaad. Hij was zelf nog maar een jonge knul geweest, aangesteld om de beheerder van het landgoed, meneer Phelps, terzijde te staan met houthakken en bladeren vegen. Hij kreeg nog steeds een nostalgisch gevoel wanneer meneer Potter in de herfst blad verbrandde. Dat deed hem denken aan een onschuldige periode in zijn leven, toen de dingen nog niet zo ingewikkeld waren.

Ted en Daniel deden nu het zware werk, omdat meneer Potter te oud was geworden, ouder dan hijzelf was, en híj was al stokoud, dus hij delegeerde en zijn zoons spitten, plantten en snoeiden. Harvey vermoedde dat Marina hem uit medeleven aanhield, omdat ze wist hoeveel het landgoed voor hem betekende en begreep hoe belangrijk het was de jaren zo lang mogelijk te blijven ontkennen, want als je meneer Potter met pensioen stuurde, kon je hem net zo goed tussen zes plankjes leggen.

Nu zagen de tuinen er net zo mooi uit als toen de hertog hier nog heer en meester was geweest. Nog beter zelfs, want Marina wist precies wat ze wilde en bezat de vastberadenheid om haar plannen te laten uitvoeren. Vanaf het raam sloeg hij haar vol genegenheid gade. Ze ging altijd keurig gekleed in een frisse witte blouse met daaronder een nette broek, of in de zomer in een fleurige jurk. Nooit droeg ze een spijkerbroek. Omdat ze vrij klein was, had ze altijd hoge hakken aan om langer te lijken. Hij koesterde vaderlijke gevoelens voor haar, wat hij fijn vond, omdat hijzelf nooit was getrouwd of kinderen had gekregen. Het grappige was dat ze opbloeide onder zijn lof, en dat gaf hem een goed gevoel. Deze glamoureuze vrouw, van wie het leek of de wereld aan haar voeten lag, had hém nodig.

'Is dat een nieuw horloge, Harvey?' vroeg Marina toen ze de zilveren glinstering aan zijn pols zag.

Hij schudde zijn mouw naar achteren. 'Ja, mooi ding, hè?'

'Het is wel erg groot.'

'Daarom vind ik het ook zo mooi.'

'Het ziet er duur uit.'

'Het is een Omega.'

'Klinkt chic.'

Hij werd afgeleid door een vochtplek in een hoek van de kamer. 'Het ziet ernaar uit dat er iets lekt,' zei hij met een frons.

'Een lek?'

'Misschien is er een dakgoot verstopt. Het moet te repareren zijn.'

Ze schonk hem een warme grijns. 'Jij hebt altijd precies wat je nodig hebt in die schuur van je. Die is beter voorzien dan de eerste de beste ijzerhandel.'

'Dat komt doordat ik nooit iets weggooi. Weet je, ik heb nog een transistorradio uit de jaren vijftig en ook de eerste zwart-wittelevisie die ik in de jaren zestig heb gekocht.'

'En een gezonde voorraad duct-tape en touw,' voegde ze er speels aan toe, want het was een standaardgrap dat het hele Polzanze bij elkaar werd gehouden door duct-tape en touw.

'En waar ga je meneer Santoro precies onderbrengen?' vroeg hij, leunend op zijn schroevendraaier.

'Paul had vorig jaar de blauwe kamer, alleen is die hard aan een opknapbeurt toe. In de suite zit nog dat mooie originele behang, en dan heeft hij een kleine zitkamer waar hij kan schilderen. Je hebt van daaruit schitterend zicht op de zee, en als de wind over het dak waait hoor je het fluiten. Er hangt daar boven een bijzondere energie.'

'Dat komt doordat William een heel gelukkige jongen was. Zijn broers en hij speelden altijd daar boven; dat was de verdieping voor de kinderen.'

Marina dronk haar koffiekopje leeg en wijdde een vluchtige gedachte aan haar eigen kinderen die boven zouden spelen, als ze daarmee gezegend was geweest. 'Hij komt uit Argentinië en ik wil hem graag het beste laten zien wat Engeland te bieden heeft.'

'Dan is hij hier aan het goede adres, zoveel is zeker.' Harvey trok eens goed aan de roe om te controleren of die nu stevig vastzat in de muur.

'Ik denk dat hij precies is wat we zoeken, jij niet? Mijn oude dames zullen niet weten wat hun overkomt wanneer ze hier hun weekje komen logeren. Ik hoop dat erover gesproken gaat worden en dat de gasten toestromen.'

'Die komen heus wel,' verzekerde hij haar. 'Het leven heeft zijn ups en downs, maar let op mijn woorden: na een down komt er altijd weer een up.'

Ze keek omlaag naar haar lege kopje. 'Is het nou dwaas van me dat ik al mijn hoop op Rafa Santoro vestig? Ik weet immers niets van hem. Voor hetzelfde geld is hij een moordenaar.'

'Je moet op je gevoel vertrouwen. Ik voel dat hij een goed mens is.'

'O ja?' Ze keek naar hem op.

'Ja, al kan ik niet zeggen of hij de boel er hier weer bovenop zal helpen.'

'We hebben de bodem nog niet bereikt, Harvey.'

Harvey onderbrak zijn werkzaamheden aan de roe en keek naar haar omlaag. 'Dat weet ik.'

'Ik praat er niet graag over. Ik hoop almaar dat als ik er niet over praat, het ook niet gebeurt.'

'Zo erg is het nou ook weer niet, en het is maar tijdelijk.'

'Ik mag het hopen, Harvey. Maar we hebben geld nodig, en snel ook.'

Hij kwam de ladder af en bleef onderaan staan, met de schroevendraaier neerhangend langs zijn zij. 'Nu moet je eens even naar me luisteren, Marina. Je moet door blijven gaan. Het is net als balanceren op het slappe koord: als je niet voor je kijkt, verlies je je evenwicht. Het komt heus wel in orde, er komen vast wel gasten. Wij slaan ons net als iedereen door de recessie heen, en die trekt straks als een storm weer weg.'

'Zie jij echt een blauwe lucht voor je?'

'Daar twijfel ik geen seconde aan.'

'Het bevalt me wel zoals jij ertegenaan kijkt, Harvey. Kon ik me maar schuilhouden tot de storm is overgewaaid.'

Hij glimlachte haar toe. 'Volgens mij is de verdieping van William geknipt voor meneer Santoro. Zal ik dan de blauwe kamer eens een verfje gaan geven?'

'Goed idee.'

'Zullen we er nu even gaan kijken?'

'Ja.' Gretig stond ze op.

'Laten we dan ook even een blik werpen op de verdieping van William om te zien of daar nog iets gedaan moet worden.'

'Ja, laten we dat doen.' Haar stem klonk nu een stuk monterder. 'Dat lek kun je later wel repareren.'

Toen Marina en Harvey langs de receptie naar de trap liepen, onderbrak Jennifer haar telefoongesprek en schonk hun een schuldbewuste glimlach. Harvey wierp haar een verwijtende blik toe, omdat hij wist dat ze weer eens privé zat te bellen. 'Ik moet ophangen, cowboy,' fluisterde Jennifer toen ze voorbij waren. 'Ik mag tijdens werktijd niet met je praten. Dan word ik ontslagen.'

De stem aan de andere kant van de lijn grinnikte geamuseerd. 'Als zij vervelend gaan doen, reageer ik me af op hun dochter. Ze is een blok aan mijn been.'

'O, Nigel, dat is niet eerlijk.'

'Als secretaresse heb je niets aan haar, en ze ziet er ook nog eens niet uit. Sylvia weet zich tenminste te kleden en te verzorgen.'

'Clemmie is nog jong.'

'Jij bent ook jong, Jen, maar jij bent tenminste trots op hoe je eruitziet.'

'Dat is omdat ik nooit weet wanneer jij hier binnen komt stappen, als een John Wayne met je hand op je wapen.'

'Ik zou jóúw hand wel op mijn wapen willen voelen.'

'Is het geladen?' Ze giechelde.

'Het is altijd geladen, klaar om bij de minste of geringste aanraking af te gaan.'

'O, foei toch! Terug op je paard, jij!'

'Zie ik je vanavond?'

'Ja.'

'Dan bel ik je niet meer.'

'Sms me maar. Ik hou van sexy sms'jes.'

'Word je daar opgewonden van?' fluisterde hij, met zijn mond heel dicht bij de hoorn.

'Ja,' fluisterde ze terug.

'Hoe erg?'

'Zo erg dat ik er helemaal warm van word.'

'En nat?'

'U moest u schamen, meneer Atwood!'

'Je vindt dit heerlijk.'

'Tot later.'

'Zelfde tijd, zelfde plek. Ik zal mijn wapen vast oppoetsen.'

'Kalm aan, cowboy. Niet te hard poetsen.'

'Wees maar niet bang, lieveling. Het beste bewaar ik voor jou.'

Grey zat in de bibliotheek de *Times* te lezen toen Jake hem daar aantrof. Zijn gezicht zag er in rust oud en vermoeid uit, en droefheid hing als een wolk om hem heen. Die trok op toen hij zijn zoon zag. 'Ah, Jake,' zei hij, en hij legde de krant neer.

'Pap, ik heb na lopen denken hoe we de zaak nieuw leven kunnen inblazen.'

'O ja?'

'Ja.' Jake ging in de grote leren fauteuil tegenover zijn vader zitten. 'We moeten evenementen gaan organiseren. Mensen naar binnen zien te krijgen via een gedeelde belangstelling.'

'Wat had je in gedachten?'

'Literaire diners. Iets in die trant, in elk geval. Een soort club. Mensen betalen om lid te mogen worden en ze komen naar lezingen luisteren. Er is hier zo weinig te doen dat je er moedeloos van wordt. We moeten iets van activiteit uitstralen.'

'Nou, dat heb je denk ik goed gezien.'

'Ik weet dat de Duikboot haar kunstenaar heeft.' Hij grijnsde schalks. 'Geef hem een week en hij verleidt iedere vrouw in Dawcomb. Dat zal haar leren!'

'Niet zo onaardig, Jake. Ze heeft het momenteel zwaar. Heb een beetje consideratie.'

'Sorry. Maar hij is zo overduidelijk een playboy.'

'Ik denk niet dat hij de zomer hier zou willen doorbrengen als hij echt een playboy was.'

'Oké, geen playboy dan, maar een player.'

'Dat idee van je is helemaal niet verkeerd,' zei zijn vader resoluut. 'Ik stel voor dat we dan met een lezing beginnen. Laten we eens bedenken welke schrijver we zouden kunnen uitnodigen voor een spreekbeurt; dan neem ik contact met de uitgever op.' Grey was echt opgetogen over het plan. Hij hield van literatuur en er waren een heleboel schrijvers die hij graag zou ontmoeten. 'Goed gedaan, Jake. Je zit op het juiste spoor.'

'Ik wil graag helpen, pap.'

'Dank je, dat waardeer ik.' Hij wilde graag dat zijn zoon de kamer uit ging met het gevoel dat hij hem dankbaar was. Hij zou willen dat zijn dochter een voorbeeld aan haar broer nam en voor de verandering ook eens aan een ander zou denken.

Clementine vond dat ze onheus en onrechtvaardig behandeld werd, terwijl ze in werkelijkheid heel veel had om dankbaar voor te zijn. Hij wist dat het zijn fout was dat hij haar zo had verwend. Als ze eens verder zou kunnen kijken dan haar eigen neus lang was, zou ze misschien de mensen die van haar hielden iets beter begrijpen. Aan de oppervlakte was niet alles te zien. Hij hád hun moeder niet in de steek gelaten om ervandoor te gaan met een verleidster, zoals zij meende, maar had de hand vastgepakt die op een moment van uiterste wanhoop naar hem werd uitgestoken. Hij was zo ongelukkig geweest dat hij had besloten zijn biezen te pakken. Dat betekende dat hij zijn kleine kinderen achterliet, maar anderzijds: wat had hij toen hij zo ontmoedigd en gebroken was voor hen kunnen betekenen? Marina had hem gered en hem weer leven ingeblazen. Natuurlijk zou Clementine daar nooit iets van snappen zolang ze hem niet vroeg naar zijn kant van het verhaal. Tot dat onwaarschijnlijke moment aanbrak kon hij haar alleen maar de hand reiken en geduldig wachten tot ze die zou aanpakken.

Die avond zat Clementine in de Dizzy Mariner met Joe, Sylvia, Freddie en Sylvia's oersaaie vrienden Stewart en Margaret. Sylvia had het hoogste woord en vertelde op haar voortvarende manier grappige anekdotes, waarbij ze haar borsten voor Freddies neus op en neer liet deinen en er bij niemand enige twijfel over liet bestaan dat zijn hand onder tafel hoog op haar dij lag, en almaar hoger kroop. Clementine sloeg haar wijn achterover en deed geen moeite om te weigeren toen Joe haar glas voor de derde keer volschonk.

Ze sloeg de mensen om haar heen gade alsof ze hen zag door een glazen ruit. Sylvia was onbeschaamd, Freddie een kwijlebal, Margaret zo saai als een dode muis. Misschien wás ze wel dood. Clementine kon het niet precies zeggen, want de vrouw zat daar maar zonder met haar ogen te knipperen en zonder een woord te zeggen. Als ze in Londen was, zou ze gelijkgestemde figuren om zich heen hebben, maar hier, diep in de binnenlanden, kon ze net zo goed op een boerenerf vol dieren zijn beland.

Tegen de tijd dat ze aan het dessert toe waren, had Clementine 'm behoorlijk zitten. Ze had haar zintuigen verdoofd met alcohol. Ze begon zelf verhalen te vertellen, waarom iedereen harder moest lachen dan om de verhalen van Sylvia, maar Sylvia zelf had het niet in de gaten, want die was meer geïnteresseerd in Freddies hand. Toen die niet meer hoger kon, sprong Sylvia op en stelde voor om buiten een sigaret te gaan roken. Clementine wilde niet achterblijven met Joe, Stewart en Margaret, dus ze stond ook op en legde een briefje van twintig op tafel.

Eenmaal buiten knapte ze enigszins op van de frisse lucht. Joe kwam vlak achter haar aan. Hij gaf haar het bankbiljet terug. 'Waarom geef je me dat?' vroeg ze.

'Ik betaal.'

'Dat hoeft niet.'

'Ik wil het graag.'

Clementine slaakte een zucht. Ze wilde hem niet meer verschuldigd zijn dan ze al deed. 'Dank je,' antwoordde ze met tegenzin.

Hij nam haar in zijn armen en zoende haar op haar mond. Zijn lippen voelden lekkerder aan dan ze zich herinnerde. 'Weet je nog dat je zei dat je niet zo'n soort meisje was?'

'Ja.'

Hij zoende haar nogmaals. 'Denk je dat je dat nu alsnog zou kunnen worden?'

Ze lachte. 'Ik weet niet, Joe...'

'Ga met me mee naar huis.'

'Ik ben niet verliefd op je.'

'Dat weet ik.'

'Ben jij verliefd op mij?'

'Ik vind je heel erg leuk.'

'Nou, dat is een begin. Maar misschien zal ik nooit van je houden. Ik wil je hart niet breken.'

'Laat mijn hart maar aan mij over.'

'Goed. Ik ga met je mee naar huis.'

'Laat je me dan doen wat je dacht dat ik al eerder gedaan heb, maar niet heus?'

Ze lachte schaapachtig. 'Misschien.'

Maar toen ze bij Joe thuis waren, bedreven ze toch de liefde. Clementine was niet te dronken om ervan te genieten. De aarde schudde niet op zijn grondvesten, maar het was heel aangenaam. Ze ging weg toen hij in slaap gevallen was en reed in de kleine uurtjes naar huis; inmiddels was ze weer nuchter genoeg om zonder ongelukken over de smalle weggetjes te rijden. Van de aanblik van het stallencomplex werd ze niet bepaald blij, dus nam ze het pad dat Marina zo vaak had genomen en wandelde omlaag naar het strand. In het spookachtige licht zag het zand eruit als goud, en de zee zwol en glinsterde zo ver het oog reikte, totdat de twinkelende lichtjes op het water overgingen in de sterren aan de hemel. Ze liep het strand op en haar voeten raakten net niet de golven die aangerold kwamen en haar leken te willen pakken.

De schoonheid van de nacht stemde Clementine melancholiek. Ze moest bijna huilen toen ze al die sterren zag. Er trok iets aan haar hart – een zacht rukje. Ze legde haar hand erop. Het was geen lichamelijke pijn, maar een gevoel diep vanbinnen dat ze niet kon verklaren.

Ze dacht aan Joe. Misschien dat het niet beter kon worden dan het nu was. Mogelijk had Sylvia gelijk en moest ze niet wachten op de Grote Liefde, omdat zo iemand niet bestond, althans niet voor haar. En toch voelde haar hart vanavond aan alsof het zich openstelde en graag wilde dat er iets, of iemand, naar binnen glipte. Ze ging zitten en liet in de vredige afzondering van de baai haar geest tot rust komen. Toen de zee haar in slaap wiegde, dacht ze algauw niet meer aan Joe.

7

Toscane, 1966

Floriana was voor de eerste keer in haar jonge leven verliefd. Ze wist dat het liefde was, omdat ze zich er zo hoog door opgetild voelde dat ze de wolken bijna kon raken. Ze wist zeker dat ze, als ze haar armen uitstrekte, helemaal los zou komen van de grond en zou vliegen als een vogel, over de zee heen, en zorgeloos op de wind zou opstijgen. O, kón ze maar vliegen; dan zou ze een nest bouwen in een van de parasoldennen in de tuinen van La Magdalena, en het voor altijd tot haar thuis maken.

Wat een dag had ze achter de rug. Ze kon niet wachten om Costanza erover te vertellen. Het maakte haar niet meer uit dat haar moeder ervandoor was gegaan met haar kleine broertje en haar had achtergelaten met Elio, haar hopeloze vader. Het deed er niet meer toe dat hij meestal dronken was en dat zij als een volwassene voor hem moest zorgen. Het was ook niet meer belangrijk dat ze arm was, omdat ze vandaag rijkdommen had ontvangen die haar stoutste dromen te boven gingen. Ze had een glimp opgevangen van het paradijs, en hoe onbestendig haar leven ook was, ze wist nu één ding zeker: ze zou trouwen met Dante en in La Magdalena gaan wonen.

Ze huppelde het hele eind over het pad dat door de weilanden sneed en genoot van de aanblik van de felrode klaprozen die zachtjes opzij wiegden om haar langs te laten. De zee was rustig en even blauw als de lucht die zich er duizelingwekkend boven uitstrekte. Kleine krekels tsjirpten vrolijk, onzichtbaar in het hoge gras, en ze glimlachte omdat ook zij haar hart met vreugde vervulden. Uiteindelijk kwam ze bij het Etruskische stadje Herba, waar ze met haar vader woonde. De bekende geluiden stegen op in de hitte: het geblaf van een hond, de hoge kreten van spelende kinderen, de staccato berispingen van een moeder die haar kind tot de orde riep, de muffe geur van oude muren en van gebakken uien.

Weldra haastte ze zich over het plaveisel, langs gele huizen met donkergroene luiken, brede bogen en rode pannendaken, naar het centrum van de stad. In het zwart geklede weduwen zaten als dikke kraaien in deuropeningen te naaien of te roddelen, of lieten hun rozenkrans door hun vingers gaan, terwijl ze met dichtgeknepen ogen onverstaanbare gebeden mompelden. Magere honden drentelden in de schaduw bij de muur en bleven af en toe staan om aan iets belangwekkends te snuffelen of wachtten voor de winkel van de slager in de hoop dat ze een stukje vlees kregen toegeworpen.

Ze sloeg een smalle straat in die steil de heuvel op liep en draafde onder een stel waslijnen door. Een vrouw boog zich uit het raam om haar druipende onderrok op te hangen en riep naar haar, maar Floriana had het te druk om terug te zwaaien en draafde verder totdat ze op de Piazza Laconda kwam, die zich in het hart van de stad openvouwde als een grote zonnebloem. Daar domineerde Gods eigen huis het hele plein: het allermooiste gebouw van allemaal, de Chiesa di Santo Spirito.

Ze was nu behoorlijk buiten adem en vertraagde haar pas. Het plein baadde in het stralend gouden licht van de zon en troepen duiven pikten over de grond op zoek naar kruimels of wasten hun stoffige veren in de fontein. Een restaurant had een terras op de kasseien ingericht, vanwaar de geuren van olijfolie en basilicum aangedreven kwamen. Toeristen zaten aan de kleine tafeltjes onder gestreepte parasols sigaretten te roken en koffie te drinken, terwijl oude mannetjes in vest en met een pet op Briscola speelden.

Ze hield niet halt om onderweg met iemand te praten, hoewel iedereen in de stad haar kende dankzij de infame daad van haar moeder en haar vertroetelde alsof ze een zwerfhond was. Ze ging regelrecht naar de kerk om te praten met de enige Vader die onvoorwaardelijk van haar hield en die er altijd voor haar zou zijn, wat er ook gebeurde. Ze moest Hem bedanken voor het geluk dat haar ten deel was gevallen, want ze was bang dat dat haar, als ze dat niet deed, zou worden afgenomen, net zoals met haar moeder was gebeurd.

Stilletjes stapte ze over de glanzende stenen vloer en snoof de wierook op die de lucht verzadigde en zich vermengde met de plakkerige geur van smeltend kaarsvet. Op de kerkbanken zaten een paar mensen te bidden, hun schimmige gestalten geknield in het halfduister. Toeristen liepen rond in T-shirts en mompelden tegen elkaar terwijl ze de fresco's en heiligenbeelden bewonderden. Bladgoud blonk in het kaarslicht en gaf de stralenkransen rond de hoofden van de Maagd, Christus en de Heiligen een bovenaardse gloed. Floriana voelde zich hier thuis, omdat ze er al kwam zo lang ze zich kon heugen. Haar moeder was niet erg gelovig geweest, totdat ze had gezondigd en uit schaamte God helemaal de rug had toegekeerd. Besefte ze dan niet dat Jezus zondaren met open armen verwelkomde? Floriana zondigde zo vaak, zoals wanneer ze bij La Magdalena liep te gluren, en ze was ontzettend trots en ijdel, maar ze wist dat God desondanks van haar hield – misschien wel júíst vanwege die feilen, want iedereen wist dat Hij, net als Zijn zoon, het allermeest van zondaren hield. Net als *padre* Ascanio, die anders geen werk zou hebben.

Ze drentelde door het gangpad naar de tafel met kaarsen die rechts van het middenschip tegen een muur stond. Elke dag brandde ze een kaarsje, om te bidden dat haar vader iemand zou leren kennen met wie hij er op zijn beurt vandoor kon gaan, want ze had er genoeg van om voor hem te zorgen. Tot dusver had God niet naar haar geluisterd. Ze had gedacht dat de Maagd misschien meer met haar zou meeleven – zij was tenslotte een moeder –, maar ook die leek niet te luisteren. Misschien beseften ze niet dat hij een nietsnut was en een grote last voor haar betekende. Ze zou beter af zijn zonder hem; dan zou ze bij haar tante Zita kunnen gaan wonen. Tante Zita was de zus van haar moeder. Ze was getrouwd met Vincente en ze hadden al vijf kinderen, dus ze konden er makkelijk nog eentje bij nemen. Ze zouden er amper iets van merken dat ze nog een mond moesten voeden, want zij was maar klein en at niet veel.

Met die gedachte voor ogen stak ze haar kaarsje aan om God te danken voor Dante en La Magdalena. Ze hoopte maar dat hij wilde wachten tot ze groter was en met hem zou kunnen trouwen. Vervolgens schoof ze een kerkbank in en knielde neer op het kussentje om te bidden. Ze spiedde om zich heen naar de andere mensen die in gebed waren verzonken en hoopte dat die allemaal weg zouden gaan, zodat God kon horen wat zíj te zeggen had. Maar ze gingen niet weg, dus had ze geen andere keus dan zo luid en helder te denken als ze maar kon.

Ze bleef een hele poos zo zitten en dankte God voor elke boom, elke bloem, elke vogel en elke krekel die ze die ochtend had gezien. Ze wist zeker dat, als ze Hem een beetje vleide, Hij als ze eraan toe was om haar verzoeken te formuleren welwillender tegenover haar zou staan. Uiteindelijk las ze het lijstje voor dat ze in gedachten had opgesteld. Ze vroeg niet of haar moeder terug kon komen, wat meestal haar vurigste wens was, omdat ze het gevoel had dat ze niet te veel kon vragen en ze vandaag liever met Dante wilde trouwen dan dat ze haar moeder terug wilde krijgen. Ze hoopte maar dat haar moeder er nooit achter zou komen.

Toen ze klaar was, sloeg ze een kruisje voor het altaar, glimlachte meelevend naar het beeld van Christus aan het kruis – want wat moest die arme man moe zijn om daar maar al die tijd zo te hangen – en ging de kerk uit.

Ze trof Costanza op de binnenplaats bij haar thuis, waar ze op een schommelbank in de schaduw zat te lezen. Costanza woonde in een grote villa op de heuvel vlak buiten de stad, maar het gebouw zag er net zo afgetakeld uit als de fortuin van haar ooit zo illustere familie. Haar ouders waren aristocraten en droegen de titel van *conte* en *contessa*, wat grote indruk op Floriana maakte, want haar vader was slechts hun chauffeur. Vroeger hadden ze een groots palazzo bezeten aan de Via del Corso in Rome, plus een villa aan zee aan de populaire Amalfi-kust. Maar Costanza's vader had grote verliezen geleden waar Floriana niets van begreep, en toen Costanza drie jaar oud was waren ze in Herba komen wonen, in het vakantiehuis dat ze vroeger alleen maar 's zomers voor een paar weken hadden gebruikt. Daar sloten ze zich op en ze gingen amper met iemand om. Maar Costanza voelde zich alleen en geïsoleerd in haar paleis op de heuvel, en zelfs haar snobistische moeder begreep wel dat ze behoefte had aan gezelschap van kinderen van haar eigen leeftijd. Dus had de gravin ten slotte toegegeven en haar toen ze zes was naar de plaatselijke school laten gaan.

Haar vriendin mocht dan in een chic huis wonen en een titel hebben, maar dankzij haar charisma was Floriana veruit haar meerdere. Ze was niet alleen leuk om te zien, met haar jongensachtige gezichtje en grote ogen, maar ze was ook zelf overtuigd van haar aantrekkingskracht, en haar intuïtie maakte haar slim. Zij had altijd de beste ideeën voor spelletjes en leek geen angst te kennen wanneer die een beetje gevaarlijk werden en de zee of de kliffen er een rol in speelden.

Costanza was lichamelijk minder goed bedeeld; ze had grove trekken en een mollig lichaam. Ze leed aan hoogtevrees en was altijd bang om te verdrinken, en ze bewonderde de moed van haar vriendin en keek toe als die ten overstaan van alle andere kinderen liet zien wat ze allemaal durfde, zodat ze hun adem inhielden als ze de heroïsche daden verrichtte waar hun moeders hún zeker een pak voor op hun broek zouden geven. Maar ze was er ook jaloers op dat Floriana zo'n zorgeloos leventje leidde. Costanza moest van haar moeder huiswerk maken, haar kamer opruimen en op haar manieren letten, terwijl Floriana niemand had die haar drilde en precies kon doen waar ze zin in had. Costanza vond het erg voor haar dat haar moeder ervandoor was gegaan, maar Floriana had haar medelijden regelrecht naar haar teruggekaatst, had met haar zes jaren een hoge borst opgezet en gezegd: 'Wie heeft er eigenlijk een moeder nodig?' Dus was Costanza nu jaloers op haar – al was ze te jong om achter de stoerdoenerij van het meisje haar gebroken hart te zien.

'*Ciao*,' zei Floriana opgewekt toen ze de binnenplaats op stapte, waar citroenboompjes in potten stonden en tomaten welig tierden tegen de zuidmuur.

Costanza keek op van haar boek. 'Ciao.' Toen ze haar zelfvoldane gezicht zag, voegde ze eraan toe: 'Wat heb jij uitgespookt?'

'Ik ben verliefd,' antwoordde Floriana achteloos.

'Op wie?'

Floriana ging naast haar zitten en zette zich met haar tenen af om de bank te laten schommelen. 'Hij heet Dante.'

'Bedoel je Dante Bonfanti, die in de Villa Magdalena woont?'

'Ken je hem dan?' Floriana was enigszins uit het veld geslagen.

'Min of meer.' Costanza trok haar neus op. De waarheid was dat ze hem nog nooit had ontmoet, maar haar ouders kenden de zijne, dus dat legde gewicht in de schaal.

'Hij heeft me net de tuinen laten zien. O, Costanza, ik heb nog nooit zulke mooie tuinen gezien. Echt prachtig.'

'Dat zal best. Ze hebben een heel leger tuinmannen. Mijn moeder had vroeger in Rome ook een grote tuin.'

'Jullie hebben hier toch ook een mooie tuin?'

'Maar daar wordt niet goed voor gezorgd. Voor zulke extravaganties hebben we het geld niet meer.' Ze wist niet goed wat dat woord betekende, maar ze had het haar moeder heel vaak horen zeggen, wat meestal vergezeld ging van een spijtige zucht.

'Voor de tuinen daar wordt wel goed gezorgd.'

'Weet je dat ze een van de rijkste families zijn van Italië?'

'Echt waar?'

'Beppe, Dantes vader, is een van de machtigste mannen van het land.' Floriana wist niet goed hoe ze daarop moest reageren, dus zei ze maar niets en wachtte ze tot Costanza verderging. Costanza vond het heerlijk dat zij meer over hem wist dan haar vriendinnetje. 'Dante is de oudste zoon,' vervolgde ze. Toen werd de afgunst haar te machtig en zei ze er boosaardig achteraan: 'Hij is een soort prins, dus hij zal met een prinses moeten trouwen. Het heeft geen enkele zin om verliefd op hem te zijn.'

Haar woorden waren als dolkstoten in Floriana's hart. Ze legde haar hand tegen haar borst en drukte stevig om het bloeden te stelpen. Toen herinnerde ze zich God en de kaars die ze had aangestoken weer, en er begon een klein sprankje hoop te gloren dat de pijn afzwakte. 'Ik verwacht ook helemaal niet dat ik met hem ga trouwen,' zei ze luchtig, en ze grinnikte er even bij om overtuigender over te komen. Ze kon heel goed doen alsof. 'Hij heeft gezegd dat ik zo vaak mag langskomen als ik wil. Zijn ouders zijn toch altijd op reis.'

'Hoe oud is hij?'

'Bijna achttien.'

'Wat wil hij dan met een meisje van tien?'

'Bijna elf. En hij wil helemaal niks. Ik denk dat hij met me te doen had.'

'Net als iedereen. Maar ze hebben geen idee hoe sterk je bent.' Costanza gaf haar een plaagstootje, want ze vond het opeens slecht van zichzelf dat ze Floriana's enthousiasme de grond in had geboord. 'Mag ik de volgende keer mee? Ik zou die tuinen wel eens willen zien.'

'We kunnen morgen gaan. Ik heb hem de afgebrokkelde muur laten zien waar ik op klim als ik ga spioneren.'

'Kan ik ook spioneren?'

'Ja hoor, als je je maar stil houdt.'

'Ik kan heel stil zijn.'

'En niet tegen me begint te fluisteren als ik naar beneden spring om rond te snufffelen.'

'Dat doe ik niet, echt niet.'

'Ik geloof niet dat rondsnuffelen nodig is. Hij zei dat hij naar me zou uitkijken.'

'Kunnen we niet beter gewoon aanbellen?'

'Het is veel leuker om stiekem over de muur te klimmen.'

'Als ik zeg wie mijn vader is, laten ze ons wel binnen.'

'Dat is niet nodig. We klimmen over de muur en zoeken Dante. We gaan hem verrassen. Hij vindt het heus niet erg, hij is nu mijn vriend. Morgenochtend gaan we.'

Toen dat was afgesproken, graaide Floriana wat fruit mee uit de keuken en liep weer de heuvel af de stad in. De zon zonk nu langzaam aan de westelijke hemel, gaf het licht een melancholieke amberen kleur en wierp lange schaduwen over haar pad, waar ze overheen kon springen. Ze kauwde op een sappige vijg en dacht aan Dante. Het deed er niet toe dat hij geacht werd met een prinses te trouwen en dat zij maar een huishoudelijk hulpje was. Floriana hield meer van La Magdalena dan van wie ook. Daar hoorde ze thuis, in die kleine tuin omringd met zuilen, waar ze op de bank bij de fontein een boek zou lezen. Het gaf niet dat ze niet zo goed kon lezen, want dat zou ze wel leren. Ze was een slimme meid, dus ze kon zich alles eigen maken.

Ze huppelde de straat op naar de grote boogdoorgang in de gele muur die ooit haar thuis had betekend, maar sinds haar moeder de benen had genomen alleen nog maar een deur was die de plek aangaf waar ze woonde. Ze duwde er hard tegen. De deur was zwaar en groot, en bood toegang tot een binnenplaats. De grond was geplaveid met kasseien, waartussen onkruid welig tierde, tot het zonder pardon werd gewied door *signora* Bruno, wier overleden echtgenoot haar het krakkemikkige gebouw met huurwoninkjes had nagelaten. Fraaie ijzeren balkonnetjes zagen uit op de binnenplaats en tooiden de afbrokkelende muren met een enkele bloempot, maar vooral met lijnen vol wasgoed dat hing te drogen in de zon.

Signora Bruno stopte met vegen toen ze het kleine meisje zag binnenkomen en leunde op haar bezem. Ze greep elk excuus aan om haar werk te kunnen onderbreken. 'Je vader zit vast bij Luigi aan de bar.' Ze sloeg Floriana argwanend gade toen het meisje de trap op danste en ging zitten. 'Wat voer jij in je schild? Je ziet eruit alsof je een binnenpretje hebt.'

'Ik ben verliefd, signora Bruno.'

Ze keek het kind in haar omfloerste ogen en lachte, waarbij de moedervlek op haar kin meebewoog. 'Wie heeft je dat soort ideeën aangepraat? Dat een kind van jouw leeftijd ook maar aan zoiets denkt – liefde!' Ze klakte met haar tong. 'Je hebt lief als je jong bent en niet beter weet. Totdat je hart breekt en je gaat inzien dat je beter af bent zonder liefde.'

'Wat verdrietig, signora Bruno.' Floriana keek haar met oprecht medeleven aan.

'Wie is de gelukkige?'

'Hij heet Dante Bonfanti.'

Verbaasd keek signora Bruno haar aan. 'Dante Bonfanti? Waar ben je die dan tegen het lijf gelopen?'

'Ik was aan het spioneren bij zijn huis vanaf het hek, en toen vroeg hij of ik binnenkwam. Villa Magdalena is het allermooiste paleis van de hele wereld.'

'Ik zou maar bij die lui uit de buurt blijven als ik jou was,' zei signora Bruno duister. 'Dat zijn geen goede mensen.'

'Dante wel,' protesteerde Floriana.

'Dat kan wel wezen, maar zijn vader is een heel gevaarlijk man. Laat ze met rust en blijf hier beneden aan de heuvel, waar je thuishoort.'

'Maar ik hou van hem.'

De oude vrouw glimlachte toegeeflijk. 'Jij bent veel te jong voor de liefde – niet dat je die niet zou verdienen. Van alle kinderen in Herba komt het jou het meest toe dat er van je wordt gehouden.'

Floriana keek naar signora Bruno's dikke enkels en huidkleurige kousen die in ribbels om haar kuiten zaten, en vroeg zich af hoe het signor Bruno was vergaan. 'Waar is uw man?'

'Die is overleden.'

'Wat erg.'

'Dat vind ik helemaal niet. Ik had mijn handen vol aan die kerel.'

'Net als ik aan mijn vader.'

Signora Bruno grinnikte klokkend, als een kip. 'Je vader...' Ze schudde haar hoofd. 'Hij is een zware last voor je. Dat is niet goed. Hij zou eens wat verantwoordelijkheid moeten nemen.'

'Denkt u dat hij gauw doodgaat?'

Het gezicht van signora Bruno werd grauw van medelijden. 'Nee, *cara*, hij gaat niet snel dood.'

'Jammer,' zei Floriana met een schouderophalen.

'Je wilt hem toch niet dood hebben, of wel soms?'

Signora Bruno leek ontzet en enigszins van slag. Ze zette haar bezem weg en kwam naast Floriana op het stoepje zitten, waarbij ze haar zachte lichaam in de krappe ruimte tussen het kind en de trapleuning perste. 'Ik weet dat hij niet de vader is die je je het liefst zou wensen. Hij heeft twee keer in de gevangenis gezeten en hij drinkt te veel. Het is niet zo gek dat je moeder bij hem is weggegaan. Maar jij? Ik weet niet waarom ze jou heeft achtergelaten, zo'n weerloos kleintje, en wel je kleine broertje heeft meegenomen.' Ze sloeg haar arm om Floriana heen, die huiverde. 'Ze had jou ook mee moeten nemen, maar ze is altijd al zelfzuchtig geweest en dacht misschien dat Zita wel voor je zou zorgen. Maar aan haar zus heb je al net zomin iets als aan haar. Want waar is Zita als je haar nodig hebt, hmm? Ze kan niet eens haar eigen kinderen de baas. Een kind is een geschenk van God, dat zou je moeder moeten weten.'

'Hebt u kinderen?'

'Die zijn al groot en wonen in Rome.'

'Mist u ze?'

'Ja, cara, ik mis ze zeker.'

'Denkt u dat mama mij mist?'

Signora Bruno's hart sloeg een slag over en ze wist niet wat ze moest zeggen. 'Ik denk het wel, liefje.'

'Het doet er niet echt meer toe.'

'Wat doet er niet meer toe?'

'Of ze terugkomt. Want ik ben nu toch verliefd. Ik heb geen moeder meer nodig, weet u.'

'Je praat echt een heleboel onzin.' Signora Bruno bette haar ogen met haar schort. 'Ik zal je eens wat zeggen. Als jij je vader nu gaat halen, help ik je zo meteen om hem in bed te leggen.'

'Dank u wel.'

Langzaam hees ze zichzelf overeind, en haar knieën kraakten en knarsten toen ze ze rechtboog. 'Elk kind heeft een moeder nodig. Je zou dit op jouw leeftijd niet horen te doen,' verzuchtte ze.

Floriana stak achter signora Bruno aan de binnenplaats over. Niets was nog belangrijk, want morgen zou ze Dante zien.

Floriana's vader zat inderdaad in het café van Luigi om de hoek van de Via Roma, waar ze woonden. Hij hing aan de bar met een leeg glas in de hand. Luigi weigerde hem nog iets in te schenken en hij begon kwaad te worden. Floriana liep op hem af en het groepje mannen dat hem probeerde over te halen om naar huis te gaan week uiteen om haar door te laten.

'Papá,' zei ze, aan zijn arm trekkend. 'Het is tijd om naar huis te gaan.'

Geërgerd keek haar vader naar haar omlaag; zijn vochtige ogen stonden koud en vreemd. 'Ga zelf maar naar huis, kattenkop,' antwoordde hij.

Luigi en de andere mannen sprongen kwaad voor haar in de bres. 'Zo kun je je dochter niet behandelen, Elio. Je gaat nu naar huis en gedraagt je als een goede vader.' Floriana had het allemaal al eerder gehoord en geneerde zich totaal niet voor hem. Als ze al iets voelde, was het dat ze het beu was om avond aan avond dezelfde vermoeiende riedel te moeten afdraaien. Het verbaasde haar dat Costanza's vader hem nog steeds werk gaf. Ze vroeg zich af of hij ook met haar te doen had en haar vader uit medelijden niet ontsloeg. Ze kon zich niet voorstellen dat hij erg goed kon autorijden met zijn trillende handen en benevelde blik.

Uiteindelijk wisten ze hem zo te bepraten dat hij naar huis ging, en ze keken gespannen toe toen het kleine meisje hem de straat op hielp, al reikte ze amper tot zijn middel. Hij leunde op haar alsof ze een wandelstok was, al brommend en onverstaanbaar mompelend. Toen ze bij de deur van haar huis kwamen, stond signora Bruno daar, zoals beloofd. Ze sloeg zijn arm over haar brede schouder en zeulde hem de smalle trap op naar hun woning. Eenmaal binnen liet ze hem op zijn bed vallen. Floriana trok zijn schoenen uit, terwijl signora Bruno de gordijnen dichttrok, waarbij ze zag dat er in het ene een gat zat en op het andere een vlek. Niemand kon verwachten dat een meisje van tien gordijnen zou wassen en repareren. Het was al heel wat dat ze hun kleren waste, zoals signora Bruno haar na het vertrek van haar moeder had geleerd. 'Nu moet jij de moeder zijn,' had ze gezegd, en het meisje had braaf naar haar geluisterd en haar best gedaan om niet te huilen. Ze kon op haar eigen manier een hoge borst opzetten en haar kin omhoogsteken om sterk te lijken.

Signora Bruno keek toe toen Floriana een doorgestikte deken over haar vader heen legde. Hij greep haar hand beet en zijn gezicht vertrok in een snik, als een natte vaatdoek. 'Vergeef me,' mompelde hij.

'Ga slapen, papá.'

'Ik zou een betere vader voor je moeten zijn. Morgen stop ik met drinken, dat beloof ik.'

'Dat zeg je elke avond. Het begint vervelend te worden.'

'Het is de schuld van je moeder, die ons in de steek heeft gelaten. Als zij niet was vertrokken, was er niks aan de hand.'

'Je dronk al veel eerder.'

'Niet waar.'

'Misschien is ze wel weggegaan omdát jij dronk.'

'Je weet niet wat je zegt. Ik hou van haar en ik hou van onze zoon. Waar zijn ze nu? Zie ik ze ooit nog terug? Wat voor soort jongen is hij geworden? Hij weet waarschijnlijk niet eens meer wie ik ben. Maar ik hou van hen, en ik hou van jou. Ik drink om de pijn van mijn ellendige leven te vergeten. Ik drink om mijn schuld te vergeten, omdat ik geen goede vader voor je ben geweest. Vergeef me, Floriana. Mijn kleine Floriana.' Hij stak een hand uit om haar gezicht aan te raken.

'Ga slapen, papá.' Hij sloot zijn ogen en zijn hand viel op het bed naast hem neer. Ze bleef even naar hem staan kijken, vergeefs zoekend naar de vader die ze zo graag wilde dat hij was.

'Heb je genoeg te eten?' vroeg signora Bruno toen ze de kamer uit gingen en de deur achter zich dichtdeden.

'Ja.'

'Is alles in orde zo?'

'Ja hoor.' Ze schokschouderde. 'Soms denk ik dat hij de volgende morgen dood is.'

'Wat zou je dan doen?'

'Bij tante Zita gaan wonen.'

'Die heeft al genoeg monden te voeden.'

'Ik eet niet veel.'

'Maar je wordt steeds groter en dan eet je wel veel.'

'Als ik later groot ben, trouw ik en ga ik in een paleis wonen.'

'Toen we klein waren, droomden we er allemaal over om in een paleis te wonen. Moet je zien waar ik nu woon. Niet bepaald het paleis van mijn dromen!'

'Maar ik heb erom gevraagd.'

'God geeft niet altijd aan je wensen gehoor, Floriana.'

'Dat weet ik. Maar ik heb nog iets van Hem te goed.'

Signora Bruno glimlachte om de ontembare levenslust van het kind. 'In dat geval maakt Hij vast een prinses van je.'

'U zult het zien,' antwoordde Floriana monter. 'Als u lief bent, mag u voor me komen werken.'

'Nou, dank je wel, *signorina*!' De hele weg vanaf de trap naar de binnenplaats moest de oude vrouw lachen. 'Zorg maar dat het snel gebeurt, want anders ben ik misschien al dood!'

Floriana at een homp brood met kaas en dronk een glas melk. Door de muur heen kon ze haar vader horen snurken, en ze grimaste. Hij klonk precies als een varken. Na het eten liet ze de badkuip vollopen. Als ze de volgende dag Dante zou ontmoeten, moest ze er picobello uitzien. In het warme water schrobde ze zichzelf van top tot teen; ze waste haar haar en was een hele tijd bezig om het zorgvuldig door te kammen, tot alle klitten eruit waren. Ze knipte haar teennagels en vijlde de nagels van haar vingers, zoals haar moeder altijd deed. Ze poetste haar tanden tot ze blonken. Het viel nog niet mee om een jurk te vinden die niet vuil of te klein was, maar ze haalde een wit exemplaar dat bedrukt was met rode bloemetjes tevoorschijn dat ze nooit droeg, omdat je er alles op zag. Daarmee zou ze niet in bomen kunnen klimmen. Ooit zou ze een hele kast vol met mooie jurken hebben – jurken voor overdag en jurken voor 's avonds, allemaal schoon en gestreken, op met zijde beklede hangertjes in een kamer die speciaal bedoeld was voor haar kleren. Dan zou ze een dienstmeisje hebben dat voor haar zorgde en alles op orde hield.

In haar slaapkamer ging ze op de vensterbank naar de glinsterende sterren zitten staren. Als ze met Dante trouwde, zou haar moeder misschien terugkomen, omdat ze trots was dat haar dochter zo'n goede partij had getroffen. Ze zou in die kleine tuin met de zuilen eromheen komen zitten en haar vertellen hoe erg het haar speet dat ze was weggelopen, en Floriana zou het haar vergeven, omdat ze het wel begreep.

In de kamer naast haar klonk het gesnurk nu luider. Het moest onverdraaglijk zijn geweest om het bed te delen met een man die knorde als een varken.

8

De volgende morgen liepen de twee meisjes door het klaprozenveld naar Villa Magdalena. Costanza zag meteen dat haar vriendinnetje een mooie jurk aanhad en dat haar haar glansde, en ze stikte van jaloezie. In werkelijkheid had Floriana maar heel weinig, en toch, zoals ze die ochtend vol zelfvertrouwen door het veld liep, leek het of ze alles had. Onwillig liep Costanza achter haar aan, alsof ze haar wilde tegenhouden. 'Als je geen zin hebt om mee te gaan, hoeft het niet, hoor,' zei Floriana, die even bleef staan, zodat ze haar kon inhalen.

'Ik wil wél mee.'

'Schiet dan een beetje op.'

'Vanwaar die haast? La Magdalena loopt heus niet weg.'

'Maar Dante misschien wel.'

'Je had je voor hem niet zo mooi aan hoeven kleden, hoor. Hij ziet je toch als een kind, of je nou je mooiste jurk aanhebt of dat groezelige geval waar je anders altijd in loopt.'

'Ik heb me niet voor hem mooi aangekleed!' voegde Floriana haar toe.

'Voor wie dan wel?'

'Voor mezelf, gekkie. Signora Bruna zei tegen me dat ik beter voor mezelf moet zorgen nu ik bijna volwassen ben.'

'Ik mag van mijn moeder de deur niet uit als ze mijn haar niet heeft geborsteld en mijn gezicht niet heeft opgepoetst. Ik ben haar zó zat!'

Floriana wierp Costanza een blik toe. In haar onberispelijk gestreken blauwe jurk en schone sandalen zag ze er veel verzorgder uit dan zijzelf. Haar lange blonde haar was uit haar gezicht gekamd en vastgezet met blauwe strikken. Het maakte echt een heel verschil of je een moeder had die voor je zorgde. Floriana beende verder en deed haar best de gedachte aan haar afwezige moeder van zich af te zetten.

'En als hij er nou niet is?' vroeg Costanza bezorgd.

'Dan gaan we toch een beetje rondsnuffelen in de tuin? Nu hij me alles heeft laten zien weet ik er de weg.'

'En als we dan iemand tegenkomen? Er loopt vast een heleboel personeel rond.'

'Ik ben gisteren met hem samen gezien. Ze kennen me nu allemaal.'

'Misschien bellen ze de politie wel.'

'Natuurlijk niet. Twee meisjes zijn toch geen bedreiging? We zien er niet bepaald uit als zigeuners, of wel soms?'

'We zouden in de problemen kunnen komen. Beppe is een heel machtig man.'

'Nou en? Hij is nog altijd een gewoon mens, net als wij. Wees toch niet zo'n bangeschijter.'

'Ik ben alleen maar verstandig.'

'Nou, hou daar dan mee op. Verstandig zijn is stom.'

Uiteindelijk stonden ze voor de grote zwarte ijzeren hekken en tuurden naar binnen. De gele villa piepte koket tussen de cipressen langs de laan door.

'Het is in elk geval wel een heel mooi palazzo,' zei Costanza bewonderend.

'Het is nog veel meer. Het is een sprookje.'

'Ik heb een heleboel van dit soort huizen gezien, hoor.'

'Dat zal best.'

'Om eerlijk te zijn leek ons huis in Portofino er heel veel op.'

'Jammer dat je vader dat niet meer heeft.'

'Dat is helemaal niet jammer. Het is veel werk om zo'n groot huis te onderhouden.'

'Niet als je mensen hebt die dat voor je doen.'

'Nou ja, we hadden natuurlijk wel personeel. Een heleboel.'

'Hier ben ik Dante gisteren tegengekomen,' zei Floriana dromerig.

'Kennelijk komt hij vandaag niet.'

'O ja hoor, hij komt heus wel.'

'Ik vind dat we nu naar huis moeten gaan.'

'Je bent bang.'

'Niet waar. Ik vind het alleen niet zo tof om als een stel zwerfhonden bij deze hekken rond te hangen.'

'Als hij niet komt, klimmen we op de muur.'

'In onze jurken?'

'Geen probleem. Die kunnen we uittrekken.'

Costanza was ontzet. 'Ze uittrekken?!'

'Ja, we doen ze uit en gooien ze over de muur, klimmen eroverheen en trekken ze aan de andere kant weer aan. Makkelijk zat.'

'Dat meen je niet.'

'Jawel, dat meen ik wel. Kom op, ik zal het je laten zien.'

Ze huppelde er zorgeloos vandoor en ging Costanza voor langs de erfgrens die ze zo goed kende, waarbij ze de muur volgden tot ze bij het gedeelte kwamen waar die was afgebrokkeld en laag genoeg was om erop te klimmen. 'Als we erbovenop zitten, kunnen we de tuinen in kijken. Die zijn echt prachtig.'

'Daar voel ik niets voor. Als ik een gat in mijn jurk krijg, vermoordt mijn moeder me.'

'Doe hem dan uit.' Costanza keek verbijsterd toe toen Floriana uit haar eigen jurk stapte en op een wit onderbroekje na, dat tot een grauwe kleur verwassen was, in haar blootje stond. Ze had nog steeds het lichaam van een achtjarige. Costanza had echter weelderiger vormen en haar borstjes begonnen al te ontluiken.

'Dat ga ik niet doen,' protesteerde ze toen Floriana een dansje maakte om haar te plagen.

'Ik voel me vrij zo zonder kleren. Kom op, het is leuk!'

'Je bent te oud om in je blootje rond te dansen.'

'Oké, dan doe je het niet.' Floriana hield op met dansen en gooide met een gierende lach haar jurk over de muur. 'Daar gaat-ie dan! Ik hoop maar dat er aan de andere kant geen hond staat!' Vervolgens klom ze als een aapje omhoog. Boven gekomen ging ze trots op de muur zitten en glimlachte naar haar vriendin omlaag. 'Ik help je wel een handje, kom op!' Costanza reikte omhoog en pakte de hand aan. 'Zet je voet in dat gat en hijs jezelf op.' Ze deed wat haar werd gezegd, en langzaam, heel behoedzaam en angstig, voegde ze zich bij haar vriendin.

'Niet te geloven dat je dat deed,' zei Costanza verhit, haar jurk gladstrijkend. 'Stel nou dat iemand je ziet!'

'Wie zou me moeten zien?'

'Ik!' klonk een lage stem vanaf de andere kant van de muur. Floriana keek omlaag en zag dat Dante haar jurk voor haar ophield. 'Ik zal niet kijken,' zei hij, zijn ogen afschermend met zijn andere hand. Proestend van de lach en niet in het minst in verlegenheid gebracht pakte Floriana de jurk aan, stapte erin en trok hem over haar schouders. 'Mag ik al kijken?'

‘Natuurlijk,’ antwoordde ze, terwijl ze de knoopjes dichtmaakte. ‘Er valt trouwens niets te zien.’ Costanza kleurde tot aan haar haarwortels terwijl ze zich probeerde voor te stellen hoe erg het zou zijn geweest als zij zo dwaas was geweest om haar vriendin na te doen en haar eigen jurk over de muur te gooien. Het was al erg genoeg dat ze werd betrapt terwijl ze onuitgenodigd zijn terrein binnenklom.

‘Hoe heet je vriendin?’ vroeg Dante, terwijl hij zijn trotse blik op Costanza liet rusten.

‘Costanza Aldorisio,’ liet Floriana hem weten.

‘Ken ik jouw ouders niet?’

‘Ja,’ antwoordde Costanza.

‘Conte Carlo Aldorisio?’

‘Ja.’ Haar stem was nauwelijks meer dan een fluistering.

‘Nou, jullie hoeven niet de hele ochtend daar te blijven staan. Laten we jullie allebei maar eens naar beneden helpen.’ Hij stak zijn handen omhoog, die Floriana zonder aarzelen pakte, en hielp haar op het gras te springen. Costanza was verlegen en pakte zijn handen met de grootste gêne vast. Hij was heel knap om te zien en ze nam het Floriana helemaal niet kwalijk dat ze verliefd op hem was geworden. Ze had in haar hele leven nog nooit zo’n knapperd gezien. Ze sprong omlaag, zich er voor de eerste keer van bewust hoeveel zwaarder ze moest zijn dan Floriana.

‘Dus jíj bent de kleine Costanza Aldorisio,’ zei hij peinzend terwijl hij naar haar grijnsde. ‘We hebben elkaar al eerder ontmoet, maar dat herinner je je vast niet meer, want je was toen nog heel klein.’

‘Echt waar?’

‘Je bent hier met je ouders geweest.’ Ze knikte schaapachtig. ‘Bespioneer jij ons ook?’

Costanza’s blos werd dieper. ‘Nee. Ik niet. Alleen Floriana.’

‘Dus jij bent de Eenzame Spion?’ vroeg hij aan Floriana.

‘Ik geloof niet dat iemand jullie tuin mooier vindt dan ik.’

‘Daar kon je wel eens gelijk in hebben.’

‘Kunnen we weer naar de tuin met de zuilen gaan? Die zou ik graag aan Costanza laten zien.’

‘Natuurlijk.’

Op dat moment kwam Truste tussen de bomen vandaan gedrenteld. Costanza slaakte een kreet van angst toen de hond opgewonden naar hen toe kwam rennen. ‘Truste!’ riep Floriana uit, en ze bukte zich om haar vriendje met open armen welkom te heten.

'Je hoeft niet bang te zijn, Costanza,' zei Dante, terwijl hij een beschermende hand op haar schouder legde. 'Het is een lieve hond.' Costanza keek toe hoe de hond zich in Floriana's armen stortte en haar bijna omvergooide.

'Is het geen schatje? Moet je kijken, hij likt me weer!'

'Hou jij van dieren?' vroeg Dante aan Costanza.

'Nee,' antwoordde die.

'Ik wel!' zei Floriana enthousiast. 'Had ik maar een hond. Een maatje dat altijd bij me is en zonder vragen te stellen van me houdt. Dat zou ik wel fijn vinden.'

'Je mag Truste van me lenen wanneer je maar wilt,' zei Dante, die haar blijdschap aanstekelijk vond. 'Kom op, laten we in de tuin van mijn moeder gaan zitten.'

Hij stak zijn handen in zijn zakken en liep weg in de richting van het huis. Truste voelde dat er iets bewoog in de bosjes, spitste zijn oren en hield zijn staart stijf, waarna hij eropaf schoot om een kijkje te gaan nemen. Floriana schonk haar vriendin een glimlach alsof ze wilde zeggen: 'Ik zei toch dat hij knap was?' en Costanza glimlachte zenuwachtig terug, al voelde ze zich beter nu Dante en zij officieel aan elkaar waren voorgesteld.

Ze liepen door de tuinen en bewonderden de marmeren beelden en de hagen die tot volmaakte ronde bollen waren gesnoeid. In de borders waren een paar tuinmannen aan het werk; ze gaven de planten water voordat de zon te warm zou worden en wiedden onkruid, dat ze in kruiwagens gooiden. Toen ze Dante zagen, staakten ze hun bezigheden, namen hun hoed af en knikten eerbiedig. Floriana merkte het op en was trots dat ze naast zo'n belangrijke man liep.

Dante glimlachte toegeeflijk terwijl de twee meisjes opgetogen babbelden. Costanza vergat haar zenuwen en liet zich door Floriana alles aanwijzen, alsof het palazzo en het terrein eromheen haar nu al toebehoorden. Toen ze bij de tuin met de zuilen kwamen, ging Floriana zitten en verkondigde dat dit haar favoriete plekje was omdat ze hier de vogels in de bomen en het geklater van de fontein kon horen, en de zon op haar gezicht kon voelen. 'Hemels is het hier,' stelde ze eenvoudigweg, en ze leunde achterover en sloot haar ogen. 'Op zo'n mooie plek moet God wel wonen, denk je niet? Als Hij niet in de kerk is.'

Dante lachte en kwam bij haar op de bank zitten. 'Misschien is de kerk de plek waar Hij werkt, als een soort kantoor, en is Hij hier wanneer Hij weg kan van al die mensen die Hem onmogelijke dingen vragen.'

'Wat ík Hem vraag is niet onmogelijk,' zei Floriana. 'Ik zou Hem nooit onder druk zetten.'

'Wat heb je dan gevraagd, *piccolina*?'

Ze glimlachte geheimzinnig. 'Dat kan ik niet zeggen. Als ik dat wel zou doen, zou ik je moeten vermoorden.'

'Nou, vertel het me dan maar niet.'

'Ze vraagt of haar moeder terug kan komen,' zei Costanza uit zichzelf; ze voelde zich nu meer op haar gemak en was een tikje jaloers dat Dante Floriana daarnet 'kleintje' had genoemd, alsof hij haar al een hele tijd kende en dol op haar was. Ze ging op een van de andere banken zitten.

'Waar is je moeder dan?'

'Die is ervandoor met een man die ze was tegengekomen op de markt,' zei Floriana onbekommerd. Aangezien ze toch met Dante zou gaan trouwen, mocht hij best alles over haar weten.

'Wat erg.'

'Dat vind ik ook. Ik wilde vroeger altijd dat ze mij had meegenomen, maar als ze dat had gedaan zou ik hier nu niet op deze prachtige plek zitten.'

Nieuwsgierig keek hij haar aan. 'Wil je liever hier zijn dan bij je moeder?'

'Natuurlijk. Ik kan me niet voorstellen dat mijn moeder zo'n soort tuin zou hebben. Misschien heeft ze wel een druivenplant, want de man met wie ze ervandoor ging verkocht tomaten.' Ze lachte, alsof het er allemaal niet toe deed.

'Dus je woont bij je vader?'

'Hij is de chauffeur van mijn vader,' voegde Costanza er gewichtig aan toe.

'Hij is een ramp,' zei Floriana.

Dante fronste zijn voorhoofd, want ineens leek ze ontmoedigd. 'Kom, ik wil jullie iets laten zien.' Hij stond op. 'Een verrassing.'

Floriana zette de gedachte aan haar vader van zich af en glimlachte alweer. 'Ik ben dol op verrassingen!' zei ze stralend.

Ze liepen achter hem aan door de poort in de muur en kwamen in de siertuin, waar een stenen trap in een elegante bocht omhoogvoerde naar het huis. Een man in een groene overall stond het grind te harken, zijn hoofd beschermd tegen de zon door een witte hoed. Een andere man gaf de borders water met een tuinslang. Een grijze kat lag op de balustrade te slapen en Floriana huppelde naar hem toe om hem te aaien. 'Is die van jou?'

'Hij is niet echt van iemand,' antwoordde Dante. 'Nog zo'n zwerver.'

'Jij boft maar. Ik zou ook wel een zwerfdier willen adopteren.'

'Van mij mag je hem adopteren, maar hij komt alleen telkens hiernaartoe, want hij weet dat hij hier te eten krijgt.'

'Ik zou er niet over piekeren om hem hier weg te halen. Kijk, hij is net een prinsje dat aan de voet van het paleis ligt te slapen. Bij ons thuis is het heel klein en zou hij erg ongelukkig zijn.'

'Je vader zou hem waarschijnlijk villen,' zei Costanza.

'Welnee, zeg,' zei Floriana fel en defensief. 'Maar hij zou hem niet leuk vinden.'

Geïntrigeerd sloeg Dante Floriana gade. Ze leek zelf wel een zwerfkat – een brutaal, eigengereid katje dat graag wilde dat iemand voor haar zou zorgen. Hij liep verder, naar de andere kant van de tuin, waar achter een oeroude stenen muur een olijfgaard was aangelegd. Tussen de olijfbomen stonden vijgen-, appel-, kersen- en sinaasappelbomen, en enorme terracotta potten met deksels erop die vroeger werden gebruikt om voorraden in op te slaan. De grond was bedekt met honderden gele bloempjes die tussen het hoge gras uit piepten, en langs de muur stonden kronkelige eucalyptusbomen die als afgeleefde oude mannen de wacht leken te houden.

'Wat een verrassing!' riep Floriana enthousiast uit bij de aanblik van alweer een verpletterend mooie tuin om van te genieten.

'Je hebt de verrassing nog niet eens gezien,' lachte Dante, terwijl hij met zijn handen in zijn zakken zoekend rondkeek. 'Ah, daar is hij.' Floriana en Costanza volgden zijn blik en zagen een schitterende pauw pikkend over de grond lopen, wiens blauwe borstveren glansden als olie.

'Ik zei toch al dat er zeldzame vogels in deze tuin waren?' zei Floriana. 'Wat is hij mooi. Heeft hij ook een naam?'

'Nee. Hij heet gewoon Pauw.'

'Wat lui van je om geen naam voor hem te bedenken. Dan bedenk ik er wel een.' Ze kneep haar ogen tot spleetjes en grijnsde toen triomfantelijk. 'Michelangelo.'

'Is dat niet een beetje te veel van het goede?'

'Nee hoor, een deftige naam voor een deftige pauw. Hij moet hier het hoofd hooghouden, dus laten we hem een beroemde naam geven.'

'Bijt hij?' vroeg Costanza, een beetje zenuwachtig.

'Ik denk niet dat hij het fijn vindt als je te dichtbij komt,' antwoordde Dante waarschuwend. Floriana negeerde hen allebei en liep zachtjes op de pauw af, met uitgestoken hand om hem vriendschap aan te bieden. 'Pas op, piccolina.' Dante en Costanza keken toe terwijl Floriana de pauw benaderde. Michelangelo hief zijn kop op en sloeg haar argwanend gade. Toen ze naderbij kwam, zette hij een stapje naar haar toe, nieuwsgierig naar wat ze in haar hand had. Met schokkerige bewegingen sloeg hij haar gade, en naderbij sluipend fluisterde ze hem bemoedigend toe.

Uiteindelijk was ze bij hem. Hij verstijfde, maar pikte haar niet toen ze met haar vingers zachtjes over zijn trotse borst aaide en de kleine veertjes gladstreek die aanvoelden als bont.

'Hij mag je zo te zien wel,' zei Dante. Costanza wenste dat zij niet zo bang was. Op dat moment vouwde de vogel zijn prachtige veren uit tot een kleurige, glanzende waaier. 'Nu weet ik zeker dat hij je mag!' lachte Dante.

'Jij bent een heel bijzondere vogel, hè Michelangelo?' fluisterde Floriana. 'Ik geloof dat hij blij is met zijn nieuwe naam.'

'Die is heel voornaam.'

'Beter dan Pauw. Hoe zou jij het vinden om Man genoemd te worden?'

'Niet zo leuk.'

'Hij vindt Michelangelo mooi.' Ze knielde neer op het gras en legde haar hand op zijn rug. De vogel liet zich haar liefkozing even welgevallen, maar stapte toen weg. 'Hij heeft genoeg gehad,' verkondigde ze. 'Kan hij een beetje opschieten met de kat?'

'Het gaat,' antwoordde Dante. 'Maar hij vindt de kat niet half zo leuk als jou.'

Ze liepen door de boomgaard, op een afstandje gevolgd door Michelangelo, die net zo nieuwsgierig was naar Floriana als Dante.

'Mijn zus komt hier een week naartoe met een paar vriendinnen,' zei Dante. 'Jullie kunnen ook komen; dan kunnen jullie in het zwembad zwemmen.'

'O, dat lijkt me niet zo'n goed idee,' zei Costanza snel.

'Waarom niet?' vroeg Floriana. 'Ik zou je zus wel willen leren kennen. Hoe oud is ze?'

'Zestien. Ik heb nog een zus, Giovanna, van dertien. Die zit met mijn ouders in Mexico.'

'Dan is ze maar een klein beetje ouder dan wij,' zei Floriana tegen Costanza.

'Ik denk niet dat we ons moeten opdringen. Zeker niet als Giovanna er niet is.'

'Damiana vindt het vast leuk als jullie komen. Ze heeft graag jongere kinderen om zich heen die ze kan rondcommanderen.'

'Ik weet niet...' mompelde Costanza zorgelijk.

'Je kunt niet de hele tijd op de muur blijven zitten spioneren.' Dante gaf Floriana een knipoog. 'Zou je het fijner vinden als ik je moeder opbel om je officieel uit te nodigen?'

Costanza was opgelucht. Ze liet haar schouders zakken en glimlachte. 'Ja, graag.'

'En wie moet ik voor jou bellen, piccolina?'

'Niemand,' zei ze vlot.

'Niemand?' Hij trok een wenkbrauw op.

'Nee.' Ze schokschouderde, alsof het er allemaal niets toe deed. 'Het kan toch niemand iets schelen.' Op dat moment, toen hij haar schalkse gezicht uitdagend naar hem zag opkijken, besefte hij dat het hém, op een broederlijke manier, wél kon schelen.

Dante deed zijn woord gestand en belde Costanza's moeder die avond op. Ze was blij dat haar dochter op La Magdalena werd uitgenodigd om te komen zwemmen met zijn zus, Damiana, en stelde voor dat ze als gezelschap haar vriendinnetje Floriana zou meenemen. 'Dat is de dochter van Carlo's chauffeur,' legde ze op hoogdravende toon uit, alsof ze zich wilde excuseren voor de lage afkomst van het meisje. 'Het is een lieve meid en Costanza gaat graag met haar om. Ik gedoog haar omwille van mijn dochter, hoewel ik liever zou zien dat ze vriendschap zou sluiten met iemand van haar eigen klasse.'

'Zij is ook van harte welkom,' zei Dante, die bij zichzelf moest glimlachen om haar gewichtigdoenerij.

'Ik stuur onze dienstbode wel met ze mee.'

'Natuurlijk.'

'Bedank Damiana hartelijk voor de uitnodiging.'

'Dat zal ik doen.'

'Ik hoop niet dat ze voor problemen zorgen.'

‘Natuurlijk niet. Het is leuk om ze hier te hebben. Ze mogen zo vaak komen als ze maar willen.’

‘Dat is heel aardig aangeboden. Fijn om te weten dat Costanza met het juiste soort mensen omgaat. Doe je ouders de groeten van me. Het is alweer lang geleden dat we ze hebben gezien. Komen ze van de zomer nog deze kant op?’

‘Dat betwijfel ik. Ze zijn met Giovanna op rondreis door Zuid-Amerika.’

‘Wat jammer dat ze de zomer hier mislopen.’

‘Moeder heeft een hekel aan de zon. Daar krijgt ze maar rimpels van.’

‘Tja, ze heeft inderdaad wel een heel lichte huid.’

‘Goed, dan verwachten we de meisjes morgen.’

‘Heel hartelijk bedankt. Ik weet zeker dat Costanza er erg naar uitkijkt.’

De volgende ochtend arriveerden de meisjes bij de grote poorten van Villa Magdalena vergezeld door Graziella, de dienstbode, een donkere kleine vrouw die zo rond was als een theepot, formeel gekleed in een pastelroze uniform en keurige witte schoenen. Ze werden welkom geheten door een van de tuinmannen, die de poorten openmaakte en met hen meeliep door de cipressenlaan naar het huis. Floriana huppelde blij over de schaduwen, vervuld van gedachten aan Dante en de dag die voor hen lag en die zo opwindend beloofde te worden.

Costanza was zenuwachtig. Ze maakte zich zorgen om de vreemde mensen die ze zou leren kennen en die zo veel ouder waren dan zij, en omdat ze een badpak aan zou moeten. Was ze maar net zo onbevreesd als haar vriendin. Maar ze had zich geen zorgen hoeven maken. Ze werden regelrecht naar het zwembad gebracht, dat was aangelegd aan het einde van een lang pad, hoog op de rotsen en met uitzicht op zee. Vier meisjes in bikini lagen aan een kant ervan in een met zuilen afgezet gedeelte op zonnebedden te nippen van drankjes en tijdschriften te lezen, terwijl ze hun huid goudbruin lieten kleuren in de zon. Muziek van Bob Dylan klonk op uit het huisje aan de andere kant, waar een bar, hoge krukken en kleedkamers waren.

Dante lag in het water aan de rand van het zwembad met de meisjes te praten. Toen hij de kinderen de treetjes af zag komen, zwaaide hij en riep naar hen. Damiana ging rechtop zitten en wuifde ook, waarbij haar mooie gezicht opbloeide in een glimlach. Haar blonde haar was in een paardenstaart gebonden onder een witte zonnehoed, en aan haar polsen bungelden gouden armbanden. Ze stond op in haar minuscule witte bikini en liep om het zwembad heen om hen te begroeten. 'Dante heeft me veel over je verteld,' zei ze tegen Floriana. 'En ik geloof dat wíj elkaar al eens eerder hebben gezien,' voegde ze er tegen Costanza aan toe.

Costanza voelde zich heel gewichtig nu ze zo apart werd genoemd, en ze antwoordde ferm dat hun ouders elkaar kenden. 'Trek jullie zwemkleren maar aan en kom bij ons zitten. Willen jullie iets drinken?'

'Ik hoef niets, dank je wel,' zei Costanza, die zich te opgelaten voelde om ergens om te vragen.

'Ik zou wel wat lusten,' zei Floriana vermetel.

'Wat mag het wezen?'

'Wat heb je?'

Damiana glimlachte toegeeflijk. 'Kom maar even kijken. Er staat een hele bar tot je beschikking.' Ze liepen achter haar aan het huisje in, waar Graziella al was gaan zitten en zichzelf koelte toewuifde. Een bediende stond in een formeel zwart pak en een wit hemd achter de bar. Costanza vond hem er erg verhit uitzien. 'Moet Primo een vruchtensapje voor je maken?'

'Je mag zelf kiezen van welk fruit,' zei Primo tegen Floriana.

'Dat klinkt leuk,' antwoordde ze, op een kruk klauterend. 'Waarom neem jij niet ook een sapje, Costanza?'

'Nou, goed dan,' antwoordde die, dankbaar dat haar vriendin haar had overgehaald. Ze had echt ontzettende dorst.

De kleedruimte zag er heel mooi uit, met twee toiletten en marmeren wastafels met allerlei soorten lotions en parfums in een rijtje op plankjes onder grote, rijk bewerkte spiegels. De meisjes hingen hun jurken aan haken en zetten hun schoenen keurig onder de houten bank daaronder. Opgewonden wurmden ze zich in hun zwemkleding.

'Wat is ze aantrekkelijk,' fluisterde Costanza. 'Zag je hoe slank ze is? En die bikini, echt piepklein. Ze laat alles zien!'

'Ik vind haar net een engel,' antwoordde Floriana, die de bandjes van haar zwempak over haar schouders trok.

'Ze is aardig.'

'Volgens mij kun je ook alleen maar aardig zijn als je op zo'n plek woont als deze.'

'Klopt. Jij zou hier niet ongelukkig kunnen zijn, toch?'

'Geen moment.'

'Ga je meteen zwemmen?'

'Natuurlijk,' zei Floriana enthousiast. 'Ik kan niet wachten.'

Costanza huiverde zenuwachtig. 'Oké, als jij gaat, ga ik ook.'

Ze kwamen het huisje uit met hun drankjes. Damiana stond met een eigen drankje op hen te wachten. Ze had een babbeltje gemaakt met Graziella, die heel verrast was dat de jonge vrouw zich überhaupt had verwaardigd haar aan te spreken en onder haar bruine huid bloosde van genoegen.

'Oké, meiden, ik zal jullie even aan mijn vriendinnen voorstellen. Die malle broer van me kennen jullie al, dus die slaan we over.'

Ze liepen achter haar aan naar de zonnebedden, waar een bediende in een witte korte broek en een poloshirt er nog twee bij zette, handdoeken over de matrasjes drapeerde en er nog een paar extra voor na het zwemmen keurig opgevouwen op het voeteneinde legde. Floriana zoog alle details in zich op en was dolgelukkig.

De drie andere meisjes keken op van hun tijdschriften en glimlachten. Damiana stelde hen voor als Maria, Rosaria en Allegra. Ze waren allemaal knap om te zien, met een slank figuur en smetteloze huid, maar geen van allen waren ze zo aanbiddelijk als hun gastvrouw, die, samen met haar broer, een superieure glans leek uit te stralen.

'Nou, komen jullie er nog in?' riep Dante vanuit het zwembad. 'Het water is heerlijk.'

Floriana hoefde zich niet te laten overhalen. Ze zette haar drankje op het witte tafeltje naast haar zonnebed en gooide haar handdoek op de grond. Met een grote sprong plonsde ze zo het water in. Costanza zag het vanaf de kant timide aan.

'Zij is die kleine zwerver, *l'orfanella*,' hoorde ze Damiana tegen haar vriendinnen zeggen terwijl Floriana naar Dante toe zwom.

'*Poverina!*' verzuchtte Allegra meelevend.

'Wat erg om geen moeder te hebben,' zei Maria.

'Beter een overleden moeder dan een moeder die je niet wil,' voegde Rosaria eraan toe, en ze stak een sigaret op.

'Dante heeft haar gered,' zei Damiana. 'Echt iets voor hem. Als er binnen een straal van tien kilometer ergens een hond gewond is, vindt hij die, neemt hem mee naar huis en zorgt ervoor. Hij kan op honderd meter afstand voelen of een vogel een gebroken vleugel heeft!'

‘En zíj dan?’ fluisterde Allegra, met een knikje naar Costanza, die deed alsof ze niet luisterde.

‘Zij is de dochter van contessa Aldorisio.’

‘Wat aristocratisch,’ zei Rosaria, onder de indruk.

‘De graaf heeft de vader van die kleine zwerfster in dienst als chauffeur.’

‘Wat lief van Costanza om zich over haar te ontfermen,’ zei Allegra goedkeurend. ‘Dat overstijgt elk plichtsgevoel.’

Toen ze die woorden hoorde, voelde Costanza zich heel trots. Ze kneep haar neus dicht en sprong in het water, blij dat ze allemaal wisten dat zij niet zomaar een arbeiderskind was, zoals Floriana, maar tot hun kringen behoorde. Terwijl ze naar haar vriendin toe zwom, glimlachte ze blij bij zichzelf, want zij was hier helemaal op haar plaats. En Floriana mocht haar handjes dichtknijpen.

9

De dag was zo'n succes dat Damiana hen daags erna weer uitnodigde. Ze belde de gravin, die bijna moest huilen van vreugde omdat haar dochter met open armen werd ontvangen door een van de rijkste families van Italië, en ze stuurde Graziella weer met hen mee. Nu haar ouders er niet waren, genoot Damiana ervan om voor gastvrouw te spelen. Op het terras gebruikten ze een lunch die door de kok volgens háár instructies was klaargemaakt, ze dronken lekkere wijn uit de kelder van haar vader, en rookten. Floriana wist een heleboel verhalen te vertellen en maakte hen aan het lachen tot hun buik er pijn van deed. Ze dreef de spot met haar vader en signora Bruno, en stond op om hen meedogenloos te imiteren. Humor was de enige manier waarop ze de narigheid die haar vader haar bezorgde kon hanteren, en het feit dat iedereen lachte maakte hem op de een of andere manier acceptabeler.

Costanza zat er stilletjes bij en leek er geen bezwaar tegen te hebben dat haar vriendin in het middelpunt van de aandacht stond. Truste lag aan Floriana's voeten kalm de hapjes op te peuzelen die ze hem stiekem onder tafel voerde. Dante zag het wel, maar zei er niets van. Na de lunch verdwenen de twee jonge gasten in de olijfgaard om met Michelangelo te spelen. Zodra ze buiten gehoorsafstand waren, begon het groepje over hen te praten, en ze waren het erover eens dat het een kleine moeite was om de kinderen op het terrein te laten spelen en in het zwembad te laten zwemmen. Ze vroegen zich af wat voor soort moeder er nou vandoor ging en zo'n schattig dochtertje als Floriana alleen achterliet. Ze snapten niet waarom ze haar niet had meegenomen. Damiana was in heel korte tijd erg dol op haar geworden. Floriana had haar hart gestolen zoals ze ook Dantes hart gestolen had, en ze wilde de kleine zwerfster graag onder haar hoede nemen.

De volgende dag arriveerden de meisjes met Graziella, maar de dag daarna kwamen ze alleen. De gravin was van mening dat ze de vrouw des huizes nu wel goed genoeg kenden om zonder chaperonne naar haar toe te gaan. Van toen af aan gingen ze op de meeste dagen naar de villa, soms in de ochtend en soms in de middag, maar ze waren Dante en Damiana nooit tot last; die hadden hen graag om zich heen; de menagerie die op La Magdalena al een onderkomen had gevonden kon er nog best een paar zwervertjes bij hebben. Ze dwaalden rond zonder dat ze beziggehouden hoefden te worden. Ze speelden in de tuinen en werden hun spelletjes nooit moe. Ze gingen op verkenning uit, bespiedden de anderen als die nietsvermoedend bij het zwembad lagen, en vroegen de tuinmannen naar de namen van alle bloemen en bomen. Floriana speelde met Truste en drapeerde de kat over haar armen om hem overal met zich mee te sjouwen. Michelangelo was te trots om iets te laten blijken van zijn groeiende genegenheid voor het meisje dat hem over zijn buik aaide en liep op een afstandje zogenaamd ongeïnteresseerd achter hen aan.

De dagen verstreken in een roes van gelukzaligheid. Floriana maakte zich niet langer druk om de avonden dat haar vader zich bij Luigi een stuk in zijn kraag dronk, en als ze niet op La Magdalena was, speelde ze met Costanza bij haar thuis, onder afkeurende blikken van de gravin. 'Moet je Floriana echt meenemen elke keer dat je naar de Bonfanti's gaat?' vroeg ze haar dochter op een avond toen Floriana naar huis was gegaan.

'Hoezo?'

'Omdat, liefje, ze niet van jouw klasse is. Het is niet gepast. Het is heel vriendelijk van die mensen dat ze haar tolereren, maar...'

'Als ik haar niet meeneem, heb ik niemand om mee te spelen.'

'En die jongste dochter dan – hoe heet ze ook alweer?'

'Giovanna. Die zit in Mexico. Ik geloof niet dat ze deze zomer nog komt.'

'Goed dan. Je mag Floriana meenemen als ze er echt geen bezwaar tegen hebben, totdat Giovanna terugkomt. Dan moet je haar thuislaten en vriendschap met Giovanna sluiten. Begrepen?'

'Ja, mama.'

'Het is voor je eigen bestwil, liefje. Het is allemaal leuk en aardig dat je een vriendinnetje in de stad hebt om mee te spelen, maar nu je groter wordt, zou je meer met je eigen soort mensen moeten omgaan. Het is de schuld van je vader, dat weet ik, dat je hier moet opgroeien en naar de school hier in het dorp moet gaan. Als hij niet van die domme zakelijke beslissingen had genomen zouden we nog in Rome wonen en zou je vriendinnetjes hebben van je eigen stand.'

'Ik vind Floriana heel aardig.'

'Ze is heel lief, dat ben ik met je eens, en het is op z'n zachtst gezegd heel akelig dat haar moeder ervandoor is gegaan en haar heeft achtergelaten met die hopeloze Elio. Maar je mag niet vergeten wie je bent, lieverd. Ooit zul je trouwen en in een villa wonen zoals La Magdalena, dat garandeer ik je. En ik zal zorgen dat dat gebeurt, let op mijn woorden. Als je almaar omgaat met meisjes zoals Floriana, eindig je nog net als zij. En dat zou je niet willen, toch?'

'Floriana wil met Dante trouwen,' zei Costanza, weinig loyaal.

Dat was zo'n absurde gedachte dat de gravin erom moest lachen. 'Ach ja, dromen staat vrij,' zei ze terwijl ze langs haar ogen veegde. 'Ze denkt zeker dat ze net zo is als jij, Costanza. Weet je, jullie vriendschap is voor jullie allebei nadelig, op verschillende manieren. Dat soort dromen kan alleen maar op een teleurstelling uitlopen. Het arme kind.' Ze slaakte een zucht en liep weg om in de schaduw een tijdschrift te gaan zitten lezen. Maar de woorden zag ze niet, want ze dacht veel te druk na over Dante en of er misschien ook een kleine kans was dat hij, als haar dochter wat ouder was, zijn oog op háár zou laten vallen. Ze pasten tenslotte uitstekend bij elkaar: zíj had de afkomst, híj het geld.

Floriana zou willen dat er aan de zomervakantie geen einde kwam. Ze vond het heerlijk om haar dagen door te brengen op La Magdalena en dezelfde verheven lucht in te ademen als Dante. Hij ging met haar om als met een jonger zusje, trok haar op zijn knie en knuffelde haar, zat haar achterna in het zwembad, gooide haar als een lappenpop in het water, en grijnsde haar over de tafel heen toe alsof ze een geheimpje deelden. Ze zat op de bank naast de tennisbaan te kijken hoe hij speelde in zijn witte korte broek en shirt, en de bal terugmepte naar zijn zus, die voortdurend klaagde dat hij te hard sloeg. Soms vroeg hij haar of ze ballenmeisjes wilden zijn, en renden Costanza en zij rond om de ballen op te rapen. Ze gooide de hare altijd naar Dante, waardoor Costanza ze wel moest terughalen voor zijn zus.

Damiana zag er in haar witte plooirokje en witte sokjes met pompons aan de enkels, die goed pasten bij haar witte tennisschoenen, aantrekkelijk uit op een manier die haar geen enkele moeite leek te kosten, en Floriana wilde net zo zijn als zij. Damiana kon goed tegen haar verlies, maar als ze met Dante tegen haar vriendinnen speelde, won ze soms. Die keren was ze een goedgunstige winnaar en lachte ze zorgeloos, alsof het er niet toe deed, en Floriana vond haar de best gemanierde vrouw die ze ooit had gezien.

Op een dag kwam er nog een bezoeker, en veranderde de sfeer bij het zwembad. Gioia Favelli was lang, met kort bruin haar en lange gebruinde benen, een slanke taille en brede, ronde heupen. Haar borsten waren groot en rond, en op de een of andere manier heel uitdagend in de kleine zwarte bikini die ze droeg. Costanza en Floriana fluisterden met elkaar in het water en giechelden achter hun hand, tot Dante zijn arm om Gioia heen sloeg en afwezig haar rug streelde, alsof ze bij elkaar hoorden. Opeens verging Floriana het lachen. Met de angst in haar hart keek ze vanuit het water stiekem toe. Het werd duidelijk dat Dante en Gioia meer waren dan alleen maar vrienden; ze waren een stel.

Floriana werd er chagrijnig van; ze kon er niks aan doen. Toen Dante met haar in het water kwam spelen, zwom ze weg. Toen hij haar in zijn armen probeerde te nemen, wurmde ze zich los. Damiana moest lachen om de plotselinge verlegenheid van het meisje, maar ze was opmerkzaam genoeg om de ware reden te vermoeden. 'Ze is jaloers,' legde ze uit toen de meisjes de tuin in waren.

'Wat schattig,' reageerde Gioia, terwijl ze een sigaret opstak. 'Ik kan het haar niet kwalijk nemen. Dante is ook erg knap.'

'Ze is nog zo jong,' zei Dante met een akelig gevoel. 'En ze is helemaal alleen op de wereld.'

Damiana rolde met haar ogen. 'Daar ga je weer! Medelijden hebben met een vogel met een gebroken vleugel of een hond die niemand wil. Dit keer is het een ongewenst kind.'

'Doe maar niet alsof *jij* niet over haar wilt moederen. Je smelt helemaal als je naar haar kijkt.'

'Weet ik. Ze is een bijzonder meisje. Maar ze is stapel op jou, Dante. Pas maar op dat je haar hart niet breekt.'

'Wat kan ik eraan doen?' Hij reikte over tafel en pakte Gioia's hand.

'Wees lief voor haar,' zei zijn zus. 'En let op wat je doet.'

Die middag deed Dante speciale moeite om Floriana zijn onverdeelde aandacht te schenken, en na vele pogingen ging ze daarop in en liet hem met haar spelen. Costanza keek vanaf de andere kant van het zwembad toe, waar ze haar benen in het water liet bungelen. Ze dacht terug aan wat haar moeder had gezegd over 'boven haar stand' en bedacht dat het misschien alleen maar goed was dat Gioia was gekomen; nu kon ze mooi de luchtbellen doorprikken die Floriana uit de grillige poel van haar verbeelding had laten opborrelen.

Floriana vergat Gioia, of misschien vond ze dat Dantes genegenheid voor haar zwaarder woog dan zijn genegenheid voor de onbekende vrouw die opeens in hun midden was verschenen. Gioia lag op haar zonnebed een tijdschrift te lezen, zonder ook maar enige belangstelling voor wat er in het water gebeurde. Damiana was blij dat het meisje nu niet meer zo liep te mokken, maar ze voelde wel dat het einde van de zomer haar alleen maar ongelukkig kon maken. Als zij teruggingen naar Milaan, werd ze weer een zwerfstertje om wie niemand zich bekommerde.

Na een poosje kreeg Dante genoeg van zijn spelletje en trok zich terug op zijn ligbed om te gaan zonnebaden. 'Kon de zomer maar altijd blijven duren,' zei Floriana, die achter hem aan het zwembad uit kwam.

'Maar dat kan niet, piccolina. Ik zal toch terug moeten naar Milaan.'

'En daarna naar Amerika, en Joost mag weten wat je vader verder nog allemaal voor je in petto heeft,' voegde Gioia er gedachteloos aan toe. 'Tot mijn grote verdriet.'

Damiana wierp een blik op Floriana en zag haar ontzet kijken. 'Je komt toch gauw weer terug, hè Dante?'

'Dat is hem geraden, ja. Ik blijf niet wachten terwijl hij de hele wereld over trekt.'

'Dante!' waarschuwde Damiana, maar het was al te laat. Floriana begreep nu dat ze hem jarenlang niet zou zien, en tegen die tijd – wie weet...

'Waarom moet je vader je zo ver weg sturen? Zijn er dan geen goede universiteiten dichter bij huis?'

Floriana liep naar de rand van de rotsen en staarde omlaag naar de zee in de diepte. Die sloeg zachtjes tegen de stenen en riep naar haar, spoorde haar aan om te springen. Toen ze zich omdraaide, zag ze dat Costanza's gezicht wit weggetrokken was, wat haar nog meer aanmoedigde, en ze dacht terug aan al die keren dat ze van grote hoogte de zee in gedoken was om de andere schoolkinderen bang te maken. Dit hier was een grotere hoogte dan waar ze ooit van af was gesprongen, maar ze was ziek van verdriet, dus wat maakte het uit als ze zichzelf pijn deed?

Damiana slaagde erin Floriana's aandacht te trekken en trok een gezicht, maar het kleine meisje ging toch dichter naar de rand toe. Toen, zonder aan haar eigen veiligheid te denken, sprong ze met een sierlijke duik naar beneden. Het ene moment stond ze er nog, het volgende was ze verdwenen. Dante schoot in paniek overeind. '*Che cazzo fa!*' brulde hij, en hij dook achter haar aan.

'O mijn god!' riep Gioia uit, en ze vloog naar de rand. 'Hij valt nog te pletter!' Damiana en de meisjes renden naar Gioia toe en bleven hulpeloos naar het water beneden hen staan staren. Eerst was er niets te zien – alleen maar de golven en een beetje schuim daar waar Floriana en Dante door het wateroppervlak heen waren gebroken. Costanza's hart stond bijna stil. Ze was te bang om het zwembad uit te komen. Floriana was moedig, maar ook roekeloos. Stel dat ze ditmaal te ver was gegaan en hen allebei de dood in had gejaagd? Ze kneep haar ogen dicht en wenste dat ze thuis bij haar moeder was.

Floriana liet het water haar koel en stil omhelzen. Heel even werd de pijn in haar hart overstemd door de golf van adrenaline die het deed hameren. Ze kon het achter haar ribben voelen bonzen en was opgelucht dat ze niet langer naast het zwembad zat om het met onvriendelijke woorden te laten doorsteken. Toen voelde ze dat een hand haar arm vastgreep en haar uit haar waterige toevluchtsoord wegtrok.

'Stom kind!' schreeuwde Dante toen hij weer op adem was gekomen. 'Heb je dan geen enkel gevoel voor zelfbehoud?' Vol afgrijzen staarde Floriana hem aan. Zijn hele gezicht was vertrokken van schrik. 'Mijn god, je had wel dood kunnen zijn, malle griet! Besef je soms niet dat er rotsen onder het oppervlak zijn die je niet kunt zien? Als je daar met je hoofd op terecht was gekomen, was je op slag dood geweest. Is dat soms wat je wilt?!' Ze schudde haar hoofd en staarde hem met grote ogen verbijsterd aan. Ze had verwacht dat hij haar zou bewonderen, niet dat hij kwaad op haar zou worden. Kwaad zwom hij naar een plek op de rotsen waar het veilig was om het water uit te klimmen en langzaam ging ze achter hem aan, terwijl ze wenste dat ze op de bodem van de zee kon verdwijnen en nooit meer boven zou komen. 'Niks aan de hand!' riep hij omhoog naar zijn zus, die zich opgelucht van de rotsrichel terugtrok.

'Wat een idioot kind om zo'n heisa te maken,' zei Gioia woedend. 'Ze had Dante wel de dood in kunnen jagen.'

'Ik geloof niet dat dat haar bedoeling was,' sprong Damiana voor haar op de bres. 'Daar had ze geen idee van.'

Dante en Floriana hesen zich de rotsen op en gingen naast elkaar zitten. 'Het spijt me,' zei Floriana met een klein stemmetje. 'Ik wilde je niet bang maken.'

'Je hebt me banger gemaakt dan ik ooit van mijn leven ben geweest.' Met een korte ruk van zijn hoofd schudde hij zijn woede van zich af, en hij sloeg een arm om haar heen. Zijn gezicht kreeg een zachtere uitdrukking en hij glimlachte vergevensgezind. 'Beloof me dat je nooit meer zoiets zult doen.'

'Dat beloof ik,' antwoordde Floriana. Haar kin begon te trillen. Ze voelde haar hart weer opleven, als een platte band waar weer lucht in wordt gepompt, en ze begon te huilen.

'Niet huilen, piccolina.' Maar haar schouders schokten en ze liet een wilde snik ontsnappen. 'Kom op, vriendinnetje. Het spijt me dat ik zo tegen je tekeerging. Ik was doodsbang, dat was alles. Ik dacht dat je dood was.'

Floriana had zichzelf niet meer in de hand. Ze stond zichzelf zelden toe om tranen te laten, maar op dat moment werkten haar verdedigingsmechanismen niet meer. Ze stak haar borst naar voren en haar kin omhoog, maar haar emoties waren te sterk voor zo'n onhandige poging om zich goed te houden. Ze moest niet huilen omdat hij kwaad was, maar omdat hij zo bezorgd was. Ze was vergeten hoe het voelde als iemand om je gaf.

Na dit incident voelde de zomer niet langer aan alsof er geen einde aan zou komen. Tegenover elk moment van plezier met Dante stond een scherp gevoel van verlies, alsof er weer iets minder zand in de zandloper zat, en Floriana gewaarschuwd werd dat de tijd bijna om was. Ze leefde niet langer in het niemandsland van een eindeloze zomer, want er hing een donkere wolk aan de horizon die haar herinnerde aan de vergankelijkheid ervan, en die wolk kwam elke dag een stukje dichter naar het land en knaagde aan de gelukzalige zomerdagen, tot uiteindelijk de regen kwam om hem terug te halen naar Milaan.

'Zul je namens mij goed voor Truste zorgen?' vroeg hij haar bij het afscheid.

'Als jij er niet bent, ga ik jullie tuin niet in,' antwoordde ze, terwijl ze haar best deed om haar verdriet de baas te blijven.

Hij nam haar in zijn armen en drukte haar tegen zich aan. 'Maar je gaat wel vanaf de muur spioneren, toch?'

'Ik weet het nog niet.'

'Natuurlijk wel.'

'Wanneer kom je terug?'

'Gauw,' antwoordde hij, maar hij wist het niet zeker.

'Ik zal je elke dag missen.'

'Welnee. Zodra ik mijn hielen heb gelicht ben je me vergeten.' Hij zette haar neer. 'Braaf zijn nu. Niet meer van de rotsen duiken. Beloofd?'

'Beloofd.' Hij grijnsde, en Floriana glimlachte zwakjes terug. Vanbinnen voelde ze zich alsof haar hart volliep met koud cement. Damiana deed haar best om haar gerust te stellen door te beloven dat ze binnenkort terug zou komen met Giovanna, die hen graag wilde leren kennen. Toen knuffelde ze de kleine orfanella en een brok in haar keel belemmerde haar om nog iets te zeggen. Costanza voelde de warmte van hun afscheid, maar wist dat die niet voor haar was bedoeld. Zij was alleen maar Floriana's metgezel, en Floriana was voor hen een zus geworden.

Langzaam liepen de twee meisjes in de regen terug naar het stadje. Ze zeiden amper een woord tegen elkaar, zo zwaar voelde Floriana's hart en zo vol van jaloezie was dat van Costanza. Uiteindelijk, toen ze bij de splitsing in de weg kwamen, vroeg Costanza of Floriana zin had om mee te gaan naar haar huis om te spelen, maar Floriana schudde haar hoofd. Ze wilde naar het strand rennen en tranen van verdriet in de zee plengen. Dus haastte Costanza zich naar huis, naar de warmte van de haard en de omhelzing van haar moeder, terwijl Floriana het pad af liep naar het eenzame, koude strand.

De wind was aangewakkerd. Het was stormachtig aan de kust. De golven beukten tegen de rotsen en gulpten het strand op om naar haar voeten te happen. Haar haar warrelde om haar hoofd en zwiepte tegen haar wangen. Verdrietig en alleen stond ze daar en liet de regen haar tranen wegwassen. Nu begreep ze wat liefde was, in al zijn pijn en glorie. Ze begreep dat die nooit alleen kwam, maar altijd vergezeld ging van zijn onafscheidelijke metgezel: verdriet.

Als vanzelf wist ze dat het niet anders kon, zoals een munt ook altijd twee kanten heeft, maar dat maakte haar niet uit. Het verrukkelijke gevoel van de liefde was alle ellende waard, want ook al was Dante nu vertrokken, in haar hart hield ze van hem, en dat gevoel zou nooit weggaan. Ze zou het overal en altijd met zich meedragen. En ze zou op hem wachten. Weer of geen weer, ze zou aan die grote zwarte poort staan, en als een trouwe hond zou ze op hem wachten. En in dat wachten zou ze genoegen scheppen, want het zou worden getemperd door hoop. Hoop dat hij terug zou komen. Hoop dat hij nog zou weten wie ze was.

10

Devon, 2009

Op de laatste dag van mei arriveerde Rafa Santoro bij het Polzanze. Een stralende zon verwelkomde hem toen hij uit zijn gehuurde Audi stapte, en een koel briesje vanaf zee woelde met zorgeloze vingers door zijn haar. Hij haalde diep en vergenoegd adem, en liet zijn ogen met welgevallen over het huis gaan, alsof hij wilde zeggen: 'Eindelijk thuis.'

In het hotel was reikhalzend naar zijn komst uitgezien en de kleine gelambriseerde hal stond vol personeel. Jennifer en Rose waren achter hun balie vandaan gekomen, Bertha had haar bezigheden gelaten voor wat ze waren, en Heather talmde bij de deur van de eetzaal, haar lippen gestift in een uitdagend rood. Jake stond midden in de hal voor de ronde tafel, die bijna bezweek onder het gewicht van een uitbundig bloemstuk van lelies, terwijl zijn vader zich naast de open haard posteerde, zijn handen in zijn zakken en een verdwaasde blik op zijn gezicht. Tom, een jonge knul uit Cornwall die Shane hielp, was al naar buiten gegaan om aan te bieden Rafa's bagage te dragen.

Omdat het zondag was, hoefde Clementine niet te werken, maar ze achtte het beneden haar waardigheid om als een wanhopige groupie in de hal rond te hangen, dus bleef ze in haar eentje in haar slaapkamer en deed haar best om vooral niet vanachter het gordijn naar de nieuwe kunstenaar te gluren. Omdat ze hem nog niet had gezien, snapte ze niet waar iedereen zo'n drukte om maakte. Marina was aan het ontbijt bij de Brigadier gaan zitten en had haar opwinding verborgen achter een grote kop koffie, maar nu kwam Shane op een drafje door de eetzaal aangelopen om haar te vertellen dat meneer Santoro was gearriveerd.

'Dank je, Shane,' zei ze terwijl ze opstond. 'Is Jake in de hal?'

'Net als iedereen,' antwoordde hij gnuivend.

'Wie dan allemaal?'

'Jennifer, Rose, Bertha...'

Een schaduw van irritatie deed Marina's gezicht betrekken. Het was Jakes taak om ervoor te zorgen dat iedereen zijn werk deed. Wanhopig glimlachte ze naar de Brigadier. 'Ik kan maar beter gaan en de knuppel in het hoenderhok gooien.'

'Ik ben zelf ook wel nieuwsgierig,' antwoordde hij. 'Ik zou best een hoen willen zijn.'

'Ik kan me niet voorstellen dat er ook nog maar een centimeter ruimte over is in de hal, zelfs niet voor zo'n bescheiden hoen als u.'

'Dan wacht ik hier wel en kun je me later voorstellen. Ik denk dat ik maar eens de kranten ga lezen in de bibliotheek.'

'Je zou haast zeggen dat ze nog nooit eerder een knappe man hebben gezien.'

'Ze zijn allemaal te jong om zich mij nog te herinneren!' voegde hij er grinnikend aan toe. 'In mijn tijd was ik een knappe verschijning, zoals dat toen heette.'

Toen Marina de hal in kwam, trof ze daar alleen Jake en Grey, en haar vermoeden dat Shane hen had aangespoord om allemaal weer aan het werk te gaan klopte. Tom kwam met een stel koffers naar binnen, gevolgd door Rafa, nonchalant gekleed in een bruinsuède jasje en een spijkerbroek, de zilveren gesp van zijn broekriem glinsterend om zijn middel. Marina begroette hem hartelijk en hij liet zijn bruine ogen met de vertrouwdheid van een oude vriend op haar rusten. Uit haar ooghoek zag ze Jennifer en Rose als een stelletje ganzen reikhalzend om een hoekje kijken. Maar haar glimlach versaagde niet, evenmin als haar blik. Hij had iets stralends over zich waardoor het hele vertrek oplichtte en al haar angsten vervaagden tot overbodige stofdeeltjes. Het was heel lang geleden dat ze had kunnen ademhalen zonder een beklemd gevoel op haar borst. Ze kon niet wachten tot Clementine met hem zou kennismaken; ze wist dat haar stiefdochter haar keuze zou goedkeuren, en bij die gedachte werd haar glimlach nog breder.

'Ik zal je voorstellen aan Jake, onze manager, en mijn man, Grey.'

'Vader en zoon?'

'Ja,' zei Grey.

'Ik weet niet zeker of dat wel zo'n compliment is,' zei Jake met een grijns.

Zijn vader rolde met zijn ogen. 'Jongelui hebben tegenwoordig ook geen enkel respect meer! Welkom,' zei hij, en hij stak zijn hand uit.

Rafa's handdruk was stevig en zelfverzekerd. 'Wat heerlijk om hier te zijn,' zei hij opgewekt. 'Ik was niet vergeten hoe mooi dit hotel is.'

Marina straalde van trots. 'Fijn dat het je bevalt.'

'Ik ga het schilderen, dat is een ding dat zeker is.'

'En dan hangen we dat schilderij ergens op een prominente plek,' zei Grey.

'Ik begrijp dat we hier een hele kunstgalerie gaan krijgen,' voegde Jake daar niet zonder een spoortje sarcasme aan toe.

'Dat zouden we leuk vinden,' merkte Marina op. 'Heb je trek in koffie, of zal ik je eerst je kamer laten zien?'

'Ik wil graag eerst naar mijn kamer,' antwoordde Rafa. 'Ik grijp elke gelegenheid aan om meer van dit fantastische pand te zien.' Hij glimlachte haar toe, en met meisjesachtig enthousiasme glimlachte ze terug, of ze nu wilde of niet. Het viel haar op dat zijn mondhoeken naar boven krulden, zodat de huid van zijn wangen zich rimpelde in leeuwachtige plooitjes, en ze vroeg zich af waarom Clementine nog niet tevoorschijn was gekomen om met hem kennis te maken.

'Kom, dan laat ik je je kamer zien.'

Ze liepen langs de receptie, waar Rose en Jennifer stonden, met in hun opgeschorte opwinding een mallotige grijns op hun gezicht. Rafa verbrak de betovering door hun de hand te schudden en zich voor te stellen. Ze werden overvallen door zijn zelfverzekerdheid en goede manieren; de meeste mensen richtten alleen maar het woord tot hen wanneer ze iets van hen nodig hadden. 'Wat een spetter,' verzuchtte Rose toen hij met Marina, Grey en Jake naar boven verdween.

'Zo maken ze ze niet in dit land,' zei Jennifer. 'Ik ken geen enkele Engelsman met zo veel natuurlijke charme.'

'En dat accent! Ik zou er geen nee tegen zeggen om dat op mijn hoofdkussen te horen.'

'O hemel, ik ook niet.' Ze werden uit hun dromerijen opgeschrikt door het schrille belsignaal van de telefoon. Snel nam Jennifer op. Toen ze de welbekende stem hoorde, trok ze een licht geërgerd gezicht. 'O, hallo, cowboy. Je weet dat je me niet op mijn werk moet bellen.'

Marina bracht Rafa naar de bovenste verdieping, waar een badkamer en een slaap- en zitkamer een knusse suite vormden. 'Is dit allemaal voor mij?' vroeg hij verrast.

'Nou ja, je blijft hier toch de hele zomer? En je hebt ruimte nodig om te schilderen.'

'*¡Qué bárbaro!*' Hij liep de slaapkamer in, waar Shane de ene koffer op een rek had gezet en de andere op de grond ernaast. Er stond een superkingsize bed van donker hout, met elegante lampen op de nachtkastjes, waarop een heleboel boeken keurig waren opgestapeld.

'Grey heeft voor de lectuur gezorgd,' zei ze toen ze hem naar de ruggen zag kijken.

'Edith Wharton, Nancy Mitford, P.G. Wodehouse, Jane Austen, Dumas, Maupassant, Antonia Fraser, William Shawcross.'

'Denk je dat je nog tijd overhoudt om te schilderen?' vroeg Grey met een trotse glimlach toen Rafa hardop de namen van zijn lievelingsschrijvers opnoemde.

Rafa wreef over zijn kin. 'Geen idee. Misschien kom ik mijn kamer wel niet meer uit.'

'Dan is het maar goed dat je de hele zomer hebt.'

'Volgens mij gaat het me hier wel bevallen,' zei hij peinzend met een grijns naar Marina. 'U hebt een heel goede smaak, señora.'

'Dank je wel. Ik vond het erg leuk om te doen. Het was een uitdaging om het beste van het oude en het beste van het nieuwe samen te voegen zonder iets aan de sfeer hier te veranderen. Vroeger, toen dit nog een woonhuis was, was dit de verdieping van de kinderen. Je hebt hiervandaan een schitterend uitzicht op zee.' Ze liep naar het slaapkamerraam, ging op haar knieën op de bank voor het raam zitten en tuurde door de glas-in-loodruitjes. 'Je hebt geen idee hoeveel van die ruitjes we hebben moeten vervangen.'

Rafa legde een hand op de muur naast haar en boog zich voorover. 'Ik hou van de zee. Voor iemand die op de pampa is opgegroeid is die iets heel nieuws.'

'Het is fijn om in slaap te vallen bij het geluid van de golven tegen de rotsen.'

'Hebben jullie hier altijd gewoond?'

'Nee, we hebben dit achttien jaar geleden gekocht, maar ik hou ervan als van een mens.'

'Het heeft veel karakter. Dat voelde ik al meteen toen ik binnenkwam. Het zal ook wel veel eisen stellen, alsof je er nog een kind bij hebt.'

Marina nam niet de moeite hem te corrigeren. De meeste mensen gingen ervan uit dat Greys kinderen ook de hare waren. 'Maar dan op de een of andere manier hulpelozer,' zei ze zachtjes. Het schoot haar weer te binnen waarom Rafa hier was en hoeveel er van hem afhing, en opnieuw drukte een akelig voorgevoel zwaar op haar hart.

'Ik zal je de zitkamer laten zien,' kwam Grey tussenbeide, en Rafa liep achter hem aan de gang door en liet Jake en Marina in de slaapkamer achter.

'Ik snap nog steeds niet waarom jullie hem de beste kamers van het huis hebben gegeven,' zei Jake zachtjes.

'Het zijn niet de beste kamers. De kamers op de eerste verdieping zijn mooier.' Ze stond op en keek hem aan.

'Ja, maar dit is een hele verdieping.'

'Het is een zolder.'

'Maar als we nou bruidsparen krijgen die deze suite willen boeken?'

'Dan krijgen ze die beneden. We hebben twintig kamers, Jake, waarvan tot dusverre minder dan de helft deze zomer is geboekt.'

'Het wordt wel drukker.'

'Het is allemaal maar betrekkelijk, Jake.'

'Hij heeft zo zijn charme, maar ik zie nog niet gebeuren dat door hem het hotel opeens volstroomt met schilders in spe.'

'Doe niet zo negatief. Jij bent niet met een beter idee gekomen.'

'Om eerlijk te zijn wilden papa en ik een literaire club beginnen.'

'O ja?'

'Heeft hij je dat niet verteld?'

'Nee.'

'We willen bekende auteurs uitnodigen om hier lezingen te komen geven.'

Marina knikte peinzend. 'Dat is een goed idee, Jake.'

Verrast keek hij op. 'Ja, dat vind ik ook.'

'Heb je al iemand benaderd?'

'Nee. Maar dat gaat binnenkort gebeuren. Pap en ik moeten het allemaal nog uitwerken. Op dit moment is het niet meer dan een idee.'

'Nou, doe dat dan maar snel, want straks is er geen hotel meer waar je die schrijvers kunt uitnodigen.'

'Zo erg is het toch niet?'

Marina sloot haar ogen en slaakte een gekwelde zucht. 'Het is wél erg, Jake. Ik zou willen dat het niet waar was, maar dat is het wel. Het water staat ons aan de lippen.'

'God, ik wist niet dat we er zo beroerd voor stonden.'

'Je vader zal je wel niet ongerust hebben willen maken.'

‘Misschien zie je het te somber in.’

‘Was het maar waar. Maar dat is niet zo. Ik zal er alles aan doen om de boel hier draaiende te houden. Het kan me niet schelen hoe diep ik door het stof moet.’

De mannen kwamen weer de slaapkamer in, waaruit Jake net de gang op stapte. ‘Bevalt de zitkamer je?’

‘Die ziet er heel leuk uit,’ antwoordde Rafa. ‘En ik vind het mooi zoals jullie alle oude elementen in de badkamer hebben weten te bewaren. Op en top Engels.’

‘Soms zijn de oude dingen beter gemaakt dan hun moderne equivalent. De inrichting heeft bijna tweehonderd jaar dienstgedaan en dat moderne spul gaat maar een jaar of twee mee voordat de barsten erin vallen of de boel begint te lekken,’ legde Grey uit.

‘Inderdaad,’ beaamde Rafa meelevend.

‘We laten je nu alleen, zodat je je even kunt opfrissen en installeren, en wachten buiten op het terras op je. Wat wil je straks drinken?’ vroeg Marina.

‘Koffie, graag.’

‘Die staat voor je klaar als je zover bent.’

Het drietal liep naar beneden en hoedde zich ervoor over hem te praten terwijl ze nog in het trappenhuis waren, want de akoestiek was zodanig dat het hele hotel gesprekken kon horen die daar werden gevoerd. Rose en Jennifer zaten nog steeds met elkaar te giechelen achter de balie, terwijl Tom en Shane in de hal rondhingen en op nieuwe gasten wachtten die hen naar buiten zouden roepen, of tot de gasten die er al waren de hal in kwamen en wilden weten waar ze de laarzenkamer of een ander deel van het hotel konden vinden, want het was er een doolhof van gangen, en gasten raakten vaak de weg kwijt.

Marina instrueerde Tom om tegen Heather te zeggen dat ze voor hen allemaal koffie moest brengen. Toen ze de salon door liepen, begroetten ze een paar Amerikanen die dit weekend kwamen logeren en op de gezellige bank bij de niet meer gebruikte haard Earl Grey-thee zaten te drinken. Grey bleef bij hen staan om hun vragen over de geschiedenis van het pand te beantwoorden, terwijl Jake en zijn stiefmoeder verder liepen naar het terras.

Het was een ongewoon heldere dag, zonder ook maar een wolkje aan de hemel. De zee was rustig en leek bijna zo blauw als de Middellandse Zee. Marina ging zitten en staarde even voor zich uit, terwijl haar gedachten doelloos wegdwaalden bij het zacht kabbelende water. Jake bleef staan om met de obers te praten; kalm bespraken ze wat er die dag allemaal gedaan moest worden, en Marina bleef alleen achter om na te denken over hoe het nu allemaal verder moest.

Ze werd even afgeleid door de aanblik van een grootmoeder met haar kleinzoon, die aan het eind van het terras Old Maid zaten te spelen. Haar uitdrukking verzachtte bij het lieve tafereeltje. De grootmoeder liet het kind winnen en deed of ze het vreselijk vond dat ze had verloren. Het jongetje keek grijnzend naar haar op, met wangen zo rood als appeltjes, en wilde nog een potje doen. Geduldig schudde de grootmoeder de kaarten, alsof ze niets liever wilde dan de hele ochtend met hem bezig zijn. Met een pijnlijke steek van verlangen benijdde ze hen, en ze moest haar blik afwenden.

Uiteindelijk kwam Jake bij haar zitten, en Grey verscheen met Rafa. Ze verlegde haar aandacht van het jongetje en zijn oma naar Rafa, dankbaar voor de afleiding. 'Ik zag dat je voor verf en papier hebt gezorgd,' zei hij terwijl hij ging zitten.

'Ik wist niet wat je nodig had, maar heb de vrijheid genomen daar een slag naar te slaan, op basis van waar Paul Lockwood afgelopen jaar mee heeft gewerkt. Onze gasten hebben natuurlijk materialen nodig, al zullen sommigen hun eigen spullen meenemen.'

'Ik heb ook het een en ander bij me, maar toch bedankt.'

Heather kwam aanlopen met een dienblad met zilveren potten en fraaie kopjes. Een van de obers hielp haar met uitserveren en zette een schaal koekjes midden op tafel.

'Ik stel voor dat je de tijd neemt om wat rond te kijken,' zei Grey. 'Er zijn hier prachtige plekjes om te schilderen en Harvey kent alle huizen van particulieren en hotels hier in de buurt, mocht je met je leerlingen ergens anders willen gaan schilderen. Vorig jaar heeft Paul veel tijd doorgebracht in huizen hier vlakbij waar de tuinen behoorlijk spectaculair zijn. Hij vond het prachtig zo verschillend als ze waren, en ik weet zeker dat ze jou ook graag zullen toelaten.'

'Ja, je zou de kans moeten aangrijpen om zo veel mogelijk van Engeland te zien. Dit deel van het land is echt schitterend en we kennen een heleboel mensen met mooie huizen.'

'Dat advies neem ik ter harte en ik zal ze gaan bekijken.'

'Harvey wil je gids wel zijn,' zei Marina resoluut. 'Je kunt je geen betere wensen.'

Op dat moment kwam Clementine naar buiten in een turquoise kaftan die losjes over haar witte skinny jeans viel. Haar haar zat rommelig boven op haar hoofd vastgestoken en ze droeg geen make-up, alsof ze had besloten dat ze er niet uit wilde zien alsof ze moeite had gedaan voor de kunstenaar die de vrouwelijke leden van het personeel al in alle staten van opwinding leek te hebben gebracht.

'Ah, Clementine, lieverd, kom eens kennismaken met Rafa Santoro,' zei Grey, die zijn dochter enthousiast begroette in een onbewuste poging haar stemming te doen opklaren. Rafa draaide zich om – en zag het meisje dat hij een paar weken tevoren in de Black Bean Coffee Shop had ontmoet. Clementine herkende hem meteen en bloosde. Opeens wenste ze dat ze mascara had opgedaan, haar haar had geborsteld, parfum had opgespoten, en ook niet uitgerekend haar witte broek of de kaftan had aangetrokken, en de angst sloeg haar om het hart. Rafa stond op, negeerde haar uitgestoken hand en kuste haar koel op haar wang, zoals in zijn land de gewoonte was. 'Hallo maar weer.'

'Hebben jullie elkaar al eerder ontmoet?' vroeg Marina verrast.

'Ja, nadat ik hier was komen kennismaken was ik de stad in gegaan om wat rond te kijken. In de Black Bean Coffee Shop kwam ik jullie dochter tegen.'

'Daar heb je ons niets over verteld,' zei Grey.

'Ik wist toch niet wie hij was, pap?' legde Clementine uit, want haar ongemakkelijkheid sloeg om in defensiviteit. Het was niet haar bedoeling zo onvriendelijk te klinken. Ze wilde wel glimlachen, maar voelde zich onhandig. Waarom had ze niet de moeite genomen om meer vragen te stellen over de kunstenaar die de zomer bij hen zou doorbrengen? Waarom had ze zo halsstarrig geen interesse getoond? Nu stond ze volkomen voor aap.

'Ik moest per se een brownie van je kopen,' zei hij. 'Een *verboden* brownie.'

'Klinkt lekker,' zei Jake.

'Hij wás ook lekker.'

'Kom gezellig bij ons zitten,' zei Marina, terwijl de ober aankwam met een extra stoel. Clementine wilde zich het liefst terugtrekken en opnieuw beginnen, maar ze had geen andere keus dan te gaan zitten en verder te gaan op de ingeslagen weg: onhandig en opgelaten. Ze sloeg haar armen over elkaar en wenste dat de anderen gewoon met elkaar verder zouden praten.

‘Niet te geloven dat jullie elkaar al kennen,’ vervolgde Marina.

‘We kénnen elkaar niet echt,’ zei Clementine. ‘Ik zei tegen hem dat hij een brownie moest bestellen, meer niet.’ Nonchalant haalde ze haar schouders op, maar ze was niet vergeten dat ze die dag was teruggerend naar kantoor om tegen Sylvia te zeggen dat ze verliefd was en dat ze zeker wist dat ze hem nooit meer terug zou zien. Nou, hier was hij dan, en nu kon ze hem alleen maar dreigend aankijken.

Marina werd van haar stuk gebracht door het gepruil van haar stiefdochter in aanwezigheid van misschien wel de aantrekkelijkste man die ooit voet in hun hoekje van Devon had gezet, en ze probeerde haar vleiend uit haar chagrijn los te praten. ‘Clemmie houdt erg van reizen, hè Clemmie? Ze heeft heel India doorkruist. Daarom is ze nu ook hier: om het geld te verdienen dat ze nodig heeft om terug te kunnen gaan.’

‘Een wereldreis maken is volgens mij de beste scholing die je kunt krijgen,’ zei Rafa. ‘Al moet ik bekennen dat ik nooit in India ben geweest.’ Dat had voor Clementine het sein kunnen zijn om zich in het gesprek te mengen, maar ze leunde achterover en liet haar stiefmoeder de stilte voor haar opvullen.

‘Ik ook niet, maar zoals Clementine erover vertelt – áls ze erover vertelt – krijg ik veel zin om er ook eens heen te gaan.’ Ze glimlachte Clementine vriendelijk toe, maar het enige wat die over haar lippen kreeg was wat onduidelijk gemompel. Ze sloeg haar stiefmoeder gade terwijl die doorbabbelde en slaakte een zucht. Alweer een man die zich in haar zijden netten liet strikken!

‘Ik heb bewondering voor mensen die meerdere talen spreken,’ zei Grey. ‘Ik heb Jake en Clementine ooit gestimuleerd om Frans te leren, maar daar hebben ze geen van tweeën veel feeling voor.’

‘Dat komt doordat Frans een nutteloze taal is,’ kwam Jake tussenbeide. ‘Die wordt alleen in Frankrijk gesproken en op een paar kleine eilandjes ver weg.’

‘Jij spreekt vast wel Frans, wil ik wedden,’ zei Marina tegen Rafa.

‘Als je eenmaal één taal kent die van het Latijn is afgeleid, zijn de andere niet zo moeilijk. Vroeger thuis sprak ik Italiaans met mijn ouders en Spaans met mijn vrienden, en Engels leerden we op school. Ik heb hier en daar wel een beetje Frans opgepikt, maar het is niet erg goed. Ik kan heel goed bluffen.’

‘Zijn je ouders dan Italiaans?’ vroeg Marina.

‘Heel veel Argentijnen zijn Italiaans,’ antwoordde hij. ‘Mijn vader is na de oorlog uit Italië naar Argentinië getrokken. De familie van mijn moeder woonde daar al generaties lang.'

'Ze zeggen dat het een schitterende smeltkroes van culturen is,' merkte Grey op.

'Dat is het zeker,' beaamde Rafa. 'Maar wij kennen niet het soort cultuur dat jullie hier in Europa hebben. Het is heel boeiend om in Londen over straat te lopen en je voor te stellen hoe het er daar uit moet hebben gezien in de tijd van de beruchte Tudors. Ik moet bekennen dat ik toen ik de Tower bezocht het grootste deel van de ochtend alleen maar alles in me heb staan opzuigen: die rijke geschiedenis van jullie. Ik ben blij dat ik gegaan ben.'

Ze kletsten verder. Clementine praatte nu ook mee; langzaam ontdooide ze toen Rafa welbewust moeite leek te doen om haar bij het gesprek te betrekken, al leek hij meer belangstelling te hebben voor Marina. Ze vroeg zich af of haar vader het eigenlijk wel in de gaten had als zijn vrouw zat te flirten of dat hij er zo aan gewend was dat het hem niet uitmaakte. Ze vermoedde dat hij alleen maar blij was dat zíj blij was, wat daar ook voor nodig was. Marina's welbevinden had voor hem de allerhoogste prioriteit.

'Clemmie, wil jij Rafa niet eens de omgeving laten zien?' stelde Marina voor. 'Je hebt vandaag toch niets te doen, of wel?' Ze wendde zich tot Rafa. 'De Black Bean Coffee Shop heb je al gezien, en die is zonder meer een van de hoogtepunten van Dawcomb, maar misschien zou het leuk zijn om iets van de omgeving te bekijken met iemand die hier goed bekend is.'

'Iemand die geen belangstelling voor Devon heeft,' voegde Jake er schalks aan toe. 'Clemmie steekt niet onder stoelen of banken dat ze alles wat met Devon te maken heeft vreselijk vindt.'

'Dat is niet eerlijk,' onderbrak Marina hem. 'Clemmie heeft helemaal geen hekel aan Devon. Ze heeft alleen maar haar zinnen op India gezet.'

'Misschien werkt mijn enthousiasme wel aanstekelijk,' zei Rafa, en met twinkelende ogen keek hij Clementine net zo aan als die keer in de Black Bean Coffee Shop. Ze voelde haar borst zwellen van geluk. 'Wat denk je ervan? Wil je mijn gids zijn?'

Ondanks zichzelf glimlachte Clementine. Het was onmogelijk om niet welwillend te reageren op Rafa's tomeloze hartelijkheid. 'Goed hoor, als jij dat wilt.' Marina zag haar gezicht opengaan als een zonnebloem en wenste dat ze vaker zou glimlachen, want als ze dat deed zag ze er heel leuk uit.

11

Toen ze hun koffie op hadden, stelde Grey voor dat Clementine met haar tour zou beginnen, zodat ze op tijd terug zouden zijn voor de lunch. 'Ga een eindje met hem om rijden, dan kan hij zich een beetje oriënteren.'

'Je moet hem het strand laten zien,' zei Marina. 'Het is zo'n prachtige dag. Jullie kunnen lekker met je voeten in het water langs de zee lopen.'

'Vergeet niet met hem naar de Wayfarer te gaan,' voegde Jake eraan toe.

Clementine gruifde geërgerd. 'Ik bedenk zelf wel een route, hartelijk bedankt.'

'Je mag mijn auto lenen,' zei Grey.

'Wat is er mis met mijn Mini?'

'Nou, die is een beetje klein.'

Clementine wendde zich tot Rafa. 'Vind jij een Mini te klein?'

Hij haalde zijn schouders op. 'Jij bent de baas. Als jullie allemaal koks waren, zou er van het eten niets terechtkomen.'

Marina lachte. 'Daar heb je helemaal gelijk in. Kom, we laten het aan henzelf over. Om één uur zien we jullie weer.'

'Mij best. Ik ga me omkleden, Rafa. Ik ben over vijf minuten in de hal.' Clementine liet hen achter op het terras en kon pas toen ze alleen in haar slaapkamer was weer adem krijgen.

'O mijn god!' riep ze uit voor de badkamerspiegel. 'Hij is het einde. Hij is nog lekkerder dan ik me herinner. En hij wist nog wie ik was!' Ze zette haar wimpers aan met mascara en camoufleerde de donkere kringen onder haar ogen met concealer. 'Ik weet eigenlijk niet waarom ik de moeite neem. Ik bedoel, naar mij zal hij toch niet kijken. Waarom zou hij ook? En waarschijnlijk heeft hij al een vriendin. Dat soort mannen is meestal bezet.' Ze bespoot zichzelf met Penhaligon's Bluebell-eau de toilette. Met een melodramatische zucht zag ze hoe de opwinding haar wangen roze kleurde. *Wat zal Sylvia wel niet zeggen wanneer ik haar vertel dat die Argentijn die ik dacht nooit meer terug te zien de hele zomer bij ons blijft? Heeft het Lot dit bepaald? Ben ik voorbestemd om verliefd te worden en een lang en gelukkig leven te leiden?*

Ze verruilde haar witte jeans voor een blauwe en koos een blauwgeruit Jack Wills-shirt met daaronder een wit T-shirt. Ze had haar teennagels nog niet gelakt om slippers te kunnen dragen, dus trok ze maar haar blauwe Nikes aan, die er erg nonchalant uitzagen. Ze wilde niet overkomen alsof ze er al te veel werk van had gemaakt, dus liet ze haar haar zoals het was. Maar toen ze de hal in kwam, wist Marina meteen hoe laat het was en ze glimlachte haar veelbetekenend toe. Clementine zag dat er op de wangen van haar stiefmoeder eenzelfde roze blosje lag als op de hare, en ze had met haar te doen dat ze zich van alles in het hoofd haalde. Als het waar was dat Rafa in de voedselketen een stukje hoger stond dan Clementine, dan maakte hij wat Marina betrof deel uit van een volkomen ándere voedselketen, want hij was stukken jonger. Het was niet haar bedoeling om zich zelfvoldaan te voelen, maar dat gevoel bekroop haar desondanks.

Jennifer en Rose waren ook in de hal en deden hun best het te doen voorkomen alsof ze daar iets dringends te doen hadden, maar daar trapte niemand in. Met hun lange wimpers en bête blik leken ze wel een stelletje nieuwsgierige koeien, zoals ze tegen elkaar aan duwden terwijl ze langzaam om een bloemstuk met lelies heen liepen te redderen. 'Oké, klaar. Laten we gaan,' kondigde Clementine aan terwijl ze de autosleutels omhooghield.

'Ik verheug me erop,' zei Rafa, die achter haar aan naar buiten liep.

Ze bleef staan voor haar rode Mini Cooper, blij dat ze nu eindelijk met z'n tweeën waren. 'Weet je zeker dat je geen bezwaar hebt tegen mijn auto?' vroeg ze terwijl ze met de afstandsbediening de portieren ontgrendelde.

'Het is een leuk autootje. Waarom zou ik daar bezwaar tegen hebben?'

'Mijn vader heeft zulke lange benen dat hij er niet in past.'

'Je vader is een lange man. Ik niet.'

'Nou, komt dat dan even goed uit?'

'Voor vandaag wel, ja.'

Clementine stapte in en graaide haastig alle lege koffiebekertjes, chocoladewikkels en tijdschriften weg die zich op de passagiersstoel hadden verzameld. Ze gooide ze op de achterbank en verstelde zijn stoel om hem meer beenruimte te geven. Hij ging zitten en ze voelde opeens een stroomstootje, want hun armen raakten elkaar over de handrem heen bijna aan. 'En dan nu het leuke gedeelte,' zei ze, terwijl ze het contactsleuteltje omdraaide en op een knop op het dashboard drukte. Langzaam werd het dak naar achteren gevouwen, zodat ze ineens in de zonneschijn baadden en het briesje dat zachtjes door de auto waaide de geur van warm leer en de laatste restjes van Clementines irritatie met zich meevoerde. Nu ze zich niet langer door haar familie geremd voelde, groeide haar zelfvertrouwen. 'Is dit leuk of niet?'

'Zeker weten. Nou, waar gaan we het eerst heen?'

'Ik neem je mee op een magische mystery-tour.'

'Dat klinkt spannend.'

'Dat is het ook. Marina kan je het strand wel laten zien en mijn vader kan wel de omgeving met je verkennen. Jake kan met je naar de Wayfarer. Maar daar breng ik je niet heen – nee, ik laat je een geheime plek zien die voor niemand in Devon behalve voor mij iets betekent.'

'Ze zeiden dat je niet van Devon hield.'

'Dat klopt,' antwoordde ze, terwijl ze de laan met roze rododendrons af reed. 'Ik hou niet van húnDevon, maar ik heb mijn eigen geheime Devon waar ik heel dol op ben en dat ik je zal laten zien, als je belooft dat je het aan niemand zult verklappen.'

'Beloofd.'

Ze schonk hem een zijdelingse blik en hij grijnsde terug. 'Misschien wil je het zelfs wel een keer schilderen.'

Ze reden over de kronkelige weggetjes met lichtgevend groene bladeren en teer fluitenkruid. De lucht was zwanger van de geur van nieuw groen en in de hagen maakten jonge pimpelmezen en goudvinken een leven van jewelste. Met de wind in hun haar en een opgetogen gevoel door de aanblik en de geur van de zee kletsten ze ontspannen als oude vrienden. Hij vertelde haar over zijn liefde voor paarden en over de tochten die hij vroeger altijd over de Argentijnse pampa maakte. Over de weidse, vlakke horizon die aan het eind van de dag oplichtte als amber in het wegstervende licht en over de zonsopgang aan het begin van de lente, wanneer het land gehuld ging in mist. Hij vertelde over de prairiehazen die in het lange gras speelden en over de geur van gardenia's die hem altijd zou doen denken aan thuis. En hij vertelde haar over zijn moeder, die zich voortdurend zorgen om hem maakte, ook al was hij al in de dertig; en over zijn overleden vader, om wie hij nog steeds rouwde, en over zijn broers en zussen, die veel ouder waren dan hij en die hij amper kende.

Tegen de tijd dat ze hun bestemming bereikten, voelde Clementine zich een ander mens. Haar gebruikelijke defensiviteit was weggesmolten door zijn enthousiasme en had plaatsgemaakt voor een groeiend gevoel van zelfvertrouwen. Rafa had haar met zijn verhalen over zijn leven in Argentinië boven haarzelf uit getild en ze had geboeid geluisterd, terwijl haar hart zwol van medeleven – en van de verrassing dat hij uitgerekend haar in vertrouwen nam.

Ze parkeerde de auto bij het hek boven aan een veld en stapte uit. Onder hen, boven op het klif, stond een fraai kerkje met een spits van kleine torentjes en een grijs leien dak. 'Daar zijn we dan,' verkondigde ze. 'Het ziet er niet zo heel indrukwekkend uit…'

'O, jawel, dat doet het wel. Het is het huis dat God is vergeten.'

Ze glimlachte, blij dat hij het mooi vond. 'Dat zie je helemaal goed. Dat is precies wat het is: het huis dat God is vergeten – en ziet het er niet triest en verloren uit?' Ze klommen over het hek en wandelden de heuvel af. Het gras was lang en weelderig, bezaaid met heldergele boterbloemen die glansden in de zon. Dikke hommels vlogen van bloem naar bloem, en een paar vlinders dartelden er in een behaagzieke dans omheen. Toen ze dichterbij kwamen, kon Rafa zien dat de vensteropeningen waren dichtgetimmerd. Het zag er inderdaad triest en verloren uit. 'Er komt hier niemand. Iedereen is dit kerkje vergeten. Vanaf de weg kun je het zelfs niet zien. Ik zag het voor het eerst toen ik als kind een keer met mijn vader op zee ging vissen, en op de een of andere manier trok het me aan. Zodra ik kon autorijden heb ik het opgezocht. Ik zal je het vanbinnen laten zien.'

'Kun je dan naar binnen?'

'Waar een wil is, is een weg, zeggen ze. Kom mee.'

Ze haastte zich naar de achterkant van de kerk, waar een paar treetjes omlaagleidden naar een houten deurtje in het steen. 'Dit moet wel een achteringang voor dwergen zijn geweest,' zei ze grinnikend. 'Of misschien waren de mensen honderden jaren geleden wel heel klein.'

'Hoe oud denk je dat het is?'

'Nou, binnen zijn graven van mensen die in de dertiende eeuw gestorven zijn.'

'*Increíble!*' zei hij zachtjes bij zichzelf. Ze duwde tegen de deur en met een diepe kreun ging die open. Binnen was het koud en vochtig. Ze lieten de deur wijd openstaan voor het licht en gingen via een gewelfde stenen trap de kerk zelf binnen. Als er geen gaten in het dak hadden gezeten en als het hout voor de ramen niet hier en daar was doorgerot door het vocht en had losgelaten van de kozijnen, zou het pikkedonker zijn geweest. In de stilte bleven ze staan en keken om zich heen.

Ondanks de kou voelde het er merkwaardig warm aan, alsof de lucht zelf van zacht materiaal was. Over het altaar hing de gebruikelijke witte doek, met daarbovenop een lege beslagen kelk. De kerkbanken, van eikenhout dat in de loop der jaren zwart was uitgeslagen, stonden in keurige rijen, en op het steen eronder lagen nog een paar in kruissteek uitgevoerde bidkussentjes. Op de tafel bij de voordeur lag een stapel groene bundels met gezangen en ertegenover scheidde een roodfluwelen gordijn het schip van een klein zijgedeelte, waar in de doopvont geen water meer stond. 'Het is net of de mensen een dienst hebben gehouden en zijn vertrokken, en de deur voor altijd achter zich dicht hebben gedaan,' zei Clementine. Rafa ging op het bankje voor het orgel zitten en drukte een paar toetsen in. Het valse geluid echode tegen de muren en schrikte een paar duiven op die onder de dakbalken hun nest hadden gemaakt. 'Goeie god, dat orgel mag wel eens gestemd worden!' riep Clementine uit, en ze sloeg haar handen over haar oren. Ze ging in het koorgedeelte staan, dat bestond uit twee rijen banken tegenover elkaar voor het altaar. 'Kun je erop spelen?' vroeg ze.

'Nee. Hoor je dat niet dan?'

'Ik dacht dat dat orgel zo vreselijk klonk, en niet jij.'

Hij stond op. 'En wat doe je zoal als je hier in je eentje komt?'

'Niets.' Ze haalde haar schouders op. 'Ik loop wat rond en lees de inscripties op de grafstenen. Daar staan prachtige namen op. Ik buig me eroverheen en vraag me af of wat er van hen over is onder mijn voeten ligt of dat hun geesten in een andere dimensie verkeren waar wij met ons verstand niet bij kunnen. Ik zou graag geloven dat er een hemel bestaat.'

Rafa dwaalde naar een grote steen die zich door zijn formaat en door de leesbaarheid van de woorden die erin waren uitgebeiteld onderscheidde van de rest. 'Archibald Henry Treelock,' las hij.

'Prachtige naam – Archibald.'

'Wat denk je dat Archibald nu aan het doen is?'

'Mijn verstand zegt me dat er van die goeie ouwe Archie alleen nog maar stof over is. Maar mijn hart zegt me dat hij in de hemel een dansje maakt met zijn vrouw Gunilda.'

'Ik denk dat je hart gelijk heeft. Tenminste, dat zegt mijn hart mij ook. Ik geloof niet dat mijn vader nu stof en aarde is; ik geloof dat zijn oude lichaam begraven ligt op de pampa, maar dat zijn ziel elders vertoeft.' Hij keek de kerk door en liet zijn stem dalen. 'Misschien is hij op dit moment wel bij ons, in het huis dat God vergeten is.'

'Ik heb nog nooit met de dood te maken gehad. Aan beide kanten leven mijn grootouders nog, helaas. De ouders van mijn moeder zijn heel vermoeiend, maar gelukkig wonen ze zo ver weg dat ik ze nooit zie.'

'Waar wonen ze dan?'

'In Schotland, bij mijn moeder.'

Een hele poos keek hij haar fronsend aan. 'Sorry, maar ik begrijp het niet. Woont je moeder dan hier niet bij jou?'

'Nee. Marina is mijn moeder niet. Alsjeblieft, zeg! Nee, mijn moeder woont in Edinburgh met haar tweede man, Martin – de gek. Marina is mijn stiefmoeder.'

'Ik dacht dat ze...'

'Dat denken de meeste mensen. Maar ik snap niet waarom. We lijken helemaal niet op elkaar.'

'Nee, zeker niet.'

'Ik lijk op mijn moeder, en dat is jammer, want zij is geen schoonheid. Mij is altijd geleerd dat schoonheid vanbinnen zit, en daar geloof ik dan maar in.' Ze liet een holle lach horen.

Rafa liep naar de treetjes die naar het spreekgestoelte voerden. 'Heeft Marina zelf ook kinderen?'

'Nee. Die kan ze niet krijgen. Dat is een heel teer punt, dus je mag er nooit iets over zeggen.'

'Aha.' Hij legde zijn handen op de rand van het spreekgestoelte alsof hij een dominee was die op het punt stond een preek te gaan houden. Zijn gezicht stond ernstig.

'Dichter bij kinderen dan Jake en mij zal ze nooit komen.'

'Het doet je kennelijk niet veel.'

'Ben ik zo makkelijk te doorzien?' Ze snoof even. 'We zijn heel verschillend, zij en ik.'

'Hoe oud was je toen ze je stiefmoeder werd?'

'Drie – en ik dacht dat ze mijn vader van me af kwam pikken.' Rafa daalde het trapje weer af en kwam voor haar staan. Er sprak zo veel medeleven uit zijn gezicht dat ze het ergens midden in haar borst zacht voelde knijpen. Het was niet haar bedoeling geweest zo veel over zichzelf prijs te geven.

'Ik begrijp het,' zei hij, en hij raakte haar arm aan. Die aanraking en een donkere schaduw, waardoor zijn gezicht er heel serieus uitzag, overtuigden haar ervan dat hij het inderdaad begreep.

'Dank je wel,' was het enige wat ze wist te zeggen.

Hij glimlachte vriendelijk. 'Kom, laten we weer de zon in gaan. Is hier beneden een strand? Ik wil de zee wel zien.'

Rafa legde zijn hand op haar onderrug en leidde haar langs het altaar naar de smalle stenen trap waarover ze waren binnengekomen. De kerk was háár geheime plek en ze was zíjn gids, maar heel even had ze het gevoel dat híj voor háár zorgde. Ze koesterde zich in die nieuwe sensatie en voelde zich vrouwelijk op een manier die haar niet vertrouwd was. Ze had geen flauw idee waarom ze een vreemde zo veel privédingen had verteld. Misschien wel juist omdat hij een vreemde was, die geen vooringenomen ideeën had over haar of haar familie. Of misschien omdat zijn zachte bruine ogen iets intiems hadden dat haar losrukte uit haarzelf en dat haar vertrouwen had gewonnen.

Ze kwamen weer de zon in als een stel vampiers en knipperden in het licht. De boterbloemen glansden stralend als vonkjes vuur en de lucht rook heerlijk naar leven na de muffe geur van verval binnen in de kerk. Vergenoegd haalden ze diep adem en lieten hun gezichten strelen door de warme zon. Onder hen was de zee kalm en sloeg in een loom ritme tegen de rotsen, alsof hij verzonken was in dagdromerijen. Ze liepen omlaag naar het strand. Ooit was er een pad geweest, maar nu was dat overwoekerd met varens en braamstruiken. Clementine was blij dat ze een spijkerbroek had aangetrokken, zodat de doorns over de stof krasten in plaats van over haar huid.

De hele weg naar beneden lachten en kletsten ze. Rafa hielp haar een paar keer zich los te maken toen de braamstruiken wat al te opdringerig werden en hun doornige tentakels om haar enkels sloegen. 'En dat allemaal voor het strand,' riep hij uit terwijl hij haar bevrijdde.

'Maar het is niet zomaar een strand. Het is echt mooi.'

'Het ziet er niet naar uit dat hier de laatste tijd nog iemand is geweest.'

'Dat is ook zo – ik ben er althans niet geweest. Ik heb het gezien vanuit de boot, maar ik heb nooit geprobeerd er te voet te komen.'

'Laten we dan een pad maken, zodat we hiernaartoe kunnen wanneer we er zin in hebben en niet worden opgevreten door de planten.'

De gedachte om hier vaker te komen met Rafa bracht haar in een nog betere stemming. Ze hadden de hele zomer voor zich liggen en ze zou hem dolgraag elk hoekje van Devon laten zien.

Uiteindelijk kwam het pad uit op een zanderig gedeelte dat overging in een beschut geel strand. Vanaf zee had het er prachtig uitgezien, maar nu ze er zelf stond, constateerde ze tot haar vreugde dat het nog lieflijker was dan ze had gedacht. Het feit dat noch Marina, noch haar vader deze baai voor zich had opgeëist maakte haar heel blij. Dit zou háár strandje worden, onder aan háár kerkje, en ze zou het met niemand anders delen dan met Rafa.

'Je gaat de anderen toch niet vertellen dat we dit hebben gevonden, hè? We moeten niet hebben dat heel Devon hier bij ons komt zitten.'

Hij zette zijn handen in zijn zij en keek uit over de zee. 'Ik zal het tegen niemand zeggen. Het is spectaculair.' Hij ademde diep in en sperde zijn neusgaten open. 'Eindelijk ben ik er dan,' voegde hij eraan toe, en door de manier waarop hij dat zei vermoedde Clementine dat hij tegen zichzelf sprak.

Ze liepen verder naar de zee. Rafa trok zijn schoenen uit en rolde de pijpen van zijn spijkerbroek op. Aangestoken door zijn enthousiasme deed Clementine hetzelfde. Het water was koud, maar hij wilde per se de hele baai langs lopen. Kleine golven kwamen aanrollen en wikkelden hun enkels in wit schuim, waarna ze zich terugtrokken om ruimte te maken voor de volgende. De stof van Rafa's broek kleurde donker van het water, tot hij tot aan zijn knieën doornat was. Hij deed het af met een goedmoedig schouderophalen. 'Als ik een zwembroek had, zou ik een duik nemen.'

'Laten we dat doen!' stelde ze voor. Verrast keek hij haar aan. 'Laten we de zee in gaan.'

'Als jij het doet, doe ik het ook.'

Ze giechelde zenuwachtig. 'Oké.' Met bonzend hart rende ze een eindje het strand op en wurmde zich uit haar spijkerbroek en shirt, zodat ze uiteindelijk in alleen haar T-shirt en roze gebloemde slipje voor hem stond.

Hij wierp zijn hoofd achterover en lachte om haar overmoedigheid. '*¡Qué coraje, nena!*'

'Ik mag hopen dat dat een compliment is.'

'Dat is het zeker. Je hebt wel lef, zeg!'

'Nou, laat me hier niet zo staan. Kom op!'

Hij kwam bij haar op het droge zand en trok dapper zijn spijkerbroek, jasje en shirt uit, die hij naast haar kleren neergooide. 'Klaar?'

Ze kreeg amper de tijd om zijn atletische lichaam te bewonderen, gehuld in niets anders dan een onderbroek van Calvin Klein, want hij rende al het water in en bibberde luidkeels van de kou. Blij ging ze achter hem aan, zich verbazend over deze ongelooflijke speling van het Lot die hen hier op deze bijzondere manier bij elkaar had gebracht.

Ze dolden wat rond en lachten en spatten elkaar nat. Toen ze eenmaal aan het water gewend waren, voelde het niet meer zo koud. Ze zwommen een stukje, zodat de golven hen optilden en weer neer lieten dalen alsof ze boeien waren. 'Wat ben jij dapper,' zei hij vol bewondering.

'Alleen maar omdat jij me op het idee had gebracht.'

'Maar je aarzelde niet. Je vond het geen probleem om het water in te springen.'

'Ach, wat zal ik ervan zeggen? Zo'n soort meisje ben ik nu eenmaal,' zei ze met een speelse grijns.

'Ik hou daar wel van.'

'We hebben geen handdoeken, maar de zon schijnt. We kunnen opdrogen op het strand. Ik wil wedden dat je nog nooit in zo'n koude zee gezwommen hebt.'

'Daar vergis je je in. De zee in Chili is nog veel kouder. Het is onmogelijk om er lang in te blijven, áls je er al in zou willen.'

'Ik zou best eens naar Zuid-Amerika willen.'

'Marina zei dat je van plan was terug te gaan naar India.'

'Ik ben dol op India, maar dat hoeft het niet per se te worden. Ik wil alleen maar híér weg.'

'Hoe dat zo?'

'Ik weet niet wat ik wil gaan doen. Ik schrik ervoor terug om aan de rest van mijn leven te beginnen. Als ik op reis ben, kan ik dat voor me uit schuiven.'

'Reizen ís leven.'

'Maar je hebt geen verantwoordelijkheid. Ik word geacht een carrière te beginnen en me "volwassen" te gaan gedragen. Het probleem is alleen dat ik daar geen zin in heb.'

'Dan doe je het niet.'

'Daar denkt mijn vader heel anders over.'

'Je moet doen waar jíj zin in hebt. Als je graag wilt reizen, moet je de wereld gaan verkennen. Volgens mij gaat het er niet om dat je doet wat anderen van je verwachten. Het is tenslotte jouw leven en je weet niet hoe lang je daar nog van kunt genieten.'

'Hè, wat een morbide gedachte.'

'Misschien, maar daardoor raak je wel gefocust. Je moet je eigen weg vinden, Clementine, zelfs als dat op een andere manier gebeurt dan je familie voor je had gepland.'

'Ik werk in Dawcomb om geld te sparen, zodat ik weg kan – waar dan ook naartoe.'

'Als het maar niet hier is.' Grijnzend keek hij haar aan.

'Ik weet het: ik klink heel ondankbaar.'

'Ik ken je niet goed genoeg om te weten of je echt ondankbaar bent, maar ik weet wel genoeg van hoe mensen in elkaar zitten om te begrijpen dat je er nooit gelukkig van wordt als je voor andere mensen leeft. Je moet je eigen weg volgen en er zelf achter komen wat voor jou het best werkt.'

'Je bent heel wijs, Rafa.'

'Dank je, Clementine. Ik geloof dat we er nu maar eens uit moesten gaan, want ik heb geen gevoel meer in mijn tenen.'

Ze gingen op het strand zitten om op te drogen en Clementine kon nu goed zien hoe gespierd hij was en hoe knap, met zijn natte haar dat over zijn voorhoofd viel. Het leek ongelooflijk dat ze zomaar naast hem zat, zo nat als een vis, en dat ze met elkaar zaten te lachen alsof ze al hun hele leven vrienden waren. Uiteindelijk kleedden ze zich aan, ook al waren ze nog niet helemaal droog, en liepen terug naar de auto. Clementine voelde zich ongemakkelijk met haar natte beha en slipje onder haar kleren, maar ze had die zwempartij voor geen goud willen missen.

Op de terugweg naar het Polzanze bespraken ze welke reacties ze zouden krijgen als ze iedereen vertelden dat ze hadden gezwommen. 'Ik word vast ontslagen als je gids,' zei Clementine.

'En ik als de kunstenaar.'

'Nee, dat gebeurt niet.'

'Denk je?'

'Zolang je de oude dames maar niet op het slechte pad brengt.'

'Oude dames?'

'Je leerlingen.'

‘Ah, *por supuesto*, mijn leerlingen.’ Hij wreef over zijn kin. ‘Hoe oud zijn die dan?’

‘Stokoud.’ Clementine lachte. ‘Maar kennelijk erg onderhoudend. Ze zijn vreselijk excentriek. Vorig jaar waren ze er ook en Marina is nog niet steeds over ze uitgepraat.’

‘Was jij vorig jaar dan niet hier?’

‘Natuurlijk niet!’

Hij schudde zijn hoofd. ‘Wat dom van me. Je was ergens, waar dan ook, maar niet hier.’

12

Clementine en Rafa stormden als een twee natte honden het hotel binnen. Rose en Jennifer zagen hen naar boven vliegen, waar hun lach het trappenhuis vulde en als vonken tegen de muren weerkaatste. Rose keek Jennifer aan en trok haar wenkbrauwen op. 'Wat denk jij dat ze gedaan hebben?'

'Wat het ook is, ik wou dat ik het ook had gedaan,' antwoordde Jennifer vol verlangen.

'Denk je dat ze in zee gezwommen hebben?'

'Nou, als ze niet in een enorme plas zijn gevallen, zou ik zeggen dat de zee inderdaad in aanmerking komt.'

'En dan te bedenken dat hij de hele zomer hier blijft...'

'Er worden ongetwijfeld harten gebroken.'

'Daar zou ik geen bezwaar tegen hebben,' verzuchtte Rose. 'Ik zou hem met alle plezier mijn hart laten breken.'

De lunch werd geserveerd in de eetzaal aan een lange tafel bij het raam. Marina had Rafa tussen haarzelf en Clementine in gezet. Het viel haar op dat ze allebei nat haar hadden en dat ze zich hadden omgekleed. Ze waren heel opgetogen en wisselden als intieme vrienden plagerijtjes uit. Clementines gezicht straalde als een Chinese lampion en de donkere wolk die anders altijd om haar heen hing straalde nu een en al licht uit. Marina verbaasde zich over die plotselinge omslag. Haar stiefdochter glimlachte zelfs naar haar en Marina schaamde zich dat ze op zo'n sneue manier dankbaar was voor dat kleine kruimeltje vriendelijkheid.

'Wat hebben jullie uitgespookt?' vroeg Grey.

'We zijn in zee gaan zwemmen,' antwoordde Clementine langs haar neus weg, alsof ze dat elke zondagochtend deed.

Rafa grijnsde schalks. 'Dat is mijn schuld.'

'Heel galant van je,' merkte Jake op.

'De zee oefent op mij een onweerstaanbare aantrekkingskracht uit.'

'Nee, het was míjn voorstel,' bekende Clementine, en haar brede glimlach maakte iedereen duidelijk dat ze daar geen greintje spijt van had.

'Was het niet koud?' vroeg Marina.

'IJskoud,' antwoordde Rafa. 'Maar we hebben er wel trek van gekregen.' Hij keek naar de schaal met gebakken tonijn, komkommer-norirolletjes met een dressing van geroosterd sesamzaad, honing en chili, en het water liep hem in de mond. 'Dat ziet er heerlijk uit.'

'We hebben een uitstekende Franse kok,' zei Marina.

'Verse tonijn,' voegde Grey eraan toe terwijl hij zijn mes en vork oppakte. 'Ik zou graag zeggen dat ik hem zelf gevangen heb, maar vanochtend heb ik op kantoor zitten werken.'

'Waar was je mee bezig?' vroeg Marina.

'Jake en ik hebben plannen gemaakt voor ons eerste literaire diner.'

'We willen William Shawcross vragen om te komen spreken,' voegde Jake eraan toe.

'Ik heb hem in Londen een paar keer ontmoet en heb een lezing van hem bijgewoond voor de Royal Geographic Society,' legde Grey uit. 'Ik denk dat we hem wel hiernaartoe kunnen krijgen. Zijn vrouw bestiert tenslotte een hotel aan de rand van Dartmoor.'

'Dat lijkt me een prima idee,' zei Marina enthousiast. Nu ze zo lekker in de zon zat die de eetzaal binnenviel, met haar nieuwe kunstenaar aan haar zij en het vooruitzicht van een literair diner met William Shawcross, zag ze de toekomst vol optimisme tegemoet. Er waren op dat moment maar een paar tafels met andere gasten, maar als eenmaal bekend werd dat in het Polzanze een kunstenaar zijn intrek had genomen voor de zomer, twijfelde ze er niet aan dat het hotel zou volstromen en dat het weer lekker druk zou worden.

'Schat, waar is Harvey? Hij moet een paar dingen voor me doen vanmiddag,' zei Grey.

'Hij is weer eens op bezoek bij zijn moeder,' antwoordde ze.

'Wat een toegewijde zoon.'

'Zijn moeder moet wel stokoud zijn,' zei Jake. 'Hij leeft zelf al in geleende tijd.'

'Dat is niet aardig van je, Jake,' berispte Marine hem. 'Harvey is jong van geest.'

'Hoe lang je leeft heeft alles te maken met hoe je denkt,' zei Rafa met een tikje tegen zijn slaap. 'Volgens mij zitten de meeste ziekten tussen de oren.'

'Wat een onzin,' wierp Jake tegen. 'Wou je soms beweren dat mensen die sterven aan kanker alleen maar ziek zijn door hun manier van denken?' Marina voelde zich enigszins opgelaten door Jakes agressieve antwoord, maar Rafa nam er geen aanstoot aan.

'Volgens mij hebben onze emoties invloed op ons lichaam op manieren waar we nog lang geen duidelijkheid over hebben. Doktoren die medicijnen voorschrijven behandelen de symptomen, niet de oorzaak. Ik denk dat er een directe relatie bestaat tussen ons brein en onze gezondheid. We zouden ons allemaal stukken beter voelden als we positief zouden denken.'

Jake trok een bedenkelijk gezicht.

Rafa glimlachte en vervolgde: 'Stel je voor dat je 's nachts in bed ligt. Je ligt lekker warm en veilig, en je valt in slaap. Dan komt er ineens een gedachte in je op die je bang maakt, bijvoorbeeld dat er buiten iemand rondsluipt. Je hart begint te hameren, je ademhaling wordt oppervlakkig, je huid wordt koud en klam. De stress die de angst met zich meebrengt onderbeekt de energiestroom door je lichaam. Maar het is alleen maar een gedachte, meer niet.'

'Daar heb je natuurlijk gelijk in, Rafa. De meeste ziekten zijn psychosomatisch,' zei Grey.

'Zo denk ik er ook over,' voegde Clementine eraan toe.

Jake keek fronsend naar zijn zus en nam een slok wijn. 'Vast wel, Clemmie. Weet je, Rafa, Clemmie heeft in geen... hoeveel is het... in geen twintig jaar in zee gezwommen.'

'Wat heeft dat te maken met de invloed van het brein op de gezondheid?' bitste Clementine.

'Het illustreert alleen maar het verband tussen je brein en je stemming.' Clementine keek hem vuil aan en suggestief trok hij zijn wenkbrauwen op.

'Nou, bedankt voor het intrappen van een open deur.'

'Mijn oude dames arriveren morgen,' kwam Marina tussenbeide, die wel aanvoelde dat het peil van haar beschaafde lunch dreigde te dalen.

'Clementine vertelde me dat ze heel excentriek zijn,' zei Rafa. 'Ik ben benieuwd.'

'Ze zijn op en top Engels. Nou ja, behalve mevrouw Delennor dan; zij is Amerikaanse.'

'Ik ben dol op Amerikanen,' zei Rafa vol vuur. 'Ik heb drie jaar in New York bij een reclamebureau gewerkt.'

'Daarom spreek je zeker zo goed Engels?' vroeg Grey.

'Met een Amerikaans randje,' voegde Jake eraan toe, omdat hij het niet kon laten een kleine steek uit te delen. 'Met zo'n accent zou ik heel wat meer succes hebben bij de vrouwen.'

'Daar heb je wel meer voor nodig dan een buitenlands accent, Jake,' zei Clementine.

'Zeg eens, Rafa, heb je een vriendin in Buenos Aires?' Clementine keek omlaag naar haar bord in de hoop dat Rafa niet zou gaan vertellen dat hij al getrouwd was en kinderen had.

'Nee,' zei hij met een glimlach. 'Ik ben een vrij man.'

'Daar kunnen we maar beter geen ruchtbaarheid aan geven,' vond Grey, 'want anders willen alle jonge vrouwen uit Dawcomb plotseling op schilderles.'

'Zolang ze mijn kamers vullen heb ik er geen bezwaar tegen,' zei Marina.

'Ben je met Rafa Dawcomb in geweest?' vroeg Grey.

'Nee,' antwoordde Clementine. 'Trouwens, hij kent Dawcomb al.'

'Ik stel voor dat je hem vanmiddag iets van de omgeving laat zien. Het is belangrijk dat hij zich kan oriënteren.'

'O, echt, pap. Wat is daar nou zo belangrijk aan?'

'Geloof mij nou maar, schat, een man moet weten waar hij is.'

Rafa lachte en wendde zich tot Clementine. 'Je bent me nog een scone met room schuldig,' zei hij. 'Dat was je toch niet vergeten, of wel?'

Clementine straalde van genoegen dat hij dat nog wist. 'Dan gaan we naar Devil's voor scones en jam, zodat je weet waar je bent.' Grijnzend keek ze naar haar vader, en Grey voelde zijn hart zwellen van dankbaarheid.

Na de lunch vertrokken Clementine en Rafa naar Dawcomb. Grey daalde af naar de kade om wat aan zijn boot te klussen, en Marina keerde terug naar het voormalige stallencomplex. Jakes gedrag tijdens de lunch had haar verrast; hij was erg agressief geweest, en dat was niets voor hem. Voelde hij zich soms bedreigd door Rafa? Was hij jaloers op alle aandacht die de nieuwe kunstenaar ten deel viel? Niemand in het hotel kon tenslotte nog over iets anders praten. Hij was er sowieso al niet bijster enthousiast over geweest om een kunstenaar naar het hotel te halen, maar misschien voelde hij zich uit het veld geslagen door de man die overduidelijk veel succes zou hebben. Wat Jake zich echter niet realiseerde was dat ze allemáál van Rafa afhankelijk waren, wiens idee het ook was geweest om hem uit te nodigen. Dit was niet het moment voor kinderachtige jaloezietjes. Dit móést goed uitpakken.

Marina zat in haar keuken de kranten te lezen toen Jake binnen kwam vallen. Zijn gezicht zag roze van opwinding. 'Baffles heeft weer toegeslagen!' verkondigde hij. Geschrokken staarde Marina hem aan. 'Vanochtend vroeg is er bij de Greville-Joneses ingebroken.'

'Goeie god, weet je dat zeker?' Het maakte haar bang dat de dief het voorzien had op mensen die ze kende. Dat bracht hem dichter naar háár toe.

'Mijn informant bij de politie heeft me net gebeld. Hij zegt dat ze hun best doen om het stil te houden, zodat de mensen niet onnodig bang worden.'

'Dan zullen we er morgen wel alles over lezen.'

'Ik zeg niks.'

Marina slaakte een kommervolle zucht. 'Die arme John en Caroline. Wat afschuwelijk!' Jake grijnsde, want hij genoot kennelijk van het drama. 'Je hoeft niet zo blij te kijken, Jake. Wie weet zijn wij de volgenden.'

'Dat betwijfel ik. Het is wel duidelijk dat hij de huizen heel goed kent voordat hij er inbreekt. Hij gaat regelrecht op de buit af en komt verder nergens aan.'

'Is er iemand gewond geraakt?'

'John Greville-Jones hoorde iets in de hal en is met zijn geweer naar beneden gegaan. Dat bewaart hij blijkbaar onder zijn bed.'

'Dan mag hij wel oppassen dat Caroline het niet tegen hem gebruikt.'

Jake grinnikte. 'Ik denk niet dat ze weet hoe ze het moet ontgrendelen.'

'Heeft hij hem gezien?'

'Nee. Hij was heel snel. Muisstil erin en eruit.'

'Wat heeft hij meegenomen?'

'Al het zilver uit de eetkamer.'

'Verder niks?'

'Mijn informant zegt dat hij moet hebben geweten dat het er was, want hij is er regelrecht op af gegaan. Hij heeft niet de moeite genomen een van de andere kamers binnen te gaan, en je weet hoe de Greville-Joneses zijn; die hebben een hele salon vol kostbare schilderijen.'

'Zijn er aanwijzingen?'

'Alleen een briefje met "Bedankt" erop.'

'Wat bizar, zeg.'

'Ondertekend met "Raffles".'

'Blijkbaar geniet hij van de aandacht. Wie heeft nou ooit van een beleefde inbreker gehoord? Dat is een contradictie.'

'Inbrekers laten wel vaker een persoonlijk merkteken achter.'

'Die arme John en Caroline. Ik wilde Rafa net voorstellen om met mijn dames hun tuinhuisje te gaan schilderen. Vorig jaar heeft Caroline een picknick voor hen georganiseerd en toen heeft Harvey de hele middag in de keuken met hun kokkin zitten flirten.' Ze zuchtte. 'Ze zullen nu wel niet meer zo snel vreemden op hun terrein vragen.'

Rafa en Clementine zaten bij Devil's naar een drielagige zilverkleurige etagère met scones, een grote kom room en een schaaltje jam te staren. Penny en Tamara, twee aantrekkelijke jonge serveersters, cirkelden om de tafel heen in de hoop dat de knappe buitenlander hun nog een keer een verblindende glimlach zou schenken. 'Dus dit zijn scones,' zei Rafa, terwijl hij de grootste uitkoos.

'Ik zal je laten zien hoe het moet.' Clementine sneed zijn scone open en lepelde een flinke dot room op beide helften, waarna ze er een lepeltje aardbeienjam bovenop schepte. 'En nu aanvallen! Het is meer dan alleen smaak; het is een ervaring.' In de wetenschap dat hij een publiek had, want inmiddels hadden niet alleen de serveersters, maar ook het tafeltje met vrouwen van middelbare leeftijd naast hen hun gesprek onderbroken om mee te luisteren, pakte hij een helft op en nam omstandig een hap. Er zat zo veel room en jam op dat er onwillekeurig iets van op zijn lippen bleef zitten. In plaats van zijn servet te gebruiken likte hij het verrukt op, waarbij de rimpeltjes bij zijn ogen dieper werden toen hij met komisch genoegen grijnsde. Penny en Tamara giechelden en de middelbare vrouwen glimlachten om zijn gretige zelfspot. Het duurde niet lang of Sugar Wilcox, die bij haar doop de veel minder swingende naam Susan had meegekregen, haar kantoor achter in het café uit kwam om te kijken wat al die commotie te betekenen had.

Sugars hart was net zo zacht als haar scones en ze wilde net zo graag verslonden worden als de jam en room. Toen ze de charismatische vreemdeling samen met Clementine Turner bij het raam zag zitten, trok ze haar sorbetroze jurk glad en maakte optimaal gebruik van haar positie als eigenaresse om het vertrek door te schrijden en zich voor te stellen. 'Clemmie, wie is die charmante gast van je?'

Rafa veegde zijn mond af met het servet, schoot beleefd overeind en stak zijn hand uit naar het blonde vrouwtje dat nu voor hem stond. 'Rafa Santoro,' zei hij. Ze schrok van de kracht van zijn handdruk en trok zich haastig terug, terwijl ze met haar andere hand haar breekbare vingers omklemde.

'Een Italiaan...' zei Sugar op dwepende toon. 'Ik ben dol op Italië.'

'Argentinië,' antwoordde hij. 'Argentinië vindt u vast ook heel mooi.'

'Goeie hemel, u bent me er eentje. Geniet maar van uw scones.'

Rafa ging weer zitten. 'Dat doe ik ook. Ze zijn verrukkelijk. Als ik hier zou wonen, zou ik me er met alle plezier mijn buik kogelrond aan eten.'

'Ik ken Argentinië wel een beetje. Ik heb mijn Eva Peron-periode gehad, toen ik mijn haar strak achterover had in een wrong, jurken uit de jaren veertig droeg en mijn lippen knalrood stiftte.'

'Weet u zeker dat dat niet meer een Madonna-tijd was?'

'Nou, dat zal wel ja. Ik vond het schitterend zoals ze eruitzag in de film. En, hoe lang blijft u?'

'De hele zomer,' mengde Clementine zich in het gesprek, alleen maar om Sugar eraan te herinneren dat zij er ook nog was. 'Hij is de inwonend kunstenaar van mijn stiefmoeder.'

'Echt waar? Wat heerlijk. Ik zou dolgraag leren schilderen.'

'Daarvoor moet je hotelgast zijn, vrees ik,' zei Clementine.

'Telt een lunch ook mee?'

'Nee.'

Sugar slaakte een zucht en sperde haar blauwe ogen zo ver mogelijk open. 'Geeft u ook na zessen les?'

'Ik ben er nog maar net, dus ik weet nog niet hoe het zal gaan.'

'Als u maar weet dat Marina u druk bezig zal houden in het hotel.'

Zogenaamd hulpeloos haalde hij zijn schouders op. 'Ik moet nu eenmaal mijn kost en inwoning verdienen.'

'Bij mij stelt de huur niet zo veel eisen,' fluisterde Sugar suggestief. 'U kunt scones komen eten wanneer u maar wilt. Van het huis. U bent vast goed voor de omzet.' Ze glimlachte liefjes en zweefde weg.

Clementine lachte zachtjes. 'Komt dat door je aftershave?'

'Hoe bedoel je?' Maar hij wist heel goed wat ze bedoelde, want zijn mondhoeken vertrokken schalks. 'Ze zijn hier zeker geen buitenlanders gewend?'

'Onzin, natuurlijk wel. Alleen niet van die knappe.'

'Daar komen ze wel overheen. Er zijn grenzen aan wat een mooi uiterlijk voor je kan doen.'

'Jij hebt tenminste persoonlijkheid. De meeste mensen die knap zijn hebben die nooit hoeven ontwikkelen.'

Zijn bruine ogen namen haar peinzend op. 'Ik vind minder in het oog springende schoonheid veel aantrekkelijker. Wanneer je daardoor wordt overvallen, heb je geen houvast.'

Clementine begon het warm te krijgen. Doelde hij op haar? 'Iedereen heeft wel iets,' zei ze tam.

'Je stiefmoeder heeft een heel mooi gezicht.'

'Voel je je daar dan door overvallen?'

'Nee. Maar ze heeft mysterieuze ogen.'

'Dan zie jij iets wat ik niet zie.'

'Uiteraard, want ik ben niet verblind door vooroordelen. Op haar leeftijd weerspiegelt het gezicht van een vrouw wie ze is, of ze dat nou leuk vindt of niet. Ze kan haar ware aard niet verbergen. Marina heeft een zinnelijk, gulhartig gezicht, maar haar ogen hebben iets behoedzaams en verdrietigs.'

'Mannen!' Clementine sloeg haar ogen ten hemel. 'Jij bent al net zo als de rest.'

'Waarom zou je denken dat ik anders was?'

'Ik weet niet. Ik had gehoopt...'

Hij schokschouderde en nam een slokje thee. 'Het probleem dat jij met je stiefmoeder hebt, is jóúw probleem en niet het hare. Laat wat er in het verleden is gebeurd niet bepalen wie je nu bent.'

Clementine was uit het veld geslagen door zijn opmerking. Ze had gedacht dat hij haar begreep. Maar nu puntje bij paaltje kwam, bleek hij een man te zijn als ieder ander; hij had alleen een knapper gezicht. In één ochtend was Marina erin geslaagd haar tentakels als een Medusa om hem heen te wikkelen. Clementine was hem als bondgenoot kwijt.

Die avond liep Rafa na het eten de tuin in om zijn moeder te bellen. Hij ging op de grond onder de ceder zitten en haalde zijn mobiele telefoon tevoorschijn. Maria Carmela leek het te voelen wanneer haar lievelingszoon belde en nam al op bijna nog voor het toestel had kunnen overgaan.

'*Hijo...*'

'Mama. Is alles goed met je?'

'Jazeker, Rafa. Godzijdank ben ik goed gezond. Een beetje moe, maar op mijn leeftijd kun je ook niet anders verwachten.'

'Zo oud ben je niet.'

'Ik voel me oud. Ik maak me zorgen.'

'Ik heb je gezegd dat dat niet hoeft.'

'Leefde je vader nog maar.'

'Dan was ik hier nu niet. En ik ben blij dat ik hier wel ben.'

'Vertel eens: wat doe je zoal de hele dag?'

Rafa vertelde haar over zijn uitstapje naar de vergeten kerk met Clementine en over hun zwempartij in zee. 'Ik heb vanmiddag echt op z'n Engels theegedronken in een tentje dat Devil's heet. Ik heb scones gegeten.'

'Wat zijn dat voor dingen?'

'Een soort *alfajores de maizena*, min of meer. Ik neem er wel een paar voor je mee als ik naar huis kom.'

'Heb je iets gezegd?'

'Nog niet. Het was er niet het moment voor.'

'Als je te lang je mond houdt, is het misschien te laat.'

'Ik moet zekerheid hebben, al is dit volgens mij de goede plek. Alle aanwijzingen hebben me hiernaartoe geleid.'

'Als je twijfelt, moet je naar huis komen en die hele dwaze onderneming maar vergeten.'

'Ik ben al heel ver gekomen en ga het nu niet opgeven.'

'Niemand kan zeggen dat je geen moedig man bent. Ik ben trots op je.'

'Blijf dan maar lekker trots en maak je geen zorgen meer.' Er viel een lange stilte en de lijn kraakte. 'Mama, ben je daar nog?'

'Ik voel me schuldig, Rafa.' Haar stem klonk nu kalmer.

'Hoezo dat?'

'Als ik het je niet had verteld, zou je nooit aan die malle zoektocht zijn begonnen. Het is allemaal mijn schuld. Je vader en ik hadden beloofd dat we het allemaal geheim zouden houden. Toen hij nog leefde, schonk hij me de kracht om mijn mond te houden. Hij heeft het meegenomen zijn graf in, zoals hij altijd had gezegd. Maar ik... Doordat ik zo veel van je hou kon ik het niet langer voor me houden. Je had er recht op om de waarheid te weten. Maar nu ik je die heb verteld, ben ik bang voor wat je misschien naar boven weet te halen. Ik hou mijn hart vast dat ik je de sleutel heb gegeven van de doos van Pandora.'

'Er zal heus niets gebeuren.'

'Je kent de mensen niet met wie je te maken hebt. Ze zijn gevaarlijk.'

'Dat was jaren geleden. De tijden zijn veranderd.'

'Ik maak me zorgen dat ik je weer in gevaar heb gebracht.'

'Laat mij me daar maar druk om maken.'

'O, Rafa, je geeft me zo veel kracht. Ik zal mijn best doen om niet te piekeren.'

'Aan het eind van de zomer kom ik weer thuis en gaat alles weer zijn oude gangetje. Vertrouw mij maar.'

'Jou vertrouw ik wel, hijo. Ik vertrouw alleen... hén niet.'

Rafa leidde haar af met vragen over de boerderij, zijn broers en zussen, en hun kinderen. Geleidelijk aan begon haar stem ontspannener te klinken en leek ze meer de oude te worden. Toen hij ophing, voelde hij zich iets beter. De gedachte dat ze in haar eentje op de pampa over hem zat te tobben stond hem helemaal niet aan. Hij wist hoe dierbaar hij haar was, en dat hij haar sinds zijn vader was overleden nog veel dierbaarder was geworden. Hij stond op, zette zijn handen in zijn zij en staarde in gepeins verzonken voor zich uit in de eeuwige zwartheid van de nacht. Hij was er nog niet klaar voor om terug naar binnen te gaan, want in zijn hoofd had hij nog heel wat knopen te ontrafelen. Dus ging hij een eindje lopen.

De geuren van de tuin werden versterkt door de dauw en hij moest denken aan de nachtwandelingen die hij vroeger vaak over de pampa maakte. Toen hij dieper in het verleden groef, voelde hij de scherpe pijn van verlangen in zijn hart.

Toen Rafa nog een kleine jongen was geweest, was Lorenzo al een oude man van in de zestig. Zijn andere kinderen waren allemaal al volwassen en zijn vrouw was bang dat hij niet langer het geduld of de energie bezat om de veeleisendheid van een kleintje te verdragen. Maar beetje bij beetje had Rafa hem met zijn enthousiasme en nieuwsgierigheid voor zich gewonnen; als een trouw hondje liep hij overal op de boerderij achter hem aan. Toen zijn oudere kinderen nog klein waren geweest, had Lorenzo het te druk gehad om veel met hen op te trekken, maar op latere leeftijd had hij tot zijn vreugde gemerkt dat hij alle tijd van de wereld had om veel met zijn jongste samen te doen. Hij leerde hem paardrijden en nam hem mee op lange ritten over de pampa, waarbij hij hem verhalen vertelde over de geschiedenis van het land en zijn eigen jeugd in Italië. Hij leerde hem kaarten en glimlachen als hij had verloren, en 's avonds, bij het warme licht van het vuur, zaten ze op het gras met de andere gaucho's liedjes te zingen terwijl Lorenzo op zijn gitaar tokkelde. De oude man genoot ervan dat hij één kind had om dol op te zijn in plaats van vier, en hij verwende zijn zoon met de toegeeflijkheid van een man die verder weinig in zijn leven heeft dat hem plezier schenkt. Rafa had die momenten alleen met zijn vader heerlijk gevonden: een onbehouwen beer van een vent, met het kalme, vriendelijke karakter van een hond. Wat miste hij hem.

13

Marina had in geen jaren last gehad van nachtmerries, niet sinds ze aan haar huwelijkse leven was begonnen. Maar die nacht werd ze badend in het zweet wakker, met een hart dat hamerde in haar borstkas en een keel verstikt door snikken. Ze schoot overeind en greep naar haar borst, waarna ze langzaam terugkeerde in het hier en nu en haar bed, waarin Grey vredig naast haar lag te slapen. Ze pakte het glas water van haar nachtkastje. Met trillende hand bracht ze het naar haar lippen. Geleidelijk aan werd haar hartslag rustiger en stopte het gehamer. Ze haalde diep adem en wreef over haar gezicht. Toch hing de droefheid die de droom had opgeroepen nog als een wade om haar heen.

Ze stapte uit bed en liep op onvaste benen naar de kast waarin ze haar kleren bewaarde. Voorzichtig, om geen geluid te maken, opende ze de deur en tastte rond op de bovenste plank, achterin, waar achter haar truien een schoenendoos tegen de kastwand stond verstopt. Ze had hem al jaren niet meer tevoorschijn gehaald, ook al leek hij een merkwaardige aantrekkingskracht op haar te hebben telkens wanneer ze haar kast opendeed, alsof hij haar aan zijn aanwezigheid wilde herinneren.

Met de doos veilig tegen haar borst gedrukt liep ze op haar tenen naar de badkamer en draaide de deur op slot. Ze knipte het licht aan en huiverde even bij het felle schijnsel. Langzaam liep ze naar de wc, klapte het deksel omlaag en ging erop zitten. Ze bleef roerloos naar de doos zitten staren, met zijn eenvoudige witte deksel, tot haar ogen ervan prikten. Hij zag eruit als een kleine doodskist, zo puur en onbezoedeld. Ze streek met haar vingers over het gladde oppervlak en haar tranen drupten zwaar en snel neer. Van angst verkrampte haar hart, tot het nog maar een klein bolletje was, als een koude steen.

Ze vreesde de inhoud van de doos, hoewel ze die net zo goed kende als haar eigen pijn. Haar ademhaling werd moeizaam en er ontsnapte haar een kreet. Ze smoorde haar snik met haar hand, sloot haar ogen en huilde stilletjes. Het deed er niet toe of ze de doos nu wel of niet openmaakte, want hij zou er altijd zijn om haar aan haar vergissing te herinneren. En als ze de doos nou weggooide? Dan zouden de herinneringen toch blijven, onuitwisbaar in haar ziel gegrift, en in nachtelijke angstbeelden weer opduiken om haar te herinneren aan haar schuld. Alleen God wist hoezeer ze leed.

Ze bleef in de badkamer zitten tot haar hartslag was bedaard en haar verdriet zakte. Toen zette ze de doos weer achter in haar kledingkast en ging terug naar bed.

Grey draaide zich om en trok haar tegen zich aan. 'Gaat het, schat?' fluisterde hij slaperig.

'Nu weer wel,' antwoordde ze, zich in zijn armen vlijend.

'Toch niet weer die droom, hè?'

'Jawel, maar die is nu voorbij.' Het was jaren geleden dat die terugkerende nachtmerrie haar uit haar slaap had gehaald. Grey drukte een kus op haar hoofd en ze sloot haar ogen in de wetenschap dat ze nu weer veilig in slaap kon vallen zonder dat ze die nacht nog door de droom zou worden geplaagd.

De volgende ochtend kwam Harvey met een brede grijns haar keuken in, en Marina moest zich beheersen om niet haar armen om hem heen te slaan alsof hij een kind was. 'O, Harvey, wat ben ik blij dat je terug bent. We hebben je gemist!'

Bezorgd keek Harvey haar aan. 'Alles goed?'

'Jawel. Maar Rafa is gisteren gearriveerd en vandaag komen mijn dames, en Grey wilde dat je hem ergens mee hielp. Hij is vroeg vertrokken om te gaan vissen, dus ik kan hem niet vragen wat het was. Maar goed, dat doet er nu niet toe. Neem een kop thee en doe je verhaal, dan ontbijt ik ondertussen even. Zo meteen komt Bertha en moet ik weg.'

Harvey rolde met zijn ogen. 'Bedoel je de Workaholic?'

Marina lachte. 'Dat is een prima naam voor haar.'

'Ik heb nog nooit iemand zo snel van kamer naar kamer zien vliegen.'

'Was dat maar waar.'

'Zodra jij je hielen hebt gelicht, gaat ze volgens mij met een kop thee de kranten zitten lezen.'

'Dat durft ze vast niet.'

'Dat wil ze je graag laten denken.' Hij trok een stoel bij en Marina schonk water uit de ketel in een mok. Ze wist hoe hij zijn thee graag dronk: Earl Grey met een flinke lepel honing. Ze gaf hem de mok aan en haar gekwelde hart kwam enigszins tot rust. Ze keek toe hoe hij hem aanpakte, zijn grote hand ruw en vol lijntjes, als de bast van een oude eikenboom.

Ze ging tegenover hem zitten en schonk zichzelf nog een kop koffie in. Met vriendelijke ogen keek hij haar aan. 'En, wat is er allemaal gebeurd?'

'Afgezien van de inbraak?'

'Ik weet het, ik heb het gehoord. Het lijkt ongelooflijk in deze tijd, met al die forensische onderzoeken en alle techniek die ze tot hun beschikking hebben, dat ze helemaal niets kunnen vinden.'

'Ze moeten wel een heleboel zilver in hun eetkamer hebben gehad om het voor de inbreker de moeite waard te maken in te breken en het te stelen.'

'De inbreker is tenminste niet verder het huis in gegaan. Denk eens aan al die schilderijen.'

'Vermoedelijk wist hij precies wat hij wilde. Tafelzilver is makkelijk te verkopen.'

'Is er al over geschreven in de kranten?'

'Die heb ik nog niet gelezen. Ik heb mijn informant bij de politiemacht.'

'Zeker dezelfde als die van Jake. Hij kan niet wachten om het iedereen te vertellen, zeker? Waarschijnlijk vertelt hij het ook aan de plaatselijke krant.'

'Volgens mij geniet hij ervan dat hij er meer van weet.'

'En om met zijn kennis te pronken tegenover iedereen die maar luisteren wil. Geen wonder dat ze hem niet kunnen pakken; ze hebben het veel te druk met roddelen.'

'En, hoe gaat het met de kunstenaar?'

Zodra hij over Rafa begon, klaarde Marina's gezicht op. 'Hij is charmant. Een positief, blij iemand in het hotel, net als jij.' Harvey grijnsde boven zijn mok. 'Hij is tegen iedereen vriendelijk, weet je. Jennifer en Rose zijn in de zevende hemel omdat hij aardig tegen ze doet, en het lijkt wel of iedereen blijer is. Het is net alsof hij toverstof over het hele hotel heeft laten neerdwarrelen. Ik heb zo'n idee dat hij veel voor ons gaat betekenen.'

'Dat zie je vast goed.'
'Maar ik geloof niet dat Jake hem erg mag.'
'O nee?'
'Het groenogige monster.'
'Ah,' zei Harvey, die meteen snapte wat ze bedoelde.
'Jake kan soms heel onvolwassen doen. Maar Clemmie vindt Rafa het einde.'
'Mooi zo.'
'Het probleem is dat ze dat niet onder stoelen of banken steekt.'
'Misschien heeft hij dat niet in de gaten. Mannen merken minder op dan je denkt.'
'Ik weet niet. Maar hij is een volwassen man. Ik weet zeker dat hij zich er niet door van de wijs zal laten brengen.' Ze keek ongemakkelijk.
'Je wilt niet dat ze gekwetst wordt.'
'Ze is nog nooit eerder echt verliefd geweest. Al heeft ze wel vriendjes gehad.' Marina trok een gezicht. 'Een heleboel vriendjes. Maar ze heeft nooit van iemand gehouden.'
'Denk je dat ze verliefd wordt op Rafa?'
'Dat weet ik wel bijna zeker. Ik ben bang dat ze het zwaar gaat krijgen.'
'Misschien passen ze wel prima bij elkaar.'
'Dat denk ik niet. Hij woont aan de andere kant van de wereld en hij is knapper dan goed voor hem is. Hij zal er wel aan gewend zijn dat vrouwen op hem vallen.' Ze sloeg haar ogen neer en fronste. 'Ik vertrouw knappe mannen niet als het op liefde aankomt.'
'Maar je mag Rafa wel.'
'Ja, ik mag hem heel graag. Het is ook alleen maar malligheid van me.'
'Nee, dat is het niet. Je bent een goede stiefmoeder.' Ze keek hem aan, en hij schonk haar zo'n warme glimlach dat haar keel zomaar ineens werd dichtgeknepen.
'Dank je, Harvey. Je weet dat ik alleen maar het beste voor haar wil.'
'Dat weet ik, ja.'
De voordeur ging open en bracht een windvlaag mee – en Bertha. 'Goeie hemel, er staat vandaag een straffe bries.'
'Tijd om naar het hotel te gaan,' zei Marina tegen Harvey toen Bertha de gang door kwam naar de keuken. Ze dronken allebei hun kop leeg. Er zweefde een wolk Anaïs Anaïs op de luchtstroom naar binnen en toen

stond Bertha in de deuropening, haar grote lichaam in een geelgebloemde tentjurk geperst. Marina zette haar koffiekopje neer en keek haar vol afgrijzen aan, terwijl Harvey zijn blik niet van haar kon losmaken. De gele stof viel recht naar beneden tot op haar enkels, die eronderuit staken als twee rauwe worstjes. Haar voeten had ze in goudkleurige pumps weten te wringen. Met knipperende ogen keek Marina haar aan, niet in staat een woord uit te brengen.

'Zeg nou niet dat jullie hem niet mooi vinden,' zei Bertha zonder te verblikken of te verblozen. 'Ik ben de hele ochtend bezig geweest om hem dicht te ritsen.'

'Je ziet er stralend uit,' zei Harvey. Hij stond op en zette zijn pet weer op zijn hoofd. 'Ik heb een zonnebril nodig als ik naar je kijk.'

'Ik had vanochtend een positief gevoel.'

'Mooi zo,' zei Harvey. 'Misschien kun je dan iets van die positiviteit in je werk leggen.'

'Je weet, ik ben de grootste perfectionist die er bestaat.' Ze zette haar tas op een van de keukenstoelen. 'Ik denk dat ik maar eens een bakkie voor mezelf ga zetten.' Harvey ving Marina's blik en trok een wenkbrauw op. 'Moet ik vandaag nog iets speciaals doen?' Ze richtte haar vraag aan Marina.

'Eh... nee. Ik bedoel: nee, niks speciaals.'

'Wie moet de kamer van de kunstenaar eigenlijk schoonmaken?'

'Ik weet niet. Daar gaat Jake over.'

'Nou, als u wilt dat het goed gedaan wordt, moet u bij mij zijn.'

'Dank je, Bertha.' Marina liep naar de deur.

'Praat eens met Jake. Misschien kan hij me deze zomer voor die kamer inroosteren.' Ze stiefelde naar de ketel en hield hem onder de kraan. 'Ik zou er maar niet op rekenen dat die malle kamermeisjes goed werk leveren. Hij is een knappe kerel en misschien raken ze in de problemen.' Veelbetekenend keek ze Marina aan. 'U weet hoe jonge meiden zijn. Veel te kwistig met hun schoot.'

Harvey en Marina liepen over het grind naar het hotel en moesten lachen om Bertha's absurde gedoe. 'Ik wist niet dat er jurken in die maat bestonden,' zei Marina. 'Of in dat model. Ik hou mijn hart vast voor wat de rest van mijn personeel heeft aangetrokken. Is het iedereen soms in de bol geslagen?'

Toen ze het hotel binnengingen, zaten Rose en Jennifer aan de receptie. Aan hún kleren was niets bijzonders te zien, maar ze hadden overduidelijk wel hun make-up met meer zorg aangebracht dan anders.

'Hij is in de eetzaal,' zei Jennifer toen Marina binnenkwam.

'Mooi.'

'Hij zit bij de Brigadier.'

Marina zette een zorgelijk gezicht. 'O, oké.'

'Met de Brigadier kan hij het vast goed vinden,' zei Harvey toen ze de hal door liepen. 'Zo heb je ze niet in Argentinië.'

'Wat weet jij van Argentinië, Harvey?' lachte Marina.

'Dat ze daar geen mannen hebben zoals de Brigadier.'

Rafa zat inderdaad aan het vaste tafeltje van de Brigadier bij het raam. Ze waren diep in gesprek. Toen de twee mannen Marina zagen naderen, stonden ze op om haar te begroeten. 'Blijf alsjeblieft zitten,' zei ze, en ze zag de Brigadier, die nog maar net zijn achterwerk van zijn stoel had weten te hijsen, weer terugzakken. 'Dus jullie hebben met elkaar kennisgemaakt.'

'Boeiende jongeman,' merkte de Brigadier enthousiast op. 'Zijn vader heeft in de oorlog gevochten, voor de ándere kant.'

'Vervolgens is hij naar Argentinië geëmigreerd om dat te vergeten,' voegde Rafa eraan toe.

'Ik wil het niet vergeten. De dag dat ik dat vergeet kunnen ze me net zo goed onder de grond stoppen. De beste tijd van mijn leven!'

'Nee, uw leven is nú goed,' zei Rafa.

'Niet zo goed als vroeger, jongeman,' grinnikte de Brigadier enigszins spijtig.

'Maar het verleden is niet meer dan een herinnering, en de toekomst is alleen verwachting. De enige realiteit is het hier en nu.' Rafa keek om zich heen de zaal door. 'En u zit hier op een prachtige plek heerlijk te ontbijten. Daar is niet veel mis mee.'

'Het kan toch geen kwaad om te dromen?' vroeg Marina.

'Natuurlijk niet, zolang je verlangens je maar niet ongelukkig maken.'

'Ik heb al mijn dromen over pijproken opgegeven toen ik daar te oud voor werd. Nu rook ik alleen nog maar gewone tabak.'

'U bent jong van hart,' zei Rafa vriendelijk.

'Ach, dat oude hart van me. Het ging nergens zo van kloppen als van het geluid van geweren en de geur van het slagveld.' De Brigadier sloeg zijn waterige ogen op en snufte even. 'Of van het mooie gezichtje van mijn meisje.'

Rafa voelde wel aan dat zijn meisje boven in de hemel was, bij zijn vader, en sloeg het melancholieke gezicht van de Brigadier met genegenheid gade. 'Ze is nog steeds hier, hoor,' zei hij zacht.

'O, maar dat weet ik ook wel. Het is vijf jaar geleden, vijf lange jaren. Soms kan ik haar voelen, maar misschien haalt mijn geest wel gemene trucjes uit met een verdrietige oude man die dat graag wil geloven.'

'Vast niet,' kwam Marina tussenbeide. 'Je moet geloven in wat je voelt.'

Ze wendde zich tot Rafa. 'Wat zijn je plannen voor vandaag?'

'Hij gaat me leren schilderen,' zei de Brigadier.

'O ja?'

'Jazeker. Hij denkt dat ik me daar weer jong door ga voelen.'

'Dan mag hij ons allemaal wel schilderles geven,' zei Marina met een lach.

'Jullie zijn allemaal welkom.'

'Nog meer cursisten?'

'Nee, alleen de Brigadier. We gaan de tuin in.'

'Mooi.'

'We gaan een boom schilderen.'

'Een boom?'

'Ja,' beaamde Rafa resoluut. 'Een boom.'

Clementine had in lange tijd niet zo goed geslapen. De avond ervoor had ze om tien uur een telefoontje van Joe genegeerd en haar mobieltje uitgezet. Rafa was om een uur of elf vanuit de tuin naar binnen gekomen en ze hadden tot middernacht in de serre zitten praten bij kaarslicht, tot de kaarsen bijna helemaal waren opgebrand. Hij had haar verteld over zijn vader, die hij ontzettend miste, en over zijn jeugd. Ze voelde zich gevleid dat hij zo veel aan haar kwijt wilde, alsof ze zijn vertrouwelinge was. Ze hadden samen al het geheimpje van de kerk, het huis dat God was vergeten, en van de verborgen baai. Toen ze waren opgestaan om naar bed te gaan, had ze bijna verwacht dat hij haar zou kussen. Maar dat had hij niet gedaan. Hij had geglimlacht en haar welterusten gewenst, waarna hij haar in de hal had achtergelaten bij Bill, de nachtportier.

Ze was bijna zwevend naar het stallencomplex gegaan, met een hoofd vol heerlijke fantasieën en een licht en bruisend gevoel in haar borst. Neuriënd had ze een bad genomen, ze had gedanst bij het afdrogen en gelachen toen ze zich had ingesmeerd met de een of andere lotion die ze ooit had gekocht maar nooit gebruikt. Met een tevreden zucht was ze onder het dekbed gekropen, en voor het eerst dat ze zich kon heugen had ze er echt naar uitgekeken om de volgende ochtend weer wakker te worden.

Voordat ze in haar Mini naar haar werk was gestoven had ze Rafa nog gezien. Ze waren elkaar tegengekomen in de hal – niet dat ze daar iets te zoeken had – en hij had voorgesteld om na werktijd een boottochtje te maken. Door het vooruitzicht van een uitje, alleen zij tweeën, was ze de hele weg naar Dawcomb in een goed humeur. Ze reed over de smalle weggetjes, langs weelderige groene hagen en bloeiende sleedoorn, waarvan de witte bloesem als sneeuw op de takken lag. Ze sloeg de vogeltjes gade die erin en eruit doken, en de meeuwen die boven haar hoofd rondcirkelden tegen een glinsterende lucht. Haar hart zwol van vreugde bij de glimpen die ze af en toe opving van de zee toen ze langs de kust naar het stadje koerste. Ze nam de schoonheid om haar heen in zich op en vroeg zich af waarom ze daar nooit eerder oog voor had gehad.

Sylvia stond bij haar bureau in een strak rood rokje en een satijnen blouse die bovenaan met een uitbundige strik gesloten was. Ze was in de weer met een bos lelies en knipte met een schaar de meeldraden eruit. Toen ze Clementine zag, keek ze nog eens goed en onderbrak haar bezigheden. 'Lieve hemel, wat is er met jou?'

'Niets,' antwoordde Clementine, die met een schouderbeweging haar jasje uittrok.

Sylvia kneep haar ogen tot spleetjes. 'Eens even kijken. Je hebt je vandaag uitgesloofd, dus er moet iets zijn. Anders zie je er altijd uit als een zak aardappelen.'

'Bedankt voor het compliment.'

'Ga je het me nog vertellen of moet ik je eerst op de pijnbank leggen?' Ze zette een hand op de welving van haar heup. 'Die bloemen zijn van Freddie, trouwens. Voor het geval je daar benieuwd naar was.'

'Dat ben ik niet.'

'Ik zou graag denken dat het door Joe komt, maar dat is niet zo, hè?'

'Nee,' zei Clementine, die ging zitten en haar computer aanzette. 'Herinner je je nog die Argentijn die ik in de Black Bean Coffee Shop tegenkwam?'

'Ja. Die is toch niet teruggekomen?'

'Hij is onze inwonende kunstenaar.'

'Dat meen je niet!' Sylvia legde haar schaar neer en kwam op de rand van haar bureau zitten. Ze kruiste haar benen en sloeg haar armen over elkaar. 'Vertel!'

'Hij is gisteren aangekomen.'

'En je bent al met hem het bed in gedoken.'

'Welnee.' Clementine wapperde afwijzend met haar hand. 'Natuurlijk niet!'

'Arme Joe. Die zal er wel kapot van zijn. Heb je het hem al verteld?'

'Er valt niets te vertellen.'

'Joe denkt dat jij de ware bent.' Ze snoof afkeurend. 'God zegene hem, de arme dwaas!'

'Nou, dat ben ik niet. Nooit geweest ook.'

'Freddie is ook niet de ware.' Ze wierp een blik op haar rode nagels en klakte met haar tong. 'Ook al wil hij daar niets van weten.'

'Stuurt hij je daarom bloemen?'

'Hij voelt dat hij me dreigt te verliezen. Wat maar weer eens bewijst dat mannen goed bij de les blijven als je niet al te aardig doet. Mijn moeder zou zeggen dat een vrouw haar hele leven moet doen alsof ze niet zomaar te veroveren is.'

'Wat vermoeiend.'

'De vloek van het vrouw-zijn.'

'Een van de vele,' voegde Clementine eraan toe.

'Wat zijn de andere dan?'

'Zwangerschap.'

'Maar denk eens aan die kleine schat die je aan het eind daarvan in je armen houdt.'

'Wil jij kinderen, Sylvia?'

'O, jawel. Maar ik red het zo best, hoor. Daarom hou ik Freddie ook aan het spit en bedruip ik hem af en toe als een smakelijke braadkip.'

'Ik bedoel niet met Freddie. Die heeft al kinderen.'

'Misschien is hij wel de enige die voor mij in aanmerking komt.'

'Je mag het nog niet opgeven.'

'Om de liefde te vinden? Je weet dat ik daar niet in geloof.'

Clementine grijnsde en draaide zich om naar haar beeldscherm. 'Nou, ik anders wel!'

Rafa zette twee stoelen en twee ezels neer op het grasveld voor het huis, tegenover de ceder. De Brigadier was naar huis geweest om geschiktere kleren aan te trekken en zat nu op zijn stoel in het lichtblauwe linnen jasje dat zijn vrouw jaren geleden voor hem had gekocht, maar dat hij nog nooit had gedragen. Hij vond dat het niet mooi viel, want een goed jasje moest de lijn van je middel volgen. Hij had een strohoed op zijn hoofd gezet ter bescherming tegen de zon en keek nu verbijsterd naar het blanco vel papier. 'Dus ik moet een boom schilderen?'

Rafa knikte. 'Ja, maar ik wil meer zien dan een plaatje van een boom.'

'O ja, de vogeltjes moeten er zeker ook in?'

'Bijvoorbeeld. Ik wil niet dat u de boom alleen maar zíét, maar ook dat u hem vóélt.'

'Dat wordt nog verrekte lastig. Zien is één ding, maar voelen is iets heel anders.'

'Dat valt wel mee, Brigadier. Als ik een exacte kopie van die boom wilde, zou ik wel een foto nemen.' Hij wreef even peinzend over zijn kin. 'Vertelt u eens: wat voor gevoel geeft deze boom u?'

'Ik word er zenuwachtig van,' zei de Brigadier gnuivend.

'Echt waar? Hoe dat zo?'

'Omdat ik niet weet waar ik moet beginnen.'

'Kijk eens goed naar de boom.'

'Daar kijk ik naar.'

'Niets zeggen, alleen kijken. Neem zo veel tijd als u wilt.' De Brigadier deed wat hem werd gezegd en keek naar de boom. Hij keek er lang en goed naar, tot zijn ogen ervan prikten en hij moest knipperen. 'En, wat voor gevoel krijgt u?'

De Brigadier wilde alweer zeggen dat hij er zenuwachtig van werd, maar toen bespeurde hij opeens een merkwaardige sensatie in de buurt van zijn middenrif. Hij keek naar de boom en dacht aan zijn vrouw. De boom deed hem denken aan de dag dat ze hun achtjarige dochtertje voor het eerst naar kostschool hadden gebracht. Er had een grote ceder naast de kapel gestaan en een heleboel kinderen klommen als aapjes over de takken. 'Ik word er verdrietig van,' zei de Brigadier bruusk.

'Dus u ziet, de boom is meer dan een boom. Hij inspireert u tot bepaalde gevoelens. Ik wil die gevoelens ook krijgen als ik naar uw schilderij kijk.'

'Lieve help, dat is geen makkelijke opdracht.' Met een kuchje zette hij de onbekende emotie van zich af.

'Het kan me niet schelen of uw schilderij waarheidsgetrouw is of niet, maar ik wil dat u geroerd wordt door wat u ziet en probeert dat gevoel om te zetten in verf op papier. Probeer het maar eens, maak u geen zorgen. Niet te veel nadenken. Doop gewoon uw kwast in de verf en laat die door uw gevoelens over het papier leiden.'

Met zijn gedachten bij zijn vrouw begon de Brigadier te schilderen.

14

'Ah, is het niet fijn om terug te zijn in dit heerlijke hotel?' zei Veronica Leppley terwijl ze met het enthousiasme van een actrice die na een lange afwezigheid terugkeert op het toneel de hal binnenzeilde. Ze hief haar hoekige gezicht op en sloot haar ogen, de lucht opsnuivend met opengesperde neusgaten. 'Het ruikt nog precies hetzelfde.'

'Lelies,' zei Grace Delennor met haar slepende accent uit Zuid-Virginia, en ze liet haar parelketting door haar lange vingers gaan. 'In hotels staan altijd lelies.' Er was heel wat voor nodig om indruk te maken op Grace Delennor, die in de beste hotels van de wereld had gelogeerd.

'Pas maar op dat je geen stuifmeel op je kasjmier krijgt. Dat gaat er heel moeilijk weer uit,' waarschuwde Pat Pitman. 'Sue McCain zweert bij zuiveringszout, maar ik weet het nog zo net niet.' Niemand anders in de groep had ooit met Sue McCain kennisgemaakt, maar Pat bracht haar in elk gesprek ter sprake, alsof ze een oude vriendin van hen allemaal was.

Grace stapte weg van de lelies en liet haar blik door de hal dwalen. 'Ik herinner me de lambrisering nog. Die is zó Engels.'

'Die ruik ik ook,' zei Veronica opgewonden. 'Die, en de houtrook van een wintervuur in de haard die hier nog hangt. Verrukkelijk, vind je niet?'

Grace schudde haar hoofd en een enkele blonde lok ontsnapte uit haar kapsel en viel over haar voorhoofd. 'Jij hebt wel een heel scherpe reuk, Veronica. Ik ruik helemaal niets. Niet eens lelies.'

Jane Meister had nog geen woord gezegd. Stilletjes nam ze alles in zich op, als een duif op een dak, en keek naar alles wat er om haar heen gebeurde. Er was veel veranderd sinds de laatste keer dat ze hier was geweest; haar wereld was overhoopgehaald door de plotselinge dood van haar man Henrik, die op zijn achtenzestigste aan de bridgetafel aan een hartaanval was overleden. Ze sloeg de twee bedienden gade die met hun bagage binnenkwamen en bedacht hoe jong die waren, met hun hele leven nog voor zich. Welke vreugdevolle en verdrietige gebeurtenissen zouden er nog voor hen in het verschiet liggen?

Op dat moment kwam Marina de hal in om hen te begroeten. Alle vier de dames herkenden haar onmiddellijk. 'Hallo,' zei Grace, en ze stak haar hand uit, waaraan aan een knokige vinger een diamanten ring schitterde.

'Welkom terug,' zei Marina met een brede glimlach. 'Ik ben erg blij dat jullie er zijn. Onze kunstenaar is al op het gazon een les aan het geven.'

'Paul?' vroeg Veronica. 'Wat was dat toch een schat, hè? Een echte heer. Vond je niet, Pat?'

'Ik ben bang dat Paul dit jaar niet kon komen. We hebben een nieuw iemand,' legde Marina uit.

'Ik hoop maar dat hij jong en knap is,' zei Grace, haar ogen tot spleetjes knijpend. Met hun lichte blauwe kleur, als van topaas, waren ze het enige wat restte van een ooit knap gezicht, want botox en cosmetische ingrepen hadden verwoest wat de natuur haar zo rijkelijk had toebedeeld.

'O, knap is hij zeker,' zei Marina. 'Hij komt uit Argentinië.'

'O, dáárvandaan,' schamperde Grace.

'Wat heerlijk,' vond Veronica enthousiast. 'Argentijnen zijn van die mooie mensen, vind je niet, Pat?'

'Sue McCain heeft ooit een geruchtmakende verhouding gehad met een polospeler. Dan hebben we het over de jaren vijftig. Ze is er nooit overheen gekomen.'

'Hallo, mevrouw Meister,' zei Marina, want het schoot haar weer te binnen hoe makkelijk je Jane doordat ze zo stil en schuchter was over het hoofd zag. Het viel Marina op dat ze in een jaar tijd een stuk ouder was geworden. Ze had de meest jeugdige huid gehad van hen allemaal, maar nu zag ze eruit alsof ze uit een grijs verfbad kwam.

'Wat fijn om terug te zijn, lieverd. Ik heb zulke gelukkige herinneringen aan ons verblijf van vorig jaar.'

'Ik heb besloten jullie dezelfde kamers te geven.'

'Ach, wat waren die mooi,' zei Grace. 'Vooral dat handbeschilderde behang. Ik heb geprobeerd ook zoiets te vinden voor ons huis in Cape

Cod, maar niets kwam er ook maar bij in de buurt.'

'Wat lief van je om die moeite te nemen,' zei Jane met een glimlach tegen Marina.

Marina bracht hen naar boven naar hun kamers. Op de trap boog Grace zich naar haar over en fluisterde zachtjes: 'De man van die arme Jane is afgelopen herfst overleden. Ze wilde eerst niet mee, maar we hebben haar ervan weten te overtuigen dat het goed voor haar was om er even tussenuit te gaan. Ze heeft het er erg moeilijk mee gehad, de arme ziel.'

'Wat verdrietig,' zei Marina, die nu begreep waarom Jane nog stiller en schuchterder was dan anders.

'Mijn man daarentegen is niet kapot te krijgen. Hij was al oud toen ik met hem trouwde, maar nu is hij antiek, en nog steeds is hij rotsvast van plan gewoon door te leven. Die pioniersgeest heeft hij van zijn voorouders geërfd. Ik heb die geestkracht niet. Míjn voorvaderen waren verweekte Engelse aristocraten zonder ook maar enig doorzettingsvermogen. Ik hoop dat de goede God me tot zich neemt zodra de tijd aanbreekt dat mijn leeftijd van mijn gezicht is af te lezen.'

Marina opende de deur van kamer nummer 10. 'Dit is de kamer van mevrouw Leppley,' zei ze, genietend van hun bewondering. Veronica schreed met lichte, blije stappen de kamer in, waarbij haar zigeunerrok om haar slanke lichaam en dunne enkels heen zwierde alsof hij een eigen leven leidde. Omdat ze in haar jonge jaren lange tijd balletdanseres was geweest, kon ze geen platte schoenen dragen, dus waren haar voeten gehuld in espadrilles met sleehak, zodat ze wat langer leek en veel gemakkelijker liep. 'Prachtig is het hier,' riep ze uit, terwijl ze met alle gratie die haar door haar vroegere beroep eigen was om zich heen gebaarde naar de prenten van vogels en vlinders aan de wanden. 'Nog mooier dan ik me herinner. En het bed...' Een grote vreugde beving haar. 'O, het bed! Zo hoog dat ik een aanloop moet nemen.' Soepeltjes sprong ze op de matras en ze lachte als een blij meisje.

'Jij kúnt tenminste nog springen,' zei Grace. 'Als ik een sprong neem, breek ik doormidden. Mijn botten zijn zo broos.'

'Het is een prima bed,' merkte Pat goedkeurend op. 'Niets is zo erg als ergens logeren waar niemand verstand heeft van bedden.'

'Ik hou van hoge bedden,' zei Jane gedwee. 'En deze zijn erg hoog.'

'Ik zal jullie je eigen kamers laten zien,' zei Marina, die weer de smalle gang in stapte.

‘Ik stel me graag voor hoe het er hier aan toeging toen het nog een woonhuis was,’ zei Grace. ‘Vermoedelijk hebben mijn voorvaderen ook in zo’n soort huis gewoond.’

‘Dit was niet de hoofdwoning van de hertog en hertogin,’ hielp Marina haar herinneren toen ze de gang door liepen naar de volgende kamer. ‘Het was hun vakantiehuis. Waar ze de zomer kwamen doorbrengen.’

‘Wat chic zeg,’ zei Grace.

‘De zeelucht was heilzaam voor de astma van de hertogin,’ vervolgde Marina, en ze stak de sleutel in het slot van kamer 11.

‘De zeelucht is overal goed voor,’ zei Pat. ‘Tenzij je een meubelstuk bent, natuurlijk.’

Jane glimlachte bij de aanblik van haar kamer en haalde diep adem, blij dat ze was meegekomen. Ze liep naar de openslaande deuren die uitkwamen op een klein stenen balkon en het gazon aan de voorkant, waar Rafa met de Brigadier druk zat te schilderen. Ze zette ze wijd open, stapte de zon in en keek over de donkerblauwe zee uit naar de mistige horizon daarachter. Toen keek ze omlaag en ving de blik van de Brigadier, die heel even zijn aandacht afwendde van de ceder. Hij lichtte zijn hoed op en knikte beleefd. Jane was enigszins verrast en wuifde verlegen met haar vingers, waarna ze zich terugtrok in de veilige beslotenheid van de kamer.

‘Jullie kunstenaar is aan het werk, zie ik,’ zei ze.

‘Ja, hij geeft de Brigadier les.’

‘Is hij een brigadier? Dat kan ik met mijn slechte ogen niet zien.’

‘Jullie moeten hem vorig jaar hebben ontmoet,’ zei Marina. ‘Hij komt hier elke ochtend ontbijten. Rafa heeft hem weten over te halen om eens een poging te wagen met schilderen. Volgens mij vindt hij het wel leuk.’

Zodra ze alleen was, opende Jane haar koffer en haalde er een foto van haar man uit in een zilveren lijstje. Ze zette hem zorgvuldig op haar nachtkastje en ging er toen op haar bed naar zitten kijken.

Pat beende kamer 12 binnen. ‘Heerlijk knus,’ zei ze welgemeend, en ze zette haar degelijke bruine handtas op de doorgestikte sprei. Pat zou zich overal thuis hebben gevoeld, want ze was niet verwend; ze was praktisch ingesteld en had een diepe afkeer van mensen die toestanden maakten. Grace verdroeg ze alleen omdat ze elkaar al zo lang kenden en omdat ze zo monter was, al verdween die opgewektheid als sneeuw voor de zon zodra ze zich ongemakkelijk voelde.

Engelse kostscholen hadden Pat erin getraind te accepteren wat haar werd toebedeeld en nooit te klagen, hoe vervelend ze het ook vond. Door tegenslag staalde je immers je karakter, en Pat genoot eigenlijk wel van uitdagingen en was de enige van de groep die zich als het tegenzat weerde als een neushoorn. In haar jonge jaren had ze de zuidflank van de Eiger beklommen en ze zou de hele wereld zijn rond gezeild als haar boot voor de kust van Australië geen aantrekkingskracht had uitgeoefend op een grote witte haai, zodat ze via de radio hulp had moeten inroepen en van haar verdere plan had moeten afzien.

Nu ze in de tachtig was, verliep Pats leven voorspelbaarder. Ze had de fakkel doorgegeven aan haar jongste kleinzoon, die nu in de dertig was en zich halverwege de Kilimanjaro bevond. Ze liep naar het raam en bewonderde het uitzicht. De zee boorde altijd een diep verlangen in haar aan om weg te zeilen.

Marina had het beste voor het laatst bewaard en bracht mevrouw Delennor naar de suite van de hertogin aan het andere einde van de gang. Grace was naar behoren onder de indruk van de bijzondere eer die haar ten deel viel. Ze had nu niet alleen uitzicht op de tuin en de zee, maar beschikte ook over een handgesneden hemelbed – het bed van de hertogin in eigen persoon –, dat in 1814 was vervaardigd en van generatie op generatie overgegaan, tot het ten slotte tegelijk met het huis en al zijn herinneringen was verkocht. Marina wist hoe lastig mevrouw Delennor kon zijn en had speciale moeite gedaan om het haar naar de zin te maken. Als ze er nog eens over nadacht, zou eigenlijk mevrouw Meister deze kamer hebben moeten krijgen, vanwege wat ze allemaal had doorgemaakt, maar mevrouw Delennor zou de eerste zijn om te klagen en dat wilde Marina tegen elke prijs voorkomen. '*Très jolie*,' zei Grace zonder ook maar een poging te doen een Frans accent na te bootsen. 'Ik zal erg van mijn verblijf hier genieten.'

'Ik ben blij dat de kamer u bevalt. Hij is inderdaad heel bijzonder.'

Ze drapeerde haar kasjmieren jas over de rug van een stoel. 'De anderen zijn natuurlijk stikjaloers. Behalve Pat, uiteraard, want die heeft geen jaloers botje in haar lijf – alleen de sterke botten van een robuust beest. Dank je wel.'

Het duurde niet lang of de dames kwamen het grasveld op om kennis te maken met de kunstenaar. De Brigadier had genoten van de rust en de vorderingen van zijn schildering, en was niet blij met de invasie. Hij sloeg de oude vrouwen gade terwijl ze als bijen om de Argentijn heen gonsden, bromde wat en zag zich genoodzaakt om uit beleefdheid overeind te komen en hen te begroeten. Vagelijk herinnerde hij zich dat hij hen het vorige jaar aan het ontbijt had gezien, waar niks mis mee was zolang ze maar op afstand waren gebleven. Nu ze hem kwamen belagen, was hij daar helemaal niet over te spreken.

Rafa was charmant en schonk alle dames zijn glimlach en lachende ogen, alsof ze stuk voor stuk jong en knap waren. De vrouwen glommen van genoegen, zelfs Pat, die het altijd maar dwaas vond om zich door vleierij te laten verleiden. 'Sue McCain zou hem geweldig vinden,' fluisterde ze tegen Veronica.

'Hij is erg aantrekkelijk,' beaamde die. 'Als ik hem zo zie, zou ik best weer twintig willen zijn. Echt, soms voelt mijn oude lijf heel vreemd aan, alsof ik het niet had moeten aantrekken. Het komt helemaal niet overeen met hoe ik me vanbinnen voel. Snap je wat ik bedoel, Pat?'

'O, zeker, Veronica. Mijn hoofd zegt me dat ik nog steeds alle dingen kan doen die ik vroeger ook deed, maar als ik de trap op loop raak ik al buiten adem. Toch mag ik niet klagen. Ik heb een goed leven gehad en kan nog steeds een heleboel, zoals een stevige wandeling maken over de kliffen. Ja, daar kijk ik erg naar uit.'

'Ik kan niet wachten om weer een kwast op papier te zetten. Sinds vorig jaar heb ik geen streek meer geschilderd.'

'En je hebt nog wel zo veel talent.'

'Er is altijd iets anders te doen, vind je niet? Het valt niet mee om ervoor te gaan zitten.'

'Je moet er tijd voor máken. Het heeft alles met prioriteiten van doen.'

'Nou, we hebben zeven heerlijke dagen voor de boeg, zonder dat we worden afgeleid.' Ze grijnsde de kunstenaar toe. 'Behalve dan door onze leraar.'

Jane Meister voelde zich altijd overal buiten staan. Ze hield zich enigszins afzijdig van de rest van de groep en luisterde naar hun gesprekken zonder er echt aan deel te nemen. Ze vond het prettiger om de andere vrouwen in het middelpunt te laten staan. Veronica was een geboren performer, die eraan gewend was om te worden bekeken en applaus te oogsten, en ook al was ze nu op jaren, ze had haar enthousiasme en de lichte tred uit haar jeugd behouden. Pat dacht nog steeds dat ze het populairste meisje en de aanvoerster van het lacrosseteam was. Ze bezat het zelfvertrouwen van haar klasse, van jaren die werden beheerst door ponyclubkampen en debutantenpartijen, waarvan ze beweerde dat ze dat allemaal maar ontzettende onzin vond. Niets bracht haar van haar stuk, een steigerend paard noch een zaal vol mensen. Pat liet alles onvervaard op zich af komen en ging elke uitdaging met een krachtig snuiven aan.

Grace verwachtte dat iedereen haar zou bewonderen, en als dat niet gebeurde, zette ze mensen met een afwijzend gebaar van haar elegante hand gewoon opzij. Ze was opgegroeid in de hoogste kringen aan de Amerikaanse oostkust en wat ze door haar charme niet had weten te verwerven, had ze met haar enorme rijkdom gewoonweg gekocht. Het viel moeilijk te zeggen met welke middelen ze haar drie echtgenoten voor zich had gewonnen.

Jane was de dochter van een officier. Zij was opgegroeid in een hechte militaire gemeenschap in Duitsland, had Henrik leren kennen en was op haar achttiende getrouwd. Als haar dochter haar niet acht jaar geleden had aangemoedigd om eens een schildercursus in Knightsbridge te volgen, zouden hun wegen elkaar nooit hebben gekruist.

Jane sloeg de kunstenaar gade; hij was inderdaad erg knap en had een prettige manier van doen. Ze zag hem lachen om Grace' grapjes en wist dat ze allemaal een heuglijke tijd in zijn gezelschap zouden doormaken. Van de Brigadier was ze niet zo zeker. Die kwam nogal nors over. Niet dat hij onbeleefd was; integendeel, hij was de beleefdheid zelve, maar onder de oppervlakte van zijn goede manieren leek hij niet erg blij om met hen kennis te maken. Anders dan de kunstenaar, wiens glimlach breed en oprecht was, glimlachte de Brigadier helemaal niet. Jane besloot dat ze zo ver mogelijk bij hem uit de buurt zou gaan zitten.

Grace liet er geen gras over groeien en nodigde Rafa uit om met hen mee te lunchen. De Brigadier ging naar huis en liet zijn schildering achter om er de volgende dag aan verder te werken. Hij vond het geen prettig idee om zijn leraar te moeten delen en zou normaal gesproken zijn verf voorgoed hebben opgeborgen, maar de boom en de herinneringen die die opriep deden hem goed. Als hij aan het schilderen was, was het net of hij opging in een andere wereld. Alsof zijn verleden daar was, onder de takken, en er alleen maar op wachtte om herontdekt te worden.

Grace, Pat, Veronica en Jane gingen buiten op het terras onder de groene parasol zitten. Grace had zich in een lichtroze pashmina gehuld, hoewel de zon krachtig was en het windje luchtig en warm. Rafa ging gezellig bij hen zitten. Jake keek toe hoe hij aanschoof en het viel hem op dat er meteen een rimpeling over het hele terras trok. Dat zat bepaald niet vol, maar de gasten die er zaten staakten hun bezigheden om naar hem te kijken. Het was alsof hij meer straalde dan alle anderen, en zelfs Jakes blik werd onwillekeurig naar hem toe getrokken. Hij moest toekijken hoe zijn stiefmoeder en zus als een paar dronken bijen om Rafa heen gonsden. De aandacht zou hem naar het hoofd stijgen en hij zou onuitstaanbaar worden. Jake wist zeker dat hij in zijn eigen land lang niet zo veel aantrekkingskracht had.

Die middag werden er nog meer schildersezels opgezet op het grasveld, en de vier vrouwen keken zoals hun werd opgedragen naar de boom. Grace vond het best moeilijk om zich op iets anders dan Rafa te concentreren, maar na een poosje en met een beetje aanmoediging verdiepte ze zich in de dikke groene naalden en takken. De boom gaf haar een onzeker gevoel en in haar onderbuik werd er een knoop strak aangetrokken. Voor armoede was ze banger dan voor wat ook. Hoe meer ze keek, hoe meer de boom haar een donkere wereld binnentrok waar ze niets anders bezat dan de huid om haar lichaam. En die huid was even oud en gerimpeld als de bast van de boom.

Pat staarde naar de boom. Ze had er geen moeite mee zich erop te concentreren. Hij deed haar denken aan haar jeugd, want toen mocht ze graag in de grote bruine beuk klimmen in de tuin van haar ouderlijk huis in Hampshire, waar haar vader een houten boomhut had gebouwd. Ze voelde zich weer jong, alsof ze met de beweeglijkheid van een kind zó van haar stoel zou kunnen springen om tot bovenin te klimmen.

Veronica staarde vol vreugde naar de boom. De groene kleur was zo donker en aantrekkelijk, en de takken waren zo magisch en mysterieus, dat ze zich afvroeg waar ze heen voerden. Ze stelde zich voor dat ze een vogel was die hoog in de boom de wereld met opgewekte afstandelijkheid zat gade te slaan. Ze zou haar vleugels uitslaan en rondvliegen in een zwierige dans, en de muziek die ze in gedachten hoorde zette haar ertoe aan een deuntje te neuriën.

Jane zag in de takken van de boom, die hier al honderden jaren stond en in de grote kringloop des levens generaties had zien komen en gaan, de hernieuwing van leven. Nadat ze zich zo verloren had gevoeld zonder haar dierbare Henrik, kwam ze nu in een wat positievere stemming.

Was het waar dat de natuur elk seizoen weer opnieuw geboren werd? Waarom zou dat voor mensen niet opgaan? Misschien was Henrik in de hemel wel opnieuw geboren en zat hij nu tussen die takken naar haar te kijken. De boom gaf haar hoop. Zoals hij oprees vanuit de grond, met zijn wortels diep in de aarde, de hoogste tak reikend naar God. Hij deed haar denken aan Henriks lichaam onder de grond, terwijl zijn ziel opsteeg tot hoogten waar ze zich geen voorstelling van kon maken. De hoop in haar hart maakte plaats voor een zoete melancholie en ze glimlachte weemoedig.

Rafa keek naar hen terwijl zij naar de boom keken. Hij sloeg hun gezichtsuitdrukking gade toen ze zich verloren in zijn takken. In Grace' ogen zag hij angst, en hoop in die van Jane. Hij zag de vreugde in de blik van Pat en ontzag bij Veronica, en toen hij besloot dat ze nu allemaal tot een bepaald gevoel waren geïnspireerd, zei hij dat ze hun kwasten en verf erbij moesten pakken. Voor één keer zei niemand van hen een woord.

Bertha stond voor het raam van Rafa's slaapkamer. Omdat Marina nog niet met Jake gesproken had, had ze besloten dat dan zelf maar te doen. Jake had er geen enkel bezwaar tegen gehad om haar de zorg voor de slaapkamer van de kunstenaar toe te vertrouwen. 'Daar ben jij precies de juiste persoon voor,' had hij met een brede grijns en een klopje op haar schouder gezegd. 'Dat ik daar zelf niet op gekomen ben!'

Nu stond ze naar buiten te kijken, waar Rafa de oude dames schilderles gaf. Ze herinnerde zich dat ze vroeger op school zelf ook geschilderd had. Ze had die lessen gehaat, omdat ze er zo slecht in was. Ze bezat geen greintje creativiteit. Toch zou ze het maar al te graag nog eens proberen als híj haar dat zou vragen. Ze draaide zich weg van het raam en begon zijn kamer op te ruimen. Het rook er naar sandelhout. Al rondredderend pakte ze zijn spullen op en besnuffelde ze een voor een, genietend van de geur van deze exotische vreemdeling uit een ver land.

Ze wist niet eens precies waar Argentinië op de landkaart lag, maar ze herinnerde zich nog wel Diego Maradona en 'de hand van God'-goal waar iedereen tijdens de wereldkampioenschappen van 1986 zo dolenthousiast over was geweest. Hij had ook wel iets sexy's gehad. Ze hoefde het bed van meneer Santoro niet op te maken, want dat was die ochtend al door de kamermeisjes gedaan. Eerlijk gezegd had zij hier helemaal niets te zoeken, maar aangezien het haar taak was om voor de kunstenaar te zorgen, voelde ze zich gerechtigd om te komen controleren of alles wel naar behoren was gedaan. En dat was zo, zag ze. Maar voortaan zou zij degene zijn die daarvoor zorgde. Elke ochtend. Elke avond.

Meneer Santoro was wel een sloddervos. Ze hing zijn suède jasje over de rugleuning van de stoel en vouwde het shirt op dat hij de vorige dag had gedragen. Het wond haar op om zich zo dicht bij hem te voelen en de vlammen sloegen haar uit bij de gedachte dat hij elk moment binnen kon komen en dan zou zien dat zij aan zijn kleren snuffelde. Ze zag dat zijn koffer nog op het rek stond, waar Shane hem bij zijn aankomst ongetwijfeld op had neergezet. Hij zag er niet zwaar uit. Ze zou hem onder het bed schuiven; dan stond hij niet in de weg. Toen ze ernaartoe liep om hem op te tillen, zag ze dat de rits openstond. Ze klapte de bovenkant open om te controleren of er niets meer in zat. Ze keek erin. De koffer was leeg, op een belangrijk uitziende map na. Ze keek even de kamer rond, als om te bevestigen dat ze inderdaad alleen was. Vervolgens pakte ze de map.

Hij oogde oud en aftands, maar officieel, zoals de mappen uit Amerikaanse televisiedrama's als *Law & Order*. Inmiddels trilde ze van nieuwsgierigheid, en ze sloeg de flap terug. Er zaten papieren in, een heleboel papieren, allemaal in een taal waar ze niets van begreep. Wat spraken ze in Argentinië – Italiaans? Dan moest dat het zijn: Italiaans. Achterin zat een dikke bundel brieven, geschreven in een keurig handschrift, met een elastiek eromheen.

Ze haalde de brieven eruit, gefrustreerd dat ze niet begreep wat erin stond, en liet haar ogen over de eerste dwalen. Een naam sprong naar voren. Ze had zojuist '*ti amo*' gelezen, waarvan ze door de song van Laura Branagan waar ze in haar tienerjaren naar had geluisterd wist dat het 'ik hou van je' betekende, toen ze voetstappen op de trap hoorde. Haastig stopte ze de brieven weer in de map, en de map in de koffer.

Ze schoot naar het bed en begon de doorgestikte sprei glad te strijken, zodat het zou lijken of ze aan het opruimen was. Haar hart hamerde in haar keel en er parelden zweetdruppeltjes op haar neus. Toen ze zeker wist dat er niemand aan kwam, haalde ze diep adem en ontspande zich enigszins. Inmiddels wilde ze zo snel mogelijk de kamer verlaten. Toen ze op haar tenen de trap af liep, bleef de naam die ze had gelezen op de een of andere manier in haar hoofd hangen. Het was een grappige naam, omdat je die volgens haar eigenlijk met nog een 'n' zou moeten schrijven. Maar misschien gebruikten ze die 'n' in Argentinië niet.

Costanza – dat had toch Co*n*stanza moeten zijn?

15

Clementine was niet verrast toen Joe het kantoor binnenkwam. Ze had hem gemeden door zijn telefoontjes niet te beantwoorden, maar ze wist dat het alleen maar een kwestie van tijd was voordat hij persoonlijk naar haar toe zou komen. Toen hij voor haar stond, kreeg ze het bedrukte gevoel dat je hebt als je wakker wordt uit een droom en de saaie dagelijkse werkelijkheid weer onder ogen moet zien. Hoeveel ze ook over Rafa fantaseerde, de waarheid was dat hij niet binnen haar bereik lag. Ze nam Joe op, grof en gewoontjes als hij was, zoals zo veel mannen die je in bars en pubs in heel Engeland tegenkomt, en vroeg zich af of hij het beste was wat er voor haar was weggelegd. Was het wel gezond om naar de sterren te reiken als ze er toch nooit eentje te pakken kon krijgen?

'Ha, Joe,' zei ze, haar schuldgevoel maskerend achter een geforceerde glimlach.

'Waar heb jij gezeten? Heb je niet gezien dat ik geprobeerd heb je te bellen?'

'Sorry. Het is nogal druk geweest in het hotel. De nieuwe kunstenaar is gearriveerd en de Duikboot had mijn hulp nodig. Ik had mijn handen vol.'

Joe leek niet overtuigd. 'Je had in elk geval even kunnen bellen.'

'Weet ik. Maar ik dacht dat je het wel zou begrijpen.' Ze dook in haar tas om haar lipgloss te zoeken. 'Ik heb je kennelijk overschat. Mijn fout.'

Opeens zag hij er verloren uit, en hij krabde op zijn hoofd. Hoe was ze er in vredesnaam in geslaagd om hém in hun korte gesprekje een schuldgevoel aan te praten?

'Kan ik je vanavond zien?' vroeg Joe.

'Ik ben bang van niet. We gaan uit varen met de boot van mijn vader. Ik weet niet wanneer we terug zijn.'

‘Zal ik meegaan?’

‘Nee, Joe. Ik zei toch net dat ik momenteel in het hotel nodig ben?’

Hij leek geïrriteerd. ‘Wanneer dan wel? We hebben toch een relatie?’

‘Oké dan. Morgenavond.’ Maar ze had het nog niet gezegd of ze had er alweer spijt van.

Sylvia zat aan haar bureau en hoorde alles. Toen Joe weer was vertrokken, legde ze haar nagelvijl neer en draaide zich naar Clementine toe. ‘Joe is een leuke vent. Ik snap niet wat jou mankeert!’

Clementine plantte haar ellebogen op het bureau en liet haar kin in haar handen zakken. ‘Hij is zo gewoontjes vergeleken met Rafa.’

‘Als de schellen je van de ogen vallen, blijkt Rafa net zo gewoontjes te zijn. Mannen blijven mannen, hoe je ze ook bekijkt.’

‘Nee, Rafa is anders.’

‘Dat dacht ik van Richard ook, en van Jeremy, en van Benjamin… en van al die anderen. Het loopt altijd op een teleurstelling uit, omdat jouw superman uiteindelijk alleen maar een man in een onderbroek blijkt te zijn. Die net zo behoeftig, net zo veeleisend en net zo egoïstisch is als elke andere man die er op de wereld rondloopt.’

‘Wat ben je cynisch.’

‘Ik loop al een poosje langer mee dan jij, schat.’

‘Ik hou vast aan mijn droom.’

‘Dat is een luchtkasteel, gekkie.’

Clementine slaakte een zucht. ‘Wat moet ik dan doen? Ik hou niet van Joe.’

‘Vind je hem aardig?’

‘Na een paar wodka’s in de Dizzy Mariner is hij best leuk.’

‘Eén vogel in de hand is beter dan tien in de lucht.’

Clementine trok haar neus op. ‘Wat heeft dat nou met Joe te maken?’

‘Je wilt toch niet alleen overblijven? Ik heb Freddie alleen maar teruggenomen omdat zijn gejammer me zo de keel uit ging hangen.’

‘Dat is wel een heel zielig compromis.’

‘Moet je horen wie het zegt! Als je niet verliefd op Joe bent, zet hem dan aan de dijk.’ Ze haalde haar schouders op. ‘Jij bent degene die niet loslaat. Heb je je wel eens afgevraagd waarom?’

De telefoon ging en Sylvia nam op. Clementine liep met haar bakje correspondentie naar de archiefkasten. Terwijl ze de brieven op de goede plaats opborg dacht ze na over wat Sylvia had gezegd. Ze had natuurlijk gelijk. Als ze niet verliefd op Joe was, waarom was ze dan nog steeds met hem bezig? Was ze zo onzeker dat ze liever met de eerste de beste saaie piet samen was dan alleen? Terwijl ze toch iets hogers nastreefde. Haar gedachten reikten tot aan de planeten en haar hart verlangde naar het laaiende witte vuur van de allergrootste liefde.

Toen ze klaar was, besefte ze voor het eerst dat ze alle brieven op de juiste manier had gearchiveerd. Gedreven door iets wat ze niet kon benoemen besloot ze ineens alle mappen te schonen, een voor een, totdat alles op de plek lag waar het zou moeten zijn. Het was een hele klus, want de afgelopen maand had ze papieren overal maar lukraak tussen gepropt, zonder er ook maar één keer bij stil te staan dat niemand ze dan meer zou kunnen terugvinden.

Toen meneer Atwood terugkwam van een bezichtiging, lag de vloer helemaal bezaaid. Zijn mond zakte open bij de aanblik van de rommel. 'Wat is hier in vredesnaam aan de hand?'

'Tja,' antwoordde Clementine koeltjes, 'ik schrik er zelf ook een beetje van. Vraag maar aan Sylvia – ik weet niet wat ik heb. Maar ik moet bekennen dat ik wekenlang papieren in de verkeerde mappen heb opgeborgen.'

Meneer Atwood wist niet of hij kwaad of dankbaar moest zijn. Hij schraapte zijn keel. 'Nou, ik neem aan dat ik blij mag zijn dat je alles nu goed opbergt voordat je de chaos die je hebt gecreëerd achterlaat voor Polly.' Voorzichtig stapte hij over de eilandjes van paperassen heen. 'Als je klaar bent, heb ik een boodschap voor je.'

'Nog een cadeautje voor mevrouw Atwood?'

Hij trok een ongemakkelijk gezicht. 'Kom maar naar mijn kantoor en loop er niet de hele dag over te kletsen.' Hij verdween naar binnen en deed de deur achter zich dicht.

Clementine ving Sylvia's blik en grijnsde. 'Waarom zegt hij niet gewoon klip en klaar dat het voor zijn minnares is?'

'Een goede secretaresse knijpt een oogje dicht.'

'Wie is het?'

'Iemand met een heel slechte smaak en een bijzonder slechte neus.'

Clementine lachte. 'Hij ruikt toch nergens naar, of wel?'

'Wat dacht je?' Sylvia trok een gezicht. 'Zo'n soort huid ruikt altijd... een beetje naar ei.'

'Jakkes!'

'Ik heb mijn portie eiigheid wel gehad, en het is verre van aangenaam. Maar hij is rijk en overlaadt haar waarschijnlijk met cadeautjes.

Sommige vrouwen doen daar alles voor.' Ze pakte haar nagelvijl weer op en slaakte een diepe zucht. 'Ach, wat ik voor cadeaus niet allemaal gedaan heb!'

'Laten we het daar maar niet over hebben, Sylvia.'

'Je hebt gelijk. Laten we dat vooral niet doen.'

Toen alle papieren en brieven op de juiste plekken waren opgeborgen, op volgorde van datum, en alle oude, overbodige exemplaren waren versnipperd, deed Clementine een stap naar achteren om haar werk te bewonderen. Ze voelde een ongekende trots. 'Ziezo, klaar is Kees,' verkondigde ze, en met veerkrachtige tred liep ze terug naar haar bureau.

'Goed gedaan,' zei Sylvia. 'Ik kijk ervan op. Ik had niet gedacht dat jij ook maar een dag echt werk zou kunnen verzetten.'

'Ik ook niet.'

'Ga nu maar gauw horen wat Casanova wil dat je voor zijn maîtresse koopt.'

'Ik kan niet wachten om zijn geld voor hem uit te geven. Wat voor budget hij me ook geeft, ik ga het dubbele besteden!'

Clementine was teleurgesteld toen ze erachter kwam dat haar boodschap eruit bestond dat ze met meneer Atwood mee moest naar een juwelier om een armband uit te kiezen. 'Het is onze trouwdag,' legde hij een beetje onhandig uit.

'Hoeveel jaar bent u dan getrouwd?' vroeg ze toen ze de kalme beslotenheid van de juwelierszaak van Nadia Goodman aan de hoofdstraat binnengingen.

'De jaren zijn niet meer te tellen,' antwoordde hij strak. 'Als je zo oud bent als ik, hou je dat niet meer bij.' Een vlotte verkoopster liet hun een blad met gouden armbanden zien en glimlachte Clementine toe. 'Nou, welke zou jij mooi vinden?' vroeg hij. Clementine pakte een gouden schakelarmband met cabochon geslepen smaragden op.

'Ik zal u even helpen,' zei de verkoopster. 'Kijk eens, die kleur past prachtig bij uw huid.'

'Ja, hè?' vond ook Clementine. 'Mijn vader verwent me maar.' Ze grijnsde meneer Atwood toe.

'Van dat groen ben ik nog niet zo zeker,' zei hij verstoord.

'Maar ik vind het prachtig.'

Hij negeerde de theatrale hertenogen die ze opzette. Het was wel duidelijk dat ze de draak met hem stak. 'Doe maar af,' gebood hij bruusk.

De verkoopster maakte de armband los en leek even van haar stuk gebracht. 'Blauw dan misschien?' stelde ze monter voor.

'Blauw vind ik prachtig,' zei Clementine enthousiast.

Meneer Atwood vroeg of hij een ander blad kon zien. Toen de verkoopster naar achteren liep, draaide hij zich om naar Clementine. 'Hou op met die fratsen. Ik heb in deze stad een naam hoog te houden, weet je.'

'Ik plaag u alleen maar!'

'Nou, hou daar dan nu mee op.'

'Trouwens, welke kleur staat uw vrouw goed?'

Hij aarzelde. 'Rood.'

'Laten we dan de robijnen bekijken. U bent bijzonder gul.'

'Dat weet ik. Ik moet het vrouwtje tevreden zien te houden.'

'O, dat zal ze heus wel zijn.'

Clementine slaagde erin zich te beteugelen terwijl ze gouden armbanden met robijnen cabochons bekeken. Ze waren prachtig. Toch dacht ze niet dat zij het bed zou kunnen delen met een man die naar ei rook, hoeveel gouden armbanden hij ook voor haar zou kopen. Ze dacht aan Joe en stelde zich voor dat hij sieraden voor haar zou kopen, maar toen ze daar geen beeld bij kreeg, begon ze te vermoeden dat geen enkele hoeveelheid juwelen de plaats van echte liefde kon innemen. Uiteindelijk maakten ze een keus en bleven staan wachten tot de verkoopster de armband in een rood-gouden doosje had verpakt en er een strik omheen had gedaan. 'Mevrouw Atwood boft maar,' zei Clementine, terwijl ze bedacht dat ze in feite juist helemaal niet bofte.

'Inderdaad,' beaamde meneer Atwood, zonder het echt te menen.

'Dat wordt dan vijftienhonderd pond alstublieft, meneer,' zei de verkoopster met nog een glimlach voor Clementine. 'Bent u vandaag jarig?'

'Nee,' antwoordde Clementine. 'Hij is alleen maar blij met me.'

'O,' zei de verkoopster. Meneer Atwood overhandigde haar zijn creditcard. 'Dank u.'

'Jíj bedankt, papa,' zei Clementine, terwijl ze het tasje van de toonbank pakte. Ze schonk hem haar liefste glimlach, die de verkoopster aanzag voor oprechte genegenheid. Meneer Atwood inhaleerde met wijd opengesperde neusgaten en toetste zijn pincode in, waarna hij met zijn vingers ongeduldig op het glas van de toonbank trommelde, omdat hij zo snel mogelijk de winkel uit wilde.

De hele weg terug naar kantoor liep Clementine te lachen, en daar werd meneer Atwood nog veel kwaaier van. 'Ik plaag u maar,' zei ze keer op keer. 'Als u niet zo serieus was, zou ik daar helemaal niet zo veel plezier in hebben.'

'Als ik je vader geen wederdienst verschuldigd was voor alle cliënten die hij naar me toe stuurt, zou ik je ontslaan voor je rebelse gedrag.'

'Maar eigenlijk bent u dol op me. Ik weet dat u dol op me bent. U wilt alleen niet toegeven dat u me ontzettend grappig vindt.'

'Ik vind je helemaal niet grappig, Clementine,' snoof hij, waar Clementine nog veel harder om moest lachen.

Die avond keerde ze met iets veerkrachtigs in haar tred terug naar het Polzanze. Het was zes uur, en Rafa zat op het terras thee te drinken met Marina, Grey en vier oudere dames, van wie Clementine aannam dat het de vier schilderessen van het jaar daarvoor waren. Toen ze Rafa zag, zwol haar hart van vreugde. Ze zaten allemaal door elkaar te praten en hadden door hun vrolijkheid geen oog meer voor wat er om hen heen gebeurde. Ze zagen haar niet eens toen ze naderbij kwam. Toen ze bij de tafel was aangekomen, keek haar vader op. 'Ah, Clementine. Kom je bij ons zitten?'

'Heb je al kennisgemaakt met mijn dames?' kwam Marina tussenbeide. Clementine liet haar ogen over hun verwachtingsvolle gezichten gaan en glimlachte alleen maar omdat Rafa naar haar keek. Als hij er niet bij was geweest, zou ze hen helemaal niet hebben willen ontmoeten. Marina stelde iedereen voor en Clementine schudde handen. Ze was dankbaar dat haar vader een stoel tussen hemzelf en Rafa in wurmde, zodat ze geen tijd hoefde te verspillen aan een gesprek met de dames.

'En, hoe was je dag?' vroeg Rafa, waarmee hij haar afzonderde van het gesprek van de anderen, dat al was hervat.

Clementine koesterde zich in de warmte van zijn ogen. Hij kon met zo'n intense blik naar haar kijken dat het net leek of zij de enige vrouw op de hele wereld was met wie hij wilde praten. 'Ik moest met mijn baas mee winkelen om een armband voor zijn vrouw uit te kiezen. Al weten we allemaal dat zij die nooit te zien krijgt.'

'Ah, dus hij heeft een minnares?' vroeg Rafa.

'Ja. Hoewel ik me niet kan voorstellen dat iemand hem zou willen hebben.'

'Op ieder potje past een dekseltje.'

'Het wonder des levens.' Ze glimlachte. 'Gelukkig maar, hè?'

'Gaan we straks nog varen?'

'Natuurlijk,' zei Clementine enthousiast, hoewel ze besefte dat ze niet met z'n tweeën zouden kunnen gaan, omdat ze niet precies wist hoe de boot van haar vader bediend moest worden. 'Ik moet het nog wel even aan mijn vader vragen,' voegde ze eraan toe, en ze stootte Grey aan.

Haar vader draaide zich om. 'Ja, schat?'

'Neem je Rafa en mij straks mee uit varen in je boot?'

Greys gezicht klaarde verrast op. 'Wat een goed idee. Daar is het inderdaad een mooie avond voor.' Hij wierp een blik op de kalme zee en de heldere lucht. 'We kunnen naar de Smokkelaarsgrot gaan en een beetje op krab vissen. Lijkt dat je wat?'

Clementine had alleen maar onaangename herinneringen aan krab vissen bij de Smokkelaarsgrot, want daar had ze altijd stierlijk verveeld op de rotsen gezeten, terwijl Jake en haar vader stukjes bacon aan touwtjes in zee uitgooiden. De emmer met schaaldieren had haar weerzin opgewekt, want de krabben kropen allemaal boven op elkaar in een vergeefse poging te ontsnappen. Maar het idee om de vroege avond in de stille beslotenheid van de baai door te brengen, alleen zij drietjes, sprak haar erg aan. 'Prima plan,' antwoordde ze, ervan overtuigd dat ze wel een paar krabben kon verdragen in ruil voor het genoegen van een avond met Rafa.

Net toen Clementine zat te genieten van de romantiek van hun aanstaande uitstapje, boog Marina zich over de tafel. 'Hoorde ik daar iemand "krab vissen" zeggen?'

'Inderdaad,' antwoordde Grey. 'Het leek me leuk om Rafa mee de zee op te nemen. Om hem de Smokkelaarsgrot te laten zien, en een paar krabben te vangen.'

'Waarom neem je mijn dames niet ook mee? Op de boot is ruimte genoeg.'

Clementine kon haar afgrijzen nauwelijks verbergen. Stomverbaasd moest ze toezien hoe haar stiefmoeder haar plan saboteerde. 'Mevrouw Leppley, lijkt het u leuk om straks met Greys boot een stukje te gaan varen?'

Veronica sperde haar ogen wijd open. 'Dat lijkt me enig,' zei ze, en ze klapte in haar kleine handen. 'Wat een goed plan!'

'Hoorde ik daar iets over een boot?' kwam Pat tussenbeide.

'Jazeker,' zei Grey. 'Ik ga met Rafa op krab vissen.'

'Dan ben ik ook van de partij. Niets zo leuk als een beetje krab vissen om de eetlust op te wekken voor het avondeten. Ik wilde een flinke wandeling over de kliffen gaan maken, maar dit klinkt veel leuker.'

De moed zonk Clementine in de schoenen. Rafa leek echter totaal niet van zijn stuk gebracht. 'Ik heb nog nooit krab gevangen,' zei hij, waarop de dames brulden van het lachen en Pat zich aanbood om hem te laten zien hoe het moest. De andere twee zouden tenminste niet meegaan. Grace zei dat ze graag een lang, warm bad wilde nemen en wat wilde lezen, en Jane gaf de voorkeur aan een wandeling door de tuinen, omdat ze snel zeeziek werd. Clementine keek haar stiefmoeder onheilspellend aan, want ze wist wel zeker dat die met opzet een stokje voor haar avondje met Rafa had gestoken. *Zij kan hem niet krijgen, dus mag ik hem ook niet hebben*, dacht ze nijdig. *Nou, ik heb de hele zomer nog. Eén tegenslag brengt mij niet van de wijs.*

Marina bood aan Jane Meister rond te leiden door de tuin, en de oude dame accepteerde dat dankbaar, maar ging eerst in haar slaapkamer een sjaal halen voor om haar hoofd. Marina keek toe toen Rafa vertrok met Clementine, Grey, mevrouw Leppley en mevrouw Pitman, en ze wist dat ze haar stiefdochter kwaad had gemaakt – maar wat was het alternatief? Als het meisje nu nog niet had geleerd dat je, als je een man voor je wilde winnen, niet met hem het bed in moest duiken, moest ze ertoe gedwongen worden zich in te houden. Marina wist precies hoe mannen als Rafa waren; voordat ze Grey had leren kennen had ze de nodige liefdesrelaties gehad. Ze waren eraan gewend dat vrouwen zich aan hen aanboden en met hen naar bed gingen, en zetten hen vervolgens aan de kant wanneer ze niet langer een uitdaging vormden. Maar er viel niet met Clementine te praten; die meende het allemaal beter te weten. Marina kon alleen vanaf de zijlijn toekijken, niet in staat haar te helpen.

Onderweg naar de kade zat Clementine tussen de twee oude dames in. Mevrouw Leppley rook naar rozen en talkpoeder. Mevrouw Pitman was bijzonder joviaal en vertelde hele verhalen over haar eigen avonturen op zee. Rafa zat voorin naast Grey belangstellend te luisteren. Clementine vroeg zich af of het hem echt interesseerde, of dat hij alleen maar beleefd wilde zijn. In het laatste geval was hij een erg goede acteur.

Ze kwamen bij de haven en Grey parkeerde de auto. Shelton was een rustig dorpje, maar deze avond zat iedereen aan de kade. Kinderen aten ijsjes en jonge vrouwen zaten naast hun kinderwagens te kletsen. Een paar oudjes koesterden zich op bankjes in de zon en genoten van het uitzicht op zee. Meeuwen kwamen omlaaggezeild om te schooien en ruzieden om de restjes die door zorgeloze volwassenen en ondeugende kinderen waren achtergelaten. Zeelieden met verweerde gezichten waren in de weer met hun boten, en vissers keerden van zee terug met hun bescheiden vangst. Clementine vrolijkte er ondanks zichzelf van op en ging het gezelschap voor naar haar vaders boot, die veilig lag aangemeerd aan een meerpaal.

Mevrouw Pitman vond het geweldig om de boot te zien, die passend 'Marina' was gedoopt. Het was geen heel bijzonder vaartuig, maar als je haar opgetogen stem en extatische kreten hoorde, zou je haast denken dat ze zojuist de Lady Moura in het oog had gekregen. 'O, wat een schitterende boot, zeg!' Ze zette haar handen op haar stevige heupen en glimlachte waarderend. 'Wat een geluk dat het rustig weer is, met een kalme zee. We gaan hier een heerlijk tochtje mee maken.'

'Hij is prachtig,' beaamde Veronica, en ze bond haar zijden sjaal stevig om haar hals. 'Ik ga wel bij de kajuit zitten, uit de wind.'

'Als je uit de wind wilt blijven, Veronica, kun je beter naar binnen gaan.'

'En alle pret mislopen? Nee, ik vouw me wel op. Ik kan mezelf heel goed klein maken.'

'Aan boord dan allemaal,' zei Grey. Rafa sprong omlaag en draaide zich om om de dames te helpen. Clementine zag hoe hij naar hen keek toen ze zijn hand vastpakten en het dek op stapten. Zijn glimlach was even verleidelijk en zijn blik was even intens als wanneer hij naar háár keek. Ze wachtte op haar beurt, waarna ze hem de hand reikte. Ze voelde de warmte van zijn huid en bij zijn aanraking ging er een tinteling door haar hele lichaam. Ze lachte gegeneerd, alsof die tinteling door haar kleren heen te zien was. 'Je broer vertelde me dat je niet van boten houdt,' zei hij.

'Ik weet niet waar hij dat vandaan heeft,' antwoordde ze koeltjes, want ze wilde niet dat hij zou weten dat híj de enige reden was waarom ze ook maar bij een boot in de buurt kwam. 'Wat valt hier nou niet leuk aan te vinden?'

Rafa haalde zijn schouders op. 'Zeeziekte?'

'Als ik maar naar de horizon blijf kijken, is er niets aan de hand, heb ik gemerkt.' Ze zocht een plaatsje op de bank achterin, naast Pat. Veronica zat zo dicht als maar kon tegen de kajuit gedrukt. Clementine hoopte dat Rafa naast haar zou komen zitten, maar hij sprong weer op de kade om te helpen de trossen los te maken. Ze keek toe hoe hij neerhurkte en ze lostrok, vol waardering voor de krachtige energie van zijn bewegingen. Hij leek gewend aan lichamelijke arbeid, en Clementine stelde zich hem voor terwijl hij met zijn vader op de pampa aan het werk was. Grey startte de motor en Rafa duwde de boot af, waarna hij erop sprong.

'Jullie meisjes zitten er knusjes bij,' merkte hij vrolijk op terwijl de boot langzaam de haven uit pufte.

'Ik ben al heel lang geen meisje meer genoemd,' zei Pat grinnikend. 'Hoera, daar gaan we! Enig, toch?'

'Hij is een ontzettende ondeugd,' zei Veronica.

'Sue McCain zou hem wel mogen,' voegde Pat eraan toe, terwijl ze toekeek hoe Rafa bij Grey aan het roer ging staan. 'Die Argentijn van haar was een verschrikkelijk goede minnaar.'

'Daar twijfel ik geen moment aan,' stemde Veronica in. 'Het verschil tussen Zuid-Amerikaanse mannen en Engelsen is hoe ze met vrouwen omgaan. Zuid-Amerikanen houden van vrouwen. Engelse mannen gaan liever met andere mannen om, en daarom hebben we ook zo veel herenclubs in dit land.'

'O ja?' kwam Clementine tussenbeide, die opeens geïnteresseerd was.

'Mijn man houdt zich liever bezig met sport dan met vrouwen. Dat wil niet zeggen dat hij niet van vrouwen houdt, maar als hij mag kiezen gaat hij liever met zijn maten naar de golfbaan,' zei Pat.

'Rafa is een enorme flirt,' zei Clementine, die graag over hem wilde praten als ze niet mét hem kon praten.

'Zo zijn ze allemaal,' zei Veronica.

'O ja, Sue McCain vertelde me dat het in Argentinië een nationale sport is om vrouwen te versieren.'

Clementine raakte ontmoedigd. 'Denkt u dat Rafa ook zo is?'

'Nee, dat denk ik niet,' zei Veronica tactvol, want ze zag wel dat zich een blos over Clementines wangen verbreidde. 'Volgens mij is hij heel aardig. Waarom zou hij anders zo veel moeite doen voor een stelletje oude taarten zoals wij?'

'Helemaal mee eens,' stemde Pat in. 'Hij slooft zich voor iedereen uit. Ik denk dat hij gewoon zo'n uitzondering is die echt van *mensen* houdt.'

'Heus waar? Denkt u dat echt?' Clementine vrolijkte weer op.

'Je kunt het medeleven in zijn ogen zien. Hij is een oude ziel, denk je niet, Pat?'

'Zeker weten.'

Toen de boot eenmaal op open zee kwam, kreeg hij meer snelheid. Grey liet Rafa aan het roer staan en verdween naar binnen, waarna hij terugkeerde met dekens. 'Het kan behoorlijk fris zijn,' zei hij terwijl hij ze aan de vrouwen overhandigde. 'Oké, willen jullie zien hoe hard deze dame kan?' Pat kraaide van vreugde, terwijl Veronica zich tegen de kajuit drukte en de sjaal om haar hoofd op zijn plaats hield.

'O ja, dit is het einde,' riep Pat boven het gebrul van de motor uit. 'Heerlijk, die wind in mijn gezicht. Dat doet me denken aan de tijd dat ik in mijn kleine Angel de Atlantische Oceaan overstak. Ach, wat was dat een woeste tocht, dat kan ik jullie wel vertellen. Op dat soort zeeën moet je je koppie erbij houden.' Haar enthousiasme werkte aanstekelijk en Clementine lachte met haar mee.

'Vertel haar eens over die keer dat je bijna werd opgevreten door een haai,' verzocht Veronica, en meer aanmoediging had Pat niet nodig.

Uiteindelijk voeren ze op land aan en tuften langzaam de Smokkelaarsbaai in. Daar was het donker in de schaduw en zaten ze uit de wind. De zon hing laag aan de horizon en kleurde de lucht bleek flamingoroze. 'Is dit niet prachtig?' verzuchtte Veronica terwijl ze uit haar beschutte hoekje kwam.

'Je kunt je goed voorstellen dat smokkelaars hier in die grotten hun smokkelwaar verstopten,' zei Rafa, die zich behoedzaam een weg zocht over de boot om bij hen te komen zitten.

'Niks smokkelwaar, jongeman, jij gaat krabben vangen,' zei Pat.

'Wat doen we er dan mee als we ze gevangen hebben?'

'Dan zetten we ze weer terug,' zei Clementine met kennis van zaken. 'Tenzij ze groot en lekker zijn, want dan eten we ze vanavond op.'

'Wegwezen, krabbetjes! Wegwezen!' riep hij op gespeelde toon over het water.

'Dat helpt niet. Ze zijn verzot op bacon,' zei Grey.

'Slachtoffers van hun eigen begeerte,' zei Pat.

Grey voer zo dicht naar het kiezelstrand toe als hij kon, zette de motor uit en wierp het anker in het water. Rafa liet geen tijd verloren gaan en trok zijn schoenen uit, rolde de pijpen van zijn spijkerbroek op en sprong in het water. Het reikte tot halverwege zijn kuiten. 'Kom je ook, Clementine?'

'Wat heb jij toch met water? Je kunt er geen weerstand aan bieden, hè?'

Hij lachte. 'Misschien heeft dat iets met jou te maken.'

'Het lukt me niet om te doen alsof ik het leuk vind om nat te worden. Maar vooruit dan maar.' Ze gooide de deken opzij en trok haar sportschoenen uit.

'Ik draag je wel,' bood hij met uitgestoken armen aan.

'Ik ben veel te zwaar,' protesteerde ze.

'Welnee, ik heb kalveren gedragen die veel zwaarder waren dan jij.'

'Oké. Maar als ik wél zwaar ben, wil ik dat niet aan je gezicht kunnen zien.' Ze liet zich in zijn armen vallen. Hij deed alsof hij wankelde en vertrok zijn gezicht in een grijns. 'O, hou toch op, dwaas!' lachte ze.

'Ik... geloof... dat ik... je... laat vallen...' Hij strompelde naar het strand, waar hij haar neerzette. 'Nog meer liefhebbers?' vroeg hij met een grijns naar Pat en Veronica.

'Ik geloof dat ik maar op eigen kracht ga,' antwoordde Pat. 'Een beetje water kan geen kwaad.'

'Ik blijf wel op de boot om toe te kijken,' zei Veronica.

Grey schonk Veronica een glas wijn in. 'Ik heb sandwiches met gerookte zalm bij me,' zei hij. 'Als we een paar krabben hebben gevangen, maken we er een feestje van. Nou, Clemmie, ga je iedereen nog laten zien hoe het moet?' Clementine vergat haar afkeer van krabben en bond een stukje bacon aan een touwtje, zoals ze al haar hele leven had gedaan. Rafa kwam naast haar staan toen ze het in het water wierp. 'Het lijkt een beetje op vissen,' zei ze tegen hem. 'Je wacht tot je een rukje voelt en dan haal je langzaam je lijn in.' Hij zette de emmer klaar, en na een poosje werd er zowaar aan de lijn getrokken. Clementines hart maakte een sprongetje. 'O mijn god, we hebben beet. Pap, we hebben er een!'

'Goed zo!'

'Volgens mij is het een grote.' Ze trok aan de lijn en tilde een grote zwarte krab uit het water. 'Wat een kanjer!'

'Wauw! Mijn eerste krab,' zei Rafa.

De mijne ook, dacht Clementine. 'Niet zo snel, piraat! Dit is míjn krab!' Ze liet het dier in de emmer met water vallen. 'Neem jij nou ook een touwtje en een stukje bacon en kijk maar eens of je net zo'n grote kunt vangen als ik. Wedstrijdje?'

'En de winnaar...?' Suggestief trok hij zijn wenkbrauwen op.

'Die mag hem opeten,' zei Clementine.

‘Ik had iets veel leukers in gedachten.’
‘Wat dan?’
‘Dat kan ik nu niet zeggen.’
‘Toe nou!’
‘Laten we eerst maar eens kijken wie er wint. Als ik win, eis ik mijn prijs misschien wel op zonder erom te vragen.’

16

Terwijl de zon langzaam in zee zakte, stonden Rafa en Clementine zij aan zij op de kiezels hun touwtjes met bacon in het water te gooien. Hun gelach weerkaatste tegen de rotsen, samen met de kreten van meeuwen die gretig boven hun hoofd rondcirkelden in de hoop een stukje voedsel te bemachtigen. Pat, die in haar jeugd haar vakanties in Cornwall had doorgebracht, was gepokt en gemazeld op het gebied van krabben vangen. Toen de krabben niet snel genoeg op de bacon af kwamen, stak ze simpelweg haar hand in het zeewater en ving ze ze met haar vingers, waarna ze ze triomfantelijk omhooghield zodat iedereen ze kon zien. Veronica keek toe vanuit de boot; haar glas wijn was vrijwel leeg. In een deken gewikkeld en genietend van de ruige schoonheid van de kleine baai en het vrolijke gebabbel van haar gezelschap, klapte ze bij elke vangst met een kreetje van vreugde in haar handen.

Grey sloeg zijn dochter gade. Het was jaren geleden dat hij erin geslaagd was haar zijn boot op te krijgen. Ze had altijd een hekel gehad aan krab vangen en vissen, en had de zee maar saai gevonden. Maar nu, nu hij haar zo met Rafa zag, zou je bijna denken dat ze op zee was opgegroeid. Vaardig hanteerde ze de lijnen, vol zelfvertrouwen haalde ze ze in en zonder te verblikken of te verblozen maakte ze de krabben los van het touw. Hij had wel in de gaten dat ze zich voor Rafa uitsloofde. Dus er was de aantrekkingskracht van een knappe buitenlander voor nodig geweest om haar mee de boot op te krijgen. Maar dat deed er niet toe. Het voornaamste was dat ze was meegegaan, genoot van het beste wat Devon te bieden had en samen met haar vader aan het strand was.

Clementine voelde dat hij naar haar keek en draaide zich om. Toen ze zijn blik ving, glimlachte hij. Niet zijn gebruikelijke montere glimlach, maar een weemoedige, vermengd met iets van trots. Ze grijnsde terug, verrast door zijn genegenheid. Vervolgens wendde ze haar blik weer af en vestigde die op de lijn, waar beweging in kwam. Ze dacht echter niet aan de krab die ze op het punt stond te gaan vangen, maar aan haar vaders liefdevolle gezicht. Ze kon zich niet heugen wanneer hij voor het laatst zo naar haar had gekeken.

Toen hun emmers vol waren, dronken ze wijn en aten de sandwiches met gerookte zalm om het te vieren. 'Nou, wie heeft er gewonnen?' vroeg Clementine terwijl ze haar emmer omhooghield.

'Jij,' antwoordde Rafa.

'Weet je het zeker?'

'Waarom zou je haar zo makkelijk laten winnen?' vroeg Pat, met smaak op haar sandwich kauwend.

'Omdat ik een heer ben.'

'Dus je eist je prijs niet op zonder erom te vragen?' zei Clementine, een tikje teleurgesteld.

'Omdat ik een heer ben,' herhaalde hij met een grijns waarvan haar maag een sprongetje maakte.

'En wat is mijn prijs dan?'

'Bewondering.' Hij sloeg zijn arm om haar middel, trok haar tegen zich aan en kuste haar wang. Pat gierde het uit, terwijl Veronica belangstellend toekeek hoe hier een prille liefde opbloeide. Grey hief zijn glas om een toost uit te brengen. 'Op een heerlijke avond met vrienden,' zei hij. 'Maar nu moeten we terug. Straks wordt het donker.'

Rafa posteerde zich weer aan het roer, maar Clementine vond het niet erg. Veronica en Pat vormden een hilarisch duo en de hele weg terug naar de haven zaten ze met z'n drieën te lachen. 'O hemel, ik ben geloof ik een beetje tipsy,' zei Veronica toen ze Rafa's hand pakte en op de kade stapte.

'Dat is goed voor je, Veronica,' zei Pat. 'Daarom leven de Fransen ook zo lang; dat komt door alle wijn die ze drinken.'

'Het lijkt wel of de grond op en neer golft, vind je niet?' voegde Veronica eraan toe, en ze greep Rafa's arm vast om haar evenwicht niet te verliezen.

'Ik loop wel met u mee terug naar de auto,' stelde hij voor terwijl hij zijn hand op de hare legde.

'Je bent een heel charmante man.'

'Dank u.'

'Niet veel jonge mensen zijn zo attent. Weet je, als je jong bent kun je je gewoon niet voorstellen dat je ooit oud wordt. Maar de ouderdom overvalt je onverwacht en opeens ben je dan zo'n oudje dat je vroeger verachtte.'

'Ik heb oude mensen nooit veracht,' zei hij terwijl hij in kalm tempo met haar over de kade liep. 'Ik ben dol op oude mensen. Die hebben vele levens geleid en van alles meegemaakt, en een heleboel wijsheid vergaard.'

'Je lijkt veel ouder dan je jaren, Rafa.'

'Dat weet ik. Ik ben een oude man in het lichaam van een jonge. Ooit zal mijn lichaam mijn geest inhalen, en dan zal ik me compleet voelen.'

'Voel je je dan nu niet compleet?'

'Eerlijk gezegd voel ik me ontheemd,' vertrouwde hij haar toe.

'Dat heeft niets te maken met te oud zijn voor je lichaam. Hoe zou het dan komen, denk je?'

'Omdat ik geen wortels heb, mevrouw Leppley.'

'Noem me alsjeblieft Veronica. We zijn allemaal zonder wortels, Rafa, totdat we onze zielsverwant vinden. Jij hebt de jouwe zeker nog niet gevonden?'

'Nee, ik ben nog op zoek.'

Ze glimlachte teder. 'Je vindt haar wel, en als je haar vindt, valt de hele wereld op zijn plek en voel je je niet langer ontheemd.'

'U zult wel gelijk hebben.'

'Ik ben een oud mens dat een heleboel heeft gezien.'

'Hebt u uw zielsverwant gevonden?'

'Jazeker. Mijn man werd verliefd op me toen hij me zag dansen.'

'Ik wil wedden dat u een prachtige danseres was.'

'Ik was geen Margot Fonteyn, maar ik was wel goed. Dat is het jammere van ouder worden: dat je onder ogen moet zien dat je niet langer alles meer kunt. Maar ik hou van mijn man en ik heb een hele rits kleinkinderen, en dat is waar ik nu aan hecht. Niet aan mijn balletschoenen.'

'Familie is het voornaamste,' was hij het van harte met haar eens.

'O, zeker.' Ze slaakte een zucht. 'Ik ben een gezegend mens.'

In opgetogen stemming keerden ze terug in het Polzanze. Pat declameerde limericks terwijl de auto de oprijlaan op kwam. Het was bijna donker. De lichtjes twinkelden in de ramen van de huizen waar ze langs kwamen en aan de met sterren bezaaide hemel, maar geen van alle waren ze zo verwelkomend als de lichtjes van het Polzanze.

Tom en Shane kwamen naar buiten om de portieren open te maken. 'Ik voel me nog steeds een beetje licht in het hoofd,' zei Veronica vergenoegd. 'Het is een heerlijke dag geweest.'

'Graag gedaan,' zei Grey, die toeliet dat ze haar arm door de zijne stak.

'Ik voel me erg oud, maar ook erg gelukkig.'

'Ik ben helemaal verkwikt,' zei Pat, langs hen heen benend. 'Er gaat niks boven de zeewind om de jaren weg te vagen.'

Clementine opende de kofferbak en haalde de emmer eruit. Er zaten vijf dikke krabben in. 'Hier hebben we een lekker maaltje aan,' zei ze.

'Kom, ik help je even.' Rafa pakte de emmer van haar aan. 'Waar moeten ze heen?'

'Naar de keuken. Kom mee, ik zal het je laten zien.'

'Dus hier wonen jullie,' zei hij, terwijl hij het fraaie grijsstenen gebouw met zijn witte klokkentoren en weerhaan in ogenschouw nam.

'Dit zijn de oude stallen. De Duikboot heeft ze laten verbouwen tot woonhuis.'

'Duikboot?'

'O, dat was ik even vergeten. Sorry. Zo noem ik mijn stiefmoeder soms voor de grap omdat ze overal zo omheen kan draaien, net als een vijandelijke duikboot.' Ze lachte en verwachtte dat hij hetzelfde zou doen. Maar dat deed hij niet. Clementine kreeg er een ongemakkelijk gevoel van. Had ze het maar niet gezegd. Ze maakte de voordeur open en ging hem voor door de gang naar de keuken. 'Zet maar op de keukentafel.' Hij deed wat ze vroeg, maar toen ze hem aankeek, had zijn gezicht een verandering ondergaan. Ze besefte dat ze iets moest zeggen om haar opmerking recht te zetten. Ze wilde graag dat hij weer zou lachen. 'Hoor eens, sorry dat ik zo bot deed over Marina. Maar jij kent haar niet zoals ik haar ken.'

Stijfjes haalde hij zijn schouders op. 'Jullie relatie gaat mij niets aan.'

'Waarom neem je dan aanstoot aan de bijnaam die ik haar geef?'

'Daar neem ik geen aanstoot aan.'

'Jawel, dat doe je wel. Moet je kijken: je begint helemaal raar te doen.'

'Ik mag je stiefmoeder graag.'

'Prima. Jij bent een man; zo gek is dat niet. Maar ik heb een gecompliceerde relatie met haar.'

'Ja, dat weet ik. Maar je maakt er zelf een probleem van. Het hoeft helemaal niet moeilijk te zijn.'

'Hoe bedoel je?'

Hij zuchtte en leunde tegen de wandkast. 'Het is aan jou om te kiezen, Clementine, en jij kiest ervoor om oude wrok in stand te houden.'

'Daar kan ik niets aan doen.'

'Natuurlijk wel. Het verleden bestaat alleen nog maar in je gedachten. Je kunt er wanneer je maar wilt voor kiezen om het los te laten.'

'Dat kan ik niet.'

'Je bent niet meer degene die je vroeger was.' Kwaad fronste ze haar voorhoofd. 'Heb je ooit wel eens een stap achteruit gedaan en geprobeerd de situatie vanuit háár standpunt te bezien?'

Ze liet haar stem dalen. 'Ik geloof niet dat ik me in haar standpunt zou moeten inleven. Zij is degene die mijn vader heeft afgepikt en ervoor heeft gezorgd dat mijn ouders gingen scheiden.'

'Wat toen voor jou natuurlijk een ramp was. Maar zo simpel liggen de dingen nooit. Ben je er ooit voor gaan zitten om haar te vragen wat er nou precies is gebeurd, als vrouwen onder elkaar?'

'Mijn moeder heeft me het hele verhaal verteld.'

'Hoe kon ze dat? Zij kent alleen haar eigen aandeel.'

Clementine voelde haar woede groeien. 'Ze weet genoeg. Ze was erbij, verdorie.'

'Nee, dat was ze niet.' Vriendelijk glimlachte hij haar toe. 'Ik wil niet beweren dat je het verleden zou moeten vergeten, maar alleen dat je het moet accepteren en loslaten, zodat het je leven van nu niet bederft. Je kunt niets veranderen aan wat er is gebeurd, maar je kunt wel de manier waarop je ernaar kijkt veranderen. Een verhaal heeft altijd meer kanten. Je bent geen kind meer. Je zou moeten proberen het meelevend te begrijpen, in plaats van een zondebok aan te wijzen en je gekwetst te blijven voelen.'

'Jij weet er helemaal niets van, Rafa. Jij staat hier helemaal buiten,' bitste ze.

'Het spijt me. Het is mijn zaak ook niet.'

'Nee, dat is het zeker niet.' Defensief vouwde ze haar armen over elkaar. 'Je moest maar eens gaan, lijkt me.'

'Hoor eens, Clementine, ik kan wel zien dat je verbitterd bent. Ik zeg je alleen maar dat dat nergens voor nodig is. Het is jouw keus.'

'Ik wil het er niet over hebben.'

'Oké, dan ga ik.' Hij liep naar de deur. Toen hij zich omdraaide, schonk hij haar een droeve glimlach. 'Geniet van de krabben.'

Ziedend van woede en zelfmedelijden keek Clementine hem na. Hoe waagde hij het haar familie binnen te stappen en haar te vertellen hoe ze zich moest gedragen? Ze had hem duidelijk verkeerd ingeschat. Op grond van een paar welgekozen woorden in de kerk had ze gemeend dat hij haar begreep. Op grond van de manier waarop hij naar haar had gekeken had ze gedacht dat hij zich tot haar aangetrokken voelde. Maar nu bleek hij bij nader inzien naar iedereen zo te kijken. Misschien was hij dan toch een typische Argentijn, die eropuit was te verleiden, alleen maar voor de sport. Ze had beter moeten weten, toch? Iemands uiterlijk was maar een vernisje.

Ze werd afgeleid door de ringtone van haar mobieltje. Joes nummer verscheen op het display en ze slaakte een berustende zucht. Joe was tenminste aardig. Hij keek haar niet donker aan wanneer ze hem over haar stiefmoeder vertelde, en probeerde ook niet haar zover te krijgen dat ze zich in Marina verplaatste. Alsof dát belangrijk was, of haar dat iets kon schelen! Maar bovenal was Joe verliefd op haar. 'Ha, Joe,' zei ze. 'Heb je zin in een maaltje krab?'

'Bij jou of bij mij?'

'Wat denk je?' vroeg ze schamper.

'Oké. Kom maar naar me toe zodra je gelegenheid hebt. Ik lust wel wat.'

Terwijl hij terugslenterde naar het hotel, besefte Rafa dat hij zich dwaas had gedragen. Zijn vader had hem altijd voorgehouden dat hij niet moest proberen de wereld recht te breien. Als jonge man had hij zich altijd aangetrokken gevoeld tot meelijwekkende figuren, gewonde honden en gebroken geesten, maar mensen konden alleen hulp accepteren als ze er zelf om verlegen zaten. Clementine dacht dat ze tevreden was op de plek waar ze zat. Ze wílde helemaal niet gered worden, en trouwens, hij had zo zijn eigen problemen. De volgende ochtend zou hij het met haar goedmaken en daarna zou hij nooit meer een woord over de kwestie zeggen.

Nadat hij was teruggekeerd naar zijn suite om een bad te nemen en zich om te kleden, ging hij de trap af. Er stonden een paar gasten in de hal met Jake te kletsen en hij kon de salon in kijken, waar kleine groepjes mensen rond lage tafels een aperitief zaten te drinken. Hij trof Marina voor de open haard met haar vier dames. Pat en Veronica deden verslag van hun uitstapje. 'De volgende keer moeten jullie meegaan,' zei Pat tegen Grace en Jane. 'Op onze leeftijd kunnen we wel een beetje avontuur gebruiken. Je bent tenslotte zo oud als je je voelt, en op dit moment voel ik me vijftig.'

'Dat mag dan voor jou gelden, Pat, maar Jane wordt ontzettend zeeziek en ik ben zelf ook niet zo dol op dat gedein,' zei Grace, achteroverleunend tegen de kussens en nippend van haar champagne. In haar crèmekleurige kasjmier en op haar beeldige schoentjes leek ze helemaal niet gekleed op het buitenleven, laat staan op een wilde zee.

'Mischien als ik van tevoren een pilletje neem,' zei Jane tam.

'Precies,' beaamde Pat. 'Tegenwoordig maken ze prima spul. Voor alles is wel een pilletje.'

'We kunnen morgen wel een stevige wandeling maken over de kliffen,' stelde Veronica voor. 'Dan kunnen we tenminste iets met z'n allen ondernemen.'

'Jullie zouden naar Dawcomb Devlish kunnen lopen,' zei Marina. 'Daar heb je leuke winkels. O, hallo Rafa.' De kunstenaar stond voor hen in een blauw shirt en een vrijetijdsbroek, geurend naar het gebruikelijke sandelhout, zijn haar vochtig en verward.

'Goedenavond,' zei hij beleefd. De vrouwen keken met een blije glimlach naar hem op.

'Ga zitten,' zei Marina. Hij nam plaats op het haardbankje.

'Wat heb je met die krabben gedaan?' vroeg Pat.

'Clementine zei dat ze die vanavond wilde opeten.'

'Allemaal?!' riep Veronica uit.

'Ze heeft een vriend,' zei Marina half fluisterend.

Verrast trok Veronica haar wenkbrauwen op. 'O ja?'

'Ja, een jongen uit de stad. Joe, heet hij. Uiteraard hebben we hem nog niet mogen ontmoeten.' Ze wierp een blik op Rafa. Het was van het grootste belang dat Clementine voor hem niet beschikbaar zou lijken.

'Echt iets voor jongelui. Toen mijn dochter zo oud was als zij, had ze al een jaar een vriend voordat we aan hem werden voorgesteld,' zei Pat.

'Ik wil wedden dat je toen je hem zag wel snapte waarom ze hem geheim had gehouden,' lachte Grace.

'Daar heb je helemaal gelijk in, Grace. Ik schrok me wild!'

'Op de verkeerde manier?'

'Als het om de keuzes van mijn kinderen gaat, heb ik me altijd open opgesteld,' antwoordde Pat groothartig. 'Ik heb geleerd te accepteren dat wat hen gelukkig maakt niet per se mij ook gelukkig maakt. En Duncan is zo'n geval. Een heel aardige jongen, maar alleen niet mijn type. Hij is journalist.'

'O,' zei Grace met nadruk.

'Zolang ze elkaar maar gelukkig maken,' zei Veronica tegen Marina.

'Ja,' antwoordde die peinzend. 'Dat is het enige wat ik voor haar wil.'

Op dat moment kwam Jake aanlopen om hen naar de eetzaal te brengen. 'Wil meneer Santoro de dames vergezellen?' vroeg hij.

'Nee,' zei Marina, voordat Rafa de tijd had gekregen om een smoes te bedenken. 'Ik ga thuis pasta voor hem koken. Ik zal een heel lekkere tomatensaus voor je maken.'

'Jammer voor ons, maar fijn voor jou,' zei Grace, terwijl ze stijfjes overeind kwam.

'Morgen is hij de hele dag voor jullie,' zei Marina.

'Je zult er wel aan gewend zijn dat de dames om je vechten,' zei Pat met een grijns tegen Rafa, want ze moest ineens weer denken aan Sue McCain en haar Argentijnse minnaar.

'Ik voel me gevleid,' antwoordde hij.

'Dat is geen antwoord,' kwam Grace tussenbeide. 'Maar we zullen het maar opvatten als een ja.' Ze moesten allemaal lachen en liepen achter Jake aan het vertrek uit. Veronica hield haar pas in om samen met Jane op te lopen, die haar dankbaar toelachte.

Marina en Rafa liepen naar het stallencomplex. Een dikke duif zat op de klokkentoren te koeren naar de weerhaan. 'Een kwiek stelletje, hè, die dames?' zei Marina.

'Ze zijn allemaal zo verschillend. Ik vraag me af wat hen bij elkaar heeft gebracht.'

'Kunst.'

'Echt waar?'

'Ja. Ze waren lid van dezelfde kunstclub in Londen en hebben samen geleden onder de knoet van een afgrijselijke leraar.'

'Wanneer ga jijzelf schilderen?'

'Daar heb ik de hele zomer nog de tijd voor,' antwoordde Marina ontwijkend.

'Hou je er niet van?'

'Ik ben er niet erg goed in.'

'Dat doet er niet toe. Het gaat erom dat je het leuk vindt om te doen.'

'En ik heb er geen tijd voor.'

‘Slecht excuus.’

Ze schonk Rafa een glimlach. ‘We zullen zien. Voorlopig heb je je handen vol aan de Brigadier en de dames.’

‘Inderdaad: mijn handen vol. Het wordt ofwel een ramp, ofwel een groot succes. De Brigadier vond het vanmorgen niet leuk dat we ineens werden onderbroken.’

‘Hij leert er wel mee leven, dat zul je zien. Het zijn toch heel aantrekkelijke vrouwen?’

‘Voor iemand van tachtig, ja,’ zei Rafa.

Marina opende de deur en ging hem door de hal voor naar de keuken. ‘Wat heb je een mooi huis,’ zei Rafa. ‘Het ruikt hier verrukkelijk. Wat is dat?’

‘Vijg,’ antwoordde ze, wijzend naar een glazen fles op de haltafel. ‘Elke keer als ik erlangs loop, druk ik even op het knopje.’

‘Het ruikt heel exotisch.’

‘Dat vind ik ook. Ik ben blij dat je het lekker vindt.’ Ze pakte haar keukenschort van de haak aan de keukendeur. ‘Waar zou mijn man zitten?’ Ze riep hem. Er kwam geen antwoord. ‘Die heeft zich waarschijnlijk in de bibliotheek verschanst met zijn boeken. Hij vindt niets zo heerlijk als een goed boek.’

‘En zijn boot,’ voegde Rafa eraan toe.

‘En zijn boot, ja.’ Ze slaakte een zucht. ‘Híj heeft niet veel nodig om zich gelukkig te voelen.’

Ze trok de koelkast open en haalde er een fles wijn uit. ‘Ga jij maar zitten, dan maak ik het eten klaar.’

Rafa trok een stoel bij en Marina schonk twee glazen wijn in en dekte de tafel voor drie personen. Ze legde een snijplank voor hem neer en gaf hem twee uien. ‘Deze komen uit de tuin,’ zei ze trots, terwijl ze met haar eigen snijplank tegenover hem ging zitten. ‘We hebben een prachtige ommuurde moestuin. Meneer Potter is een tovenaar en heeft echt groene vingers. Moet je die tomaten eens zien.’ Ze hield ze omhoog. ‘Zijn ze niet prachtig en lekker dik? Straks zul je proeven hoe zoet ze smaken. Morgen moest je maar eens de tijd nemen om wat rond te kijken. We hebben een mooie kas vol druiven en orchideeën, en de bloemen zijn in deze tijd van het jaar op hun mooist, voordat alles overwoekerd raakt en in het wilde weg gaat groeien.’ Het viel Rafa op dat haar ogen begonnen te schitteren toen ze over haar tuin sprak.

‘Vertel me eens wat meer over jezelf,’ zei hij, de eerste ui pellend.

'Er valt niet veel te vertellen,' antwoordde ze.

'Heb je altijd al in Devon gewoond?'

'Ja, ik ben hier nauwelijks weg geweest. Ik heb niet veel gereisd. We steken al onze energie en al ons geld in het hotel, dus ik had geen tijd om nog iets van de wereld te zien.'

'Je bent toch vast wel naar het vasteland geweest?'

'O ja, het bekende werk: Italië, Frankrijk, Spanje en Portugal. Een week of twee zo her en der. Maar ik heb nooit een rugzak omgegord om mijn neus achterna te gaan. Ik zou het dolgraag doen, maar ik heb hier te veel verplichtingen, en dit is de plek waar ik me veilig voel.'

'Voelt het dan onveilig als je hier weg zou gaan?'

Marina liet haar mes even boven de laatste tomaat hangen. 'Ja.' De eerlijkheid van haar antwoord verraste haarzelf. Ze kende Rafa nog maar twee dagen – nauwelijks genoeg om hem haar angsten toe te vertrouwen. Maar zijn blik had iets intiems; er sprak een begrip uit dat haar uit haar schulp lokte. 'Jij neemt er geen genoegen mee om bij mensen maar wat aan de oppervlakte te krabbelen, is het wel?' vroeg ze met een glimlach.

'Het boeit me hoe mensen in elkaar zitten.' Hij grijnsde verlegen. 'Ik kan mezelf er niet van weerhouden…'

'Waarvan niet?'

'Om op zoek te gaan.'

'Ben je in mij ergens naar op zoek?'

'Ja. Je hebt dit schitterende hotel tot stand gebracht, met zo veel smaak. Waar komt dat allemaal vandaan?'

Ze legde haar hand op haar hart. 'Hiervandaan,' antwoordde ze zacht.

Ze stond op en vulde een grote steelpan met water. Nadat ze er wat zout in had gestrooid, zette ze hem op het fornuis om het water aan de kook te brengen.

'Ik geloof dat ik Clementine vanavond kwaad heb gemaakt met mijn fascinatie,' vertrouwde hij haar toe.

'O?'

'Volgens mij is ze heel boos op me.'

'Nou, ga er dan maar van uit dat dat een paar dagen duurt. Als Clementine dichtklapt, blijft de deur een hele poos gesloten.' Ze goot olijfolie in een koekenpan en liet die op het gas warm worden.

'Ik mag haar graag. Ik heb spijt van wat ik heb gezegd.'

‘Wat heb je dan gezegd?’

Rafa aarzelde, erop gespitst om tegenover Marina niet dezelfde fout te maken. ‘Ik heb alleen maar tegen haar gezegd dat ze het heden niet door het verleden moet laten bederven. Dingen zijn nooit zwart-wit. Hoe meer ervaring ze heeft, hoe meer wijsheid ze vergaart om een oordeel te vellen over haar eigen leven en dat van de mensen die daaraan hebben bijgedragen. Hoe meer instrumenten ze heeft om te begrijpen wat mensen beweegt.’ Hij zuchtte. ‘Ik heb geprobeerd haar zover te krijgen dat ze emotioneel wat afstand nam en ernaar kon kijken vanuit het perspectief van een volwassene.’

Marina werd nu ernstig. ‘Je hebt het over de echtscheiding.’

‘Ja. Het zijn mijn zaken natuurlijk niet, maar als ik een levend wezen zie dat gewond is, wil ik het beter maken.’

Overweldigd door een golf van dankbaarheid en genegenheid had Marina opeens behoefte om even zijn schouder aan te raken. Ze gaf er een klopje op. ‘Dat is heel lief van je, Rafa. Maar het is een erg gevoelig onderwerp. Ik zou het maar laten rusten, als ik jou was.’

‘Dat zie ik nu ook wel in.’

‘Weet je, Clemmie was drie toen haar ouders gingen scheiden. Ze herinnert zich niet meer hoe het eraan toeging toen ze nog bij elkaar waren, maar ze heeft een ideaalbeeld ontwikkeld van hoe zij dénkt dat het was. De waarheid is heel anders.’ Ze schoof de uien die Rafa gesnipperd had in de olijfolie, die lawaaiig siste. ‘Ik geloof niet dat dat de echte moeilijkheid is, Rafa. Maar het is makkelijker om andere mensen de schuld te geven dan om zelf verantwoordelijkheid te nemen voor haar problemen.’

‘Herinneringen op zich zijn niet problematisch. We kunnen allemaal van het verleden leren. Ze worden pas een probleem wanneer we toelaten dat ze ons helemaal in beslag nemen en ons ongelukkig maken. Dán wordt je verleden een gevangenis.’

Marina draaide zich om. ‘Hoe komen we onze gevangenis uit?’

‘Door ons op het hier en nu te concentreren.’

Ze keerde zich weer om naar de tomaten en de uien om erin te roeren. ‘Door ons op het hier en nu te concentreren,’ herhaalde ze bedrukt. ‘Door me te concentreren op mijn huis.’

Net toen ze de spaghetti stond af te gieten, kwam Grey de hal binnenbenen. ‘Lekker ruikt het hier,’ merkte hij op terwijl hij zijn boek op de haltafel legde.

'Spaghetti,' antwoordde Marina vanuit de keuken. 'Ik heb Rafa te eten gevraagd, zodat hij even van de dames verlost is.'

'Prima.' Grey liep de keuken in en klopte Rafa op zijn schouder. 'Gelukkig, Marina heeft je een glas wijn gegeven, maar zo te zien is daar niet veel meer van over.' Hij vulde het glas van de jonge man bij, waarna hij voor zichzelf ook inschonk. 'Heeft Rafa je al verteld over onze krabexpeditie?'

'Pat en Veronica waren hier het eerst.'

'Volgens mij hebben ze genoten.'

'Waar is Clemmie?'

'Die is gaan eten met Joe.'

'Ze bleek een heel ervaren krabvisser,' zei Grey, terwijl hij ging zitten en zijn lange benen uitstrekte onder tafel. 'Ik was aangenaam verrast.'

'O, volgens mij kan Clemmie alles als ze haar zinnen erop zet,' zei Marina, en ze zette de pan dampende spaghetti midden op tafel. 'Ze weet het alleen zelf niet.'

'Je was heel aardig voor haar, Rafa,' zei Grey. 'Je hebt er iets leuks van gemaakt.'

Rafa schepte wat spaghetti voor zichzelf op. 'Dat zie je verkeerd, Grey,' antwoordde hij met een schouderophalen. 'Zíj heeft het leuk gemaakt voor míj.'

17

Toen Clementine in Joes armen lag, merkte ze tot haar afgrijzen dat ze nog steeds kwaad was. Ze dacht terug aan het gesprek met Rafa, woord voor woord, en ziedde van verontwaardiging. Tijdens het vrijen was ze afgeleid geweest, blij om toe te geven aan haar verlangen, waarbij ze de korte vervoering van het orgasme aanzag voor liefde. Maar nu ze tegen Joe aan lag, met zijn armen om haar lichaam heen geslagen om haar in het hier en nu te verankeren, werd ze teruggezogen naar de haar zo bekende duisterheid.

Ze dacht na over wat Rafa gezegd had: dat haar verbittering háár probleem was, maar dat dat niet zo hoefde te zijn. Het enige wat ze hoefde te doen was de echtscheiding bezien vanuit Marina's standpunt. Haar woede groeide bij de suggestie dat Marina's liefde voor haar vader de hel die zij over hen allemaal had afgeroepen zou rechtvaardigen. Alsof liefde haar van alle verantwoordelijkheid vrijpleitte! Het punt was dat Rafa niet wist waar hij het over had. Hij wist niet wat voor soort vrouw Marina was geweest voordat ze haar zinnen op Grey had gezet en zichzelf een paar treetjes hoger de sociale ladder op had gesleept. Alles goed en wel zoals hij daar op zijn voetstuk de filosoof stond uit te hangen, maar dicht bij de grond zat het allemaal niet zo keurig netjes in elkaar.

'Ik moet gaan,' zei ze tegen Joe, en ze stapte uit bed.

Hij keek op zijn horloge. 'Het is twaalf uur. Je bent toch geen pompoen?'

'Dat word ik wel als ik niet genoeg slaap krijg. Dan zie ik eruit als een chagrijnige, futloze knol.' Ze trok haar kleren aan. 'Het laatste waar ik op zit te wachten is wel dat om acht uur 's ochtends de Duikboot binnen komt stiefelen en mijn gordijnen opentrekt.'

'Dat krijg je als je nog thuis woont. Je zou bij mij moeten intrekken.'

Clementine onderbrak haar bewegingen. 'Meen je dat nou?'

'Natuurlijk. Het stelt hier niet veel voor, maar ik vind het gezellig.'

'Wat een goed idee. Dan hoef ik de Duikboot niet elke dag te zien, en ook die arrogante Argentijn niet.'

'Welke Argentijn?'

'De inwonend kunstenaar van de Duikboot, die deze zomer ouwe taarten komt leren schilderen.'

'Mag je hem niet?'

'Hij is erg met zichzelf ingenomen. Echt een latino: hij denkt dat hij alles wat een rok aanheeft kan verleiden.'

Joe ging rechtop zitten. 'Heeft hij geprobeerd jou te verleiden?'

'Dat zou hij niet durven. Hij weet dat ik hem niet moet.'

'Mooi zo.'

Ze moest lachen om Joes jaloezie en liet zich terugrollen op bed. 'Ben jij mijn prins op het witte paard?'

Hij trok haar in zijn armen. 'Ja. Ik vind het geen fijn idee dat iemand anders dan ik zou proberen jou te verleiden.'

'Zou je voor me vechten?'

'Natuurlijk, dat weet je best. Met hand en tand.'

'Ik vind het leuk als je jaloers bent,' fleemde ze terwijl ze tegen hem aan kroop, en haar woede vervloog in het licht van zo veel toewijding.

'Die Argentijn kan maar beter uitkijken. Laat hij het niet wagen met míjn meisje te flirten.'

Met het gevoel dat ze weer grip op de zaken had reed Clementine naar huis. Als ze bij Joe zou intrekken, waren al haar problemen opgelost. Dat ze daar niet eerder aan had gedacht; het was dé oplossing. De cd-speler vulde de auto met de aanstekelijke muziek van Pixie Lott. Ze draaide het raampje omlaag en zong luidkeels mee in de nacht. '*What would my mama say…*' Ze parkeerde op het grind en haastte zich naar het stallencomplex. In de hal brandde nog licht, maar de rest van het huis was donker. Ze grijnsde toen ze met twee treden tegelijk de trap op liep. Straks hoefde ze niet meer als een dief in de nacht het huis binnen te sluipen. Geen vervelende vragen meer aan het ontbijt. Dan hoefde ze niet langer dezelfde leefruimte te delen met haar stiefmoeder. Dan was ze vrij.

De volgende morgen kondigde ze onder het genot van koffie en croissants haar plannen aan haar familie aan. Marina was verbijsterd. 'Weet je zeker dat je dit wilt, Clemmie?'

'Absoluut,' antwoordde ze meelevend.

'Maar hou je van hem?'

'Volgens mij heb jij daar niks mee te maken.'

'Het is allemaal nogal snel.'

'Clemmie is nou eenmaal nogal snel,' wierp Jake ertussen.

'Hoor eens, ik deel het jullie mede. Ik vraag niet wat jullie ervan vinden.'

Grey was inschikkelijker. 'Lieverd, als dat is wat je wilt, heb je mijn zegen. Je weet zelf het best wat jou gelukkig maakt.'

'Dank je wel, pap.'

'Grey, ik geloof niet...'

'Schat, Clemmie is oud genoeg om te weten wat ze doet.'

Marina keek haar stiefdochter vertwijfeld aan. Ze vroeg zich af of haar ruzie met Rafa iets met haar beslissing te maken had. 'Nou ja, als het niet gaat, kun je altijd terugkomen.'

'Fijn dat je zo veel vertrouwen in me hebt,' bitste Clementine.

'Het is nogal wat om bij een man in te trekken.'

'Eén stap van het huwelijk verwijderd,' voegde Jake er behulpzaam aan toe.

'Alsof ik nog zou willen trouwen na het fijne voorbeeld dat onze ouders ons hebben gegeven.'

'Dat is niet eerlijk,' zei Marina.

'O, ik vind van wel. Waarom zou ik, na de hel die wij hebben doorgemaakt, mijn kinderen dat in vredesnaam aandoen, als ik die zou krijgen?'

Grey kwam tussenbeide. 'Zeg, Clemmie, dit is niet het moment om ruzie te gaan maken. Het lijkt me een prima idee dat je bij Joe gaat wonen en wat meer op eigen benen leert te staan. Je bent nu een volwassen vrouw en wij hebben niets te maken met wat je doet.'

'Dat is dan afgesproken,' antwoordde Clemmie, en ze stond op.

Het viel Marina op dat ze niets had gegeten, maar ze stelde haar stiefdochter maar niet voor om een croissantje mee te nemen naar kantoor. 'En wanneer ben je van plan te vertrekken?' vroeg ze.

'Vanavond.'

'Zo snel al?'

‘Vanwaar die haast?’ vroeg Jake.

‘Ik wil bij Joe zijn,’ antwoordde ze. ‘Ik ben verliefd.’ Maar haar woorden hadden zelfs in haar eigen oren een holle klank.

‘Heb je hulp nodig met pakken?’ vroeg Marina, hoewel ze het antwoord al wist voordat Clementine zich kwaad naar haar omdraaide.

‘Godallejezus, ik ben geen kind meer! Ik kan zelf wel pakken, dank je wel!’ Ze keken haar na toen ze de kamer uit beende en de voordeur achter zich dichtsmeet.

‘Op kantoor zullen ze vanochtend wel blij met haar zijn,’ zei Jake, die zichzelf nog een kop koffie inschonk.

‘Wat heeft ze toch?’ vroeg Grey.

‘Ik denk dat ik het wel weet,’ zei Marina met een zucht.

‘Geweldig dat ze hier weggaat,’ voegde Jake eraan toe. ‘Dan krijgen we tenminste niet elke ochtend dat pesthumeur van haar over ons heen.’

‘Ze is niet gelukkig, Jake,’ berispte Marina hem, met één oog nog steeds op de deur in de hoop dat Clementine elk moment weer binnen zou komen om haar excuses aan te bieden.

‘De scheiding is al zo lang geleden,’ zei Jake onbekommerd. ‘Zulke dingen gaan niet altijd van een leien dakje, maar kom op zeg, we hebben het toch overleefd?’

‘Ze loopt op een oud bot te knauwen,’ zei Grey wijs. ‘Als je haar dat probeert af te pakken, begint ze te grommen.’

De voordeur ging open, maar het was niet Clementine die de hal in stapte, maar Bertha. Haar gebruikelijke zucht had plaatsgemaakt voor een brede glimlach.

Marina stond op. ‘Ik heb met haar te doen,’ zei ze terwijl ze haar koffiekopje naar het aanrecht bracht.

‘Ze vindt haar weg wel,’ zei Grey, en hij schonk zijn vrouw een warme glimlach.

Bertha kwam binnendenderen en vulde de keuken met de geur van Anaïs Anaïs. ‘Wat hééft Clemmie vanochtend? Ze liep me bijna omver.’

‘Ze wil er zo snel mogelijk vandoor,’ zei Jake.

‘Ze gaat verhuizen,’ voegde Marina eraan toe.

‘Gaat ze bij haar vriendje wonen?’ zei Bertha, die haar tas op een stoel dumpte.

‘Inderdaad,’ zei Grey. ‘Ik ga, schat. Tussen de middag ben ik terug.’

‘Al nieuws van William Shawcross?’ vroeg Jake.

'Nog niet. Ik zal hem eens achter de vodden zitten. Ik denk dat hij wel veel gevraagd zal worden,' antwoordde zijn vader.

'We kunnen ook anderen benaderen.'

'Maar ik wil graag Shawcross,' zei Grey.

Bertha begon de ontbijtboel op te ruimen. Grey was de eerste die in de gaten had dat ze niet naar het aanrecht slofte om de waterkoker aan te zetten, of met een diepe zucht naar haar rug greep en klaagde over haar pijntjes. Hij keek veelbetekenend naar zijn vrouw. Marina bleef in de deuropening even staan om te zien wat hem zo deed grijnzen. En inderdaad: Bertha, gekleed in een gebloemde jurk met een rode kralenketting om, die vrolijk over haar boezem deinde, danste bijna rond de tafel om de borden en schoteltjes op te stapelen, terwijl ze ondertussen met glimmende lippen een deuntje neuriede.

'Er is tenminste íémand in een goed humeur vanmorgen,' zei Grey.

'Nou en of,' antwoordde Bertha. 'Het is een prachtige dag.'

'Maar Clemmie had je bijna vermoord,' zei Jake.

'Maar dat heeft ze niet gedaan.' Bertha zette de opgestapelde borden op de buffetkast en trok de vaatwasser open.

'Wat zie je er mooi uit,' zei Marina. 'Een beetje kleur staat je goed.'

'Weet ik. Dat zei meneer Santoro ook, en hij is een man met oog voor vrouwen.'

Marina durfde niet naar Grey te kijken, voor het geval ze in lachen zou uitbarsten. 'Dat is hij zeker,' beaamde ze.

'Ik ga hier een uurtje aan de slag en dan doe ik zijn kamer. Daarna kom ik terug om het hier af te maken,' liet Bertha haar weten.

Verrast keek Marina naar Jake. 'Ga jij over meneer Santoro's kamer?'

'Dat is geen taak voor die jonge meiden,' zei Bertha gewichtig.

Jake stond op. 'Zij is er geknipt voor,' zei hij terwijl hij zijn jasje pakte en langs zijn stiefmoeder heen glipte, die nog steeds in de deuropening stond.

'Goed dan,' zei Marina strak. 'Als je maar niet vergeet om terug te komen en het hier af te maken.'

Bertha glimlachte. 'Natuurlijk niet. Als Clemmie weg is, moet haar kamer eens goed onder handen worden genomen. Wie weet wat we daar nog aantreffen.'

Marina liep naar het hotel om Harvey te zoeken. Ze vond hem in de tuin, in gesprek met meneer Potter. Harvey had zijn handen in zijn zij gezet, terwijl meneer Potter zwaar op zijn spa leunde. Ze lachten samen vrolijk, als om een grap.

'Harvey,' zei Marina toen ze naderbij kwam, 'ik heb je nodig.' Het was niet haar bedoeling om zo wanhopig te klinken. Beide mannen draaiden zich om en keken haar geschrokken aan.

Harvey zag meteen hoe gespannen ze keek. 'Tot later, Potter,' zei hij, waarna hij over het grasveld naar haar toe kwam. 'Is alles in orde?'

'Ik moet met je praten.'

'Prima.' Hij liep achter haar aan door de Kindertuin, waar het kleine aquaduct er nutteloos bij stond, en ging door de openslaande deuren achter haar aan haar kantoor in. Met een kreun zeeg ze neer op de bank.

'Clemmie gaat verhuizen,' deelde ze mee, en ze schudde verloren haar hoofd. 'Ik weet niet wat ik moet doen.'

Harvey kwam naast haar zitten en keek haar met een vriendelijke glimlach op zijn oude, wijze gezicht aan. 'Wanneer heeft ze dat gezegd?'

'Vanochtend. Ze had gisteravond ruzie met Rafa en nu trekt ze in bij een man om wie ze totaal niet geeft.'

'Marina, kindje, daar ga jij niet over. Ze is nu een volwassen vrouw.'

'Maar ik zie voor mijn ogen gebeuren dat ze een vreselijke fout maakt.'

'Daar kun jij niets aan doen.'

Ze slikte haar tranen weg. 'Rafa zei dat hij haar van streek had gemaakt, maar het gaat niet echt om hem. Het gaat om míj.' Harvey nam haar hand tussen zijn grote, eeltige knuisten en streelde hem teder. Langzaam draaide ze zich naar hem toe, haar donkere ogen glanzend en verdrietig. Opeens was ze niet langer een vrouw van in de vijftig, maar een klein meisje dat hem verloren en eenzaam aankeek. 'Ik kan – God sta me bij – geen kinderen krijgen, ik kan zelf geen kinderen krijgen… en… en…' De woorden bleven haar in de keel steken.

'Stil maar.' Hij nam haar in zijn armen en drukte haar zo stevig tegen zich aan als een vader zou doen met een dochter in nood.

Marina liet haar hoofd tegen zijn schouder rusten en sloot haar ogen. De tranen welden onder haar wimpers door. 'Ik weet niet eens hoe ik moet zorgen dat mijn stiefkinderen van me gaan houden.'

Hij omhelsde haar warm en wilde niets liever dan dat ze weer zou glimlachen. 'Maar dat is normaal, Marina. Stiefkinderen houden altijd het meest van hun biologische ouders, en vaak beschouwen ze de stiefouder als een indringer. Zo zal het altijd gaan.'

'Ik heb het gevoel of ik afgestraft word.'

'Waarvoor in vredesnaam?' Hij voelde dat haar handen zijn trui vastgrepen.

'Ik ben bang, Harvey.'

'Waarvoor?'

'Ik heb iets verschrikkelijks gedaan.' Ze maakte zich van hem los en keek hem in de ogen. Toen hij de angst in de hare zag, sloeg zijn hart over.

'Wat dan, lieve kind?'

Ze sloeg een trillende hand voor haar mond, alsof ze moeite moest doen om een afschuwelijk geheim binnen te houden, en ze schudde haar hoofd. 'Ik kan het niet vertellen...'

'Wat het ook was, ik zou het wel begrijpen. Ik ken je heel goed, Marina. Ik kan me niet voorstellen dat jij ooit iets zou doen waardoor ik minder over je zou gaan denken.'

'Ik heb het nog nooit iemand verteld, zelfs niet aan Grey.'

Daar dacht Harvey een poosje over na. Ze had iets wilds over zich dat hij nog nooit eerder bij haar had gezien. Een flits van iets dat hij niet herkende. 'Als je mij in vertrouwen wilt nemen, vertel ik het niemand, dat beloof ik.' Zijn woorden waren als een reddingsboei voor iemand die dreigt te verdrinken en ze klampte zich er opgelucht aan vast.

'Jou vertrouw ik, Harvey.'

'Dat weet ik.'

Ze haalde diep adem, op het punt om de last van haar geheim dan toch eindelijk met iemand te delen.

Opeens werd er op de deur geklopt. Ze keken elkaar geschrokken aan, als samenzweerders die worden betrapt terwijl ze hun plannen uit zitten te broeden. Ze konden niets doen; het moment was voorbij. Toen de deur opengíng, werd de lucht de kamer uit gezogen, en tegelijkertijd alle spanning die zich gestaag had opgebouwd. Marina's vastberadenheid zakte als een pudding in elkaar. Ze sloeg haar bloeddoorlopen ogen op naar haar stiefzoon, die nu in de deuropening stond.

'Sorry, stoor ik?' vroeg hij. Hij was gewend aan het grillige karakter van zijn stiefmoeder en keek er helemaal niet vreemd van op dat ze tegen Harveys betrouwbare schouder zat te huilen.

'Nee, zeg het maar,' zei Marina, terwijl ze met de rug van haar hand haar wang afveegde.

'We hebben net een boeking binnen van Charles Rueben.'
Marina trok wit weg. 'Dé Charles Rueben?'
'Ja. Hij heeft voor twee nachten gereserveerd, samen met zijn vrouw Celeste.'
'Echt waar?'
'Ik vond dat je dat even moest weten.'
'Heb je het je vader al verteld?'
'Die is de deur uit.'
'Wanneer komen ze?'
'Vrijdag 12 juni.'
Marina haalde een hand door haar haar. 'Er kan maar één reden zijn waarom hij hier komt.'
'Om het hotel te bekijken,' zei Jake.
'Om te zien of hij het wil kopen.'
Harveys gezicht betrok. 'Wie is die man?'
'Hij heeft een paar van de mooiste hotels van de wereld opgekocht,' antwoordde Marina.
'Goeie god!' verzuchtte Harvey. 'Denk je echt dat hij het onze zou willen hebben?'
'Het zou kunnen. Waarom zou hij hier anders komen logeren?'
'Waarom stuurt hij geen boodschappenjongen?' vroeg Jake. 'Ik bedoel, waarom zou hij de moeite nemen om zelf te komen?'
'O, dat verbaast me niks. Zo is Charles Rueben. Hij staat bekend om zijn micromanagement. Waarschijnlijk wil hij zelf poolshoogte komen nemen.'
'Wat zullen we doen?' vroeg Jake, op zijn hoofd krabbend.
'We ontvangen hem op dezelfde manier waarop we al onze gasten ontvangen,' liet Marina hem weten, en haar stem had een harde ondertoon.
'En als hij ons een aanbod doet dat we niet kunnen weigeren?' zei Jake.'
'Zeg nooit nooit, Jake.' Ze stond op. 'Dat is één les die ik in het leven geleerd heb, en die was ik ooit bijna vergeten. Maar ik vergeet hem niet nog eens.'

Van onder de ceder schalde een borrelende lach over het gazon. 'O, wat hebt u een gevoel voor humor, Brigadier!' zei Pat, terwijl ze haar penseel in groene verf doopte. De Brigadier liet zijn blik over de vier vrouwen gaan die voor hun ezels zaten en besloot dat ze best aangenaam gezelschap waren voor een oude man die er genoeg van had om alleen te zijn.

'Gedraag je een beetje, Pat,' zei Grace. 'Daar komt de leraar.' Pat grinnikte in haar onderkinnen toen Rafa achter haar kwam staan om haar vorderingen te bekijken.

'Niet slecht,' zei hij, en hij wreef over zijn stoppels. 'Ik voel echt het geluksgevoel en de nostalgie die uw boom uitstralen.'

'O ja?' vroeg ze, verrast.

'Jazeker.'

'Hij doet me denken aan mijn jeugd,' zei Pat weemoedig. 'Het enige wat anders aan me is dan toen is dat gammele ouwe lijf van me. Maar vanbinnen voel ik me nog steeds precies hetzelfde.'

'Ik doe mijn best om niet in de spiegel te kijken,' zei Veronica.

'Wat ben je stil, Jane,' zei de Brigadier.

'Ik probeer me te concentreren,' antwoordde ze.

'Mag ik eens kijken? Ik moet even de benen strekken.'

'Als u per se wilt. Zo goed is het niet.'

De Brigadier stond op en kwam naar haar toe. Toen hij naast haar ging staan, ving hij een vleug rozengeur op. Hij sperde zijn neusgaten open voor nog een vleug, maar het briesje blies het aroma al weg voordat hij het in zich op kon zuigen. Hij tuurde naar haar schildering. 'Buitengemeen goed,' mompelde hij, omdat hij iets melancholieks herkende in de wazige tinten roze en grijs die ze had gebruikt. Maar anders dan bij zijn schilderij had de manier waarop ze de lucht had geschilderd iets hoopvols. 'Ik vind het verrékte goed, Jane.'

Jane bloosde van genoegen. 'Meent u dat nou of zegt u het alleen uit beleefdheid?'

'In beleefdheden ben ik niet zo goed,' stelde hij haar gerust.

'Dan dank ik u voor het compliment.'

'Jij zou iedereen nog wel eens kunnen verrassen, hè Jane?'

'Sue McCain zegt altijd dat je voor stille mensen moet oppassen,' zei Pat. 'En zij kon het weten, want ze was zelf zo stil als een slapende vulkaan die erop wachtte tot de juiste man haar tot uitbarsten zou brengen.'

'Mooi gezegd, Pat,' merkte Veronica op. 'Je zou schrijfster moeten worden.'

'En dat was zeker precies wat die Argentijn van haar deed?' vroeg Grace. 'Verlaat je nooit op een Argentijn.' Ze zoog haar wangen naar binnen toen Rafa achter haar kwam staan om haar werk te beoordelen.

'Flirt u met me, mevrouw Delennor?' vroeg hij plagerig.

'Goeie god, nee. Daar ben ik veel te oud voor.'

'Volgens mij heeft uw schilderij wat meer diepte nodig,' zei hij. 'Wacht, ik zal het even laten zien.' Hij pakte het penseel van haar over en doopte dat in de verf. Vol bewondering keek ze toe toen hij het over het papier bewoog.

'Voor jou is het een fluitje van een cent, hè?' zei ze dweperig.

'Het is nu eenmaal mijn vak.'

'Net als shoppen voor mij; dat is míjn vak. Wat zal ik zeggen? Ik ben gewoon heel goed in geld uitgeven.' Pat en Veronica lachten als een Grieks koor. Jane was te druk met de Brigadier in gesprek om het te horen.

'Je ruikt naar rozen,' zei hij toen hij weer een vleug opving. 'Rozen met iets zoets erbij... Ah, ik weet het al: honing.'

'Goede neus hebt u.'

'Dat is een van de weinige genoegens die me nog resten,' antwoordde hij.

Jane hield even op met schilderen. 'Daar geloof ik niks van. Er zijn vast nog veel meer dingen waar u van kunt genieten. Zoals van goed gezelschap, lekker eten, of een mooi uitzicht.'

'Ik weet het niet, hoor.'

Haar blik dwaalde naar de takken van de boom. 'Toen mijn man overleed, dacht ik dat er niets meer was om van te houden. Hij nam zo'n groot deel van mij met zich mee, ziet u. Maar nu realiseer ik me dat ik nog steeds *mezelf* ben; ik ga voort over het pad des levens, maar op een andere manier. Het is aan mij om die manier speciaal te maken, want wat heeft het anders voor zin om door te gaan?'

'Mijn vrouw is ook overleden. Ik zou liegen als ik zei dat ik niet eenzaam ben.'

Ze keek hem aan en haar gezichtsuitdrukking verzachtte, terwijl haar hart zich vulde met medeleven. 'Ik weet hoe u zich voelt,' zei ze vriendelijk. 'Ik voel me ook eenzaam.'

Later die middag kwam Sugar Wilcox naar het hotel om met vier vriendinnen iets te gaan drinken. Ze droeg een babyblauwe jurk die tot halverwege haar borst was opengeknoopt, en had een zedige glimlach op haar gezicht die bedoeld was om de aandacht van de mysterieuze inwonend kunstenaar te trekken. Ze gingen op het terras zitten in een wolk van parfum, bruine benen en gelakte teennagels vol in het zicht, terwijl ze nipten van cocktails uit fraaie paarse glazen. Rafa had zijn lessen beëindigd en was op zoek naar Clementine. Hij had de hele dag veel aan haar gedacht en wilde graag zijn excuses aanbieden en het weer goedmaken. Toen hij het terras op stapte, in de verwachting dat ze daar in de zon thee zou zitten te drinken, zat daar Sugar, die met een uitnodigende glimlach naar hem opkeek. 'Zo, hallo, vreemdeling,' zei ze flemend.

'Sugar...' antwoordde hij, uit het veld geslagen.

'Kom er gezellig bij zitten, een cocktail drinken.'

'Nou, ik wilde net...'

'Ik accepteer geen nee. Ik zal je voorstellen aan mijn vriendinnen: Jo, Becca, Hailey en Flo.' Rafa kreeg geen kans om te ontsnappen. Sugar knipte met haar vingers om de ober te roepen. 'Waar heb je zin in?'

'Een martini,' antwoordde hij beleefd, terwijl hij ging zitten.

'Ik zat mijn vriendinnen net over je te vertellen,' vervolgde ze. 'We willen allemaal graag bij je op schilderles.'

'Dat kan vast wel geregeld worden.' Hij liet zijn blik over de grijnzende, bruinverbrande vrouwen gaan en wist heel zeker dat ze geen van allen ook maar enige belangstelling hadden voor kunst.

'Mooi zo. Het gebeurt niet elke dag dat er een knappe vreemdeling ons stadje binnenrolt. We zouden wel gek zijn om geen gebruik te maken van je diensten.' De vrouwen giechelden. Rafa moest ook lachen, of hij nu wilde of niet – om hun dwaasheid. Hij schoof naar achteren op zijn stoel terwijl de ober zijn cocktail voor hem neerzette. Hij speelde hun spelletje beter dan zijzelf.

'En, dames, wie van jullie hebben er allemaal een vriend die niet weet dat jullie hier zijn?' Schuldbewust wierpen ze elkaar blikken toe.

'Flo, Becca en Hailey,' zei Sugar, giechelend in haar glas.

Hailey trok een gezicht. 'Brian is mijn vriend niet. Hij is een gewone vriend, met een aantal privileges.'

'En jij, Sugar?' Hij nam een slokje en zag haar smelten onder zijn blik.

'Ik? Ik ben single en héél eenzaam.'

Na het werk ging Clementine naar huis en begon haar koffer te pakken. Marina was er niet om haar op de huid te zitten. Haar vader en Jake waren waarschijnlijk nog in het hotel. Het huis was verlaten. Opeens leek het haar toch niet zo'n goed idee om te verhuizen. Ze plofte neer op het bed en begon op haar nagels te bijten. Hoeveel ze ook op haar stiefmoeder aan te merken had, het stallencomplex was toch haar thuis geworden. Haar slaapkamer was altijd de plek geweest waar ze zich terug kon trekken. Waar moest ze nu heen als ze alleen wilde zijn? Zou Joe voortdurend eisen aan haar stellen? Was het gedaan met haar rust?

Ze liet wat kleren in de kast hangen en een paar wintertruien in de ladekast liggen. Die had ze toch in de herfst pas weer nodig. Na een laatste blik sloot ze de deur en zeulde haar koffer de trap af. Ze hoopte dat Marina terug zou komen en haar zou smeken niet te vertrekken. Misschien als zowel Marina als haar vader haar smeekte om te blijven dat ze zich zou laten vermurwen. Maar er kwam niemand.

Ze sleepte de koffer naar haar auto en tilde hem op de achterbank. Nog steeds niemand te zien. Zelfs Rafa niet, die de hele dag als een koppige kurk op haar gedachten had gedobberd. Omdat ze benieuwd was waar iedereen was, slenterde ze het hotel in en liep naar de receptie, waar Jennifer druk bezig was achter de computer. 'Hoi. Heb jij Marina en mijn vader gezien?'

Jennifer keek op. 'Hé, Clementine. Ze moeten hier ergens zijn. Rafa is in de serre.'

Clementines blik viel op de armband die ze om haar pols had. Die kwam haar heel bekend voor. Jennifer zag haar ernaar kijken, maar ze was niet snel genoeg om hem met haar mouw te bedekken. 'Mooi,' merkte Clementine wrang op.

'Ja, een cadeautje van mijn vader.'

Clementine trok een wenkbrauw op. 'Was míjn vader maar zo gul. In de hoofdstraat hebben ze net zoiets bij Nadia Goodman. Misschien dat ik hem daar een dezer dagen eens heen moet slepen.' Jennifer glimlachte ongemakkelijk. Clementine glimlachte veelbetekenend terug. *Die stoute meneer Atwood toch*, dacht ze bij zichzelf toen ze de hal door liep. *Of moet ik zeggen: die dómme meneer Atwood?*

Door haar ontdekking klaarde ze heel even op, en ze kon niet wachten om het aan Sylvia te vertellen. Wie had ooit gedacht dat die stille Jennifer van de receptie de maîtresse van meneer Atwood was? Maar toen ze door de zitkamer naar de serre liep, keerden haar gedachten terug naar haar vertrek en zakte de moed haar weer in de schoenen. Wat had het voor zin om weg te gaan als ze daarmee bij niemand een reactie losmaakte? Een excuus van Rafa was wel het minste wat ze verdiend had.

Ze liet haar ogen over de tafeltjes gaan. Haar aandacht werd getrokken door een groepje giechelende vrouwen in korte, dunne jurkjes en met een heleboel make-up op. Ze herkende Sugar van Devil's. Toen ontwaarde ze Rafa in hun midden, als een pauwenhaan te midden van pauwenhennen. Ze begon te zieden van woede toen ze hem van zijn cocktail zag nippen en hoorde lachen om hun opmerkingen, terwijl Sugar schaamteloos haar borsten vlak voor zijn neus heen en weer liet schommelen. Hij genoot van de aandacht, zoveel was zeker.

Opeens sloeg hij zijn ogen op, als een magneet aangetrokken door haar woede. De lach bestierf hem op de lippen en hij zette zijn glas neer. Clementine schrok dat hij haar had betrapt terwijl ze naar hem stond te kijken en keerde zich om om weg te vluchten. Met hamerend hart stormde ze het hotel door en de avondzon in. Ze voelde dat hij vlak achter haar aan kwam.

'Clementine, wacht!' riep hij. Maar ze negeerde hem en stapte in haar auto. Ze graaide verwoed naar de sleutel. 'Waar ga je heen?'

'Ik trek bij Joe in.' Ze deed haar best om nonchalant te klinken.

'Toch niet om wat ik gisteravond heb gezegd?'

'Haal je vooral niks in je hoofd. Laat maar zitten.'

Hij legde zijn hand op het autodak. 'Ik wil mijn excuus aanbieden. Ik had het allemaal niet mogen zeggen.'

'Excuus aanvaard.'

'Maar je bent nog steeds kwaad.'

'Nee hoor.'

'Ga je dan mee iets drinken?'

'Je was daarnet kennelijk druk bezet.'

'Ik heb alle tijd van de wereld voor je.'

'Nou, ik niet voor jou.'

'We kunnen naar het huis gaan dat God is vergeten. Kom op, Clementine, niet meer kwaad op me zijn. Daar is het leven te kort voor.'

'Blijkbaar weet jij een heleboel van het leven af.'

'Tja, ik heb er inderdaad het een en ander van opgestoken.' Hij grijnsde haar toe, maar haar hart bleef potdicht.

'Hoor eens, een andere keer misschien. Ik moet gaan.' Hij haalde zijn hand van het dak af en stapte naar achteren. Ze startte de motor.

'Een andere keer dan.'

Met veel lawaai verdween Clementine uit het zicht. Verbijsterd keek Rafa haar na. Hij kon er niets aan doen, maar hij voelde zich verdrietig. Toen hij plannen had gemaakt om op reis te gaan, had hij nooit durven dromen dat hij een meisje als Clementine zou tegenkomen.

18

Marina, Jake en Grey zaten in Marina's kantoor. Er hing een drukkende sfeer van onvermijdelijk onheil. Alleen Jake leek daar niet gevoelig voor.

'Dus Charles Rueben komt een kijkje bij ons nemen, hè?' zei Grey, over zijn kin wrijvend. Hij stond bij het raam en staarde zorgelijk uit over zee. Hij durfde amper naar zijn vrouw te kijken.

Marina zat aan haar bureau op het uiteinde van een balpen te kauwen. 'Niets aan de hand. Hij doet ons een bod en wij slaan het af.'

'Zo simpel is het niet, schat.'

'Dat is het nooit,' zei Jake.

'De waarheid is dat onze inkomsten teruglopen,' vervolgde Grey. 'Onze uitgaven zijn niet gering. We hebben een fikse hypotheek en ik denk niet dat we die nog veel langer kunnen opbrengen. De rente is amper te betalen.'

'We zouden een paar mensen kunnen ontslaan,' opperde Jake.

'Wie bijvoorbeeld?' vroeg Marina.

'Ik zou het niet weten,' mompelde Jake. 'Meneer Potter, om te beginnen.'

'Meneer Potter?' reageerde Marina verontwaardigd. 'Die man heeft langer in onze tuinen gewerkt dan jij op deze wereld rondloopt.'

'Maar hij had al jaren geleden met pensioen moeten gaan.'

'Hij gaat nergens heen. We nemen pas afscheid van hem op de dag dat we hem begraven – waarschijnlijk onder de rozen, waar zijn hart ligt. Meneer Potter de laan uit sturen? Ik heb nog nooit zoiets harteloos gehoord, na al het werk dat hij voor ons heeft verzet.'

'Bertha?' opperde Jake, wetend dat Marina haar niet bijster graag mocht.

'Daar besparen we niet veel mee. Ze krijgt het minimumloon, en trouwens, ze is een figuur apart.'

'Jake zoekt het in de goede hoek, schat. Als er niet genoeg binnenkomt...'

'Wat?' Marina voelde haar maag zich omdraaien. 'Als er niet genoeg binnenkomt, wat dan?'

'Nou, dan moeten we onze opties nog eens onder de loep nemen.'

'Wat wil je nou eigenlijk zeggen, Grey?'

'Dat als Charles Rueben ons een goed aanbod doet, ik vind dat we dat in overweging moeten nemen.'

'Papa heeft gelijk,' zei Jake. 'Het is maar een hotel.'

'Het is méér dan een hotel. Het is ons thuis,' protesteerde Marina, Jake negerend.

'Dat weet ik, lieverd. Maar in wezen is het een bedrijf. Ik hou er net zo veel van als jij, maar ik sta niet toe dat het onze ondergang wordt. Als Charles Rueben het wil kopen en ons er goed geld voor geeft, moeten we daar denk ik op ingaan. Dan kunnen we ergens anders opnieuw beginnen, op bescheidener schaal.'

Marina geloofde haar oren niet. 'We hebben gewoon meer tijd nodig. Als we onze literaire diners van de grond kunnen krijgen, en Rafa...'

'We gaan echt niet opeens winst maken vanwege een of andere knappe jonge man die gasten leert schilderen. Dat gaat gewoon niet gebeuren,' zei Grey. 'Het spijt me wel.'

Marina stond op en begon door de kamer te ijsberen. 'Je geeft het te gemakkelijk op, Grey. Als die man hier binnenstapt, ons de maat neemt alsof we een prijsdier zijn en denkt dat hij ons kan kopen omdat hij bakken met geld heeft, dan hoef ik hem hier niet te hebben. Echt niet!'

Grey zag wel dat ze zich helemaal opdraaide. 'Kalm maar, schat.'

'Kalm maar?! Ga je me nou vertellen dat ik kalm moet zijn? Dit is mijn thuis, Grey! Dit is de plek waar ik thuishoor. Het heeft me bloed, zweet en tranen gekost om elk stukje stof en elk meubelstuk hier te krijgen. Ik heb er mijn ziel en zaligheid in gestopt, tot de laatste centimeter aan toe. Het is geen huis, het is een levend wezen!' Ze draaide zich met tranen in haar ogen naar hem toe, en met een smekend stemmetje zei ze: 'En het is niet zomaar een levend wezen, maar mijn *kind*.' Op het moment dat het onuitspreekbare woord aan haar lippen ontsnapte greep ze naar haar buik. Grey en Jake keken verbijsterd toe, alsof ze het kind ineens voor zich zagen. Alle drie deden ze er een hele poos het zwijgen toe.

Verrast knipperde Marina met haar ogen terwijl het in haar oren echode: *Mijn kind... Mijn kind... Mijn kind...*

Ze veegde over haar wangen en ging terug naar haar stoel. 'Ik geef het niét op,' verklaarde ze resoluut terwijl ze ging zitten. Ze sloeg haar ogen op naar haar man. Hij zag de vastberadenheid in de hare en besefte dat de strijd nog lang niet gestreden was. 'Ik zal elke mogelijkheid verkennen, elke steen omkeren, en zo nodig op mijn knieën gaan. Ik ga dit hotel niet verkopen. Over mijn lijk!'

Jake kuchte ongemakkelijk. 'Kunnen ze nou komen of niet?'

Grey wierp een blik op zijn vrouw. 'Laat ze maar komen,' antwoordde die. 'Laat ze maar alle geld van de wereld bieden. En let maar eens op hoe ik "nee" zeg, want dat is het enige antwoord dat ze van me krijgen.'

Grey en Jake gingen de kamer uit.

'Ik kan op dit moment wel een stevige borrel gebruiken,' zei Grey tegen zijn zoon.

'Ik ook. Allemachtig, wat is ze emotioneel.'

'Ja, ze kan soms erg fel zijn.'

Ze liepen naar het stallencomplex.

'Is het niet doodvermoeiend om met haar samen te zijn?' vroeg Jake, die achter Grey aan liep naar de zitkamer.

'Niet altijd. Maar op het ogenblik heeft ze het zwaar. Zoals je ziet houdt ze zielsveel van dit hotel. Dat is het kind dat ze niet kan krijgen.'

'Daar keek ik ontzettend van op. Ik heb haar nooit iets horen zeggen over dat ze geen kinderen kan krijgen.'

Grey liep naar de drankenkast en schonk voor hen allebei een gintonic in. 'Daar praat ze ook nooit over, maar onder de oppervlakte blijft het spelen. Ze is een vat vol tegenstrijdigheden: aan de ene kant heel open en onstuimig, maar aan de andere kant heel gesloten. Die opmerking van haar verbaasde mij net zozeer als jou.'

'Ik heb met haar te doen. Jij hebt al twee kinderen. Zij geen een.'

Grey overhandigde zijn zoon een glas en schonk hem een warme glimlach. 'Dat is lief van je, Jake.'

'Ik snap wel waarom Clemmie teleurgesteld in haar is.'

'Marina houdt van jullie allebei. Jullie zijn niet haar eigen kinderen, maar ze heeft jullie zien opgroeien. Het zit haar erg dwars dat Clemmie en zij niet goed met elkaar overweg kunnen.'

Jake nam een slokje en ging op de bank zitten. 'Clemmie is alleen maar in de war.'

‘Heb jij die Joe wel eens ontmoet?’

‘Nee.’

‘Ik vraag me af of het een goeie knul is.’

‘Dat betwijfel ik. Zó bevlogen lijkt ze niet voor hem. Het is onzin dat ze verliefd zou zijn.’

‘Wanneer je zo oud wordt als ik, ga je beseffen dat je niet voor iemand anders zijn leven kunt leiden. Als het niks wordt, komt ze wel terug.’

‘Nee, dat doet ze niet. Daar is ze veel te trots voor. Dan verdient ze haar geld en vliegt bij de eerste de beste gelegenheid weer naar India.’

Marina bleef aan haar bureau zitten. Toen ze haar pen wilde oppakken, zag ze dat haar hand trilde. Ze wreef erover alsof ze eraan gewond was geraakt. Al wrijvend dacht ze over haar mogelijkheden na. Veel waren dat er niet, maar er wás wel een optie. Ze beet op haar lip en liet haar blik naar het raam dwalen. Buiten was de zee kalm en de lucht helder. Een paar meeuwen cirkelden als zweefvliegtuigen rond in de wind. Als het echt moest, had ze nog steeds een troef achter de hand die ze kon uitspelen. Eén iemand tot wie ze zich kon wenden om hulp. Maar durfde ze terug te gaan en de deur die ze jaren geleden zo stevig achter zich had dichtgetrokken weer open te doen? De tranen sprongen haar in de ogen en ze nam haar hoofd in haar handen. Ze zag in dat het nu domweg niet anders meer kon.

De volgende ochtend werd Clementine wakker van het schrille gerinkel van de wekker. Eerst vroeg ze zich af waar ze was. Toen ze haar ogen opendeed, zag ze een onbekende omgeving: de beige gordijnen, de witte muren, de saaie platen die aan de wand hingen. Vervolgens drong een uiterst mannelijke geur haar neusgaten binnen en herinnerde ze het zich weer. Ze zette zich schrap tegen een golf van heimwee en kwam steunend op haar ellebogen overeind. Joe lag kreunend naast haar. Ze zag hoe hij zijn arm over zijn gezicht legde om het zonlicht dat door de gordijnen viel af te weren, en de moed zonk haar in de schoenen. Ze was helemaal niet verliefd op Joe, en nu hij zo lag te kreunen, als een hond die op sterven lag, vond ze hem zelfs bijzonder weerzinwekkend.

Ze stapte uit bed en wankelde naar de badkamer. Haar benen voelden zwaarder aan dan ooit. Ze waste haar gezicht en bond haar haar op. Ze was nog maar drieëntwintig, maar ze zag er oud en vermoeid uit. Ze dacht aan Rafa en de manier waarop ze hem van zich af had gestoten. Ze had zich niet bijster volwassen gedragen. Hij had zijn verontschuldigingen aangeboden en zij had heel duidelijk gemaakt dat ze hem desondanks niet had vergeven. Nou, ze zou het rechtzetten.

In een vlaag van enthousiasme waste en föhnde ze haar haar, dat ze los tot op haar schouders liet hangen. Met zorg bracht ze haar make-up aan; ze camoufleerde de schaduwen onder haar ogen met concealer en zette haar wimpers aan met mascara. Je weet maar nooit, dacht ze hoopvol. *Misschien komt hij me wel opzoeken op kantoor.* Ze koos een donkerblauw pakje van Emporio Armani dat ze nog nooit had gedragen, voornamelijk omdat ze zich er te volwassen in voelde, en een paar schoenen met hoge hakken. Die vond Rafa vast wel mooi. Als hij haar zou komen opzoeken, zou hij een vrouw aantreffen in plaats van het meisje met wie hij ruzie had gemaakt. Ze nam niet de moeite om haar minnaar gedag te kussen. Die was trouwens alweer in slaap gevallen.

Op weg naar haar werk ging ze langs bij de Black Bean Coffee Shop. Terwijl ze in de rij stond, dacht ze terug aan de eerste keer dat ze Rafa had gezien. Ze kon zich zelfs zijn geur van sandelhout nog voor de geest halen. Ze spiedde in het café om zich heen, in de hoop dat hij als door een wonder had besloten die ochtend te gaan koffiedrinken in de stad. Maar de zaak stond vol met de gebruikelijke jonge moeders met peuters en zakenlui op weg naar kantoor. Het viel haar op dat een paar mannen even over hun krant keken om haar goedkeurend op te nemen. Ze voelde zich goed in haar pakje.

Omdat ze ineens had bedacht dat meneer Atwood die morgen een belangrijke bespreking had, kwam ze beladen met koffiebekers, muffins en warme chocolademelk voor Sylvia bij Atwood & Fisher aan. Meneer Atwood zat in de ontvangstruimte met een echtpaar dat op zoek was naar een koophuis. Hij wierp haar een blik toe, keek toen nog eens, raakte de draad van zijn betoog kwijt en begon te hakkelen. Clementine glimlachte. ‘Goedemorgen, meneer Atwood. Ik heb koffie en muffins voor u meegebracht.’ Ze zette ze op de tafel voor hem neer. ‘Muffins! Heerlijk,’ zei de man van het stel, en hij pakte er een en nam een hap.

‘Wat een attente secretaresse,’ zei zijn vrouw, die jaloers naar Clementines pakje keek.

‘Ik neem alleen de allerbeste mensen in dienst,’ zei meneer Atwood confuus.

‘Bedankt voor de chocolademelk,’ zei Sylvia, die Clementines gedaanteverwisseling monsterde. ‘Geweldig pakje. Die look doet echt iets voor je.’

‘Ik heb besloten dat ik niet langer mezelf wil zijn,’ verklaarde Clementine, terwijl ze ging zitten en haar computer aanzette.
‘Wat is er dan mis met “jezelf”?’
‘Alles.’
‘Nu niet meer. Het is goed als een vrouw hoge hakken draagt. Daarmee laat je zien dat je zakelijk bent ingesteld.’
‘Dat is ook precies wat ik wil uitstralen.’
‘Je bent bij Joe ingetrokken, toch?’
‘Ja.’
‘Dan moet het wel echte liefde zijn.’
‘Wat het ook is, het komt prima uit.’
‘Problemen thuis, zeker?’
‘Wanneer niet?’
‘Joe is een prima knul. Hij zal goed voor je zorgen.’
‘Vanochtend lag hij begraven onder zijn dekbed.’
‘Ik had ook niet veel zin om mijn bed uit te komen. Het probleem, als je een relatie hebt met een getrouwde man, is dat je ’s ochtends nooit een knuffel krijgt.’
‘Bij mij kon er niet eens een “goedemorgen” af.’
‘Maar hij was er tenminste. Ik geloof dat ik Freddie maar eens ga inruilen voor een man die single is. Een man die al zijn tijd en aandacht aan mij kan besteden.’
‘Precies,’ beaamde Clementine, zonder echt te luisteren. Ze zat met haar gedachten bij het hotel. Ze vroeg zich af of Rafa nu op het gazon schilderles aan het geven was.
‘Misschien kom ik vanavond wel iets drinken bij jullie in het hotel.’
Clementine fronste. ‘O ja? Hoe dat zo?’
‘Iedereen heeft het over die Argentijn van je.’
‘Hij is “mijn” Argentijn niet.’
‘Oké. Dus de weg is vrij?’
‘Voor jou?’
‘Natuurlijk. Latino’s houden van gevulde vrouwen, toch?’
‘Ik zou het niet weten. Ik heb er geen verstand van.’
‘Nou, iedereen heeft het over hem. Sugar is gisteravond bij jullie geweest en nu is ze tot over haar oren verliefd.’
‘Weet ik. Ik heb haar gezien. Ze zat ontzettend te lellebellen.’
‘Wat onaardig!’ berispte Sylvia haar. ‘Ze is alleen maar speels.’
‘Begrijp me niet verkeerd. Híj vond het prachtig.’

'Dat zal best. Ze is helemaal weg van hem. Ze gaat je stiefmoeder vragen of ze misschien dit weekend schilderles kunnen krijgen.' Sylvia giechelde. 'Misschien zou ík eens moeten leren schilderen.' Suggestief trok ze haar wenkbrauwen op. 'Ik heb er geen enkel bezwaar tegen om naakt te poseren als hij míj zou willen schilderen.'

Clementine deed haar best om niet jaloers te zijn. Het was niet te vermijden dat Rafa uiteindelijk contacten zou aanknopen met de geparfumeerde horde Dawcombse vrouwen. Met zijn knappe uiterlijk en charme werkte hij als een nectar op bijen. Ze hadden het zo goed met elkaar kunnen vinden. Nu ze het had verpest, waren ze niet eens vrienden meer.

Meneer Atwood was klaar met zijn bespreking en riep Clementine naar zijn kantoor. Hij dicteerde een paar brieven, waarna hij haar een bakje papieren gaf om te archiveren en een lijst documenten die hij voor die middag nodig had. 'Ziet er goed uit,' zei hij met een knikje.

'O, dank u,' antwoordde ze, verrast omlaagkijkend naar haar pakje.

'Het doet me deugd dat mijn secretaresse er professioneel uitziet.'

'Nou, vandaag voel ik me ook professioneel. Dat is iets nieuws.' Ze lachte vreugdeloos. 'Vond uw vrouw de armband mooi?'

'De armband? Mijn vrouw? O, ja.' Hij kuchte. 'Ze was er heel blij mee. Goed uitgekozen, Clementine.'

Clementine grijnsde toen ze naar de archiefkast liep. Nu ze wist wie zijn maîtresse was, kon ze nog lol met hem beleven. Als ze niet in zo'n chagrijnige bui was geweest, zou ze Sylvia in vertrouwen hebben genomen. Nu besloot ze de informatie voorlopig voor zichzelf te houden.

Omdat ze alle mappen zo keurig had georganiseerd, kon ze de documenten die meneer Atwood nodig had makkelijk vinden. Vlug typte ze de brieven en enveloppen, en bracht ze naar zijn kantoor.

'Dat is snel,' zei hij, terwijl hij de papieren aanpakte en ze snel doorkeek om te controleren of het de goede waren. Hij mompelde iets goedkeurends. Ze legde de brieven voor hem neer, zodat hij ze kon ondertekenen. Hij checkte of er fouten in stonden en was verrast dat die er niet waren. In zijn kriebelige handschrift zette hij zijn naam onder aan elke brief. 'Goed gedaan, Clementine. Je wordt nog eens een goede secretaresse.'

'Dat is nogal wat uit uw mond, meneer Atwood.'

'Ere wie ere toekomt.'

'Dank u.'

'Ik wil graag dat je vanmiddag meegaat naar de bespreking. Het wordt tijd dat je eens wat meer over dit vak leert.'

'Goed.'

'En in dat pakje ben je er helemaal op gekleed om ons te vertegenwoordigen.'

'Oké. Waar is het?'

'In een groot pand dat Newcomb Bisset Manor heet, een half uurtje rijden. Als alles goed gaat, krijgt Atwood & Fisher dat in de verkoop. De man houdt nogal van vrouwen. Jij valt vast bij hem in de smaak. Als hij ook maar enigszins mocht twijfelen of hij zich door ons wil laten vertegenwoordigen, is hij aan het eind van de bespreking vast helemaal om.' Clementine grimaste. 'Je hoeft alleen maar te glimlachen,' voegde hij er ferm aan toe.

In het Polzanze gaf Rafa in de moestuin les aan een groep van twaalf personen. Sommigen schilderden met waterverf, anderen met olieverf, en een paar mensen werkten met houtskool. Ze zaten allemaal voor de pittoreske uit glas en metaal opgetrokken kas, waar meneer Potter druk bezig was aardappelen te wassen. De Brigadier zat naast Jane. Hij was zo in de windrichting gaan zitten dat hij haar parfum kon opvangen. Hij vond haar aangenaam gezelschap. Ze was lief en vriendelijk, wat hem aan zijn vrouw deed denken. En hoe meer hij met haar praatte, hoe meer hij besefte dat ze ook ondeugend was, en daar moest hij wel om lachen. Hoeveel hij ook van zijn vrouw had gehouden, ze had niet bekendgestaan om haar gevoel voor humor.

Grace, Pat en Veronica zaten te kletsen in de zon. Dikke bijen gonsden tussen de lavendel en de roze en gele klimrozen die de zuidwand van de kas bedekten. Vogels tsjilpten in de lindebomen, brutale eekhoorns speelden tikkertje in de takken. Er hing een lome sfeer. Rafa slenterde van de ene ezel naar de andere, gaf hier en daar adviezen, en pakte af en toe zelf het penseel om te laten zien hoe het moest.

Telkens als hij even een moment voor zichzelf had, dwaalden zijn gedachten naar Clementine. Ze trok aan zijn geweten als een vlieger in de wind. Hij had hun gesprek keer op keer in gedachten de revue laten passeren, en ook al had hij er spijt van dat hij zo duidelijk had gezegd hoe hij erover dacht, het speet hem niet dat hij had geprobeerd haar te helpen. Het was duidelijk dat hij het verkeerd had aangepakt en dat het niet het goede moment was geweest, maar hij had eerzame bedoelingen gehad. Die ochtend had hij gezien hoe gespannen Marina's schouders waren en dat ze alleen glimlachte met haar lippen en niet met haar ogen. Hij vroeg zich af of ze boos was dat Clementine was verhuisd. Hij besloot die middag de stad in te gaan en haar te gaan opzoeken op haar werk. Misschien konden ze samen een kop thee gaan drinken en het weer goed maken.

Na de middag nam hij even vrij van het schilderen en reed Dawcomb Devlish in. Hij wist dat Clementine bij een makelaarskantoor aan de hoofdstraat werkte. Zo moeilijk kon dat niet te vinden zijn. Hij parkeerde de auto bij de zee. Het wemelde in het stadje van de toeristen en Engelsen die vakantie hadden. Kinderen zaten op een laag muurtje aan ijshoorntjes te likken, wachtend op een man met een lange paardenstaart die 'tatoeages' aanbracht. Moeders in felgekleurde truitjes en korte broeken stonden te kletsen op de stoep, en een paar honden lagen in de schaduw te wachten tot hun baas Kitchen Delights uit zou komen. Rafa zocht zich een weg door de langzaam voortschuifelende menigte die de rijbaan op dwaalde en zocht de puien af of hij het makelaarskantoor zag. Het duurde niet lang of hij had het gevonden.

Atwood & Fisher zag er gepast indrukwekkend uit, met een gevel die discreet donkerblauw was geschilderd, met blinkende etalageruiten waarin reclame werd gemaakt voor fraaie huur- en koophuizen met uitzicht op zee. Hij tuurde door het raam en zag aan het voorste bureau een knappe roodharige vrouw zitten die zat te telefoneren. Clementine was nergens te bekennen. Toen hij naar binnen stapte, keek de roodharige op. Met een glimlach beëindigde ze snel haar gesprek en legde haar nagelvijl neer. 'Hallo, kan ik u helpen?' vroeg ze.

Rafa stapte op haar bureau af. Haar groene ogen verslonden hem gretig. 'Ik ben op zoek naar Clementine Turner. Werkt die hier?'

'Onze Clemmie? Jazeker. Dan bent u zeker de inwonend kunstenaar uit het Polzanze?'

Hij grijnsde. 'Is dat zo duidelijk?'

'Zeker weten. Het komt door dat accent; dat is duidelijk níét Engels.'

'Is ze er?'

'Ik vrees van niet. Ze is met meneer Atwood naar een bespreking. Volgens mij is ze pas laat in de middag terug. Ze zijn nog maar net de deur uit.'

Rafa vloekte in het Spaans. 'Kunt u een boodschap van mij doorgeven?'

'Natuurlijk.' Ze pakte haar pen op. 'Brand los.'

'U hoeft niets op te schrijven. Zeg haar maar dat ik langs ben geweest om haar op te zoeken.'

'Ik ga vanavond iets drinken in het Polzanze. Dan neem ik haar wel mee.'

'Oké. Zeg dan maar tegen haar dat ik haar straks wel zie.'

'Prima.' Omdat Sylvia hem nog niet wilde laten gaan, voegde ze er luchtig aan toe: 'En, hoe staan de zaken daar?'

'Het is druk aan het worden.'

'Dat zal vast wel. U leert zoetjesaan heel Dawcomb kennen.'

Hij lachte. 'Het is een leuk plaatsje.'

'Mij bevalt het hier wel. Clementine niet; die weet niet hoe snel ze hier weg moet komen. Maar ja, zij is ook iemand uit de grote stad. Geef mij maar de rust van het platteland. Ik ben een vrouw van eenvoudige genoegens.' Rafa nam haar zware make-up en manicure in zich op, en glimlachte bij zichzelf. Ze zag er helemaal niet uit als een vrouw die begreep wat het woord 'eenvoudig' betekende.

'Ik moest maar eens teruggaan naar het hotel. Ik heb een paar heel enthousiaste kunstenaars in spe op les.'

'Gelukkig hebben jullie mooi weer.'

'Ja, gelukkig wel.'

Ze keek hem na toen hij naar de deur liep en wenste dat ze hem kon verleiden om nog wat te blijven en wat langer te praten. 'Ik heet Sylvia, trouwens.'

'Tot later dan maar, Sylvia.'

Ze zwaaide even. 'Dag!'

Clementine zat de bespreking uit terwijl de cliënt van meneer Atwood, meneer Rhys-Kerr, haar vanaf de andere kant van de eetkamertafel zat te begluren. Het gesprek duurde ruim een uur en voor het grootste deel had het niets te maken met zaken, maar alles met golf. Meneer Atwood en meneer Rhys-Kerr bleken allebei lid te zijn van dezelfde club.

Toen de details van de verkoop waren geregeld, wilde meneer Rhys-Kerr hun per se een rondleiding geven. Meneer Atwood had het pand al gezien, maar meneer Rhys-Kerr stond erop dat Clementine zich op de hoogte stelde van de verdiensten van een groot landhuis. Clementine rolde met haar ogen bij zijn kinderlijke toespelingen: een bad 'groot genoeg voor twee personen', een douche 'die heel wat vrijerijen heeft gezien', en een slaapkamer waarop 'als de muren konden praten, zou ik blozen tot aan mijn haarwortels' van toepassing was. De twee mannen deelden zo te merken niet alleen dezelfde golfbaan, maar ook hetzelfde gevoel voor humor, want meneer Atwood moest om elke opmerking van meneer Rhys-Kerr hartelijk lachen.

'Je deed het geweldig, Clementine,' merkte meneer Atwood enthousiast op toen ze het elektrische hek uit reden. 'Hij zag je echt zitten.'

'Dat zal dan wel door mijn pakje komen,' antwoordde Clementine droogjes.

'Je bent zonder meer een vlotte meid. We gaan goud geld verdienen aan dat huis.'

'Ik vond het helemaal niks.'

'Niks?'

'Ja. Totaal geen smaak.'

'Dat heeft er niets mee te maken. Het is een perceel van vierduizend vierkante meter is, met zeezicht, dáár gaat het om. Het kan niet beter.'

'Maar het is en blijft smakeloos.'

'Wou je me soms vertellen dat als jij er het geld voor had, je er niet zou willen wonen?'

'Ik zou het daar vreselijk vinden. Het is nieuwbouw en heeft geen enkel karakter of uitstraling.'

'Maar groot is het wel.'

'En zielloos.'

'Ik snap helemaal niets van jou, Clementine.'

Clementine slaakte een zucht en staarde naar buiten. 'Dan bent u niet de enige, meneer Atwood. Ik ook niet.'

Toen ze terugkwamen op kantoor, zat Sylvia aan de telefoon met Freddie, terwijl ze op haar notitieblok hartjes zat te tekenen. Ze wachtte tot meneer Atwood het vertrek uit was, waarna ze Clementine vertelde dat haar Argentijn haar was komen opzoeken.

'Wat zei hij?' vroeg Clementine, die helemaal opleefde.

'Alleen maar dat hij even langskwam om je te zien.'

'O.'

'Hij is wel een spetter, zeg. Het komt door die glimlach. Die is heel ondeugend, en zijn accent is net zo verrukkelijk als karamel.'

'Hij kwam denk ik zijn excuses aanbieden.'

'Waarvoor?'

'Dat is een lang verhaal.' Clementine ging zitten, teleurgesteld dat ze

Rafa was misgelopen. 'Wat moet ik nu doen?'

'Naar huis gaan, naar Joe. Rafa is een echte hartenbreker.' Sylvia besefte dat ze haar eigenlijk moest vertellen dat hij haar die avond in het hotel verwachtte te zien, maar hoe ze ook haar best deed, ze kreeg het niet over haar lippen. De woorden bleven in haar keel steken en waren niet los te wrikken. Ze wist dat haar jaloezie haar er niet mooier op maakte, maar ze hield zichzelf voor dat Clementine toch geen belangstelling voor hem had. Terwijl die chagrijnig achter haar bureau schoof, besloot Sylvia dat ze waarschijnlijk toch niet op zijn uitnodiging zou zijn ingegaan.

19

Die avond trok Sylvia een rode jurk aan, werkte haar lippenstift bij, reed naar Hotel Polzanze en vocht tegen haar schuldgevoel over het feit dat ze Clementine niet had meegevraagd.

Bij de deur werd ze begroet door een portier, die met haar mee de receptie in liep. 'Goedenavond, kan ik u helpen?' vroeg Jennifer met een beleefde glimlach vanachter de balie.

'Ik heb een afspraak om hier iets te drinken met jullie kunstenaar, Rafa...' Ze aarzelde, want ze wist zijn achternaam niet.

Jennifer herkende de mollige vrouw met het rode haar wel, maar kon haar niet meteen plaatsen. 'O ja, hij zit in de salon; de hal door en dan rechtuit.' De vrouw vertrok in de richting van de salon met een langzame en sexy tred, alsof ze in een western door een saloon liep, en Jennifer keek haar na. Toen wist ze weer waar ze haar eerder had gezien: door de etalage van Atwood & Fisher, en ze haalde diep adem, opgelucht dat ze de belastende armband had afgedaan.

Sylvia trof Rafa in de salon aan, waar hij zat te praten met een groep oude dametjes en een vent met een blozend gezicht in een blauwe blazer met goudkleurige knopen. Toen ze naar hem toe liep, keek hij op en begroette haar met een glimlach. Ze zag dat zijn blik afdwaalde en hij achter haar keek, in de verwachting daar Clementine te zien. Dat was ze niet gewend.

'Ik ben alleen gekomen; Clementine kon niet,' zei ze achteloos toen hij opstond om haar te begroeten. Zijn gezicht betrok. Dat was ze ook niet gewend. Normaal gesproken stelde zij als een grote mooie maan andere vrouwen in de schaduw. 'Je vindt het toch niet erg om alleen met mij iets te drinken, hè?'

'Tuurlijk niet. Laten we naar buiten gaan. Ben je warm genoeg gekleed?'

‘Ik heb een omslagdoek,’ antwoordde ze, en ze wapperde ermee voor zijn gezicht. ‘Helemaal uit India.’

‘Wanneer ben je daar dan geweest?’

‘O, daar ben ik niet geweest, hoor. Ik heb ’m cadeau gekregen.’

‘Mooi.’

Ze genoot van de fluwelige klank van zijn buitenlandse accent en liep achter hem aan de serre door. ‘Ik zou wel altijd naar dat accent van jou willen luisteren,’ verzuchtte ze. ‘Maar ik neem aan dat alle vrouwen dat zeggen?’

‘Dus het heeft geen zin om mijn best te doen om Engels te klinken?’ antwoordde hij lachend.

‘O nee, dat zou heel dom zijn. Als je net zo klinkt als iedereen heb je helemaal geen bewonderaars meer.’

‘Dan zal ik het er extra dik bovenop leggen.’

Het terras zat bijna helemaal vol. Ze namen plaats aan een rond tafeltje en keken elkaar over de kaars heen aan. ‘Zeg, wat is dat voor jongen, die vriend van Clementine?’

‘Ik heb ze aan elkaar voorgesteld,’ antwoordde Sylvia trots. ‘Heb je er bezwaar tegen als ik rook?’

‘Nee hoor.’

‘Wil jij er ook een?’

Rafa schudde zijn hoofd. ‘Het verbaast me dat zo’n mooie vrouw als jij rookt.’

Ze haalde het pakje uit haar tas en tikte er met een nagel tegen. ‘Ik heb al heel vaak geprobeerd om te stoppen, maar daar is meer voor nodig dan wilskracht alleen.’

‘Wat dan nog meer?’

‘Liefde,’ zei ze onomwonden, terwijl ze hem met haar katachtige ogen doordringend aankeek. ‘Als ik op een niet-roker verliefd werd, echt hoteldebotel, dan zou ik voor hem stoppen.’

‘Ik vind dat je voor jezelf zou moeten stoppen.’

‘Allemaal geprobeerd, maar jammerlijk mislukt.’ Ze nam de sigaret tussen haar vuurrode lippen en stak hem aan met een van de waxinelichtjes die heel decoratief in paarse glaasjes midden op tafel stonden. Hij keek toe hoe ze een paar trekjes nam en ze, toen ze door de nicotine ontspande, achterover ging zitten.

Jake besloot dat hij zelf bij hen de bestelling ging opnemen. Die Sylvia beviel hem wel: vol en vrouwelijk, net een mooie rooie kat. Hij had haar hier al een paar keer eerder gezien, maar hij was haar niet opgevallen, en ze had hem alleen vluchtig gedag gezegd in antwoord op zijn begroeting. Toen Rafa een martini en een glas chardonnay bestelde, wierp ze hem een glimlach toe. Toen liet ze haar mooie ogen weer op de Argentijn rusten en blies provocerend een sliert rook uit. Jakes maag trok samen van jaloezie en hij ging maar snel naar binnen. Zijn afkeer van Rafa laaide op. Zolang Rafa in het hotel verbleef, maakte Jake geen schijn van kans. Hij gaf hun bestelling door aan de ober. Toen bleef hij een tijdje vanuit de serre naar haar kijken, niet in staat zich van haar los te rukken.

'Clemmie heeft me veel over je verteld.' Sylvia nam een slokje wijn.

'O ja?'

'Ja, toen ze jou in de Black Bean Coffee Shop had gezien, kwam ze meteen naar me toe. Ze is nog maar een kind, eigenlijk. Ik ben als een soort moeder voor haar.'

'Het was ontzettend toevallig dat ik haar zo tegenkwam.' Hij glimlachte bij de herinnering, en Sylvia zag dat zijn ogen fonkelden. 'Ze is eigenzinnig, en dat mag ik wel. In Argentinië noemen we zo iemand *un personaje*. Zeg, vertel eens: is dat vriendje wel goed genoeg voor haar?'

'Nou en of,' antwoordde ze nadrukkelijk. 'Ze zijn twee handen op één buik.'

'Haar stiefmoeder moet hem anders niet,' zei hij er provocerend achteraan.

'Dat komt doordat ze een slechte relatie hebben. Clemmie vindt haar een aanstelster omdat ze graag in het middelpunt van de belangstelling staat. Volgens mij wordt ze een beetje gek van de stress omdat ze wel kinderen had gewild, maar ze niet kon krijgen.'

'Hoe lang ken jij Marina al?'

'Ik ken haar niet echt. Alleen via Clemmie. Het probleem is dat ze uit een andere klasse komt dan Grey, en dat zit Clemmie dwars. Die obsessie met sociale klassen is een heel naar Engels trekje. Dat kennen jullie in Argentinië vast niet.'

'Vooroordelen heb je overal ter wereld, neem dat maar van mij aan.'

'Nou, Clemmie is van mening dat de Duikboot – ik bedoel Marina – haar zinnen op Grey heeft gezet om hoger op de sociale ladder te komen. Volgens mij zijn ze gewoon verliefd geworden – ik bedoel, ze gaan amper met de adel om. Maar geen enkel kind zal ooit van een stiefouder houden, hoe hard diegene zijn best ook doet. Ik weet zeker dat Marina er alles aan heeft gedaan. Clemmie is ontzettend koppig.'

Rafa luisterde aandachtig terwijl Sylvia aan het woord was, met een rustige, doordringende blik. 'Dat van die klassen, is dat gebaseerd op familie of op opleiding?'

'Die twee zaken zijn onlosmakelijk met elkaar verbonden. Ik vermoed dat Marina uit de arbeidersklasse komt, of de lagere middenklasse. Ze heeft in elk geval niet op een particuliere school gezeten. Dat kan ik weten, want dat geldt voor mij ook.'

'Heb je haar ouders wel eens ontmoet?'

Sylvia schudde haar hoofd. 'Clemmie heeft ze zelfs nooit ontmoet. Marina houdt ze goed verborgen, vind je ook niet?'

'Bedoel je dat ze zich voor hen schaamt?'

'Dat zou kunnen.' Ze lachte. 'Ze zijn volgens mij niet eens op hun bruiloft geweest. Clemmie heeft een keer gezegd dat ze zodra de scheiding erdoor was op het gemeentehuis zijn getrouwd. Dat is niet erg romantisch voor twee mensen die verliefd zijn, hè?'

'Sommige mensen maken er liever niet al te veel drukte van.'

'Clemmie zegt dat Marina wel degelijk van drukte houdt, als ze maar in het middelpunt staat.' Ze liet haar stem dalen, want ze was zich ervan bewust dat er meegeluisterd kon worden. 'Ik denk dat ze haar familie er niet bij wilde hebben omdat ze niet door de mand wilde vallen. Ze doet zich toch heel chic voor? Dat accent, ik bedoel maar, dat is nogal pretentieus, vind je niet? Net alsof ze heel erg haar best doet.'

Het schemerde inmiddels. De waxinelichtjes gloeiden in de paarse glaasjes, de vogels waren op stok en hielden zich stil, en op de achtergrond klonk het slaperige gemurmel van de zee. Rafa dronk zijn glas leeg, Sylvia stak nog een sigaret op. Hij maakte zich zorgen om Clementine; elke keer dat hij aan haar dacht, voelde hij een knoop in zijn maag.

'Heb jij het mobiele nummer van Clementine?' vroeg hij.

'Ja.' Sylvia voelde zich ongemakkelijk.

'Geef eens.'

Met een kreun zocht ze in haar tas naar haar telefoon en scrolde omlaag naar het nummer. Ze las het hardop voor en keek zenuwachtig toe hoe hij het in zijn BlackBerry invoerde. 'Ga je haar bellen?'

'Waarom niet? Misschien is ze inmiddels vrij.'

'Ik denk niet dat Joe dat leuk zal vinden; hij is erg bezitterig.'

'Dan vraag ik of ze allebei komen.'
'Waarom sms je haar niet?'
'Denk je dat dat beter is?'
'Zeker weten. Anders breng je haar misschien in de problemen.'

C, waar zit je? Ik hoopte dat je met Sylvia mee zou komen om iets te drinken. Kon je echt niet? Ik wilde je zeggen dat het me spijt... Rafa

Clementine las het berichtje. Haar maag draaide zich om als een pannenkoek. Ze las het nog een keer en bloosde hevig. Haar eerste gedachte was dat Rafa haar wilde zien. Haar tweede dat Sylvia haar met opzet had buitengesloten. Ze keek naar Joe, die in de leunstoel op Sky naar sport zat te kijken, en wist dat het uitgesloten was dat ze nu weg kon. Ze wilde dat Joe in een rookwolk zou verdwijnen.

Ik kan nu niet weg. Kun je morgenavond na mijn werk naar het huis dat God vergeten is komen? C.

De BlackBerry van Rafa piepte – een nieuw bericht. Sylvia liep rood aan. 'Is dat van Clemmie? Komt ze?' Hij las haar sms'je en kneep zijn ogen samen. Het huis dat God vergeten is – zou hij nog weten hoe hij daar moest komen?
'En? Wat schrijft ze?'
'Ze kan niet,' antwoordde hij.
Sylvia ontspande haar schouders. 'Zie je wel? Dat zei ik toch?'
'Ik zie haar morgen. Hoe laat zijn jullie klaar met werken?'
'Half zes.'
'Oké.' Met zijn duimen tikte hij: Ik kom je van kantoor ophalen, dan gaan we samen.

'Wie ben je aan het sms'en?' vroeg Joe.
'Jake,' jokte Clementine. 'Ik ga morgen na mijn werk naar het hotel. Hij moet me iets vertellen.'
'Hij wil je waarschijnlijk overhalen om daar weer te gaan wonen.'
'Dat zou kunnen.' Het enige wat er tussen haar en weer naar huis gaan in stond, was haar trots. Joe was weer een en al aandacht voor de televisie. Ze keek hoe hij bier uit een blikje dronk, met zijn voeten op een voetenbankje, zijn ogen vastgelijmd aan het scherm, en ze bedacht

dat hij wel heel erg onbehouwen was. Ze vroeg zich net af wat haar in 's hemelsnaam had bezield om bij hem in te trekken toen haar telefoon piepend aangaf dat ze een sms'je had. Ze las het gretig. Goed, dus Rafa kwam haar morgen ophalen en dan reden ze samen naar de oude kerk, hun geheime plek. Ze klaarde meteen op.

Ze dacht aan hoe ze het paadje naar het strand op gelopen waren, hoe hij haar uit de braamstruiken had bevrijd, het moment waarop ze zich tot hun ondergoed hadden uitgekleed en de zee in waren gerend. Ze dacht aan hoe ze hadden gelachen, elkaar verhalen hadden verteld en terug waren gegaan naar het Polzanze als schoolkinderen die de regels overtraden, maar vooral niet gesnapt wilden worden. Ze glimlachte weemoedig en hoopte maar dat het morgen net zo bijzonder zou worden.

Sylvia zag dat Rafa op zijn horloge keek. Ze voelde het meteen als een man niet in haar geïnteresseerd was en was niet van plan zichzelf voor schut te zetten. Ze keek op haar eigen horloge en slaakte een kreet. 'Lieve hemel, is het al zo laat? Ik moet echt weg. Freddie vraagt zich vast af waar ik blijf.'

'Freddie?'

'Mijn geliefde. Hij wil vast eten.'

'Ik moest ook maar eens gaan.'

'Heb je een eetafspraak?'

'Ik eet met mijn leerlingen mee.' Hij grijnsde. 'Dat klinkt een beetje vreemd als je bedenkt dat niemand van hen jonger dan zeventig is.'

Ze keek om zich heen. 'Het is hier echt geweldig.'

'Het is een mooi hotel.'

'Het gerucht gaat dat ze moeite hebben het hoofd boven water te houden.'

'Zo ziet het er anders niet uit.'

'Nee, je hebt gelijk. De sfeer is veranderd; die voelt goed. Ik zou wel willen blijven om die in me op te zuigen.'

'Dan moet je nog maar een keer komen.'

'Volgende keer zal ik Clemmie meeslepen.'

'Doe dat.'

Ze vroeg zich af waarom zijn gezicht opklaarde. Clemmie was een vreemde tante – geen echte schoonheid zoals zíj, en Rafa was duidelijk een man die iedere vrouw kon krijgen die hij maar wilde. 'Het was heel gezellig. Gaat het te ver om je voor het drankje te bedanken?'

'Nee hoor, graag gedaan.' Hij begeleidde haar naar de hal en keek toen ze de salon door liepen even naar zijn dames, blij om te zien dat ze nog steeds diep in gesprek verwikkeld waren. De luide lachsalvo's van de Brigadier galmden door het vertrek en vulden dat met vrolijkheid.

'Ze hebben het naar hun zin,' merkte Sylvia op.

'Mijn tafelgenoten,' lachte hij.

'Dan wordt het vast geen saaie maaltijd.'

'Die van jou ook niet.'

'Nee, Freddie lacht graag en veel.' Maar toen ze het hotel uit liep, voelde ze een plotselinge steek van eenzaamheid. Er was geen maaltijd met Freddie; hij was thuis bij zijn gezin. En voor haar was er niemand thuis.

Jake stond in de foyer en keek haar na toen ze over het grind naar haar auto liep. Hij had 'Goedenavond' gezegd, maar ze had mistroostig gereageerd, zonder hem zelfs maar aan te kijken. Haar avond met Rafa was duidelijk niet naar wens verlopen. Hij wilde dat ze was blijven staan om met hém te praten. Hij wist zeker dat hij haar had kunnen opvrolijken.

De volgende ochtend hield Harvey in een glimmende Jaguar stil voor het hotel. Het dak was omlaag en hij zat met zijn arm nonchalant in het open raam achter het stuur, met een kwajongensachtige grijns op zijn vrolijke gezicht. 'Ga Marina eens halen,' riep hij tegen Tom, die zacht floot en haar toen op een drafje ging zoeken.

Shane kwam aangekuierd om de auto te bewonderen. 'Wat een schoonheid,' zei hij dweperig.

'Een Jaguar XK, met alles erop en eraan.'

'Mooi. Van wie is-ie?'

'Van mijn neef. Ik heb hem geleend. Ik wil Marina's gezicht zien als ze mij erin ziet zitten.'

'Leuke neef!'

'Hij heeft goed geboerd.'

'Mag ik straks mee een eindje rijden?'

'Ja hoor. Knappe jongen die mij hier vandaag nog uit krijgt.'

Marina liep het grind op en toen ze Harvey achter het stuur van een gestroomlijnde knalgroene Jaguar zag zitten, viel haar mond open in een stille kreet. 'Ik geloof mijn ogen niet!' riep ze uit, en ze schudde niet-begrijpend haar hoofd. 'Ik had niet gedacht dat ik jou ooit nog in een sportauto zou zien zitten, Harvey. Ongelooflijk!'

'Stap in!'

'Ga je een eindje met me rijden?'

'Ik heb nog even tijd voor ik Rafa en zijn schilders voor de lunch naar de Powells moet brengen. Mevrouw Powell organiseert een picknick voor ze, zodat ze de oude duiventil kunnen schilderen.'

'Wat een leuk idee. Goed, waar gaan we naartoe?'

'Waarheen u maar wilt, mevrouw.' Shane opende het portier voor haar en keek hoe ze instapte.

'Wat spannend.' Marina lachte als een jong meisje dat met een vriendje uitgaat. 'We zijn wel even weg,' zei ze tegen Shane. 'Zeg maar tegen Jake dat hij het fort bewaakt.' Met een ronkend geluid reed de auto soepeltjes de oprit af. Shane en Tom keken hen na.

'Zo'n auto zou ik ook wel willen,' zei Tom jaloers.

'De enige manier waarop jij er zo een kunt krijgen is door hem te stelen of door een bank te beroven,' zei Shane.

'Of door een rijk wijf te zoeken, die er een voor me koopt.'

'Die vind je hier niet, knul. Rijke wijven gaan naar Zuid-Frankrijk, niet naar Dawcomb Devlish.'

'Wat een schoonheid, Harvey. Hoe lang mag je 'm hebben?' riep Marina boven de bulderende wind uit.

'Zo lang ik wil,' antwoordde hij achteloos. 'Mijn neef heeft hem toch niet nodig. Hij is voor een paar weken naar het buitenland.'

'Die moet wel een kapitaal gekost hebben.'

'Negentigduizend, nieuw.'

'Dat meen je niet!'

'Echt. Althans, dat is de nieuwprijs, maar deze is tweedehands. Maar goed, alles zit erop en eraan: leren stoelen, gps met touchscreen, aluminium velgen, en hij rijdt als een zonnetje.'

'Zeg dat wel. Zolang die dief op vrije voeten is zou ik 'm maar in de garage houden.'

'Ik ben eerder bang dat de jongens ermee vandoor gaan.'

'Shane en Tom?'

'Ja, die vertrouw ik voor geen stuiver.' Hij knipoogde. 'Het zijn net schooljongens, die twee.'

Ze reden over landweggetjes, met de zon in hun gezicht, terwijl de wind Marina's lange haar speels alle kanten op blies. Na een poosje deden ze er het zwijgen toe. Ze glimlachte zo nu en dan even naar hem en dan grijnsde hij liefdevol terug, en op die momenten lukte het haar om even niet aan Clementine, het hotel, hun torenhoge schuld en de ophanden zijnde komst van Charles Rueben te denken. Als ze bij Harvey was, voelde ze haar verantwoordelijkheid lichter worden, alsof het zijn taak was die geheel en al voor haar te dragen.

Clementine was woedend op Sylvia dat ze haar met opzet van haar avondje met Rafa had buitengesloten, maar nam zich voor om voor de verandering nu eens geen scène te trappen. Ze was teleurgesteld in haar, want ze had gedacht dat ze vriendinnen waren, maar diep in haar hart verbaasde het haar eigenlijk niet. Sylvia was een mannenvrouw en als ze een nieuwe verovering in het vizier had, was hun vriendschap niets meer waard.

Ze ging vroeg naar haar werk, want ze wilde niet langer dan strikt noodzakelijk naast Joe liggen, die niets leek te hebben om voor op te staan, en ze dronk haar koffie verkeerd aan haar bureau. Ze had haar haar opgestoken en had haar donkerblauwe mantelpakje aan, maar ze had ook een bloot jurkje van Jack Wills, een vestje en teenslippers in een tas gedaan, voor later op de dag. Bij de gedachte dat ze de avond met Rafa zou doorbrengen kwam haar maag omhoog. Ze had geen trek in een ontbijt en kon amper stil blijven zitten.

Sylvia arriveerde met een schuldbewuste blik. In plaats van zelfverzekerd naar haar bureau te benen, schuifelde ze schaapachtig naar binnen. 'Ik voel me vreselijk ellendig,' zei ze, om maar meteen ter zake te komen. 'Ik heb geen oog dichtgedaan vannacht.'

'Waarom niet?' vroeg Clementine luchtig.

'Waarom niet? Omdat ik een kreng ben geweest, daarom. Ik haat mezelf zoals ik gisteravond was, en ik wil zeggen dat het me spijt.'

'Het maakt niet uit, Sylvia. Ik begrijp het best.'

Sylvia was verbaasd. 'Echt waar – en je bent niet boos op me?'

'Helemaal niet.' Clementine was gelukkig, en dat maakte haar vergevingsgezind – wat ze anders niet was. 'Ik was bij Joe, dus ik had toch niet kunnen komen.'

'Maar ik had het je moeten vertellen. Hij is jóúw vriend, niet de mijne.'

'Hij is ieders vriend, Sylvia.'

'Nee, volgens mij mag hij jou meer dan wie ook. Hij begon helemaal te stralen toen hij het over jou had.'

'Echt waar?'

'Echt waar.'

'Zo is hij met iedereen. Maak je vooral geen illusies.' Maar ze stond zichzelf toch een rilling van opwinding toe, ook al wist ze zeker dat Sylvia het bij het verkeerde eind had.

Meneer Atwood arriveerde aan het begin van de middag, na een bespreking in Exeter. De brieven waarom hij had verzocht lagen op zijn bureau te wachten, met een lijst keurig uitgetypte berichten ernaast. Clementine kwam binnen met een kopje koffie. Hij ging achteroverzitten op zijn stoel, beet op het uiteinde van zijn potlood en bekeek haar met tot spleetjes geknepen ogen. 'Je wordt nog eens een héél goede secretaresse, Clementine. Ik ben onder de indruk!'

'Dank u wel, meneer Atwood.'

'Mag ik vragen: vanwaar deze plotselinge verandering?'

'Daar is geen reden voor. Ik heb het gewoon naar mijn zin.'

'Mooi zo. Dat pakje staat je goed.'

Clementine zag de wellustige blik in zijn ogen en deinsde achteruit. 'Dank u wel.'

'Je bent een knap meisje, Clementine.'

'Verder nog iets van uw dienst, meneer Atwood? Want anders ga ik graag terug naar mijn bureau.'

'Ja, ja. Natuurlijk. Laat je niet door mij ophouden.' Hij grinnikte opgewekt om haar te laten merken dat er verder niets achter zijn complimentjes stak. 'Ik heb graag een secretaresse die popelt om achter haar bureau te zitten.'

In het hotel zat Bertha met Heather aan de keukentafel, met hun handen om een beker koffie geslagen. 'Volgens mij heeft de Brigadier een oogje op mevrouw Meister,' zei Heather. 'Ik heb eens goed naar ze gekeken. Ze gaan altijd naast elkaar zitten en hij heeft gevraagd of ze vanavond een wandelingetje met hem wil maken. Ik schaam me dat ik heb meegeluisterd, maar het is gewoon zo fascinerend dat ik er niets aan kan doen.'

'*Love is in the air*,' zong Bertha toonloos.

'Ik heb altijd medelijden met hem gehad. Elke ochtend komt hij in z'n eentje beneden voor het ontbijt. Hij heeft geen vrouw die thuis op hem wacht. En nu glimlacht hij van oor tot oor. Dat vind ik toch zo zoet.'

'Wie is mevrouw Meister ook alweer?'

'Dat kleine muizige vrouwtje.'

'O gut, kan zij de Brigadier wel aan? Hij is net een grote walrus.'

'Haar man is overleden, de arme schat, dus zij is nu ook alleen. Ze zijn gewoonweg geknipt voor elkaar.'

'Ik kijk naar Rafa.' Bertha keek grijnzend in haar beker.

Heather wist niet wat ze hoorde. 'Je gaat toch geen werk van hem maken, hè?'

'Ik bedoel niet dat ik een oogje op hem heb. Geef mij maar een oudere man, en eentje die een beetje groter is. Ik zou hem fijnknijpen als een flensje. Nee, ik bedoel dat ik hem in de gaten hou.'

'Hoezo dan?'

'Volgens mij heeft hij thuis een vriendin.'

'Echt waar?'

'Ja. Toen ik zijn kamer schoonmaakte, zag ik een stapel liefdesbrieven liggen van een meisje, ene Costanza. Dat moet Constance zijn, toch?'

'Vast.'

'Dus hou ik hem in de gaten, voor het geval hij buiten zijn boekje gaat.'

'Wat maakt jou dat uit als hij buiten zijn boekje gaat?'

'Niks. Ik wil alleen zeker weten dat ik in de buurt ben om daar getuige van te zijn.'

'Ooo, Bertha, wat ben jij erg, zeg.'

'Ik zie het gewoon als een beetje vermaak. Zo vaak gebeurt er nou ook weer niet iets spannends hier in Devon.'

'Baffles is toch spannend?'

'Als hij komt – wat ik durf te betwijfelen. Hier valt niet veel te halen.' Ze snoof minachtend en slurpte het laatste beetje koffie van de bodem van haar beker.

'Heb je Harveys nieuwe auto gezien?'

'Nee.' Bertha keek ontdaan. 'Wat voor nieuwe auto?'

'Een Jaguar. Alsof het niks is.'

'Wat moet hij met een Jaguar?'

'God mag het weten, maar als hij niet voorzichtig is, komt hij op een ochtend tot de ontdekking dat hij weg is, en ligt er hooguit een bedankbriefje.'

Om half zes was Clementine vanbinnen één grote zenuwenknoop. Ze logde uit en liep met de bak paperassen naar de dossierkasten om alles op te bergen. Terwijl ze de papieren in de juiste mappen stopte, die allemaal keurig in alfabetische volgorde waren gelabeld, merkte ze dat haar handen trilden. Ze hoorde meneer Atwood aan de telefoon; hij was ongetwijfeld met zijn maîtresse in gesprek. Ze kon zich niet voorstellen dat hij zijn vrouw 'cowgirl' noemde. Ze spitste haar oren om zijn suikerzoete praatjes te kunnen verstaan en hoorde daardoor de deur niet opengaan, en ook het gegeneerde gilletje van Sylvia niet, die nog steeds aan haar bureau zat.

Rafa begroette Sylvia, maar zijn aandacht werd getrokken door een slank meisje in een goed gesneden donkerblauw pakje en op naaldhakken, dat achter in het vertrek bij de dossierkasten stond. Het duurde even voordat hij haar herkende, en net op dat moment draaide ze zich om. 'Clementine?' Hij keek verbaasd. Ze sloot de la en liep naar hem toe.

'Rafa.'

'*Dios mio*, wat zie jij er fantastisch uit.'

Ze bloosde blij. 'Werkkleding. Ik heb iets minder gekleeds bij me. Vind je het erg om even te wachten? Dan kleed ik me om.'

Hij stak zijn handen in zijn zakken. 'Natuurlijk niet. Sylvia houdt me wel even gezelschap.' Maar hij liet Clementine niet met zijn ogen los, tot ze naar het damestoilet verdween.

Sylvia glimlachte ongemakkelijk en hoopte dat hij niets zou zeggen over de vorige avond. Ze wilde maar dat Clementine een beetje opschoot. Rafa leunde op haar bureau en keek grijnzend op haar neer. 'Hard gewerkt vandaag?'

Clementine wurmde zich in haar jurk en stak haar voeten in de teenslippers. Ze maakte haar haar los en woelde erdoor met haar vingers. Ze dacht vol ongeloof aan de middag waarop ze had gedagdroomd dat de knappe Argentijn die ze in de Black Bean Coffee Shop had ontmoet haar kantoor binnengewandeld zou komen om haar op te halen. Nu had hij dat echt gedaan, en de avond strekte zich vol belofte voor haar uit.

20

Clementine zat op de passagiersstoel van Rafa's huurauto en kon amper geloven dat ze eindelijk samen waren, echt met z'n tweetjes. Ze draaide het raampje omlaag en liet de heerlijke zomergeuren op de wind naar binnen waaien. Aanvankelijk was hun gesprek wat stroefjes verlopen doordat ze door elkaar heen praatten, over hun woorden struikelden en lachten om hun zenuwen te maskeren. De sfeer was veranderd. Clementine wist niet waarom of wanneer, maar er hing een huivering tussen hen die er eerder niet was geweest.

Rafa, nonchalant gekleed in een spijkerbroek en een wit overhemd, keek zo nu en dan even naar haar en grijnsde dan. Hij had een zonnebril op en zijn dikke haar ging rechtop staan als de wind erdoorheen blies. Ze had hem aldoor al knap gevonden, maar nu ze hem een beetje beter kende, zag ze wel in dat er achter zijn knappe uiterlijk meer schuilging. Hij had de gave om in iedereen het beste te zien en hij beschikte over een ruimhartigheid die zijn ogen en glimlach een uitzonderlijke straling verleende.

Maar in de allereerste plaats vond zij degene die ze zelf was als ze bij hem was leuk, alsof ze in zijn ogen een betere versie van zichzelf was: moediger, grappiger, knapper. Ze keek uit over het platteland en zag hoe weelderig dat was. Het helle groen van de bladeren en het oogverblindende blauw van de lucht vervulden haar tot ze bijna barstte van geluk.

Rafa zette de auto in een parkeerhaventje en liep naar de achterbak.

'Wat zit daarin?' vroeg ze, terwijl ze op het hek leunde en haar blik over het huis dat God vergeten was liet gaan.

'Spullen,' antwoordde hij met een grijns.

Ze draaide zich om en zag dat hij een canvas tas tevoorschijn haalde.

'Wat is dat?'

'Een picknick.'

'Wie heeft die voor je gemaakt?'

'Heather.' Hij gluurde in de tas. '*Qué bueno*, ze heeft er een fles wijn bij gedaan.'

Clementines hart zwol. 'Waar gaan we die opdrinken?'

'Op het strand, lijkt me. Vind je ook niet?'

'Goed plan.'

Het was toch niet zo'n goed idee geweest om een jurk aan te doen. Het pad naar het strand was smal en er stonden een heleboel braamstruiken langs. Toen ze haar kleren had klaargelegd, had ze niet aan praktische zaken gedacht. 'Ik neem je wel op mijn rug,' bood Rafa aan.

'O nee, ik ben veel te zwaar,' wierp ze tegen.

'Welnee, helemaal niet. De vorige keer trok ik voor de grap zo'n gezicht. Je bent zo licht als een veertje. Ik zou je zo over mijn schouder kunnen gooien en er nauwelijks iets van merken. Hier, draag jij de tas maar.' Hij ging op zijn hurken zitten. 'Klim er maar op.'

Ze wilde dat ze een paar kilo lichter was, maar klom toch aarzelend op zijn rug. De intimiteit van hun lichamen joeg het bloed vuurrood naar haar wangen, maar ze had geen tijd om daar langer bij stil te staan. Hij kwam overeind, haakte zijn armen onder haar benen en liep het pad op. 'Zie je wel? Ik merk nauwelijks dat je op mijn rug zit.'

'Leugenaar,' lachte ze.

'Wie zei dat?' zei hij, en hij draaide zich om, net alsof hij achter zich wilde kijken. Ze moest weer lachen. Hij draaide zich de andere kant op. 'En wat was dat? Ik dacht dat ik alleen was.'

'Gekkie!'

'Wie zei dat?'

'Als je je zo blijft omdraaien word ik nog zeeziek.'

'O, jíj bent het.'

'Ja, ik ben het, zo licht dat je gewoon vergeten bent dat ik op je rug zat.'

Rafa beende verder het pad over en zorgde er daarbij goed voor dat haar blote benen niet tegen de doornen kwamen. Eindelijk waren ze bij het zand en zette hij haar voorzichtig neer.

'Zie je wel? Ik ben niet eens buiten adem.'

Ze gingen op het strand zitten en keken hoe de golven zachtjes aan kwamen rollen. Meeuwen cirkelden rond op de wind, en de brutaalste gingen vlakbij op de rotsen zitten in de hoop restjes van hun picknick te kunnen schooien. Rafa schonk de wijn in en Clementine pakte de broodjes uit.

'Op onze hernieuwde vriendschap,' zei hij, en hij hief zijn glas. 'Ik wilde nog zeggen dat het me spijt dat ik me ermee heb bemoeid. Jouw relatie met Marina gaat mij niets aan. Het geval wil dat ik jullie allebei graag mag en dat ik wil dat jullie elkaar ook mogen.'

Ze hief haar glas. 'Excuses aanvaard – met alle plezier dit keer.'

'Dus we zijn weer vrienden?'

'Ja. Zeker weten.' Ze namen in stilte een slok.

Toen haalde Clementine diep adem. 'Weet je nog dat je zei dat ik me moest losmaken van het verleden om het heden niet kapot te maken? Wat bedoelde je daar precies mee?'

Hij keek haar bedrukt aan. 'Daar wil je het toch niet echt over hebben, hè?'

'Jawel.'

'Beloof je dat je er niet woedend vandoor zult gaan?'

Clementine lachte. 'Het spijt me dat ik kwaad ben geworden. Ik beloof je dat ik er niet vandoor zal gaan. Trouwens, jij hebt de autosleutels.'

'Goed, als je erop staat zal ik je vertellen wat ik erover denk – voor wat dat waard is.'

'Dat is vast de moeite waard.' Ze nam een hap van een sandwich met kalkoen. 'Misschien steek ik er iets van op.'

'Om te beginnen moet je mijn levensfilosofie begrijpen.'

'En die luidt?'

'Ik ga ervan uit dat wij in staat zijn ons lot zelf te kiezen. We komen op aarde om het leven te ervaren en om te leren om meelevende, liefhebbende mensen te zijn. Tijdens ons leven moeten we allerlei keuzes maken die invloed hebben op de mensen om ons heen én op onze eigen toekomst.

Stel je een kiezelsteen voor die in een vijver wordt gegooid. Je denkt misschien dat het kiezelsteentje gewoon naar de bodem zakt, maar dat is niet zo. Het steentje veroorzaakt rimpelingen die helemaal tot aan de rand komen, waar ze een blaadje van de oever duwen. Een bij verdrinkt in het water, maar nu kan hij op het blaadje klimmen en zichzelf redden. De bij vliegt weg en gaat op de arm van een kind zitten, die verwonderd naar de bij kijkt en daarmee liefde voor de natuur ontwikkelt. De ouders van het kind maken ruzie, maar de moeder ziet de bij en raakt in paniek omdat ze bang is dat haar kind gestoken wordt. Beide ouders snellen toe om het kind te helpen en vergeten hun ruzie, verenigd in hun liefde voor hun kind. De bij vliegt weg en... Nou ja, de rest van het verhaal mag je zelf verzinnen.

Het punt is dat je nooit iets doet wat overal volkomen los van staat. Vandaar dat het heel belangrijk is wat voor keuzes je maakt. Als je ervoor kiest om wrok te blijven koesteren, creëer je een toekomst die ongelukkig is, omdat elke beslissing uit je wrok zal voortkomen. Marina is verliefd geworden op je vader en is met hem getrouwd. Het doet er niet meer toe of ze hem van jouw moeder heeft afgepakt of dat ze hem van een ongelukkig huwelijk heeft gered – en neem van mij aan dat iedereen die hierbij betrokken is een eigen interpretatie van de gebeurtenissen zal hebben en dat die allemaal anders zullen luiden. Maar, Clementine, jij kunt kiezen hoe je reageert. Jij bent nu volwassen en moet aan je eigen toekomst bouwen. Als je jezelf er emotioneel van losmaakt, hun je zegen geeft, het goede in Marina probeert te zien in plaats van steeds naar het slechte te zoeken, creëer je een gelukkiger heden voor jezelf.'

Ze dacht er even over na en liet haar blik naar zee dwalen. 'Ik heb Marina nooit een kans gegeven,' zei ze zacht. 'Ik heb het haar altijd kwalijk genomen dat ze papa van me af heeft gepakt.'

'Je vader is nog steeds hier. Misschien moet jíj maar eens de ruimhartigste zijn en een stap naar hém toe doen.'

'Het klinkt wel heel gemakkelijk zoals jij het zegt.'

'Moet je horen, we zijn geen karikaturen, maar gecompliceerde, onvolmaakte mensen. Liefde stijgt boven ons allemaal uit. Je hoeft nu alleen maar in te zien dat zij hun redenen hadden – vermoedelijk andere redenen dan jij denkt – en dan bewust de beslissing te nemen om hen vrij te laten. Ze zijn een groot lijnschip dat jij over de golven achter je aan trekt. Hak het touw door. Maak jezelf vrij. Je kunt tot grote hoogten stijgen, ook al heb je nog zo'n slechte start in het leven gemaakt,' zei hij, en hij glimlachte meelevend. 'Maar waarschijnlijker is dat je dat kunt dankzíj die slechte start.'

'Je zei dat ik Marina haar kant van het verhaal moest laten vertellen.'

'Ooit moet je haar misschien, hier op het strand, als jullie alleen zijn en niet gestoord kunnen worden, eens vragen of ze jou wil vertellen wat er is gebeurd. Maar alleen als je bereid bent om naar haar te luisteren zonder haar te veroordelen. Pas als je je er genoeg van hebt losgemaakt om het niet allemaal op jezelf te betrekken.'

‘Je bent heel wijs, Rafa.’

‘Dat zegt iedereen, maar dat is niet zo. Ik ben nog steeds aan het leren, ik ben nog steeds zoekende.’

‘Volgens mij weet je al heel veel.’

‘Hoe meer je weet, hoe meer je je realiseert wat er nog allemaal te leren valt.’ Hij schonk nog een glas wijn in. ‘Jij nog wat?’

Ze knikte. ‘Je zult me wel terug moeten dragen, hoor.’

‘Nog een paar glazen en ik draag je helemaal terug naar huis!’

Terwijl ze op het zand zaten te kletsen, werd het langzaam maar zeker vloed. De oranje zon zonk tot laag boven de horizon, waardoor de wolken zich donkerpaars tegen de lichtblauwe hemel aftekenden. Het was zo romantisch met het hypnotiserende ritme van de golven en de melancholieke roep van de meeuwen op de achtergrond dat Clementine zeker wist dat hij zich naar haar toe zou buigen en haar zou kussen. Haar hart begon al verwachtingsvol te hameren. De doordringende manier waarop hij haar aankeek, zijn schalkse glimlach, zijn speelse geplaag – alles wees erop dat hij zich tot haar aangetrokken voelde. De wijn had haar zintuigen op scherp gesteld en ze voelde elke vibratie die tussen hen heen en weer ging, alsof ze elektrisch geladen waren.

Op dat moment, net toen ze dacht dat hij haar zou kussen, klonk het geblaf van een angstige hond, helemaal aan de andere kant van het strand, waar de zee tegen de rotsen beukte. Rafa kwam overeind. ‘Hoor je dat?’ Hij tuurde het strand af. ‘Ik zie hem niet. Zie jij hem?’

Clementine was lichtelijk geïrriteerd dat het moment verstoord was, maar de paniek die in het geblaf doorklonk leidde haar al snel af. ‘Kom, dan gaan we kijken.’

Ze liepen snel het strand op en lieten hun picknickspullen in het zand liggen. Er werd aanhoudend en doordringend geblaft, en de angst die erin doorklonk maakte dat ze er flink de pas in zetten. Al snel begonnen ze te rennen. Aan het eind van het strand bleven ze staan luisteren. Rafa keek haar ernstig aan. ‘Hij zit ergens vast op de rotsen, denk ik.’ Ze tuurden allebei de kliffen af, maar zagen niets.

‘Hoe kunnen we erbij komen?’

‘Ik zwem naar de andere kant.’

‘Is dat niet gevaarlijk?’

‘Hopelijk niet. Maar er verkeert een hond in nood, en als ik ergens niet tegen kan zijn het dieren die pijn lijden.' Hij trok snel zijn kleren uit, tot op zijn onderbroek.

'Dan ga ik met je mee.' Ook zij begon zich uit te kleden.

'Heel moedig van je, Clementine.'

'Roekeloos, zul je bedoelen.' Maar de manier waarop hij naar haar keek gaf haar moed.

Ze waadden de zee in. Het water was koud, maar na een tijdje raakten ze eraan gewend. Ze zwommen samen op, maar geen van beiden zei een woord, want ze hadden het te druk met naar het geblaf luisteren en proberen vast te stellen waar de hond zich bevond. Clementine zou zich zelf nooit zo ver in zee gewaagd hebben. De golven sloegen tegen de rotsen en het strand leek al heel ver achter hen te liggen.

'Kijk, daar heb je een grot!' riep Rafa. 'Volgens mij komt het daarvandaan.' Ze zwommen naar de inham, waar het water kalmer was, en liepen vlug het strandje op. Het werd al snel vloed, dus het zou niet lang meer duren voor de grot vol water stond. De hond voelde dat zij eraan kwamen en begon te janken. 'Stil maar, jongen. Alles komt goed.' Rafa ging op zijn hurken zitten en aaide het dier. De hond kwispelde opgewonden.

'Moet je zien, hij zit aan een rots vastgebonden.' Het dier was met opzet in die grot ter dood veroordeeld, zoveel was zeker. 'Dat geloof je toch niet?!'

'Kun je hem losmaken?'

'Ja.' Ze ging aan de slag met de knoop, verbijsterd dat iemand zo wreed kon zijn. Zodra de hond los was, ging Clementine bij Rafa op het zand zitten om het dier te aaien. 'Wat voor hond is het?'

'Een vuilnisbak. En dat is waarschijnlijk precies de reden waarom de eigenaar hem niet meer wilde.' Hij begon in het Spaans tegen het dier te praten.

'Hoe krijgen we hem op het strand?'

Rafa keek even naar de monding van de grot. 'We kunnen maar beter gaan. Het wordt zo donker en het is vloed. Anders zitten we hier de hele nacht vast.'

'Ik denk niet dat we een nacht zouden overleven. Deze grot staat bij vloed waarschijnlijk onder water.'

'Oké, jongen, je zult met ons mee moeten.'

Aanvankelijk leek het erop alsof er geen beweging in de hond te krijgen was. Het dier was zo van slag en bang dat hij geen stap met zijn trillende poten wilde zetten. Als ze de zee niet over hadden gehoeven, had Rafa hem kunnen dragen, maar ze hadden geen keus; als de hond gered wilde worden, zou hij moeten zwemmen. Rafa nam zijn kop in zijn handen en keek hem recht aan. Toen sprak hij hem kalm en met gezag toe, alsof hij het tegen een kind had. 'Je gaat met ons mee, makker. Wij gaan voor je zorgen en je in veiligheid brengen, maar je zult ons moeten vertrouwen.'

Hij aaide hem over zijn oren en snuit, en na een tijdje, terwijl de zee de grot binnensijpelde, kalmeerde de hond enigszins. Hij liep met hen mee de grot uit en het water in. Rafa bleef de hele tijd tegen hem praten, moedigde hem aan, fleemde en prees hem. Clementine zwom aan de andere kant van de hond mee, zodat hij zich aan beide kanten beschermd voelde. Langzaam zwommen ze de bocht om. De wind was opgestoken en de zee was nu wat ruwer. Zwemmen kostte meer inspanning en Clementine klemde haar kaken op elkaar en bleef strak naar het strand kijken. Het hondje zwom uit alle macht, met zijn neus in de lucht, opengesperde neusgaten en grote ogen van angst. Maar hij zwom door, want zijn moed won het toch van zijn angst.

Eindelijk kwamen ze bij het strand. De hond draafde het zand op en schudde het water uit zijn vacht. Toen kwispelde hij zo hard dat het leek alsof zijn staart eraf zou vallen. Clementine en Rafa wankelden de golven uit en vielen op hun knieën neer om de hond te aaien. 'Goed gedaan!' riepen ze ademloos uit, en de hond leek het te begrijpen, want hij likte blij hun gezichten.

'We moeten met hem naar huis. Hij krijgt het koud en is uitgedroogd. God mag weten hoe lang hij in die grot vastgebonden heeft gezeten.'

'We hebben water in onze picknicktas,' opperde Clementine.

'Prima. Kom, jongen, we gaan naar huis.'

De hond dronk uit de fles en at de restjes brood op. Hij had inderdaad honger en dorst.

'Zeg, Marina heeft een hekel aan honden,' zei Clementine.

'Hoe kan iemand nu een hekel aan honden hebben?'

'Weet ik veel. Zij in elk geval wel.'

'Nou, dat zien we later wel. Eerst maar eens kijken dat we hem droog krijgen, en dan praten we wel met haar. Jij kunt hem niet meenemen naar je werk, dus ze zal moeten goedvinden dat hij in het hotel blijft.'

'Ze wil vast dat je hem naar een asiel brengt.'

'Die hond blijft bij mij. Dat is het lot, dat begrijp je toch wel? Het was voorbestemd dat wij hem zouden vinden.' Hij grijnsde speels naar haar. 'Ik kies ervoor hem te houden.'

Ze glimlachte terug en vond het heerlijk dat zij iets exclusief met z'n tweeën hadden meegemaakt. 'Dan is hij ook van mij.'

Ze trokken hun kleren over hun natte lichamen heen aan en liepen helemaal tot aan de auto te rillen. Rafa bood nog aan om Clementine te dragen, maar dat wees ze af, want ze vond dat de hond hun aandacht nodig had. Dat hij met haar op zijn rug de heuvel af was gelopen, oké, maar ertegenop was een heel ander verhaal, en het interesseerde haar nu niet aan hoeveel doornen ze haar huid openhaalde, zolang haar de vernedering maar werd bespaard dat hij haar halverwege moest neerzetten omdat ze te zwaar was. Ze zetten het dier op de achterbank, waar hij als een doorweekte dweil ging liggen. Na een tijdje viel hij door het geronk van de motor in slaap.

De verwarming had in de auto aangestaan, maar desondanks rilden Clementine en Rafa nog steeds toen ze bij het Polzanze aankwamen. Ze waren tot op het bot verkleumd. 'Ik praat wel met Marina,' bood Rafa aan toen ze voor het huis stilhielden.

'Mijn zegen heb je,' zei ze, en ze beet zenuwachtig op haar lip. 'Ik hoop maar dat we hem mogen houden.'

'We houden hem, maak je maar geen zorgen.'

'Dan ga ik wat oude handdoeken en een deken halen.'

'Heb je iets bij je, zodat je je kunt verkleden?'

'Ik leen de kamerjas van mijn vader wel.'

Tom kwam het hotel uit gebeend. Toen ze uit de auto stapten, keek hij hen verbaasd aan. 'Tom, wil jij even bij de hond blijven terwijl ik wat dekens haal?' vroeg Clementine.

'Bij de hond?'

'Ja. We hebben een hond gevonden, vastgebonden in een grot. Hij kon elk moment verdrinken. We moesten de zee in zwemmen om hem te redden. Nu ligt hij op de achterbank te slapen, de arme schat.'

Tom schudde zijn hoofd. 'O-o, je weet hoe de baas over honden denkt.'

'Dit is anders. Hij is bang en heeft niemand die voor hem kan zorgen.'

'Waar is Marina?' vroeg Rafa.

'In de serre met de Brigadier en jouw dames.'

'Mooi, ik trek eerst even droge kleren aan en dan ga ik naar haar toe.'

'Succes,' zei Clementine.

'Dat heb je wel nodig, ja,' zei Tom erachteraan.

Even later kwam Clementine in Greys kamerjas en op zijn pantoffels tevoorschijn, gewapend met een oude handdoek en dekens. Rafa, in een schone spijkerbroek en trui, kwam met Marina het hotel uit gelopen. Aan haar gezicht zag je meteen dat hij het haar nog niet had verteld. Clementine keek even achter in de auto. De hond sliep nog. Hij zag er schattig uit, met zijn bruine vacht krullerig van het zeewater en zijn lijfje dat op- en neerging door zijn ademhaling. Hoe kon iemand zo'n hulpeloos wezen nou niet willen?

'Nou, wat is de verrassing?' zei Marina, terwijl ze op de auto af liep. Tom zette angstige ogen op en liep stilletjes achteruit, maar bleef wel in de buurt om te kijken.

'We hebben een hond gered,' zei Rafa achteloos. 'Hij zat vastgebonden in een grot, achtergelaten om te verdrinken. Clementine en ik zijn ernaartoe gezwommen om hem te redden.'

Marina's mond zakte vol afgrijzen open. 'Een hond?'

'Ja, wat een schatje, hè? Hij slaapt nu. Hij was echt doodsbang.' Rafa probeerde duidelijk op haar gevoel te spelen.

Marina tuurde in de auto en wrong daarbij bezorgd in haar handen. 'Je weet dat ik geen honden in het hotel kan hebben,' zei ze, maar Rafa bespeurde iets weifelends in haar stem en zette door.

'Maar hij zou anders zijn doodgegaan. Het is onze verantwoordelijkheid om voor hem te zorgen. Hij is heel jong, bijna een puppy nog. We kunnen hem niet wegdoen.'

Marina keek hem aan. Ze schrokken allemaal van de angst in haar ogen. Clementine voelde geheel onverwacht een scherpe pijn in haar borst, en haar hart stroomde vol medelijden. Marina zag er heel klein uit, alsof ze door een windstoot zo omvergeblazen zou worden.

'Rustig maar, Marina, ik neem hem wel mee,' bood ze aan. 'Meneer Atwood zal hem op kantoor moeten dulden. Hij kan onder mijn bureau slapen.'

'Nee, je kunt hem niet naar je werk meenemen,' zei Rafa.

'Ik vraag wel of mijn moeder hem wil,' stelde Tom voor. 'Ze heeft al een kat, maar je weet maar nooit, misschien gaat het goed samen.'

Het leek erop dat Marina met haar geweten worstelde. 'Ik kan hem niet wegdoen,' mompelde ze. 'Dat kan ik niet. We moeten voor hem zorgen.'

'Ik kan hem wel op mijn kamer nemen,' zei Rafa vriendelijk. 'Je hebt me een reusachtige suite gegeven, Marina; er is ruimte genoeg voor ons allebei.' Ze keek in de auto, naar de slapende straathond. De tranen sprongen haar in de ogen. Niemand wist wat hij moest zeggen. Deze reactie hadden ze niet van haar verwacht. 'Het spijt me, Marina. Ik heb me niet gerealiseerd dat je bang bent voor honden.'

'Ik ben niet bang voor ze,' antwoordde ze, terwijl ze haar rug rechtte en zich vermande. 'Het is een dot. Hoe gaan jullie hem noemen?'

'Daar hebben we nog niet over nagedacht,' antwoordde Rafa, en hij keek vragend naar Clementine.

'Koekie,' antwoordde ze met een grijns naar haar stiefmoeder.

Marina lachte flauwtjes en veegde haar wang af. 'Koekie.' Ze moest lachen. 'Wat een leuke naam.'

'Ik dacht wel dat je die leuk zou vinden.'

'Prima,' beaamde Rafa, die zich geen rekenschap gaf van het grapje tussen de twee vrouwen. 'Ik breng hem nu naar boven en zorg dat hij een plekje heeft waar hij kan slapen.'

Marina nam de leiding. 'Tom, ga jij in de keuken zeggen dat ze iets te eten voor hem klaarmaken en breng een bak water naar boven. Clementine, jij gaat met Rafa mee en je maakt een bedje voor hem. We hebben vast wel ergens een mand. Ik ga wel even kijken.' Ze beende weg in de richting van het stallencomplex.

De anderen keken haar na. 'Wat was dat nou allemaal?' vroeg Rafa.

Clementine haalde haar schouders op. 'Geen idee. Ze is een raadsel voor me. We weten nu in elk geval dat ze niet bang is voor honden.'

'Als ze niet bang voor ze is, wat is dan het probleem?'

'Misschien komt het door hun vacht; ze is heel trots op haar huis.'

'Nee, het moet meer zijn. Ze was bijna in tranen.'

'Dat heeft ze soms. Meestal is Harvey of mijn vader dan in de buurt om haar weer te kalmeren.'

Rafa fronste zijn voorhoofd. 'Maar waarom dan?'

'Je stelt te veel vragen, Rafa.'

Marina was al lang in het stallencomplex, maar Rafa bleef die kant op staren.

Rafa droeg Koekie naar boven en legde hem op de dekens die Clementine voor hem op het logeerbed had klaargelegd. Hij was heel slaperig en kon zijn oogjes bijna niet openhouden. Even later kwam Tom met een bak water en wat restjes kip, en Marina had een oude rieten picknickmand gevonden die als tijdelijke oplossing kon dienen. De volgende dag zouden ze in de dierenwinkel de benodigde spulletjes gaan kopen. Het zag ernaar uit dat Koekie een blijvertje was.

Clementine negeerde de drie gemiste oproepen op haar mobiele telefoon van Joe en zei dat ze zou blijven eten, terwijl haar kleren droogden. Ze gingen naar het stallencomplex en namen plaats rond de keukentafel om spaghetti met mosselen te eten, die Marina beter klaarmaakte dan welke chef-kok ook. Grey kwam erbij zitten en wilde graag over de hond horen, maar maakte zich vooral zorgen om zijn vrouw en over hoe zij op haar nieuwe gast reageerde. Hij stond ervan te kijken dat zij het dier überhaupt op het terrein had toegelaten. Rafa wilde dolgraag vragen waarom ze niet van honden hield, maar zijn intuïtie zei hem dat uitgerekend dát een duister en verraderlijk pad was.

Om elf uur stond Rafa op van tafel. 'Ik ga maar even kijken hoe het met Koekie is, voor het geval hij wakker wordt en merkt dat hij alleen is. Misschien wordt hij bang.'

'Ik kan me voorstellen dat hij na zijn avontuur wel een tijdje zenuwachtig blijft,' zei Grey.

'Ik moest ook maar eens gaan,' zei Clementine. 'Pap, kun jij me een lift geven? Want ik heb mijn auto in Dawcomb laten staan.'

'Natuurlijk,' zei Grey, en hij stond op. Marina fronste haar wenkbrauwen, want ze voelde Clementines tegenzin en wilde dat ze de moed had om toe te geven dat ze zich vergist had en dat ze weer thuis zou komen wonen.

'Ik loop even met jullie mee,' zei Rafa, en toen draaide hij zich om naar Marina. 'Bedankt voor het eten. Je maakt nog lekkerdere spaghetti dan een Italiaan.'

Marina glimlachte. 'Dank je wel. Dat is een heel compliment, van een halve Italiaan.'

Rafa liep met Clementine het grindpad op. 'Wat een dag,' zei hij, en hij stak zijn handen in zijn zakken.

'Hoe komt het toch dat ik elke keer dat ik met jou ben uiteindelijk mijn kleren uittrek en in zee spring?'

'Als je dat niet zelf kunt bedenken, ben je toch minder slim dan ik had gedacht.'

Ze glimlachte. 'Dan doe je wel uitzonderlijk veel moeite om een vrouw uit de kleren te krijgen.'

'Bij sommige vrouwen moet je wat uitgekookter te werk gaan.'

'Geef Koekie een dikke kus van me, oké?'

'En wel meer dan één. Kom morgen maar naar hem kijken. Hij is van ons alle twee, weet je nog?'

'Dat zal ik doen.'

'Ik bel je morgenochtend om te vertellen hoe het met hem gaat.'

'Ik hoop dat hij goed slaapt vannacht.'

'Na zo'n angstige dag slaapt hij vast als een roos.' Hij lachte. 'En ik ook.'

Clementine stapte in de auto van haar vader en ze reden de oprit af. Ze zag in het spiegeltje dat Rafa haar nakeek en ze zwaaide uit het raam. Hij zwaaide terug. Ze vlocht haar vingers ineen en zuchtte diep en voldaan. Grey zette haar voor het huis van Joe af, maar in plaats van naar binnen te gaan wachtte ze tot haar vader wegreed. Toen sloop ze weg naar haar Mini. Ze had nog geen zin om Joe te zien; ze wilde even alleen zijn en zich dicht bij Rafa voelen, dus reed ze naar het huis dat God vergeten was.

De maan stond groot en helder aan de hemel en overlaadde het landschap met zo veel licht dat ze helemaal tot over de akker kon kijken. Ze was niet bang zo in haar eentje. Het was lekker om hier buiten in de wind te zijn, omhuld door de nacht. Het was te donker om de kerk binnen te gaan, dus ging ze op het stoepje bij de ingang zitten, leunde tegen de muur en luisterde naar het geritsel van de bladeren en het gestage gemurmel van de zee in de diepte. Het maanlicht viel op de toppen van de golven, die rezen en daalden, en het bespatte ze met zilver. Deze avond maakte de schoonheid haar niet melancholiek, maar gelukkig. Haar hart voelde warm en vol aan, alsof het een cakeje was, net uit de oven. Ze wist nu dat er zoiets als Grote Liefde bestond en dat die je heel plotseling kon besluipen, bijna voor je hem herkende. Nou, zij herkende hem wel degelijk, en met een verwachtingsvolle huivering hunkerde ze ernaar die in haar leven toe te laten.

21

Toscane, 1971

Floriana lag op het strand en tuurde in het luchtledige. Ze dacht aan de sterren, hel en stralend, en vroeg zich af hoeveel er lang geleden al opgebrand waren en waarvan het licht nog als een herinnering bleef schijnen. Zo stelde ze zich de dood voor. Haar moeder kon net zo goed dood zijn, want ze kwam toch niet terug. Dat accepteerde Floriana nu wel. Ooit had de herinnering een nagloed gehad die net zo hel was als deze sterren, maar die was nu opgebrand. Ze kon zich amper herinneren hoe haar moeder eruitzag. Van haar broertje herinnerde ze zich al helemaal niets meer. Maar ze vroeg zich wel vaak af waar ze waren en of haar moeder ooit aan haar dacht. Die omzwervingen van haar gedachten deden haar vroeger altijd pijn, en op een vreemde manier had ze daar genoegen aan beleefd, als een tong die de kies die pijn doet opzoekt. Nu was ze verhard en voelde ze niets meer, zelfs geen wrok.

Het was nu bijna vijf jaar geleden sinds Dante was vertrokken, en ze dacht nog elke dag aan hem. Ze was bijna zestien, een jonge vrouw, maar vanbinnen was ze nog steeds het meisje dat door de hekken van La Magdalena naar binnen tuurde – en ze hield nog steeds van hem.

Toen hij vertrokken was, dacht ze dat haar wereld instortte, en haar wil om te leven had het begeven. Als Dante niet meer in haar leven was, wat had het dan nog voor zin om door te gaan? Ze had troost gezocht in de Kerk, want behalve Jezus interesseerde niemand zich voor haar, en Hij had haar de hand gereikt en haar hart aangeraakt, waarbij Hij haar heel zacht in het oor had gefluisterd, zodat verder niemand het kon horen. Hij had haar gezegd dat ze moest wachten, dat vast en zeker de dag zou komen waarop Dante terugkwam en haar zou vragen met hem te trouwen. Dus had ze haar tranen gedroogd, haar schouders gerecht en besloten om precies te doen wat Hij haar had opgedragen, want Jezus en

Zijn moeder, Maria, hielden van haar – en voor het geval ze door de problemen van iemand anders zouden worden afgeleid, ging ze elke dag naar de kerk om een kaars voor Dante te branden en om Hen eraan te helpen herinneren dat háár gebeden voorrang hadden.

De zomer daarop was Costanza uitgenodigd op La Magdalena om met Giovanna te spelen, het jongste kind van de familie Bonfanti. Het geval wilde dat Costanza's moeder signora Bonfanti tijdens de mis had benaderd en had geopperd dat de meisjes misschien met elkaar konden spelen. Signora Bonfanti was dolblij geweest en had Costanza's moeder omhelsd als een vriendin die ze al heel lang niet meer had gezien. Contessa Aldorisio had het niet over Floriana gehad, want ze wilde graag dat haar dochter, nu ze ouder werd, met meisjes van haar eigen stand speelde. Maar Costanza had voet bij stuk gehouden. Ze was te bang om alleen te gaan en was zich er maar al te goed van bewust dat Floriana degene was die hun hart had veroverd, en niet zij. De gravin was gezwicht, maar wel op voorwaarde dat ze, zodra ze zich op haar gemak voelde met Giovanna, Floriana niet meer mee zou nemen. Bovendien zou ze, nu signora Bonfanti en zij weer met elkaar omgingen, haar persoonlijk naar La Magdalena brengen, dus ze had geen begeleiding nodig.

Costanza en Giovanna werden al snel goede vriendinnen. Net als Costanza was Giovanna ook verlegen en onzeker. Ze had niet de zelfverzekerdheid van haar zus of de charme van haar broer. Floriana ging met hen om, maar kreeg al snel genoeg van hun spelletjes. Ze verlangde ernaar dat Dante tussen de bomen door gelopen kwam, maar hij was weg en zij wist niet wanneer hij terug zou komen. Dus speelde Floriana maar met Truste. De hond was het enige van Dante wat ze niet was kwijtgeraakt. Ze leerde hem apporteren, zitten als hem dat werd gezegd en haar op de voet te volgen als ze tussen de bomen door zigzagde. Ze speelden verstoppertje en talloze andere spelletjes die ze voor hem bedacht, en soms gaf ze een demonstratie voor Giovanna en Costanza, die dan in hun mooie jurk naast elkaar gingen zitten en bevallig in hun handen klapten alsof ze in de schouwburg waren.

Damiana was dolblij om Floriana weer te zien en moederde over haar zoals ze de zomer ervoor ook had gedaan. Ze liet haar de ballen ophalen als ze met haar vriendinnen tenniste en nodigde haar uit om in haar slaapkamer te komen en haar te helpen kiezen welke jurk ze moest aandoen. Maar Floriana verlangde in haar hart naar Dante, en ondanks alle aandacht was het zo zonder hem maar leeg in Villa Magdalena.

Als signora Bonfanti er niet was geweest, had Costanza's moeder ervoor gezorgd dat Floriana was thuisgebleven. Maar deze grillige, dromerige vrouw met de doorzichtige schoonheid van een bosnimf was net zoals haar twee oudere kinderen verliefd geworden op l'orfanella. Ze had haar tragische geschiedenis van Dante gehoord en zich voorgenomen het kind met al haar moederliefde te omarmen, want die had ze in overvloed, aangezien ze altijd veel meer dan drie kinderen had gewild.

Bij haar eerste bezoek nam ze het meisje bij de hand en liep met haar de met een zuilengang omgeven tuin in, waar Floriana de eerste keer dat ze voet op het terrein van La Magdalena had gezet, met Dante had gezeten. Ze waren er de hele middag gebleven, hadden naar de fontein gekeken, naar de vogels geluisterd en elkaar hun gedachten en ideeën verteld. Signora Bonfanti vond in Floriana een kind dat dezelfde liefde voor de natuur en dezelfde onstilbare nieuwsgierigheid naar de wereld had als zijzelf. Floriana vond in signora Bonfanti een lieve moeder die bloemen in haar haar vlocht en haar gedichten en verhaaltjes voorlas. Een moeder die moeite voor haar deed zoals haar eigen moeder dat nooit had gedaan.

Beetje bij beetje was Floriana bij het vaste meubilair van La Magdalena gaan horen. Net zo vast als de zwerfhonden en -katten die Dante had geadopteerd. En net als de zwerfhonden en -katten werd ze door iedereen aangehaald en liefdevol geplaagd, behalve door contessa Aldorisio, die het maar niks vond dat zij er ook was, alsof ze met haar aanwezigheid haar geheime ambities voor haar dochter bedreigde. Ze had zich geen zorgen hoeven maken, want Giovanna begon Costanza als een zus te beschouwen en ze hielden ook tijdens de wintermaanden contact, toen Giovanna weer in Milaan op school zat. Floriana ging elke dag naar La Magdalena, hoewel de familie al lang weg was, en dan nam ze Truste mee de stad in om op de Piazza Laconda achter de duiven aan te zitten. De hond werd haar vaste maatje en haar grote vreugde in het leven. In tegenstelling tot Costanza, die zich te deftig voelde om met het personeel te praten, had Floriana vriendschap gesloten met de mensen uit de buurt die op La Magdalena werkten, en als ze niet op school zat of in de kerk, hing ze vaak in de tuin rond, waar ze met de dieren speelde en met de tuinlieden praatte.

Toen Costanza weer alleen was, zocht ze het gezelschap van haar oude vriendin op, en Floriana was blij dat ze weer welkom was. Ze moesten nu wel in de stad afspreken, of op het strand, want Costanza's moeder deed er alles aan om de twee meisjes uit elkaar te houden. Costanza was inmiddels dertien en vond het maar niks dat haar werd gezegd wat ze moest doen en met wie ze bevriend mocht zijn, en ze voelde een sterke trouw ten opzichte van Floriana. Maar contessa Aldorisio was ervan overtuigd dat de twee meisjes op de een of andere manier wel uit elkaar zouden groeien. Dat was onvermijdelijk als je bedacht hoe hun leven eruitzag en hoe groot de klassenverschillen waren. Als het niet op de natuurlijke manier gebeurde, zou ze het proces wel een handje helpen.

Er kwam weer een zomer tot bloei – de tweede sinds Dantes vertrek – en Floriana voelde zijn afwezigheid meer dan ooit. Er volgden lange lome dagen op La Magdalena, vol mooie mensen, grote lunchpartijen en middagen in de tuin met de zuilen, waar ze gedichten las. Signora Bonfanti nodigde Floriana uit om een mozaïek te maken, en ze brachten uren door in de serre, waar ze vierkantjes papier uitknipten en op doek plakten. Floriana vond het heerlijk om dicht bij haar in de buurt te zijn, terwijl Truste naast haar lag te dutten. Overal in huis stonden of hingen foto's van Dante, en als signora Bonfanti haar gedachten soms hardop uitsprak en een wijdlopige monoloog afstak, ving ze wel eens wat nieuwtjes op. Dante scheen het erg goed te doen in Amerika, maar zijn toekomst lag in Italië, waar van hem werd verwacht dat hij in het bedrijf van zijn vader tot grote hoogten zou stijgen.

Floriana mocht signor Beppe niet. Hij had niets van de charmes of welwillendheid van zijn zoon. Hij had een knap gezicht, op een harde manier, met een laag voorhoofd boven donkere, schrandere ogen, en een nek zo dik als die van een stier. In rust trok hij met zijn mond, van wrede vrolijkheid, en als hij lachte, maakte dat een oppervlakkige indruk, alsof hij het deed voor het effect en niet uit vrolijkheid. Zijn gedachten leken voortdurend in beslag genomen te worden door werk en hij werd heel vaak weggeroepen aan de telefoon, of zat in zijn werkkamer met mannen in zwart pak te praten, die sigaren rookten die je tot in de marmeren gang rook. Signora Bruno zei dat Beppe Bonfanti deel uitmaakte van de plaatselijke maffia en dat hij ook echt mensen had gedood, maar Floriana deed de verhalen van de oude vrouw af als geroddel, ook al had Beppe wel erg koude ogen. Ze geloofde gewoonweg niet dat de vader van Dante een moordenaar was. Dat hij afschrikwekkend was, zoveel was zeker. Hij werd voortdurend door Zazzetta op de hielen gezeten – een mager, onheilspellend mannetje met een kale kop en een scherpe neus, die hem dingen in zijn oor fluisterde en van alles in een zwart boekje opschreef. Signor Beppe luisterde meer naar hem dan naar wie ook en leek over het vermogen te beschikken om met hooguit een opgetrokken wenkbrauw zijn aandacht te trekken. Signor Beppe kon geen moment zonder hem en noemde hem zijn *braccio destro* – zijn rechterhand. Floriana mocht die Zazzetta ook niet.

Signora Bonfanti zorgde ervoor dat ze uit de buurt van haar man bleef en hij zocht haar ook nooit op. Hij had amper oog voor Floriana, net zoals hij geen oog had voor de zwerfdieren die tegen lunchtijd in de buurt van het terras rondhingen, maar voor Costanza had hij wel oog. Hij genoot zo te merken wel van de opbloeiende vriendschap van zijn jongste dochter en stelde Costanza de ene vraag na de andere over haarzelf en haar familie. Costanza vertelde aan Floriana dat Beppe haar ouders had uitgenodigd om te komen eten en dat ze nu goed bevriend met elkaar waren. Floriana zag niet in wat dit te betekenen had. Alleen Dante, zijn moeder en zijn hond interesseerden haar.

Er waren vijf lange jaren verstreken nadat Floriana Dante voor het eerst had ontmoet, en nu was het weer zomer. Dit keer zou die echter mooier worden dan ooit, want Dante zou thuiskomen. Dat had ze van Costanza gehoord, die het weer van Giovanna had, en er zou een groot feest worden gegeven om zijn thuiskomst te vieren. Ze lag op het zand en voelde een huivering van opwinding over haar huid trekken. Dante kwam eindelijk thuis. Eindelijk zouden ze herenigd worden. Het was nooit in haar opgekomen dat hij misschien verliefd was geworden op iemand anders, of dat hij niet verliefd zou worden op haar, want ze had bijna vijf jaar lang elke dag een kaarsje opgestoken en haar wens tegen Jezus in de hemel uitgesproken. Als je zo onophoudelijk op iets had aangedrongen was het toch ondenkbaar dat Hij het hart zou hebben om haar te negeren?

'En, wat vind je? De blauwe of de witte?' vroeg Costanza de volgende middag, terwijl ze de jurken op haar bed legde. Ze waren stiekem het huis binnengeglipt toen de gravin de deur uit was, en door hun ondeugende streek waren ze des te opgewondener.

Floriana ging achteruit in de kussens zitten en bekeek de twee jurken eens goed. 'Nou, die blauwe is heel mooi, maar die witte is een beetje bruidsjurkachtig, vind je ook niet?'

'De blauwe dus maar?'

'Trek eens aan.'

Costanza had verder geen aansporing nodig. Ze trok de jurk vlug aan en ging voor de hoge spiegel staan die tegen de muur aan stond. Ze had inmiddels wat meer rondingen, met grote borsten en brede heupen boven korte varkenspootjes en hoefachtige voetjes. Ze was dol op eten en verslond uit behoefte aan troost enorme hoeveelheden brood en pasta, terwijl ze zich over haar onhandige lichaam beklaagde. 'Maakt deze me dik?' vroeg ze, terwijl ze op haar onderlip beet en haar buik introk.

'Natuurlijk niet,' loog Floriana. 'Je ziet er weelderig uit. Italiaanse vrouwen horen er weelderig uit te zien.'

'Jij anders niet.'

'Ik heb wel heupen en borsten, hoor.'

'Maar niet zoals die van mij.'

'Maar jij hebt een deftige titel en deftige ouders. Wat heb je liever?'

'Ik moet op dieet.'

'Dan ga je toch op dieet?'

'Voor morgenavond maakt dat toch niks meer uit.'

'Eet dan gewoon lekker. Dat blauw staat je echt prachtig.'

'Wat doe jij aan?'

'Ik heb niks bijzonders. Ik leen waarschijnlijk een jurk van tante Zita. Ze heeft ongeveer dezelfde maat als ik en ze is heel ijdel, dus ze heeft vast wel iets moois.'

'Je mag wel sieraden van mij lenen,' bood Costanza aan, want ze had plotseling medelijden met haar.

'Echt?' Floriana zette grote ogen op.

'Even kijken.' Ze liep snel naar haar kaptafel en maakte haar juwelenkistje open. 'Deze waren van mijn oma,' zei ze, en ze haalde er oorbellen met diamanten uit.

Floriana hapte naar adem. 'O, wat mooi, zeg.'

'Doe ze eens in.'

'Die zou ik nooit kunnen dragen.'

'Hoezo niet?'

'Je moeder krijgt een rolberoerte als ze me ermee ziet.'

'Ze komt er pas achter als het al te laat is. Trouwens, wat maakt het jou uit wat mijn moeder ervan vindt? Kom, doe in.' Floriana deed de clips in haar oorlelletjes. Ze trok het krukje voor de kaptafel, ging zitten en keek verwonderd naar haar spiegelbeeld. De witte diamanten schitterden als ijspegels tegen haar bruine huid. 'Zie je hoe je gezicht ervan gaat stralen?'

'Ze zijn prachtig,' verzuchtte Floriana, en ze streek haar haar uit haar hals. 'Heel mooi zoals ze het licht vangen en fonkelen als sterren.'

'Leen ze dan van me.'

'O, nee, dat kan ik echt niet doen. Ze zijn veel te kostbaar.'

'Toe nou, ik zou het heel fijn vinden als je ze droeg.'

'Ik voel me net iemand anders – een bedriegster.'

'Maar je ziet eruit als een prinses!' Floriana keek in de spiegel en haar hart zwol van een acuut verlangen naar iets wat ze toch nooit kon zijn.

'Mijn moeder heeft een grote sieradendoos vol edelstenen, allemaal van mijn oma geërfd,' ging Costanza verder. 'Die erf ik op een dag allemaal van haar.'

'Jij boft maar.'

'Dat weet ik. Maar meer erf ik ook niet. Papa is heel veel geld kwijtgeraakt en is er nog niet in geslaagd het terug te verdienen. Mama hoopt dat ik een goed huwelijk sluit en dat we dan weer rijk zijn.'

'Dat lukt je vast wel,' zei Floriana vaag, terwijl ze dromerig naar de diamanten staarde.

Toen ze beneden de voordeur hoorden dichtslaan, schrok Costanza zichtbaar. Floriana was meteen uit haar trance. 'Is dat je moeder?'

'Dat kan haast niet.'

'Je zei toch dat ze de hele dag weg was?'

'Dat is ze ook.'

Floriana deed vlug de oorbellen uit en legde ze op de kaptafel. 'En als ze me betrapt, wat dan nog? Wat kan ze me nou helemaal maken? Ik ga echt niet als een dief stiekem via het raam naar buiten, hoor.'

Costanza wrong zich bezorgd in de handen. 'Jij bent mijn vriendin en daarmee uit,' zei ze in een poging moedig te zijn.

Ze hoorden voetstappen op de trap en toen de vertrouwde stem van de gravin: 'Costanza!' Costanza wierp haar vriendin een hulpeloze blik toe.

'Ik ben in mijn kamer, mama.'

De deur ging open en de gravin keek naar binnen. Toen ze Floriana zag, reageerde ze eerst ontzet, maar ze herstelde zich snel en wist een suikerzoet glimlachje te produceren. 'Hallo, Floriana,' zei ze afgemeten. 'Wat zijn jullie aan het doen?'

'Ik ben jurken aan het passen voor het feest.'

Haar moeder onderwierp haar dochter aan een kritische blik. Haar eerzucht kreeg de overhand en ze liep verder de kamer in om haar beter te kunnen bekijken. 'Dat blauw staat je goed,' zei ze, terwijl ze de rok vastpakte en omlaagtrok. 'Maar hij zit wel wat te strak.'

Costanza zuchtte. 'En ik hou mijn buik nog wel in.'

'Niet genoeg,' antwoordde de gravin kordaat. 'Te veel pasta, liefje.'

'Ik kan ook die witte aantrekken.'

'En dan net een schuimtaart lijken?'

Costanza's goede humeur zakte als een pudding in. 'Maar wat moet ik dan aan?'

'Je doet deze aan, maar Graziella moet hem voor je uitleggen.' Ze zag de diamanten oorbellen op de kaptafel liggen en vermoedde al dat Floriana die had geprobeerd. Ze sperde haar neusgaten open en haalde diep adem. 'En je doet die in,' zei ze. 'Floriana, die oorbellen, alsjeblieft.' Floriana voelde een steek van teleurstelling. Ze pakte ze voorzichtig op en liet ze op de uitgestoken hand vallen.

'Maar die wilde ik aan Floriana lenen!' riep Costanza gedachteloos uit.

'Aan Floriana? Waarvoor in 's hemelsnaam?'

'Voor het feest.'

De gravin snoof even. 'Lieveling, Floriana gaat helemaal niet naar het feest.'

Floriana's boosheid nam toe. 'Ik ga wél naar het feest,' kwam ze ferm tussenbeide.

'O, neem me niet kwalijk, dan heb ik me vergist. Ik wist niet dat je een uitnodiging had ontvangen.'

Floriana liep rood aan. 'Een uitnodiging?'

'Ja, je kunt alleen maar naar het feest als je een uitnodiging hebt.'

'Je hebt er toch een?' vroeg Costanza toen haar moeder de clips in haar oren vastmaakte.

'Kijk, dat is beter. Diamanten halen een jurk echt helemaal op.' Ze glimlachte naar haar dochter. 'Je ziet er echt prachtig uit, Costanza. Je wordt vast de belle van het bal.'

Floriana voelde zich duizelig van schaamte. 'Nee, ik heb geen uitnodiging,' antwoordde ze zacht, en tot haar razernij prikten de tranen in haar ogen.

'Maar dan mag ze toch wel met ons mee?' vroeg Costanza.

'Ik wou dat het kon, liefje, maar als ze niet officieel is uitgenodigd, is dat heel onbeleefd.'

'Maar signora Bonfanti is dol op Floriana.'

De gravin haalde haar schouders op. 'Het spijt me, Floriana. Wat een teleurstelling voor je. Je moet maar denken: het is maar een feest.'

Costanza beet op haar lip. Ze wilde haar armen om haar vriendin heen slaan, maar haar moeder stond tussen hen in.

Floriana trok haar schouders naar achteren en stak haar kin naar voren. 'U hebt gelijk,' zei ze. 'Het is maar een feest. En jij zult er stralen als geen ander, Costanza.' Ze verdomde het om te gaan huilen waar de gravin bij was. 'Ik moest maar eens gaan.' Ze stond op om te vertrekken en er viel een ongemakkelijke stilte.

'Je hoeft niet weg, hoor,' zei Costanza toen maar, waarmee ze heel stoer haar moeder tartte.

De gravin zette een meelevende glimlach op, maar daar zat geen enkel oprecht gevoel in. 'Ze is heel sterk,' zei ze toen Floriana de deur achter zich sloot.

'Waarom hebben ze haar niet uitgenodigd?'

'Omdat ze niet een van ons is, liefje.'

'Doet dat er dan echt zoveel toe?'

De gravin legde haar handen op de schouders van haar dochter en keek haar aan met ogen zo koud als staal. 'Moet je eens goed naar me luisteren, Costanza. Je hebt geen idee hoeveel dat ertoe doet. Jij komt van een goede familie, vergeet dat nooit. Geld komt en gaat, maar je zult altijd een Aldorisio zijn. Floriana is een onbeduidend meisje. Ze zal met iemand van haar soort trouwen en vergeten dat jullie ooit bevriend waren. Maar jij, liefje, jij trouwt met iemand van jóúw soort mensen, of in elk geval met een man die jou qua rijkdom waard is. Het leven is hard. Als je niet lenig genoeg bent om erbovenop te springen, dendert het over je heen.' Costanza knikte, maar haar blik gleed naar de deur. Haar moeder trok haar aan haar kin weer bij de les. 'Kijk me aan, Costanza, en zeg dat je me begrijpt.'

'Ik begrijp het,' antwoordde ze.

'Mooi zo. Goed, diamanten oorbellen – ja, deze zijn heel mooi, maar ik denk dat we wel wat beters hebben. Kom maar mee, ik heb nog véél mooiere diamanten in mijn eigen sieradenkistje.' Ze gooide de oorbellen op de kaptafel.

Floriana rende de heuvel af, terwijl de tranen over haar wangen stroomden en een snik in haar borst bleef steken. Pas toen ze op het strand was, slaakte ze een luide jammerkreet. Ze ging op het zand zitten, met haar armen om haar knieën, en wiegde heen en weer. Hoe kon het nou dat zij geen uitnodiging had ontvangen? Ze dacht dat signora Bonfanti op haar gesteld was, maar uiteindelijk was ze precies als de gravin en had ze haar als een zwerfhond weggestuurd. Ze haalde diep adem en keek uit over zee. Ergens in de mist, waar het water de lucht raakte, was de hemel. Daar woonde Jezus, in een marmeren paleis, te ver weg om haar gebeden te kunnen horen.

Plotseling voelde ze een koude natte neus onder haar elleboog. Truste. Overspoeld door genegenheid sloeg ze haar armen om hem heen en liet in zijn vacht haar tranen de vrije loop. Het was alsof hij het begreep, en hij leunde tegen haar aan en snuffelde met zijn prikkende snuit aan haar huid. Na een poosje voelde ze zich al wat beter. Met Truste bij zich die haar kracht gaf, besefte ze dat het er eigenlijk niet toe deed of ze nu naar dat feest ging of niet. Het was immers maar één avond. Dante zou de hele zomer nog hier zijn. Ze kreeg alle gelegenheid om hem te zien. Bovendien had hij het waarschijnlijk toch te druk met de vrienden van zijn ouders om nog tijd te hebben om met haar te praten. 'Ik ga toch met hem trouwen,' zei ze tegen Truste, en ze droogde haar gezicht aan zijn oor. 'Dan ben ik officieel je moeder.'

De gravin liet het bad voor zichzelf vollopen. Graziella had de luiken gesloten en de gordijnen dichtgedaan. Ze kleedde zich uit en trok een zijden kamerjas aan. Het was een oudje en op een mouw zaten wat vlekken, maar ze had geen geld om een nieuwe te kopen. Dat soort uitspattingen kon ze zich niet veroorloven. Maar als ze het slim aanpakte zou Costanza een goed huwelijk sluiten en dan kon zij zich weer het beste van het beste permitteren.

Ze keek haar slaapkamer rond, naar het afbrokkelende pleisterwerk, de vlek van de lekkage in de hoek, waar de regen door een kapotte dakpan heen was gekomen, en naar de algehele armoedigheid van het huis. Als ze eenmaal begon met de renovatie van de villa, zou ze niet meer ophouden. Er moest zo veel gedaan worden. Haar man verdiende geld, maar niet genoeg om hun hun oude luister terug te geven. Ze beschikten in elk geval nog over de schijn van grandeur, en over hun roemruchte naam.

Ze liep naar de ladekast. Het was een antieke, aan het begin van hun huwelijk gekocht in Parijs en in hun slaapkamer in hun palazzo in

Rome gezet. Ze zuchtte toen ze aan het palazzo aan de Via del Corso dacht. Wat was dat een voornaam huis geweest, en wat had ze zich er thuis gevoeld. Het deed haar vreselijk verdriet als ze aan de week dacht waarin ze hun spullen hadden ingepakt en waren vertrokken. Dat waren nog eens donkere dagen geweest. Ze trok de bovenste la open en haalde er een witte envelop van dik papier uit. De naam was er in prachtig gekalligrafeerde letters op geschreven: *Signorina Floriana.*

Ze voelde zich niet schuldig. Ze had er goed aan gedaan. Toen signora Bonfanti haar de envelop had gegeven, zodat zij hem aan Floriana kon geven, had de gravin haar kans schoon gezien. Het was echt het beste zo. Waarom zou je dat meisje laten proeven van een wereld die toch nooit de hare zou kunnen worden? Dat was toch veel wreder? Ze zou er alleen maar ijdele hoop door gaan koesteren. Ze legde de brief terug en deed de la dicht. Het was echt voor haar eigen bestwil.

22

De dag van het feest brak aan. Een volmaakte juniochtend ter ere van de terugkomst uit Amerika van Beppes enige zoon en erfgenaam, afgestudeerd aan een van de beste universiteiten ter wereld, waar hij zijn master had gehaald en vervolgens had hij bij de vestiging van zijn vaders bedrijf in Chicago in de praktijk de kneepjes van het vak geleerd. De lucht was oogverblindend saffierblauw en de zon liet zijn gouden licht over de prachtige gele villa stromen, waar een efficiënt leger van personeelsleden druk in de weer was de laatste hand aan de voorbereidingen te leggen.

Aan het eind van de stijltuin achter de villa was een nachtblauw tentdoek gespannen waaronder tweehonderd mensen konden plaatsnemen om te eten, naar speeches te luisteren en tot zonsopgang te dansen. Het doek moest na het donker oplichten met wel duizend fonkelende sterren. De tafels binnen waren gedekt met donkerblauw linnen, antiek zilveren bestek en kristallen glazen uit de kelders van het huis. Op het midden van elke tafel was een bloemstuk van zeldzame blauwe orchideeën gezet, voor het geval iemand nog zijn twijfels had over de rijkdom en het aanzien van Beppe Bonfanti.

Buiten knipten de tuinlieden de decoratief gesnoeide hagen bij en kamden de borders uit op eventueel over het hoofd gezien onkruid. De stenen trap die van de villa naar beneden liep werd voor de laatste keer geveegd en er werden een heleboel waxinelichtjes in nachtblauwe glaasjes langs neergezet. Het effect was adembenemend. Signora Bonfanti legde een laatste magische hand aan de tuin door de pauw naast de fontein te posteren, in de hoop dat die, zodra de gasten arriveerden, zijn staart zou openvouwen en iedereen met zijn schoonheid zou verbluffen.

Floriana lag in bed en verborg haar gezicht onder het laken. Ze had zichzelf er nog zo van proberen te overtuigen dat het haar niks kon schelen of ze naar het feest ging of niet, maar ze wilde toch dat het allemaal voorbij was en haar teleurstelling verdwenen was. In de kamer naast haar sliep haar vader zijn roes uit, want hij had de avond ervoor veel te veel gedronken. Ze rook de alcohol door de muur heen.

Hij was er door zijn verslaving nu zo erg aan toe dat hij helemaal niks meer kon. Zelfs de graaf had geen werk meer voor hem. Als tante Zita er niet was en hun niet zo nu en dan, zij het met tegenzin, geld gaf, zouden ze zich genoodzaakt zien om om hulp te bedelen. Floriana werkte wel zo hier en daar; na school hielp ze in de keukens van de restaurants aan de Piazza Laconda. Iedereen was op de hoogte van haar situatie en wilde haar graag helpen. Alleen haar vader, Elio, leek helemaal niet te willen helpen en nam haar geld zonder een woord van dank aan, alsof hij er het volste recht op had.

Floriana wist wel dat ze niet de hele dag in bed kon blijven. Dat was defaitistisch, en als ze iets niet was, was het dat wel. Ze waste zich, kleedde zich aan – een eenvoudige katoenen jurk – en bond een elastiek in haar haar. Signora Bruno stond buiten op de binnenplaats met een van de andere bewoners ruzie te maken over dat die zijn geraniums te veel water gaf. Toen ze Floriana's beteuterde gezichtje zag, wuifde ze de man weg en slofte naar haar toe. 'Waarom kijk je zo sip?'

'Vanavond is het feest,' zei ze, terwijl ze langzaam de trap af liep. Meer hoefde ze niet te zeggen, want signora Bruno had haar getroost nadat de gravin had gezegd dat ze niet was uitgenodigd.

De oude vrouw legde een stevige hand tegen haar onderrug en wreef er eens flink over – tegenwoordig deed alles haar pijn. 'Laat ze allemaal naar de maan lopen,' zei ze boos. 'Je bent veel te goed voor die mensen.'

'Daar denken zij heel anders over.'

'Weten zij veel.'

'Ik vraag me af of Dante me nog kent.'

'Natuurlijk kent hij je nog, amore. Je bent nu een jongedame, en heel knap. Hij gelooft zijn ogen niet als hij je ziet.'

'Ik hou elke dag meer van hem,' zei ze, en bij de gedachte aan zijn glimlach en aan hoe lief hij altijd naar haar keek, werd ze wat vrolijker. 'Op een dag ga ik met hem trouwen en dan geef ik een groot feest.' Ze grijnsde ondeugend. 'Maar dan nodig ik de gravin wel uit.'

'Ach, waarom zou je dat doen?'

‘Om haar gezicht te zien en haar te zien kronkelen als ik in een golvende witte jurk die mooie stenen trap af loop.’

‘Dan zou ik maar opschieten, als ik jou was, want ik wil onder aan die trap staan om naar je te kijken.’

‘Natuurlijk staat u daar, signora Bruno. Als u er niet bij bent is het geen feest.’

Signora Bruno grinnikte. ‘Maar wacht er niet te lang mee, want ik ben bijna versleten.’

‘Dat valt wel mee. Maar ik zeg het niet tegen Elio, hoor.’

‘Moet die je dan niet weggeven?’

Ze keek signora Bruno ernstig aan. ‘Ik zal toch eerst van hem moeten zijn voor hij me kan weggeven.’

‘O, Floriana.’

‘Ik ben van niemand, behalve van Dante.’

‘Ik hoop dat hij goed genoeg voor je is.’

‘We zijn goed genoeg voor elkaar, signora Bruno.’

‘Goed, wat ga je vandaag doen?’

‘Ik ga net doen alsof het een dag is als alle andere. Ik ga naar de mis en steek mijn kaarsje op, voor het geval Jezus besloten heeft om Zijn oren voor mij te openen. En de rest van de dag ben ik bij tante Zita in de wasserij.’

‘Dat malle mens ook. Ze steekt nooit een vinger naar je uit. Ze zou zich moeten schamen.’ Signora Bruno had geen geduld voor Zita.

‘Hoe drukker ik het heb, hoe sneller de dag voorbij is.’

‘Dus je gaat niet bij die muur spioneren?’

‘Nee.’

‘En ook niet naar het prinsesje?’

‘Naar Costanza? Nee. Ik denk niet dat ik het aankan om haar met al die mooie diamanten te zien.’

De dag verstreek maar langzaam. Floriana wist dat Dante thuis moest zijn, want Truste kwam niet kijken waar ze was. Ze miste zijn gretige snuit en zachtmoedige aanwezigheid, maar ze was blij dat hij bij zijn baasje was en opgewonden bij de gedachte dat zij ook snel bij hem zou zijn. Ze bracht de dag door bij tante Zita, die niets wist van het feest of van de liefde van haar nichtje voor Dante, en die maar door kakelde over de hopeloze Elio en zijn gebrek aan verantwoordelijkheidsgevoel. Daarna wandelde ze naar het strand om naar de zonsondergang te kijken.

Costanza kleedde zich alleen in haar kamer om. Graziella had haar jurk uitgelegd en die paste haar nu prima. Ze zag er nog steeds dik uit, maar haar borsten boden afleiding van haar bolle taille en brede heupen. Haar moeder had haar een diamanten ketting met een bijpassende armband en oorhangers geleend, alles bij elkaar een godsvermogen waard. Ze voelde zich op en top een prinses. Haar opwinding werd echter gedempt door de gedachte aan Floriana, alleen in haar kamer. Het was veel leuker geweest als ze zich samen hadden kunnen omkleden, als ze make-up en sieraden met elkaar hadden kunnen delen.

Het leek onvoorstelbaar dat signora Bonfanti vergeten was om Floriana uit te nodigen. Maar toen Costanza er eens lang en goed over nadacht, herinnerde ze zich dat signor Beppe haar had genegeerd en haar net zo achteloos had behandeld als de zwerfhonden en -katten die door de tuinen liepen. Misschien was zij voor Dantes moeder ook niet meer dan een huisdier geweest. Iemand die ze voor gezelschap en vermaak kon gebruiken, maar niet om in het openbaar mee voor de dag te komen. Haar moeder had gelijk: ze werd in hun wereld niet echt geaccepteerd. Ooit zou die gedachte haar plezier hebben gedaan, maar nu voelde ze alleen maar mededogen en een schuldgevoel dat ze nog niet kende.

De gravin was zeer te spreken over hoe haar dochter eruitzag. De diamanten waren erg indrukwekkend en de jurk trok niet meer in de taille en op de heupen. Ze zou in de toekomst echt op haar voeding moeten toezien. Ze werd nu te groot om er nog mee weg te komen dat ze te dik was. Haar man kwam terug van zijn werk. Hij nam een douche, kleedde zich aan en toen vertrokken ze gedrieën naar La Magdalena, in een auto die door een van de jongens van kantoor bestuurd werd.

Ze reden achter een rij andere deftige auto's naar de grote zwarte hekken van de villa: Alfa Romeo's, Fiats 125 en Lancia's. Beveiligingsmedewerkers lieten iedere bestuurder stilhouden en wilden de uitnodiging en een identiteitsbewijs zien. Je kon niet voorzichtig genoeg zijn, en Beppe Bonfanti was een behoedzaam mens als het op zijn eigen veiligheid aankwam. Er hing een sfeer van verwachting, en Costanza keek opgewonden naar buiten. De gravin zei iets over dat de oprit er zo prachtig uitzag met al die brandende fakkels erlangs, en over het schitterende gele landhuis aan het eind, en stiekem zag ze haar dochter daar al wonen als vrouw des huizes.

Ze werden voor het huis afgezet en door de marmeren hal en salon naar het terras gebracht, waar Beppe en zijn vrouw naast elkaar stonden om alle gasten welkom te heten. Ze namen hun plaats in de rij in en lieten hun blik afdwalen naar de tuin beneden met de flamboyante fontein en daarachter naar de tent waar het feestbanket werd gehouden. Costanza herkende Michelangelo de pauw, die doelloos ronddoolde en zijn staart over de grond liet slepen, en ze voelde haar maag omhoogkomen van de zenuwen omdat ze zich nu niet meer achter Floriana kon verschuilen.

'Violetta,' zei de gravin eindelijk op vleiende toon.

Violetta Bonfanti pakte haar hand en glimlachte sereen. 'Wat enig dat je er bent.'

'Wat een prachtige tent.'

'Ja, het is net een sprookje. Costanza, lieveling,' en ze pakte op dezelfde verstrooide manier de hand van het meisje en glimlachte naar haar.

Beppe schudde de graaf stevig de hand. 'Kosten noch moeite heb ik voor mijn zoon gespaard,' zei hij, en hij zette zijn borst op, want hij wilde de aristocraat maar al te graag laten zien hoe rijk hij was.

'Ik zie het,' antwoordde de graaf, die het allemaal erg opzichtig vond. 'Werkelijk schitterend.'

Beppe liet zijn blik op Costanza neerdalen. 'Je ziet er stralend uit, kindje.'

'Dank u wel, signor Bonfanti,' antwoordde ze verlegen.

Hij grinnikte. 'Je kent me onderhand goed genoeg om gewoon Beppe tegen me te zeggen. Voor mijn vrienden ben ik Beppe, toch?'

De Aldorisio's liepen de statige trap af en de tuin in. Het wemelde van de mensen en de lucht was verzadigd van parfum en sigarettenrook. Een kwartet speelde klassieke muziek en de gasten begroetten elkaar en praatten met elkaar, terwijl ze uit hoge kristallen flûtes roze Dom Perignon dronken. Costanza was blij toen Giovanna haar gevonden had, en ze begonnen meteen opgewonden met elkaar te kletsen. Giovanna was nu een jonge vrouw van bijna zeventien. Haar weelderige lichaam glinsterde in een groene jurk van Dior en om haar hals fonkelden smaragden. 'Ik heb je zo veel te vertellen,' zei ze, en ze trok Costanza aan de hand mee. 'Kom, dan zoeken we een rustig plekje op.'

De gravin zwol van trots toen ze de twee meisjes hand in hand door de menigte weg zag lopen. Zo had ze het nu altijd gewild. Ze zuchtte blij en nam alle glamour om zich heen in zich op. Hier hoorde ze thuis, tussen mensen van haar eigen soort. De Bonfanti's en sommige van hun vrienden mochten dan vrij vulgair zijn, hun rijkdom maakte hun eventuele gebrek aan smaak wel goed. En er waren nog genoeg mensen van adel aanwezig om haar het gevoel te geven dat ze in het juiste gezelschap verkeerde. Ze glimlachte tevreden en nipte van haar champagne. Het was net alsof ze na een langdurige ballingschap was thuisgekomen.

'Zullen we ons er maar in storten?' vroeg ze aan haar man.

'Dat lijkt me een prima idee,' beaamde hij, en hij gaf haar een arm. 'Ach, is dat graaf Edmondo di Montezzemolo niet?'

Eindelijk werden de gasten stil. Beppe posteerde zich boven aan de stenen trap. Hij keek glimlachend neer op de tuin aan zijn voeten, alsof hij een keizer was die zijn volk begroette. Toen stak hij zijn armen uit en kondigde met zeer luide stem de komst van zijn zoon aan. 'Vrienden, het is mij een groot genoegen om jullie voor te stellen aan mijn zoon, Dante Alberto Massimo Bonfanti, cum laude afgestudeerd aan Harvard, de beste universiteit van Amerika.' Er klonk applaus, en toen kwam Dante uit de villa naar buiten om zijn vader te omhelzen. Beppe klopte hem hartelijk op de rug en gaf hem toen een kus op beide wangen. 'Mijn zoon!' bulderde hij, en de twee mannen bleven zo even naast elkaar staan, met hun armen om elkaar heen, en zwaaiden naar hun publiek.

Floriana liep langs het strand, met haar schoenen in haar hand en haar voeten in het water. Ze stelde zich voor hoe Costanza het op het feest had en werd overspoeld door wrok. Het was heel oneerlijk dat zij alleen maar omdat ze geen rijke ouders of een deftige titel had werd buitengesloten. Waarom kon iemand niet worden beoordeeld op hoe hij vanbinnen was? Waarom was het zo belangrijk waar je vandaan kwam? Ze waren toch allemaal kinderen van God, in Zijn ogen allemaal gelijk? Zij had toch net zo veel recht om te leven en lief te hebben als een ander? Ze keek hoe de zon in de zee smolt en die oranje kleurde. Het was van een overweldigende schoonheid en ze keek vol ontzag toe hoe het licht vervaagde en plaatsmaakte voor de eerste ster. Onder die weidse hemel voelde ze zich heel klein, maar was iedereen niet even klein, van Gods grote hoogte bezien? Titels en rijkdom waren volkomen onbelangrijk als je ze vergeleek met de natuurlijke rijkdommen van Gods schepping. Het enige wat telde was het hart, want dat was vast en zeker het enige wat ze meenam als ze stierf.

Naarmate de dag tussen haar handen door gleed, voelde ze zich steeds vastbeslotener worden. Zíj moest haar lot in eigen hand nemen en niet door anderen laten bepalen hoe dat eruit zou zien. Met frisse vastberadenheid trok ze haar sandalen aan en liep het strand weer op.

Dante had zich een weg tussen de menigte gasten door gebaand, met de mannen handen geschud, was stevig blijven staan als die hem robuust op zijn rug klopten en had zich omlaaggebogen om de vrouwen een kus te geven. Iedereen was weg van hem, van zijn natuurlijke charme en esprit. Hij was een opvallend knappe jongeman geworden. Met zijn schouders naar achteren, zijn hoofd hoog en zijn lichte ogen helder en rustig zag hij er op en top uit als een kroonprins. Toch viel er niets van arrogantie in zijn blik te bespeuren, hooguit iets van een sardonische geamuseerdheid in de manier waarop zijn lippen krulde, net alsof hij deze hele vertoning enigszins lachwekkend vond, maar hij was veel te beleefd en zich te zeer bewust van alle moeite die zijn moeder zich had getroost om daar iets van te laten merken.

Vijf jaar Amerika had hem veel over de wereld, maar ook over zichzelf geleerd. Hij was slim, leerde snel en maakte gemakkelijk vrienden. Meisjes vonden hem leuk, maar hij was tot de ontdekking gekomen dat je binden heel eenvoudig was, maar weer ongebonden raken vaak een pijnlijke en ingewikkelde toestand. Dus genoot hij van talloze flirts waarin hij niet het gevaar liep zich te hoeven binden. Er waren genoeg vrouwen op de campus die alleen maar met hem naar bed wilden, dus daar genoot hij dan maar van en daarna ging hij door naar de volgende.

Hij ging om met een groep jongens die net als hij graag aan sport deden, en leerde American football en honkbal, maar deed het ook uitstekend op de tennis- en de squashbaan. Hij genoot van alle nieuwigheid die het leven in een ander land met zich meebracht. Toch bleef iets in hem altijd ontevreden. Een bedruktheid, als heimwee, die hem overviel als hij op zijn kwetsbaarst was, zoals wanneer hij 's ochtends wakker werd, of soms als hij alleen was en nadenkend gestemd. Hoe hij ook zijn best deed, hij wist er de vinger niet op te leggen. Hij wist zeker dat het niets met zijn ouders te maken had en dat hij geen heimwee naar huis had. Maar als hij zijn gedachten naar La Magdalena liet uitgaan, voelde hij een scherp verlies. Nu hij hier was, was hij benieuwd of dat gevoel hem opnieuw zou besluipen of dat zijn ziel eindelijk tevreden was gesteld.

Onder het sterrenbaldakijn werd het eten opgediend. Dante zat naast twee jonge vrouwen die als een paar mooie grasparkieten zaten te flirten en te kwetteren. De gravin zag dat Costanza aan een tafel een heel eind bij Dante vandaan zat, bij een groep jonge mensen van haar eigen leeftijd. Ze nam zich voor na de maaltijd zijn aandacht op haar te vestigen. Met haar eigen placering was ze echter zeer tevreden, want ze zat aan een tafel naast die van Beppe, met diens neef aan de ene kant en een heel goede vriend van de familie aan de andere. Ze nam een slokje van haar wijn en genoot van het moment. Ze ervoer met warmte dat ze hier echt thuishoorde.

Na het eten hield Beppe een lange en gewichtige speech. Dat was weer een teken van zijn gebrek aan respectabiliteit, vond de gravin zelfingenomen. Niet dat het er iets toe deed. De gasten lachten om zijn grapjes en applaudisseerden luid toen hij klaar was. Zijn rijkdom verbloemde zijn tekortkomingen net zo goed als de diamanten van haar schoonmoeder de hunne. Glazen werden geheven, toosts uitgebracht, Dante stond op en hield een geestige speech waarin hij de draak met zichzelf stak, zodat iedereen nog meer van hem hield dan hij al deed. De meisjes hoopten stiekem dat ze hem voor zich zouden winnen; de moeders zetten als kolonels de strategie uit. Costanza dacht aan Floriana en aan haar onmogelijke droom. Als ze hem nu kon zien zou ze wel begrijpen dat het onzin was om er nog van te dromen dat ze zijn hart zou veroveren. Een man als Dante zou een meisje uit het dorp als zij nooit zien staan.

De gravin keek met een toenemend gevoel van concurrentie naar de andere moeders van jonge dochters. Er waren een paar bijzonder mooie meisjes bij, slanker en mooier dan Costanza. Ze zou strenger de hand aan haar voeding moeten houden als ze nog enige hoop wilde koesteren dat haar droom uitkwam. Zodra de gelegenheid zich voordeed, nam de gravin Costanza bij de hand en sleepte haar bijna mee naar de andere kant van de tuin, waar Dante met een groepje aantrekkelijke jongelui stond te praten. Hij herkende Costanza meteen en maakte zich los van zijn vrienden om haar te begroeten.

'Wat ben je groot geworden,' zei hij lachend, en hij gaf haar een kus op haar wang. 'Waar is je malle vriendinnetje?'

De gravin voelde dat haar nekharen overeind gingen staan. 'Hallo, Dante, wat een verrukkelijk feest.'

'Ik ben blij dat u kon komen, contessa.' Hij pakte haar hand en kuste die formeel.

'Costanza gaat de laatste tijd veel om met je zus, Giovanna,' ging ze verder. 'Ze zijn dikke vriendinnen, toch, liefje? Ze schrijven elkaar de hele winter brieven, als Giovanna in Milaan op school zit.'

'Is Floriana er ook?' Dante liet zijn blik over de gasten gaan, die nu in de door kaarsen verlichte tuin door elkaar liepen.

Costanza aarzelde, want ze wist dat haar moeder niet zou willen dat ze het over Floriana had. 'Nee, ze is er niet,' zei ze voorzichtig. Het verbaasde Dante hoe teleurgesteld hij daarover was.

'Ik weet niet wat ze de laatste tijd uitspookt,' ging de gravin met een glimlach verder. 'Ze is een schattig dorpsmeisje. Maar je weet hoe die dingen gaan: het is allemaal leuk en aardig als je met dat soort kinderen speelt als je klein bent, maar nu Costanza een jongedame is, kan ze beter met haar eigen soort omgaan.' Ze snoof even.

'Aha,' zei Dante. 'Nou, heel leuk dat jullie gekomen zijn. Veel plezier verder op het feest.' En hij ging terug naar zijn vrienden. Zijn gedachten dwaalden echter van hun gesprek af naar de plek in de muur waar Floriana vroeger altijd naar boven klom om te gluren.

Hij kreeg opeens een heel mal idee en liep het huis in om Truste te halen. De hond lag in de keuken te slapen. Hij floot hem, en Truste, die altijd graag mee op avontuur ging, draafde blij naast hem mee het park in. De muziek was begonnen en de gasten gingen de dansvloer al op. Sommigen wandelden nog rond in de tuinen, anderen zaten aan de tafels en stoelen die nu op het terras waren gezet koffie te drinken en daar waar het wat rustiger was nog wat te praten.

De hemel was helder en bezaaid met sterren. De maan wierp een zacht, zilverkleurig licht op de aarde. Dante was er moe van met al die mensen te praten; hij had er genoeg van om de rol van held te spelen, terwijl hij het gevoel had dat hij niets had gedaan wat vele anderen niet al duizenden keren eerder hadden gedaan. Maar zijn vader maakte er nu eenmaal graag een toestand van. Hij hield van bombarie en greep elk excuus aan om zichzelf op de borst te trommelen en iedereen te laten zien hoe rijk en belangrijk hij wel niet was. Hij verwachtte veel van zijn zoon, maar in de eerste plaats wilde hij een trotse vader zijn, want voor Beppe was aanzien alles – hij had elke lire toch zelf verdiend?

Toen Dante bijna bij de muur was, begon zijn maag te draaien van spanning. De geestverschijning van het kleine meisje danste voor zijn ogen, in silhouet afgetekend tegen de nachtelijke hemel. Zijn keel werd samengeknepen en hij vroeg zich af waarom hij zo'n verlammend gevoel van verlies ervoer.

Truste werd door iets bij de muur afgeleid en ging ervandoor. Dante zag een schaduw bewegen, als een kat die het licht vangt voordat hij lenig op de grond springt. Maar het was geen kat. Toen hij dichterbij kwam, zag hij dat het een mooie jonge vrouw was. 'Floriana? Ben jij het?'

'Dante,' zei ze zacht. Truste rende opgewonden op haar af. Ze lachte en ging met haar handen over zijn oren. Dante keek verbaasd toe toen ze bukte om de hond te aaien, alsof ze helemaal niet verbaasd was om hem te zien. Heel even was hij te verbijsterd om ook maar een woord te kunnen uitbrengen.

'Hij is blij om je te zien,' zei hij toen maar.

'Hij is altijd blij om me te zien. Hij is mijn beste vriend.'

'Dus je hebt voor hem gezorgd toen ik er niet was?'

'Natuurlijk. We waren bijna onafscheidelijk.' Ze keek grijzend naar hem op en hij schrok ervan hoe mooi ze er in het maanlicht uitzag. 'Ik wist dat je vandaag terug was doordat hij niet naar me toe is gekomen.'

'Dus hij rent weg om jou te zoeken?'

'Hij is heel slim.'

'Dat komt doordat hij een zwerfhond is. Die weten beter de weg op straat dan honden die thuis zijn grootgebracht.'

Ze stond op en streek haar jurk glad. Hij keek aandachtig naar haar. Haar lichaam was de hoekigheid van vroeger kwijt en had zachte rondingen gekregen. Tot zijn verbazing zag hij dat ze borsten en iets van een taille had gekregen. Vijf jaar, en het smoezelige kind was uitgegroeid tot een beeldschone jonge vrouw. Zijn hart zwol van verwondering.

'Heb je nu al genoeg van je feest?' vroeg Floriana, en de twinkeling in haar ogen kwam hem heel vertrouwd voor.

'Ik voelde dat we bespied werden. Ik kwam de verdediging controleren.'

'Dus je herinnert je de zwakke plek in de muur nog wel?'

'En de opstandeling die erop weet te klimmen ook.'

'En wat doe je als je zo'n opstandeling betrapt?'

Hij wreef over zijn kin en dacht na over het antwoord. 'Dan neem ik haar gevangen.'

Floriana's hart bonkte tegen haar ribbenkast. 'Volgens mij is ze slimmer dan jij denkt.'

'Daar zou je wel eens gelijk in kunnen hebben. Als ze een zwerfhond is, net als Truste, is ze een moederskindje als ik vast veel te slim af.'

Ze moest lachen. 'En als de opstandeling nu eens met een tijdelijk bestand instemt?'

‘Bedoel je dat ze haar wapen neerlegt en aan vredesbesprekingen deelneemt?’

‘Ja, zoiets. Alleen tijdelijk, natuurlijk.’

‘Dat kan wel geregeld worden, denk ik. Misschien kunnen we beter op neutraal terrein gaan lopen.’

Hij sprong op de muur en stak zijn hand uit. Die pakte ze, en ze liet zich door hem naar boven trekken. Het voelde als de normaalste zaak van de wereld om hem aan te raken, alsof ze altijd al vertrouwd waren geweest met elkaars huid, en ze voelde haar hart zwellen van geluk dat ze eindelijk herenigd waren, zoals God zo duidelijk had bedoeld.

Toen ze eenmaal aan de andere kant waren, liepen ze naast elkaar het pad op, met Truste op hun hielen. Er heerste een vreemde intimiteit tussen hen, alsof ze elkaar zo goed kenden dat ze niet hoefden te praten.

‘Heb je me gemist?’ vroeg hij, want hij voelde net als zij dat hij door een sterke stroming werd meegevoerd.

‘Ja,’ antwoordde ze. Het had geen zin om de waarheid verborgen te houden. ‘En heb jij míj gemist?’

Hij zweeg even en pakte haar hand. ‘Ik dacht van niet,’ zei hij, verbaasd over een plotseling toestromend gevoel van tederheid. ‘Maar ik realiseer me nu dat dat wel zo was. Je hebt geen idee hoe erg.’

23

Floriana wist nu dat ze die vijf jaar niet voor niets had gewacht. Niets kon hen uit elkaar drijven, want de grotere krachten van het lot zouden hen altijd weer bij elkaar brengen, net zo onontkoombaar als de zwaartekracht zijn werk deed. Het deed er niet meer toe dat ze niet was uitgenodigd voor het feest, want Dante had haar opgezocht op de enige plek waar hij wist dat hij haar zou vinden.

Ze kuierden langzaam het pad op, hand in hand, en overbrugden de kloof die die vijf jaar had geslagen. Toen gingen ze op de rotsen zitten, vanwaar ze uitzicht hadden over zee, en de maan bescheen een pad over het water, helemaal tot aan de hemel. Floriana had nog nooit zo'n mooie avond meegemaakt. De sterren waren helderder dan ooit en fonkelden als glinsterende nieuwe herinneringen, en de wind was warm en rook heerlijk naar pijnbomen. 'Ik had niet gedacht dat ik een vrouw bij de muur zou aantreffen,' bekende Dante, terwijl hij zijn ogen over haar gezicht liet gaan.

'Wat had je dan gedacht, na vijf jaar?'

'Dat je hetzelfde verdwaalde meisje zou zijn, met klitten in haar haar en grote bange ogen.'

'Ik ben nooit bang geweest,' lachte ze, en ze gaf hem speels een por.

'Wel waar, je was wel bang. Je wist het alleen goed te verbergen.'

Ze haalde haar schouders op. 'Ik kan mezelf de luxe niet veroorloven om bang te zijn, Dante.'

Hij legde zijn arm om haar heen en trok haar tegen zich aan. 'Ik zal nooit die eerste keer dat ik je bij het hek zag vergeten. Je was net een kleine gevangene, helemaal groezelig en onverzorgd, en je tuurde door de tralies naar de vrijheid. Ik had de tuinen altijd vanzelfsprekend gevonden, totdat ik ze door jouw ogen zag. Je vond alles even mooi en je keek verwonderd naar de eenvoudigste dingen, die iedereen over het hoofd zag, zoals de vogels in de bomen of het water dat uit de fontein spoot. En nu ben je een jonge vrouw, een mooie jonge vrouw, maar vanbinnen ben je nog steeds hetzelfde verdwaalde meisje, en ik wil voor je zorgen.'

Hij nam haar gezicht in zijn handen. Hij had de afgelopen vijf jaar rondgedoold, zonder te weten wat de reden voor zijn onrust was, als een zeeman die zo druk bezig is met over zee navigeren dat hij het stemmetje dat hem naar huis roept niet meer hoort. Hij keek in haar ogen en wist dat dat stemmetje al die tijd van Floriana was geweest, en nu was hij bij haar. Hij was thuis, waar hij hoorde.

Langzaam boog hij zijn hoofd en raakte met zijn lippen voorzichtig de hare. Ze deed haar ogen dicht, sloot de wereld buiten, en haar zintuigen waren zich alleen nog maar bewust van de warme sensatie van zijn mond, die haar lippen vaneen deed en haar vurig kuste. Elke zenuw tintelde van deze aanraking, die geheel nieuw voor haar was, en van de naakte intimiteit van zijn kus, waarbij ze zich blij aan hem overgaf. Dante sloeg zijn armen om haar heen en hield haar stevig vast, vastbesloten om haar te koesteren en lief te hebben zoals zij nog nooit had meegemaakt.

De gravin was teleurgesteld dat Dante hen zo vlot weer alleen had gelaten. Ze had gehoopt dat Costanza en hij meer te bepraten zouden hebben. Maar hij was over Floriana begonnen en vanaf dat moment was hij zo afgeleid geweest dat hij voor hen niet meer te bereiken viel. Haar enige troost was dat ze haar dochter en Giovanna bij de fontein zag zitten, met hun hoofden dicht bij elkaar, terwijl ze elkaar giechelend geheimen vertelden. Díé vriendschap zou met de tijd alleen maar sterker worden. Als haar dochter er niet in slaagde Dantes hart te veroveren, kon ze altijd nog het hart van net zo'n jongen als hij veroveren, want met Giovanna als vriendin zou ze in de beste kringen komen die de samenleving te bieden had.

De graaf keek op zijn horloge en zag dat het al over tweeën was – tijd om zijn gezin te verzamelen en naar huis te gaan. De gravin was klaar om te vertrekken. Ze had met iedereen gesproken aan wie ze iets dacht te kunnen hebben en ze had een paar belangrijke nieuwe vrienden gemaakt.

Costanza wilde nog niet weg. Ze was net door een verlegen jongeman met dik bruin haar en een bril op ten dans gevraagd en had genoeg champagne gedronken om daarop in te durven gaan. Ze liep schoorvoetend achter haar ouders aan naar de voorkant van de villa, waar hun auto op het grind stond te wachten, met de jonge chauffeur diep in slaap achter het stuur. Ze waren niet de enigen die vertrokken. De meeste volwassenen reden weg in hun grote glanzende bolides, en lieten de jeugd achter om tot zonsopgang verder te dansen.

Costanza staarde naar buiten en voelde zich vreemd genoeg heel weemoedig. Het was een betoverende avond geweest en nu was die voorbij. Ze had nog nooit van haar leven zo'n prachtige avond meegemaakt en vond het erg dat die nu ten einde was. Met de oogverblindende diamanten om had ze zich voor het eerst van haar leven mooi gevoeld. Zonder Floriana naast zich, die haar altijd overschaduwde, had ze haar eigen licht gevonden, en het zelfvertrouwen om te stralen. Giovanna had haar aan al haar vrienden en vriendinnen voorgesteld en ze had zich deel gevoeld van de groep, en niet minder rijk of glamoureus. Ze had er precies zo uitgezien als zij en zich ook zo gevoeld.

Haar moeder had gelijk. Floriana hoorde hier niet, en Costanza wist dat ze, als ze voor zichzelf de toekomst veilig wilde stellen die haar moeder voor haar op het oog had, Floriana moest loslaten.

De gravin merkte wel dat Costanza heel stil was geworden. 'Heb je genoten, kindje?'

'Ik vond het fantastisch, mama. Ik wilde dat het nog niet afgelopen was.'

'Aan alle leuke dingen komt een eind,' zei haar vader.

'En daar komen weer nieuwe leuke dingen uit voort. Let op mijn woorden,' zei haar moeder er vastberaden achteraan.

'Denk je echt?'

'Natuurlijk, liefje. Ik heb alle belangrijke telefoonnummers genoteerd. Ik zorg ervoor dat je in alle voorname huizen in Toscane wordt uitgenodigd.'

'Weg met het oude leven, hoera voor het nieuwe,' zei de graaf, en hij dacht aan de nieuwe contacten die hij had gelegd en aan de zakelijke kansen die die hem zouden bieden.

'Ik denk dat deze zomer heel bijzonder wordt, liefje. Een echt keerpunt voor jou nu je een jongedame bent.'

'Ik voelde me daar vanavond echt thuishoren.'

'En je hóórt er ook thuis, liefje. Ik heb naar Giovanna en jou staan kijken en vond dat jullie net zusjes leken.'

'Ze is mijn beste vriendin.'

'Zeg dat wel, en ik kan me geen leukere vriendin voor je wensen.' Floriana's naam bleef onuitgesproken op hun lippen rusten.

Toen Dante en Truste Floriana terugbrachten naar haar huis aan de Via Roma, sijpelde het ochtendgloren de lucht al binnen. De sterren begonnen te vervagen; de maan was nu bleek als een spook. Het stadje ontwaakte langzaam, een doodenkele *cinquecientо* ratelde over de kasseien. Honden dromden samen voor de *panetteria,* waar het naar versgebakken brood rook.

'Dus hier woon je,' zei hij, en hij bleef staan voor de *portone* – de grote houten deur waar ooit auto's door naar binnen gingen, maar die nu stevig vergrendeld bleef. Floriana aarzelde bij de kleinere deur die erin uitgespaard was. Ze wilde niet dat hij meeging en zag hoe eenvoudig hun woninkje was, en ook niet dat hij haar beschonken vader zag.

'Ja, hier is het,' antwoordde ze. 'Signora Bruno heeft het niet zo op bezoekers.'

'Je moet nodig gaan slapen.' Hij ging met zijn duim over haar wang. 'Ik ben blij dat ik je gevonden heb, Floriana.' Hij kuste haar nog een keer en wilde haar niet laten gaan, dronken van liefde.

'Ik moet gaan,' zei ze, zich ervan bewust dat haar vader elk moment de straat in kon komen zwalken.

'Kom vandaag naar La Magdalena.'

'Misschien.'

'Truste wil je vast zien. En ik ook.'

'Dan kom ik wel met Costanza mee.' Ze glipte naar binnen en deed de deur achter zich dicht. Ze leunde ertegenaan en sloot haar ogen om de magie vast te houden.

'Dus je bent toch naar het feest gegaan,' klonk een zachte stem vanaf de trap. Het was signora Bruno, in kamerjas, met haar brede voeten in pantoffels geperst. 'Je ziet eruit alsof je net door een prins bent gekust.'

'Wat doet u zo laat nog op?'

'Ik ben altijd op. Ik slaap slecht met die hitte.'

Floriana liep naar haar toe en wiegde daarbij speels met haar heupen. 'Ik ben inderdaad door een prins gekust,' zei ze lachend.

Signora Bruno was haar slapeloosheid op slag vergeten. 'De duivel moge me halen!' riep ze uit. 'Uitgerekend de kleine Floriana?'

'Ik ben niet naar het feest geweest. Ik heb vanaf de muur toegekeken en toen zag hij me.'

'Dan moet hij je gezocht hebben.'
'Ik denk van wel.'
Signora Bruno grinnikte. 'Nou, dat zal ze leren.'
'Onze liefde is zo sterk dat we niet van elkaar gescheiden kunnen blijven.'
'Vertel. Hoe ziet hij eruit?'
Floriana ging een tree lager zitten. 'Hij is lang en heeft een lichte huid met lichtgroene ogen, de kleur van een tropische zee.'
'Nou, als hij volgens jou zulke ogen heeft moet je wel verliefd zijn.'
'Maar zijn mond is nog het mooist, want die krult in de mondhoeken omhoog, en als hij glimlacht is die zo breed dat je al zijn tanden ziet.'
'Dus je hebt net je eerste kus gehad?' Floriana bloosde en voelde met haar vingertoppen aan haar lippen. 'Ik herinner me mijn eerste kus ook nog. Dat was de heerlijkste die ik ooit heb gehad. Als ik hem in een doosje kon doen en hem er zo nu en dan uit kon halen, zou ik vast en zeker beter slapen. Zo wordt het nooit meer, weet je. Als je je onschuld eenmaal verloren hebt, ben je die voor altijd kwijt. Geniet er maar van zolang het duurt.'
'U ben een cynische oude vrouw.'
'Dat kan zijn, maar wel een wijze cynische oude vrouw. Als je eenmaal de liefde hebt bedreven neemt hij nooit meer de moeite om je zo, urenlang, te kussen. Het verandert, en kussen is niet langer een doel, maar een middel om een doel te bereiken – en mijn ervaring is dat mannen dat deel liever helemaal overslaan en zo snel mogelijk met het laatste stuk verdergaan. Laat je niet te gemakkelijk versieren.'
'Hij heeft me al.'
'Nee, hij heeft je nog niet. Je moet niet te gemakkelijk instemmen. Een man als hij zou kunnen denken dat een meisje als jij iets is wat ze in werkelijkheid niet is.'
Floriana was verbijsterd. 'Ik ben op mijn trouwdag nog maagd, hoor, als u dat soms bedoelt.'
'Natuurlijk ben je dan nog maagd. Toch is dit het moment waarop een moeder je het verhaal van de ooievaar hoort te vertellen.'
'Maar ik heb u toch, signora Bruno?'
'Ik wist wel dat ik een doel had in mijn leven. Als ik zelf niet met een prins kon trouwen, was het mijn taak te zorgen dat jij dat wel deed.'
'Als ik met hem trouw, komt u bij me wonen in La Magdalena.'
'Lieve hemel. Dan sterf ik nog als een gelukkig mens.' Ze hees zich

kreunend omhoog. 'Goed, de dag is begonnen. Ik kan niet de hele ochtend in mijn kamerjas blijven zitten. Er is werk aan de winkel – en die *cretino* heeft zijn geraniums weer te veel water gegeven.' Ze klakte met haar tong.

Floriana ging met al haar kleren aan op bed liggen, maar ze was te opgewonden om de slaap te kunnen vatten. Ze liet de avond keer op keer de revue passeren en bleef dan stilstaan bij de kus, deed haar ogen dicht en beleefde hem nog een keer. Dante was terug en hield van haar – dat was het allerbelangrijkste. Ze hoorde haar vader in de kamer naast de hare snurken. Wat een nutteloze, egoïstische man was hij toch. Ze verlangde naar een vader die van haar hield, aan wie ze haar meest intieme gedachten en wensen kon vertellen. Een vader op wie ze trots kon zijn. Maar niets kon haar ervan overtuigen dat ze Elio aan Dante moest voorstellen.

Dante verscheen voor het ontbijt op het terras, waar in de schaduw een ronde tafel was neergezet. Zijn moeder had een zonnehoed met brede rand op en dronk koffie; haar lichte huid glom van de vochtinbrengende crème, haar ogen gingen schuil achter een grote zonnebril. Giovanna zat er slaperig bij en knabbelde op een stuk toast, terwijl Damiana koffie dronk en een schaaltje fruit at. Beppe zat als een keizer aan de tafel en overzag vanaf zijn hoge positie op het terras de restanten van het feest. Het team was al terug om de tent af te breken en de tafels en stoelen mee te nemen – alsmede de gast die in een hoek in slaap was gevallen. Tegen de avond waren de tuinen weer in hun oude volmaakte glorie hersteld en was het uitzicht op het park wederom onverstoord.

'Ach, mijn zoon,' riep Beppe uit. 'Kom naast me zitten en vertel me wat je van je feest vond.'

Een butler trok zijn stoel naar achteren. Dante ging zitten en vroeg om zwarte koffie. 'Papa, het was super.'

Zijn vader straalde trots. 'Goed zo, jongen. Als iemand een feest kan geven ben ik het wel. Nog meisjes die het vermelden waard waren?'

Dante aarzelde. Het enige meisje dat hij wilde vermelden was onvermeldbaar. 'Een heleboel.'

Beppe klopte zijn zoon op de rug. 'Zo mag ik het horen. Een heleboel.' De butler schonk Dante een kop koffie in en net op dat moment werd het ontbijt verstoord doordat de telefoon ging. Beppe liep weg om het gesprek in zijn werkkamer aan te nemen.

'En, dames, hoe vonden jullie het?' vroeg Dante.

'Het was sprookjesachtig,' zei Damiana, die opklaarde nu haar vader van tafel was.

'Het was echt de mooiste avond van mijn leven,' zei Giovanna enthousiast.

'Ik zag dat Costanza er was,' zei Dante behoedzaam. 'Wat is die groot geworden, hè?'

'Maar de kleine Floriana is niet gekomen,' onderbrak zijn moeder hem bedroefd. 'Ik moet bekennen dat ik teleurgesteld was.'

Dante was verbaasd. 'Hebt u haar dan uitgenodigd?'

'Waarom zou ik haar niet uitnodigen? Toe zeg, Dante, je bent al net zo erg als je vader. Het is een schat van een meid en ik ben ontzettend op haar gesteld.'

'Weet u dan waar ze woont?'

'Oké, ze woont in een eenvoudig huis in Herba, maar dat maakt toch niets uit? Ik weet trouwens niet eens waar ze precies woont, dus ik heb haar uitnodiging aan de moeder van Costanza meegegeven.'

Dante begreep ogenblikkelijk wat er was gebeurd. 'Ik durf te betwijfelen of die vrouw haar die uitnodiging wel gegeven heeft.'

Violetta zette haar bril af. 'Wat probeer je te suggereren?'

'Dat ze een vreselijke snob is.'

'Denk je echt dat ze tot zoiets onvriendelijks in staat is?'

'Reken maar.'

Violetta's gezicht ontspande zich tot een glimlach. 'Ik hoop dat er een vergissing in het spel is, en geen wangedrag. Ik vond het al vreemd dat Floriana er niet was.'

'Ze had dolgraag willen komen,' verzekerde Damiana haar. 'Ze vindt het hier heerlijk en ze is dol op u, mama. U bent de moeder die ze zelf nooit heeft gehad.'

'Ik weet zeker dat de moeder van Costanza het niet met opzet heeft gedaan,' zei Giovanna. 'Misschien is ze het vergeten of is ze de uitnodiging kwijtgeraakt.'

'Het zou kunnen,' zei Violetta, en ze dronk haar kopje leeg. 'Hoe dan ook, ik ga haar er niet naar vragen. Ik weet zeker dat het een onschuldige vergissing is. Maar ik ga wel tegen Floriana zeggen dat ze niet buitengesloten is. Als ze de uitnodiging niet heeft ontvangen, zal ze beledigd zijn dat ze niet was uitgenodigd. Komt ze vandaag met Costanza mee?'

'Ik weet het niet,' antwoordde Giovanna. 'Ik heb Costanza gevraagd, maar ze zei niets over Floriana.'

'Ze komt vast wel,' zei Damiana. 'Ze komen meestal toch samen?'

Dante zei niets en liet de vrouwen praten over hoe groot de kans was dat Floriana mee zou komen om te zwemmen, terwijl hij zeker wist dat dat het geval zou zijn. Hij vroeg zich af wat zijn ouders ervan zouden vinden dat hij iets met haar had. Zijn moeder was dol op haar, maar zou ze haar goed genoeg vinden voor haar enige zoon?

Hij keek naar haar, aan de andere kant van de tafel. Violetta kwam uit een middenklassenfamilie uit Venetië. Ze was dromerig en idealistisch, een vrouw die net als hij van de natuur en van dieren hield, en die van mening was dat alle schepsels in de ogen van God gelijk waren. Het was heel bijzonder dat ze ervoor gekozen had om met Beppe te trouwen, een man die zijn arbeiderskomaf in Turijn achter zich had gelaten en die in Milaan een fortuin had verdiend met de fabricage van verpakkingsmateriaal voor voedsel en dranken.

Ze waren elkaars tegenpool: de een sterk, de ander kwetsbaar; de een ambitieus, de ander niet gestuurd door ambitie; de een luidruchtig en pompeus, de ander stil en bescheiden. Voor Beppe waren reputatie en sociaal aanzien van groot belang; voor Violetta ging het alleen om het hart. Maar het was allemaal goed en wel dat je idealen had en mensen accepteerde om wie ze waren en niet om hun geloofsbrieven, maar als het erop aankwam, zou ze dan volgens die idealen kunnen leven? Voorlopig moest hij Floriana maar voor hen geheimhouden.

Na het ontbijt liep Dante het huis in met de bedoeling naar zijn kamer te gaan, maar in de hal liep hij Zazzetta tegen het lijf. De kleine man glimlachte – een scheve glimlach, die een scherpe hoektand ontblootte die iets langer was dan de andere, als bij een wolf. 'Goedemorgen, Dante,' zei hij, en hij maakte een nauwelijks merkbare buiging.

'Zazzetta,' antwoordde Dante. Hij had de rechterhand van zijn vader nooit gemogen. Die man had iets stiekems.

'Uw vader wil u spreken.'

'Nu?'

'Als u niets beters te doen hebt.' Dante was meteen geïrriteerd. Zazzetta wist best dat hij niets beters te doen had. Hij vloekte zacht en liep de werkkamer in, met de in het zwart geklede adviseur zwijgend in zijn kielzog.

'Ah, Dante, kom binnen,' zei zijn vader, en hij legde zijn pen neer en keek op van het document dat hij net had ondertekend. 'Klaar, Zazzetta.' Hij depte zijn handtekening droog met een vloeiblad en overhandigde hem het papier. Zazzetta legde het zorgvuldig in de zwartlederen map die hij onder zijn arm droeg en schreed geluidloos weg. De deur deed hij achter zich dicht. 'Laten we het eens over je toekomst hebben.' Beppe was er niet de man naar om zijn tijd met loze praatjes te verdoen. 'Je hebt je studie afgemaakt en je stage goed doorlopen en ik ben heel trots op je, Dante. Jij hebt kansen gekregen die ik nooit heb gehad.'

'Dat weet ik en daar ben ik u dankbaar voor, vader.'

'Je hebt jezelf overtroffen.' Hij bekeek zijn zoon tevreden. 'Je bent alles wat ik van een zoon had verwacht. Je bent knap, intelligent, sportief en schrander. Je hebt het beste van mij en het beste van je moeder in je. Wees maar blij dat je haar tekortkomingen niet hebt geërfd, hè?'

'Haar tekortkomingen?'

'Kijk niet zo geschrokken. Niemand is volmaakt. Als je de zachtmoedigheid van je moeder had geërfd zou ik niks aan je hebben.'

'Zachtmoedigheid is voor een vrouw een voordeel.'

'Inderdaad. Maar bij een man is die een zwakte, en in de zakenwereld is geen plaats voor zwakte. Ik heb mijn miljoenen niet verdiend door vriendelijk en zachtmoedig te zijn, maar door schranderheid en uitnemendheid. Of, zoals Machiavelli het zo geniaal heeft geformuleerd: "Angst is de manier waarop een mens respect afdwingt." Dus, Dante, per 1 september kom je in Milaan bij me werken.'

Dante was niet verbaasd over de instructies van zijn vader. Hij had zelfs altijd al geweten dat er van hem werd verwacht dat hij bij het familiebedrijf kwam werken. Toch voelde hij zich nog steeds ongerust, alsof een zware getraliede deur net in zijn gezicht was dichtgeslagen en zijn vrijheid buitensloot. 'Het zal een hele geruststelling voor me zijn dat mijn zoon en erfgenaam het van me zal overnemen als ik met pensioen ga. Ik heb mijn fortuin niet opgebouwd om het op een buitenstaander te zien overgaan. Nou, wat zeg je ervan?' Zijn vader verwachtte niet dat hij weigerde.

'Ik ben er klaar voor, vader,' antwoordde hij plichtsgetrouw.

'Bravo! Goed, zullen we dan nu maar een potje gaan tennissen? Je bent misschien jonger en fitter dan ik, maar ik ben zo geslepen als een oude vos.'

Ze speelden een partij op het rijke rode gravel van de tennisbaan, bijgestaan door Piero en Mario, de zoons van de chauffeur, die uitstekende ballenjongens waren. Halverwege de set, toen Dante aan de winnende hand was en op het punt stond een gamepoint te serveren, zag hij Giovanna met Costanza in de tuin lopen. Zijn hart zwol bij het vooruitzicht dat hij Floriana weer zou zien, en hij sloeg een ace en versloeg daarmee de backhand van zijn vader. Beppe was geen goede verliezer, vloekte fel en sloeg daarbij met zijn racket door de lucht. Deze afleiding zorgde er echter voor dat Dantes spel verslapte, want hij hield één oog op de tuinen gericht, op de uitkijk naar Floriana.

'Zie je wel, er zit nog leven in dit oude beestje,' daagde Beppe hem uit toen Dante nog een bal in het net sloeg. Dante wilde er graag een eind aan breien, zodat hij Floriana kon gaan zoeken, dus concentreerde hij zich, herstelde zich en versloeg zijn vader uiteindelijk met 6-4. Beppe droeg zijn nederlaag als een man, aangezien die uitslag geen schande was. Hij schudde zijn zoon de hand en gaf hem een ferme klap op zijn rug. 'Ik hoop dat je in de bestuurskamer net zo'n kei bent als op de tennisbaan.'

'Ik zal mijn best doen,' verzekerde Dante hem.

'Daar ben ik van overtuigd.' Toen zag Beppe dat Zazzetta tussen de olijfbomen door op hen af kwam. 'Wat nu weer, Zazzetta?'

Dante liet hen alleen. De mannen spraken zacht, met hun hoofden dicht bij elkaar, als twee dieven. Hij trof de meisjes bij het zwembad, maar Floriana was in geen velden of wegen te bekennen. 'Ik ben alleen gekomen,' legde Costanza uit toen hij naar haar informeerde. Dante zag dat ze een nieuwe zelfverzekerdheid aan de dag legde, zoals ze daar stond met haar rug recht en een open blik.

'Had ze geen zin om te komen?'

'Weet ik niet. Ik heb haar niet gezien,' antwoordde Costanza achteloos.

Dante fronste zijn wenkbrauwen. 'Nou, Truste wil naar haar toe,' zei hij, en hij beende weg naar het in de rots uitgehouwen trapje. Als ze zelf niet kwam, ging hij haar wel halen.

24

Dante stapte in zijn zilverkleurige Alfa Romeo Spider, een cadeau van zijn vader ter gelegenheid van zijn terugkeer uit Amerika. Truste sprong op de achterbank en ging daar met zijn tong uit zijn bek zitten, klaar voor weer een avontuur. Met het dak omlaag en de wind door zijn vochtige haar scheurde Dante tussen de cipressen door naar het hek. Hij was slim genoeg om te merken dat er iets in Costanza's houding was veranderd. Het was geen toeval dat Floriana niet naar het feest was gekomen en vandaag ook niet door Costanza mee was gevraagd. Ze werd opzettelijk buitengesloten. Nou, hij zou hun wel eens een lesje leren. Hij pakt het stuur vastberaden beet en reed langs de kust naar Herba. Een paar minuten later reed hij de kasseien tussen de oude panden op en zwaaide naar de bewoners die vol bewondering naar de mooie auto staarden.

Hij zette hem voor het huis waar Floriana woonde neer, aan de Via Roma, en belde aan. Toen er niemand opendeed, belde hij nog een keer. Eindelijk hoorde hij aan de andere kant de sombere stem van een oud dametje. 'Rustig maar, ik kom al. Een beetje geduld.' De deur ging open en het ronde gezicht van de vrouw van wie Dante dacht dat het signora Bruno was verscheen in de kier. Toen ze Dante zag, herkende ze hem ogenblikkelijk. Zijn ogen hadden inderdaad de kleur van een tropische zee. Ze deed de deur wijd open en glimlachte beminnelijk.

'Ik kom voor Floriana. Is ze thuis?' Zijn blik dwaalde naar de binnenplaats.

'Nee, ze is een half uur geleden vertrokken.'

'Weet u waar ze naartoe is?'

'Ik dacht naar jou.'

Dantes gezicht betrok van ergernis. 'Ze zal wel niet over de weg gaan, neem ik aan.'

'Natuurlijk niet. Ze neemt de korte route door het papaverveld.'

'Dank u wel, signora, heel vriendelijk van u.'

'Signora Bruno,' zei ze om zichzelf voor te stellen. 'Ik ben een soort moeder voor Floriana. Al sinds Loretta er met haar broertje vandoor is gegaan.'

Dante was stomverbaasd. 'Heeft Floriana dan een broertje?'

'Ze hád een broertje.'

'Dat heeft ze me nooit verteld.'

'Nee, daar praat ze liever niet over. Dat is te pijnlijk, en kinderen hebben er een handje van om vervelende dingen weg te stoppen. God mag weten wat er van hen is geworden.'

'Wat onvoorstelbaar wreed om het ene kind boven het andere te verkiezen. Wat voor vrouw doet dat nou?'

'Een heel egoïstische vrouw. Ik denk dat haar tomatenman geen ouder kind wilde. De kleine Luca was een schatje, en Floriana was dol op hem.'

'Hoe heette die tomatenverkoper?'

Signora Bruno zag de vastberaden glinstering in zijn ogen en legde een mollige hand op zijn arm. 'Bemoei je er maar niet mee, Dante. Ik weet dat je wilt zorgen dat alles goed komt, maar dat kun je niet. Ze zijn al heel lang weg. Als Loretta terug wilde komen om haar te zien, had ze dat elk moment kunnen doen. Ze weet waar ze woont. Maar ze wil niet. Het is beter dat Floriana het verleden vergeet en zich op haar toekomst concentreert. Het is een intelligente, doortastende jonge vrouw. Het is vreselijk jammer dat haar moeder haar nu niet kan zien, want ze zou heel trots zijn hoe Floriana is geworden, ondanks alle obstakels.'

'Ze mag van geluk spreken dat ze u heeft, signora.'

'Dat weet ik.' Ze wuifde het compliment weg. 'Ik oogst mijn beloning wel in de hemel, daar twijfel ik geen moment aan.'

Dante reed de weg op, helemaal in beslag genomen door Loretta's boosaardigheid en door de tomatenman die haar had meegelokt. Hij zou er alles voor overhebben om hen te vinden. De waarheid was dat hij hen kón vinden. Hij hoefde het alleen maar aan Zazzetta te vragen en dan was het voor elkaar. Hij twijfelde niet aan de kundigheid van die schimmige man. Maar misschien had signora Bruno wel gelijk. Wat had het voor zin? Waarom alles weer oprakelen en Floriana weer het gevoel geven dat ze was afgewezen?

Toen hij de weg op reed naar de poort van La Magdalena, begon

Truste te blaffen. Aanvankelijk dacht Dante dat hij gewoon blij was om weer thuis te zijn, maar toen zag hij de vertrouwde gestalte van Floriana langzaam de heuvel op lopen, naar de poort. Ze had een gebloemde jurk aan, droeg sandalen aan haar voeten en had haar haar los om haar schouders. Ze had een bosje papavers in haar hand en had een kleine canvas tas bij zich. Hij claxonneerde en ze keek op, waarbij ze haar ogen afschermde tegen de zon. Hij zwaaide, toeterde nog een keer en zette de auto stil. Truste sprong eruit en holde de heuvel af naar haar toe. Toen hij tegen haar benen op sprong, gooide hij haar bijna tegen de grond.

Een tel later nam Dante haar in zijn armen en kuste haar. 'Waar was je nou?' vroeg hij, en hij begroef zijn gezicht in haar hals.

'Ik ben eerst naar Costanza gegaan.'

'Die is er al.'

'Dat vermoedde ik al.'

Hij keek haar aan. 'Heeft ze je niet gevraagd mee te gaan?'

'Dat maakt me niet uit. Wat een mooie auto!'

'Zin in een ritje?'

'Nou! Hij kan vast heel hard.'

'Als we te hard rijden valt Truste er misschien uit.'

'Lieve Truste.' Ze gaf hem een liefdevolle aai. 'Toen jij weg was, is hij mijn beste vriend geworden. Kijk, hij wordt al grijs om zijn snuit.'

'Hij wordt oud.'

'Maar hij is nog lenig en snel.' De hond draafde de heuvel op naar de auto, alsof hij wilde bewijzen dat ze gelijk had.

In de auto rook het naar nieuw leer, verwarmd door de zon. Truste sprong weer op de achterbank en kwispelde verwachtingsvol. Floriana liet zich voorin glijden en ging met haar vingers over het houten dashboard. 'Wat een prachtige auto, Dante.'

'Van mijn vader gekregen.'

'Wat aardig van hem.'

Dante grijnsde cynisch. 'Aardig, ja. Maar hij beschouwt mij als een verlengstuk van hemzelf, dus het is eigenlijk alsof hij zichzelf een nieuwe auto geeft.' Hij startte de motor. Die gromde als een leeuw en toen scheurde Dante de weg op, de poort van La Magdalena ver achter zich latend. Toen de auto naar voren spoot, dook Truste op de achterbank in elkaar. Floriana lachte boven het geronk uit en gooide haar hoofd in haar nek toen de wind haar haar in zijn greep nam en heen en weer smeet. Toen Dante had laten zien hoe hard de auto kon, ging hij langzamer rijden, zodat ze konden praten. 'Je was gisteren wél voor het feest uitgenodigd,' zei hij ernstig.

'Niet waar,' antwoordde ze. 'Maar ik vind het niet erg, hoor.'

'Nee, je begrijpt me verkeerd. Je was wél uitgenodigd. Mijn moeder heeft jouw uitnodiging aan de gravin meegegeven.'

Floriana werd ernstig. 'Bedoel je dat er al die tijd een uitnodiging voor me was?'

'Ja. Ik vermoed dat de gravin vergeten is je die te geven.'

'Reken maar,' antwoordde Floriana, op een toon die deed vermoeden dat ze er geen woord van geloofde. Ze draaide zich om om naar buiten te kijken. 'Die vrouw heeft mij nooit gemogen.'

'Ze is jaloers, dat is alles.'

'Ze kijkt op me neer. Maar daar ben ik aan gewend en het interesseert me niet. Ze kan me toch niks maken.'

'Nee, ze kan je helemaal niks maken.' Hij pakte over de versnellingspook heen haar hand vast. 'Je bent nu met mij, Floriana, en niemand kan jou ooit nog iets maken.'

Costanza was verbaasd toen Floriana met Dante naar het zwembad gelopen kwam. Ze werd plotseling overmand door schuldgevoel en wilde dat ze niet zo wispelturig en onaardig was geweest om haar vriendin buiten te sluiten. 'Kijk eens wie ik onderweg tegenkwam,' zei Dante met een triomfantelijke glimlach. Hij liep naar het kleedhok om zijn zwembroek aan te trekken.

Costanza liep snel naar haar toe, want ze wilde de kwestie meteen uit de wereld helpen. 'Het spijt me, Floriana,' zei ze zacht. 'Ik dacht dat je hier al zou zijn.'

Floriana deed haar verontschuldiging met een schouderophalen af. 'Hoe was het feest?'

Costanza fronste haar voorhoofd. 'Het was fantastisch. Ik had dolgraag gewild dat je erbij had kunnen zijn.'

'Ik was wel degelijk uitgenodigd, maar je moeder is vergeten me de uitnodiging te geven. Een vergissing is snel gemaakt.'

'Mijn moeder?' Costanza keek haar vol ongeloof aan. 'Weet je het zeker?'

'Heel zeker. Signora Bonfanti heeft gezegd dat ze die aan je moeder heeft meegegeven om hem vervolgens aan mij te geven.'

'Ik begrijp het niet. Waarom heeft ze dat dan niet gedaan?'

'Ze wilde blijkbaar niet dat ik kwam.' Costanza keek dodelijk geschrokken en Floriana pakte haar hand om haar gerust te stellen. 'Het maakt niet uit, ik begrijp het wel. Ik hoor niet in jullie wereld, Costanza. Ik neem het je niet kwalijk, maar ik zal niet doen alsof ik je moeder graag mag.'

'Wil je dat ik er iets over zeg?'

'Nee.' Costanza was opgelucht – de gedachte dat ze haar moeder hiermee moest confronteren beangstigde haar. 'Laat maar zitten. Het doet er niet meer toe. Wat gebeurd is is gebeurd.' Ze glimlachte en Costanza was blij te zien dat haar vechtlust weer terug was.

'Kom mee zwemmen. Giovanna en ik kijken hoeveel baantjes we onder water kunnen.'

'Hoeveel kun jij er?'

'Anderhalf.'

'En Giovanna?'

'Twee.'

'Nou, dan doe ik er drie.' En weg was ze, het kleedhokje in om haar badpak aan te trekken.

Dante dook het water in en trok een paar baantjes in borstcrawl. Toen Floriana in haar lichtblauwe badpak tevoorschijn kwam, stopte Dante en ging watertrappelen om naar haar te kunnen kijken. Ze had in de vijf jaar dat hij weg was geweest rondingen gekregen. Haar taille was smal, haar heupen waren breder, haar bovenbenen voller en haar borsten vol en rond. Ze was niet meer het kind van wie hij afscheid had genomen, maar een meisje op de drempel van het vrouw-zijn. Hij voelde hoe de vertrouwde opwinding zich in zijn lendenen roerde en zwom naar haar toe.

Floriana sprong in het water. Toen ze bovenkwam om lucht te happen, was Dante vlak naast haar. Hij grijnsde breed. Hij wilde haar in zijn armen nemen en haar woest zoenen, maar hield zich in omdat ze niet alleen waren. In plaats daarvan fluisterde hij haar zijn verlangen in het oor en trok haar toen weer onder water om een kus te stelen, daar waar niemand het kon zien.

Damiana kwam naar beneden om met wat vriendinnen te zonnebaden en al snel was het druk rond het zwembad met jonge mensen die in het water plonsden, op ligstoelen vruchtensap dronken en in de zon lagen te kletsen. Costanza speelde met Giovanna. Ze probeerden Floriana er ook bij te betrekken, maar nadat ze iedereen bewezen had dat ze haar adem onder water langer kon inhouden dan wie ook, zwom ze weg om verder bij Dante te zijn. Daar keek Costanza niet van op, want Dante was altijd gesteld geweest op Floriana, en ze wist dat Floriana verliefd op hem was. Het kwam niet in haar op dat Floriana's gevoelens ook beantwoord werden.

Toen ze naar het huis gingen om te lunchen, was Violetta dolblij om l'orfanella te zien, zoals ze inmiddels in de familie bekendstond. Ze sloeg haar armen om haar heen en kuste haar blij. 'Ik vind het heel vervelend dat er zo'n gedoe is geweest over je uitnodiging, Floriana,' zei ze, en zo te zien zat ze er echt mee. 'Ik heb hem aan de gravin gegeven omdat ik je adres niet wist. Dat is helemaal mijn schuld, want dat had ik je natuurlijk moeten vragen – of ik had je de uitnodiging gewoon zelf moeten geven. Ik vind het vreselijk dat je gedacht hebt dat we je er niet bij wilden hebben.'

'Ik was graag gekomen, maar ik ben blij dat u me niet vergeten was,' antwoordde Floriana naar waarheid.

Dante legde zijn arm om haar schouder. 'Ze is er nu toch?' zei hij, en alleen zijn moeder bespeurde een toon in zijn stem die haar onbekend voorkwam. Ze keek hoe ze naast elkaar gingen zitten en kon de vibraties tussen hen bijna zien trillen, als de hitte die hartje zomer van een gloeiendhete weg af slaat.

Beppe zat aan het hoofd van de lunchtafel. Hij was enorm met Costanza in de weer. Floriana zat aan de andere kant, maar al had ze rechts van hem gezeten, dan had hij nog geen aandacht aan haar besteed. Costanza was de dochter van een graaf en het nichtje van een prins, en daarmee was alles gezegd. Dante en Floriana hadden net zo goed aan een tafel apart kunnen zitten. Ze kletsten en lachten als oude vrienden, met hun hoofden dicht bij elkaar en zonder belangstelling voor wie dan ook. Violetta nam haar zoon belangstellend op, maar ook een beetje verdrietig, want het was uitgesloten dat deze prille liefde tot iets groters kon uitgroeien. Ze dacht aan de rijkdom en positie van haar man en peinsde over de scheidende macht van geld. Ooit zou Floriana een aanvaardbare partij zijn geweest. Nu had Beppe meer een meisje als Costanza in het vizier.

Die middag gaf Dante Floriana tennisles. Giovanna leende haar tennisschoenen en een racket en ging toen terug naar het zwembad om samen met Costanza, Damiana en haar vriendinnen in de zon te liggen. Toen ze alleen op de baan waren, ging Dante achter haar staan, met zijn armen om haar heen om haar te laten zien hoe ze het racket moest vasthouden. Hij plaatste haar handen om de greep, maar zijn lippen dwaalden af naar haar hals en hij kuste haar daar waar haar huid zacht en warm was. Ze lachte en duwde hem speels van zich af. 'Je zou me toch lesgeven?'

'Dat doe ik ook. Een les in de liefde.'

'*¡Stupido!*'

'Ik kan er niets aan doen, je bent gewoon te verrukkelijk.'

'Goed, ik hou het zo vast. Wanneer mag ik een bal slaan?'

'Zo mag ik het horen,' zei hij, en hij liet haar met tegenzin los. 'Voor elke bal die je mist krijg ik een kus.'

'Je denkt natuurlijk dat ik een heel slechte coördinatie heb.'

'Daar reken ik wel op, ja.'

'En als ik nu eens een natuurtalent ben?'

'Dan eis ik ze met geweld op!'

'Dante!'

Hij haalde zijn schouders op. 'Dat is namelijk mijn recht.'

Hij liep naar de andere kant van het net. Ze stak het racket uit, want ze zou hem wel eens laten zien dat dat niet zomaar ging. Hij gooide een bal. Ze zag hem stuiteren, haalde haar racket naar achteren en raakte hem. 'Zo te zien ben ik dus toch een natuurtalent,' zei ze, en ze keek hem met een triomfantelijke grijns aan.

'Beginnersgeluk.'

'Probeer nog maar eens.'

Hij gooide nog een bal. Ze haalde haar racket naar achteren en raakte hem. Hij trok een lelijk gezicht. 'Dit wordt niks.'

'Je bent gewoon een heel goede leraar.' Hij gooide nog een bal, dit keer naar haar backhand. Die miste ze.

'Die slag heb je me nog niet geleerd!'

'Regels zijn regels, dus je moet nu een kus geven!' Hij sprong uitgelaten over het net, tilde haar op en drukte zijn lippen op de hare.

'Als je dat elke keer doet als ik een bal mis, leer ik het nooit,' protesteerde ze, terwijl ze zich losmaakte om naar lucht te happen.

'Dat is ook nooit mijn bedoeling geweest.'

‘O nee?’

‘Nee, ik wilde je alleen maar even voor mezelf hebben.’

‘Kan dat niet op een eenvoudiger manier?’

‘Ik kon niks anders bedenken.’

‘Ik wel.’ Hij zette haar neer en ze pakte zijn hand. ‘Kom, dan gaan we een stukje wandelen.’

Op het strand dat ze zo goed kende, leidde ze hem naar een kleine inham die uit de wind lag. Ze gingen naast elkaar zitten en keken hoe in de verte de speedboten door het water kliefden. ‘Nu heb ik je echt helemaal voor mij alleen,’ zei hij, en hij nam haar in zijn armen. Dit keer protesteerde Floriana niet. Ze sloeg haar armen om hem heen en liet zich door hem kussen.

Toen Floriana en Costanza die avond door het papaverveld liepen, stroomde Floriana’s geluk over in haar passen, waardoor ze bij elke stap die ze zette leek te stuiteren. Haar gezicht gloeide en haar armen zwaaiden losjes mee. Zo nu en dan bukte ze zich om de veldbloemen te plukken die tussen het hoge gras groeiden.

Costanza was nog steeds boos over de zoekgeraakte uitnodiging. Zou haar moeder echt zo doortrapt hebben kunnen zijn? Wat had het nou uitgemaakt als Floriana op het feest was verschenen? Ze begreep het niet en toch voelde ze zich vreselijk schuldig, alsof zij op de een of andere manier tegen haar vriendin had samengezworen. Ze had spijt van haar besluit om Floriana te laten vallen en besloot het, zodra ze daartoe in de positie was, met haar goed te maken.

‘Ik ben verliefd,’ verzuchtte Floriana, niet in staat haar gevoelens voor zich te houden.

‘Dat weet ik,’ antwoordde Costanza.

‘En hij ook op mij.’

‘Nou, hij is erg op je gesteld. Dat weet ik.’

‘Nee, hij houdt van me. Dat heeft hij zelf gezegd.’

Costanza bleef staan. ‘Hè? Heeft hij gezegd dat hij van je houdt?’

‘Ja. Gisteravond ben ik naar de muur gegaan om te kijken, en toen heeft hij me daar gevonden. We hebben uren gelopen en gepraat, en toen…’ Ze bloosde en durfde het bijna niet uit te spreken. ‘Toen heeft hij me gekust.’

Costanza wist niet hoe ze het had. ‘Heeft hij je gekust?’

'Ja. Het was geweldig!' Floriana begon met uitgestoken armen in het rond te draaien. 'God heeft mijn gebeden verhoord. Ik hou van Dante. Ik hou van hem, ik hou van hem, ik hou van hem, en iedereen mag het wat mij betreft weten.'

Floriana's uitbundigheid was aanstekelijk, en Costanza begon te lachen. 'Ik geloof het niet. Hij is veel ouder dan jij!'

'Wat doet dat er nou toe? Liefde kent geen grenzen!'

'Je hebt gelijk. Dat is zo. Als hij ook van jou houdt, ga je met hem trouwen. Dan krijg je een juwelenkistje dat nog veel groter is dan dat van mijn moeder.' Die gedachte bezorgde Costanza een vreemde voldoening.

'Ik wil geen juwelenkistje. Ik wil alleen maar hem. Ik heb alleen zijn liefde, en ik ben het gelukkigste meisje ter wereld!'

Costanza pakte Floriana's hand en samen renden ze het veld over. 'Dan krijg je hem ook!' riep ze, en ze lachten allebei, totdat ze buiten adem waren en moesten stoppen.

Costanza liep met Floriana mee naar de kerk. Floriana wilde nog een kaars branden, uit dankbaarheid, en Costanza uit wroeging. Ze zou haar vriendin nooit meer verraden, God sta haar bij.

Padre Ascanio was in het schip de mis aan het voorbereiden, met Severo, de hulppriester, op zijn hielen. Toen hij de meisjes zag aankomen, liep hij naar ze toe om hen te begroeten, waarbij zijn lange gewaad over de stenen vloer veegde. Hij had Floriana altijd goed in de gaten gehouden, want dat was zijn plicht als herder van zijn kudde. Hij had elke week in de biechtstoel naar haar geluisterd wanneer ze hem vertelde waarop ze hoopte en waarover ze droomde, haar hartje vol vertrouwen, haar geest onwankelbaar. Nu ze met gesloten ogen en een gelukzalige uitdrukking op haar gezicht haar kaars opstak, wist hij dat er iets fijns was gebeurd. 'Hallo, kinderen,' zei hij zacht.

'Dag, padre Ascanio,' zei Costanza. Ze bloosde schuldbewust en sloeg haar ogen neer, want ze dacht dat de priester haar diepste gedachten wel zou kennen.

Floriana maakte haar gebed af en deed haar ogen open. 'Goedenavond, eerwaarde.'

'God is zeer verheugd over je geluk,' zei hij met een glimlach.

'Ik ben ook gelukkig, eerwaarde,' antwoordde Floriana. 'En ik ben ook dankbaar. Hij heeft mijn gebed verhoord.' Padre Ascanio fronste zijn wenkbrauwen. Was haar moeder na al die jaren dan teruggekomen? Of had de jonge Dante Bonfanti haar liefde beantwoord? Padre Ascanio kende alle geheimen van Herba – en hulppriester Severo die van padre Ascanio. 'Dante houdt van me, eerwaarde.' Ze straalde zo dat Ascanio onwillekeurig van haar blijdschap genoot. God was zijn jonge dochter eindelijk gunstig gezind geweest. Toch ging zijn blijdschap vergezeld van een slecht voorgevoel. Het was een onwaarschijnlijk verbond, waar Dantes familie vast niet blij mee zou zijn.

'Je moet God maar vragen je de juiste weg te wijzen, mijn kind.'

'Hij wijst me de juiste weg al, eerwaarde. Door Hem ben ik gekomen waar ik nu ben.'

Padre Ascanio keek de twee meisjes na, die huppelend de zon in liepen, en schudde zijn hoofd. 'Severo, ik vrees dat dit niet goed afloopt.'

'Ik ook,' zei de hulppriester, terwijl hij zijn kale hoofd met een zakdoek depte. Zelfs hij bespeurde alcohol in zijn zweet. Hij hoopte maar dat hij ervan op aankon dat de padre een slechte neus had.

'Het zit me niet lekker dat Floriana misschien nog een keer een gebroken hart oploopt,' ging Ascanio verder. Severo knikte. 'Maar ik zal er voor haar zijn om de brokstukken op te rapen en weer aan elkaar te lijmen. Haar vader heeft het met de duivel aangelegd en is onbetrouwbaar. Ze moet op ons kunnen bouwen.'

'Ze heeft haar geloof,' beaamde Severo.

'En dat is heel sterk. Maar is het sterk genoeg om nog een gebroken hart te overleven? Ik weet het niet. Ik zal voor haar bidden.'

'En ik ook,' beaamde de hulppriester. 'Met hart en ziel.'

Die avond zat Costanza samen met haar ouders in de eetkamer aan tafel. Haar moeder ratelde maar door over het feest, over hoe overdadig alles was geweest en over de nieuwe vrienden die ze had gemaakt. Costanza repte met geen woord over Floriana, maar het meisje was geen moment uit haar gedachten. Als haar moeder wist dat Dante haar had gekust en haar zijn liefde had verklaard, zou ze ontzet zijn. Het was bijna de moeite waard om haar ermee te sarren, gewoon om haar te zien spartelen, maar haar angst was zo groot dat ze de verleiding wist te weerstaan en haar mond hield. Ze hoefde Floriana's gevecht niet voor haar te leveren; het meisje was uitstekend in staat om voor zichzelf op te komen.

Dante reed in zijn Alfa Romeo Spider langs het huis van Floriana en claxonneerde. Signora Bruno kwam op een drafje naar buiten om de auto te bewonderen. Ze ging met haar handen over de glanzende motorkap alsof die van echt zilver gemaakt was. Kinderen verdrongen elkaar om hem beter te kunnen zien en daagden elkaar uit om de auto even aan te raken. Dante zag het kleinste kind, dat op zijn tenen helemaal achter aan de menigte stond, en baande zich een weg door de meute naar hem toe. 'Wil je er eens in zitten?' vroeg hij, en het jongetje knikte opgewonden. Toen Floriana naar buiten kwam, zag ze Dante voorin zitten met het kind op zijn knie, terwijl hij hem liet zien waar alle knopjes voor dienden.

'Voorzichtig zijn met Floriana, hoor,' zei signora Bruno, en ze zwaaide met een dikke vinger naar Dante.

'Neemt u van mij aan: ze wordt vertroeteld als een parel,' antwoordde hij, en hij tilde het jongetje van zijn knie en zette hem op de grond.

'Ik blijf op tot ze thuis is,' zei ze er nog achteraan toen Dante de motor startte. De kinderen deinsden vol ontzag achteruit. Floriana zwaaide en Dante toeterde nog een keer. Ze reden langzaam de straat in, en de kinderen volgden als een meute speelse honden.

'Waar gaan we naartoe?' vroeg Floriana.

'Waarheen je maar wilt.'

'Laten we gewoon wat rijden.' Ze pakte zijn hand en hij bracht die naar zijn lippen.

Terwijl ze zo toerden ging de zon onder boven de olijfbomen en wijngaarden van Toscane. Het licht werd zacht en de lucht bleek, totdat de schemering viel en je hoog in de lucht de eerste ster zag fonkelen. Ze vonden een kleine *trattoria* en aten pasta onder een met tomatenplanten begroeid hekwerk. Het daglicht nam af, de kaars gloeide en de krekels zetten hun nachtelijke koor in. Het was al laat toen ze van tafel gingen en terugreden.

Dante zette de auto op de top van het klif, met uitzicht over zee. De maan trok een baan zilverkleurig licht over het water. Hij zette de motor uit en zo bleven ze zitten, zwijgend naar al het moois voor hen kijkend. Een hele tijd zei geen van beiden iets, en hun zwijgen was net zo vertrouwd als de sterren en de maan boven hen. 'Zo zal het altijd blijven,' zei hij op een gegeven moment, en hij trok haar naar zich toe. 'Als we oud zijn, zitten we hier ook, en dan praten we over onze kinderen. Wij worden oud samen.'

‘En dan vertellen we ze hoe we elkaar hebben leren kennen.’

‘Ja, dan vertellen we ze over mijn piccolina, die haar neus door het hek stak om verlangend naar het huis en de tuinen te kijken.’

‘Ik zal een goede moeder zijn,’ zei ze mijmerend. ‘Ik zal onze kinderen alles geven wat ik nooit heb gehad.’

Hij kuste haar voorhoofd. ‘Ik zal jóú alles geven wat je nooit hebt gehad.’

Ze keek naar hem op en haar ogen glinsterden. ‘Dat heb je al gedaan.’

25

Er gingen twee maanden voorbij. Floriana moest nog steeds werken om in het levensonderhoud van haar en haar in toenemende mate drankzuchtige vader te voorzien. Op sommige dagen hielp ze haar tante in de wasserij, op andere dagen bediende ze in het café aan de Piazza Laconda. Ze was niet te trots om af te wassen of te vegen; ze deed gewoon alles waar ze geld mee verdiende, zodat ze eten en kleren kon kopen, en de mensen uit het dorp wisten dat ze op het laatste moment nog een beroep op haar konden doen als de nood aan de man was. Dante was niet op de hoogte van haar benarde situatie, want hij had nog nooit iemand gekend die berooid was, en Floriana wilde het hem niet vertellen. Ze zou zich vreselijk schamen als ze iets van hem moest aannemen.

Costanza bracht haar dagen grotendeels door met Giovanna, hetzij op La Magdalena, hetzij in een van de andere mooie huizen in de buurt. De zomer strekte zich uit tot één lange lunchpartij, en al snel viel Giovanna's naam zelden nog zonder dat die van Costanza erachteraan kwam, als twee onafscheidelijke siervogels. Costanza had het nog nooit zo naar haar zin gehad, en doordat ze zo gelukkig was kon ze ook oprecht blij zijn voor Floriana. Ze zagen elkaar de laatste tijd niet meer zo vaak, want Floriana viel buiten alle chique feesten en partijen, maar als ze elkaar wel troffen, zag Costanza haar opbloeiende liefde met plezier en een gevoel dat er iets stond te gebeuren aan.

Dante kon zijn liefde niet verborgen houden. Hij wilde elke minuut van de dag bij Floriana zijn. Ze gingen samen rijden, op het strand picknicken of gewoon in het gras liggen, in de met zuilen omzoomde tuin van zijn moeder, en dan las hij haar voor, terwijl Truste tevreden naast hen lag te dutten. Dat waren sprookjesachtige avonden, als de krekels tsjirpten, de vogels op stok gingen en het licht zacht en goudkleurig werd. Floriana genoot met volle teugen en was zich terdege bewust van Gods zegen.

Violetta zag de zomerliefde van haar zoon met groeiende afkeuring aan. Ze waren duidelijk smoorverliefd op elkaar, en dat was ontroerend, maar ze was bang dat Floriana er kapot van zou zijn als het allemaal voorbij was. In september zou Dante terugkeren naar het echte leven in Milaan en Floriana intens verdrietig achterlaten. Ze had het hier niet over met Beppe. Wat hem betrof was hun relatie niets meer dan een van de vele flirts die Dante in zijn leven zou meemaken alvorens zich met een geschikte echtgenote te settelen. Het verbaasde hem niet en het interesseerde hem niet.

Niet iedereen was net zo harteloos als Beppe. Padre Ascanio zag de catastrofe al in de lucht hangen, klaar om op een teken in duikvlucht toe te slaan, en hij besloot Floriana erop aan te spreken als ze in de kerk kwam om haar dagelijkse kaarsje te branden.

Floriana had groot respect voor padre Ascanio, die ze al zo lang ze zich kon heugen kende. Ze had ook groot respect voor hem omdat hij de oudste man in Herba was en het dichtst bij God stond. Toen hij zei dat hij met haar wilde praten, voelde ze zich meteen schuldig. Terwijl ze achter hem aan een kleine zijkapel in liep, waar ze onder vier ogen met elkaar konden spreken, probeerde ze erachter te komen wat ze verkeerd had gedaan.

'Wat kijk je angstig, Floriana,' zei hij, terwijl hij op een van de houten stoelen plaatsnam die voor het altaar waren neergezet.

'Ik heb het gevoel dat ik een misstap heb begaan, anders had u me toch niet zo willen spreken?'

Zijn vriendelijke oude gezicht plooide zich toegeeflijk. 'Je bent geen kind meer, Floriana. De tijd dat je van rotsen sprong en van school spijbelde ligt ver achter je. Je bent een godvrezende jonge vrouw die eerdaags zestien jaar wordt, en ik ben heel trots op je.'

'Dus ik heb niks verkeerd gedaan?'

'Helemaal niets.'

'Waarom wilde u mij dan spreken, eerwaarde?'

Hij aarzelde even en vroeg God in stilte om wijsheid; jonge liefde was iets waar hij niets over wist. Hij sperde zijn neusgaten wijd open, ademde diep in en sprong toen in de koude poel van de rede. 'Lieve kind, je staat op het punt om vrouw te worden, en aangezien je geen moeder hebt om je daarin te begeleiden, voel ik het als mijn plicht, als priester van deze parochie, om je wat vaderlijk advies te geven.' Floriana's hart trok samen van angst, want ze wist wel dat dit over Dante ging. Ascanio zag haar bange voorgevoelens en nam haar hand in zijn grote vlezige hand. 'Ik weet dat Dante Bonfanti en jij zeer goed bevriend zijn.'

'Dat klopt, eerwaarde.'

'Maar ik zou mijn plicht ten overstaan van God verzaken als ik je niet wees op de onmogelijkheid ervan...'

'De onmogelijkheid?'

Floriana's ogen sprongen vol tranen, die vervolgens over haar asgrauwe wangen stroomden, en padre Ascanio zocht uit alle macht in zichzelf naar kracht. 'Hij gaat in september terug naar Milaan om voor zijn vader te werken en dan wordt jouw leven weer zoals het was. Je bent nog heel jong, lieve kind, en hij is al drieëntwintig, een man...' Floriana's hart brak, gewoon waar de padre bij zat, en zijn stem stierf weg. 'Het spijt me dat ik je dit moet zeggen, maar door je de ogen voor de waarheid te openen wil ik je het verdriet besparen.'

'Maar, eerwaarde, Dante houdt van me.'

'Dat geloof ik heus. Maar denk je nu echt dat hij de zegen van zijn vader krijgt om met jou te trouwen?' Floriana sloeg haar ogen neer en keek verslagen naar de stenen vloer. 'Jullie komen allebei uit een heel andere wereld, mijn kind. Dit is een prachtige liefdesgeschiedenis die je in je hart zult koesteren, maar je zult verdergaan met je leven en genoegen nemen met iemand uit je eigen klasse. Dante Bonfanti is niet voor jou weggelegd.' Dat hij haar zo voor zijn ogen als een herfstblad van verdriet zag verschrompelen, was te veel voor Ascanio. 'Ik laat je hier even alleen om tot jezelf te komen,' zei hij zacht, en hij gaf haar een klopje op haar hand.

'Maar ik hou van hem, eerwaarde.'

'Soms is houden van niet genoeg, Floriana.'

'Maar Jezus...'

Hij liet zijn stem dalen. 'Je hebt gelijk: Jezus heeft ons geleerd om van onze naasten te houden als van onszelf, maar spijtig genoeg heeft Beppe Bonfanti die les niet geleerd.'

Floriana bleef alleen achter in het kapelletje. Ze nam haar gezicht in haar handen en probeerde Gods aanwezigheid te voelen, maar ze voelde alleen haar natte wangen en loodzware hart. Was het dan echt onmogelijk om bij elkaar te blijven? Kon zoiets onbelangrijks als rijkdom hen uiteendrijven? Heel even voelde ze zich verslagen. Beppe Bonfanti doemde als een reus voor haar op, en met zijn donkere en machtige gestalte stond hij stevig tussen haar en de man van wie ze hield in. Het vriendelijke gezicht van padre Ascanio zweefde voor haar, terwijl hij hulpeloos zijn grijze hoofd schudde. Het leek wel alsof iedereen tegen haar was. Maar toen scheen de zachtmoedige houding van Violetta door het duister heen, en glimlachte ze haar met moederlijke liefde toe. Zíj zou hun toch wel haar zegen geven? Misschien wist ze haar man zelfs zover te krijgen dat hij de zijne ook gaf.

Aan deze strohalm klampte ze zich vast en ze droogde haar ogen aan haar rok. Het was oneerlijk dat ze dit verdriet alleen moest dragen. Ze zou Dante vertellen wat padre Ascanio had gezegd en hij zou haar geruststellen en haar angst wegkussen. Alles zou goed komen; ze wist het gewoon. Padre Ascanio deed wat hij dacht dat goed was, maar hij kende de omstandigheden niet. Hij was zich niet bewust van de kracht van de liefde die ze voor elkaar voelden. Terwijl ze zichzelf zo moed insprak, voelde ze zich opnieuw wat beter. Haar hart had het tegen alle verwachtingen in al die tijd overleefd, dus ze was niet van plan om dat nu door Beppe Bonfanti te laten verpletteren. Als padre Ascanio haar iets had geleerd dan was het wel dat alle mensen voor God gelijk waren: zij was net zo waardevol als ieder ander.

Het schemerde al toen ze bij La Magdalena aankwam. Toen het grote ijzeren hek openging om haar binnen te laten, rende Truste de oprit af om haar te begroeten. Ze bukte zich bevend om hem te aaien en begroef haar gezicht in zijn vacht. Haar angsten staken de kop weer op en dreigden haar te veel te worden, maar ze vermande zich. Ze liep de laan met cipressen in, waar ze als klein meisje de eerste keer met Dante had gelopen. Maar ze was te bedrukt om van de geuren van de tuin te genieten, die verleidelijk nog wat in de avondlucht talmden.

Dante, die op haar had zitten wachten, holde het huis uit, haar tegemoet. Toen hij haar bedroefde gezicht zag, nam hij haar in zijn armen. 'Wat is er gebeurd?' vroeg hij. De kracht van zijn bezorgdheid was Floriana te veel en ze barstte in snikken uit. Ze was te overstuur om een woord te kunnen uitbrengen. 'Kom, dan zoeken we een plekje waar we even alleen kunnen zijn.' Hij liep met haar tussen de bomen door en onder een hoge parasolden gingen ze zitten. 'Is er iets met je vader?'

Floriana schudde haar hoofd. 'Was het maar waar!'

'Wat is er dan?'

'Padre Ascanio heeft gezegd dat wij geen toekomst samen hebben.'

Dante wist niet wat hij hoorde. 'Wát heeft hij gezegd?'
'Dat we uit zulke verschillende werelden komen en dat ik zo jong ben en dat het in september afgelopen is...'
'Wat weet híj daar nou van?' Dante was woest, en daardoor voelde Floriana zich meteen een stuk beter.
'Hij zei dat jouw vader ons nooit zijn zegen zou geven.'
Dante hield haar bij haar bovenarmen vast en keek haar diep in de ogen. 'Moet je eens goed luisteren, Floriana. Niemand kan tussen ons komen. Begrijp je dat? Ik hou van je. Ik zal nooit van iemand anders houden. Laat mijn vader maar aan mij over. Luister vooral niet naar padre Ascanio, want die is nog nooit verliefd geweest, dus wat weet hij er nou van?' Floriana glimlachte en veegde haar ogen met de rug van haar hand droog. 'Zo, dat is beter. Als hij geen priester was, ging ik nu naar hem toe en daagde ik hem uit om op het plein uit te vechten dat hij zich met iets heeft bemoeid waar hij niks mee te maken heeft.'
'Hij heeft alleen maar gedaan wat in zijn ogen verstandig was.'
'De wereld is veranderd. Ik kan gewoonweg niet geloven dat hij echt denkt dat twee mensen op grond van hun afkomst niet met elkaar verder kunnen. Hij is een fossiel. Geloof me, Floriana. Jij en ik hebben een prachtige toekomst samen voor de boeg. Wat maakt het nou uit dat je jong bent? Je wordt vanzelf ouder. Je bent al bijna jarig.'
'Op 14 augustus.'
'Hoe gaan we dat vieren?'
'Kan me niet schelen.'
'Maar míj wel.' Hij stond op en trok haar aan haar hand overeind. 'Kom. We gaan hier weg. Ik wil je niet zo verdrietig zien.'
'Ik voel me al wat beter.'
'Mooi zo. Beloof me dat je nooit in je eentje gaat zitten treuren, Floriana. Je moet altijd naar mij toe komen, want ik zal er voor je zijn. Begrijp je dat?' Ze knikte. 'Goed, waar is Truste? Hij wordt vast boos als we hier weggaan zonder hem.'

Floriana geloofde Dante toen hij zei dat ze altijd samen zouden zijn. Als hij van haar hield kon er niets tussen hen komen, want Dante was heer en meester over zijn eigen lot. Ze schoof haar angsten ver weg uit haar gedachten, en liet ze voorlopig zonder er nog acht op te slaan in de schaduw liggen. Het zand van de zomer sijpelde met het uur verder weg en Floriana en Dante brachten zo veel mogelijk tijd met elkaar door. Als

Costanza ook op La Magdalena was, gingen ze gezellig met elkaar zitten kletsen en dan vertelde Floriana haar van alles over haar relatie. Dat vond Costanza heel leuk, niet in het minst omdat ze wist hoe vreselijk haar moeder het zou vinden als het haar ter ore kwam.

Costanza had zelf ook een paar bewonderaars. Zo was er de lange, donkere, broeierige Eduardo uit Rome, de blonde, blauwogige Alessandro uit Milaan, en de knappe Eugenio uit Venetië. Maar voor de gravin waren ze geen van allen goed genoeg. Ze had haar zinnen op de grootste trofee gezet. Dat was de reden dat Costanza haar moeder toch de waarheid onthulde, of ze nu wilde of niet, ook al wist ze dat ze de prille liefde van haar vriendin daarmee in gevaar bracht.

Ze zaten achter in de auto en reden terug naar huis, nadat ze naar een lunch waren geweest, waar Eugenio met Costanza in een hoekje was gaan zitten en het grootste deel van de middag met haar had gepraat. Costanza vond Eugenio leuk; hij was rustig en intellectueel, en hij glimlachte lief. Zijn familie was vrij bekend en gevestigd, en woonde in het centrum van Venetië in een prachtig palazzo. Maar dat was voor de gravin nog niet genoeg. 'Mam, ik ben heel jong, ik heb nog jaren de tijd om de man te leren kennen met wie ik ga trouwen. Mag ik niet gewoon wat lol hebben, net als Floriana?'

Bij het horen van die naam verbleekte de gravin. 'Hoezo heeft zíj lol?'

'Nou, ze is verliefd op Dante.'

'Werkelijk, dat slaat toch nergens op?' De gravin lachte minachtend.

'U vergist zich. Hij is ook verliefd op haar.'

'Kind, dat méén je toch niet?'

'Ik meen het wel degelijk. Ze zijn al de hele zomer met elkaar.'

'Maar ze is nog maar een kind.'

'Hij wacht wel, en dan trouwt hij met haar als ze wat ouder is.'

De gravin beet op haar duimnagel. 'Ik had toch gedacht dat een jongeman als Dante een wat verfijndere vrouw zou kiezen dan zo'n zwerfkind uit het dorp.'

'Ze is mooi en ze is grappig. Het verbaast me helemaal niet dat hij van haar houdt; iedereen houdt van haar, behalve u.'

De gravin wist niet hoe ze het had toen ze de agressieve toon van haar dochter hoorde. Zo had ze nog nooit tegen haar durven spreken. Maar de gravin was een schrandere vrouw. Ze wist dat ze Costanza alleen maar van zich zou vervreemden als ze ruzie met haar maakte. 'Liefje, ik weet dat ze mooi en grappig is, en als je denkt dat ik haar niet mag heb je het helemaal verkeerd. Ik probeer jou alleen maar te beschermen, zoals elke moeder in deze omstandigheden zou doen. Kijk nou hoe leuk je het deze zomer met Giovanna hebt gehad. Denk je dat je ook naar al die feesten had kunnen gaan als je nog steeds zo aan Floriana verknocht was geweest? Ik denk van niet. Giovanna en jij hebben een heel hechte band omdat jullie zo veel gemeen hebben. Met Floriana heb je niets meer gemeen, behalve herinneringen, en die moet je koesteren, want die zijn heel bijzonder. Maar je moet ook zo slim zijn om vooruit te kijken, naar je toekomst. Ik mag Eugenio heel graag. Hij is een ontzettend charmante jongeman en prima gezelschap voor je. Als je bevriend met hem wilt zijn, heb je mijn zegen. Het gaat mij er alleen maar om dat jij gelukkig bent.' Ze pakte Costanza's hand. 'En ik wil dat jij krijgt wat je verdient, en niet minder.'

Costanza was naar behoren gesust. 'Dat weet ik, mama, en daar ben ik dankbaar voor.'

'Ik ben nu oud, ik hoef niet aan mezelf te denken. Elke ochtend als ik wakker word, denk ik: wat kan ik vandaag voor Costanza betekenen?'

'U bent heel onbaatzuchtig.'

'Dat is de kern van het moederschap: je kinderen vóór jezelf stellen. Maar zeg, die relatie tussen Floriana en Dante, is dat echt serieus?'

'Nou, ze zijn onafscheidelijk. Ze brengen echt elke minuut met elkaar door.'

'En wat vinden Beppe en Violetta ervan?'

'Giovanna zegt dat haar moeder heel dol op Floriana is, dat ze haar zelfs als een dochter beschouwt, maar dat haar vader amper oog voor haar heeft.'

'Beppe zou zijn zoon nooit toestemming geven om met een meisje als Floriana te trouwen.'

'Misschien gaan ze er samen vandoor.'

'Doe niet zo mal. Dante vergooit zijn erfenis echt niet, hoor.'

'Giovanna zegt dat haar broer stapelverliefd is.'

'Hij mag nog zo verliefd zijn, maar als zijn vader tegen de verbintenis is – en daar twijfel ik geen moment aan – dan worden hun plannen al gedwarsboomd voor ze goed en wel begonnen zijn.'

'Arme Floriana,' verzuchtte Costanza.

'Het is een mooie liefdesgeschiedenis, maar met een ongelukkig einde, zoals de beste liefdesgeschiedenissen. Ze komt er wel overheen. Het is een sterk meisje. Ik denk dat ze uiteindelijk met iemand anders uit

Herba trouwt en Dante helemaal vergeet. Echt, het was van meet af aan al een hopeloze droom.'

'Ze kan toch in Milaan gaan wonen?'

'En wat moet ze daar dan doen? En bij wie moet ze gaan wonen? Natuurlijk kan dat niet. Ik denk dat Dante zijn verstand wel terugkrijgt zodra hij weer in zijn eigen wereld is. Kun jij je Floriana in Milaan voorstellen? Ondenkbaar. Nee, dit is een mooie zomerliefde, maar er komt een eind aan. Ik vind het erg om het te moeten zeggen, maar het is echt zo.' Ze legde een hand op haar hart en trok een bedroefd gezicht. 'Ik moet er niet aan denken dat de kleine Floriana na alles wat ze heeft meegemaakt nog meer verdriet krijgt, maar het is onvermijdelijk. Je zou een goede vriendin voor haar zijn als je haar daarvoor kon waarschuwen.'

'Dat zou ik nooit doen!'

'Dan laat je het maar aan het lot over.' Of aan mij, dacht de gravin boosaardig.

Toen Dante zijn moeder vertelde dat Floriana kort daarop jarig was, besloot Violetta een surpriseparty met het gezin te geven. Beppe was in Milaan; dat kwam goed uit, want dat gaf haar alle kans om Floriana te verwennen. De tafel op het terras was gedekt, met aan elke rugleuning een zilverkleurige ballon. Er was een taart gebakken die Truste moest voorstellen en er stonden hoge champagneglazen klaar. Violetta wist zeker dat Floriana nog nooit een verjaardagsfeestje had gehad en ze wilde er iets bijzonders van maken; misschien was ze aan het overcompenseren voor de teleurstelling die in september onverbiddelijk zou toeslaan. Ze kocht een gouden armband voor haar, die rinkelde van de bedeltjes, en ze pakte hem heel zorgvuldig in met mooi roze papier en lint. De kok had een lunch bereid die als lopend buffet zou worden opgediend.

Dante zorgde ervoor dat Floriana niet in de buurt kwam; hij nam haar mee naar het strand tot het tijd was om naar de villa te gaan. Ze wist dat hij een verrassing voor haar had en wist zeker dat hij haar mee uit eten zou nemen in een uitstekend restaurant. Ze had speciaal haar mooiste jurk aangetrokken. Maar toen ze terugreden naar La Magdalena, realiseerde ze zich dat hij iets anders van plan was, en ze had geen idee wat dat kon zijn.

Ze liepen hand in hand het huis door. Toen ze de salon binnenkwamen, zag ze door de openslaande terrasdeuren de feestelijke gedekte tafel en de ballonnen, en ze sloeg verbaasd een hand voor haar mond.

Buiten zat de familie op haar te wachten: Giovanna en Costanza, Damiana en haar twee beste vriendinnen, Rosaria en Allegra, en Violetta, met een cadeau in haar hand en een glimlach op haar verfijnde gezicht.

Floriana's angsten verdwenen definitief als sneeuw voor de zon. Als Violetta haar zegen hardop had uitgesproken, had de boodschap niet duidelijker kunnen zijn. Met tranen in haar ogen en roze wangen van blijdschap liep Floriana naar de tafel toe. Ze zag alles: de bloemetjes waarmee het tafelkleed bezaaid lag, de stapel cadeautjes op haar bord, prachtig ingepakt met mooi papier en strikken van lint erom, en de overdadige gerechten. En dat alles voor haar.

Violetta omhelsde haar liefdevol en gaf haar haar cadeau. 'Lieve kind,' zei ze, 'jij verdient dit meer dan wie ook. Ik wens je geluk, gezondheid en nog vele vruchtbare jaren.' Ze raakte Floriana's wang even met de rug van haar hand aan en keek haar aan als een moeder naar een dochter. Floriana ging zitten en maakte het cadeau open. Ze haalde de armband tevoorschijn en keek er vol ongeloof naar. Violetta maakte hem om haar pols vast. 'Ik heb de bedeltjes allemaal apart uitgekozen. Kijk, hier heb je Truste, hier een F, voor je naam, een vogel, een krekel, een bloem, een huisje dat je open kunt doen en dan zitten er twee hartjes in, een kerk en een kruis.' Floriana lachte door haar tranen heen en schudde haar hoofd, en alle anderen moesten ook lachen, want ze begrepen dat ze van emotie geen woord kon uitbrengen.

Ze maakte de andere cadeaus ook open: van Damiana een jurk, van Giovanna een ketting, van Rosaria een dichtbundel en van Allegra een fles parfum van Yves Saint Laurent. De gravin was met Costanza gaan winkelen en had een mooie leren handtas met een bijpassende portemonnee voor haar gekocht, waardoor Costanza er geen moment meer aan twijfelde dat haar moeder heel dol op Floriana was.

Dronken van geluk nam Floriana een slokje van haar champagne en at van de verrukkelijke uitgestalde gerechten. Dante zat naast haar en kneep onder tafel zo nu en dan in haar hand om haar eraan te helpen herinneren dat hij van haar hield. Toen het donkerder werd en het kaarslicht heller, kwam de kok met de taart het terras op gelopen. Iedereen juichte toen ze de beeltenis van Truste in cake en glazuur zagen, en Floriana klapte verrukt in haar handen. Ze blies de zestien kaarsjes uit en stak met tegenzin het mes in de poot van de hond, waarbij ze haar ogen sloot om een wens te doen. Violetta wist wat ze wenste, en haar plezier werd meteen door haar bange voorgevoel vergald. Ze wilde dat er nooit een einde kwam aan deze avond, want dan zou niemand verdriet worden gedaan.

Maar de tijd tikte gewoon door, ongeacht Violetta's gevoelens, en aan het eind van de avond bracht Dante Floriana met de auto naar huis. Ze stopten op een beschut plekje met uitzicht over zee, en toen haalde Dante een doosje uit zijn borstzak. 'En dit is mijn cadeau voor jou,' zei hij, terwijl hij het haar gaf.

'Wat is het?' vroeg ze, en ze draaide het om.

'Maak maar open.' Dat deed Floriana; ze maakte voorzichtig het papier los. Er zat een rood doosje in. Met bevende vingers tilde ze het dekseltje eraf en daar lag een ring met glinsterende witte diamanten. Zonder een woord te zeggen pakte Dante hem van het fluwelen kussentje en nam haar hand in de zijne. 'We zijn nog te jong om te trouwen, Floriana, maar met deze ring beloof ik je dat ik voor altijd van je zal houden.' Hij schoof de ring plechtig om de ringvinger van haar rechterhand.

Floriana slaakte een kreetje en keek hoe de ring als sterretjes in het maanlicht fonkelde. 'Ik heb nog nooit zoiets moois gezien.'

'Nou, voor mij is hij het op één na mooiste wat ik ooit heb gezien.'

Ze sloeg haar armen om hem heen en kuste hem. 'Dank je wel, Dante. Ik heb een geweldige dag gehad. De mooiste dag van mijn leven. Die zal ik nooit vergeten.'

'Dit is nog maar het begin, piccolina. Wat zal het heerlijk zijn om jou te blijven verwennen.'

Toen Floriana weer thuis was, was er niemand aan wie ze kon vertellen hoe haar dag was geweest. Haar vader lag met veel lawaai in de kamer naast de hare te slapen en in de woning van signora Bruno was het donker. Dus ging ze maar bij het raam zitten en keek ze omhoog naar de sterren. Ze vroeg zich af of deze maan ook op haar moeder neerkeek en of zij er ooit naar keek en dan aan haar dacht. 'Mama,' zei ze zacht, 'ik wil je graag vertellen over Dante…'

26

Toen september naderde, als een rivier die onafwendbaar naar een steile waterval stroomt, begon Dante de kou van de aanstaande afdaling te voelen. De zomer was een verrukkelijk plateau geweest van lange lome dagen in de zon, romantische ritjes over het Toscaanse platteland, wandelingen langs het strand en wensen die ze het papaverveld in hadden geslingerd als toverzaadjes die tot een happy end moesten uitgroeien. Maar nu waren die papavers weer verwelkt en sijpelden de laatste dagen van augustus eindelijk weg. Beppe gaf Dante te verstaan dat hij naar Milaan moest komen.

Dante wist niet hoe hij afscheid moest nemen van Floriana. Hij hield met hart en ziel van haar, maar over de praktische kant van een langeafstandsrelatie had hij niet nagedacht. Hij wilde dat hij haar kon meenemen naar Milaan, maar dat was uitgesloten, zoals er ook geen enkele kans bestond dat zijn vader hem toestemming zou geven met haar te trouwen. Tot ze eenentwintig was vielen ze wettelijk gezien onder zijn zeggenschap, en zelfs dan kon hij zich niet voorstellen dat hij tegen de wil van zijn vader zou ingaan. Als hij er overdag over mijmerde, nam hij haar in zijn armen en gingen ze er samen vandoor om in een vreemd land ver weg te trouwen, daar waar niemand hen kon tegenhouden. Maar dat waren slechts fantasieën. De realiteit was en bleef dat Dante naar Milaan moest om bij zijn vader te werken en dat hij te veel van zijn familie en ouderlijk huis hield om ervandoor te gaan.

De dag voor zijn vertrek trof hij Floriana alleen thuis. Haar vader was de deur uit, of lag ergens onderuitgezakt tegen een muur. Signora Bruno liet hem binnen en bracht hem naar haar woninkje. Aanvankelijk schaamde Floriana zich dood dat hij zag in wat voor armoede ze leefde, maar toen tot haar doordrong dat hij was gekomen om afscheid te nemen, was haar schaamte snel verdwenen.

Omdat ze bang was dat haar vader plotseling ten tonele kon verschijnen, nam ze hem mee naar haar kamer, waar ze onder vier ogen met elkaar konden spreken. De kamer was klein en eenvoudig, met een groot kruis tegen de witte muur achter het bed, en met koele tegels onder hun voeten. Tegenover het ijzeren ledikant bevond zich een ladekast en het raam stond wagenwijd open, maar geen van beiden gaf zich rekenschap van de dorpsgeluiden die op de bries naar binnen dreven.

Ze stonden elkaar even aan te kijken, plotseling ontdaan door de omvang van alles wat zich tussen hen in bevond. De lome zomerdagen leken nu heel ver weg, en het bijbehorende zorgeloze gelach en de moedige dromen ook, en ze zochten elkaars ogen om daarin bevestigd te zien dat ze hun liefde konden koesteren, als handen om het zwakke vlammetje, naarmate de wind aanwakkerde.

Hij nam haar in zijn armen en drukte haar stevig tegen zich aan. 'Ik zal je schrijven en ik kom zo vaak ik kan hierheen,' legde hij uit, terwijl hij zijn ogen sloot en de vanillegeur van haar huid in zich opzoog met een scherp gevoel van verlangen naar datgene wat hij binnenkort kwijt zou zijn.

'Ik zal op je wachten, Dante,' antwoordde ze. 'Wat er ook gebeurt, ik zal op je wachten.' De woorden 'wat er ook gebeurt' raakten zijn hart met de volle kracht van hun betekenis, en hij liet zich door zijn verdriet verteren. Hij kon niet meer rationeel denken. Hij zag haar voor zich, alleen in Herba, zonder iemand die haar kon beschermen tegen de hitsige bedoelingen van kwaadwillende mannen. De gedachte dat zij ten prooi was aan roofdieren vervulde hem van een ziedende jaloezie en bezorgde hem een ondraaglijk gevoel van hulpeloosheid.

Duizelig van heimwee liet hij zich door zijn hartstocht meeslepen. Hij kuste haar vurig en zij hield hem steviger vast dan ze ooit had gedaan. Een woest, onbeheersbaar verlangen nam bezit van hem, zodat zijn instincten de overhand kregen, daar waar zijn verstand dat had moeten doen. Hij droeg haar naar het bed en ging naast haar liggen. Floriana was bereid zich aan Dante te geven, alles te doen wat hij maar wilde. Doordat ze geen moeder had bij wie ze te rade kon gaan, had ze geen idee wat er gebeurde, maar was ze zich slechts bewust van het verrukkelijke warme gevoel waarvan haar lendenen doortrokken raakten toen hij met zijn handen over haar donkere en geheime plekjes ging. En toen was hij in haar en kreunde hij, terwijl hij ritmisch op zijn eigen aanzwellende genot bewoog. Terwijl hij dieper stootte en haar geheel voor zich opeiste, verschenen er zweetdruppels op zijn voorhoofd. Floriana beet op haar lip en doorstond de eerste pijn, want ze wist zeker dat dit samenzijn hen voor eeuwig aan elkaar zou binden.

Toen het voorbij was, bleven ze verstrengeld liggen. Dante beefde van wroeging, want hij was zich plotseling bewust van wat hij had gedaan. Floriana glimlachte in haar onwetendheid, blozend van geluk, want nu hoorden ze echt helemaal bij elkaar. Het enige wat eraan ontbrak was dat ze zijn naam droeg. 'Dit moet een geheim blijven,' zei hij ernstig. 'Het was niet mijn bedoeling.'

'Ik ben blij dat je het hebt gedaan, Dante. Ik heb mezelf graag aan je gegeven.'

'Maar je bent pas zestien! Ik kan ervoor de gevangenis in gaan!'

'Ik vertel het aan niemand. Het is ons geheim, dat beloof ik je.'

Aangemoedigd door haar woorden kuste hij haar voorhoofd. 'Nu ben je echt de mijne.'

'Dat ben ik altijd geweest. Vanaf het moment dat je me jullie tuin binnen hebt gelaten was ik de jouwe.'

'Heb ik je pijn gedaan?'

'Een beetje.'

'Het spijt me.' Hij kuste haar weer en trok haar dichter naar zich toe.

'Dat hoeft niet. Zo hoort het toch te gaan?' Dante wist het niet, want hij had nog nooit eerder een vrouw ontmaagd. Terwijl de werkelijkheid een meedogenloos licht op zijn roekeloosheid liet schijnen, bleef hij achter met het verstikkende gevoel dat hij een heel grote verbintenis was aangegaan. Hij sloeg zijn armen nog strakker om haar heen en kuste haar op haar slaap. En keer op keer fluisterde hij 'Ik hou van je' tegen haar.

Toen was hij weg.

Floriana wachtte tot het ging regenen, maar dat gebeurde niet. Ze wilde dat de hemel zou betrekken en dat de regen de zomer zou wegspoelen, opdat die niet zou talmen en haar nog verder zou kwellen. Maar hij draalde in lange nevelige dagen en gouden avonden, en ze voelde Dantes afwezigheid scherp als een mes in haar borst.

Toen ze naar La Magdalena ging, bleek de familie naar Milaan te zijn vertrokken. Het was stil in huis; alleen het personeel was er nog om op te ruimen, de luiken te sluiten en stoflakens over de meubels te leggen. Truste begroette haar net zo liefdevol als altijd, maar Violetta, Giovanna, Damiana en Dante waren weg. Ze doolde als een smachtende hond door de tuinen, besprongen door de spookachtige echo's van de zomer, die bedroefd door de herfstwind werden meegevoerd.

De school begon weer, maar Floriana kreeg een fulltimebaan in een restaurant. De gravin nam voor Costanza een privédocent in dienst, aangezien het netwerken dat de graaf in de zomer had gedaan goed had uitgepakt en hem diverse aanbiedingen voor werk had opgeleverd. Ze hadden het erover om terug te gaan naar Rome, hetgeen een heel reële mogelijkheid was geworden. De twee meisjes zagen elkaar amper. Ooit hadden ze elkaar altijd alles verteld, maar de kloof tussen hen werd breder en hun korte ontmoetingen, na de mis voor de kerk of soms in de stad als Costanza kwam winkelen, verliepen ongemakkelijk. Costanza had in de zomer veel vrienden en vriendinnen gemaakt; Floriana's enige vriend was weg, waardoor ze geïsoleerd en alleen was achtergebleven.

Dante schreef haar dagelijks en Floriana schreef terug. In haar kleine, weloverwogen handschrift verklaarde ze hem haar niet-aflatende liefde. Ze koesterde zijn brieven en bewaarde ze in een la van haar kaptafel, met het roze lint eromheen waarmee Violetta haar armband had ingepakt. Haar diamanten ring was haar levendigste band met hem, en die koesterde ze dan ook. Ze putte er troost uit dat de ring zo waardevol was, want daarmee weerspiegelde hij vast zijn bedoelingen om uiteindelijk met haar te trouwen.

Toen ze misselijk begon te worden, dacht ze dat dat kwam doordat ze niet goed at. Maar zelfs de geur van eten bezorgde haar braakneigingen. Na een paar dagen van aanhoudende misselijkheid begon ze zich zorgen te maken dat ze misschien erg ziek was en ging ze naar signora Bruno. De oude vrouw stelde haar een paar indringende vragen over hoe vaak ze had overgegeven en hoe lang ze zich al zo voelde, en Floriana had ernstig antwoord gegeven, want ze was bang dat ze misschien doodging.

Maar signora Bruno nam haar mee naar haar woning en liet haar plaatsnemen in de zitkamer. Ze deed de deur achter zich dicht. Met een gezicht zo versteend als een graf vroeg ze of Dante met haar naar bed was geweest. Aanvankelijk reageerde Floriana ontwijkend, want ze dacht aan de belofte die ze had gedaan. Maar toen signora Bruno opperde dat ze misschien wel zwanger was, gaf Floriana toe dat het zo was. 'Komt dat daarvan?' vroeg ze argeloos.

Signora Bruno schudde verbijsterd haar hoofd. 'Heeft niemand je dat dan verteld?'

'Wie had me dat moeten vertellen?'

'Je tante?'

'Zita? Nee, daar hebben we het nooit over gehad.'

'Die vrouw kan ook nooit iets goed doen. En Costanza dan?'

'Dat weet zij niet.'

'Dat is uitgesloten. Begrijp je wel hoe ernstig dit is? Je krijgt een kind! Hoe moeten we dat verborgen houden?'

'Waarom zou ik het verborgen willen houden?'

'Omdat je zelf nog een kind bent, liefje, en het is tegen de wet. Dante kan er de gevangenis voor in draaien. Hij is een volwassen man; hij had beter moeten weten. Wat bezielde hem?' Signora Bruno wrong zich in de handen. 'En wat doet Beppe Bonfanti als hij erachter komt? God sta je bij.'

Nu Floriana inzag hoe ernstig haar situatie was, gleed de aanvankelijke blijdschap over het feit dat ze niet dodelijk ziek was van haar af. 'Wat moet ik doen?'

'Je moet ogenblikkelijk met padre Ascanio gaan praten. Hij is de enige die je kan helpen.'

'Maar komt Dante dan niet in de problemen?'

'Hij is priester, dus hij heeft geheimhoudingsplicht. Hij kent al mijn geheimen. Ik vermoed zelfs dat hij alle geheimen van Herba kent. Hij zal het niet verder vertellen en ik ook niet, zo helpe mij God Almachtig.' Ze sloeg een kruis. 'Maar ik kan je niet helpen. Daar heb ik de middelen niet voor. Hij is de enige die weet wat je moet doen.'

'Ik moet het aan Dante vertellen.'

Signora Bruno viel als een spuwende lama tegen haar uit. 'Als je het maar uit je hoofd laat! Ik wist van meet af aan dat die familie niets goeds zou brengen. Ik had je moeten waarschuwen in plaats van je hart met je op de loop te laten gaan. Je zegt hier geen woord over tegen Dante, begrijp je dat goed? Niet voordat je het aan padre Ascanio hebt verteld. Je moet zijn advies opvolgen, en van niemand anders.'

Floriana had angst moeten voelen, maar ze ging met haar handen over haar buik en voelde alleen maar ontzag en geluk. Ze zou het kind van Dante krijgen. Zijn vader zou hun zijn toestemming niet kunnen onthouden nu ze zijn kleinkind droeg – een zoon misschien wel, en erfgenaam van zijn grote vermogen. Ze glimlachte en mijmerde dat het wel heel slim was geweest van het lot om haar uitgerekend datgene te schenken waarmee ze voor altijd onherroepelijk met Dante verbonden zou zijn. Dit was allemaal voorbestemd geweest. God had haar gebeden verhoord en haar iets gegeven dat alleen Hij kon schenken: een nieuw leven, van Dante en haar alleen.

Ze sloeg het advies van signora Bruno in de wind en schreef Dante meteen. Een paar dagen later stond de butler van La Magdalena met een boodschap voor haar deur: Dante had gebeld om te zeggen dat hij naar haar toe kwam. Dolblij over het vooruitzicht dat ze hem weer zou zien ging ze aan de slag om haar woninkje schoon te maken, onderwijl een vrolijk wijsje neuriënd. Ze keek om zich heen naar de bescheiden kamer en de eenvoudige meubels, en ze dacht aan de toekomst die haar zou verlossen van haar vader en van dit armzalige oord. Ze zag zichzelf al in de tuin met de zuilengaanderij zitten, met Dante naast zich, die gedichten zat te lezen, terwijl hun zoontje zijn speelgoedbootjes in de fontein liet varen. Truste zou aan haar voeten liggen te doezelen in de zon. Misschien was ze wel weer in verwachting. Ze zouden een heleboel kinderen krijgen. In een huis zo groot als La Magdalena kon ze er net zo veel krijgen als ze maar wilde.

Er stond haar echter een teleurstelling te wachten. De Dante die in haar deuropening verscheen was niet de stralende, dolblije jongeman die ze had verwacht. In plaats van haar opgewonden in zijn armen te nemen, zag hij er grauw en doodsbenauwd uit. De moed zonk haar in de schoenen. 'Is alles goed met je?' vroeg ze, en ze sloeg aarzelend haar armen om zijn middel.

'We moeten praten, Floriana. Ik ben meteen gekomen. Weet je zeker dat je zwanger bent?'

'Ik geloof van wel, maar ik weet het niet zeker.'

'Aan wie heb je het verteld?'

'Aan signora Bruno. Ik moest het aan íémand vertellen.'

'Dat begrijp ik.' Hij draaide zich naar haar om. Ze had hem nog nooit zo verslagen zien kijken. 'En denkt zij ook dat je zwanger bent?'

'Ja.' Ze keek fronsend naar hem op. 'Ik dacht dat je blij zou zijn.'

'Blij? Lieve Floriana, je hebt geen idee wat dit betekent.'

'We kunnen toch trouwen?'

'Dit is niet het moment om te fantaseren. Dat vindt mijn vader nooit goed.'

'Maar ik ben zwanger van zijn kleinkind.'

'Zijn kleinkind interesseert hem niets. Zijn eigen kinderen interesseren hem amper. Hij heeft net zo veel gevoel als zo'n stom standbeeld in de tuin. Hij interesseert zich alleen voor geld en aanzien.'

'Dus je gaat het hem niet vertellen?' Floriana's kin begon te trillen. Ze haalde diep adem, zette haar borst uit en dwong zichzelf zich over haar teleurstelling heen te zetten.

'Ik weet nog niet wat ik ga doen.' Hij nam haar handen in de zijne, helemaal overweldigd om de vrouw van wie hij hield en in wie hij zijn zaad had geplant hier voor zich te zien. 'Maar ik laat je niet in de steek. We bedenken wel iets.' Hij trok haar tegen zich aan en hield haar stevig tegen zijn borst. 'Het is mijn verantwoordelijkheid. Door mij ben je in deze situatie verzeild geraakt en ik haal je er ook weer uit. We vinden wel een manier om bij elkaar te kunnen zijn, dat beloof ik je.'

'Ik ben gelukkig, Dante. Ik ben niet bang. Ik realiseer me nu dat ik dat altijd heb gewild: een kind. Iemand om van te houden en om voor te zorgen. Een stukje van jou dat altijd bij me zal zijn, wat er ook gebeurt.'

Hij legde zijn hand op haar platte buik. 'Ik kan me bijna niet voorstellen dat daar een kind in zit.'

'Ik weet het. Signora Bruno zegt dat er nog zeker een half jaar niks van te zien is.'

'Goed, dat geeft ons in elk geval nog wat tijd. Je mag er met niemand over praten, begrijp je dat?' Ze knikte. 'Ik vind wel een andere plek voor je waar je kunt wonen, ver weg van hier.'

'Maar ik wil bij jóú zijn.'

'Dat kan gewoonweg niet, Floriana. Stel je eens voor wat voor schandaal dat zou geven. Niemand mag het ooit te weten komen.'

'Maar dan wordt ons kind buiten het huwelijk geboren.'

'Het kan niet anders.'

Floriana trok wit weg. 'We kunnen geen kind buiten het huwelijk krijgen. Dat is een zonde.'

'We hebben de grootste zonde al begaan, Floriana.'

Zijn woorden sloegen haar bijtend in het gezicht, maar ze hief haar kin en vocht voor haar ongeboren kindje. 'We kunnen toch in het geheim trouwen?'

Hij maakte zich van haar los en beende naar het raam alsof hij een vluchtweg zocht. 'Voor jou is het allemaal heel eenvoudig, want jij hebt niets te verliezen.'

Ze ging op bed zitten en sloeg haar armen over elkaar. 'Het enige wat ertoe doet is dat ik van jou en van ons kind hou.'

'Maar zo eenvoudig is het leven niet.'

'Wel als je het zo laat zijn.'

'Ik ben de erfgenaam van mijn vader.'

'Kun je niet gewoon weglopen?'

'En waar moeten we dan van leven?'

'Ik heb mijn hele leven al van niets geleefd, en ik ben gelukkig geweest.'

'Ik ben verantwoordelijk ten opzichte van mijn ouders. Ik ga het bedrijf van mijn vader erven. Dat kan ik niet allemaal weggooien en met de noorderzon vertrekken. Mijn vader zal me onterven. Mijn moeder zal kapot zijn van verdriet en ik blijf met lege handen achter. Begrijp je dat dan niet? Ik raak alles kwijt.'

'Je raakt alleen datgene kwijt wat toch niet belangrijk is.'

Dante voelde zich net een drenkeling. Hij twijfelde niet aan zijn liefde voor Floriana, maar hij twijfelde er wel aan of hij in staat was tegen zijn vader in opstand te komen. Hij had zijn hele leven al gedaan wat er van hem werd verwacht en Beppes liefde verdiend, die geheel en al aan voorwaarden gebonden was. Hij had zeer groot respect voor zijn vader, maar als hij diep in zijn ziel keek, daar waar alle waarheden verborgen liggen, vond hij daar helemaal op de bodem, een restje angst, overgebleven uit zijn jeugd, met diezelfde behoefte om te behagen. Hij vervloekte het dat hij zo zwak was geweest, maar hij kon niets doen; zijn vader over Floriana in vertrouwen nemen was ondenkbaar. Zijn moeder zou waarschijnlijk meer begrip tonen, maar zelfs zij, met haar sentimentele hart, zou een huwelijk met Floriana niet goedkeuren, zelfs niet als ze er de leeftijd voor had gehad.

Dante gaf Floriana geld om hem in de telefooncel te kunnen bellen, zei dat hij nu wegging, maar beloofde dat hij zou nadenken over wat ze het best konden doen. Hij had echter geen idee hoe hij het moest oplossen. Kon hij alles maar de rug toekeren en teruggaan naar zijn oude leven – maar die kans was verkeken. Hij was door zijn liefde aan Floriana gebonden, en de wetenschap dat zijn kind in haar schoot groeide maakte weglopen uitgesloten. Hij was voor hen allebei verantwoordelijk. Nog nooit eerder had hij de plicht zo zwaar op zijn schouders voelen drukken.

Hij vervloekte zichzelf omdat hij de moed niet had om de benen te nemen en ergens anders opnieuw te beginnen. Van trouwen kon geen sprake zijn, hoe je het ook wendde of keerde. Hij kon haar ergens in de buurt van Milaan in een flatje onderbrengen, zodat ze in het geheim kon bevallen, maar daarna dan? De toekomst zag er voor hen allebei niet al te best uit. Hij zette de auto vlak buiten Herba aan de kant van de weg, legde zijn hoofd tegen het stuur, sloot radeloos zijn ogen en wilde dat hij overal van verlost was. Wat had hem bezield? Hij had nooit op Floriana verliefd moeten worden. Het was van meet af aan tot mislukken gedoemd. Er tolden allemaal beelden door zijn hoofd die zich groot opbliezen en verwrongen raakten. Het schandaal, de toorn van zijn vader, de teleurstelling van zijn moeder, Floriana's hoop, voor de zo veelste keer aan diggelen geslagen. Het was allemaal te erg voor woorden. Maar toen glinsterde er een minuscuul speldenprikje hoop door het duister. Hij ging recht zitten en keek ernaar. Hoe meer hij ernaar keek, hoe groter het werd, tot hij zeker wist dat dit licht hem de weg zou wijzen. Hij keerde de auto en reed terug naar Herba.

Padre Ascanio was verbaasd toen hij Dante zag. De familie was al lang weer naar Milaan en keerde meestal pas de volgende zomer weer terug. Toen hij het betrokken gezicht van de jongeman zag, wist hij zeker dat zich een sterfgeval in de familie had voorgedaan en dat Dante hem dat persoonlijk kwam vertellen. 'Mijn zoon, wat is er gebeurd?'

'Ik moet dringend met u spreken,' antwoordde Dante.

'Natuurlijk. Kom maar mee.' Hij ging hem voor naar de kleine kapel, waar hij Floriana nog niet zo lang geleden te verstaan had gegeven dat haar liefde op niets zou uitlopen. Ze namen plaats. Dante haalde diep adem. Hij rook dat er een vage alcoholgeur achter hem dreef, en hij draaide zich om om zich ervan te vergewissen dat ze alleen waren. 'Wat kan ik voor je doen?' vroeg padre Ascanio op zachte en geruststellende toon.

'Ik zit verschrikkelijk in de problemen, eerwaarde. Ik heb gezondigd.' Dante nam zijn hoofd in zijn handen.

'Niet bang zijn. God vergeeft hen die berouw tonen.'

'O, dat heb ik. Ik heb met heel mijn hart spijt van mijn zonde.'

'Wil je dan niet liever van de biechtstoel gebruikmaken?'

Hij bracht zijn hoofd omhoog en keek de priester wanhopig aan. 'Nee. Ik heb meer praktische hulp nodig.'

'Aha.'

'Eerwaarde Ascanio, u kent mij al van kleins af aan.'

'Dat klopt.'

'En u hebt mij altijd naar beste vermogen begeleid, met grote wijsheid en tact. Dat is toch zo?'

'Ik heb altijd mijn best gedaan.'

'Goed, ik zit nu verlegen om uw wijze raad, maar ik vrees uw oordeel.'

'Mijn zoon, ik ben hier niet om over je te oordelen. Dat is niet aan mij, maar aan God, in al Zijn wijsheid. Vertel me wat je problemen zijn en dan zal ik mijn best doen je van advies te dienen.'

Dante slikte moeizaam. Hij kon de priester niet meer recht aankijken en sloeg zijn ogen neer naar de flagstones onder zijn voeten. 'Floriana is zwanger.'

De adem stokte padre Ascanio in de keel. Zijn hand vloog naar zijn borst, waar een scherpe pijn hem een jammerkreet ontlokte. Hij onderdrukte een kreun. Zijn gedachten gingen allereerst uit naar Floriana, dat onschuldige, goedgelovige, moedige kind, en zijn hart stroomde over van mededogen. Zijn tweede gedachte ging uit naar Dante en zijn domme gedrag, en hij deed zijn uiterste best om niet de meest meedogenloze kritiek op hem los te laten. Dante voelde al hoe ontzet de priester was zonder dat hij naar zijn gezicht keek. Overspoeld van schaamte legde hij zijn handen tegen zijn gezicht.

Padre Ascanio stond op en liep naar het altaar. Hij legde zijn handen op de witlinnen doek, sloot zijn ogen en bad. Wat stond Floriana te doen? Hij probeerde afstand te bewaren, als een chirurg die elk moment in het vlees van een patiënt kan gaan snijden, maar terwijl hij elk alternatief de revue liet passeren, zwol zijn hart en trok weer samen.

Eindelijk liep hij terug naar zijn stoel. Dante keek naar hem op. 'Wat moet ik doen?' fluisterde hij. Nu hij het verteld had, voelde hij zich nog ellendiger.

'Er is maar één optie,' antwoordde de priester met een zucht.

'Het maakt niet uit wat. Voor Floriana doe ik alles.'

'Niet ver hiervandaan is een klooster waar ze voor de duur van haar zwangerschap naartoe kan. Ik ken de moeder-overste al jaren en het komt wel vaker voor dat ze meisjes als Floriana opneemt.' Er volgde een beladen stilte, en Dante wist wat hij ging vragen, want de vraag zweefde als een felrode ballon tussen hen in.

'Ben je van plan om met haar te trouwen?'

'Ik weet het niet.' Hij haalde hulpeloos zijn schouders op en liet zijn hoofd zakken. 'Ik heb erover gedroomd dat ik met haar trouw. Ik was van plan om te wachten tot ze oud genoeg was en dan…' Zijn stem stierf weg. 'Mijn liefde heeft me blind gemaakt voor mijn situatie. Mijn vader zou haar nooit als zijn schoondochter accepteren. Ik zou alles moeten opgeven.' Hij kreeg de woorden bijna zijn mond niet uit, want hij was zich er terdege van bewust dat God nu eenmaal offers vroeg. 'Eerwaarde, ik ben een zwakkeling!'

Padre Ascanio richtte zich tot zijn volle lengte op. Hij wilde de jongen door elkaar schudden en hem de mantel uitvegen omdat hij het leven van het meisje had verwoest. 'Maar zul je haar financieel ondersteunen?' vroeg hij, terwijl hij zichzelf dwong kalm te blijven.

'Natuurlijk. Ik zal voor haar en ons kind zorgen. Ze zal leven als een prinses.' Zijn woorden klonken hol en hij had er meteen spijt van. 'Ik wacht tot ik zelf rijk genoeg ben en dan trouw ik met haar.'

'Goed, dan moet je Floriana vertellen wat je besloten hebt en moet zij zich gereedmaken, zodat ze kan vertrekken zodra ik het met de moeder-overste heb geregeld.'

'Dat zal ik doen.'

'Maar ze mag het aan niemand vertellen.'

'Ze heeft het alleen aan signora Bruno verteld.'

'Teresa is een goede, discrete vrouw. Zij zal het niet verder vertellen.'

'Ik ben een en al deemoed, eerwaarde, en ik ben u zeer veel verschuldigd.'

'Er vallen geen schulden terug te betalen, Dante, alleen dingen goed te maken. Ga naar Floriana, zorg voor haar en hou heel veel van haar. Jij bent nu verantwoordelijk voor haar situatie en voor haar toekomst. Zondigen is menselijk, maar je kunt je verheffen door je plicht ten overstaan van God te doen: berouw tonen, om vergeving bidden en het goedmaken.'

'Dat zal ik doen, eerwaarde.'

'Ga nu.'

Dante verliet de kleine kapel en beende over de flagstones naar de deur. De padre die in de kapel ernaast lag te bidden zag hij niet. De alcohol sijpelde door zijn poriën naar buiten en verdampte in de lucht, waar hij zich met de geur van brandende was vermengde. Toen Dantes voetstappen wegstierven, hief de hulppriester zijn hoofd en kneep zijn ogen samen. Dus Floriana was zwanger. Dat was nog eens een verrassing. Van alle geheimen die hij in al die jaren dat hij in de kerk had gewerkt had gehoord, was dit wel het meest saillante. Maar hij was een discreet man. Hij ging er prat op dat hij geheimen kon bewaren. Hij viste achter de biechtstoel, in de kieren tussen muren en deuren, pikte daar beetjes informatie op en keek vervolgens hoe diep hij ze kon opbergen. Vooralsnog had hij nog nooit een vis laten ontglippen – het probleem was alleen wel dat dit de grootste en glibberigste vis was die hij ooit had gevangen.

27

Floriana klopte bij signora Bruno aan. Ze kreeg de geur van gebakken uien die naar buiten dreef in haar neus, waardoor haar maag zich omdraaide van misselijkheid. Ze vroeg zich af hoe lang die misselijkheid nog zou duren. Ze legde een hand op haar buik en zei in stilte tegen haar kind dat ze alles zou doorstaan wat de natuur haar aandeed, opdat hij maar gezond en sterk ter wereld zou komen.

De deur ging open en signora Bruno gluurde bezorgd naar buiten. 'Ach, Floriana. Is er nog nieuws?' vroeg ze, en ze trok het meisje aan haar rok naar binnen. 'Heb je al met de padre gesproken? En wat zei hij?'

'Ik heb met hem gesproken,' jokte Floriana. Nou ja, indirect dan.

'En?'

'Ik ga naar een klooster.'

'Dat is het beste voor je. Godzijdank.'

'Het heet Santa Maria degli Angeli. Padre Ascanio heeft het voor me geregeld.'

'Ik zei toch dat hij wel raad zou weten?'

'Ik ben blij. Ik zal God elke dag danken dat Hij me een kind heeft geschonken.'

Signora Bruno zoog haar wangen in. 'Wanneer vertrek je?'

'Zodra hij het rond heeft.'

'Wie brengt je ernaartoe?'

'Dante.'

'Weet Dante het dan?'

'Natuurlijk. Het is toch ook zijn kind? Zodra de baby geboren is koopt hij een huis waar we kunnen wonen, en later, als hij niet meer afhankelijk is van zijn vader, gaan we trouwen. God zal ons heus wel vergeven dat we buiten het huwelijk een kind krijgen, en bovendien is het

Zijn geschenk, dus kan Hij niet boos op ons zijn.' Ze glimlachte opgetogen. 'Ik ben zo blij, signora Bruno.'

De oude vrouw fronste haar wenkbrauwen. Hoe kon ze in haar situatie in 's hemelsnaam blij zijn, terwijl haar toekomst zo onzeker was? Ze geloofde geen moment dat Dante met haar zou trouwen; dat soort happy endings was voor meisjes als Floriana niet weggelegd. Ze beet peinzend op de binnenkant van haar wang. 'Nou, daar moeten we dan maar op hopen.'

'Ik word moeder.' Floriana zuchtte dromerig en viel neer in een leunstoel. 'Het is een jongen, ik wéét het gewoonweg. Een prachtig jongetje. Ik praat de hele tijd tegen hem.'

'Ik durf te betwijfelen of hij wel oren heeft om je te horen.'

'Hij hoort me met zijn ziel.' Floriana glimlachte voldaan, alsof het haar aan niets ontbrak. Signora Bruno had onwillekeurig bewondering voor haar optimisme, en vreesde het moment waarop het leven haar zou teleurstellen en dat voor altijd zou doven.

'Heb je honger?'

'Nee, ik leef van de lucht en voel me er prima bij.'

'Je ziet er wel mager uit.'

'Ik ben misselijk, maar mijn hart is blij.'

'Het is niet goed voor de baby als je helemaal niets binnenkrijgt. Kom, ik heb soep gemaakt.'

Floriana liep met tegenzin met haar mee naar de keuken. Er hing een heel sterke geur van uien. 'Ik geloof niet dat ik iets kan eten. Een cracker misschien. Hebt u een cracker?'

'Met een beetje kaas.'

'Nee, alleen een cracker.'

'Ik doe er wat boter op.'

Floriana grijnsde liefdevol naar haar. 'U gedraagt zich als een moeder.'

Signora Bruno fronste haar wenkbrauwen om haar emotie te verhullen. 'Je hebt ook een moeder nodig.'

'Wat een geluk dan dat ik u heb.'

'Je gaat het zeker niet aan Elio vertellen?'

'Natuurlijk niet. Op een dag wordt hij wakker en merkt hij dat ik weg ben.'

'Voel je echt niets?'

'Niets.' Floriana draaide zich om en pakte een stukje uienschil. 'Hij is geen vader voor me.'

'Misschien komt hij weer op het rechte pad als hij grootvader is.'

'Nee, dat gebeurt niet. Hij is door niets op het rechte pad te krijgen. Het komt echt niet meer goed met hem. Ik vind het niet vreemd dat mijn moeder bij hem is weggegaan. Ik denk wel eens dat ze ontzettende hekel aan me moet hebben gehad om me bij hem achter te laten.'

Signora Bruno schrok. 'Dat geloof je toch niet echt, hè?'

Floriana schokschouderde. 'Het doet er niet toe. Het zijn allemaal mislukkelingen, want ze zullen het prachtige kindje dat ik ter wereld breng niet kennen. Ik heb niets nodig, signora Bruno, niets en niemand, want ik heb straks mijn zoon. Ik zal nooit meer alleen zijn.'

Signora Bruno vond haar moed hartverscheurend.

Dante bleef in Milaan; hij vertrouwde erop dat zijn kind in het geheim geboren zou worden. Hij voelde de verscheurende angst in zijn maag niet meer, want de last was van zijn schouders getild en er was een regeling getroffen. Zijn vader zou er niet achter komen. Floriana was in goede handen. Ze konden hun relatie in een nieuwe stad, waar niemand hen kende, voortzetten. Over de toekomst hoefde hij nog niet na te denken. Voorlopig was alles prima. Maar in de stille ogenblikken voor hij 's avonds in slaap viel en wanneer hij 's ochtends wakker werd, huiverde hij bij de gedachte hoe dicht hij de afgrond was genaderd.

Floriana's zwangerschap was een gevoelig onderwerp, en padre Ascanio wilde dat niet over de telefoon met de moeder-overste bespreken. Hij sprak af dat hij naar haar toe zou komen. Terwijl hij over het Toscaanse platteland reed, overpeinsde hij de betreurenswaardige situatie nog eens. Floriana kon binnen de veilige muren van Santa Maria degli Angeli haar kind ter wereld brengen en dan zou Dante haar meenemen naar een stad ver weg, om daar waar ze niemand kenden een nieuw leven te beginnen. Van alle mensen in zijn parochie was Floriana mentaal gesproken het minst in staat om met zo'n soort verandering om te gaan. Hij had er een hard hoofd in, voor haar, alleen met een kindje en zonder iemand om zich heen om haar te steunen. Misschien zou Dante regelen dat er hulp kwam, maar emotioneel gezien zou ze er toch alleen voor staan.

Als hij aan Dantes onbezonnen gedrag dacht, worstelde hij met zijn woede. Eén ogenblik van genot, en daarmee had hij het leven van een jong meisje mogelijk te gronde gericht. Floriana zag dat natuurlijk heel anders. Ze hield van hem en vertrouwde erop dat hij voor haar zou zorgen en misschien zelfs op een dag met haar zou trouwen. Maar padre Ascanio was oud en wijs en had de zwakte in het gedrag van de jongen ogenblikkelijk herkend, aangezien hij die al heel vaak bij anderen had waargenomen. Zoals hij hem niet recht aan had kunnen kijken, zoals hij zijn schouders verslagen had laten hangen – en bovendien kénde padre Ascanio die jongen. Hij had hem zien opgroeien onder het krachtige gezag van zijn vader. Als je dat soort invloed wilde breken had je een vurige wil en een ijzeren moed nodig, en die had Dante geen van beide, al zijn charme en hartelijkheid ten spijt.

Hij kwam aan bij de imposante poort van het klooster en aarzelde even voor hij uitstapte en aanbelde. Zodra Floriana deze poort door was, zag hij haar misschien nooit meer. Zijn hart trok samen en de plotselinge golf van emoties verbijsterde hem. Pas nu hij op het punt stond haar kwijt te raken realiseerde hij zich hoeveel hij om haar gaf.

Floriana belde Dante vaak vanuit de telefooncel bij Luigi. Ze konden niet lang met elkaar spreken, maar Dantes stem was al genoeg om haar gerust te stellen. In haar vrije tijd liep ze de heuvel op naar La Magdalena en zocht ze Truste. Dan liepen ze samen door de velden en vertelde ze hem over de toekomst die ze samen met Dante zou krijgen. Dan gingen ze op het strand zitten, terwijl het water zacht tegen de rotsen kabbelde, en zong ze voor haar ongeboren kind en de hond die meer van haar was gaan houden dan van wie ook.

Padre Severo nam nog een slok uit de fles die hij onder een vloerplank in zijn slaapkamer verborgen hield. Hij had zich al heel wat keren voorgenomen dat deze slok de laatste zou zijn. Hij wist dat padre Ascanio, als die hem betrapte, hem eruit zou zetten, want dat was een man van principes. Maar het lukte hem niet ermee te stoppen, en het slechte reukvermogen van padre Ascanio stelde hem in staat ermee door te gaan zonder ontdekt te worden. Die avond was padre Ascanio de deur uit. Hij was die middag met de auto vertrokken en was niet teruggekomen. Hij vroeg zich af of dat iets met Floriana te maken had. Hij voelde de glibberige vis van zijn geheim en genoot van het plezier dat hij eraan ontleende, doordat hij iets wist wat hij niet mocht weten en hij niet was gezwicht en het iemand had verteld. Hij kreeg een kick van zijn eigen discretie.

Hij nam nog een slok. Het was een mooie avond. Het licht was zacht, het was warm en herfstig. De geluiden van kinderen die buiten speelden weerkaatsten tegen de oude stenen muren en daardoor moest hij denken aan zijn eigen geïsoleerde jeugd en aan de jongens die niet met hem hadden willen spelen omdat ze voelden dat hij anders was. Hij besloot een wandelingetje te gaan maken om een frisse neus te halen. Terwijl hij langzaam de smalle straat op liep, omhoog naar de piazza, dacht hij aan padre Ascanio. Aan hoezeer hij hem bewonderde. Met al zijn tekortkomingen kon hij nooit aan hem tippen. Hij kende zijn gebreken en vond het prima om in de schaduw van een grote man van God te leven, zijn leven in dienst van anderen te stellen en te hopen dat hij door middel van zijn werk verlost zou worden. Hij onderdrukte de seksuele gevoelens die hij voor andere mannen had en bad elke dag om genezing. Maar de pijn hield aan en alleen alcohol hielp die te onderdrukken.

Aan het eind van de straat zag hij een man op zijn hurken op een drempel zitten, met zijn hoofd in zijn handen. Hij herkende hem meteen. 'Elio,' zei hij terwijl hij op hem toe liep. 'Is alles goed met je?' De man keek naar hem op en de pijn op zijn gezicht haalde de hulppriester met een ruk terug uit zijn eigen gedachtewereld.

'Eerwaarde, help me.'

De hulppriester ging naast hem zitten. De alcoholwalm die uit Elio's poriën sloeg was niet te harden. 'Wat kan ik voor je doen?'

'Mijn vrouw is bij me weg en nu raak ik mijn dochter ook nog kwijt.'

'Hoe bedoel je, je dochter?'

'Ze geeft geen zier om me. Ik heb haar in de steek gelaten. Ik zou moeten werken om haar te ondersteunen, maar kijk hoe ik erbij zit, verslaafd aan de drank. Ik heb de bodem van de put bereikt, eerwaarde, en ik weet niet hoe ik er weer uit moet komen. Ik wil voor haar zorgen, maar ze weigert nog met me te praten. Ik weet dat ze op een dag bij me weg zal gaan, net als haar moeder, en dan sterf ik eenzaam en alleen als de eerste de beste zwerver.'

'Elio, de eerste stap op weg naar je herstel heb je al gezet. Door onder ogen te zien dat je een probleem hebt, ben je al op weg naar verbetering.'

'Ik drink geen druppel meer.'

'Daar is een erg sterke wil voor nodig,' zei hij, en hij dacht aan zijn eigen zwakte en aan hoe hij keer op keer plechtig beloofde die de baas te worden.

'Maar wat moet ik dan doen?'

'Je hebt iets nodig om voor te leven, een doel dat je van de fles af houdt en je inspiratie geeft om weer te gaan werken en een leven zonder drank te leiden.' Hij voelde de glibberige vis boven in zijn keel, en hoe die zich met een schok van opwinding verder omhoogwerkte.

'Ik heb alleen Floriana maar, en zij wil niks van me weten.'

'Je moet haar eerst bewijzen dat je het kunt. Het heeft geen zin om haar keer op keer te vertellen dat je zult stoppen met drinken, want dat is in het verleden al talloze malen mislukt. Je moet haar laten zien dat je serieus van plan bent om te veranderen.'

'Ze houdt niet meer van me. Zodra de liefde dood is kan die niet meer tot leven worden gewekt.'

'Onzin. Padre Ascanio zegt dat liefde altijd blijft bestaan, in ieders hart, zelfs in dat van hen die het niet weten. We moeten alleen alle negativiteit loslaten.'

'Ik verdien haar liefde niet. Moet u me nou zien.'

'Natuurlijk wel. Fouten maken is alleen maar menselijk. Jezus heeft ons geleerd te vergeven. Floriana is een goed christen. Diep in haar hart houdt ze van je, ook al is ze zich er niet van bewust. Je bent haar vader, en de enige familie die ze heeft.'

'En wat heb ik voor haar gedaan?'

'Je moet jezelf niet vragen wat je gedaan hebt, maar wat je nog kunt doen.' De glibberige vis lag nu op zijn tong en kronkelde zo hevig dat hij er al zijn kracht voor nodig had om hem niet naar buiten te laten glippen. Het genot was overweldigend en er verschenen zweetdruppeltjes op zijn neus en voorhoofd. Hij had nog nooit met zo'n grote vis in gevecht gehoeven.

Elio hief zijn kin. 'Ik ben niet gek. Ik weet best dat ze een vriendje heeft. Ze denkt dat ik het niet weet, maar ik heb ook ogen en oren, hoor, net als iedereen. Ze vertelt het me natuurlijk zelf niet. Ze vertelt me tegenwoordig nooit meer wat. Vroeger, toen ze klein was, vertelde ze wat er allemaal door haar hoofd ging, maar toen luisterde ik niet. Ik besteedde er geen aandacht aan.' Hij zakte weer tot een hoopje zelfmedelijden in elkaar. 'Wat voor vader ben ik nou helemaal? Op een dag trouwt ze en misschien wil ze me er niet eens op de bruiloft bij hebben. Ik hoor haar naar het altaar te brengen en weg te geven, maar wat voor man zal mij om haar hand vragen, als ik daar helemaal het recht niet toe heb? Ik heb haar in de steek gelaten.' Zijn schouders begonnen te schokken.

'Kom, ik breng je naar huis.' De hulppriester kwam overeind. De glibberige vis gleed aanlokkelijk naar de punt van zijn tong.

Elio keek verloren naar hem op. 'Ik heb niets,' zei hij, en met die laatste wanhoopskreet gleed de vis naar buiten.

'Je wordt opa, Elio,' verkondigde de hulppriester. Hij kwam tot zijn verbazing tot de ontdekking dat het plezier van het verklapte geheim veel groter was dan dat van het bewaarde.

Elio keek verbijsterd naar hem op.

'Ja, Floriana is zwanger,' herhaalde hij opgewekt.

'Zwanger? Floriana?'

'Van Dante Bonfanti.'

Elio liet het bericht tot zich doordringen en was meteen een stuk nuchterder. 'Weet u dat zeker?'

'Geloof mij nou maar. Dus je hebt heus wel iets om voor te leven.'

'Maar ze is nog zo jong.'

'Ze is jong, maar ik denk dat die jongen wel met haar zal trouwen.'

'Hij haalt haar hier vast weg.'

'Niks daarvan.'

'Natuurlijk wel.' Elio kwam moeizaam overeind.

De hulppriester pakte zijn arm beet om hem op de been te houden. 'Maar je mag het aan niemand vertellen, begrijp je dat?' Elio hoorde hem amper. 'Ik had het je niet moeten vertellen, maar toen je zo ellendig naar me keek, had ik het gevoel dat je iets nodig had om voor te leven. Dat heb je nu. Je wordt opa. Floriana zal je nodig hebben. Dit is je kans om alles goed te maken.' De hulppriester kreeg plotseling het tevreden gevoel dat hij iets goeds deed.

'Dante Bonfanti?' mompelde Elio, en hij krabde zich op zijn hoofd. 'De enige zoon van Beppe Bonfanti?'

'Ja, die. Maar geen woord erover, tegen niemand!'

'Geen woord,' herhaalde Elio vaag.

'Mooi zo. Kom, dan breng ik je naar huis. Ik wil dat je me alle flessen geeft die je hebt en dan spoelen we die door de wc. Van nu af aan word je een ander mens. Geen drank en geen zelfmedelijden meer. God heeft je een nieuwe kans gegeven. Het ligt binnen je macht om je leven te veranderen en de vader te worden die je altijd al hebt willen zijn.'

Elio strompelde over de kasseien en leunde daarbij zwaar op de hulppriester. Had hij nou echt gezegd dat Floriana zwanger was van Dante Bonfanti? Zou dat kunnen? Hij kreunde en struikelde bijna. De hulppriester kon hem nog net opvangen. In zijn beschonken toestand was veel onduidelijk. Eén ding scheen echter duidelijk als kwarts door de nevel heen: Beppe Bonfanti zou zijn enige zoon nooit toestemming geven met zijn dochter te trouwen.

De volgende dag sprak Dante via de openbare telefoon bij Luigi met Floriana. 'Alles is geregeld,' legde hij uit. 'Ik kom vrijdag 19 november en haal je zaterdagochtend op. Het lijkt me het best als we bij de muur afspreken. Dan zijn we de hele dag samen en breng ik je daarna naar het klooster.'

'Denk je dat je me daar kunt komen opzoeken?'

'Natuurlijk. Het is geen gevangenis, hoor.' Hij zweeg even. Ze hoorde hem aan de andere kant van de lijn ademen. 'Je bent toch niet bang, hè piccolina?'

'Nee, ik vind het spannend. Tot nu toe zie je er niets van, en als ik niet de hele tijd zo misselijk was, zou ik me afvragen of ik wel echt zwanger was.'

Zij mocht het dan spannend vinden, Dante wilde niets liever dan dat het vals alarm was. 'Zodra je bij een dokter bent geweest weten we het zeker.'

'O, ik weet het toch al zeker, hoor. Ik voel hem binnen in me, ook al is hij nog maar zo groot als een zaadje.'

'En je denkt dat het een jongen is?'

'Dat weet ik zeker. Ik ga je een zoon geven, Dante.' Toen hij geen antwoord gaf, werd ze bezorgd. 'Ben jíj soms bang?'

Hij wilde het niet toegeven. 'Ik voel me schuldig dat ik je in deze ellendige toestand heb gebracht.'

'Je hoeft je niet schuldig te voelen, liefste. Geen enkel kind komt zomaar ter wereld. Zo achteloos kan God nooit zijn. Elk kind is waardevol, hoe het ook verwekt is. Onze zoon is waardevoller dan de meeste kinderen, want hij is uit liefde verwekt.'

Dante moest onwillekeurig om haar idealisme lachen. Hij vroeg zich af of ze, als het kind eenmaal geboren was en de hele nacht huilde, nog net zo zorgeloos zou zijn. 'Ik hou van je, Floriana.'

'En ik hou ook van jou, Dante.'

'Weet je nog die dag op het bankje, toen ik je hand pakte en vroeg hoe je heette?'

'Natuurlijk weet ik dat nog. Dat vergeet ik nooit.'

'Ik voelde toen al dat je deel zou uitmaken van mijn leven. Ik wist niet hoe, maar ik voelde gewoon dat we op de een of andere manier met elkaar verbonden waren.'

'Dat voelde ik ook.'

'Je was verdwaald en ik wilde voor je zorgen.'

'Nu ben ik niet meer verdwaald.'

'Zo lang ik leef, piccolina van me, zul jij niet meer verdwalen.'

Elio hield zijn dochter in de gaten zoals een leeuw een nietsvermoedende gazelle in de gaten houdt. Hij zag hoe ze in zichzelf neuriënd het huis binnenkwam en hoe ze het huppelend weer verliet. Toen ging hij zitten en schreef een brief – de brief die zijn lot voor altijd zou veranderen.

De hulppriester had al Elio's flessen in de wc leeggegoten. Er was geen druppel alcohol meer in huis, maar dat interesseerde Elio niet, want zijn gedachten gingen uit naar een hoger doel, en daarvoor moest hij geconcentreerd en bij de les zijn. Voor het eerst in jaren was hij wakker geworden met het gevoel dat hij een doel had. Toen hij aan de benarde situatie van zijn dochter dacht en aan hoe hij daar gebruik van kon maken, trok er een tinteling door zijn lichaam.

Beppe Bonfanti was een van de rijkste mannen van het land. Het was gewoonweg uitgesloten dat hij zijn zoon en erfgenaam toestemming zou geven om met een meisje uit een obscuur dorpje in Toscane te trouwen. Ze kon zichzelf wel voorspiegelen dat dat wel zou gebeuren en Dante had zichzelf er misschien van overtuigd dat ze samen konden weglopen en nog lang en gelukkig zouden leven, maar voor iemand die zo lang had geleefd als hij was de werkelijkheid zonneklaar. Dat ging niet gebeuren. Dus als zijn dochter niet de echtgenote van een miljonair werd, moest hij uit de situatie zien te halen wat erin zat. Grinnikend schreef hij zijn brief aan Beppe. Hij had van zijn leven nog nooit zo gemakkelijk geld binnen handbereik gehad. Hij was een vreselijke vader geweest, maar nu kreeg hij de kans om het bij zijn dochter goed te maken. Hij kon niet eisen dat Dante haar eer redde, maar hij kon wel geld vragen om in het onderhoud van haar en haar buitenechtelijke kind te voorzien – en nog een beetje extra voor de zekerheid.

Floriana besloot dat ze niemand, behalve signora Bruno, zou vertellen dat ze wegging. Ze zou gewoon gaan. Signora Bruno moest haar vader maar vertellen dat ze vertrokken was om ergens anders een nieuw leven te beginnen, en dan kon hij het aan tante Zita vertellen. Ze was padre Ascanio echter grote dank verschuldigd en ze vond dat ze naar hem toe moest gaan om hem te bedanken voor zijn vriendelijke hulp.

De dag voor ze zou vertrekken huppelde ze met een opgeruimd hart over de kasseien. Haar toekomst boezemde haar in het geheel geen angst in. Nee, ze verheugde zich er juist op om naar een nieuwe stad te verhuizen en opnieuw te beginnen. Daar zou niemand medelijden met haar hebben vanwege de moeder die haar in de steek had gelaten en de vader die elke avond dronken werd en vals speelde met kaarten. Niemand zou iets over haar weten. Ze zou zichzelf een nieuwe identiteit geven als de moeder van een kindje, met een knappe jonge echtgenoot die in Milaan werkte – niemand hoefde te weten dat ze niet getrouwd waren. Niemand hoefde wat dan ook te weten. Ze zou een heel nieuwe identiteit in het leven roepen.

Op die koude novemberochtend droeg padre Ascanio de mis op. Ze schoof achter in de kerk binnen en wachtte tot hij afgelopen was. Op het plein kwam het bekende gezelschap samen, maar een half uur later waren ook de laatste achterblijvers huns weegs gegaan. Padre Ascanio glimlachte hartelijk toen hij haar zag. Ze stond een beetje opzij, met een jas stevig om haar schouders geslagen en haar armen over elkaar tegen de najaarskilte. Haar haar woei in haar gezicht, dat bleek en smalletjes was, en mooier dan hij het ooit had gezien. Ze zag er niet meer uit als een kind.

'Floriana,' zei hij, en hij pakte haar handen vast.

'Ik kom u bedanken,' zei ze, en ze sloeg haar ogen neer, verbaasd dat daar tranen in opwelden. Padre Ascanio en zijn kerk waren als een thuis voor haar geweest. Nu ze wegging wist ze niet wanneer ze die weer zou zien.

'Niet huilen, kindje. God zal altijd bij je zijn, waar je ook bent.'

'U bent altijd zo goed, begripvol en wijs geweest. Ik besef nu pas hoeveel ik aan u heb gehad.' Haar stem stierf weg en ze kon niet verder praten.

'Kom, dan gaan we naar binnen. Het wordt koud.'

'Mag ik biechten, eerwaarde?'

'Als je je daardoor beter voelt.'

'Ja, vast. Voor de laatste keer.'

Ze nam plaats in de donkere biechtstoel en opende haar hart zoals ze nog nooit eerder had gedaan. Ze sprak over haar moeder en over het radeloze gevoel van in de steek gelaten zijn dat ze na haar vertrek had ervaren. Ze sprak over haar broertje, over haar verdriet over zijn plotselinge vertrek en over de jaloezie die ze had gevoeld omdat hij boven haar verkozen was. En ze sprak over haar vader en haar diepe schaamte. Ze sneed door de buitenste beschermlaag heen die ze voor zichzelf had opgebouwd, tot in het zachte, pijnlijke vlees van haar verdriet, en padre Ascanio luisterde begaan. Toen ze klaar was, deden ze er allebei het zwijgen toe, terwijl de woorden als sneeuwvlokken om hen heen neerdwarrelden. Nu ze haar hart geopend had en haar grieven de vrije loop had gelaten, voelde ze zich een stuk beter – minder bitter jegens haar vader, minder wrokkig jegens haar moeder – en in het licht van haar nieuwe leven met Dante voelde ze haar hart warm worden. 'Nu begrijpt u waarom mijn kind zo belangrijk voor me is, eerwaarde. Ik geloof oprecht dat God hem mij geschonken heeft ter compensatie van alles wat ik ben kwijtgeraakt. En ik zal met hart en ziel van hem houden.'

Padre Ascanio bad in stilte dat de engelen haar een mooie, gelukkige toekomst in zouden dragen.

28

Beppe en Dante kwamen, zoals elke ochtend, om negen uur op kantoor aan. Beppes chauffeur haalde hen op bij het huis aan de Via dei Giardini en bracht hen naar de fabriek – een rit van twintig minuten – gelegen op een streng beveiligd, speciaal tot dit doel gebouwd bedrijventerrein aan de rand van Milaan. Beppe was trots op zijn zoon. Hij was enthousiast, had een vlug verstand, verdeed zijn tijd niet, maar stroopte meteen zijn mouwen op en ging aan de slag om alle aspecten van het bedrijf, van de productievloer tot de directiekamer, te leren kennen. Hij stal de show met zijn donkerblauwe pak en kraakheldere witte overhemd, en het gezag straalde echt van hem af. Ooit zou hij in de voetsporen van zijn vader treden, en het stemde Beppe uitermate tevreden dat hij de juiste man voor deze baan was.

De lucht was grijs. Zo te zien was er regen op komst, maar binnen brandde licht en het gebouw gonsde van de bedrijvigheid. Beppes werknemers waren zich zeer goed bewust van diens hoge verwachtingen en zorgden er wel voor dat ze eerder op hun post waren dan hij. Er waren al zo veel werknemers zonder pardon de laan uit gestuurd dat niemand zijn baan vanzelfsprekend vond. Beppe beende door de kantoortuin met de werkplekken waar hoofden over toetsenborden gebogen zaten, telefoons rinkelden, sigaretten werden gerookt en de werknemers allemaal de indruk wekten het vreselijk druk te hebben. Hij glimlachte in zichzelf en genoot van hun angst, die een zeer hoge productiviteit genereerde.

Dante liep zijn kantoor in en liet zijn vader achter bij zijn kwieke en toegewijde secretaresse, signora Mancini. Ze begroette hem met zwarte koffie en een vuurrode glimlach, en kwam met de post achter hem aan zijn kamer in. Daar zat Beppe Bonfanti er als een vorst bij, in een vertrek dat net zo weelderig was ingericht als zijn eigen salon bij hem thuis. Er stonden een notenhouten drankkast met kristallen karaffen, een prachtige salontafel met stapels glanzende boeken erop, banken en leunstoelen met de mooiste zijde bekleed, en aan de muren schilderijen van kunstenaars van over de hele wereld. Zijn antieke bureau was gigantisch groot, om aan te geven hoe belangrijk hij was, en de grote ramen achter hem keken uit op een siervijver, compleet met zwanen en ganzen. 'Iedereen zit in de directiekamer klaar voor uw vergadering van negen uur,' zei ze, terwijl ze de brieven op zijn bureau neerlegde. 'Signor Pascale heeft net gebeld om te zeggen dat hij iets later komt.'

'Pascale is altijd te laat,' gromde hij, terwijl hij zijn loden jas uittrok en zijn hoed afzette. Signora Mancini hing die op aan de staande kapstok naast de deur, zoals ze elke ochtend deed, en wachtte toen als een goed afgerichte labrador op nadere instructies. Beppe liet zijn blik op de stapel brieven vallen en fronste zijn voorhoofd. Bovenop lag een met de hand geschreven envelop waar met zwarte inkt in kloeke letters PERSOONLIJK & VERTROUWELIJK op stond. 'Dan beginnen we wel zonder hem,' ging Beppe verder, en hij pakte de envelop op en maakte hem open. 'Hij heeft zich waarschijnlijk verslapen. Hij moet maar eens een betere wekker kopen.'

Signora Mancini zag hoe haar baas een velletje wit papier uit de envelop haalde. Terwijl hij snel keek wat erop stond, kneep hij zijn ogen samen. Toen haalde hij diep adem en zette zijn neusvleugels uit. Het werd koud in het kantoor en signora Mancini voelde haar bloed verkillen. 'Laat Zazzetta hierheen komen,' zei hij zacht zonder zijn ogen van de brief af te halen. Signora Mancini verliet de kamer met bonkend hart. Als Beppe Bonfanti boos was, verloor hij niet zijn kalmte, zoals andere mensen, maar werd hij heel koel en rustig, alsof hij een geweer richtte.

Even later stond Zazzetta voor hem. Signora Mancini deed de deur dicht en ging weer achter haar bureau zitten. Ze vroeg zich af wat er in vredesnaam in die brief had gestaan dat die haar baas zo'n hevige reactie had ontlokt. Het was echter niet haar taak daarbij stil te blijven staan en ook niet om zich af te vragen wat Zazzetta er verder mee zou doen. Dat kon ze maar beter niet weten.

Beppe gaf hem de brief. Zazzetta las hem. Hij toonde geen enkele emotie, maar de ondiepe holten op de plek waar zijn wangen hadden moeten zitten, kleurden licht, schoorvoetend roze. 'Zo, dus de oude zuiplap heeft de fles net lang genoeg laten staan om te proberen ons te chanteren,' zei Beppe, terwijl hij een sigaar opstak. Hij grinnikte cynisch. 'Hij denkt vast dat hij het winnende lot in handen heeft.'

'Weten we zeker dat Dante de vader is?'

'Het kan elke man in Herba wel zijn. Het punt is alleen dat we dat risico niet kunnen nemen, hè?'

'We willen natuurlijk geen schandaal,' beaamde Zazzetta.

'Niet te geloven dat mijn zoon zo stom kan zijn.'

'Hij is jong en hij is verliefd.'

'Hij loopt zijn pik achterna. Het is dat hij mijn zoon is, anders hakte ik die af.'

'Als hij uw zoon niet was, zou het u niets interesseren.'

'Maar hij is wel mijn zoon, dus wat gaan we doen, goede vriend?' Beppe haalde zijn schouders op en blies een rookwolk uit.

'We regelen het wel, Capo.'

'Ja, we regelen het op de eenvoudigste manier. We betalen die ouwe schoft om zijn mond te houden en we helpen het probleem de wereld uit.' Hij keek Zazzetta doordringend aan met de koude ogen van een man die al vele malen opdracht heeft gegeven zijn vijanden efficiënt uit de weg te ruimen. 'We zorgen dat ze verdwijnt.'

'Moeten we echt zulke drastische maatregelen nemen? Het is een jong meisje...'

'Zorg maar dat het een ongeluk lijkt.'

'Maar Capo...'

'Dat is de enige manier, anders blijft die vader ons de rest van zijn leven uitzuigen. Dit is echt niet de laatste keer dat hij om geld komt vragen. Ik wil niet dat dit ons boven het hoofd blijft hangen, en ook Dante niet, die idioot. Het probleem moet verdwijnen, punt uit. Er is maar één manier waarop we zeker weten dat het ons niet blijft achtervolgen.' Hij draaide zich om om naar buiten te kijken. 'Ik vraag me af of die ouwe zuiplap het nog de moeite waard vindt als hij zich realiseert dat zijn kip met de gouden eieren voor altijd is verdwenen.'

'Zal hij haar niet proberen te zoeken?'

'Een man die in staat is op deze manier zijn dochter te verkopen heeft geen hart. Je weet net zo goed als ik dat Elio een bezopen, hopeloze gek is. Hij pakt het geld aan en gaat ervandoor – en hopelijk horen we dan nooit meer iets van hem.'

'Komt voor elkaar, Capo.'

'Mooi zo.' Hij draaide zich weer naar Zazzetta om. 'En geen woord tegen mijn zoon; misschien kunnen we iemand geld geven om te zeggen dat ze er met een tomatenverkoper vandoor is.'

Toen Floriana de kerk uit liep, zag ze Costanza, beladen met winkeltasjes, het plein oversteken. De meisjes keken elkaar argwanend aan. Het liep al een hele tijd stroef tussen hen. In plaats van snel door te lopen, zwaaide Floriana naar haar. Haar hart liep over van geluk nu ze op de drempel van haar nieuwe leven stond, en daardoor was er geen plaats voor verbittering. 'Zal ik je even helpen?' vroeg ze glimlachend. Costanza keek haar bedrukt aan. 'Wees maar niet bang, hoor. Je moeder is nergens te bekennen.'

'Zo zit het helemaal niet,' wierp Costanza tegen, maar Floriana schudde smalend haar hoofd en verloste haar kwiek van een van de tassen.

'Wat zit erin?'

'Het spijt me, hij is echt heel zwaar.'

Floriana keek erin. 'Fruit?'

'Mijn moeder heeft me op dieet gezet.' Costanza haalde haar schouders op. 'Maar ik geloof niet echt dat het werkt.' Ze glimlachte zielig.

Floriana werd overspoeld door nostalgie over hoe het vroeger tussen hen was en stelde voor om samen naar het strand te gaan. 'Dan kunnen we gezellig net als vroeger wat kletsen.'

'Ik weet het niet, hoor. Ik moet eigenlijk naar huis.'

'Alsjeblieft?'

'Nou, even dan. Als je het niet erg vindt om die tas te dragen.'

'Ik ben sterker dan ik eruitzie.'

'Goed dan. Ik ga mee, maar niet lang, want anders krijg ik problemen.'

Ze liepen de weg op die het dorp uit leidde. 'Dus je moeder is echt vastbesloten dat je moet trouwen?'

'Ze is plannen aan het smeden en van alles aan het bekokstoven.'

'Uiteindelijk trouw je toch met wie jij wilt trouwen, en daarmee uit.'

'Nee, ik trouw met wie zíj wil dat ik trouw. Dat is nu eenmaal mijn lot, dat weet ik. Ik heb de kracht en de moed niet om tegen haar in te gaan.'

'Je hebt nog alle tijd om sterk te worden.'

'Ik ben haar enig kind. Ze heeft al haar hoop op mij gevestigd.'

'Zijn jullie nog steeds van plan om terug te verhuizen naar Rome?'

'Mijn vader wordt industrieel,' liet Costanza trots weten.

'Een industrieel?'

'Ja, misschien verhuizen we wel naar Milaan.'

'Naar Milaan?' Floriana dacht aan Dante en meteen kwam haar maag in opstand.

'Ik vang alleen zo nu en dan wat op. Niemand vertelt me ooit iets. Ze denken nog steeds dat ik te jong ben om het te begrijpen. Of te stom. Hoe dan ook, volgens mij gaat hij iets voor Beppe Bonfanti doen. Consultancy, geloof ik. Hij heeft heel goede contacten op uitgerekend dat ene gebied waar Beppe die niet heeft.'

'Het komt allemaal neer op afkomst,' zei Floriana zacht.

'Ja, ik ben bang van wel.'

Ze gingen in het zand zitten – twee meisjes die ooit heel dik met elkaar waren geweest – en tuurden uit over de zee. 'Ik ga ook weg,' zei Floriana.

Costanza wist niet wat ze hoorde. 'Waar ga je naartoe?'

'Ik weet het nog niet. Ik wil ergens opnieuw beginnen.'

'En Dante dan?'

Floriana wilde niets liever dan Costanza in vertrouwen nemen, maar Dante had haar gesmeekt het aan niemand te vertellen. 'Dante? O, dat was gewoon een zomerliefde,' antwoordde ze achteloos.

Costanza keek oprecht bedroefd. 'Ben je verdrietig?'

'Nee, het gaat prima. Ik wil me nu op mijn toekomst richten. Het heeft geen zin om bij het verleden stil te blijven staan.'

'Maar je was zo verliefd. Ik dacht dat je met hem zou trouwen en dat jullie nog lang en gelukkig zouden leven. Ik hoopte het echt, want dat zou mijn moeder echt razend hebben gemaakt.'

'Misschien had je moeder al die tijd toch gelijk. Ik moet iemand uit mijn eigen kringen zien te vinden.'

'Nee, ze heeft geen gelijk. Liefde kent geen grenzen van afkomst of leeftijd, of wat dan ook.' Costanza pakte haar hand. 'Beloof je me, waar je ook naartoe gaat, dat je contact met me zult houden?'

'Hoe weet ik nu waar ik je moet bereiken als jullie naar Milaan verhuizen?'

'Ik geef mijn adres wel door aan Luigi. Dan vraag je het maar aan hem. En, wanneer ben je van plan te vertrekken?'

'Morgen.'

'Zo snel al?'

'Ja, alles is al geregeld.'

'Dus je was niet eens van plan om afscheid te komen nemen.'

'Nee, ik wilde er stilletjes vandoor gaan.'

'Maar waar ga je dan naartoe?'

Floriana moest snel nadenken. 'Ik heb een nicht in Treviso, dus daar ga ik naartoe.'

'Ik dacht dat je behalve Elio en Zita niemand had?'

'Ik ook niet, tot voor kort. Zita had het over haar en toen heb ik mijn kans gegrepen. Ze is getrouwd en heeft kinderen van mijn leeftijd. Ik mag bij haar in huis tot ik een eigen woning heb gevonden.'

'Maar wat ga je dan doen?'

Floriana kreeg wel een steek van schuldgevoel toen ze haar leugentje verder oppoetste. 'Dat is nou het verschil tussen jou en mij, Costanza. Ik vind alles prima. Echt alles: huizen schoonmaken, in de bediening werken, tuinieren. Ik ben bereid om alles aan te pakken. Meisjes als jij zijn te deftig om zo diep door de knieën te gaan.' Ze moest lachen. 'Maak je om mij maar geen zorgen; ik ben heel veerkrachtig.'

'Dat heb ik altijd in je bewonderd, Floriana.'

'Maar tegen niemand vertellen dat ik wegga, hoor. Alsjeblieft.' Costanza fronste haar voorhoofd. 'Nee, ik meen het. Tegen niemand. Ik kan je toch wel vertrouwen, hè?'

'Dat weet je best. Maar waarom mag niemand het weten?'

'Omdat ik niet wil dat mijn vader achter me aan komt.'

'Aha.'

'Ik wil gewoon weg, zonder gedoe.'

'Maar Zita moet het toch weten?'

'Ja, Zita weet het, maar ik ga haar niet vertellen dat jij het ook weet. Dus zeg het alsjeblieft niet tegen haar.' Floriana was bijna buiten adem van het ingewikkelde web van leugens dat ze gesponnen had. 'Hou het maar gewoon voor je.'

'Dat zal ik doen.' En toen zei ze er met een klein stemmetje achteraan: 'Maar ik zal je wel missen.'

'Ik jou ook.'

'We hebben het leuk gehad samen, hè?'

'Nou en of.'

'Totdat mijn moeder ons uit elkaar haalde. Dat zal ik haar nooit vergeven.'

'Je moet niet bitter blijven; zorg gewoon dat je niet net zo'n snob wordt als zij.' Floriana trok een gezicht en ze moesten er allebei om lachen.

'Tegenwoordig maakt niemand me meer aan het lachen,' klaagde Costanza. 'Ik zal je grapjes missen.'

'Dan moet jij voortaan maar de grapjas zijn.'

'Ik zal het proberen.'

'Als je leuk gezelschap bent, ben je altijd populair en dan kun je trouwen met wie je maar wilt.'

'Was het maar waar!' Costanza keek op haar horloge. 'Ik moet maar eens gaan. Ik vond het leuk om hier met je te zitten praten, net als vroeger. Kom je?'

'Ik loop met je mee tot de afslag. De rest van de weg moet je alleen verder. Ik heb geen zin om je moeder tegen het lijf te lopen.'

'Ik ook niet!'

Bij de afslag gaf Floriana Costanza de tas met fruit. 'Niet allemaal in één keer opeten,' zei ze, en ze had plotseling zin om te huilen.

'Zoiets onverstandigs zou ik nooit mogen doen.' Costanza keek haar vriendin verdrietig aan. 'Pas goed op jezelf, Floriana.'

'Jij ook.'

Plotseling zette Costanza de tassen neer en sloeg haar armen om Floriana's schouders. Ze drukte haar lang en stevig tegen zich aan. 'Ik hoop dat je gelukkig wordt in je nieuwe leven. Ik hoop dat het je alles geeft waar je ooit naar hebt verlangd. Ik hoop dat de engelen goed voor je zullen zorgen.' Toen ze zich van haar losmaakte, zag Floriana dat ook zij huilde.

Floriana keek haar na toen ze de weg op liep, met langzame en zware tred. Ze kon het niet aanzien, draaide zich om en rende naar huis. Ze moest haar spullen nog pakken en zich gereedmaken voor de volgende dag. Ze was vastbesloten om niet aan het verleden te denken, dat ze nu achter zich liet, en dus richtte ze al haar aandacht op de toekomst die voor haar lag.

Toen ze weer bij haar huis aankwam, stond haar vader haar op te wachten. Hij was zo te merken niet dronken en had geen kater, maar hij had wel een uitdrukking op zijn gezicht die haar vreemd voorkwam. Voor ze ook maar iets kon zeggen zag ze dat er nog iemand in het vertrek was, iemand die ze niet kende: een sterke, gezette man met dik zwart haar en een vettige huid. 'Wat is er aan de hand?' vroeg ze, want ze voelde gevaar, maar wist niet welke vorm dat aannam.

'Dochter,' zei Elio, en hij stak zijn armen naar haar uit. Ze kromp ineen en kneep haar ogen tot spleetjes. 'Ik weet dat je in verwachting bent.' Alles begon te tollen en ze legde haar hand tegen de muur om zich op de been te houden. 'Je hoeft niet te schrikken. Ik ben blij voor je, Floriana. Ik word opa. Deze man brengt je ergens naartoe waar je veilig bent, zodat je je kindje ter wereld kunt brengen zonder dat er een schandaal van komt. Als alles achter de rug is, kun je terugkomen en dan vormen we weer een gezin.' Ze keek naar de vreemde en haar mond werd droog. Waar was Dante? Hoe was haar vader erachter gekomen? Ze zag dat hij een dikke bruine envelop in zijn hand hield. 'O, dit?' zei hij, terwijl hij hem tegen zijn hand tikte. 'Een cadeautje van Beppe.'

'Hebt u hem gechanteerd?' siste ze. Ze kon gewoonweg niet geloven dat haar eigen vader haar had verraden.

'Je bent er nu misschien niet blij mee, maar later zul je me dankbaar zijn.'

'Waar is Dante?' vroeg ze. 'Waar is hij?'

'Hij wacht op je bij het huis,' zei de onbekende man.

'Maar ik zou hem morgen zien.'

'Het plan is veranderd,' ging de man verder. 'Je moet nu mee.'

'Mag ik mijn spullen pakken?'

De man knikte. 'Natuurlijk.' Ze liep langs hen heen naar haar kamer en deed de deur achter zich dicht.

Haar eerste ingeving was om uit het raam te klimmen en te vluchten. Maar als de man nu eens wel de waarheid sprak? Als haar vader Beppe nu eens inderdaad op de hoogte had gebracht en hij hem geld had gegeven om in haar levensonderhoud te voorzien? Als Dante nu eens wél bij La Magdalena op haar wachtte? Hij kon haar daar immers niet zelf van op de hoogte brengen, want ze hadden geen telefoon thuis. Misschien nam Beppe nu wel de leiding in de hele situatie; dat was dan toch vast goed? In dat geval hoefden ze niet meer stiekem te doen, maar konden ze openlijk voor hun liefde uitkomen. Terwijl deze gedachten door haar hoofd speelden, begon ze de paar spulletjes die ze had in een tas te stoppen. Daar was ze zo mee klaar. Ze wilde graag het huis uit en zo ver mogelijk bij haar vader uit de buurt zien te komen. Hij had iets hardvochtigs in zijn ogen, iets wat ze niet herkende en wat haar ook niet aanstond.

Toen ze weer tevoorschijn kwam, probeerde haar vader haar te omhelzen, maar ze deinsde vol walging achteruit en liep snel de trap af, achter de donkere man aan die naar goedkoop reukwater rook. Ze keek of ze signora Bruno nog ergens zag, maar nee. Toen ze achter in het zwarte autootje stapte dat in de Via Roma geparkeerd stond, werd ze heen en weer geslingerd tussen opwinding en angst. Dit was niet bepaald het soort auto voor Beppe Bonfanti, en ze aarzelde, want haar intuïtie schreeuwde haar toe dat er iets niet in de haak was. Maar ze was op dat moment niet bij machte er iets aan te doen. Terwijl ze haar hart tegen haar slapen voelde bonken, startte de onbekende man de motor en reed de auto ratelend de straat in.

Floriana zei geen woord. Daar was ze veel te bang voor. Ze bleef strak naar de weg voor zich kijken; ze gingen in elk geval de goede kant op. Ze keek naar de handen van de man. Die waren groot en sterk, en hij hield het stuur er heel stevig mee vast. Toen dwaalde haar blik af, langs de handen naar het portier, en ze zag dat dat op slot zat. Alle portieren zaten op slot. Haar adem stokte in haar keel en ze werd duizelig van angst. Voor hen doemden de poorten van La Magdalena op, en ze voelde een enorme golf verlangen over zich heen spoelen, waardoor ze terug op de achterbank werd gedrukt. Ze wrong haar handen en haar handpalmen werden vochtig van het zweet. Ze naderden de villa langzaam, zo langzaam dat het net was alsof ze zich buiten haar lichaam bevond en omlaag keek. Alsof ze naar een film van het leven van iemand anders zat te kijken.

Op dat moment sprong Truste de weg op en was de betovering verbroken. Ze ging rechtop zitten en keek radeloos naar de hond. Hij leek te begrijpen dat zij in de auto zat en keek reikhalzend of hij haar zag. De auto ging niet langzamer rijden, maar spoot langs de hond heen en langs de poorten van La Magdalena. Ze draaide zich om op de achterbank en bonkte op het raam. 'Truste! Truste!' De hond herkende haar onmiddellijk en vloog als een speer achter haar aan.

'Zitten jij!' commandeerde de man. 'Anders vlieg ik nog ergens tegenaan.'

'Waar brengt u me naartoe?' vroeg ze. Toen hij geen antwoord gaf, begon ze te snikken. 'U brengt me helemaal niet naar Dante, hè?' Ze keek door het achterraam naar buiten en zag dat de hond langzamer ging lopen, tot een draf, en steeds kleiner werd, tot hij niet meer was dan een stipje op het wegdek. 'Wat gaat u met me doen?' De man antwoordde nog steeds niet. Hij had zo zijn bevelen. Hij greep het stuur beet tot zijn knokkels er wit van werden.

De volgende dag stortregende het. Dante wachtte onder een paraplu bij de muur op Floriana, zoals ze hadden afgesproken. Hij beende op en neer, op en neer, en keek zo nu en dan op zijn horloge en vroeg zich af waarom ze er nog niet was. Truste stond midden op de weg met zijn oren in zijn nek en zijn staart tussen zijn poten, net zo rusteloos als zijn baasje. Hij jankte en draafde in kringetjes rond, terwijl Dante steeds bezorgder werd, maar de hond kon zijn baasje niet laten weten wat hij had gezien.

Dante reed met een bezwaard hart naar Herba. Bij de deur kwam hij signora Bruno tegen, maar zij tastte net zozeer in het duister als hij. Ze was ervan uitgegaan dat het meisje naar hém toe was gegaan. Hij trof Elio bij Luigi drinkend aan de bar. De oude man zat boven zijn glas te snikken. 'Ik ben mijn dochter kwijt,' jammerde hij.

'Waar is ze naartoe?' vroeg Dante op strenge toon.

'Net als haar moeder,' zei Elio.

'Waar hebt u het over?'

'Ervandoor met haar minnaar.'

'Wat voor minnaar?'

'Een man die ze op de markt heeft leren kennen.'

'U bent niet goed bij uw hoofd,' zei Dante vinnig.

'Nee, ze is een hoer!' De oude man schaterde het uit. 'En jij dacht zeker dat dat kind van jou was? Ha! Dat is nog wel het grappigste van het hele verhaal. Als ik niet zo doodongelukkig was, zou ik erom moeten lachen. Precies haar moeder. Nu ben ik pas echt alleen.'

Dante stond te tollen op zijn benen toen hij het café verliet. Hij wist diep in zijn hart wel dat het met geen mogelijkheid waar kon zijn wat Elio had gezegd. De man was dronken en had wanen. Hij móést haar vinden, maar waar ter wereld moest hij in vredesnaam beginnen te zoeken?

Toen hij weer bij La Magdalena aankwam, stond Truste bij de poort in de gutsende regen op hem te wachten. Dante herkende hem aanvankelijk bijna niet, zo drijfnat en verfomfaaid zag hij eruit, en het haar op zijn snuit was grijs geworden, waardoor hij oud en verdrietig oogde. Dante stapte uit de auto, rende naar hem toe en nam het dier in zijn armen. Maar toen hij terug naar de auto wankelde, werd hij overspoeld door een gevoel van verlies en viel hij op zijn knieën neer. Hij begroef zijn gezicht in de natte nek van de hond en huilde. 'Waar is ze? Waar is ze naartoe?'

Truste wurmde zich los uit zijn omhelzing en liep hinkend naar het midden van de weg. Toen ging hij jankend liggen en legde zijn kop tussen zijn poten.

29

Devon 2009

Rafa werd wakker doordat Koekie enthousiast op zijn bed sprong. Hij verdedigde zich even en was de redding van de avond ervoor alweer helemaal vergeten. Toen kwam het plotseling allemaal bij hem terug, en lachend trok hij de hond liefdevol in zijn armen. 'O, Koekie, jij bent het!' zei hij in het Spaans. 'Je wilt zeker naar buiten, hè?' Koekie leek te begrijpen wat hij zei, want hij sprong van het bed af en ging kwispelend bij de deur staan wachten.

Rafa kleedde zich aan en liep met zijn nieuwe vriend naar beneden. Het hotel kwam langzaam tot leven. Hij hoorde het gekreun van waterleidingen onder de vloeren en het zachte gerinkel uit de eetzaal, waar een paar vroege vogels al zaten te ontbijten. Shane was met Tom in de gang en Jennifer zat aan de receptie en keek op haar mobiele telefoon of ze nog berichten had. Toen Koekie de trap af denderde, hielden ze allemaal op met waar ze mee bezig waren en begroetten hem enthousiast. 'Hij is over de schrik heen,' zei Shane, en hij aaide hem eens stevig.

'Hij heeft goed geslapen,' liet Rafa weten.

'Wat een dot, hè?' dweepte Jennifer, terwijl ze op haar hurken ging zitten om hem achter zijn oren te krabbelen. 'Ik ben blij dat hij mag blijven.'

'Op het nippertje,' zei Tom gniffelend.

Rafa liep met de hond om het hotel heen naar de voorkant en keek hoe hij het gazon over rende. Het was een prachtige juniochtend. Er hing een lichte mist, maar de zon brandde er al doorheen, zodat er stukken blauw zichtbaar werden. Hij stak zijn handen in zijn zakken en dacht aan Clementine. Het beeld dat hij van haar had bezorgde hem een licht gevoel vanbinnen. Hij zag voor zich hoe ze glimlachte en hoe dat haar gezicht veranderde. Toen herinnerde hij zich waarom hij hier gekomen was en versomberde hij even. Hij wist dat hij er niet verstandig aan deed te dik met haar te worden, zeker niet in dit stadium. Maar hij voelde al de warmte van bij haar horen en hij begon om haar te geven. De gedachte dat hij haar straks zou zien verheugde hem, en hij wist niet of hij wel tot het eind van de dag kon wachten. Hij liep de moestuin in, terwijl Koekie opgewonden met zijn neus over de grond ging en alle nieuwe, onbekende geuren in zich opnam.

Rafa haalde zijn BlackBerry tevoorschijn. Hij had zin om haar te bellen, gewoon om haar stem even te horen. Hij scrolde omlaag naar haar nummer en koos dat. De telefoon ging een paar keer over en toen werd hij doorgeschakeld naar haar voicemail. Grijnzend luisterde hij naar haar opgenomen boodschap: 'Hallo, met Clemmie. Het komt even niet uit. Sorry. Verder het bekende verhaal.' Er volgde een lange piep.

'*Buenos días*, Clementine,' zei hij. 'Ik ben in de tuin, met Koekie. Het is een prachtige dag. Ik vind het maar niks om onze hond uit te laten zonder dat jij erbij bent. Hij heeft net een heel interessant gat in het gras gevonden. Gelukkig niet zo groot dat hij erin kan kruipen. We moeten eten voor hem kopen, toch? Laat me weten wanneer je vrij bent. Werk ze verder. *Ciao*.'

Toen hij ophing, zag hij dat Koekie Harvey begroette, die net uit zijn schuur onder aan de moestuin kwam. De oude man was verbaasd een hond op het terrein te zien en keek bezorgd om zich heen waar het beest vandaan was gekomen. Rafa liep snel naar hem toe om het hem uit te leggen. 'Ah, Rafa. Is dit beestje van jou?'

'Hij heet Koekie. Clementine en ik hebben hem gisteravond van de rotsen gered.'

'Heeft Marina hem al gezien?' Harvey keek bezorgd.

'Ze zegt dat we hem mogen houden.'

'Echt waar?'

'Ja. Ze stond niet te springen, maar zijn baasje heeft geprobeerd hem te vermoorden.' Rafa schokschouderde. 'Ik denk dat ze medelijden met hem had.'

'Ik zou hem toch maar zo veel mogelijk bij haar uit de buurt houden,' adviseerde Harvey hem. 'Volgens mij is ze bang voor honden.'

'Misschien een slechte ervaring in het verleden.'

'Misschien.' Hij bukte zich om de hond te aaien. 'Aanhankelijke hond, zeg. Hij heeft haar vast binnen no-time voor zich gewonnen.' Toen begon hij tegen Koekie te praten. 'Jij gaat toch niemand bang maken?'

'Ik denk niet dat hij Baffles zal verjagen, hè?'

Harvey grinnikte. 'Dat denk ik ook niet. Het is geen rottweiler. Maar goed, een hond is beter dan geen hond. Misschien stelt hij ons nog voor verrassingen en grijpt hij de dief in zijn kraag.' Rafa keek hoe hij zijn tweedpet recht zette en toen langzaam de tuin in liep. Koekie rende weg, de andere kant op, en voor Rafa zat er niets anders op dan maar achter hem aan te gaan.

Toen hij het pad naar het strand op liep, bliepte zijn BlackBerry ten teken dat hij een berichtje had. Nog voor hij hem uit zijn zak haalde wist hij al dat het van Clementine was, en zijn hart sprong op van blijdschap: Goeiemorgen, zeg dat wel! Wat ben jij vroeg op. We moeten Koekie leren uit te slapen. Haal me na mijn werk op, dan gaan we samen. Vergeet de klant niet mee te nemen. Hij zou wel eens kieskeurig kunnen zijn. C.

Hij keerde met verende tred terug naar het hotel. Jennifer vertelde hem dat er een groep van zes meisjes met de trein uit Londen aankwam voor een vriendinnenweekend en dat die misschien wel wilden schilderen. En verder werden er die avond een paar vogelaars uit Nederland verwacht die mogelijk ook geïnteresseerd waren. Rafa haalde nonchalant zijn schouders op. Als er genoeg penselen waren, gaf hij iedereen met alle plezier les.

Hij ontbeet met de Brigadier, Pat, Jane en Veronica, terwijl Grace haar ontbijt in haar kamer nuttigde. Koekie lag gehoorzaam aan zijn voeten, zich er niet van bewust dat hij het onderwerp van hun gesprek was. 'Hoe kan iemand zo wreed zijn?' zei Veronica toen ze hoorde dat Koekie in de grot was achtergelaten om daar te verdrinken.

'Er lopen heel wat nare mensen op de wereld rond,' voegde Pat eraan toe. 'Sue McCain zegt dat je iemand die niet van honden houdt niet kunt vertrouwen, en volgens mij heeft ze gelijk. Iemand die een hond slecht behandelt heeft geen hart in zijn lijf.'

'Goed gesproken!' riep de Brigadier uit, en hij knipoogde naar Jane, die haar blos achter haar kop koffie verborg.

De Brigadier en Jane hadden veel gemeen. Rafa zag hoe enthousiast ze hem over haar jeugd op een legerbasis in Duitsland vertelde, en hoe de Brigadier zeer belangstellend luisterde, terwijl hij instemmend knikte en herinneringen aan zijn eigen tijd in het leger ophaalde. Het was net alsof ze aan een eigen tafeltje zaten. Het verbaasde hem helemaal niet toen ze kwamen vertellen dat ze hun schilderles wilden overslaan en in plaats daarvan naar Salcombe gingen wandelen. De blik waarmee ze elkaar aankeken was teder en ondeugend tegelijk. Pat stond op het punt om te zeggen dat zij ook mee wilde, maar toen onderbrak Veronica haar abrupt en stelde voor nog een tochtje met de boot van Grey te gaan maken. Niets trok Pat zo als de zee, en de Brigadier slaakte een zware zucht van verlichting en glimlachte Veronica dankbaar toe.

De ochtend verstreek langzaam. Rafa nam zijn leerlingen mee naar het strand en daar zochten ze een plaatsje op de rotsen om de zee te schilderen. De zes vriendinnen uit Londen giechelden en flirtten zo openlijk met hem dat ze hun verf bijna niet aanraakten, en Grace zat aan de andere kant van het strand boos te kijken en klaagde er tegen Veronica en Pat over dat de meisjes zo onbeschaafd waren.

Na de lunch trok Rafa zich terug in zijn kamer om zich klaar te maken om de deur uit te gaan. Hij keek naar buiten, naar het schitterende uitzicht op de zee dat nooit naliet hem te boeien, maar werd toen plotseling afgeleid doordat hij Marina geheel onverwacht over het gazon naar Koekie toe zag lopen, die in de schaduw van de ceder lag te slapen. Hij zag dat ze langzaam, met haar handen in haar zakken en haar schouders iets opgetrokken, naar hem toe liep en toen even naar hem bleef staan kijken, in gedachten verzonken. Hij vroeg zich af wat er in haar hoofd omging – en als angst er niet de oorzaak van was geweest dat ze laatst achteruitgedeinsd was, wat dan wel?

Na een hele tijd ging ze naast hem zitten en legde haar hand op zijn kop. Rafa voelde het gewicht van haar verdriet toen dat ook op zijn schouders neerdaalde. De hond sliep verder, maar Marina aaide hem zacht over zijn vacht en liet hem geen moment met haar blik los. Rafa kon zijn ogen niet van háár afhouden. Hij wilde naar beneden gaan en bij haar gaan zitten. Hij wilde vragen waarom de hond haar zo verdrietig maakte. Maar hij wist dat hij zich dan opdrong. Hij kende haar niet goed genoeg, en hij wilde het moment niet verstoren. Op een gegeven moment maakte hij zich los en ging naar de badkamer om zich voor zijn middagles op te frissen.

Clementine had Joe over Koekie willen vertellen, maar ze vertrouwde er niet op dat ze daarmee niet ook haar sterker wordende gevoelens voor Rafa zou prijsgeven. Die twee waren met elkaar vervlochten: Koekie was het excuus dat hen zou samenbrengen, en als ze aan de hond dacht moest ze steevast ook aan Rafa's heldendaad denken. Dus had ze een verhaal verzonnen over dat ze haar vader had geholpen met zijn boot en in zee was gevallen; dat was de reden waarom ze zijn kamerjas aanhad en haar natte kleren in een plastic tas zaten. Joe had het geloofd, omdat hij het wílde geloven. Als hij al vermoedde dat ze loog, liet hij het niet merken. Hij had zijn grote armen om haar heen gelegd en als hij had gevoeld dat haar lichaam verstijfde, had hij er geen aandacht aan besteed.

Ze had lang in bad gelegen en zich elk moment van de reddingsoperatie weer voor de geest gehaald: hoe moedig Rafa had gezwommen, hoe hij haar zo vol vertrouwen had aangemoedigd, hoe het in gevaar verkerende dier hem aan het hart was gegaan. Hij had haar hart beroerd en zij had de deur wagenwijd voor hem opengezet en hem binnengelaten. Alleen wist hij niet dat hij binnen was.

Dus waarom maakte ze het dan niet gewoon uit met Joe? Ze had zichzelf die vraag vele malen gesteld, en telkens hetzelfde antwoord gekregen: dan had ze niemand meer.

De liefde had haar die ochtend vroeg gewekt. Ze was weggegaan terwijl Joe nog sliep, met zijn armen en benen wijd, maar ze was te opgewonden om er ook maar enige spijt over te voelen. Haar buik stond bol van de tintelende zenuwen, als het verwoede gekrioel van een heel mierennest. Ze had geen trek, maar deed toch even de Black Bean Coffee Shop aan, om zich dicht bij Rafa te voelen, ook al was hij er niet. Toen ze zijn voicemailbericht hoorde, had haar hart een sprongetje gemaakt van opwinding. De gedachte aan hun middaguitstapje naar de dierenwinkel had haar haar dag door geholpen.

Ze had dromerig achter haar bureau gezeten en maar half naar Sylvia geluisterd, die doorzanikte over Freddie en of hij ooit bij zijn vrouw zou weggaan of niet, en ondertussen had ze de reddingsactie onophoudelijk de revue laten passeren. Ze gloeide van het besmettelijke licht van de liefde, en elke man die het kantoor binnenkwam voelde het en werd erdoor aangetrokken, waarna hij met verende tred het vertrek weer verliet. Meneer Atwood bleef zo vaak mogelijk in de buurt talmen en hing dan als een mug om haar bureau rond. Clementine merkte amper dat hij er was.

Joe belde, maar Clementine slaagde erin zijn telefoontjes telkens te ontlopen. Sylvia keek even argwanend naar haar en vroeg zich af waarom ze het te druk had om hem te woord te staan. Maar toen Rafa om half zes met Koekie op de stoep stond, begreep ze waarom: Clementine was verliefd – maar niet op Joe. Ze voelde de lucht tussen Rafa en haar vibreren alsof er een heel orkest vol violen inzette, en merkte onwillekeurig dat ze jaloers was. Waarom viel de Grote Liefde haar nooit ten deel?

Clementine knuffelde de hond en vertelde Sylvia dat ze hem van de verdrinkingsdood hadden gered. Rafa viel haar bij en zei dat hij, als hij ooit degene vond die hem in die grot had vastgebonden, hem hoogstpersoonlijk tot moes zou slaan. Clementine keek er trots bij en Sylvia's gezicht gloeide van bewondering. Hij was niet alleen knap, maar nog een held ook. Koekie was van de schrik van zijn bijna-doodervaring bekomen, zoals alleen een hond dat kan. Hij kwispelde en hijgde, en elke keer dat Clementine even was afgeleid en ophield met aaien, duwde hij met zijn neus tegen haar hand. Hij was duidelijk erg met zijn nieuwe baasje ingenomen.

Sylvia keek hen na. Ze had in de *Gazette* gelezen dat er nog een inbraak was geweest. Een kleintje dit keer, in het woonhuis van Edward en Anya Powell, die toevallig goed bevriend waren met Grey en Marina. Het enige wat er was meegenomen was een reusachtige diamanten verlovingsring die Anya altijd in een asbak op de vensterbank van de keuken legde als ze de afwas deed. Het enige bewijs dat hij überhaupt gestolen was en niet ergens anders neergelegd, was het briefje met daarop 'Dank u wel' in het onmiskenbare handschrift van Baffles, de elegante dief. De dienstdoende journalist zei dat de kans bestond dat het een poets was, een nepinbraak, want waarom zou Baffles anders de moeite hebben genomen om voor slechts één klein sieraad in te breken, tenzij het hem gewoon een kick gaf dat hij nogmaals door de mazen van het net was geglipt.

Clementine en Rafa gingen linea recta naar de dierenwinkel. Ze vulden een wagentje met voer, koekjes en speelgoed. Rafa pakte lekkernijen van de planken en liep ermee naar buiten om Koekie eraan te laten ruiken. Clementine keek geamuseerd toe, maar Rafa wist zeker dat de hond in staat was om precies dat pak uit te kiezen dat hij het lekkerst vond. Ze realiseerde zich dat ze het nog niet eerder zo naar haar zin had gehad. Oké, er waren wel mensen die haar aan het lachen konden maken, maar nooit zo van harte. Het grootste deel van de tijd had ze het gevoel dat vooral zijzelf leuk gezelschap was. Rafa haalde het beste in haar naar boven en degene die ze was als hij erbij was beviel haar wel.

Ze stopten Rafa's kofferbak vol met hun inkopen en reden toen naar Salcombe om Koekie eens lekker te laten rennen. Het leek hun niet verstandig om hem mee te nemen naar het strand waar ze hem voor het eerst om hulp hadden horen roepen, dus gingen ze naar een nabijgelegen kiezelstrand en lieten ze hem los, zodat hij lekker vrij kon rondrennen. Ze liepen langs het strand op en neer gezellig te kletsen, en vonden toen in de buurt een pub, waar ze buiten in het afnemende zonlicht gingen zitten om een lichte maaltijd te gebruiken. Clementine had niet de behoefte om enorme hoeveelheden alcohol te drinken. Ze hunkerde er niet meer naar om zichzelf te verliezen.

Toen haar telefoon ging, keek ze naar de naam op het scherm en trok een gezicht. Rafa trok zijn wenkbrauwen op. 'Joe?' vroeg hij. Clementine knikte. Ze wilde dat hij het vervelend zou vinden, maar hij glimlachte alleen maar naar haar. 'Neem je niet op?'

Met tegenzin drukte ze de telefoon tegen haar oor. 'Ha, Joe.'

'Waar ben je?'

'Ik zit in de pub met een vriend.'

'Met die Argentijn en zijn hond,' zei Joe meteen. Clementine was verbaasd. Ze had niet gedacht dat hij het zou weten. 'Ik ben op kantoor langs geweest, maar je was al weg. Hoor eens, Clementine, we moeten praten.'

'Dat klopt, dat moet inderdaad.' Ze keek hoe Rafa Koekie aaide, maar ze wist dat hij luisterde.

'Wanneer kom je terug?'

'Zo meteen.'

'Dan praten we dan.'

'Oké.' Ze hing op. 'Sylvia heeft hem verteld dat ik met jou was. Hij is er niet echt blij mee.'

Rafa ging recht zitten en keek haar vol begrip aan met zijn bruine ogen. Ze moest denken aan de eerste keer dat hij haar zo in de ogen had gekeken, in de kerk toen ze hem had verteld dat ze vond dat Marina haar haar vader had afgenomen, en toen was hij net zo onweerstaanbaar geweest als nu. 'Je moet weer bij je ouders gaan wonen.'

'Ik weet het.'

'Je houdt niet van hem.'

'Is dat dan zo duidelijk?'

'Je hoeft geen raketgeleerde te zijn om te zien dat je hem gewoon hebt gebruikt om je stiefmoeder te raken – en misschien ook wel om mij te raken.'

Ze bloosde, maar veegde zijn analyse van tafel. 'Ik woon er pas.'

'Dat doet niet ter zake. Je kunt een relatie niet in stand houden als je hart er niet bij betrokken is.'

'Ik ben heel trots.'

'Trots schaadt alleen degene die trots is. Laat het los. Iedereen maakt fouten, daar is niks mis mee. Zo is het leven. Maar als je louter en alleen vasthoudt aan ongelukkige situaties omdat je te trots bent om ze los te laten, dan is er maar één sukkel, en dat ben je zelf.' Hij pakte haar hand. 'Jij moet niet de sukkel zijn, Clementine. Daar ben je veel te slim voor.'

Ze voelde dat ze nog dieper bloosde. Er bestond niets meer, behalve zijn hand en het gevoel van zijn huid die de hare raakte. Ze probeerde te doen alsof het niets voorstelde, maar ze wist zeker dat haar hart als een krekel die eruit wilde door haar T-shirt heen sprong. Hij keek haar zo doordringend aan dat ze bijna bezweek, maar ze was vastbesloten haar blik niet af te wenden. 'Je bent een heel bijzondere vrouw,' zei hij zacht. 'Het probleem is dat je een ander beeld van jezelf hebt. Je moet maar eens beginnen met door mijn ogen naar jezelf te kijken.'

'Wat zie jij dan?'

'Ik zie een heel mooie glimlach. Ik zie blozende wangen en mooie blauwe ogen, maar achter dat alles zie ik degene die je vanbinnen bent, en die persoon mag ik heel graag.'

Clementine schoof heen en weer op het bankje. 'Ik weet niet wat ik moet zeggen.'

Hij haalde zijn schouders op. 'Dan zeg je toch niets? Ik zeg alleen maar hoe het is.'

'Zeg je dat soort dingen tegen iedereen?'

'Alleen als ik ze meen.'

'Maar zie je in iedereen blozende wangen en mooie ogen? Of... Of...' Ze aarzelde. 'Of alleen bij mij?' Ze lachte om haar verlegenheid te verbergen.

'Alleen bij jou, Clementine,' zei hij ernstig, en de blik die hij over haar gezicht liet gaan voelde als een streling.

Ze reden met Koekie aan Clementines voeten terug naar het dorp. Nu ze zich enigszins tegenover elkaar hadden uitgesproken, was de sfeer zeer geladen. Maar aan de andere kant hadden ze dat ook weer niet echt gedaan. Clementine wilde dat hij de auto gewoon stil zou zetten en haar zou kussen, want dat zou de lucht opklaren als een stortbui na dagen van grote luchtvochtigheid. Maar hij parkeerde voor het huis van Joe en stapte uit om het portier voor haar open te doen. Ze liep de stoep op. 'Wil je dat ik op je wacht?' bood hij aan.

Ze wilde het liefst naar boven rennen, haar spullen pakken en met hem wegrijden, de zonsondergang tegemoet. 'Nee, ik red me wel, dank je,' zei ze toen maar. 'Ik weet niet hoe lang dit gaat duren.'

'Moet ik Marina voor je waarschuwen?'

'Nee, zeg maar niets. Ik vertel het zelf wel als ik haar zie.'

'Ze is vast heel blij. Volgens mij heeft ze je gemist.'

Clementine zuchtte zwaar. 'Om je de waarheid te zeggen heb ik iedereen ook gemist. Ik wist van begin af aan dat ik er niet verstandig aan deed. Ik vind het wel rot voor Joe.'

'Sms maar als je steun nodig hebt.'

'Na je heldendaad in de zee twijfel ik er geen moment aan dat je me komt redden als ik je nodig heb.'

'Je weet dat ik dat zou doen.' Hij keek hoe ze de voordeur van het slot deed.

'Daar gaat-ie,' mimede ze, en toen ging ze naar binnen en deed de deur achter zich dicht.

Rafa reed terug naar het Polzanze. Hij deed het op zijn gemak en genoot van het weelderige platteland en de wolken als wattenplukken die de wind vingen en als zeilboten langs de donker wordende lucht joegen. Hij begon van dit landschap te houden, maar het meest verbazingwekkende was nog wel dat hij van Clementine begon te houden.

Hij bedacht dat het weinig had gescheeld of hij had haar gekust, en beet op de binnenkant van zijn wang. Op elk ander moment of elke andere plaats zou hij haar dagen geleden al in zijn armen hebben genomen en hebben gezoend. Hij zou haar gekust hebben in het huis dat God vergeten was, hij zou haar in zee gekust hebben, hij zou haar gekust hebben toen ze kwaad op hem was en hem vroeg weg te gaan, en hij zou haar daarna nog vele malen hebben gekust – talloze gelegenheden, een verlangen dat gestaag sterker werd, maar één ding stond hem in de weg. Hij hield zijn ogen op de weg voor hem gericht en reed door.

30

Marina en Grey zaten aan de keukentafel te eten toen de auto van Clementine voor het hotel stilhield. Ze stapte uit en bleef een poosje zo in het donker moed staan verzamelen om hen onder ogen te komen. Dat ze bij Joe was ingetrokken was een daad van verzet geweest, maar ze gaf nu toe dat het ook een roep om hulp was geweest. Het had niet de reactie teweeggebracht waarop ze had gehoopt. Of als het dat wel had gedaan, hadden haar vader en stiefmoeder hun gevoelens voor zich gehouden.

Ze dacht aan Rafa en aan de raad die hij haar had gegeven. Het was hoog tijd dat ze eens met Marina praatte. Engelsen waren een kei in problemen uit de weg gaan. Ze ploeterden liever verder en deden net alsof ze niet bestonden. Haar familie was erger dan de meeste. Ze hadden nog nooit over het verleden gesproken of eerlijk verteld hoe ze zich voelden. Maar Rafa had haar de moed gegeven om dat wel te doen. Ze zou naar haar stiefmoeder luisteren, naar haar kant van het verhaal, dat aanvaarden en het dan loslaten.

Ze pakte haar tas uit de kofferbak, haalde diep adem en liep naar het stallencomplex. Marina hoorde de deur opengaan en nam aan dat het Jake was. Toen ze Clementine in de deuropening zag staan, was ze verrast. Grey zag achter haar in de gang haar koffer. 'Clementine!' riep hij blij uit. 'Wat leuk!'

'Is alles goed?' vroeg Marina, en ze pakte haar glas wijn.

'Ik kom thuis,' verklaarde Clementine.

Marina wist dat het van cruciaal belang was hoe zij nu reageerde, als ze tenminste niet wilde dat het meisje wederom de benen nam. 'Wil je erover praten?' vroeg ze voorzichtig.

'Ik heb het uitgemaakt met Joe.'

‘Kom zitten, liefje. Je lust vast wel een glas wijn,’ zei Grey. Hij stond op om een glas voor haar te pakken.

‘Ik had hier nooit weg moeten gaan.’

Marina merkte dat de zware wolk die haar stiefdochter meestal overal vergezelde niet meer te bekennen was. Ze had haar zwaard neergelegd en was in vrede bij hen gekomen. ‘Ik ben ontzettend blij dat je terug bent,’ zei ze naar waarheid. ‘Wat jammer dat het niks is geworden met Joe en jou. Dat moet een grote teleurstelling voor je zijn. Maar ik ben blij dat je thuis bent.’

‘Het is helemaal geen teleurstelling. Ik heb nooit om Joe gegeven. Ik heb zelfs nooit echt om mezelf gegeven. Maar nu wel.’ Als een zelfvoldane kat sloop er een glimlachje over haar gezicht. ‘Ik zie de wereld nu door andere ogen. Ik neem nooit meer genoegen met de tweede plaats.’

Marina hoefde niet te vragen wie er achter dit nieuwe perspectief zat. Grey tastte echter in het duister en fronste niet-begrijpend zijn voorhoofd. ‘Mooi zo,’ zei hij, en hij schonk haar een glas pinot grigio in.

‘Marina, ik zou je graag even onder vier ogen willen spreken. Vind je dat erg, papa?’

‘Dan zal ik haar wat versterking geven,’ zei hij, en hij schonk haar wijn bij. De twee vrouwen stonden op.

‘Laten we naar buiten gaan,’ stelde Clementine voor. Marina weigerde aan de verleiding toe te geven en haar man aan te kijken. Ze voelde zijn verbaasde blik. Ze nam aan dat Clementine over Rafa wilde praten en ze voelde haar hart zwellen van blijdschap dat het kind eindelijk bij haar kwam om haar om raad te vragen. Ze zou het Grey later wel vertellen als ze alleen waren.

‘Ik pak mijn jas even,’ zei ze, en ze liep de gang in.

‘Ik ook. Het is kil, maar wel een prachtige avond. Ik wil onder de sterren zitten.’ Grey merkte wel dat ze een andere toon aansloeg, maar de toon waarop ze ‘prachtige’ zei was echt anders, alsof ze het met haar hart zei en het echt meende.

De avond was van een diepe duisternis, maar ook zo zacht als fluweel. Er woei een stevige wind vanaf zee, maar wel een warme wind, die naar zout en vochtig gras rook, en het gebulder van de golven die tegen de rotsen in de diepte sloegen vormde in de verte een vriendelijk gerommel. De maan scheen helder en werd zo nu en dan aan het zicht onttrokken door wolken die langs de hemel joegen. Clementine en Marina liepen het gazon over om op het bankje te gaan zitten. Ze zaten daar onbeschut, met uitzicht over de zee en in de verte het schiereiland, waar de vuurtoren zijn waarschuwende licht door het pikkedonker liet schijnen. Ze sloegen hun jas om zich heen en gingen zitten.

'Ik heb nooit begrepen waarom jij het hier zo heerlijk vond,' zei Clementine met een tevreden zucht. 'Ik was een stadsmeisje, dat liever over stoeptegels liep dan over gras. Nu is het net alsof de schellen me van de ogen zijn gevallen en zie ik hoe bijzonder en mooi het hier is.'

'Echt waar?'

'Ja, en dat geeft me een prettig gevoel.'

'De natuur heeft een geweldige geneeskrachtige werking. Als ik wel eens ongelukkig ben, ga ik hier zitten en zuig ik het allemaal in me op. Als ik dan terugga, voel ik me altijd een stuk beter.'

Clementine nam een slok wijn. 'Marina, ik wil je mijn excuses aanbieden omdat ik zo bot ben geweest.' Marina nam ook een slok; ze was heel verbaasd haar stiefdochter dit te horen toegeven. Ze dacht niet dat ze haar in al die jaren dat ze haar kende ooit 'sorry' had horen zeggen. Toch was ze nog niet helemaal overtuigd, en ze besloot haar mond te houden tot ze zeker wist dat er niet nog een andere reden achter haar verontschuldiging zat.

'Ik weet wat je denkt,' ging Clementine verder. 'En terecht. Als ik in jouw schoenen stond zou ik mij ook niet geloven. Maar ik vind het echt erg. Ik heb van jongs af aan gedacht dat jij ons gezin overhoop hebt gehaald en dat je mijn vader onder de neus van mijn moeder hebt afgepakt. En ik vond dat je hem ook van mij had afgepakt. Maar een verhaal heeft altijd twee kanten, en ik wil graag dat van jou horen, als je het me wilt vertellen. Ik wil het graag vanuit jouw standpunt begrijpen en een einde maken aan mijn kinderachtige interpretatie. Ik ben volwassen genoeg om te weten dat dingen nooit helemaal zwart-wit zijn.'

Marina voelde dat haar keel zich samenkneep en ze knipperde haar tranen weg. Ze pakte de hand van haar stiefdochter vast. 'Ik weet niet wat ik moet zeggen. Ik had nooit gedacht dat we ooit de kans zouden krijgen om zo met z'n tweeën een gesprek te hebben en eerlijk en open tegen elkaar te zijn. Je hebt geen idee hoe lang ik al als vrouwen onder elkaar met je wil praten en je wil vragen of je het me wilt vergeven.'

Het verbaasde Clementine hoezeer dit haar raakte. Ze vroeg zich heel even af of ze soms door de wijn zo weekhartig was geworden, maar toen voelde ze de warmte in Marina's hand en drong het tot haar door dat liefde het ijs had ontdooid en als een tulp was opengebloeid. 'Ik hoef jou niets te vergeven,' zei ze zacht.

'Jawel. Toen ik verliefd werd op je vader, was hij getrouwd en had hij twee kleine kinderen. Ik had weg kunnen gaan en hem ongelukkig en wel alleen kunnen laten, maar dat heb ik niet gedaan. Ik neem aan dat je moeder je nooit heeft verteld hoe bitter het eraan toeging. Volgens je vader waren jullie wel een intact gezin, maar heel erg verscheurd.

Grey en ik hebben elkaar gevonden omdat ik ook dolende was. Ik herkende die eenzaamheid in hem omdat ik die zelf ook tot in mijn botten voelde. Er was een groot leeftijdsverschil en hij was heel hoogopgeleid, en ik niet. Maar we hadden iets gemeen en samen kwamen we tot de ontdekking dat we over het vermogen beschikten elkaar te helen. Het is nooit mijn bedoeling geweest hem af te pakken en ik wilde al helemaal geen gelukkig gezin kapotmaken. Maar Clemmie, jullie waren geen gelukkig gezin, en uiteindelijk heeft onze liefde al het andere overschaduwd. Dat drukt altijd op mijn geweten.

Het was niet goed wat we gedaan hebben, maar we hadden het gevoel dat het voor iedereen het beste was, ook voor Jake en jou. Ik weet niet of kinderen beter af zijn met ongelukkige ouders of met gelukkige stiefouders. Ik weet het antwoord niet. Maar één ding is zeker, en dat is dat je vader van Jake en jou altijd het meest heeft gehouden, meer dan van wie ook, ook meer dan van mij. Je hebt het misschien niet zo gevoeld, want als klein meisje was je altijd zo boos dat je hem wegduwde zodra hij dicht bij je in de buurt kwam. Ik dacht dat je mij ook wel zou wegduwen, maar ik heb het toch geprobeerd. Als je maar weet dat hij onvoorwaardelijk van je houdt.'

Ze dronk haar glas leeg, hoewel haar keel zo dik was dat slikken pijn deed. Ze keek uit over de zee en Clementine voelde van binnenuit kou over haar huid trekken.

'Je weet dat ik geen kinderen kan krijgen, Clemmie. Dat is mijn grootste verdriet en iets dat dag en nacht aan me vreet. Soms kan ik amper normaal functioneren doordat het verlangen om lief te hebben zo groot is. Het grootste deel van de tijd stort ik me op het hotel en geef daar alle zorg en aandacht aan die ik aan een kind zou geven. Het is een armzalige compensatie, maar meer zit er voor mij niet in. Jake en jij zullen nooit mijn kinderen zijn; ik heb jullie erbij gekregen en daar ben ik het lot innig dankbaar voor. We hebben het niet gemakkelijk gehad, jij en ik. Maar ik begrijp het wel. Ik kan nooit een moeder voor je zijn, en dat verwacht ik ook niet. Maar ik wil wel heel graag een vriendin voor je zijn.'

Clementine begon te huilen. Ze besefte dat ze haar stiefmoeder volkomen verkeerd had begrepen. De feiten inzake de scheiding van haar ouders waren irrelevant, net als de feiten van de verhouding van Marina en Grey – dáár was het haar nooit om te doen geweest. Als de artisjok van haar leven blaadje voor blaadje werd afgepeld, bleef er een kern van liefde over, én het feit dat Clementine het gevoel had gehad dat ze niet genoeg had gekregen.

'Ik ben ontzettend egoïstisch geweest,' snufte ze. 'Ik heb altijd alleen maar aan mezelf gedacht en aan dat ik zo weinig aandacht kreeg. Daar komt het gewoon op neer. Ik voel me zo stom.' Ze dacht aan Rafa en aan hoe hij al die tijd al langs de stekelige blaadjes heen naar de kern had kunnen kijken. 'En, Marina…'

'Ja?' zei haar stiefmoeder, en ze legde een arm om haar heen en trok haar tegen zich aan. 'Wat is er?' Clementine huilde nu zo hard dat ze geen woord kon uitbrengen. 'Het is niet erg, je hoeft je niet te schamen. Het is heel normaal dat je je zo voelt. Elk kind wil dat zijn ouders meer van hem houden dan van wie ook, en als ze dan uit elkaar gaan…'

'Nee, dat bedoel ik niet.' Clementine veegde haar gezicht met haar mouw af en ging rechtop zitten.

'O, ik begrijp het al. Er is iets anders.'

'Ja. Ik ben verliefd. Ik ben hoteldebotel verliefd en ik weet niet wat ik ermee aan moet.' Haar adem bleef steken in haar borst.

'Op Rafa?'

Ze knikte. 'Ik weet niet wat hij voor mij voelt. Het ene moment denk ik dat hij me gaat kussen, en dan deinst hij weer terug. Ik weet niet of hij zo met iedereen is of dat hij mij bijzonder vindt. Ik ken hem nog maar heel kort, maar ik ben stapel op hem.'

'Ik zal niet zeggen dat me niet is opgevallen dat je op hem valt. Maar ik heb jullie niet vaak genoeg samen gezien om je te kunnen zeggen hoe hij er volgens mij in staat.'

'Hij heeft vandaag tegen me gezegd dat hij me heel bijzonder vindt. Hij pakte mijn handen en zei dat ik mooi was. Toen ik hem vroeg of hij dat tegen alle vrouwen zegt of alleen tegen mij, zei hij dat hij dat alleen tegen mij zegt. Ik had durven zweren dat hij zich naar me toe wilde buigen en me zou gaan kussen. Hij keek me heel doordringend aan. Maar toen zijn we opgestaan en terug naar Dawcomb gereden, waar hij me voor het appartement van Joe heeft afgezet. Hij wist dat ik het met hem ging uitmaken.'

‘En hij had geen idee dat hij daar zelf de reden voor was?’

‘Volgens mij niet. Hij zei dat hij wel merkte dat ik niet van Joe hield.’

‘Daar waren we allemaal wel achter.’

‘Dus wat moet ik doen?’

Marina aarzelde geen moment. ‘Helemaal niets.’ Daar keek Clementine van op, want ze verwachtte eigenlijk een lange preek over dat ze zich niet een-twee-drie moest laten veroveren. ‘Je bent een beeld, Clemmie, gewoon zoals je bent. Hij zou wel heel stom zijn als hij je liet lopen.’

Clementine had alweer zin om te huilen, van dankbaarheid. ‘Dank je wel.’ Ze sloeg haar armen om de smalle schouders van haar stiefmoeder en omhelsde haar stevig. ‘Ik ben heel blij dat we vriendinnen zijn.’

‘Ik ook,’ beaamde Marina, en ze deed haar ogen dicht.

Toen de twee vrouwen weer terug waren bij het stallencomplex, zat Grey op Sky nog naar een documentaire over het diepzeeleven te kijken. Hij was heel verbaasd om ze allebei met een rood gezicht en een glimmende neus te zien. Zonder er verder een woord aan vuil te maken liep Clementine naar hem toe en sloeg haar armen om zijn nek. Ze drukte hem lang en hard tegen zich aan en gaf hem een kus op zijn wang. ‘Ik ga in bad; ik heb ijskoude voeten.’ Toen ze met lichte tred de kamer uit liep, keek hij haar verbaasd na.

‘Wat heeft die?’ vroeg hij aan Marina.

‘Kom mee naar boven, dan vertel ik het je. Ik moet ook warm worden.’

‘Wat hebben jullie in godsnaam uitgespookt?’

‘Dat is een lang verhaal, maar ik voel me heerlijk.’ Ze zuchtte diep en legde daarmee jaren van verdriet van zich af. Ze trok een brede grijns en zei: ‘Je zult je oren niet geloven.’

‘Wat een drukte in het hotel,’ zei Bertha de volgende ochtend terwijl ze als een broedse kip op de keukenstoel ging zitten. ‘Jammer dat het zo in de problemen zit.’

‘Hoe bedoel je, problemen?’ vroeg Heather met haar handen om haar beker koffie geslagen.

‘Ik heb gehoord dat ze door hun geld heen zijn,’ zei ze met zachte stem. ‘Maar dat heb je niet van mij, hoor.’

‘Van wie heb jij het dan?’

Ze trok aan haar oorlelletje. ‘Je oor te luisteren leggen. Er schijnt een of andere hoge pief uit Londen te komen om ze een bod te doen.'

Heathers mond zakte open. 'Weet je dat zeker?'

'Een Jood.' Bertha trok een wenkbrauw op.

'Nou en?'

'Jake zegt dat Joden slim zijn. Heel slim.'

'Dat betekent nog niet dat ze het hotel verkopen als ze dat niet willen.'

'Nou, ik heb Jake in het stallencomplex met zijn vader horen praten, en voor zover ik het begrepen heb, hebben ze niet veel keus.'

'Over Marina's lijk. Die geeft zich niet zonder slag of stoot gewonnen. En wat gebeurt er dan met ons?'

'Geen idee. Ze ontslaan misschien wel wat mensen, maar ons niet. Wij zijn misbaar.'

'Onmisbaar zul je bedoelen.'

'Dat zeg ik: onmisbaar.'

'Jíj misschien, Bertha, maar voor mezelf weet ik het zo net nog niet. Iedereen kan mijn werk doen.'

'Maar ze willen niet iedereen, hè? Ze willen ervaren personeel dat van de hoed en de rand weet.'

'Ik hoop dat je gelijk hebt. Blijf je oor maar te luisteren leggen en laat het me weten als je nog iets anders hoort.'

Clementine was geen kunstenaar, maar de enige manier om bij Rafa te kunnen zijn was door zich bij zijn groepje aan te sluiten. Hij was aangenaam verrast toen ze op het klif verscheen om samen met Pat, Grace en Veronica de vuurtoren te schilderen. 'Ik heb dit weekend toch verder niks te doen,' zei ze, terwijl ze met Koekie op een deken ging zitten. Rafa gaf haar een schetsboek en wat waterverf.

Hij bukte zich en fluisterde in haar oor: 'Nu is het voor mij meteen een stuk leuker.'

'Ik kan er niks van, hoor,' antwoordde ze, en ze glimlachte om zijn complimentje.

'Niet je kwaliteiten met je negatieve houding de kop indrukken.'

'Ik heb anders niet meer geschilderd sinds ik op school zat.'

'Je bent hier om het leuk te hebben en om van deze vredige plek te genieten. Ik wil wedden dat je nog nooit bent gaan zitten om elke golf, elke wolk, elke grasspriet en elke bloem eens goed te bekijken.' Ze keek hem niet-begrijpend aan. 'Het merendeel van de tijd jagen we met onze ogen dicht het leven door, in beslag genomen door gedachten waar maar geen eind aan komt. De eenvoudige magie van een boterbloem verscholen tussen het gras zien we gewoonweg niet. Nu kun je echt de tijd nemen om met je ogen wijd open om je heen te kijken en van de natuur te genieten. Je kunt helemaal in het nu zijn.' Hij grijnsde en stond op.

Ze doopte haar penseel in het water. 'Oké, dan leef ik in het nu. Maar ik weet niet of mijn schilderij daar wel beter van wordt.'

Hij legde zijn hand op haar schouder. 'Maar jíj wel.'

De zes meisjes van het vriendinnenweekend waren een dagje naar een kuuroord en de vogelaars uit Nederland waren op zoek gegaan naar de Amerikaanse bosruiter. 'Ik ben blij dat wij onze laatste dagen niet met die ordinaire wichten hoeven door te brengen,' zei Grace, terwijl ze een sjaal van Hermès onder haar kin vastknoopte om haar kapsel tegen de wind te beschermen.

'Ze zijn nog jong, Grace,' zei Veronica. 'Ze hebben gewoon plezier.'

'Dat kan wel zijn, maar ze hebben geen stijl. In onze tijd kon je je als vrouw niet als een man gedragen.'

'Ik kwam daar anders dicht bij in de buurt,' zei Pat. 'Ik was een echte wildebras.'

'Dat is iets anders. Jij verslond geen jonge mannen.'

'Als ik eruit had gezien zoals jij en de charme had gehad van Veronica, had het zomaar gekund,' wierp Pat tegen.

Clementine was aanvankelijk niet in staat geheel in haar omgeving op te gaan. Al deed ze nog zo haar best, ze was zich te zeer bewust van Rafa, die van de een naar de ander liep en advies gaf. Pas toen hij naast haar ging zitten en opging in zijn eigen schilderij, was ze in staat zich te ontspannen. De stilte was prettig. Ze had niet het gevoel dat ze die met kletspraat moest vullen. Rafa leek in een allesabsorberende wereld te vertoeven, en al snel volgde ze zijn voorbeeld en zag ze elke meeuw en elke rots, tot ze zichzelf helemaal vergat.

Toen ze terugliepen naar het hotel, ging de zon al onder. Rafa was onder de indruk van Clementines schilderij. 'Dat zeg je alleen maar om aardig te zijn,' protesteerde ze.

'Je hebt een interessant kleurgebruik.'

Ze moest lachen. 'Interessant, vast, maar niet erg goed.'

'Laat dat oordeel maar aan mij over.' Zijn blik bleef op haar rusten – heel lang leek het wel.

'Waarom kijk je zo?' vroeg ze, plotseling ongemakkelijk.

'Het licht is zo goudkleurig vanavond.'

'Inderdaad.'

'Ik zou je graag willen tekenen.'

'O, Rafa, alsjeblieft; zelfs jij kunt geen Venus van Botticelli van me maken.'

'Dat hoeft ook niet. Je bent prima zo.' Ze keek hem fronsend aan. Marina had dat ook al gezegd. Zou het dan kunnen zijn dat hij dat echt begon te denken? 'Ik meen het. Ik wil je tekenen voor de zon ondergaat.' Hij gooide het kleed op het gras en zei dat ze moest gaan zitten. Koekie ging naast haar liggen en rolde zich op zijn rug in de hoop dat ze de hint begreep en hem over zijn buik zou aaien. Pat, Veronica en Grace liepen over het gazon weg en lieten hen alleen.

Hij maakte zijn doos met tekengerei open en zocht een schoon blad papier.

'Wat moet ik doen?' vroeg ze.

'Tegen me praten,' antwoordde hij, en hij keek haar doordringend aan.

Ze zuchtte. 'Ik geloof dat hij ons echt gaat tekenen,' zei ze tegen Koekie.

'Nee, ik ga jóú tekenen,' verbeterde hij haar. Toen smeerde hij de pastelkleuren met een grijns over het papier uit. 'Je bent een heel mooi meisje, Clementine. Maar het is wel heel Engels aan je dat je geen complimentje kunt aanvaarden. In mijn land bedanken meisjes een man als hij iets vleiends tegen hen zegt.'

'Goed dan: dank je wel.'

'Graag gedaan. En nu moet je tegen me praten.'

Het was alsof de zon boven de rij bomen vlak voor Rafa bleef zweven. Het licht was zacht en omfloerst, de lucht doortrokken van de geuren van gemaaid gras en kamperfoelie, en in de hoogste takken gingen de vogels al op stok. 'Ik heb gedaan wat je gezegd hebt: ik heb met Marina gesproken,' zei Clementine. 'Weet je, jij bent de enige die me ooit echt goede raad heeft gegeven.'

'Daar geloof ik niets van.'

'Jij bent de enige die ooit heeft gezegd dat ik met haar moet praten. Mijn vrienden vinden het heerlijk om mijn verhalen te horen, en ik moet tot mijn schande bekennen dat ik het ook leuk vind om ze te vertellen en dat ik ze vreselijk aangedikt heb om maar aandacht te krijgen.

Mijn moeder was altijd bekrompen en kleinburgerlijk; ze had liever dat ik met háár samenkliekte dan dat ze me aanspoorde om bruggen te bouwen. Ze is nooit erg groothartig geweest, en ik vermoed dat ze het wel leuk gevonden heeft dat ik het nooit goed heb kunnen vinden met de vrouw op wie mijn vader verliefd was geworden. Maar niemand heeft ooit tegen me gezegd dat ik vriendschap met haar moet sluiten. Dat was nog nooit in me opgekomen. En het was nog nooit in me opgekomen dat ik eens moest luisteren naar wat zíj te zeggen had.'

'Maar dat heb je nu dus wel gedaan?'

'Ja, en je had gelijk. Een verhaal heeft altijd twee kanten. Ze is bij nader inzien toch niet de boze stiefmoeder, dus ik zal haar nooit meer de Duikboot noemen.' Ze sloeg haar ogen neer en wreef Koekie over zijn buik. 'Ik geloof dat ik nu iets meer van de liefde begrijp.'

'O ja?'

'Ja. Liefde is net een fel licht dat alle negativiteit wegbrandt. Als de zon de mist. Toen ik naar Marina luisterde, voelde ik mijn hart opengaan en alle zware, nare mist trok zomaar op. Het was heel bijzonder. Dat heeft me aan het denken gezet. Gelukkige mensen lopen over van liefde; ongelukkige mensen hebben maar heel weinig liefde, misschien zelfs helemaal geen. Daar kun je de wereld in onderverdelen: in mensen die liefhebben en in mensen die niet liefhebben. Het is eigenlijk doodeenvoudig. Als iedereen liefhad zouden er geen oorlogen worden gevoerd. Dan zou iedereen in vrede leven.'

'Volgens mij moet je je kandidaat stellen voor het presidentschap.'

Ze lachte. 'Maar hoe leer je mensen hoe ze moeten liefhebben?'

'Er zijn veel leermeesters geweest. Jezus, Mohammed, Boeddha, Gandhi, om er een paar te noemen. Nu kunnen we Clementine Turner aan de lijst toevoegen.'

Ze keek naar hem terwijl hij schetste, hoe zijn hand zelfverzekerd over het papier bewoog, en ze bedacht dat het heel aantrekkelijk was om zo getalenteerd te zijn. 'Rafa, ben jij wel eens verliefd geweest?'

'Ik ben heel vaak verliefd geweest,' zei hij, en hij grijnsde naar haar. 'Er is een groot verschil tussen verliefd zijn en van iemand houden. De liefde begint als de verliefdheid overgaat en je die ander echt leert kennen. Hoe kun je anders van diegene houden als je hem niet echt kent?'

'Goed, heb jij dan wel eens echt van iemand gehouden?'

'Eén keer.'

'Wat was ze voor iemand?'

Hij dacht even na. 'Ze was heel lief.'
'Blond haar, bruin haar?'
'Bruin haar.'
'Wat is er gebeurd?'
'Ik was er niet aan toe om me te binden.'
'Wilde ze met je trouwen?'
Hij schokschouderde. 'Ze was Argentijnse; dat was het enige waar ze aan dacht.'
'Schrok dat jou af?'
'Niet echt, maar ik was rusteloos. Het kwam op het verkeerde moment.'
'Wat is er toen gebeurd?'
'Ze heeft het met me uitgemaakt en iemand anders gevonden, en is met hem getrouwd.'
'Was je erg verdrietig?'
'Natuurlijk, maar wat moest ik?'
'Denk je nog wel eens aan haar?'
'Soms.'
'Heb je er spijt van dat je niet met haar bent getrouwd?'
'Nooit.'
'Hebben jullie nog contact?'
'Nee.' Hij kneep zijn ogen samen en zijn ene mondhoek krulde. 'Wil je nog meer weten of is de ondervraging ten einde?'
'Je doet heel vaag.'
'Vaag?'
'Ja, je geeft niet veel over jezelf prijs. Oké, je vertelt wel over je ouders en over Argentinië, maar je hebt het niet over jezelf.'
Hij slaakte een dramatische zucht. 'Goed dan. Ik ben een spion die undercover voor de Argentijnse regering werkt. Maar meer kan ik je niet vertellen, anders moet ik je vermoorden.'
Ze keek hem peinzend aan. Hij keek terug. Even zei geen van beiden een woord. Alles viel stil. De zon zakte eindelijk weg achter de bomen, waardoor zij in schaduw gehuld achterbleven. Ze voelden allebei dat de energie tussen hen sterker werd. Maar Clementine was gewend aan het warme verlangen en aan de hoop op de kus die nooit kwam. Ze had er al haar wilskracht voor nodig om haar ogen van hem los te maken. 'Ben je klaar?' vroeg ze, en verbrak daarmee te betovering. 'Ik begin stijf te worden.'

'Het licht is veranderd.'

'Zullen we naar binnen gaan?'

Hij zuchtte, alsof hij het erg vond. 'Als je dat wilt.'

Ze kwam overeind. Koekie rolde zich om en rekte zich uit. De energie sijpelde weg, de wind stak op en ze voelde zijn teleurstelling. 'Mag ik eens kijken?'

Hij gaf haar het schetsboek. Ze keek naar zijn tekening en slaakte een kreetje van verbazing. Het meisje in het goudkleurige licht was beeldschoon. Hij pakte zijn spullen bij elkaar en stond op. 'Zie ik er echt zo uit?' vroeg ze, terwijl ze naar de tekening keek.

'In mijn ogen wel, Clementine.'

Ze keek hem fronsend aan en vroeg zich af waarom hij haar, als ze er voor hem zo uitzag, niet in zijn armen nam en kuste. 'Ik weet niet wat ik moet zeggen.'

'Ja, dat weet je wel,' antwoordde hij.

'Dank je wel.' Ze gaf hem het boek terug. 'Kom je ook naar binnen?'

'Zo meteen. Ik moet nog even een telefoontje plegen.'

'Welterusten dan maar. Tot morgen.' Clementine liep met Koekie het gazon over. Ze voelde Rafa's ogen in haar rug, maar draaide zich niet om. Ze had er al haar wilskracht voor moeten oproepen om zo weg te lopen; ze had niet genoeg om dat nog een keer te doen.

Rafa keek haar na en zag haar om de hoek van het hotel verdwijnen. Een frons rimpelde zijn voorhoofd. Hij voelde zich niet tevreden. Hij wist niet hoe lang hij dit nog kon volhouden. Clementine begon bezit van hem te nemen. Elke keer dat hij aan iets anders probeerde te denken, verscheen zij weer in zijn gedachten. Hij dacht dat hij zijn gevoelens wel in de hand had, maar het werd steeds duidelijker dat dat niet het geval was.

Hij haalde zijn BlackBerry tevoorschijn en belde zijn moeder. Op momenten als deze miste hij haar vreselijk. Hij miste haar stem en alles waar ze voor stond. 'Mama.'

'*Rafa, mi amor*. Is alles goed met je?'

'Mama, ik ben verliefd.'

Het was even stil. Toen begon ze weer te praten, met een verbazingwekkende kalmte. 'Is ze heel bijzonder?'

'Ze is uniek.'

Maria Carmela begreep misschien niet waarom hij hier was, maar als het op liefde aankwam, begreep ze hem maar al te goed. 'Waarom klink je dan zo verdrietig?'

'Ik ben in de war. Ik ben hier maar voor één ding gekomen. En niet om verliefd te worden.'

'Volg je hart, Rafa.'

'Dat wil ik ook. Maar dat kan ik niet als ik niet eerlijk tegen haar kan zijn.'

'Dan moet je schoon schip maken, Rafa. Je moet haar vertellen waarom je daar bent. Je moet hun allemaal de waarheid vertellen.'

'Dat zou vreselijk verkeerd kunnen aflopen.'

Er volgde weer een moment van stilte. Maria Carmela wist niet wat ze hem moest aanraden. Dit ging haar verstand te boven.

'Ze weten niets. Niets. En ik weet het nog steeds niet zeker. Ik heb meer tijd nodig.' Hij zuchtte zwaar. 'Ben ik egoïstisch? Ze vormen een gelukkig gezin, en ik mag iedereen ontzettend graag. En dan jij. Jij bent de belangrijkste persoon in mijn leven; als jij je twijfels over me hebt, kan ik het niet.'

'Ik heb zitten denken: als dit zo belangrijk voor je is, dan moet je het doen en zal ik je steunen. Je vader zou er niet blij mee zijn, maar dat regel ik wel met hem als ik hem in een volgend leven weer zie. Laat hem maar aan mij over. Op dit moment moet je zien dat je je rust vindt. Dat is het enige wat telt. Je staat in je recht, en ik wijk niet van je zijde.'

Zijn keel zat zo dicht dat hij bijna geen woord kon zeggen. 'Dank je wel.'

'Mijn liefde voor jou geeft me de moed je los te laten.'

'Ben je niet bang meer?'

'Nee, ik berust erin en ik ben tevreden. Ik weet niet waarom ik ooit aan je heb getwijfeld.'

Hij wreef over de brug van zijn neus. 'Je hebt geen idee hoeveel dit voor mij betekent.'

'O, jawel hoor. Zeg, wil je nog horen wat die stomme papegaai vandaag heeft gedaan?'

Hij lachte en veegde het vocht uit zijn oog. 'Nou, vertel op.'

Toen Clementine maandagochtend op haar werk aankwam, stond Sylvia bij de dossierkast, haar gezicht verscholen achter een waterval van golvend haar. Toen Clementine wat beter keek, zag ze dat ze huilde.

Meneer Atwood was er nog niet, en meneer Fisher ook niet. Clementine negeerde de telefoon, zette de koffiebekers op haar bureau en liep naar Sylvia toe. 'Zeg, gaat het wel met je?' vroeg ze.

Sylvia snufte en knikte. 'Ik heb gehoord dat je het hebt uitgemaakt met Joe.'

'Ja, dat klopt. Het liep niet. Het was niet eerlijk van me om hem aan het lijntje te houden.'

'En je bent verliefd op Rafa, toch?'

Clementine fronste haar wenkbrauwen. 'Huil je daarom?'

Sylvia keek op van de la en zette een zielige glimlach op. Ze knikte. 'Ik hou niet van Freddie,' bekende ze. 'Nooit gedaan ook. Als ik eerlijk ben heb ik eigenlijk nog nooit van iemand gehouden. Maar gisteren...'

'Kom even zitten.' Clementine sloeg haar arm om haar heen. Sylvia liet zich naar haar stoel leiden. Clementine gaf haar de kartonnen beker koffie, waarvan ze halfhartig een slokje nam.

'Ik heb Rafa en jou samen gezien, en... Nou ja, ik kon het gewoon voelen.'

'Wat kon je voelen?'

'Ik voelde dat jullie iets heel bijzonders samen hebben. Dat heb ik nooit gehad. Daar heb ik nooit in geloofd.' Ze keek Clementine hulpeloos aan. 'Dat wil ik ook.'

Clementine voelde zich opgelucht. Het zou niet leuk zijn om achter dezelfde man aan te zitten. 'Dus je bent niet verliefd op Rafa?'

'O, dat zou ik best kunnen zijn, want hij is heel sexy. Maar nee, ik ben niet verliefd. Ik wil het alleen graag zijn.'

'Hou dan eens op met dat cynische gedoe en wacht tot iemand je helemaal op je grondvesten doet schudden!'

Sylvia's vuurrode lippen krulden zich tot een glimlachje. 'Ik durf te betwijfelen of Freddie ooit bij zijn vrouw weggaat.'

'Ik weet het niet, maar je moet geen huwelijk kapotmaken als het niet hoeft.'

'Ik ben een slecht mens.'

'Je bent hooguit misleid.'

Ze zuchtte. 'Ik zie er vast vreselijk uit. Is mijn mascara uitgelopen?'

'Ga maar snel naar de wc, voordat meneer Fisher er is. Heeft die om half tien niet een vergadering?'

'O hemel, helemaal vergeten. Zou jij mij een plezier willen doen, lieve schat, en even wat broodjes willen halen? En als je een of andere knappe buitenlander tegen het lijf loopt, neem die dan in godsnaam voor mij mee!'

Clementine liep snel naar buiten. Het was een warme, zonnige dag.

De duiven streken neer op het trottoir om restjes te schooien en meeuwen cirkelden hoog in de lucht rond als zweefvliegtuigjes. Ze zuchtte blij en vulde haar longen met frisse zeelucht. Ze voelde zich die dag lichter vanbinnen, alsof ze van een zware last was bevrijd. Ze liep met haar schouders naar achteren en haar kin vooruit, en merkte dat de mannen die haar op straat passeerden geïnteresseerd naar haar keken. Dat had weinig te maken met haar kleren of hoge hakken, maar alles met haar houding. Ze was tevreden met zichzelf, en dat zelfvertrouwen straalde als zonlicht om haar heen. Toen ze de Black Bean Coffee Shop in liep, nam ze zich voor om Marina's advies op te volgen en gewoon zichzelf te zijn. Rafa vond haar mooi – dat was een goed begin – en hij had toch gezegd dat het onmogelijk was om van iemand te houden als je diegene niet goed kende? Ze hadden de hele zomer de tijd om elkaar te leren kennen – en ze verheugde zich erop om bij haar stiefmoeder op bed te gaan liggen en haar over haar vorderingen te vertellen.

'Ze zijn hem op het spoor,' vertelde Jake aan zijn vader toen Grey zich klaarmaakte om met een paar gasten een boottocht te gaan maken.

'Je spion bij de politie?'

Jake knikte gewichtig. 'Ze schijnen een aanwijzing te hebben.'

'O ja? Nou, dat is mooi.'

'Hij wordt een beetje zelfgenoegzaam.'

'Zelfgenoegzaamheid zal uiteindelijk zijn ondergang worden.'

'Hij kan er beter mee ophouden nu hij nog een voorsprong heeft.'

'Dat doen ze nooit. Het is net een drug. Ze kunnen er niet mee ophouden.'

'Het zal niet lang meer duren voor ze hem te pakken hebben, maar hou dat vooral voor je. Ze willen niet dat hij onderduikt.'

Op dat moment verscheen Marina in de deuropening van de bijkeuken. 'Ik heb goed nieuws voor je, lieveling.' Grey trok zijn wenkbrauwen op. 'William Shawcross heeft net gebeld.'

Greys ogen klaarden op. 'En?'

'Hij komt graag tijdens ons eerste literaire diner een praatje houden.'

'Nou, dat is geweldig nieuws.'

'Ik heb zijn nummer, dus je kunt hem terugbellen.'

Grey klopte zijn zoon eens stevig op de rug. 'Fantastisch idee, zoon.'

'Bedankt, pa.' Marina liep de gang weer in en ze keken haar na.

'Al weet ik niet zeker of het genoeg is om ons te redden,' zei Grey er zachtjes achteraan.

'Wat denk je?'

'Ik doe mijn uiterste best om níét te denken, maar het ziet er niet goed uit. Ik voel de hete adem van de bank in mijn nek. Het is een kwestie van tijd en dan zullen we de knoop toch moeten doorhakken.'

'Je zou met pensioen kunnen gaan.'

'Ik ben niet rijk genoeg om met pensioen te gaan.'

'Koop een lot.'

'Er is meer nodig dan geluk alleen,' zei Grey duister. 'Er is een wonder nodig.'

31

'Ik kan gewoonweg niet geloven dat het al afgelopen is,' zei Pat bedroefd. 'Het is veel te snel gegaan!'

'Ik wou dat we nog een week konden blijven, jij niet, Grace?' zei Veronica erachteraan, terwijl ze zich naar voren boog om nog één keer aan de lelies te ruiken. 'O, wat ruikt het hier toch zalig.'

'Dan zullen jullie volgend jaar terug moeten komen,' zei Marina.

'Ik heb het hier heerlijk gehad,' zei Jane, en ze probeerde opgewekt te klinken, maar ze had het gevoel dat ze vanbinnen vol beton was gestort. 'Ontzettend bedankt, Marina.' Marina merkte hoe bezwaard haar gemoed was en vroeg zich af of het iets met de Brigadier te maken had. Ze waren de afgelopen paar dagen onafscheidelijk geweest, maar het was haar opgevallen dat hij niet aan het ontbijt was verschenen.

'U bent altijd welkom,' antwoordde ze zacht, zodat de anderen het niet zouden horen. 'Dan bent u mijn gast.'

Janes wangen werden rood toen ze begreep wat Marina bedoelde, en ze wuifde het haastig weg. 'O, ik wil je beslist niet tot last zijn. We komen volgende zomer vast allemaal weer.'

'Als we er dan nog zijn,' viel Grace haar droogjes bij.

Marina liep met hen mee naar het grindpad, waar het busje klaarstond om hen naar huis te brengen.

'Het is hier een oase. Je vergeet jezelf gewoon,' zei Pat, en ze liet haar blik nog één keer over het huis gaan.

'Je hebt gelijk, het is hier heerlijk,' beaamde Veronica. 'Ik begin nu pas weer aan mezelf te denken.'

'Wat een ellende,' zei Grace gevat.

'Nou, zo erg is dat ook weer niet. Ik voel me een ander mens,' wierp Veronica tegen. 'Maar ik zal mijn mooie kamer wel missen.'

'En ik zal de maestro missen,' zei Grace toen ze Rafa op het pad zag, met een uitgelaten Koekie achter zich aan.

'Wat jammer dat jullie weggaan,' zei hij tegen de vertrekkende dames. Hij probeerde niet naar Marina te kijken, die peinzend naar de hond staarde.

'Koekie ziet er een stuk beter uit dan op de avond dat jullie hem gered hebben,' vond Pat, terwijl ze luid floot en op haar bovenbenen sloeg. Koekie draafde enthousiast naar haar toe.

'Dus jullie houden hem?' vroeg Veronica.

'Natuurlijk,' antwoordde Rafa. 'Hij kan nergens anders naartoe.'

Pat bukte zich en wreef hem eens stevig over zijn krullerige rug. 'Wat ben je toch een brave hond. Ja, je bent een heel brave hond.'

Grace rolde met haar ogen. 'Waarom denken Engelsen toch allemaal dat hun hond begrijpt wat ze zeggen?'

'O, maar hij begrijpt het echt, hoor,' hield Pat vol.

Grace maakte een afkeurend geluidje. 'Het draait allemaal om de toon waarop je iets zegt. Kijk, Pat.' Ze liep naar de hond toe en op dezelfde opgewonden toon als Pat zei ze: 'Je bent een heel stoute hond. Ja, een heel stoute hond.' Koekie kwispelde zo hard dat hij bijna als een helikopter opsteeg. 'Zie je wel? Als je het met dezelfde intonatie zegt, begrijpt dat stomme beest het verschil niet.'

'Je bent een cynisch oud mens,' zei Pat. 'Of moet ik het met mijn meest opgewekte stem zeggen? Je bent een stomme ouwe taart, Grace.'

Ze namen afscheid en stapten in. De bestuurder startte de motor. Marina, Rafa en Koekie deden een stapje achteruit om hen uit te zwaaien. Net toen ze de oprit af reden, kwam de oude Mercedes van de Brigadier de hoek om. Hij claxonneerde ten teken dat ze moesten stoppen. 'Wat is hij laat voor het ontbijt,' merkte Marina met een blik op haar horloge op.

'Volgens mij komt hij niet voor het ontbijt,' zei Rafa.

De Brigadier sprong als een jonge agent uit de auto, boog zich over de achterbank en haalde een enorme bos witte rozen tevoorschijn. Het portier van het busje ging langzaam open en een blozende Jane stapte lichtvoetig uit.

'Ik wil je vragen of je wilt blijven,' zei de Brigadier, terwijl hij haar de bloemen gaf.

Jane duwde haar neus erin en wist niet wat ze moest zeggen. Ze voelde zich verlegen met haar onhandigheid. 'Wat ruiken ze heerlijk,' zei ze.

'Wat ontzettend lief van je om aan me te denken.'

'Ik heb enorm mijn best gedaan om geurende rozen te vinden,' zei hij. 'Die heb ik gekozen omdat ze net zo ruiken als jij.' Er trok een warme gloed over haar gezicht en ze glimlachte verlegen.

De Brigadier wiegde heen en weer op zijn hakken en verzamelde de moed om de korte speech af te steken die hij de hele avond had geoefend. Hij schraapte zijn keel. 'Het is al heel lang geleden sinds ik een meisje mee uit heb gevraagd.'

'Het is al heel lang geleden sinds ik mee uit ben gevraagd,' zei Jane, en haar blos werd nog dieper.

'Ik wil graag met je trouwen, Jane.'

'Met me trouwen?'

'Ja, natuurlijk. We hebben niet meer alle tijd van de wereld, dus waarom zouden we er nog langer omheen draaien? Ik vind je heel erg leuk. Echt heel erg leuk, en volgens mij jij mij ook.'

'Ja, dat is zo.'

'Nou, wat denk je ervan?'

Jane keek om zich heen; ze voelde zich ongemakkelijk om zo het middelpunt van de aandacht te zijn. Marina sloeg haar hand voor haar mond, stomverbaasd over het onverwachte aanzoek van de Brigadier. Ze kenden elkaar pas een week. Rafa glimlachte van oor tot oor. Veronica, Pat en Grace hingen zo'n beetje uit het busje, zo graag wilden ze haar antwoord horen. Jane beet op haar onderlip om te zorgen dat die ophield met trillen. 'Eh... ja,' antwoordde ze timide. 'Waarom ook niet? Ja, graag.'

'Sue McCain zou heel trots op je zijn,' zei de Brigadier met een knipoog naar Pat. 'Haar motto was iets in de trant van "pluk de dag".'

Pat grinnikte en schudde haar hoofd. 'Heel grappig, Brigadier. Ik weet eerlijk gezegd niet wat haar motto is. Ik zal het haar eens vragen.' Ze stapte uit en ging bij hen staan.

'Nou, jongeman,' blafte Grace tegen de bestuurder. 'Geen getreuzel. Haal Janes koffer er maar weer uit. Zij blijft hier.'

'O, wat is het toch een mazzelaar! Zij mag lekker in Devon blijven!' zei Veronica overdreven, terwijl ze met een zakdoekje haar ogen depte. 'O jeetje, nu moeten we weer helemaal opnieuw afscheid nemen.'

Eindelijk reed het busje de oprit af. Terwijl de Brigadier Janes koffer naar binnen droeg keek zij bedrukt toe. 'Wat gaan we nu dan doen?' vroeg ze. 'Ik moet op een gegeven moment toch naar huis om wat dingen te regelen en het aan mijn familie te vertellen.'

De Brigadier pakte haar hand. 'Maak je geen zorgen, liefje, daar heb je nog alle tijd van de wereld voor. Eerst gaan wij heerlijk ontbijten.'

'Ja, lekker.' Jane had nog nauwelijks iets gegeten.

'Van het huis,' zei Marina. 'En de champagne ook.'

'Champagne?' zei Jane haar verbaasd na.

'Natuurlijk. Een verloving kun je alleen maar vieren met een champagneontbijt.'

'Een champagneontbijt, op onze leeftijd,' lachte Jane.

'Daarom maken we er ook haast mee,' zei de Brigadier hartelijk. 'Ik stel voor dat we zo snel mogelijk in het huwelijksbootje stappen. Waar zou je met huwelijksreis naartoe willen?' vroeg hij.

'Ik zou het liefst hier blijven,' antwoordde ze, en ze liep achter Marina aan het hotel in.

'Echt waar? Gewoon hier, in het Polzanze?'

'Ja, Brigadier. Ik heb het hier vreselijk naar mijn zin.'

'Dan komen we hier na de bruiloft terug, maar vandaag breng ik je naar huis.' Hij trok zijn borstelige wenkbrauwen op. 'En het lijkt me hoog tijd dat je Geoffrey tegen me gaat zeggen, vind je niet?'

'Geoffrey,' zei ze zacht. 'Die naam past goed bij je.'

'Geoffrey en Jane. Dat klinkt mooi.'

'Vindt u het goed als ik u voor uw huwelijksreis naar een mooiere kamer verhuis, mevrouw Meister?' vroeg Marina, met de kamer waar Grace net uit was in gedachten.

'Ik ben heel tevreden met de kamer die ik had,' wierp Jane tegen.

'Nou, maar ik niet,' antwoordde Marina. 'Ik heb veel liever dat de Brigadier en u de eerste dagen van jullie huwelijk in onze mooiste suite doorbrengen.'

'Goed dan, als je erop staat.'

'Dat is dan geregeld. Dan gaan we nu de champagne ontkurken.'

Meneer Atwood trok de panty over zijn hoofd. Die was zo dik dat zijn gezicht er niet doorheen te zien was, maar nog wel zo dun dat hij er zelf doorheen kon kijken. Hij had een zwarte broek aan, een zwarte polo en zwarte schoenen met zachte zolen, zodat hij geen enkel geluid maakte als hij het huis binnensloop. Hij liep op zijn tenen het pand rond naar waar in de tuin tegen de achtermuur een ladder was neergezet. Het was zo donker dat hij opging in de nacht, maar uit het raam van de buren viel een lichtstraal op het gazon, die hij zorgvuldig vermeed. Hij voelde zich net een kat die heel zacht over het bedauwde gras trippelt.

Langzaam beklom hij de ladder. Sport voor sport. Hij moest vooral niet vallen en zich bezeren; zijn vrouw dacht dat hij een zakendiner had. Als hij in inbrekersoutfit naar het ziekenhuis werd gebracht was het spel misschien ten einde. Hij grijnsde tevreden, blij dat hij in staat was om al die verschillende ballen van zijn leven in de lucht te houden. Het was heel vermakelijk om verschillende persoonlijkheden aan te nemen. Hij was een vader, een echtgenoot, een zakenman, een minnaar – en nu dus ook een inbreker. Hij kwam bij het raam dat men een stukje open had laten staan en schoof zijn vingers door de kier. Heel zachtjes tilde hij de haak omhoog en trok het zo ver open dat hij erdoor naar binnen kon klimmen.

Terwijl hij onhandig naar binnen klauterde – toch niet helemaal de katachtige inbreker die hij uit alle macht probeerde na te doen – hoorde hij iemand scherp inademen en toen een opgewonden gil. Zijn hart ging tekeer, want daar op het bed, naakt en met armen en benen wijd, lag Jennifer. Haar ledematen waren aan de vier bedstijlen vastgebonden, haar lichte huid, haar beursje van goudblond schaamhaar en haar ronde borsten doemden uit het donker op, en ze huiverde verwachtingsvol.

'Wat zie ik daar?' zei hij met zijn kilste stem.

'Doe me geen pijn,' jammerde ze.

'Je pijn doen? Ik ga je genot bezorgen tot de dood erop volgt.'

'Ooo, nee!'

'Ja, dit wordt heel leuk, lekker speeltje van me.'

'Laat me met rust, alsjeblieft!'

'En jij bent helemaal vastgebonden en ligt op mij te wachten.'

Ze trok aan haar armen en probeerde met haar benen te wiebelen, maar het haalde niets uit. Ze lag echt goed vastgebonden. Hij ging naast haar staan en streek met een gehandschoende vinger langs haar hals, over de heuvel van haar borst, om de tepel, die hard werd van verlangen, omlaag over haar buik, door het beursje en tussen haar benen, waar hij bleef liggen.

Ze gingen zo op in hun spel dat ze het geritsel in de tuin beneden niet hoorden, en het luide gefluister van de politie die het huis inmiddels omsingeld had ook niet. De buurvrouw keek gefascineerd vanuit haar badkamerraam toe. Een agent klom in ijltempo de ladder op. Toen hij bij het raam kwam, gluurde hij naar binnen en zag dat de inbreker op het punt stond om zijn slachtoffer met een reusachtige erectie te bestijgen.

Met de snelle, soepele bewegingen van de kat die meneer Atwoord nooit zou zijn, sprong de agent de kamer binnen en drukte hem tegen de grond. Voor meneer Atwoord wist wat er gebeurde, lag hij geboeid en hulpeloos op de grond en werd de panty zo hardhandig van zijn hoofd getrokken dat hij er een gekneusde neus aan overhield. Het licht ging aan en de kamer vulde zich met de bekende gezichten van de politieagenten van Dawcomb Devlish, die hem verbijsterd stonden aan te staren. Ze keken van meneer Atwood naar Jennifer, die er als een varken bij de slager vastgebonden open en bloot bij lag. Slechts één van hen had het fatsoen om zijn ogen af te wenden. Op een gegeven moment gooide een van de agenten een handdoek over haar blote lichaam en begon de touwen los te maken.

'Dit is een vreselijk misverstand,' zei meneer Atwood, naar adem happend.

'Alles wat u zegt kan en zal voor de rechter tegen u worden gebruikt.'

'Ik breek hier niet in, ik doe een rollenspel met mijn maîtresse. Godallemachtig, dit slaat nergens op!'

'Meekomen!' zei agent Dillon, en hij hees hem overeind.

Meneer Atwood keek omlaag en zag dat zijn zojuist nog zo trotse erectie tot een roze wormpje was verschrompeld. 'Nou, als u per se wilt dat ik met u meega, trekt u dan alstublieft mijn broek omhoog!'

De volgende ochtend had het verhaal zich als een lopend vuurtje verspreid en had men het in Dawcomb Devlish over niets anders. Meneer Atwood kwam niet naar kantoor, en dat was maar goed ook, want buiten stond een groep fotografen van de landelijke dagbladen. De menigte toeschouwers werd alleen maar groter, totdat agent Dillon dranghekken moest neerzetten om te zorgen dat het verkeer niet stagneerde.

'Ze dachten dat ze Baffles te pakken hadden,' zei Sylvia, en uit haar ogen sprak een en al vrolijkheid. 'Moet je je voorstellen, meneer Atwood nota bene!'

'Het gaat mijn voorstellingsvermogen te boven,' beaamde Clementine, terwijl ze naar de deinende menigte buiten keek.

'Moet je je voorstellen dat hij zich verkleedt en doet alsof hij bij het huis van jullie receptioniste inbreekt.'

'Ik wist wel dat hij een verhouding met haar had, want die idioot heeft me een keer meegenomen om een armband voor haar te kopen. Kon hij nou echt niet bedenken dat ik die armband zou herkennen als zij hem om had en dat ik dan meteen wist hoe laat het was?'

'Misschien denkt hij dat jij niet goed kunt klokkijken.'

'Misschien is hij Baffles wél, en is dit een dubbele misleiding,' opperde Clementine.

'Zo slim is hij niet.'

'Ik vraag me af of we Jennifer vandaag nog te zien krijgen.'

'Of dat we haar ooit nog te zien krijgen!'

'Ik zou het land uit gaan als mij dat was overkomen.'

Sylvia giechelde. 'Ik vind het wel een spannend idee. Bij de juiste man zou ik er behoorlijk opgewonden van raken.'

'Dus niet bij meneer Atwood?'

Ze moesten allebei lachen. 'Nee, níét bij meneer Atwood! Ik stel voor dat we de tent sluiten voor vandaag en dat we lekker gaan lunchen.'

'Kijk, dat noem ik nog eens een goed idee,' beaamde Clementine, en ze pakte haar tas. 'De vissenkom is niks voor mij.'

'En, hoe loopt het allemaal met Rafa?' vroeg Sylvia, terwijl ze op het terras van de brasserie een slok nam van een glas pinot noir.

'O, niets te melden.'

'Maar het is pas een week gaande!'

'Ik weet het. Ik kan ook niet verwachten dat het meteen storm loopt. Ik heb alleen het gevoel dat ik hem al mijn hele leven ken.' Ze haalde haar schouders op, want ze wilde niet dat Sylvia merkte hoezeer het haar aan het hart ging.

'Je moet weggaan, zodat hij je zal missen.'

'Tot september ga ik helemaal nergens naartoe.'

'Dat is te laat. Je moet nu weggaan.'

'En waar moet ik volgens jou dan heen?'

'Maakt niet uit. Verderop in de straat voor mijn part, zolang hij maar denkt dat je weg bent.'

'Ik heb niet genoeg geld, of vakantiedagen.'

'Jammer. Door afwezigheid wordt het hart vuriger.'

'Of het hart vergeet alles helemaal.'

'Dat is niet erg waarschijnlijk, schatje. Vertrouw mij nou maar. Ik ben een kei in *hard to get* spelen.'

Clementine lachte, want ze nam aan dat Sylvia dat ironisch bedoelde, maar die keek haar heel ernstig aan.

Ze kuchte. 'Je hebt ongetwijfeld gelijk,' zei ze toen maar vlug. 'Als iemand het koelbloedig kan spelen, ben jij het wel.'

Rafa keek Marina na toen ze in haar auto de oprit af reed en liep toen schielijk naar het stallencomplex. Grey was met zijn boot het water op, de schilders waren druk bezig in de moestuin en Harvey was op het dak met lijm, touw en duct-tape een van de schoorstenen aan het repareren. Meneer Potter zat in de kas thee te drinken met biscuitjes erbij, met Koekie naast zich, en Bertha was Rafa's kamer aan het opruimen, waarbij ze er zo lang mogelijk over deed om zijn kleren van de avond ervoor op te vouwen en op te hangen.

Hij liep de trap op en stak de overloop over naar de kamer van Marina en Grey. De geur van haar parfum dreef de gang in en bleef in zijn neusgaten hangen alsof ze vlak voor hem stond. Hij keek even angstvallig om zich heen en ging toen naar binnen. Maar hij had zich geen zorgen hoeven maken; er was niemand. Het bed was niet opgemaakt en lag te wachten op de komst van Bertha. Het raam stond wijd open, met een schitterend uitzicht op zee. Terwijl zijn hart in zijn keel bonkte, begon hij heel voorzichtig dingen op te pakken. Ze had niet veel snuisterijen staan, en hij kon niets ongewoons ontdekken.

Hij trok haar laden open en ging met zijn handen over de bodem en langs de achterkant om te voelen of er verborgen voorwerpen lagen. Maar er lag niets achter de kleren weggestopt, en hij schaamde zich dat hij haar privacy had geschonden. Toen hij bij haar kast kwam, zag hij een mooie gebloemde archiefdoos, die deels schuilging onder haar schoenen, en zijn hart sprong op. Hij schoof de schoenen opzij en haalde de doos tevoorschijn. Met bevende handen maakte hij hem open. Hij zat vol brieven. Het papier was vergeeld, dus ze waren oud. Hij hield zijn adem in. Hij pakte de bovenste brief eruit. Maar toen zag hij tot zijn teleurstelling dat het een liefdesbrief van Grey was, uit 1988. Hij zocht nog dieper in de doos, maar het waren allemaal brieven van Grey of kinderfoto's van Jake en Clementine.

Hij vond hun trouwboekje en een paar foto's van hun trouwdag. Hij ging met zijn hand helemaal naar de bodem en haalde de laatste brief eruit, in de hoop dat er iets onthullends in zou staan. Maar het was een gedicht, uit een boek getiteld *My Marine Marina* gescheurd, uit 1968, van John Edgerton. Hij las het en de tranen sprongen hem in de ogen, want het had over haar kunnen gaan. 'O, trieste ziel die smacht naar zee / Rusteloos en ontevreê / Je droomschip, nu een wrak zo diep / Toen 't op de klippen van je wanhoop liep. Het was een gedicht over liefde, maar ook over verlies. Hij vroeg zich af of ze de dichter had gekend en of hij het soms voor haar had geschreven.

Plotseling hoorde hij de voordeur opengaan en dichtslaan. Hij stopte de doos snel terug in de kast en zette de schoenen er weer bovenop. Hij liep snel de kamer uit. Toen hij de overloop op liep, verbraken de planken met een luid gekraak de stilte. Jake hoorde hem en keek vanuit de gang beneden naar boven. 'Rafa! Wat doe jij daar?' vroeg hij, en hij keek argwanend naar hem op.

'Ik zoek Koekie,' antwoordde Rafa, en hij probeerde daarbij nonchalant te klinken. Hij stak zijn handen in zijn zakken. 'Hij loopt wel eens de trap op en gaat dan op het bed van je vader liggen.'

'O ja?' Jake was niet overtuigd.

'Maar hij is er nu niet.'

'Waarom zoek je hem?'

'Ik wil hem door mijn leerlingen laten schilderen.'

'Echt waar?' Jake keek hoe hij de trap af liep. 'Zeg, heeft Harvey jou onlangs niet naar het huis van Edward en Anya Powell meegenomen?'

Rafa knikte. 'Ja, daar hebben we de duiventil geschilderd.'

'Hmm.'

'Hoezo?'

'Zomaar,' antwoordde Jake, en hij wreef peinzend over zijn kin.

Hij keek de kunstenaar na toen die het huis uit liep en naar het hotel wandelde. Plotseling kreeg hij het akelige gevoel dat Rafa niet was wie hij leek te zijn.

32

Die avond nam Jake Clementine apart. 'Ik moet je even spreken,' zei hij ernstig.

Ze liep achter hem aan de bibliotheek in. 'Wat is er aan de hand?'

'Het gaat om Rafa.'

'Wat is er dan met hem?'

'Ik heb hem betrapt toen hij vanochtend in het stallencomplex aan het rondneuzen was.'

'Wat versta jij onder "rondneuzen"?'

'Nou, hij was niet in de keuken thee aan het zetten.' Clementine wierp hem een vernietigende blik toe. 'Hij was boven op de overloop.'

'Heb je gevraagd wat hij daar deed?'

'Hij zei dat hij Koekie zocht.'

'Dat zou toch ook best kunnen?'

'Welnee! Hij was Koekie helemaal niet aan het zoeken. Hij liep rond te neuzen.'

'Weet je het zeker?'

'Honderd procent. Hij deed heel schichtig.'

'Wat probeer je nou te zeggen?'

'Je weet dat Harvey hem heeft meegenomen naar het huis van de Powells voordat daar werd ingebroken.'

Clementine slaakte geschrokken een kreetje. 'Je wilt toch niet suggereren dat hij Baffles is, hè?'

'Vind jij het dan niet toevallig dat er uitgerekend in het huis waar hij geweest is kort daarna wordt ingebroken?' Clementine was zo verbijsterd dat ze geen woord kon uitbrengen. 'Hij is daar gaan kijken omdat hij wilde weten of het een geschikte plek voor zijn schilderleerlingen was. Hij moet de keuken in zijn gegaan en de ring op de vensterbank hebben gezien.'

Clementine geloofde haar oren niet. 'Hoe dúrf je dat zelfs maar te suggereren! Het is helemaal niets voor hem om oneerlijk te zijn.'

'Geloof je echt dat hij er als kunstenaar genoegen mee neemt om de hele zomer tegen kost en inwoning oude dametjes te leren schilderen? Denk nou eens na. Waarom was hij om te beginnen in deze buurt? Om in landhuizen en hotels in te breken. Dan ziet hij Marina's advertentie in de plaatselijke krant en denkt: aha, ik ga deze zomer undercover en dan verdenkt niemand me.'

Clementine kneep haar ogen vol ongeloof tot spleetjes, maar Jake ging verder, want het sneeuwbaleffect van zijn hypothese beviel hem wel. 'Hoor eens, hij zit hier midden in Devon, omringd door grote dure huizen, en tot de meeste daarvan heeft hij toegang, doordat Marina hem per se aan al haar vrienden wil voorstellen. Een betere dekmantel bestaat er niet. Er zal echt niemand met een beschuldigende vinger naar hem gaan wijzen, toch?'

'Ik weet het niet, hoor, Jake.' Maar Clementine schaamde zich omdat er toch een piezeltje twijfel bij haar was gezaaid.

'Ik heb hem altijd al een lepe gozer gevonden. Het was van meet af aan te mooi om waar te zijn.'

'Nou, je hebt anders geen bewijs.'

'Dat vind ik nog wel.'

'Hij is een heel goede schilder.'

'Dat is toeval.'

'Als hij inbreker was, zou hij dan niet een stervensduur horloge dragen of in een opzichtige auto rijden?'

'Alleen als hij een heel domme inbreker was, en dat is hij duidelijk niet.' Hij grijnsde haar toe. 'En jíj bent verliefd op hem geworden, waar of niet?'

Clementine was woest. 'Als hij zo'n schurk was als jij denkt, zou hij me weken geleden al verleid hebben.'

'Nee hoor. Dat zou hem maar van zijn doel afleiden.'

'Ik geloof er niks van, Jake. Jij moest hem van begin af aan al niet, omdat je jaloers bent. Hij is knapper dan jij, slimmer dan jij – wat niet zo moeilijk is, mag ik er wel bij zeggen – en hij is stukken charmanter. Geen wonder dat je hem niet kunt uitstaan.'

'Ik heb een goede neus voor onoprechte mensen.'

'Ga je het aan Marina vertellen?'

'Nog niet.'

'Mooi, want ze gelooft je toch niet.'

'Ik zorg wel dat ik bewijs vind.'

'De Ruebens komen dit weekend. Daarmee heeft ze wel genoeg aan haar hoofd.'

'Ach, de Ruebens.' Hij trok een gezicht. 'Die hebben hun zinnen op dit pand gezet, zoveel is zeker.'

'Als ze een bod doen dat papa niet kan weigeren, stort Marina zich van het klif.'

'Doe niet zo dramatisch. Ze komt er wel overheen. Dan kopen ze ergens anders iets.'

'Jij begrijpt het gewoon niet, hè?' viel ze tegen hem uit. 'Dit is voor Marina veel meer dan alleen maar een thuis. Dit is haar kind.' Jake had het fatsoen om enigszins beschaamd uit zijn ogen te kijken. 'En denk maar niet dat ze het wel redt, want ze redt het niet. Ze zal er kapot van zijn, en niets zal haar er dan weer bovenop kunnen helpen.' Ze beende weg de gang in en Jake keek haar verbaasd na.

Clementine zat in haar kamer na te denken over wat Jake tegen haar had gezegd. Haar intuïtie zei haar dat hij het bij het verkeerde eind had. Rafa was geen inbreker. Hij was zachtmoedig, vriendelijk en meelevend. Als hij een inbreker was, zou hij meedogenloos en onbetrouwbaar zijn, en ze wist zeker dat hij dat niet was. Toch kon ze het knagende gevoel dat hij iets voor zich hield niet van zich af zetten. Jake had die twijfel aan het licht gebracht en nu moest zij toegeven dat die er al die tijd al was geweest en dat die als klei op de bodem van haar geluk had gelegen. Was hij te mooi om waar te zijn? En als hij de inbreker niet was, wat was hij dan wel?

Nog veel zorgwekkender dan de verdenkingen van Jake was het feit dat het Polzanze in zijn voortbestaan werd bedreigd, en wat dat verlies voor Marina zou betekenen. Ze merkte tot haar verbazing dat de gedachte dat Marina gedwongen zou worden om datgene wat haar het liefst was op te geven haar een scherpe pijn in het midden van haar borst bezorgde. Ze legde haar hand op die plek. Kon ze maar helpen, maar ze kon niets doen. Als haar vader echt in financiële problemen verkeerde en de Ruebens een goed bod deden, zou hij het hotel verkopen. De arme Marina zou er kapot van zijn. Ze zou er nooit overheen komen. De pijn werd verzacht doordat ze plotseling een ingeving kreeg: ze zou bij haar blijven en niet naar het buitenland gaan. Dat zou ze doen. Ze zou Marina helpen om ergens anders opnieuw te beginnen. Ze zouden samen een nieuw hotel opzetten, een hotel dat nog mooier was dan het Polzanze.

Met die gedachte voelde ze zich meteen een stuk beter. Ze richtte haar aandacht weer op Jake en zijn bespottelijke theorie. Alsof Rafa Baffles kon zijn; het idee alleen al was te zot voor woorden!

Op vrijdag 12 juni arriveerden Charles Rueben en zijn ijzige vrouw Celeste voor het weekend. Marina had Grey gesmeekt om te zeggen dat ze vol zaten, maar dat had hij geweigerd. Hij had hen nodig, ook al was het nog zo moeilijk voor hem om dat daadwerkelijk toe te geven.

Het goot van de regen, en Marina hoopte dat ze er daardoor van af zouden zien, want het pand zag er erg grauw uit bij slecht weer. Zware donkere wolken hingen laag boven zee en een koude wind geselde tegen het klif en joeg over het dak, dat kreunde alsof het tegen de nieuwe gasten protesteerde.

Marina moest Celeste meteen al niet. Ze was bijna een meter tachtig lang en zo mager dat ze zo ongeveer verdween als je haar van opzij zag. Ze had nog wel iets van een ijskoude schoonheid, met lichtblauwe ogen, zwaar opgemaakt met eyeliner en mascara, en wit haar dat in een strakke bob tot op haar schouder was geföhnd. Haar jukbeenderen waren hoog en net zo scherp als de grote diamanten die in haar oorlelletjes glinsterden, en ze had lange, rimpelige vingers. Haar lippen waren dun en in de afkeurende tuitmond van een zeer ongelukkige vrouw geperst. Ondanks haar kostbare crèmekleurige kasjmieren trui, haar Birkin-tas van zwart kroko en bijpassende schoenen van Ralph Lauren, zag ze eruit als een vrouw die geen enkele illusie meer over haar leven koesterde.

'Wat een curieus huis,' zei ze met nasale stem toen ze de gang in liep, gevolgd door Tom en Shane, die met haar bagage van Louis Vuitton achter haar aan gewankeld kwamen. 'Dan bent u zeker Marina.' Ze keek hooghartig en produceerde een strak glimlachje, voor zover haar recente facelift dat toeliet.

Marina stak haar hand uit en glimlachte beleefd, hoewel haar ogen vijandig bleven staan. 'Hartelijk welkom,' zei ze. De heer en mevrouw Rueben waren de vijand, die zich haar huis binnenpraatte om het vervolgens voor zichzelf in te pikken. Grey begroette de vrouw hartelijk, want onhebbelijkheid lag nu eenmaal niet in zijn aard. Marina keek door de open deur naar buiten en zag Charles Rueben met zijn BlackBerry tegen zijn oor gedrukt over het grind heen en weer lopen, terwijl zijn chauffeur met een grote golfparaplu achter hem aan liep. Hij was klein en gezet, met de dikke buik van een man die veel tijd in restaurants doorbrengt. Hij was kaal en had een vlezig gezicht, breed als dat van een pad. Toen hij eindelijk dan toch binnenkwam, schudde hij de regen van zijn trenchcoat en klaagde met een sterk plat Londens accent over het slechte bereik. 'Je zou bijna denken dat we hier in de rimboe zitten. Ik was vorige week nog in het binnenland van India en daar was het bereik echt super. Nou, wat zegt dat over Engeland?'

'Gebruikt u gerust de telefoon in uw kamer,' zei Grey.

'Er zit niets anders op, vrees ik.' Hij schudde Grey de hand en glimlachte. 'Mooi hotel hebt u.'

'Dank u wel,' antwoordde Grey. 'Het is Marina's hotel, eigenlijk.'

'Aangenaam,' zei hij tegen Marina, en hij schudde haar ferm de hand. 'Ik heb er al veel over gehoord, dus ik dacht: ik ga zelf maar eens kijken.'

'Mag ik u voorstellen aan de bedrijfsleider, mijn zoon Jake?' Grey was zich bewust van de toenemende afkeer van zijn vrouw en er was hem veel aan gelegen haar zo ver mogelijk bij de heer en mevrouw Rueben uit de buurt te houden.

'Een familiebedrijf, dat mag ik wel,' zei Charles. 'Heb ik u al voorgesteld aan mijn vrouw? Celeste.'

Zijn vrouw sprak, anders dan hij, op een krakerige, chique jammertoon. 'Wij hebben allang kennisgemaakt, hoor,' wierp ze tegen. 'Jij hebt tien minuten lopen bellen. Dacht je dat ik hier had staan kijken hoe de bloemen verwelken?'

'Ik zal u uw kamer laten zien,' zei Grey.

Marina keek hen na toen ze de hal uit liepen en zette als een tijger met territoriumdrift al haar haren overeind. Het zware bloemige parfum van Celeste bleef hangen en Marina stond erop dat de deur openbleef tot de lucht weg was. Ze keek naar het schitterende bloemstuk van witte lelies en rozen, waarvan er geen een zelfs maar in de buurt van verwelken kwam, en bedacht dat ze Celeste Rueben de meest onbeschofte vrouw vond die ze ooit had ontmoet.

De telefoon ging en Jennifer, die na het gênante voorval met meneer Atwood weer op haar post zat, nam met haar meest professionele stem op. 'Het is voor u, mevrouw Turner. Clementine.'

Marina nam hem aan het bureau. 'Clemmie.'
'Zijn ze er al?'
'Ja, ze zijn er net.'
'Wat zijn het voor mensen?'
'Verschrikkelijk.'
'Als ze een dier was, wat voor een zou ze dan zijn?'
Marina moest lachen. 'Een albino-hyena met diamanten om.'
'Geweldig. En hij?'
'Een pad in suède en kasjmier.'
Ze liet haar stem dalen. 'Heb je morele steun nodig? Ik kan hier elk moment weg. Na die inbraakvertoning van meneer Atwood kan ik doen waar ik zin in heb.'
Marina keek even naar Jennifer, die druk in de weer was met de agenda, en onderdrukte een glimlach. 'Ik red me wel, maak je maar geen zorgen. Ik kan het wel aan. Grey wil per se dat we ze vorstelijk ontvangen, dus ik ga ze overladen met vriendelijkheid.'
'Kun je ze niet gewoon hun gang laten gaan?'
'Neem nou maar van mij aan dat dit het soort mensen is dat erop staat om beziggehouden te worden.'
'Goed, maar bel me als je hulp nodig hebt. Ik wil hier het liefst zo snel mogelijk weg, want het is een rotdag en er valt niks te beleven.'
'Kom dan vroeg naar huis, dan eten we samen. Als de situatie niet zo tragisch was, konden we er eens flink om lachen.'
'We zitten allemaal in hetzelfde schuitje, Marina. Eén voor allen en allen voor één. Als je dat maar goed onthoudt.'
'Dat zal ik doen, liefje. Bedankt voor het bellen. Ik vind het heel fijn dat je zo meeleeft.'
Ze liep de woonkamer in, waar de open haard was aangestoken om het vocht te verdrijven. Het was er gezellig en warm, en het rook er lekker naar brandend hout. Ze ging op de haardrand zitten en dacht aan Clementine en hoe ontzettend ze veranderd was. Ze was bijna de donkere schaduw vergeten die haar stiefdochter vroeger altijd en overal vergezelde. Het meisje had een gedaanteverandering ondergaan. Ze keek naar de serre, waar Rafa een groep jonge vrouwen uit Londen les gaf, en wist dat ze eigenlijk hém moest bedanken. Op de een of andere manier was door zijn aanwezigheid in het hotel alles veranderd.
De rust in de salon werd al snel verstoord door de jammerstem van Celeste. 'Het is vreselijk koud voor juni,' klaagde ze, terwijl ze naar een

van de banken liep. Toen ze zag dat Koekie lekker in de leunstoel lag, trok ze vol afgrijzen haar neus op. 'Lieve hemel, een hond. Zijn dieren in het hotel toegestaan?' Ze richtte haar vraag tot Marina.

'Natuurlijk. Maar Koekie woont hier. Hij hoort bij het meubilair.'

'Dus hij is van u?'

'Nou, hij is van ons allemaal en van niemand.'

'Gelukkig dat ik mijn goede broek niet heb aangetrokken.' Voordat ze ging zitten veegde ze met een hand over de bank.

'U hoeft niet bang te zijn, hij ligt nooit ergens anders dan in de leunstoel.'

Celeste liet haar blik de kamer rondgaan. 'De Somerlands hadden een uitstekende smaak qua inrichting, vindt u niet?' zei ze. Marina nam maar niet de moeite om haar te vertellen dat die smaak geheel en al de hare was. 'Hoe heet die mooie bloem ook alweer?' Ze weer op de schikking van paarse orchideeën op de salontafel aan de andere kant van het vertrek.

'Orchidee,' zei Marina.

'Nee, lieve kind, ik bedoel de volwassen naam.'

'Die zou ik niet weten,' antwoordde Marina, en ze beet op haar tong. 'Ik moet nog volwassen worden.'

Op dat moment kwam Grey de kamer binnen, samen met Charles, die helemaal een rood gezicht had van de opwinding. 'Grey geeft me even een rondleiding door de tuin,' verkondigde hij.

Marina raakte in paniek. Het idee dat ze hier alleen met Celeste achterbleef was haar net even te veel. 'Hebt u geen zin om ook mee te gaan?' vroeg ze hoopvol.

Maar Celeste installeerde zich lekker op de bank en sloeg haar armen over elkaar. 'Ik ga de regen niet in,' antwoordde ze vol afgrijzen. 'Doen jullie maar stoer, dan blijven de meisjes hier bij het vuur, hè Marina?' Heather kwam binnen met de thee. 'Goed getimed. Ik zou wel een moord kunnen doen voor een kopje thee. Is het Earl Grey?'

'Ja, mevrouw,' zei Heather, en ze zette het blad op de salontafel.

'O, koekjes. Daar blijf ik van af.'

'Het is zelfgemaakt shortbread,' zei Marina.

'Ik geloof het graag. Echt iets voor dit soort provincieplaatsjes. Ongetwijfeld heerlijk, maar ik sla even over. Ik ben niet zo slank gebleven door me vol te proppen met shortbread.'

Heather schonk haar een kopje thee in. 'Wilt u er melk in, mevrouw?'

'Is het sojamelk?'

'Nee, koemelk.'

'Volle melk of magere melk?'

'Volle melk.'

Celeste trok wit weg. 'Geef me er dan maar een schijfje citroen bij.'

Marina rolde met haar ogen naar Heather. Het zou een vermoeiend weekend worden.

Toen Rafa de salon binnenwandelde, ging Celeste gretig rechtop zitten. Marina stelde hen aan elkaar voor en zag dat Celeste meteen als een jong meisje begon te flirten. Ze was er kennelijk aan gewend bewonderd te worden, want het leek haar niet te deren dat dit onbetamelijk gedrag was tegenover een man die haar zoon had kunnen zijn. Ze giechelde verlegen en keek knipperend met haar dichte zwarte wimpers naar hem op. Rafa praatte haar naar de mond, vroeg haar dingen over haarzelf en keek haar op die intense manier van hem in de ogen, waardoor ze het gevoel kreeg dat ze de enige in het vertrek was met wie hij wilde praten. Marina vroeg zich af of hij dat expres deed, als gunst aan háár, of dat het onbewust was. 'Schilder je ook, Celeste?' vroeg hij.

'Vroeger was ik een heel goede schilderes,' antwoordde ze. 'Ik heb echt oog voor detail.'

'Kom mee, dan gaan we schilderen.'

Marina wist niet hoe snel ze haar moest aanmoedigen. 'O ja, dat moet u doen. Dan kunt u die meisjes laten zien hoe het echt moet.'

'O, maar ik heb al jaren niet geschilderd.'

'Schilderen verleer je nooit,' zei Rafa.

'Dat is net als fietsen,' viel Marina hem bij.

'Dan moet ik wel even iets anders aantrekken.'

'Ik heb wel een overall voor je,' zei Rafa. 'Kom, ik zou het echt leuk vinden.'

Celeste stond op. 'Wat een enig idee, een inwonende kunstenaar, Marina.'

'Dank u wel,' antwoordde ze, terwijl ze wachtte op de belediging. Die kwam echter niet. Celeste liep achter Rafa aan de serre in en Marina maakte zich uit de voeten – maar niet voordat Rafa achterom had gekeken en snel naar haar had geknipoogd.

Rond het middaguur kwam Charles, dolenthousiast, terug met Grey. Ze waren helemaal langs de top van het klif naar Dawcomb Devlish gelopen en hadden bij de Wayfarer een kopje koffie gedronken. 'Heerlijk hier,' zei hij opgetogen, verrukt inademend. 'Er gaat niets boven de zee en de geur van ozon om de luchtwegen vrij te maken en de geest tot rust te brengen. Er hangt hier een bijzondere energie. Die bevalt me wel. Die bevalt me heel erg zelfs.' Grey wilde zich vooral niet te veel opdringen en liet het echtpaar alleen, zodat ze samen in de eetzaal konden lunchen. De sommelier had eindelijk iemand getroffen die verstand had van goede wijn. Ze namen de wijnkaart gedetailleerd door en Charles koos een rode cabernet, Château Palmer '90, een van de duurste wijnen op de kaart. De sommelier danste bijna om de tafeltjes heen, zo popelde hij om de fles uit de kelder te gaan halen. Celeste had een paar uur met Rafa in de serre doorgebracht en was nu deskundig op het gebied van aquarelleren. Ze vertelde haar man dat de jonge kunstenaar haar had aangespoord om te gaan schilderen omdat hij een verwante ziel in haar had herkend, iemand die dezelfde natuurlijke flair en hetzelfde talent had als hij.

'Het probleem is,' legde ze uit terwijl de sommelier een bodempje wijn in het glas van haar man schonk en wachtte tot hij het had geproefd, 'dat de dagen gewoon te kort zijn om alle dingen te doen waar ik goed in ben.' Charles liet de wijn rondwalsen en bracht het glas toen naar zijn lippen. De sommelier wachtte; hij durfde bijna geen adem te halen. Deze cabernet was een van zijn lievelingswijnen en hij wist zeker dat een zakenman met smaak als meneer Rueben die zou weten te waarderen.

'Vol van smaak, en fruitig,' vond hij, en hij tikte tegen zijn glas. De sommelier schonk eerst het glas van mevrouw Rueben in en vulde toen dat van haar man bij. Tot zijn ontsteltenis zag hij dat de vrouw niet eens even vergenoegd glimlachte toen ze een slokje had genomen. Ze had het veel te druk met over zichzelf praten om nog oog te hebben voor de uitzonderlijke smaak van de wijn.

Na de lunch wilde Celeste graag verder schilderen. Charles ging naar zijn kamer om wat telefoontjes te plegen. Grey en Marina gingen terug naar het stallencomplex. Het was opgehouden met regenen en de zon liet zich zien en scheen op de natte bladeren, waardoor de regendruppels glinsterden als glas. Geen van beiden had zin om over de heer en mevrouw Rueben te praten. De implicaties waren veel te pijnlijk. Dus omzeilden ze het onderwerp, al bleef dat als een hel neonbord tussen hen in hangen.

Tegen etenstijd scheurde Clementine in haar Mini Cooper de oprit op, benieuwd naar de Ruebens. Ze trof Rafa in de serre, waar hij net de verf en penselen aan het opbergen was. 'En?' fluisterde ze, terwijl ze hem van achteren besloop.

Hij draaide zich om. 'O, jij bent het!' lachte hij. 'Je bedoelt vast niet hoe meneer en mevrouw Rueben waren.'

'Kom op, wat zijn het voor mensen?'

'*Pesados*,' antwoordde hij. 'Zwaar.'

'Waar zijn ze nu?'

'Weet ik niet. Marina en je vader zijn terug naar het stallencomplex. De sfeer is erg gespannen.'

'Ik weet het. Dat voel ik zo wel.' Ze keek even de salon rond naar de andere gasten die in groepjes thee zaten te drinken en sandwiches met ei aten, en vroeg zich af of zij het ook voelden.

'Ik kan gewoonweg niet geloven dat mijn vader daadwerkelijk bereid zal zijn het te verkopen.'

'Dat wil hij ook niet, Clementine.'

Ze keek hem ernstig aan. 'Het staat er heel slecht voor, hè?'

'Ik ben bang van wel. Ik wilde dat ik kon helpen.'

'Ik ook.' Ze legde een hand op zijn arm. 'Maar dat kan niet. We kunnen ze alleen maar steunen, en hopen dat de Ruebens het hier verschrikkelijk vinden.'

Hij grijnsde haar verdrietig toe. 'Dat is jammer genoeg uitgesloten. Het Polzanze heeft een bepaalde magie die je niet vaak aantreft.'

'Een magie die Marina met zich mee zal nemen als ze hier weg moet. Dan komt het er dus op neer dat ze een leeg omhulsel kopen.' Ze liep naar de glaswand en keek uit over de zonovergoten tuinen. 'Zullen we met Koekie gaan lopen?'

'Je hebt mijn gedachten gelezen, Clementine. Ik wil niets liever.'

Clementine week het hele weekend niet van Marina's zijde en beschermde haar tegen de stekelige opmerkingen van de hyena en maakte de vrouw achter haar rug om belachelijk om haar stiefmoeder aan het lachen te krijgen.

Dat Celeste van haar schilderlessen had genoten of dat Charles het heerlijk had gevonden om er met Greys boot op uit te gaan en vis te vangen zei helemaal niets, want als het gebeente van het hotel ze aanstond en ze kochten het, dan zouden ze de ingewanden er toch uit halen, net zoals ze bij al hun andere hotels hadden gedaan, en dan zouden ze het in elk opzicht veranderen.

Zondag brachten Grey en Charles lange tijd door in de bibliotheek, waar ze over boeken spraken. Toen ging de deur dicht en bleven ze daar tot de lunch zitten, en niemand wist waar ze het over hadden. Marina had er genoeg van en wilde niet bij hen gaan zitten. Ze zat met Clementine, Rafa en Koekie in de keuken, dronk koppen sterke thee en at van het shortbread dat Celeste geweigerd had te proeven. 'Ik weet dat hij Grey een aanbod doet dat hij niet kan weigeren,' zei ze, en ze wrong zich in de handen.

'Het staat hem altijd vrij om te weigeren,' zei Rafa hoopvol.

'Niet als we failliet zijn.' Ze zuchtte. 'Zo, dat is eruit. Je mag het best weten, Rafa. We zitten tot onze nek in de schulden en we verdienen gewoonweg niet genoeg.'

'Maar het hotel zit nu toch vol?' wierp Clementine tegen. 'Nu moeten we toch wel geld verdienen?'

'Tenzij je een petemoei hebt die met haar stokje kan zwaaien en ons een grote financiële injectie kan geven zijn we niet in staat onze schulden terug te betalen.'

'Er moet een oplossing te bedenken zijn,' zei Rafa.

Marina schudde haar hoofd. 'Als die al bestaat, is het mij niet gelukt te bedenken wat die dan zou zijn.' Ze begon op de nagelriem van haar duim te knauwen, want het was niet helemaal waar wat ze gezegd had. Er was wél een oplossing, en die was haar op haar meest radeloze momenten vaak te binnen geschoten. Aanvankelijk was het niet meer dan een dolende troosteloze gedachte van iemand die volkomen over zijn toeren was. Toen de mogelijkheid dat ze het Polzanze zouden kwijtraken reëel was geworden, waren die dolende gedachten steeds doelgerichter en strategischer geworden.

Maar onder haar verlangen om het hotel te redden lag een verlangen dat veel intuïtiever was. Aanvankelijk had ze er niet eens echt over durven nadenken, maar beetje bij beetje had het idee de vorm van een echte optie aangenomen en had haar hart zich gevuld met hoop. Was haar plan om het hotel te redden louter een excuus om haar in staat te stellen op haar schreden terug te keren en die verschrikkelijke fout goed te maken? Ze haalde zich de doos boven in haar kast voor de geest en huiverde bij de gedachte dat ze haar verleden weer moest binnengaan. Clementine zag haar huivering aan voor hulpeloosheid en pakte haar hand. Marina glimlachte flauwtjes tegen haar.

Eindelijk vertrokken de heer en mevrouw Rueben in hun Bentley met chauffeur en stond Grey in de deuropening van de keuken. Zelfs Koekie tilde zijn kop op om te horen wat hij te zeggen had. 'En?' vroeg Marina. Maar aan zijn sombere gezicht kon ze het al zien. 'O god, hij heeft een bod gedaan, hè?' Rafa keek Clementine snel aan. Ze dachten allebei hetzelfde. Ze draaiden zich om naar Marina, en terwijl die voor hun ogen ineen leek te schrompelen, keken ze machteloos toe. 'Is het een heel hoog bod?' vroeg ze met bevende stem.

'Het is het hoogste bod dat we ooit zullen krijgen,' antwoordde Grey. Hij schaamde zich te erg om toe te geven dat hij ergens opgelucht was dat hun eindelijk een uitweg uit hun financiële nachtmerrie was geboden.

'En wat ga je doen?'

Clementine kneep in Marina's hand. 'Je kunt het niet verkopen, pap. Er móét een andere oplossing zijn.'

Grey zuchtte en krabde op zijn hoofd. 'Ik weet alleen niet welke.'

Marina sloot haar ogen. In dat korte moment zag ze haar leven aan zich voorbijtrekken. Alsof er een filmspoel voor haar ogen werd afgespeeld zag ze hoe ze haar thuis, dat haar zo lief was, had opgebouwd. Harvey en zij, die lachend de gang stonden te schilderen; meneer Potter die op de nieuwe tractor die ze gekocht hadden de gazons maaide; Grey die in het weekend kwam en de vorderingen bewonderde; ze zaten in de serre, terwijl de regen tegen de ruiten sloeg, aten de biscuitjes van meneer Potter en bespraken wat voor planten ze zouden kopen en waar ze die zouden zetten. Ze hadden alles samen bedacht: Harvey, meneer Potter, Grey en zij. Ze waren een team geweest, een familie. Ze had haar droom werkelijkheid laten worden, puur op wilskracht, en die water gegeven met liefde. Hij was groter en mooier geworden dan ze zich ooit had kunnen voorstellen. Die liet ze zich door niemand afpakken. Niet nu. Niet nu ze hem het hardst nodig had.

'Ik weet wel iemand die kan helpen,' zei ze, en ze stak haar kin naar voren. 'Eén iemand, als jullie het goedvinden dat ik diegene om hulp vraag.'

33

Het werd stil in de keuken. Rafa, Clementine en Grey staarden Marina verbaasd aan.

'Wie dan?' vroeg Grey. Hij dacht dat ze alle mogelijkheden al onder de loep hadden genomen.

Marina keek gegeneerd. 'Een oude vriend.'

Grey fronste zijn wenkbrauwen. 'Hoe bedoel je, een oude vriend?'

'Het ligt nogal ingewikkeld. Het is iemand die ik van heel vroeger ken.'

'En waar is diegene?'

Ze aarzelde en vlocht haar vingers in elkaar. 'In Italië.' Het woord werd op hen losgelaten, zodat ze er verbijsterd naar konden kijken. Maar niemand was zo verbijsterd als Marina zelf.

'In Italië?'

'Ja.'

'Hoezo ken jij iemand in Italië? Laat staan iemand die in staat is je uit te kopen?' Grey keek haar over de tafel heen aan. 'Lieveling, hier sta ik echt van te kijken. Waarom heb je me nog nooit eerder over die man verteld?'

Marina trok geëmotioneerd met haar mondhoeken en haalde diep adem om haar zenuwen tot bedaren te brengen. 'Je moet me vertrouwen, lieveling, en verder geen vragen meer stellen. Alsjeblieft. Het is een lang verhaal. Als ik niet ten einde raad was, had ik niet eens aan die vriend gedacht. Maar ik ben wél ten einde raad.' In de stilte die hierop volgde voelde ze iets diep in haar hart trekken. Ze realiseerde zich dat ze al heel, heel lang ten einde raad was en dat ze pas nu, nu ze op de grens stond waar verleden en heden tegen elkaar botsten, inzag wat de ware reden achter haar plan was – en dat was niet het Polzanze. Ze moest weer denken aan de doos die boven op haar kast verstopt lag, en de tranen sprongen haar in de ogen.

Grey geloofde zijn oren niet. 'Ik wil niet dat jij half Europa door reist om bij een man die ik nog nooit heb ontmoet om geld te bedelen.'

'Dit ligt anders, lieveling – en ik ga niet bedelen.'

Grey trok een stoel naar achteren en ging zitten. Hij vond het maar niks dat zijn vrouw geheimen voor hem had, en al helemaal niet als het om geld ging. Hij keek haar ernstig aan. Toen zag hij iets in haar ogen waardoor hij van gedachten veranderde: hetzelfde verlangen dat hij gezien had wanneer hij haar troostte als ze een nachtmerrie had gehad, diezelfde hunkering die haar ertoe bracht om langs het strand te lopen en uren over het water uit te kijken. Op dat moment wist hij dat de bron van haar onrust in Italië lag, en dat dat de reden was waarom ze daarnaartoe moest.

'Goed dan,' zei hij zacht, want hij gaf zich gewonnen. Hij pakte haar hand. 'Maar ik kan niet met je mee.' Ze begreep dat hij het vervelend vond om een vreemde om hulp te vragen. 'Dit is jouw bedrijf, Marina.'

'Ik ga alleen. Ik red me wel.'

Hij glimlachte liefdevol naar haar. Ze realiseerde zich niet hoe kwetsbaar ze eruitzag. 'Schat, het lijkt me niet verstandig om alleen te reizen. Waarom neem je Clementine niet mee, of Jake?'

'Nee, echt, ik red me wel,' hield ze vol.

'Ik ga wel met je mee,' stelde Rafa voor. Marina en Grey keken hem aan; ze waren bijna vergeten dat hij er ook bij zat. 'Om te beginnen spreek ik de taal.' Hij haalde zijn schouders op. 'En ik ben een goede chauffeur.'

'Heel attent van je dat je dat aanbiedt, Rafa,' zei Grey. Hij draaide zich om naar zijn vrouw. 'Dat lijkt me een verstandig plan. Ik zou er veel geruster op zijn als ik wist dat er iemand bij je was.'

'Goed, dat is dan geregeld,' zei Marina. Ze glimlachte zwakjes, als een leeggelopen band die duizenden kilometers heeft gereden en echt niet meer verder kan. 'Het is onze laatste kans.'

Grey knikte. 'Als het niks oplevert, gaan we in op het bod van Charles Rueben. Dan beginnen we ergens anders opnieuw.' Maar Marina luisterde al niet meer. Ze was al in Italië en liep door de lanen van haar verleden.

Later die avond, toen Clementine en Rafa Koekie op de top van het klif uitlieten, lieten ze de vreemde sessie in de keuken de revue nog eens passeren. 'Waar ging dat over?' vroeg Clementine.

'Ik heb geen idee. Heel bizar.'

'Wie gaat ze in Italië opzoeken? Een oude geliefde?'

'Alles is mogelijk.'

'Je moet me sms'en. Ik popel om het te horen.'

'Het moet wel een heel bijzondere oude geliefde zijn als ze hoopt dat hij zo'n gigantische cheque voor haar zal uitschrijven.'

'Wie kan er nou met dat soort bedragen strooien?' Ze was zich ervan bewust dat hij haar vreemd aankeek. 'Waarom belt ze hem niet gewoon? Als hij zo'n goede vriend van haar is, waarom belt ze hem dan niet om hem om een lening te vragen?'

'Clementine, ik moet je iets vertellen,' zei hij plotseling. Ze draaide zich om en zag dat hij helemaal bleek was, tot zijn lippen aan toe.

'Gaat het wel met je?'

'Nee.'

Clementine wilde zijn bekentenis niet horen. Als hij Baffles was, wilde ze het liever niet weten. Hij moest maar in het geheim verdergaan met inbreken, dan konden ze hun vriendschap ongestoord voortzetten. Ze wilde dat alles bleef zoals het was. Als hij schuld bekende, zou hij alles verpesten. 'Ik was laatst in het stallencomplex...' begon hij.

'Dat weet ik. Jake heeft je daar gezien.'

'Ik zei dat ik Koekie zocht.'

'Maar dat was niet zo.'

'Nee.'

'Ik weet zeker dat Jake je verkeerd heeft beoordeeld. Maak je om hem maar geen zorgen. Hij is een beetje jaloers op je, maar dat had je waarschijnlijk al door.'

'Jake heeft me niet verkeerd beoordeeld. Ik zocht iets anders.'

'Ik wil het niet weten,' barstte ze uit, en ze drukte haar handen tegen haar oren. 'Als je een geheim hebt, hou dat dan alsjeblieft voor je.'

Hij keek haar stomverbaasd aan. 'Maar ik wil het je juist vertellen. Ik wil het opbiechten.'

'Waarom? Wat heeft dat voor zin? Je bekent iets heel ergs en dan kunnen wij geen vrienden meer zijn.'

'Nee, zo is het niet.' Hij pakte haar handen en trok die van haar oren.

'Ja, zo is het wel. Je bent hier helemaal niet gekomen om oude dametjes te leren schilderen, hè?'

'Nee, maar...'

'Heb je ons met een reden uitgezocht?'

'Ja.'

Clementine voelde een golf van emotie in haar borst omhoogkomen en trok haar handen los. 'Vertel me alsjeblieft niet waarom. Ik kan het niet aan. Ik vertrouwde je.' Ze was zo van slag dat ze het strand op rende.

'Clementine, wacht! Het is niet wat je denkt! Ik bedoelde het goed.'

Ze bleef staan en draaide zich om. Ze had de wind in de rug, zodat haar haar tegen haar wangen sloeg. 'Je begrijpt het niet, hè?' Je begrijpt niet dat ik verliefd op je ben, riep ze hem in stilte toe. Toen zei ze er hardop achteraan: 'Ik hoop dat je vindt waarnaar je op zoek bent.'

Hij keek haar na. Hij had achter haar aan kunnen rennen en haar alles kunnen vertellen, maar hij wist nu vrijwel zeker dat hij was waar hij wezen moest. Maar Grey wist niets over het verleden van Marina, en daar had Rafa geen rekening mee gehouden. Hoe zouden ze zich voelen als hij hun werkelijkheid plotseling op zijn kop zette en hun vertelde wie hij echt was? Hij ging op het zand zitten en nam zijn hoofd in zijn handen. Iets in hem wilde zijn koffers pakken, teruggaan naar Argentinië en de hele toestand achter zich laten. Maar ergens wist hij ook dat hij met Marina naar Italië moest gaan. Als hij nog enige hoop had om Clementine voor zich te winnen, moest hij de hele waarheid kennen.

Clementine lag in haar kussen te snikken. Ze wist dat ze beter had kunnen wachten op wat Rafa te zeggen had. Haar optreden was net zo beroerd geweest als de slechtste soap, waarin de personages al bij elkaar weglopen voor ze elkaar hebben laten uitspreken. Maar ze kon het niet aan om hem van zijn voetstuk te zien vallen. Ze durfde het risico niet aan dat ze verliefd was geworden op een luchtspiegeling, op een slim in elkaar gezet beeld. Ze wilde niet als Sylvia worden, met haar cynische kijk op de liefde. En nu? Hoe konden ze ooit de draad weer oppakken? Ze had net zo goed wel naar hem kunnen luisteren, want nu was alles tussen hen veranderd en had ze niet eens de genoegdoening dat ze wist wat of wie hij in werkelijkheid was.

Marina en Rafa vertrokken de volgende ochtend al voor zonsopgang naar het vliegveld, terwijl het Polzanze nog sliep. Ze namen de trein naar Heathrow, via Londen, en vlogen naar Rome. Er waren heel veel dingen die Rafa haar wilde vragen, maar hij hoedde zich ervoor inbreuk te maken op datgene wat Marina als haar eigen geheime avontuur beschouwde. Ze was zich er niet van bewust dat het dat ook voor Rafa was.

Marina was zenuwachtig. Ze beet op haar nagels, zat te frunniken en het lukte haar niet om het tijdschrift te lezen dat gedurende de hele vlucht op dezelfde bladzijde opengeslagen bleef liggen. Ze was voor haar doen heel stil en antwoordde met eenlettergrepige woorden op zijn opmerkingen. De croissant op haar blad bleef onaangeroerd. Op de luchthaven van Rome vroeg ze of hij een huurauto wilde regelen, hetgeen hij in vloeiend Italiaans deed, terwijl zij als een windhond die zich op een race voorbereidt liep te ijsberen. Maar eindelijk reden ze dan toch met een kaart en twee bekers koffie over het Toscaanse platteland naar een obscuur plaatsje met de naam Herba.

Rafa concentreerde zich op de weg, terwijl Marina naar buiten keek, naar de inktachtig groene cipressen, de torenhoge parasoldennen en de Italiaanse boerenhoeven met hun rode pannendaken en zandkleurige muren. Er woei een warme bries door de open ramen naar binnen, die de geuren van wilde tijm, rozemarijn en pijnbomen met zich meebracht. Ze leunde met haar elleboog in het open raam en klemde haar vinger tussen haar tanden. Ze had het gevoel alsof ze naar een reusachtige deur toe reed en dat ze maar één kans kreeg om die open te maken. Als ze daar niet in slaagde, ging die voor altijd dicht, met daarachter datgene waar ze haar hele leven al naar op zoek was. Nu ze in Italië was, leek het Polzanze heel ver weg en op de een of andere manier minder belangrijk. Haar focus lag anders, het masker gleed weg – misschien was het Polzanze al die tijd niet meer dan een scherm geweest, dat het enige wat er echt toe deed aan het zicht onttrok, het enige wat ooit echt belangrijk was geweest. Ze veegde een traan weg en probeerde zich op haar plan te concentreren.

Het was vroeg in de avond toen de auto stilhield voor de poorten van La Magdalena. Het licht was zacht geworden, de schaduwen lang. Het gele palazzo aan het eind van de oprit gluurde nieuwsgierig de laan in. Een beveiligingsmedewerker boog zich naar het raampje. 'Marina Turner,' zei ze. De man knikte en ging zijn hokje weer binnen om de poorten elektronisch open te doen. 'Rij maar door,' zei ze. Rafa deed wat hem was gezegd en reed het pad op. Hij durfde niet naar Marina te kijken; hij wist zo wel dat ze huilde.

Hij zette de auto stil voor het huis. 'Rij jij maar terug naar Herba, dan kun je daar wat rondkijken,' stelde ze voor. 'Geef me een paar uur de tijd.' Hij keek naar haar toen ze uitstapte en even de tijd nam om moed te verzamelen. Ze liet haar blik langs de voorgevel gaan, trok haar jurk recht en streek haar haar glad. Toen liep ze de trap naar de voordeur op, waar ze werd opgevangen door een butler in uniform.

Rafa reed langs de kust naar Herba, het stadje dat hij zo goed kende uit de verhalen van zijn vader. Die had het hem tijdens hun lange ritten over de pampa heel gedetailleerd beschreven, en Rafa zag nu wel dat het niet veel veranderd was sinds zijn vader een kleine jongen was geweest en met zijn broertje blootsvoets over de kasseien had gehold. Dus hier is het allemaal begonnen, dacht hij, en hij werd overspoeld door een vreemde nostalgie.

De butler heette Marina formeel welkom en ging haar toen voor de geblokte vloer over, waarna hij voor twee imposante houten deuren bleef staan. Hij klopte kordaat aan. Binnen riep een stem: '*¡Avanti!*' Marina hield haar adem in en knipperde het waas uit haar ogen. De butler deed de deur open. Ze stak haar kin naar voren, trok haar schouders naar achteren en liep het vertrek binnen.

De man achter het bureau legde zijn pen neer en keek op. Toen hij de vrouw zag die nu voor hem stond, trok hij wit weg van schrik. 'Lieve hemel,' fluisterde hij, en hij kwam overeind. Heel even meende hij dat zijn ogen hem bedrogen.

'Dante,' zei ze zacht. Ze kon geen stap meer zetten, want het gevoel was uit haar benen verdwenen. Ze bleef bevend en als aan de grond genageld staan. De man liep langzaam om zijn bureau heen, naar haar toe, zonder zijn ogen van haar af te wenden – bang dat ze net zo plotseling weer zou verdwijnen als ze was opgedoken. Toen hij vlak voor haar stond, werden ook zijn ogen wazig. Hij pakte haar hand en leek zich er niet om te bekommeren dat er een traan was ontsnapt, die over de rimpels in zijn huid drupte.

'Floriana.'

34

Ze bleven een hele tijd zo naar het verleden kijken. Dante was oud geworden, net als zij. Zijn haar was grijs en week een beetje, de kraaienpootjes groeven zich diep in, helemaal tot aan zijn slapen. Hij had dikke wallen onder zijn ogen en de kringen verrieden een leven dat werd getekend door hard werken en teleurstellingen. Hij liet zijn blik verwonderd over haar gezicht gaan. De vragen buitelden over elkaar heen om gesteld te worden, maar zijn stem ging in de maalstroom van zijn emoties verloren. Hij liet haar handen niet los, maar bleef net zo staan als zij: als aan de grond genageld en trillend.

Eindelijk nam hij haar in zijn armen en omhelsde haar even zo stevig dat ze geen adem meer kreeg. Het was alsof de afgelopen veertig jaar als sneeuw voor de zon waren verdwenen en ze weer waren zoals vroeger, alleen aan de buitenkant veranderd. Hij drukte zijn vochtige wang tegen de hare en sloot zijn ogen. 'Je bent teruggekomen,' fluisterde hij. 'Mijn piccolina. L'orfanella. Je bent teruggekomen.' Toen hij haar weer losliet, moesten ze allebei door hun tranen heen lachen, een beetje beschaamd dat twee volwassen mensen zich zo konden gedragen. 'Kom buiten zitten, dan kan ik je in het licht zien. Je bent geen spat veranderd, Floriana, behalve je haar, dat is lichter geworden!'

'Ik verf het,' antwoordde ze schaapachtig. 'Vind je het niet mooi?'

'Het is anders, en je spreekt Italiaans als een Engelse.'

'Ik ben ook een Engelse.'

Hij pakte haar hand en liep met haar het huis door naar het terras. 'Herinner je je verjaardag hier nog?'

'Natuurlijk.'

Hij keek omlaag naar haar hand. 'Je draagt mijn ring niet, en de armband van mijn moeder ook niet.'

De tranen sprongen haar weer in de ogen en ze wilde het uitleggen. 'Die heb ik aan...'

Hij glimlachte en wuifde het weg. 'Het doet er niet toe. Niets doet ertoe. Kom zitten. We hebben zo veel te bespreken. Wil je thee, koffie? Ik weet niet wat je tegenwoordig graag drinkt.' Hij zag er plotseling ontmoedigd uit. 'Vroeger wist ik alles van je.'

'Koffie graag, en wat brood, want ik heb plotseling honger.'

Hij riep de butler. 'Koffie, brood en kaas, voor ons allebei.'

Dante en Marina gingen naast elkaar zitten en keken uit over de tuinen. De herinneringen stegen uit het gras op als vlinders en verstrooiden zich in de wind. 'Ik kan gewoonweg niet geloven dat je er bent,' zei hij, en hij keek vol ongeloof naar haar. 'Volgens mij bedriegen mijn ogen me. En toch ben je hier, nog mooier dan toen ik je vroeger kende.'

'Ik had nooit gedacht dat ik je ooit nog zou zien. Ik heb je brieven keer op keer gelezen en hoopte dat je me zou komen zoeken. Ik heb jaren op je gewacht.' Ze schudde haar hoofd, want ze wilde niet terug naar die troosteloze eenzame tijd. 'Wat is er met Truste gebeurd?'

'Hij miste je verschrikkelijk, Floriana. Hij lag daar maar op de weg voor zich uit te staren.'

Ze drukte haar hand geschrokken tegen haar hart. 'Miste hij mij?'

'Ja. We hebben hem op een gegeven moment naar binnen gedragen, maar hij wilde niet meer eten. Floriana, ik wist niet wat er met je gebeurd was. Ik heb je overal gezocht, maar niemand wist iets, behalve Elio.'

'Wat heeft hij dan gezegd?'

'Dat je ervandoor was met een ander, net als je moeder.'

'En geloofde je hem?'

'Natuurlijk niet. Maar vertel me nu dan eens: waar ben je naartoe gegaan?'

De butler bracht de koffie in een zilveren kan en zette een blad met zelfgebakken brood, kaas en kweepeer neer. Marina wachtte tot hij de koffie had ingeschonken en hen weer alleen had gelaten; toen gaf ze pas antwoord op zijn vraag. Ze had het hier nog nooit eerder over gehad; zelfs eraan denken was al te pijnlijk geweest. Maar nu ze die herinneringen voor het voetlicht bracht, realiseerde ze zich dat ze door de tijd aan kracht hadden ingeboet. 'De avond voor ik je bij de muur zou zien, kwam er een onbekende naar onze woning. Mijn vader zei dat hij wist dat ik zwanger was van jouw kind. Hij had een bruine envelop in zijn hand. Hij zei dat het een geschenk van Beppe Bonfanti was.'

'Heeft hij mijn vader gechanteerd?'

'Dat kan haast niet anders, ben ik bang.'

'Dus mijn vader wist ervan?' Dante staarde naar de tuinen. 'Dus mijn vader heeft het al die tijd geweten?'

'Ik weet niet hoe *míjn* vader erachter is gekomen, want de enige twee mensen die de waarheid kenden waren padre Ascanio en signora Bruno, en die zouden mij allebei nooit verraden hebben.'

'En wat is er toen gebeurd?'

Ze haperde even, want Dantes gezicht betrok onder het gewicht van zijn verdriet. 'De man zei dat hij me hiernaartoe zou brengen, naar jou, en ik geloofde hem. Wat moest ik anders? Hij beweerde dat jouw vader voor mij, voor ons, zou zorgen.'

'Waar heeft hij je naartoe gebracht?'

'We zijn hiernaartoe gereden. Truste stond op de weg en kwispelde zodra hij me zag. Maar toen reed de auto langs de poort en Truste rende erachter aan.' Haar kin begon te trillen. Dante pakte haar hand en aaide met zijn duim over de huid, waarmee hij haar stilzwijgend smeekte om door te praten. 'Truste kon ons niet bijhouden. Hij rende de poten uit zijn lijf, maar al snel was hij niet meer dan een stipje. Daarna verdween hij helemaal uit het zicht. Dat is het laatste wat ik van hem gezien heb.'

'En dat is de reden waarom hij midden op de weg bleef liggen: omdat hij dacht dat je terug zou komen.'

'Ik miste hem zo erg, Dante. Ik miste hem bijna nog erger dan jou.'

Ze nam een slokje van haar koffie en Dante sneed voor hen allebei een stuk brood af. Dat aten ze in stilte op, terwijl Marina aan Truste dacht en Dante aan zijn dood. 'Hij heeft me naar het klooster gebracht, Dante.'

'Naar Santa Maria degli Angeli?'

'Ja, dat klooster.'

'Maar daar heb ik op de deur staan bonken! Lieve hemel, daar heb ik dag en nacht op de deur staan bonken.'

'Wist je dan dat ik daar zat?'

'Ik hóópte dat je daar zat. Dat was de enige plek waar ik kon zoeken. Padre Ascanio had beloofd dat hij je naar het klooster zou brengen, dus toen Elio zei dat je gevlucht was, bad ik dat je daarnaartoe was gegaan. Je kon nergens anders heen. Maar ze stuurden me weg en beweerden dat ze nog nooit van je hadden gehoord. Ik geloofde natuurlijk niet dat je was weggelopen. Ik dacht dat je door iets bang was geworden of dat je je vertrouwen in mij kwijt was.'

Hij keek zo terneergeslagen dat haar hart steigerde. 'Nee, Dante...'

'Maar ik heb nooit vermoed dat mijn vader ervan wist. Hij heeft het nooit laten merken. Tot op zijn sterfdag niet.' Zijn stem stokte.

'Ja, ik heb gelezen dat hij is overleden.'

'O ja?'

'Een half jaar geleden. Ik bewaar allemaal krantenknipsels over je familie, en nu met internet gaat het een stuk gemakkelijker.'

'O, Floriana,' kreunde hij.

'Ik vind het heel erg voor je.'

'Ik anders helemaal niet. Ik heb die man nooit gemogen.' Hij sneed een stukje kaas af. 'Laten we het niet over hem hebben. Ga verder. De puzzelstukjes beginnen op hun plaats te vallen.'

Op dat punt aangekomen vond Marina het moeilijk om verder te praten. Het was alsof er een zwaar gewicht op haar borst was neergedaald. 'Ik ben bevallen van een zoon.'

'Hebben we een zoon?'

'We hadden een zoon, Dante.' Haar nek begon warm te worden en te jeuken. 'Een prachtig jongetje, dat ik daar in het klooster vijf maanden heb verzorgd, tot hij me uiteindelijk toch werd afgenomen.'

'Wie heeft hem meegenomen?'

'Padre Ascanio.'

'Dus padre Ascanio wist al die tijd waar je zat?'

'Hij had alles geregeld,' vertelde Marina.

'Ik begrijp het niet. Hij zei dat hij niet wist waar je naartoe was. Hij zei dat hij bad dat je veilig mocht terugkeren.' Hij schudde zijn hoofd. 'Dus hij heeft tegen me gelogen.'

'Hij probeerde je alleen maar te beschermen, Dante. Hij zei dat hij vreesde voor ons leven...'

'Vreesde hij voor jullie leven?'

'Ja, hij zei dat hij ons niet kon beschermen als we in Italië bleven.'

'Tegen wie moest hij jullie dan beschermen?'

'Tegen Beppe.'

Hij keek haar van opzij aan en wreef over zijn kin. 'Dat slaat nergens op, Floriana.'

'Bedoel je dat er helemaal geen gevaar was?'

'Dat zeg ik niet.' Hij leek het ene puzzelstukje dat niet paste weg te schuiven. 'Ga verder.'

'Padre Ascanio zei dat hij ons alleen maar kon beschermen als ik het kind afstond. Hij heeft me toen naar Engeland gestuurd, waar ik me schuil moest houden, en waar hij onze zoon naartoe heeft gestuurd weet ik niet…' Haar stem kraakte. 'Ik hoopte dat jij dat misschien zou weten.'

Dante keek haar hulpeloos aan. 'Ik wist niet eens dat we een zoon hadden.' Toen verhardde zijn gezicht en keek hij weg, waarbij zijn blik tussen de beelden in de tuin verdwaalde. 'Maar ik denk dat ik iemand ken die dat wel weet.'

'Padre Ascanio? Ik heb hem geschreven, maar nooit antwoord gekregen.'

'Padre Ascanio is jaren geleden al overleden.'

'Wie dan wel?'

'Heb je voordat je naar Engeland ging verder met niemand gesproken?'

'Alleen met de moeder-overste.'

'Verder met niemand?' Ze schudde haar hoofd. 'Natuurlijk niet. Ik begin het te begrijpen. Na al die jaren begint het me te dagen. Laat het maar aan mij over.'

'Wie dan?' hield ze vol.

Hij pakte haar hand. 'Laat het maar aan mij over, Floriana. Je moet me vertrouwen.'

Ze liet haar schouders hangen. 'Dat doe ik ook.'

Plotseling moest ze aan Rafa denken. 'O lieve hemel, Rafa kan elk moment terug zijn.'

'Rafa?'

'Dat is een Argentijnse kunstenaar die voor de zomer bij ons logeert om onze gasten te leren schilderen. Mijn man wilde niet dat ik hier alleen naartoe zou gaan. Ik heb tegen hem gezegd dat hij maar naar Herba moest rijden en daar een paar uur moest rondkijken.'

'Ik vraag Lavanti wel om zich om hem te bekommeren als hij terugkomt. Maak je maar geen zorgen.' Dante riep de butler en gaf hem opdracht Rafa in de salon te laten. Toen Lavanti het terras af liep, liet Dante zijn blik weer liefdevol op Marina rusten. 'Toen je met mijn secretaresse sprak en tegen haar zei dat je informatie over Floriana had, realiseerde ik me dat ik, hoewel ik al heel lang geleden gestopt ben met naar je te zoeken, dat in mijn hart nooit echt heb gedaan,' zei hij, van onderwerp veranderend. 'Maar ik moest je op een gegeven moment toch uit mijn gedachten bannen.'

'Ben je getrouwd?'
'Vergeef me.'
Ze keek hem fronsend aan. 'Wat valt er te vergeven?'
'Ik ben met Costanza getrouwd.'

Rafa parkeerde de auto en liep het stadje door. Het was er bedrukt en vochtig, en het avondlicht zette de oude Etruskische muren in een oranje gloed. Duiven dromden samen op de kasseien, magere straathonden schooiden in groepjes rond, vrouwen stonden op hun drempel te kletsen en kinderen speelden. Hij kwam bij de Piazza Laconda, waar de inwoners onder parasols aan tafeltjes zaten en prosecco dronken. Hij voelde de aantrekkingskracht van de kerk en liep naar binnen. Het rook er naar wierook van de mis en er zat nog een snaterend groepje oude weduwen op hun stoelen zachtjes te babbelen. Hij stak zijn handen in zijn zakken en liep langzaam over de flagstones, terwijl hij dacht aan Clementine en aan hun eerste bezoek aan het huis dat God was vergeten. Hij voelde de pijn van het verlangen in zijn hart.

Voor een tafel met kaarsen stond een jong stel, hand in hand. Hij benijdde hen om hun geluk. De man glimlachte naar hem en gaf hem een kaars. Rafa pakte die aan en bedankte hem. Het stel liep weg, zodat hij alleen achterbleef voor de tafel vol dansende vlammen. Hij dacht aan zijn overleden vader, die hier kaarsen moest hebben gebrand, net zoals hij nu ging doen. Toen hij de kaars naar de brandende pit liet zakken, dacht hij aan zijn doel en vroeg hij God de moed om door te zetten.

Marina had het gevoel alsof een koude hand alle lucht uit haar longen had geknepen. Ze kon een poosje geen woord uitbrengen. Ze keek hem vol ongeloof aan. Dante haastte zich om het uit te leggen. 'O Floriana, het is niet zoals het klinkt. Het is nooit mijn bedoeling geweest om met je vriendin te trouwen. Het is bij gebrek aan beter gebeurd, want ik denk dat ik op een bepaalde manier altijd probeerde om jou terug te vinden. Ik kon het verleden niet laten rusten. Costanza was mijn enige link met jou.' Hij sloeg zijn ogen op en keek haar bedroefd aan. 'Elke keer dat ik naar haar keek, dacht ik aan jou, Floriana – tot me begon te dagen dat ze een doodlopende straat was, die nergens toe leidde.'

'Costanza,' fluisterde ze. 'Ik kan het niet geloven.'
'We hebben elkaar vreselijk ongelukkig gemaakt.'
'Waar is ze nu?'

'We zijn na een huwelijk van vijftien jaar gescheiden.'

'Wat erg voor jullie.' Ze raakte zijn hand even aan. Hij kneep erin en glimlachte verdrietig.

'Vijftien verspilde jaren, Floriana. Jaren die ik met jou had moeten doorbrengen.'

'Ik heb geleerd dat niets verspilling is, Dante. Hebben jullie kinderen?'

'Drie dochters, die me evenveel vreugde als ellende bezorgen.' De genegenheid die hij voor zijn dochters voelde bracht weer wat kleur naar zijn wangen. 'Maar vooral vreugde,' zei hij erachteraan.

'Dus Costanza is moeder,' zei Marina weemoedig. 'Ik ben blij voor haar. Wat is er van de gravin geworden?'

'De gravin.' Hij grijnsde. 'Ik had een hekel aan haar, tot die hekel zo groot werd dat ik het niet meer verdroeg om met haar in één ruimte te zijn. Haar man heeft een tijdje voor mijn vader gewerkt, maar hij bakte er niets van en toen mijn vader met pensioen ging, heb ik hem ontslagen. Ik hem ze een paar keer financieel gesteund, tot ik er genoeg van kreeg. Ze wonen bij Costanza in Rome en zij zorgt voor hen. Maar de gravin is oud en ongelukkig, en ze is door haar teleurstelling in alle opzichten lelijk geworden.'

'Ze zou sowieso ongelukkig worden. Materialistische mensen zijn nooit tevreden.'

'Costanza had het voortdurend over je. Ze miste je. Ik kon nooit laten merken hoe erg ik jou ook miste. Ik moest mijn verdriet verbergen in mijn werk. Ik dacht dat er, als ik maar elk uur dat God me geschonken had zou werken, geen tijd meer zou zijn om aan jou te denken.'

'O, Dante.'

'Misschien heeft Costanza dat gevoeld en praatte ze over jou in de hoop mij gelukkig te maken, maar het werd er alleen maar erger van, alsof ze met schuurpapier over mijn wond ging.'

'Het enige wat er mis was met Costanza was haar moeder. Toen ik in Engeland aankwam, had ik niemand. Ik heb haar ook gemist.'

'Ik had nooit gelukkig kunnen zijn met Costanza, Floriana. Ik ben met haar getrouwd om mijn vader een plezier te doen en om op de een of andere manier een lijntje met jou vast te houden. Ik heb nooit van iemand anders gehouden dan van jou.' Hij glimlachte haar hopeloos toe. 'De enige die de geheimen van mijn hart kende, was mijn moeder, hoewel we het er nooit over gehad hebben.'

'Violetta. Leeft ze nog?'

'Ja, maar in een heel eigen wereld. Ze komt hier niet meer. Ze woont in Milaan en gaat zelden de deur uit. En jij, heb jij kinderen?'

'Nee.'

Hij fronste zijn voorhoofd. 'Nee?'

'God heeft me gestraft omdat ik het kind dat aan mijn zorg was toevertrouwd heb weggegeven.'

'Dat is niet waar.'

Ze sloeg haar ogen neer. 'Ik heb God de rug toegekeerd.'

'Maar Floriana, je had geen keus.'

'Ik had harder voor hem moeten vechten.'

'Je was zelf nog een kind.'

'Ik heb gesmeekt of ik hem mocht houden. Ik hield met hart en ziel van hem.' Haar schouders begonnen te schokken. 'Dus toen heb ik de armband die ik van je moeder heb gekregen en de ring, samen met een brief van mij, in een doosje gestopt en...'

Hij sloeg zijn armen om haar heen. 'Stil maar. We vinden hem wel.'

Ze greep zijn overhemd beet en hapte naar lucht. 'Ik heb dit nog nooit aan iemand verteld.'

'Zelfs niet aan je man?'

'Aan niemand. Ik kon het niet. Ik ben bij mezelf weggevlucht, Dante – bij mijn schuldgevoel.'

Hij hield haar stevig vast en ze sloot haar ogen. Ze dacht aan het baby'tje dat ze tegen haar borsten gekoesterd had. Aan de nieuwe ziel waarnaar ze had gekeken wanneer hij lag te slapen, nederig gestemd door het wonder van zijn geboorte. Ze probeerde zich zijn gezichtje voor de geest te halen, maar dat lukte haar niet. Al deed ze nog zo haar best, het bleef gehuld in de mist, die naarmate zij die probeerde weg te nemen steeds dichter werd.

Terwijl de schaduwen lengden en het ging schemeren, zaten ze te praten. Ze vertelde hem over haar leven in Engeland en over hoe Grey als een beschermengel ten tonele was verschenen en haar met liefde en begrip uit haar donkere put had getild. 'Ik heb hem nooit over mijn verleden verteld. Hij weet niet eens dat ik Italiaanse ben. Ik heb bij een pleegmoeder gewoond die me Engels heeft geleerd en me geholpen heeft een nieuw leven op te bouwen. Ik ben met zo veel toewijding de taal gaan leren dat ik, tegen de tijd dat ik Grey leerde kennen, zo goed Engels sprak dat hij nooit heeft vermoed dat ik me daar schuilhield. Ik probeerde vooruit te kijken en een ander mens te worden. Ik dacht dat als ik Floriana in Italië achterliet, haar verdriet daar ook zou blijven. Ik probeerde onze zoon te vergeten. Ik probeerde jou ook te vergeten, Dante.' Ze deed haar ogen dicht. 'Maar het hart kan nooit vergeten en wonden kunnen nooit echt helemaal genezen.'

'Waarom ben je teruggekomen? Waarom heb je er na al die jaren nu voor gekozen om thuis te komen?'

'Omdat ik hulp nodig heb. Je hebt altijd gezegd dat ik bij jou terechtkon, wat er ook gebeurde.'

'Dat is nog steeds zo, Floriana.' Ze haalde diep adem. Maar voor ze haar vraag kon stellen weerhield iets haar ervan. 'Wat heb je nodig?'

Ze veegde haar ogen af en glimlachte in zichzelf. 'Niets,' antwoordde ze ferm. 'Ik heb helemaal niets nodig.'

Hij keek haar niet-begrijpend aan. 'Weet je het zeker? Je weet toch dat ik alles voor je overheb?' Ze had gedacht dat het Polzanze haar ziel en zaligheid was, maar in dat vreugdevolle moment waarop ze zichzelf ontdekte, realiseerde ze zich plotseling dat bakstenen en cement nooit meer konden worden dan bakstenen en cement. Materiële dingen waren betekenisloos als ze ontdaan waren van hun associaties; vandaar dat het Polzanze zonder haar verlangen niets meer was.

Ze pakte zijn hand en hield zijn ogen vast met haar blik. 'Zoek onze zoon, Dante, waar hij ook moge zijn.'

Toen ze naar binnen liepen, legde Dante zijn hand tegen haar onderrug. 'Floriana, dit is een van de gelukkigste dagen van mijn leven.'

'Ik had dit nooit zo lang mogen uitstellen.'

'Wat ga je nu doen?'

'Ik ga terug naar Engeland en ik ga alles aan mijn man vertellen.'

'Is hij het soort man dat dat zal begrijpen?'

'Dat weet ik zeker. Hij is een goed mens, en dat is ook de reden waarom ik hem een verklaring verschuldigd ben voor mijn redeloze gedrag van de afgelopen jaren. Hij is ongelooflijk geduldig met me geweest.'

'Hou je van hem, Floriana?'

Ze keek Dante aan, zich ervan bewust dat haar antwoord hem pijn zou doen. Maar ze kon niet liegen om zijn gevoelens te sparen. 'Ja, ik hou heel veel van mijn man.'

'Ik ben blij dat je een goede man hebt gevonden die van je houdt, piccolina.' Hij glimlachte om zijn teleurstelling te verbergen. 'Waarom blijf je vannacht niet logeren?'

'Rafa weet niet eens dat ik Italiaans spreek.'

'Doet dat er iets toe?'

Ze haalde haar schouders op. 'Niet meer, denk ik.'

'Dan gaan we heerlijk eten, met mooie wijn, en dan praten jij en ik niet meer over het verleden. Daarna rust je uit en kom je weer tot jezelf. Je hebt net een emotionele berg beklommen. Het zou niet goed zijn als je nu in een of ander onpersoonlijk hotel aan de weg naar Rome zou overnachten, en bovendien is het al laat.' Hij grijnsde tegen haar en ze glimlachte terug, of ze nu wilde of niet. 'Blijf alsjeblieft.'

'Goed, we blijven. Maar dan moet je wel Marina tegen me zeggen.'

Hij keek ontzet. 'Dat is te veel gevraagd. Dan zeg ik liever helemaal je naam niet.'

Rafa keerde somber gestemd terug. Hij had op het plein een uur met een glas wijn aan een tafeltje gezeten en had zich afgevraagd of zijn onthulling, als hij die eindelijk aan Marina deed, hem in dank zou worden afgenomen. De butler ving hem onder aan de trap op en liet hem in de salon. Daar wachtte hij een tijdje, liep het vertrek rond en bekeek alle familiefoto's. Gebruinde en glanzende mensen keken hem vanuit de zilveren lijstjes toe, en Rafa kreeg de indruk van een bevoorrechte wereld waar het altijd zomer was en iedereen altijd blij. Hij keek naar de imposante schilderijen aan de muren en bleef toen een hele poos voor het grote familieportret boven de open haard staan. Dat dateerde uit 1979: moeder, vader en hun drie dochtertjes in mooie witte jurkjes en roze satijnen schoenen. Hij ging er wat dichterbij staan en bekeek de man eens goed. Hij ging zo op in het schilderij dat hij de deur niet hoorde opengaan toen Marina en Dante de kamer binnenkwamen.

'Rafa.' Marina's stem haalde hem met een schok uit zijn overpeinzingen. 'Ik wil je graag voorstellen aan Dante, een goede vriend van vroeger.' Het verbaasde Rafa niet om Marina vloeiend Italiaans te horen spreken; het bevestigde alleen maar wat hij al die tijd al vermoed had. Maar Marina zag zijn bleke gelaatskleur voor iets anders aan en had de behoefte het een en ander uit te leggen. 'Ik ben hier opgegroeid,' zei ze. 'Dante is iemand uit mijn verleden.'

Rafa pakte Dantes uitgestoken hand vast. 'Aangenaam.'

'We hebben afgesproken dat jullie hier allebei vannacht in La Magdalena blijven logeren en dan morgenochtend teruggaan naar Rome,' zei Dante. Rafa kon zijn ogen niet van hem afhouden. Hij was ouder dan de man die hem vanaf de gezinsfoto's toe glimlachte, maar hij was nog steeds knap en had een krachtig charisma dat de hele kamer vulde. 'Ik heb begrepen dat je kunstenaar bent. Kom, dan laat ik je wat kunstwerken zien die mijn familie in de loop der generaties heeft verzameld. En daarna laat ik je nog even de tuinen zien, voor het donker wordt. Ik vind dit uur van de dag altijd heel erg mooi.'

Rafa liep achter Dante aan de hal in. Hij keek even naar Marina en fronste zijn voorhoofd, maar zij wendde haar blik af en liet hem in het ongewisse over de aard van hun relatie.

Hij was opgetogen over La Magdalena en toen ze de serene tuinen in liepen, voelde hij al zijn angsten wegebben. Marina bleef op de achtergrond en liet haar herinneringen om zich heen warrelen in de geuren en geluiden van het huis dat haar dierbaarder was dan welk ander ook. Sommige hield ze even vast, andere liet ze los, maar bij elke herinnering voelde ze zich iets lichter worden. Ze wandelden de met zuilen omgeven tuin in, waar Dante en zij voor het eerst vriendschap hadden gesloten, en het olijfbosje in, waar zij Michelangelo de pauw had getemd. Ze liepen om de fontein heen en bewonderden de standbeelden, maar ze liepen niet naar de muur toe, daar waar die nog steeds half in puin lag. De herinneringen die daar nog hingen lagen voor hen allebei te gevoelig.

Ze dineerden op het terras bij kaarslicht, en Marina vertelde Dante over Clementine en Jake. Rafa deed er het zwijgen toe en dacht aan zijn ruzie op het strand met Clementine. Hij wilde haar sms'en, want ze zou het heel leuk vinden om te horen dat haar stiefmoeder vloeiend Italiaans sprak, maar hij kon niet doen alsof er niets was gebeurd. Nu hij het zeker wist, moest hij eerlijk zijn en haar de waarheid vertellen.

Hij keek naar Dante en Marina, naar hoe ze met het gemak van heel goede vrienden met elkaar omgingen, naar de manier waarop ze haar handen bewoog als ze Italiaans sprak, en hij hoorde dat ze eigenlijk praktisch geen accent had. Hoewel ze hem wel in hun gesprek betrokken, besteedden ze eigenlijk geen aandacht aan hem, zo gingen ze in elkaar op. Het was zonneklaar dat Dante heel liefdevol naar haar keek, en zij leek onder die blik op te bloeien en met elk lachsalvo de jaren van zich af te leggen. Rafa werd stiller en trok zich terug op de achtergrond, terwijl zij zich koesterden in de vreemde magie die ze teweegbrachten. Wat is het toch raar, dacht hij bij zichzelf, dat terwijl de ene vraag wordt beantwoord, de volgende soms juist wordt gesteld; en het antwoord op uitgerekend die vraag vreesde hij het meest.

35

Clementine ging niet naar haar werk. Ze belde Sylvia en legde met haar meest hese stem uit dat ze zich doodziek voelde, dat ze een geheimzinnig virus had en haar collega's niet wilde aansteken. 'Volgens mij heeft meneer Atwood thuis zo al genoeg problemen,' zei ze. Sylvia wist dat ze deed alsof, maar vond dat niet erg. Ze dacht dat Clementine gewoon lekker met Rafa wilde zijn, en kon haar dat niet kwalijk nemen. Ze zette haar computer aan en vroeg zich af of er voor haar ook ergens een Rafa was.

Maar Rafa was die ochtend naar Italië vertrokken en het hotel galmde van zijn afwezigheid. Clementine doolde als een verdwaalde hond door de kamers, ziek van verlangen en eenzaamheid. Ze ging met Koekie wandelen over de kliffen en haalde meer dan eens haar telefoon uit haar zak om te kijken of hij haar een sms'je had gestuurd. Ze overwoog om hem te bellen om te zeggen dat het haar speet dat ze was weggelopen zonder naar zijn uitleg te luisteren, maar elke keer hield ze halverwege het nummer op, bang voor wat hij haar te zeggen had.

In de bibliotheek trof ze haar vader, die de boeken weer inruimde die de Brigadier had teruggebracht. 'Hij leest niet meer zo veel sinds hij Jane Meister ten huwelijk heeft gevraagd,' zei Grey, en hij klom het laddertje op om *Wereld in vlammen* van Andrew Roberts op de plank met militaire literatuur terug te zetten. 'Hij is een gelukkig man.'

'Fijn voor hem.'

Hij keek even omlaag naar het verongelijkte gezicht van zijn dochter. 'Waarom ben je zo somber?'

Ze sloeg haar armen over elkaar en keek naar buiten, naar de zee. Het was een prachtige dag, strakblauw, en de oceaan was zo glad als een spiegel. 'Pap, heb je zin om met me te gaan varen?'

Grey hield op met waar hij mee bezig was en kwam de ladder af. 'Dat lijkt me heerlijk.'

Ze glimlachte zwakjes. 'Ik wil heel graag even met z'n tweeën zijn.'

Grey klopte haar zachtjes op haar schouder. Door dit kleine gebaar van tederheid voelde Clementine plotseling hoe behoeftig ze was, en ze vlijde zich tegen hem aan. Hij bleef stokstijf staan en wist niet hoe hij moest reageren. Het was jaren geleden sinds hij haar had omhelsd en hij was vergeten hoe dat voelde. Maar ze maakte zich niet van hem los. Aarzelend sloeg hij zijn armen om haar heen en hield haar dicht tegen zich aan. Hij vroeg niet wat eraan scheelde, want hij voelde wel dat ze, zodra ze eenmaal op zee waren, het hem zou vertellen.

De volgende ochtend werd Marina wakker met de lang vergeten geluiden van Italië. De vogels zaten hoog in de parasoldennen te tsjilpen en de geuren van de tuin dreven op een warme zeewind naar binnen. Ze rook dennen en aarde, rozemarijn en gemaaid gras, en het geluid van tuinmannen die de borders met slangen water gaven was beslist heel buitenlands. Ze deed haar ogen open en liet haar blik op haar gemak de slaapkamer rond dwalen. Die was uitbundig ingericht en had een hoog plafond en ingewikkelde sierlijsten. Er stonden verfijnde antieke meubels en er hingen zijden gordijnen in licht eendeneiblauw.

Vroeger had ze gedacht dat ze hier met Dante zou wonen en een heleboel goudblonde kinderen zou krijgen om van te houden, maar dat was lang geleden – in een ander leven. Nu ze in het grote luxueuze bed lag, met uitzicht over de tuinen die ze ooit als het paradijs had beschouwd, voelde ze niet meer dat oude verlangen of verlies, maar iets anders – een soort tevredenheid. Het was alsof ze eindelijk het verleden achter zich kon laten, omdat ze zich, nu ze terug was, realiseerde dat dat niet meer over de macht beschikte om haar pijn te doen.

Ze stond op en schoof de gordijnen open. Ze keek in het zonlicht en liet het windje haar huid zacht strelen. Ze keek met afstandelijke blik naar de tuinen en realiseerde zich dat ze heel erg was veranderd. Ze was Floriana niet meer. Ze was Marina, met een Engelse man en een Engels leven. De avond ervoor had ze nog wel even gedacht dat Marina een masker was, maar nu drong tot haar door dat ze Marina wás, en dat Floriana nog slechts een herinnering was die ze in haar gedachten tot leven riep. Het verleden was weg en dat kreeg ze nooit meer terug.

Maar ze wilde het ook niet terug. Ze zoog haar longen zo diep mogelijk vol en sloot haar ogen. Ze wilde het verleden zelf niet terug, maar de zoon die ze daar had achtergelaten, en ze hunkerde met heel haar hart naar hem. De eerste tijd van haar ballingschap, toen de grijze Engelse lucht en de koude, allesdoordringende regen haar gek hadden gemaakt van heimwee, lag ver achter haar. De uren waarop ze gefrustreerd over het strand heen en weer had gelopen in afwachting van nieuws van padre Ascanio over haar zoon, waren voorbij, en de oude priester was inmiddels dood.

Het trauma om in een vreemd land opnieuw te moeten beginnen, een nieuwe taal te moeten leren en in een isolement te moeten leven omdat haar hart te zeer beschadigd was om vrienden te kunnen maken, was ook verleden tijd – en als een boom in de winter was ze bevroren gebleven totdat er met het voorjaar wat groene scheuten waren verschenen, en uiteindelijk ook bloesem, en ze sterk was geworden. Ze realiseerde zich nu dat ze alles kon overleven, zelfs het verlies van haar geliefde Polzanze, want ze was haar zoon verloren en was nog steeds in staat om van het leven te genieten en lief te hebben.

Ze tuurde naar de azuurblauwe lucht, waar een roofvogel stil op de wind rondcirkelde, en ze voelde dat haar borst zich uitzette, ze voelde iets wat groter was dan zijzelf – ze voelde God. Ze sloot haar ogen weer, voelde die warme aanwezigheid op haar gezicht en liet Hem weer toe in haar hart. Toen zond ze een gebed omhoog voor het enige wat er nu echt voor haar toe deed: haar kind.

Toen ze het terras op liep, zag ze dat Dante en Rafa al aan een stevig ontbijt zaten. Ze zaten als oude vrienden met elkaar te praten. Rafa zag meteen dat er in Marina iets veranderd was. Ze had een lichtheid over zich waardoor ze er jonger, bijna meisjesachtig uitzag.

Na het ontbijt liepen ze terug naar de auto. De butler had hun tassen in de kofferbak gezet en hield nu het portier van de bijrijder open. Dante stelde voor om nog even Herba in te gaan, maar dat wilde Marina niet. Ze had genoeg gezien.

Ze pakte zijn hand en fluisterde hem heel zacht in het oor, zodat Rafa het niet kon verstaan: 'Ik ben niet meer het meisje van vroeger, Dante.'

Zijn oude ogen werden wazig en hij kneep in haar vingers. 'Maar ik ben nog wel diezelfde jongen die van je houdt.'

Rafa keek toe terwijl ze elkaar omhelsden. Ze hielden elkaar heel lang heel stevig vast. Hij draaide zich om en richtte zijn blik op het bosje pijnbomen waar een paar eekhoorns elkaar langs een schriele stam achternazaten, om vervolgens in het dak van groene naalden te verdwijnen. Hij voelde een steek van jaloezie en stak zijn handen in zijn broekzakken.

Dante wilde haar niet laten gaan. Ze zag er nog steeds hetzelfde uit, ondanks haar honingkleurige haar. Toen ze die ochtend naar buiten was gekomen, was zijn adem in zijn keel gestokt en had hij de tafel moeten vastgrijpen, want hij werd onmiddellijk veertig jaar terug in de tijd geslingerd. Het speet hem dat hij niet de moed had gehad om er met haar vandoor te gaan toen hij daar lang geleden de kans voor had gehad, en het speet hem dat hij niet meer zijn best had gedaan om haar te vinden. Hij keek hoe ze in de auto stapte en zwaaide toen die langzaam de oprit af reed. Hij rook haar geur nog op zijn huid, voelde haar zachte lichaam in zijn armen, en zijn verlangen verbaasde hem, want hij was toch echt te oud om op die manier naar een vrouw te hunkeren. Het lot had ingegrepen en haar hem al één keer afgenomen, en nu pakte het haar nog een keer van hem af. Maar dit keer ging ze niet in rook op – en ze hadden een zoon. Hij wreef over zijn kin. God, wat smachtte hij naar een zoon.

Met vastberaden tred liep hij de trap weer op en ging het huis binnen. 'Lavanti, ik ga weer naar Milaan,' riep hij tegen zijn butler, en vervolgens verdween hij in zijn werkkamer.

Toen de auto de poorten van La Magdalena door reed, keek Marina nog één keer om. Ze zag ze achter haar dichtgaan, waarmee ze het verleden afsloten en verwezen naar de zolder van haar geest, om daar in dozen gestopt te worden en samen met de rest van Floriana's leven te worden opgeborgen.

'Je ziet er vandaag een stuk gelukkiger uit,' merkte Rafa een beetje bitter op.

'Dat ben ik ook,' verzuchtte ze. Rafa kauwde haar woorden peinzend na. 'Maar ik heb niet gekregen waarvoor ik gekomen ben. Ik heb er niet eens om gevraagd.' Ze keek naar buiten, naar een moeder met twee kleine kinderen die langzaam over de weg wandelden. 'Als ik het Polzanze kwijtraak, dan is dat maar zo. Het is maar een huis. Alle belangrijke dingen kan ik meenemen.' Die hebben namelijk al die tijd binnen in mij gelegen.

'Grey weet vast niet dat je vloeiend Italiaans spreekt.'

'Nee, dat klopt. Ik heb heel wat uit te leggen.'

'Het is zeker te veel gevraagd om het ook aan mij uit te leggen?'

'Ja, Rafa.' Ze keek naar haar ring. 'Het is niet meer dan redelijk dat ik eerst alles aan mijn man opbiecht. Daarna vertel ik jullie alles. Ik wil niet meer hoeven verhullen wie ik ben.'

Hij keek haar fronsend aan en kreeg vreemd genoeg het gevoel dat hij afgewezen werd. Daarna deden ze er allebei het zwijgen toe. Ze keken naar buiten, alleen met hun gedachten.

Die avond kwamen ze weer aan bij het Polzanze. Grey, Clementine, Jake, Harvey en meneer Potter zaten allemaal in de serre te wachten op het bericht of ze het hotel had kunnen redden of niet. Marina voelde plotseling de zware verantwoordelijkheid op zich rusten, alsof ze zojuist een loden mantel had aangetrokken. Heel veel mensen waren van haar en het Polzanze afhankelijk, en zij had hen in de steek gelaten. Ze keek naar hun vragende gezichten en had plotseling geen puf meer. 'Ik moet met Grey praten,' zei ze.

'Is het gelukt?' vroeg Clementine, die niet in staat was haar ongeduld te bedwingen.

'Nee,' antwoordde ze. De atmosfeer zakte in als natte sneeuw. Ze wilde hen geruststellen en zeggen dat het er niet toe deed. Maar het deed er wél toe. Het deed er voor hen verschrikkelijk toe.

Clementine zette een meelevende glimlach op. 'We redden ons wel,' zei ze, terwijl ze vocht tegen haar tranen. Ze had zich tot op dat moment niet gerealiseerd hoeveel het Polzanze voor haar betekende. Ze keek naar Rafa, maar die was niet in staat haar aan te kijken. Hij zag er heel verdrietig uit, alsof de nacht in Italië tien jaar had geduurd. Ze wilde hem door elkaar schudden. Wist hij dan nog steeds niet hoeveel ze van hem hield?

Marina keek naar haar man. 'Grey, ga je even mee naar buiten, een stukje lopen? Ik moet je iets vertellen.'

Grey had vanaf het begin van hun relatie geweten dat Marina iets voor hem verborgen hield. De steeds terugkerende nachtmerries waarin ze het in haar slaap uitschreeuwde en daarna snikkend in zijn armen lag, deden vermoeden dat er iets duisters en heel ergs was gebeurd waar ze niet over kon praten. Hij had haar zelfs nooit gevraagd wat het was, want hij had erop vertrouwd dat ze het hem op een gegeven moment, als ze eraan toe was, wel zou vertellen. Hij had niet gedacht dat dat zo lang zou duren. Nu pakte ze zijn hand en ze liepen naar het strand, waar ze al die uren naar de zee had zitten kijken en had gerouwd om haar onvruchtbaarheid. Ze liepen het strand op en Marina nam de tijd.

'Je moet me één ding beloven, Grey.'

'Natuurlijk.'

'Zul je proberen geen oordeel te vellen?'

'Ik zal je niet veroordelen, lieveling.'

'Ja, dat ga je wel doen. Dat is logisch. Maar denk alsjeblieft niet slecht over me omdat ik dit voor je verborgen heb gehouden. Het was de enige manier waarop ik ermee kon omgaan.'

'Goed.'

'En je weet dat ik van je hou.' Ze bleef staan en nam zijn handen in de hare. 'Ik hou van je om je geduld, je mededogen en om het feit dat je altijd van me bent blijven houden, ook al wist je dat ik je nooit tot mijn diepste innerlijk heb toegelaten.'

'Marina, lieveling, wat het ook is, ik blijf van je houden.'

Ze haalde diep adem en pakte zonder zich ervan bewust te zijn zijn handen stevig beet. 'Ik heet Floriana Farussi. Ik ben Italiaanse. Ik ben geboren in een klein plaatsje aan zee, in Herba, in Toscane. Mijn moeder is ervandoor gegaan met een tomatenverkoper van de markt en heeft mijn broertje meegenomen, maar mij achtergelaten bij mijn alcoholistische vader, Elio. Ik was min of meer een wees, maar ik ben altijd blijven dromen dat er meer was.'

Ze wilde zo graag haar verhaal vertellen dat ze niet merkte dat haar man asgrauw was geworden.

Ze praatte heel lang en vertelde hem alles. Ze gingen op het zand zitten en ze vertelde over de zomer waarin ze verliefd was geworden op Dante, over de keer dat ze bijna zelfmoord had gepleegd door van het hoge klif in zee te springen en over de keer dat hij de liefde met haar had bedreven. Ze vertelde hem over Truste, Costanza en over hoe slecht dier moeder, de gravin, was.

Toen ze hem over haar zwangerschap vertelde, over haar hoop voor haar toekomst met Dante en over dat ze haar kind in het klooster had moeten afstaan, begon Grey meer over haar te begrijpen. Toen begreep hij waarom ze over het strand heen en weer had gelopen, rouwend om het verlies van haar kind, dat ze maar zo kort had mogen verzorgen, en waarom haar latere onvruchtbaarheid haar bijna de das had omgedaan. Hij begreep waarom ze zulke vreselijke nachtelijke angsten had doorstaan en waarom het soms had geleken alsof ze door verlies werd achtervolgd. 'Dus toen ik Dante eindelijk zag, besefte ik dat ik hem niet om geld kon vragen. Ik kon het gewoonweg niet.'

Hij nam haar in zijn armen en kuste haar op haar slaap. 'Natuurlijk niet.'

'Daarmee zou al het andere gewoon tot stof zijn gereduceerd. Hij zou het een cynische list hebben gevonden om hem uit te buiten. Maar wat wij samen hadden was heel bijzonder, en de zoon die we samen gekregen hebben is ergens, en dat is allemaal veel belangrijker dan het Polzanze.' Ze draaide zich om en glimlachte naar hem. 'Dat is me in Italië allemaal duidelijk geworden. Jíj bent belangrijk voor me, Grey. Jij, Jake, Clementine, Harvey, meneer Potter – jullie zijn mijn familie en jullie draag ik in mijn hart, waar ik ook ga. Dus het doet er niet echt toe of we hier doorgaan of ergens anders opnieuw beginnen. Zolang we bij elkaar zijn, is alles goed.'

'Maar je zoon dan, lieveling?'

'Die vind ik misschien wel nooit.' Ze draaide zich om en haar ogen glinsterden door de weerspiegeling van de zee. 'Ik hoop dat hij gelukkig is. Ik hoop dat hij niets over me weet.'

'Ik weet dat het al laat is, maar ik vind dat je het aan Jake en Clementine moet vertellen,' zei hij toen ze naar het huis terugliepen.

'Je hebt gelijk. Ik hoop dat ze net zo begripvol zijn als jij.'

'Ik ben blij dat je het me hebt verteld. Ik begrijp je nu veel beter. Ik denk dat zij je nu ook beter zullen begrijpen.'

Clementine en Jake reageerden allebei heel anders op haar bekentenis. Clementine was gefascineerd door het romantische en tragische verhaal. Ze kon Marina's wanhoop helemaal navoelen toen die haar vertelde over haar liefde voor Dante en het verlies van haar zoon, maar Jake vond de emoties moeilijk te volgen. Voor een man die nog nooit verliefd was geweest, die nog nooit had geleden, was het niet te bevatten hoe ingrijpend alles was geweest. Het feit dat ze het voor zich had gehouden greep hem veel meer aan dan het verhaal zelf. In zijn ogen was het niet meer dan een groots avontuur. Toch bewonderde hij haar erom dat ze Dante niet om geld had gevraagd en hij beloofde plechtig dat hij, waar Grey en Marina ook opnieuw zouden beginnen, met hen mee zou gaan en hen voor de volle honderd procent zou steunen.

Rafa ijsbeerde door zijn kamer, terwijl Koekie ongemakkelijk op zijn bed lag en keek hoe hij heen en weer beende alsof hij over hete kolen liep.

Plotseling wist hij het niet zeker meer. Toen hij uit Argentinië was vertrokken, was hij volledig overtuigd geweest van de redelijkheid van zijn zoektocht. Hij was met het enthousiasme en de nieuwsgierigheid van een jonge rechercheur die zijn eerste zaak onder handen heeft aan zijn zoektocht begonnen. Maar hij had niet nagedacht over de emotionele consequenties van de waarheid, als die eenmaal aan het licht was gebracht. Hij had niet gedacht dat hij verliefd zou worden op Clementine, hij had er niet over nagedacht dat hij misschien ook van Marina zou gaan houden. Hij was niet voorbereid op de vreselijke angst die de antwoorden zouden veroorzaken.

Hij wilde zijn moeder bellen. Kon hij maar met zijn vader spreken. Was hij maar nooit van huis gegaan. Het laffe deel van hem wilde dat alles weer bij het oude zou zijn, voordat het in zijn hoofd een warboel was geworden, voordat zijn hart er op eigen houtje bij betrokken was geraakt. Hij begon zijn kleren in zijn koffer te gooien.

De volgende ochtend werd hij laat wakker. Hij keek op zijn horloge. Het was tien uur; zo lang had hij sinds hij studeerde niet meer uitgeslapen. Hij nam een douche, kleedde zich aan en maakte af wat hij de avond ervoor begonnen was. Hij zou een of ander excuus bedenken en zo snel mogelijk vertrekken. Op die manier kon hij deze hele toestand achter zich laten. Toen hij aan Clementine dacht, voelde hij een scherpe pijn in zijn borst, alsof de gedachte dat hij haar nooit meer zou zien onverdraaglijk voor hem was.

Een zachte klop op de deur onderbrak hem. Hij keek even naar zijn koffer, die open op bed lag, en toen weer naar de deur. Er zat niets anders op dan open te doen. Op de overloop stond Clementine.

'Mag ik binnenkomen?'

Hij haalde zijn schouders op. 'Ja hoor; je bent er nu toch.'

Het verbaasde haar dat hij aan het pakken was. Van paniek begon haar hart te bonken. 'Ga je weg?'

'Ja.'

'Wanneer?'

'Vandaag.'

Ze keek hem verbijsterd aan. 'Waar ga je naartoe?'

'Naar huis.'

'Maar ik dacht dat je de hele zomer zou blijven?'

'Ik ben van plan veranderd. Het ligt nogal ingewikkeld.'

'Niet zo ingewikkeld als het verhaal dat Marina ons gisteravond heeft verteld. Of moet ik zeggen: Floriana Farussi uit Italië?' Hij ging in het erkerraam zitten en wreef over zijn slaap. 'Wist jij het?' vroeg ze.

'Wat heeft ze jullie verteld?'

'Alles.' Ze ging naast hem zitten en trok haar knie op naar haar borst. 'Ik heb toen jullie weg waren alle tijd gehad om na te denken. Het spijt me dat ik van het strand ben weggerend en je niet de kans heb gegeven je nader te verklaren. Dat was laf van me. Ik ben er nu klaar voor, als je het me nog wilt vertellen.' Ze keek hem doordringend aan. 'Waarom ben je op de vlucht, Rafa?'

Marina stond net kruiden uit de drinkbak voor het stallencomplex te knippen toen de glanzend zwarte Alfa Romeo voor het hotel stilhield. De motor ging uit en je kon voetstappen op het grind horen, maar al haar aandacht ging uit naar waar ze mee bezig was. Er volgde een kort gesprek op zachte toon en toen werden de voetstappen luider. Ze keek op en zag Grey samen met Dante naar haar toe lopen. Haar hart sprong op van verbazing en ze liet haar kniptangetje vallen.

'Dante?'

'Floriana. Ik kon niet wachten en ik wilde het je niet over de telefoon vertellen,' zei hij in het Engels. 'Bovendien wilde ik er zelf bij zijn als ik het je vertelde.'

'Als je me wat vertelde?' Maar ze wist het al en de tranen sprongen haar in de ogen.

'Onze zoon.'

Haar vingers vlogen naar haar lippen. 'Weet je waar hij is?'

'Ja.'

'Waar dan?'

'Hij is hier.'

Ze voelde haar hoofd tollen. 'Hier?'

'Ja.'

'Ik begrijp het niet.'

'Hij heet Rafa Santoro.'

Marina was sprakeloos. Haar emoties sloegen in een grote vloedgolf over haar heen en ze slaakte een luide jammerkreet. Allebei de mannen stormden naar voren om haar op te vangen toen haar knieën het begaven. Maar Dante zag dat ze haar armen naar Grey uitstak en hield zich in. Terwijl haar man haar naar binnen hielp en haar in de woonkamer op de bank liet plaatsnemen, bleef hij op de achtergrond.

'Het gaat wel weer,' zei ze toen hij haar losliet. 'Ga hem alsjeblieft halen. Breng hem naar me toe.'

Grey liep de kamer uit; zijn hoofd tolde ook nu het laatste puzzelstukje eindelijk op zijn plaats was gevallen. Ze klopte op de bank. 'Dante, hoe ben je erachter gekomen?' Hij ging naast haar zitten. Ze pakte zijn hand en glimlachte, hoewel de tranen over haar wangen stroomden.

'Toen je vertelde dat padre Ascanio je naar Engeland had gestuurd omdat hij voor je leven vreesde, bedacht ik dat dat nooit het werk van mijn vader geweest kon zijn. Weet je, mijn vader zou er nooit een priester bij gehaald hebben, en hij pakte dat soort problemen als wij hadden veel bruter aan. Als mijn vader had beloofd om voor je te zorgen, was er niets te vrezen geweest. Dan zou je niet zijn weggestuurd en dan zou onze zoon nooit zijn geadopteerd. Dus toen dacht ik: als het mijn vader niet geweest is, wie dan wel? Padre Ascanio kon nooit de middelen hebben gehad om jou in Engeland te installeren en je paspoort en nieuwe identiteit te regelen. De enige man die ik ken die tot dat alles in staat is, is Zazzetta.'

'Zazzetta?'

'Ik ben linea recta met de helikopter teruggevlogen naar Milaan en heb hem met het verhaal geconfronteerd. Hij heeft het al die jaren geheimgehouden. Hij heeft een oude vlam van hem die had beloofd hier voor je te zorgen steeds stiekem geld gestuurd als dat nodig was.'

'Was Katherine Bridges een oude vlam van Zazzetta?'

'Toen Zazzetta net voor mijn vader werkte, was zij gouvernante in Milaan. Je dankt je leven aan hem, Floriana. Toen mijn vader de brief van Elio had ontvangen, waarin hij hem chanteerde, heeft hij Zazzetta gezegd dat hij het probleem uit de weg moest ruimen. Hij zei dat het op een ongeluk moest lijken.' Marina trok wit weg. 'Maar Zazzetta is een gelovig man en een jong meisje en haar ongeboren kind vermoorden ging hem echt te ver. Dus heeft hij alles in het grootste geheim met padre Ascanio geregeld, van wie hij wist dat hij hem kon vertrouwen, en heeft hij jou door zijn eigen broer laten ophalen. Ze konden je de waarheid niet vertellen, Floriana; ze konden niemand vertrouwen, want hun leven stond ook op het spel. Als mijn vader erachter zou komen dat zijn rechterhand hem had verraden, zou hij jullie allemaal om zeep hebben laten helpen. Hij zou je opgespoord hebben en hij zou Zazzetta begraven hebben zonder hem zelfs maar een blik waardig te keuren.' Hij sloeg zijn ogen neer. 'Je hebt geen idee hoe slecht die man was. Ik zou graag willen zeggen dat hij door geld en macht verdorven is, maar eerlijk gezegd denk ik dat hij gewoon als een slecht mens geboren is.'

'Zeg het niet, Dante. Hij is dood. Hij kan niemand meer iets aandoen. En jij hebt mijn zoon gevonden. Onze zoon.'

'Al die tijd dat jij naar hem op zoek was, was hij naar jou op zoek.'

'En hij heeft me gevonden, al wist ik het niet.'

Dante grijnsde. 'Er is nog wel een klein beetje rechtvaardigheid.'

'Hoe bedoel je?'

'Mijn vader heeft zijn hele leven aan Zazzetta toevertrouwd. Hij deed alles voor hem. Vandaar dat het heel gemakkelijk voor hem was om geld van mijn vader te stelen om Lorenzo Santoro in Argentinië en Katherine Bridges in Engeland te betalen. Dus mijn vader heeft jouw nieuwe leven en dat van onze zoon gefinancierd, zonder dat hij dat ooit geweten heeft.'

'En nu zijn wij na al die jaren herenigd. Dat is rechtvaardigheid, zo heeft God het gewild.'

36

'Jij bent dus Marina's zoon, hè?' zei Clementine. Rafa knikte. 'Waarom heb je haar dat niet verteld?'

'Omdat ik niet zeker wist dat zij het was. De enige informatie die ik had was een brief van ene Floriana, een armband en een ring, en de doos met persoonlijke bezittingen van padre Ascanio, de broer van mijn vader, die ons na zijn overlijden is toegestuurd.'

'Was Ascanio jouw oom?'

'Ja. Ik ben een Italiaanse Argentijn, moet je niet vergeten.' Hij liep naar de koffer en haalde er een map uit. 'Dit zijn de brieven. Er zijn talloze brieven van Costanza in Rome bij, aan mijn oom in Herba geschreven, waarin ze hem smeekt te vertellen waar Floriana is, en brieven aan Floriana die ze hem vraagt door te sturen. Dat heeft hij natuurlijk nooit gedaan, want ik heb ze hier, samen met een halve brief aan Floriana, die hij wel geschreven heeft, maar nooit verstuurd.

Daarin vond ik mijn eerste aanwijzing. Kijk, hij heeft het over Beach Compton, een plaatsje hier aan de kust, dus daar ben ik met mijn zoektocht begonnen. Ik wist dat ze een jaar of zeventien was toen ze uit Italië wegging, dus ik nam aan dat ze hier naar school was geweest. Er is maar één school in het dorp, en de oude directrice woont er nog steeds. Alleen heeft Floriana niet op die school gezeten. De directrice kende haar pleegmoeder, Katherine Bridges, goed, want die had daar Engelse les gegeven, en ze waren bevriend geraakt. Ze herinnerde zich Floriana wel, al heette ze toen geen Floriana. Daarom wist ik het niet zeker, en toen ik haar ontmoette, vond ik haar ontzettend Engels, helemaal niet wat ik verwachtte.'

'Heb je Katherine Bridges gevonden?'

'Ze is getrouwd en vijftien jaar geleden naar Canada verhuisd.'

‘Ik wist niet eens van haar bestaan af. Denk je dat ze dat allemaal met opzet verborgen heeft gehouden?’

‘Het zou kunnen.’

‘En hoe heb je Marina hier dan gevonden?’

‘De directrice, Christine Black, houdt overal plakboeken van bij. Ze liet me een tijdschriftartikel over het Polzanze zien, kort na de opening geschreven.’

‘Maar waarom ga je dan nu weg?’

Hij wreef over zijn slapen. ‘Clementine, wil Marina het verleden echt overhoophalen? Wil ze echt dat Grey achter haar geheim komt? Weet Dante wel dat ze een kind van hem gekregen heeft? Ze is teruggegaan naar Italië om het Polzanze te redden, niet om pijnlijke herinneringen op te rakelen. Misschien ben ik wel een pijnlijke herinnering die ze liever vergeet.’

Er werd op de deur geklopt. Clementine zuchtte geërgerd, want ze wilde niet gestoord worden. Tot haar verbazing zag ze haar vader om de deur naar binnen kijken. ‘Rafa, wil je naar het stallencomplex komen? Er is iemand die je denk ik zou moeten ontmoeten.’ Rafa keek even naar Clementine, die haar wenkbrauwen optrok, net zo verbijsterd als hij. Grey zag de open koffer op het bed liggen, maar zei niets. Ze liepen achter hem aan de trap af, langs de receptie, waar Rose het mysterieuze komen en gaan nieuwsgierig gadesloeg, en staken toen over naar het stallencomplex, waar Jake zich inmiddels bij hen had gevoegd.

Rafa zag de Alfa Romeo op het grind en de chauffeur in uniform die trots de motorkap opwreef. Hij verwachtte Dante hier helemaal niet. Toen hij binnenkwam, viel de woonkamer stil. Er daalde plotseling een enorme verstilling over iedereen neer. Dante en Marina kwamen overeind. Hij zag dat Marina gehuild had. Op dat moment realiseerde hij zich dat ze wist wie hij was, en de opluchting kwam onverwacht.

Ze keek hem zo liefdevol aan dat hij even niet wist hoe hij het had. ‘Mijn zoon,’ zei ze. Rafa was te zeer overmand door emoties om iets te kunnen zeggen. Hij had al vermoed dat zij zijn moeder was, en in Italië was alle twijfel verder weggenomen, maar nu hij het haar hardop hoorde zeggen, werd het pas werkelijk. Hij keek naar Dante. ‘*Mio figlio*,’ zei ze, en ze pakte zijn hand.

‘Ben je me komen zoeken?’ fluisterde Marina, terwijl ze aarzelend naar hem toe liep. Hij kon alleen maar stom knikken, en toen sloegen de twee mensen die hem het leven hadden geschonken hun armen om hem heen.

'Dus je bent niet Baffles, de elegante dief?' zei Jake, voor wie de emotionele spanning te hoog opliep.

Rafa lachte. 'Natuurlijk niet.'

'Wat deed je dan in Marina's kamer?'

'Ik probeerde er bewijs voor te vinden dat zij mijn moeder is.'

'En heb je dat gevonden?' vroeg Marina.

'Nee. Alleen een gedicht. "My Marine Marina".'

'Ach, de verkeerde doos. Zo ben ik aan mijn naam gekomen. Die heb ik gekozen uit een dichtbundel van Katherine Bridges die op mijn nachtkastje lag toen ik in Beach Compton aankwam. Ik begreep het natuurlijk niet, want ik sprak geen Engels, maar Marina is ook een Italiaans woord, van *mare*, "zee". De zee was het enige wat Engeland in mijn ogen gemeen had met Italië, dus koos ik die naam. Het gedicht heb ik uit het boek gescheurd om te bewaren. Ik zal even de goede doos pakken en je laten zien hoe ik me al die jaren aan je herinnering heb vastgeklampt.' Ze liep de kamer uit en ging snel naar boven. Haar hart was zo licht dat ze het als een grote heliumballon in haar borstkas voelde stuiteren.

Rafa ging naast zijn vader zitten, nog steeds met de map die hij Clementine had laten zien in zijn hand. Nu liet hij die aan Dante zien. 'Jij staat nergens vermeld in de map van mijn oom,' zei hij tegen hem. 'Maar ik ben blij dat ik jou ook heb gevonden.' Dante haalde er een fluwelen zakje uit en keek erin. In het donker glinsterde de diamanten ring die hij Floriana had gegeven en de bedelarmband van zijn moeder. Hij draaide de ring rond in zijn vingers en dacht aan de avond waarop hij die aan haar gegeven had, onder de sterrenhemel met uitzicht over zee. Ooit had hij gedacht dat ze samen oud zouden worden.

'Nu ik weet wie je bent, zie ik wel dat je de ogen van Marina hebt,' zei Jake.

'Verdomd, ik geloof dat je gelijk hebt,' beaamde Grey. 'Ik snap niet dat dat ons niet eerder is opgevallen. De gelijkenis is frappant.'

'En mijn haarkleur, alleen kun je dat niet meer zien nu ik zo grijs geworden ben,' voegde Dante eraan toe.

'Ík heb nooit gedacht dat je Baffles was, hoor,' zei Clementine, en ze glimlachte hem liefdevol toe. Hij grijnsde naar haar en liet zijn ogen even op haar rusten, totdat Marina weer binnenkwam met de oude schoenendoos, en hij ze van haar moest losrukken.

Ze knielde neer voor de bank en maakte het deksel open. De inhoud bezorgde haar geen schuldgevoel meer. Net als bij handgranaten was de ontsteking eruit gehaald. 'Het zijn kleine dierbare dingen van de korte tijd die we samen zijn geweest. Een foto van jou, die de moeder-overste heeft genomen.' Ze haalde hem eruit en keek ernaar, verbaasd dat het baby'tje op de foto nu als volwassen man voor haar zat. 'Kijk eens wat een schatje je was. En dit is je dekentje.' Ze drukte het tegen haar neus en haalde een envelop uit de doos. 'En een haarlok. Moet je zien hoe blond je was. Je had heel dun, zijdezacht haar. Malle dingen,' wuifde ze het weg, want ze voelde zich onnozel, zoals ze daar met trillende vingers de doos doorzocht. 'Maar het was het enige wat ik had.' Ze haalde er een bundel brieven uit, samengebonden met het roze lint dat Violetta om haar verjaardagscadeau had gestrikt. 'En dan deze, god, wat heb ik die gekoesterd.' Ze ving Dantes blik en glimlachte weemoedig.

'Hoe heb je me genoemd?' vroeg Rafa.

'Je hebt bij je doop de naam Dante gekregen.'

Hij keek omlaag naar zijn gesp. 'Nou, dat is altijd mijn tweede naam geweest. Rafael Dante Santoro. R.D.S. Toen je me in Italië aan Dante voorstelde, viel alles op zijn plaats. Op dat moment wist ik waar ik vandaan kwam. Maar ik wist niet of ik het je moest vertellen. Ik wist niet zeker of je het wel wilde weten. Ik wist niet zeker of ík het wel wilde weten – ik was niet voorbereid op een afwijzing. Maar nu ik de waarheid ken, begrijp ik waarom ik ben afgestaan. Ik begrijp dat je geen keus had.'

Marina wilde van alles vragen, maar wist niet waar ze moest beginnen. Dus pakte ze maar zijn hand en stelde hem die ene vraag die haar meer bezighield dan alle andere: 'Heb je een gelukkig leven gehad?'

Hij keek glimlachend op haar neer. 'Heel gelukkig,' antwoordde hij.

'Ik ben hier ook met nog een ander doel,' zei Dante.

'Wat kan er in vredesnaam nog meer zijn?' vroeg Jake, die niet op nog meer onthullingen zat te wachten.

'Ik zou graag in jullie hotel willen investeren.' Marina keek naar Rafa en trok een gezicht. 'Ja, Rafa heeft het me verteld voordat jij voor het ontbijt beneden was. Niet boos zijn, Marina, maar ik heb hem gevraagd waarom je naar me toe was gekomen, en hij heeft het me verteld. Ik heb er alle respect voor dat je het me niet hebt gevraagd, maar ik wil jullie nu een voorstel doen.'

'Ik geneer me,' zei ze, en ze legde het deksel weer op de doos.

'Er is niks mis mee om van een huis te houden en je uiterste best te doen om het niet kwijt te raken. Ik hou van La Magdalena en zou er alles voor over hebben om het te kunnen behouden als ik het gevaar liep om het kwijt te raken. Laat me dit alsjeblieft voor je doen, omdat ik het kan.' Hij glimlachte haar liefdevol toe. 'En omdat ik het wil.'

Ze knikte gelaten, en diep in haar hart was ze blij voor hen allemaal. 'Dan draag ik je verder over aan mijn man,' zei ze, en ze werkte zich omhoog van de grond. 'Grey heeft veel meer verstand van financiën dan ik. Bespreken jullie de zakelijke kant maar, dan ga ik voor de lunch zorgen. Ik stel voor dat we allemaal samen eten. Als één grote familie.' Ze keek om zich heen. 'Waar is Harvey? Heeft iemand Harvey vanochtend gezien?'

'Hij is gisteravond naar zijn moeder gegaan,' zei Jake. 'Misschien is hij nog niet terug.'

'Dan moet ik hem meteen bellen,' zei ze, en ze liep de keuken in.

Grey nodigde Dante uit mee naar het hotel te gaan en de kwestie in de bibliotheek verder te bespreken. Jake ging weer aan zijn werk, blij dat hij weg kon uit de drukkende atmosfeer in de kleine woonkamer. Clementine en Rafa bleven alleen achter.

'Ben je nog steeds van plan om vandaag weg te gaan?' vroeg ze, en ze stak haar handen in de zakken van haar broek.

'Nee, hoe zou ik dat kunnen?'

'Nou, je hebt gevonden wat je zocht.'

'Ik heb veel meer gevonden dan ik zocht.' Hij keek haar aan op de doordringende manier die hem eigen was. Ze wendde haar blik af, want ze wilde geen hoop koesteren en wilde niet teleurgesteld worden. 'Clementine, ik heb jóú gevonden.'

'Maar mij wilde je niet.'

'Ik heb jou altijd gewild. Ik wilde jou zo graag dat het me pijn deed.' Hij nam haar in zijn armen. 'Ik kon niet van je verwachten dat je ook van mij zou houden zolang ik mijn ware identiteit voor je verborgen hield. Ik wilde het risico niet nemen dat ik je pijn zou doen.'

'Maar dat heb je toch gedaan.'

Hij ging met zijn vingers langs haar gezicht. 'Het spijt me, *mi amor*. Het is nooit mijn bedoeling geweest om de vrouw van wie ik hou pijn te doen.'

'En hoe nu verder?' Ze stak uitdagend haar kin naar voren.

'Ik stel voor dat we de rest van de zomer hier blijven. Ik wil bij Marina zijn en over haar leven horen. Daarna neem ik je mee en maken we een lange reis door Zuid-Amerika.'

'Dat is nogal wat.'

'We beginnen in Argentinië en dan steken we te paard over naar Chili, dan naar Brazilië, Mexico en Peru.' Hij boog zijn hoofd en kuste haar zacht in haar hals.

'Dat wordt een lange reis. Wat zal meneer Atwood daarvan vinden?'

'Je gaat daar niet meer naartoe.' Hij legde zijn lippen tegen haar kaaklijn.

'O nee?'

'Nee, want jij bent voor iets veel beters in de wieg gelegd.' Hij ging met zijn mond omhoog naar haar jukbeen en streek heel licht over haar huid.

'En wat mag dat dan wel zijn?' vroeg ze zwak.

'Dat weet ik niet, maar daar komen we samen wel achter. Dat is er juist zo leuk aan.' Voor ze nog een woord kon uitbrengen trok hij haar tegen zich aan en drukte zijn lippen op de hare. Toen hij haar kuste, trokken alle teleurstelling en verlangen die zich in de afgelopen weken hadden opgestapeld op als mist in de zomer.

Marina belde verzorgingshuis Sun Valley en vroeg naar mevrouw Dovecote. Er volgde langdurig geschuifel, mompelende stemmen, en toen kwam de receptioniste weer aan de lijn om te vertellen dat er niemand met die naam in het huis woonde. 'Dan moet er een vergissing in het spel zijn. Misschien staat ze onder een andere naam geregistreerd. Haar zoon, Harvey Dovecote, gaat regelmatig bij haar op bezoek. De laatste tijd zelfs een paar keer per week.'

'Het spijt me, maar er woont hier niemand met die naam en iedereen die hier op bezoek komt moet zijn naam opschrijven. We hebben niemand met die naam gehad. Een naam als Harvey Dovecote zou ik me wel herinneren.' Marina legde verbijsterd neer. Ze dacht aan de mooie Jaguar van Harveys neef en haar hart begon te bonken. Hij had onlangs pas voor het eerst iets over die neef verteld. Waarom niet eerder? En als hij niet bij zijn moeder op bezoek ging, waar ging hij dan wel naartoe? Als zijn moeder niet in Sun Valley woonde, waar loog hij dan nog meer over? Had hij nog wel een moeder? Hij was zelf ook al over de zeventig.

Plotseling kreeg ze een afgrijselijk visioen. Helemaal warm van angst liep ze op een holletje naar haar kantoor en zocht in haar la naar de sleutel van Harveys schuur. Ze wist niet goed of ze er wel een had, want ze was er al jaren niet meer in geweest. Maar ja hoor, daar lag hij, tussen alle andere sleutels, met een labeltje eraan en al. Ze klemde hem stevig in haar hand en hoopte maar dat haar angsten ongegrond zouden blijken. Misschien had Harvey een plausibele verklaring. Het visioen wilde echter van geen wijken weten. Zonder een woord tegen iemand te zeggen liep ze schielijk de tuin door naar Harveys schuurtje, dat helemaal achter aan de moestuin lag, in de schaduw van een reusachtige paardenkastanje. Met bevende hand stak ze de sleutel in het slot en draaide hem om.

De deur piepte knorrig en daar lag de inhoud van Harveys geheime leven, open en bloot. Ze hapte verbaasd naar adem. Daar lagen in keurige hoopjes tussen het touw en het duct-tape sieraden, schilderijen en zilver, gestolen uit de voorname huizen waar hij had ingebroken. Op de plank die tegen de muur gespijkerd zat lag een keurige stapel boeken van E.W. Hornung over Raffles, de amateurinbreker.

Ze deed snel de deur dicht en op slot. Haar hart ging tekeer in haar borst. *Niemand mag dit weten*, dacht ze bij zichzelf, en ze voelde zich misselijk worden. *In elk geval niet tot ik Harvey zelf gesproken heb*. Ze liet de sleutel in haar zak glijden en liep terug naar het huis.

Maria Carmela hoorde de telefoon gaan en wist intuïtief dat het haar zoon Rafa was. Ze liep snel de keuken in en nam op. '*Hola*.'

'Mamá.'

'Wat is er aan de hand? Ik heb al een week niets van je gehoord.'

'Ik heb mijn biologische ouders gevonden.'

Maria Carmela ging zitten. 'Heb je ze gevonden? Allebei?'

'Ja. Marina, de vrouw van wie het hotel is, is Floriana. Ze is verliefd geworden op een man, Dante. Ze zijn hier nu allebei.'

'Is alles goed met je?'

'Ik ben blij, mamá. Ik weet nu waar ik vandaan kom, maar ik weet ook bij wie ik hoor.'

'O ja?' Haar stem klonk gespannen.

'Ik hoor bij jou, mamá. Dat is altijd zo geweest.'

Maria Carmela's hart voelde aan als een zak vol goud. 'Ik heb me vreselijke zorgen gemaakt. Weet je, toen padre Ascanio ons vroeg jou te adopteren, moest ik mijn werkgeefster, señora Luisa, in vertrouwen nemen. Toen ze jou onder haar hoede nam, was ik bang dat ze je van me zou afpakken, want zij was de enige die wist dat je niet van ons was, en ze was helemaal weg van je. Toen je aan de zoektocht naar je biologische moeder begon, was ik weer bang dat ik je zou kwijtraken. Ik ben me er altijd bewust van geweest dat je aan ons was toevertrouwd, maar dat je niet van ons was. Ik ben altijd bang geweest dat ik je op een dag zou kwijtraken.'

'Maar dat slaat nergens op. Jij was de moeder die me een nachtzoen gaf voor het slapengaan, die me verhaaltjes voorlas, die mijn knie verbond toen ik van papa's merrie was gevallen. Jij was de moeder naar wie ik toe ging als ik ongelukkig was, bij wie ik mijn hart uitstortte toen dat gebroken was. Jij was de vrouw die in alle opzichten een moeder voor me is geweest. Ik had geen andere moeder dan jou.' Hij voelde haar emotie aan de andere kant van de lijn en begreep dat ze te aangedaan was om een woord te kunnen uitbrengen.

'Kun je je dat meisje nog herinneren over wie ik het gehad heb? Clementine?'

Ze snufte en herpakte zich. 'Natuurlijk, Rafa.'

'Ik wil met haar naar je toe komen.'

'Kom je dan naar huis?'

'Ja, ik kom naar huis.' Het was even stil. Rafa voelde hoe blij zijn moeder was en zijn hart liep over van vreugde. 'Het is een heel bijzonder meisje. Ik weet zeker dat jij haar ook geweldig zult vinden.'

'Als jij van haar houdt, hou ik ook van haar. Wat fantastisch dat je op zoek bent gegaan naar één vrouw en dat je er twee gevonden hebt. Vertel eens, *hijo*: was je biologische moeder erg blij om je te zien?'

'Ja, heel blij.'

'Heb je wel verteld hoe goed ik voor je heb gezorgd?'

'Ik heb haar verteld dat ik een ontzettend gelukkig leven heb gehad.'

'We waren anders niet rijk.'

'Zij ook niet. Maar net als jij is zij rijk in alle opzichten die ertoe doen.'

'Ik denk dat je vader heel trots op je zou zijn.' Rafa antwoordde niet. 'Ik meen het, *mi amor*, hij zou het heel moedig van je gevonden hebben. Je hebt een risico genomen, een risico dat hij je zou hebben afgeraden, maar het heeft goed uitgepakt.'

'Ik mis hem.'

'Ik mis hem ook. Hij zou het nooit hebben goedgevonden dat ik je de doos met persoonlijke spullen van zijn broer had gegeven, maar met de uitkomst zou hij heel blij zijn geweest. Dat je veilig bent, dat je weet waar je vandaan komt, maar vooral dat je nog weet waar je thuishoort.'

Rafa legde de telefoon neer en haalde het buideltje uit zijn zak. Hij schudde de ring en de armband op zijn hand. Hij had zich altijd afgevraagd van welke vrouw die ooit waren geweest. Hij sloeg zijn ogen op naar het raam en zag Marina en Clementine met Koekie onder de ceder. Hij was hier aangekomen met een gevoel van ontheemding, alsof de waarheid over zijn geboorte hem bij de wortels had afgesneden. Nu realiseerde hij zich dat die wortels nooit echt waren doorgesneden, want dat Maria Carmela en Lorenzo altijd zijn ouders zouden blijven.

Zijn toekomst veranderde nu wel. In zijn zoektocht naar zijn moeder had hij Clementine gevonden, en door haar was alles veranderd. Plotseling voelde hij de behoefte om zich te binden, om zich te settelen en zelf een gezin te stichten. Floriana en Dante hadden geen happy end samen gehad, maar Clementine en hij konden dat wel krijgen. Hij klemde zijn vingers om de sieraden. Als Marina er haar zegen aan gaf zou hij de sieraden die voor Floriana ooit zo veel betekend hadden aan Clementine geven.

Die avond ging Marina om wat afleiding te zoeken van Harveys gestolen schat op het bankje achter in de tuin zitten, met Costanza's brieven en de halve brief die padre Ascanio nooit had verstuurd. De zee murmelde zachtjes onder haar en de maan verlichtte een zilveren rivier over het water tot aan het marmeren koninkrijk van Jezus, waar Hij eindelijk haar gebed had verhoord. Ze trok haar omslagdoek om haar schouders en maakte als eerste de brief van Ascanio open. Ze knipte de zaklamp aan en las zijn nette krullerige handschrift.

Lieve Floriana,

Ik hoop dat deze brief je in gezondheid en met genezing in je hart aantreft. Je bent een heel moedig meisje en ik ben ontzettend trots op je. Je hebt je met grote waardigheid en kracht door je benarde situatie heen geslagen.

Ik zou er alles voor over hebben gehad om jou in Herba te kunnen laten blijven, waar ik je vaderlijk in het oog zou hebben gehouden, maar zoals ik je in het klooster heb uitgelegd, verkeren het leven van jou en dat van je zoon in ernstig gevaar. Dit was de enige manier. Beppe Bonfanti is een heel machtig man, die in staat is om zijn vijanden op de meest wrede wijze het zwijgen op te leggen. Daarom kan ik tot mijn spijt ook niet jouw brieven aan Costanza doorsturen. Haar vader werkt momenteel namelijk voor Beppe, dus dat is te gevaarlijk. Niemand mag ooit weten waar je bent.

Ik moet je tot mijn grote verdriet laten weten dat padre Severo, die ik meer dan vijftien jaar heb vertrouwd, mijn gesprek met Dante heeft afgeluisterd en ons geheim aan je vader heeft overgebriefd. Hij heeft het bekend en heeft diep berouw. Ik vond het niet meer dan normaal dat hij Herba zou verlaten.

Je moet me geloven, lieve kind, als ik zeg dat je zoontje bij een zeer liefhebbend echtpaar terecht is gekomen en dat hij door een Italiaans gezin volgens het katholieke geloof zal worden grootgebracht. Met jouw offer heb je hem de best mogelijke start in het leven gegeven. God weet hoeveel verdriet het je heeft gedaan en ik bid dat Hij je mag troosten wanneer je je nieuwe thuis hebt gevonden.

Ik heb begrepen dat Beach Compton aan zee ligt. Ik hoop dat je daar een nieuwe start kunt maken. Mejuffrouw Bridges is een vriendelijke en godvrezende vrouw, die vast en zeker goed voor je zal zorgen. Je beschikt over een grote innerlijke kracht en een sterk, onwankelbaar geloof. Houd God in je vizier en in je hart, dan zul je dit alles achter je kunnen laten.

Wat mijzelf betreft

Daar was hij gestopt. Nu begreep ze pas welke moeite padre Ascanio zich had getroost om haar te redden. Hij had haar zoon naar zijn eigen broer in Argentinië gestuurd – de enige die hij genoeg vertrouwde om voor de jongen te zorgen. Hij had geen beter thuis voor hem kunnen vinden, al had hij er stad en land voor afgezocht. Hij had zijn eigen leven in de waagschaal gesteld. Nu begreep ze waarom: uit liefde.

Ze vouwde de brief dicht en deed hem weer in de envelop. Het deed haar verdriet dat padre Ascanio niet meer leefde en ze hem dus niet meer kon bedanken. Toen pakte ze het bundeltje brieven dat Costanza had geschreven en las ze een voor een, verbaasd over de mate waarin haar hart hunkerde naar haar oude vriendin.

De volgende ochtend verscheen Harvey in het Polzanze. Terwijl Dante met Grey, Clementine en Rafa in de eetzaal zat te ontbijten, ontbood

Marina hem in haar kantoor. 'Ik moet met je praten, Harvey,' zei ze plechtig.

'Er is toch niks, hè?'

'Ga maar even zitten.' Ze zat zelf in de leunstoel en keek hoe hij neerzeeg op de bank, haar oude vriend en vertrouwenspersoon, de man die bijna een soort vader voor haar was geweest. Ze kon gewoonweg niet geloven dat hij in staat was om te liegen. Ze wilde dat hij het allemaal kon uitleggen. Ze was bereid elk excuus dat hij opdiste te geloven.

'Ik heb je gisteren in het verzorgingshuis proberen te bellen.'

Hij keek verbaasd. 'O ja?'

'Daar zeiden ze dat ze nog nooit van mevrouw Dovecote hadden gehoord.'

'Dan heb je vast het verkeerde huis gebeld.'

'Nee, Harvey. Ik weet het.' Ze keek hem bedroefd aan.

Hij ontweek haar blik. 'Wat weet je?' Maar ze zag aan zijn ernstige gezicht dat hij besefte dat hij door de mand gevallen was.

'Ik weet van je schuur.' Ze liet haar stem dalen. 'Jij bent Baffles, of Raffles, of hoe je jezelf ook noemt. Harvey, hoe kón je zo tegen me liegen?'

Hij draaide zich met een berouwvol gezicht naar haar toe. 'Ik heb het voor jou gedaan, Marina, voor het Polzanze. Toen ik zag dat je echt het gevaar liep het kwijt te raken, vond ik dat ik iets moest doen om jullie te helpen. Ik weet hoeveel dit hotel voor je betekent. Ik was bang dat je, als je het kwijt zou raken, gek van verdriet zou worden.'

'O, Harvey toch.'

Hij haalde zijn schouders op. 'En toen is het een beetje uit de hand gelopen.'

'Een beetje?'

'Die Jaguar was tweedehands. Die heb ik voor een prikkie gekocht.'

'Heb je eigenlijk wel een neef?' Hij schudde van nee. 'Of een moeder?'

'Nee, die is jaren geleden al overleden.'

'Maar Harvey, hiervoor kun je de gevangenis in draaien.'

'Ik was van plan om het maar één keer te doen. Maar het ging zo gemakkelijk. Dus toen heb ik het nog een keer gedaan... en nog een keer. Ik moet toegeven dat ik het leuk vond. Van Zonderen de elegante dief. Ik heb ze allemaal om de tuin geleid.' Hij grijnsde kwajongensachtig. 'Het gaf me een kick dat ik jou ermee uit de problemen kon helpen. De oude Harvey, die als James Bond stiekem andermans huizen betreedt.'

'Of als Raffles.'

'Ik heb dat altijd heerlijke boeken gevonden. Het is als een spel begonnen.'

'Maar het spel is veel te ver doorgevoerd.'

Hij keek haar ongelukkig aan. 'Wat ga je doen, Marina?'

'Ik moet eigenlijk de politie bellen.'

'Maar je gaat een oude vent toch niet aangeven? Dat wordt mijn dood.'

Marina verbeet zich en stak haar kin vooruit; de gedachte dat ze het zonder Harvey zou moeten stellen maakte dat er in haar borst iets pijnlijk verdraaide. Ze stond op en liep naar het raam. Ze was in haar leven al zo veel kwijtgeraakt dat ze hem er niet ook nog bij kon hebben. 'Ik zal je niet aangeven, Harvey, maar wel op één voorwaarde.'

'En die luidt? Ik wil alles voor je doen.'

'Je moet alles teruggeven.' Zijn mond opende zich in een stille kreet. 'Als het zo gemakkelijk was, kun je het heus nog wel een keer. Het moet allemaal terug.'

'Maar het Polzanze dan?'

'O ja, dat weet je nog niet, hè?' Ze ging weer zitten. 'Er is een heleboel gebeurd sinds jij weg bent. Lieve hemel, waar moet ik beginnen?'

37

Sylvia zat achter haar bureau en keek wanhopig naar de lege stoel naast zich. Clementine was op 31 augustus naar kantoor gekomen om haar spullen te halen en afscheid te nemen; dat was van meet af aan de afspraak geweest, want Polly werd op 1 september terug verwacht van zwangerschapsverlof. Alleen wilde nu niemand meer dat ze wegging. Ze was een uiterst efficiënte secretaresse gebleken, en voor Sylvia een goede vriendin. Meneer Atwood had haar een schandalig bedrag geboden om te blijven, maar dat had ze afgeslagen. Begrijpelijk, want welke vrouw vindt geld nou belangrijker dan een reis van een half jaar door Zuid-Amerika met de man van haar dromen?

Het verbaasde Sylvia dat mevrouw Atwood zich niet van haar man had laten scheiden. Ze vroeg zich af wat voor deal ze gesloten hadden. Misschien had hij beloofd dat hij zijn inbrekerspak ook een keer voor háár zou aantrekken. Misschien was zijn vrouw leuker dan hij gedacht had. Hoeveel andere vermommingen gebruikte hij? Die gedachten maakten Sylvia aan het glimlachen op de dagen dat ze Clementine miste.

Het najaar had hen zonder ook maar de geringste waarschuwing overvallen, want eerlijk gezegd hadden de hele maand juli en augustus ook al als het najaar gevoeld, met heel vochtige luchten en een onafgebroken motregen. Polly was terug, niet in staat om ook maar één zin uit te spreken zonder haar dochtertje er ergens tussen te persen. Het was snoesje dit en snoesje dat, en Sylvia begreep niet waarom ze de echte naam van het meisje niet kon gebruiken: Esme, toch een heel mooie naam.

Clementine had er stralend van geluk uitgezien. Sylvia was niet jaloers geweest, want jaloezie betekende wrok, en Sylvia kon met geen mogelijkheid wrok ten aanzien van Clementine voelen, maar ze bespeurde bij zichzelf wel iets dat in de buurt kwam van afgunst. Clementine werd niet alleen mooier van de liefde, maar ze kreeg er ook iets zorgeloos door, alsof niets ter wereld ertoe deed zolang zij maar bij de man was van wie ze hield. De schaduw was opgetrokken en had haar defensiviteit ook meegenomen. Geen ongelukkigheid meer, geen verbittering, geen zwelgen in zelfmedelijden.

Sylvia reserveerde tegenwoordig in het weekend voor de lunch in het Polzanze. Vroeger hoefde je nooit te reserveren, maar het was erg druk in het hotel en de enige manier om een tafeltje te krijgen was om van tevoren te reserveren of om Jake op zijn mobiele telefoon te bellen, waarvan hij het nummer alleen aan heel speciale klanten gaf, van wie Sylvia er één was. De inwonende kunstenaar was weg, maar het hotel werd nu bezocht door de hipste inwoners van Devon en de kamers zaten altijd vol. Marina had een advertentie in de *Dawcomb Devlish Gazette* gezet waarin ze weer om een kunstenaar vroeg, en William Shawcross had iedereen bij het eerste literaire diner, dat uitverkocht was geweest, een leuke avond bezorgd. Hij was niet alleen een welbespraakt en interessant spreker, maar hij was nog verdraaid knap ook. Sylvia was erin geslaagd hem een hele tijd aan de praat te houden en hij had beleefd naar haar geluisterd toen ze vertelde dat geschiedenis op school altijd haar lievelingsvak was geweest.

Ze kauwde op het uiteinde van haar balpen en bedacht dat het leven voor Clementine wel heel plotseling een andere wending had genomen. Na Zuid-Amerika gingen ze trouwen en zouden ze zich in Italië vestigen. Ze hadden er heel lang over nagedacht waar ze wilden neerstrijken, want Rafa wilde graag dicht in de buurt van zijn moeder blijven, maar zijn vader, Dante, wilde graag dat ze bij hem in La Magdalena kwamen wonen. Uiteindelijk hadden ze besloten hun tijd te verdelen tussen Argentinië en La Magdalena, waarbij ze Rafa's moeder dan elke zomer naar Italië lieten overvliegen. Het leek Sylvia fantastisch om erachter te komen dat je echte vader een van de rijkste mannen van Italië was. Ze keek even naar Polly, die druk bezig was door de website van Mothercare te scrollen, en fronste haar wenkbrauwen. Die Clementine had het maar getroffen, terwijl Sylvia niet eens Freddie meer had om lekker tegenaan te kruipen. Ze had zich nog nooit zo eenzaam gevoeld.

Net op dat moment ging de deur open en liep Jake binnen, uit het Polzanze. Het was grappig om hem zo buiten zijn vertrouwde omgeving te zien, in een spijkerbroek en met een vrijetijdshemd aan. Ze vond hem er blits uitzien met zijn blonde haar zo over zijn voorhoofd en zijn blauwe ogen zo helder als een lagune. 'Hé, Jake, hallo!' zei ze opgewekt. 'Wat doe jij hier nou?'

Hij keek een beetje zenuwachtig om zich heen. 'Ik kwam voor jou, eigenlijk.'

Sylvia rechtte haar rug. 'O ja?'

'Ik vroeg me af of je thee met me wilde drinken.'

Ze was verbaasd. 'Nu?'

'Als je het niet te druk hebt.'

Ze draaide zich om naar Polly. 'Zou jij zo goed willen zijn om de telefoon voor me op te nemen? Ik neem even pauze. Het is niet goed om de hele dag binnen te zitten.'

Jake grijnsde haar jongensachtig toe. 'Is Devil's wél goed voor je?'

'Mijn favoriete tent.'

'Ik heb gehoord dat ze daar heel lekkere scones met room en jam hebben.'

'Reken maar. Ben je er dan nog nooit geweest?'

'Ik moet tot mijn schande bekennen van niet, nee.'

'O, Jake, dan staat je iets heerlijks te wachten.' Ze trok haar jas aan en pakte haar tas.

Ze liepen het kantoor uit en de straat op. 'Ik wilde je al een hele tijd mee uit vragen,' bekende Jake.

Sylvia veerde helemaal op van genoegen. 'Echt waar?'

'Ja, al sinds je voor het eerst in het Polzanze kwam. Ik had nog nooit zo'n sensuele vrouw als jij gezien.'

'Gut, Jake, wat een compliment. Er heeft nog nooit iemand tegen me gezegd dat ik sensueel ben.'

Haar glimlach moedigde hem aan nog iets verder te gaan. 'Dat vind ik echt. Ik moest alleen de moed verzamelen om je mee uit te vragen.'

'Maar waarom heeft dat dan zo lang geduurd?'

'Je bent een mooie vrouw, Sylvia. Ik wist niet zeker of je wel zou willen.'

Ze lachte vol ongeloof. 'In dat geval moeten we Devil's maar als ons eerste afspraakje beschouwen, Jake.'

Het was warm in Devil's en het rook er naar vers gebakken taart. Ze gingen zitten aan een tafeltje bij het raam en bestelden scones en thee. Jake keek verrukt toe hoe Sylvia met gezonde trek op de room en jam aanviel. 'Ik hou van vrouwen die niet bang zijn om van hun eten te genieten,' zei hij.

'O, dit zou ik mezelf nooit kunnen ontzeggen,' zei ze enthousiast, en ze likte de room van haar vinger.

'Het staat je goed, moet ik zeggen,' zei hij, en hij bewonderde haar volle boezem, die tegen de stretchstof van haar jurk drukte. 'Waarom is zo'n mooie vrouw als jij niet getrouwd?'

Ze keek naar haar ringloze vinger en zuchtte. 'Ik ben gescheiden, moet ik bekennen, en ik moet de juiste man nog tegenkomen. Diep in mijn hart ben ik een ouderwets meisje. Weet je, ik geloof in de grote liefde; zo'n liefde die je overrompelt, net als in romans. Met minder moet je geen genoegen nemen. Ik ben liever alleen dan met een man van wie ik niet hou.' Ze keek hem grijnzend aan en dacht aan Clementine en aan wat die zou zeggen als ze haar nu kon horen. 'Ik wil het hele sprookje,' voegde ze er vastberaden aan toe. 'Voor minder doe ik het niet.'

Grey stuurde de kleine vissersboot de beschutte baai in. Meeuwen streken vanuit de lucht neer op het water om naast de boot mee te zwemmen in de hoop te kunnen meegenieten van de picknick die Marina had klaargemaakt. Het water was rustig en de lucht was bewolkt op een paar stukken blauw na, waardoor ze zo nu en dan even een glimp van de hemel opvingen. Er stond een frisse najaarswind en Marina trok haar jas om haar schouders en rilde. Ze trok Koekie dichter tegen zich aan om warm te blijven.

Grey stuurde de boot het zand op en zette de motor uit. Hij sprong eruit en trok hem verder het strand op, waarbij hij er goed voor zorgde dat hij niet terug de zee in kon glijden. Marina gaf hem de kleden en de picknickmand aan, en lachte toen Koekie over de boeg sprong en opgewonden aan de rotsen begon te snuffelen. Grey stak Marina zijn hand toe en hielp haar eruit. 'Hier is het,' zei hij trots. 'Hier heb ik je altijd al mee naartoe willen nemen.'

'Prachtig is het hier,' zei ze opgetogen, en ze pakte een deken en schudde die uit op het zand.

'Het lijkt wel alsof hier nooit iemand komt.'

'Dan wordt het ons geheime plekje.'

'Dat klinkt goed.' Hij ging naast de mand zitten. 'Wat zit erin?'

'Allemaal dingen die jij lekker vindt,' antwoordde ze, en ze ging bij hem op de deken zitten.

'Aha, brood, paté, gerookte zalm, kaas en chocolademousse.' Hij lachte. 'Lieve schat, je denkt ook aan alles.'

'En het belangrijkst van alles: de wijn.' In een koeler zat een koude fles sauvignon blanc. Grey haalde de glazen tevoorschijn en schonk de wijn in. Hij hief zijn glas. 'Op afwezige vrienden,' zei hij betekenisvol.

'Op afwezige vrienden.' Ze nam een slokje. 'Ik mis ze, maar wel op een fijne manier.'

'Zo te horen hebben ze het heerlijk daar in Zuid-Amerika.'

'Dat is het leuke aan e-mail. In mijn tijd hadden we alleen maar brieven, en die deden er een eeuwigheid over.'

'Je hebt me nooit verteld dat je al die liefdesbrieven die ik je geschreven heb nog had.'

'Ik bewaar alles. Ik kan er niets aan doen. Het ligt nu eenmaal in mijn karakter om alle bewijsmateriaal van mijn leven te bewaren.' Ze schonk hem een weemoedige grijns. 'Waarschijnlijk omdat ik altijd toch een beetje bang ben om het kwijt te raken.'

'Clementine heeft dankzij jouw eksterinstinct een prachtige diamanten verlovingsring.'

'Ik vond het heel vreemd om die sieraden terug te zien. In die tijd waren ze ontzettend belangrijk voor me. Nu zijn het gewoon sieraden.'

'Maar Clemmie zal er haar eigen associaties aan toekennen en dan worden ze voor haar ook weer bijzonder, net zoals ze dat ooit voor jou waren.'

Ze pakte zijn hand. 'Grey, schat, je bent ontzettend begripvol geweest gedurende deze hele periode.'

'Vergeet niet hoeveel jaar ik gewacht heb tot je openheid van zaken zou geven.'

'Dan is geduld dus je meest bewonderenswaardige eigenschap.'

'Als het had gemoeten had ik nog veel langer gewacht. Maar het was een stuk eenvoudiger geweest als je het me meteen in het begin al had verteld. Ik zou je er nooit om veroordeeld hebben.'

'Dat weet ik. Maar het was zo vers dat ik er niet over kon praten. Nu kan ik openlijk over mijn zoon spreken.' Ze glimlachte tevreden en haalde diep en voldaan adem. 'Mijn zoon – wat heerlijk om die woorden in de mond te kunnen nemen.'

'Wie had dat ooit gedacht: Rafa en Clementine? Jouw zoon en mijn dochter.'

'Als ze in mei trouwen zal ik wel je ex moeten verdragen.'

'Zij zal moeten verdragen dat de bruiloft in het Polzanze wordt gehouden, en dat lijkt me een stuk erger.'

'En ik ga Maria Carmela ontmoeten.' Ze beefde van opwinding. 'Ze neemt foto's mee van Rafa toen hij klein was. Wat een geluk dat hij in zo'n fijn gezin terecht is gekomen. Ik ben padre Ascanio veel dank verschuldigd, en Zazzetta ook, van wie ik altijd dacht dat het een slechterik was.' Ze nam nog een slokje wijn. 'Weet je, ik heb zo'n rijk leven gehad doordat ik twee keer heb geleefd. Als het lot niet die verschrikkelijke wending had genomen, zou ik jou, Clemmie en Jake nooit hebben ontmoet. En Koekie niet,' voegde ze eraan toe toen de hond op het kleed ging liggen en aan de mand begon te snuffelen.

'Wie zal zeggen wat voor soort mensen we geweest zouden zijn als we elkaar niet hadden ontmoet?'

'Dat is een heel diepe vraag.'

'Heerlijk toch dat we de hele middag de tijd hebben om erover te praten?'

Toen ze teruggingen naar het Polzanze, werd het al donker. De dagen waren inmiddels korter. Het zonlicht was zwakker en het gras bezaaid met knisperende bruine bladeren en stekelige kastanjes. Alleen de duiven op de daken koerden alsof het nog steeds zomer was.

Marina keek omhoog naar het huis dat haar zo dierbaar was en dacht aan Dante, die dit alles mogelijk had gemaakt; Dante, die wederom deel uitmaakte van haar leven. Ze kon nu met plezier aan alles terugdenken, en terwijl ze dat deed, kwamen er herinneringen die diep onder het puin begraven hadden gelegen als bloemen naar de oppervlakte en zochten hun weg door de brokstukken, naar het licht toe, waar ze zich er met haar ogen nostalgisch aan te goed deed.

Er kwam maar één mooie roos door het puin naar boven, vol doornen. Het deed haar pijn ernaar te kijken, dus negeerde ze hem, ook al werd hij met de dag groter en aanlokkelijker. Tot ze op een winterse middag in december de hal binnenliep, waar Jennifer aan het telefoneren was. 'Ah, daar zul je haar hebben,' zei ze, en ze trok een gezicht naar Marina. 'Het is voor jou.' Ze stak haar de hoorn toe.

'Wie is het?'

Jennifer haalde haar schouders op. 'Ik weet het niet. Ze zegt dat ze een vriendin van vroeger is. Ze heet Costanza.'

Epiloog

Rafa en Clementine liepen door de tuinen van La Magdalena. Ze waren pas twee maanden geleden verhuisd en toch hadden ze het gevoel alsof ze hier hun hele leven al woonden. Maria Carmela was voor de zomer overgekomen en zat vaak wat te lezen in de kleine met zuilen omzoomde tuin op het bankje waar Violetta altijd graag had gezeten, en Dantes dochters kwamen regelmatig op bezoek met hun echtgenoot en kinderen, die het zwembad wederom met gelach vulden. Ze hadden Koekie in het Polzanze achtergelaten, bij Marina, maar op La Magdalena wemelde het van de zwerfhonden en -katten die Dante had gered, en Rafa en Clementine waren op alle dieren even dol.

De zon hing laag in het westen, waardoor de lucht een doorschijnende kleur roze kreeg en er inktachtig groene schaduwen over het gras vielen. Krekels en nestelende vogels kwetterden er, terwijl ze zich installeerden voor de nacht, luidruchtig op los. De vochtige lucht rook zwaar naar pijnbomen en eucalyptus, en Clementine zoog die geur voldaan in zich op en genoot van de aroma's van het vreemde land dat ze tot haar thuis had gemaakt. Ze waren bijna bij het deel van de ommuring waar stenen uit gevallen waren, zodat die zo laag geworden was dat je eroverheen kon klimmen.

'Ik begrijp niet waarom Dante dat stuk niet wil laten repareren,' zei Rafa, terwijl hij eropaf liep. Hij pakte een losse steen op, gooide die in de lucht en ving hem weer op.

'Het is een bijzondere plek voor hem, zoveel is wel duidelijk. Heb je niet gezien hoe hij keek toen hij ons vertelde dat we alles met het huis en de tuinen mochten doen, maar dat we deze muur precies zo moesten laten als hij is?'

'Ik denk dat het iets met Floriana te maken heeft,' zei Rafa. 'Maar op de een of andere manier heb ik niet het gevoel dat we kunnen vragen wat precies.'

Clementine kwam aan bij de muur en keek door het gat. Daarachter lagen de heuvels van Toscane er zacht glooiend bij in het oranje licht en in de verte zag ze de rode daken van Herba en de kerktoren die erboven uitsteeg. Plotseling had ze zin om naar boven te klimmen en daar een tijdje te blijven zitten. Het was heerlijk vredig met de wind in haar haar en de zon warm op haar huid.

'Kom bij me zitten,' zei ze toen ze een plekje op de stenen zocht. 'Het is prachtig hier boven.'

Rafa beklom de muur en ging naast haar zitten. 'Je hebt gelijk, het is een prachtige plek.' Hij sloeg zijn arm om haar heen en trok haar voorzichtig tegen zich aan. Ze keken hoe de zon langzaam onderging en hoe de kleuren subtiel veranderden naarmate de schemering terrein won op de dag. Op dat moment, ten overstaan van zo veel pracht, wist hij het: zijn ouders hadden precies zo op deze muur gezeten en waren net als zij getuige geweest van de schitterende zonsondergang. De schimmen van het verleden hingen hier nog steeds.

'Kun jij je Veronica Leppley nog herinneren?' vroeg hij na een poosje.

'Natuurlijk.'

'Zij heeft een keer tegen me gezegd dat ik me pas een heel mens zou voelen als ik mijn zielsverwant gevonden had. In die tijd was ik op zoek naar mijn moeder. Maar nu ik jou heb, besef ik dat ze gelijk had. Dat ik Marina gevonden heb, heeft me mijn identiteit gegeven; ik heb ontdekt wie ik werkelijk ben en waar ik vandaan kom, maar dat ik jou gevonden heb, heeft me een gevoel van heelheid gegeven. Ik heb het gevoel dat jij de cirkel rond maakt – waar ik eindig, begin jij, en waar jij eindigt, begin ik. Begrijp je wat ik bedoel?'

Clementine stak haar kin omhoog en kuste hem in zijn hals. 'Ik begrijp je helemaal.'

'Ik hou van je, Clementine. Ik denk dat we hier heel gelukkig zullen worden.'

Ze zuchtte voldaan en dacht aan haar verlangen om te vluchten, maar kon zich nu niet meer herinneren hoe dat precies had gevoeld. 'Ik hou ook van jou, Rafa,' antwoordde ze, terwijl ze zich nog dichter tegen hem aan drukte. 'Er is geen plek op de wereld waar ik liever zou zijn dan hier bij jou.'

De Dawcomb Devlish gazette

DRAMA VAN 'BAFFLES' DE ELEGANTE DIEF

NIEUWE RAADSELACHTIGE ONTWIKKELINGEN
POLITIE WEDEROM VOOR RAADSEL

De stroom inbraken in de gemeente Dawcomb Devlish, waarbij men het gemunt had op familieschatten in voorname huizen en landelijke hotels, wordt ook wel de 'Baffles'-zaak genoemd, naar de film over Raffles, de elegante dief. De zaak, die in heel Devon voor angst én vermaak heeft gezorgd, stelde de politie voor een raadsel en heeft nu een dramatische wending genomen.

Als iemand dacht dat deze zaak het hoogtepunt van raadselachtigheid wel had bereikt, dan had diegene het mis. Na een sensationele ommekeer lijkt het erop dat de elegante dief ook een echte gentleman is: hij is zijn onrechtmatig verkregen spullen weer aan het teruggeven.

Het eerste voorwerp dat is teruggegeven was het zilver van de heer en mevrouw Greville-Jones van Cherry Manor, te Salcombe. Afgelopen donderdag kwamen ze tot de ontdekking dat hun zilveren servies ter waarde van 20.000 pond weer op hun eettafel stond met een brief erbij: 'Het spijt met dat het zilver poetsen zo lang heeft geduurd. Baffles.'

'Het was alsof de tafel voor een van mijn dineetjes was gedekt,' zei mevrouw Greville-Jones.

Mevrouw Powell van Watertown Park, te Thurlestone, vond op de vensterbank haar diamanten ring terug: 'Uw vinger kan weer fonkelen. Goede raad: nooit meer afdoen! Baffles,' luidde het briefje.

De politie kan er echter niet om lachen. 'De inbreker vindt het misschien grappig,' zei rechercheur Reginald Bud, 'maar wij beschouwen dit als een ernstig geval van inbraak.'

Eén slachtoffer, dat anoniem wenst te blijven, zei erover: 'Ik laat tegenwoordig mijn voordeur open om het gemakkelijker voor hem te maken, en mijn zoontje van tien zet koekjes en een glas melk voor hem op de keukentafel, voor het geval hij honger heeft. Een beetje zoals voor de Kerstman.'

Dankwoord

Zonder de hulp van twee heel bijzondere mensen had ik dit boek nooit kunnen schrijven. In de eerste plaats mijn man, Sebag. Ik zag het verhaal dat ik wilde vertellen voor me, maar wist niet hoe ik alle draden van de plot met elkaar moest vervlechten. Sebag ijsbeerde heen en weer over de keukenvloer van onze cottage, terwijl ik met een mok thee in mijn hand aantekeningen zat te maken. De dag ging over in de avond en we opperden het ene idee na het andere... en uiteindelijk begon de plot zich af te tekenen. Toen de maan hoog aan de hemel stond en de uilen begonnen te roepen, ploften we eindelijk uitgeput in bed. Maar er was nog één probleem: ook al vonden we het centrale thema nog zo goed, we kregen het maar niet in de goede vorm gegoten.

Voor een dergelijk technisch probleem had ik een deskundige nodig. Ik deed een beroep op de ervaring van mijn oude studievriendin Charlie Carr, een onderzoeker. Dank je wel, Charlie, dat je de gordiaanse knoop hebt doorgehakt. Achteraf lijkt het doodsimpel, maar dat geldt natuurlijk voor alle goede plots! Zonder jou had ik het niet gered. En jij ook bedankt, Sebag, dat je weer eens mijn Sherlock Holmes hebt willen zijn.

Een groot deel van dit verhaal speelt zich af in Toscane. Ik heb toen ik voor in de twintig was in Italië gewoond, maar dat kan niet voorkomen dat ik enorme fouten maak. Dus schakelde ik de hulp in van mijn trouwe Italiaanse vrienden. Ik wil hen allemaal bedanken: Eduardo Teodorani Fabbri, Stefano Bonfiglio en Sofia Barattieri di san Pietro. Toen ik na liep te denken over een goed decor voor mijn verhaal, boekte ik een kamer bij Olga Polizzi in haar charmante rustieke hotel Endsleigh. Endsleigh heeft iets magisch. Het ligt diep in de binnenlanden van Devon boven een kronkelende rivier, beschut door oeroude bomen.

Olga is een heel hartelijk iemand, dus doet Endsleigh eerder aan als een gezellig woonhuis dan als een hotel, en ik voelde me er helemaal op mijn gemak! Het was herfst. Het vuur in de grote haarden vulde de kamers met de knusse geur van houtrook, en op elk denkbaar oppervlak stonden groepjes waxinelichtjes in paarse glaasjes helder te stralen. De sfeer was er warm en verwelkomend, en ik wilde helemaal niet meer weg. Dus heb ik mijn hotel, het Polzanze, op Endsleigh gebaseerd, en ik hoop dat ik iets van de geest ervan heb weten over te brengen. Ik bedank Olga omdat ze me heeft geïnspireerd, want met mijn twee kleine kinderen is reizen lastig voor me en daardoor zijn inspirerende reisjes schaars; ik zal me moeten behelpen met herinneringen. Maar niets is zo stimulerend als het ontdekken van nieuwe en heerlijke plekjes.

Alles wat ik schrijf komt voort uit de grote kookpot die alle ervaringen uit mijn leven omvat. Dat die rijkelijk is gevuld is te danken aan mijn ouders, Charles en Patty Palmer-Tomkinson. Zonder hun wijsheid, leiding en liefde had ik nooit ook maar een woord op papier kunnen krijgen.

Speciale dank aan mijn agente, Sheila Crowley. Met haar onvermoeibare steun en positiviteit is ze een waardevolle bondgenoot en goede vriendin gebleken. Het team van Curtis Brown bruist van energie en enthousiasme, en ik dank iedereen voor al het werk dat voor mij is verzet.

Ik mag mezelf gelukkig prijzen dat mijn boeken aan beide zijden van de Atlantische Oceaan door Simon & Schuster worden uitgegeven. Ik mag daar beschikken over twee dynamische redacteuren, Suzanne Baboneau in Engeland en Trish Todd in de Verenigde Staten. Allebei sturen ze me in de goede richting en halen ze het beste in me naar boven. Ik ben hen diep dankbaar voor hun geloof in mijn schrijverijen en voor hun scherpzinnige en gevoelige redactie.

Tevens dank aan Libby Yevtusjenko, omdat ze zo hard aan het manuscript heeft gewerkt en het met haar intelligentie en tact heeft verbeterd.